U0464191

古代小说与小说家

傅承洲◎著

中国社会科学出版社

图书在版编目（CIP）数据

古代小说与小说家/傅承洲著.—北京：中国社会科学出版社，
2016.10

ISBN 978 - 7 - 5161 - 8975 - 7

Ⅰ.①古…　Ⅱ.①傅…　Ⅲ.①古典小说—小说研究—中国
②小说家—人物研究—中国—古代　Ⅳ.①I207.41 ②K825.6

中国版本图书馆 CIP 数据核字（2016）第 227438 号

出 版 人	赵剑英
责任编辑	张　林
特约编辑	金　沛
责任校对	王　斐
责任印制	戴　宽

出　　版	中国社会科学出版社
社　　址	北京鼓楼西大街甲 158 号
邮　　编	100720
网　　址	http://www.csspw.cn
发 行 部	010 - 84083685
门 市 部	010 - 84029450
经　　销	新华书店及其他书店

印　　刷	北京明恒达印务有限公司
装　　订	廊坊市广阳区广增装订厂
版　　次	2016 年 10 月第 1 版
印　　次	2016 年 10 月第 1 次印刷

开　　本	710×1000　1/16
印　　张	22.5
插　　页	2
字　　数	369 千字
定　　价	82.00 元

凡购买中国社会科学出版社图书，如有质量问题请与本社营销中心联系调换
电话：010 - 84083683
版权所有　侵权必究

目　录

卷一　章回小说论

卷二　话本小说论

卷 一

章回小说论

从创作主体看古代白话小说的嬗变

一

从创作主体的角度看，中国古代白话小说大体经过了三个阶段，第一阶段是宋元时期，这一时期的创作方式是说话艺人讲述、文人或书坊主记录整理，艺人是创作主体。宋元文人笔记、别集中，记载了当时都市说话艺术的盛况，孟元老《东京梦华录》卷之五《京瓦伎艺》就记载了北宋东京各种伎艺"不可胜数，不以风雨寒暑，诸棚看人，日日如是。"① 而讲史、小说又是其中最为兴盛的艺术样式。而南宋时期说话艺术较北宋更为繁盛，从《西湖老人繁胜录》、《梦粱录》、《武林旧事》等笔记记载来看，南宋临安著名的说话艺人有名号可考的有一百多人，远远超出北宋东京说话艺人的数量。南宋说话艺术形成了"四家数"，说话艺术的内容比北宋时期更丰富。南宋宫廷要招说话艺人进宫表演，皇帝、太上皇也喜爱说话艺术，说明说话艺术不仅仅限于市井表演和市民欣赏。元代说话艺术虽不及宋代繁荣，但这种说唱艺术一直在瓦舍勾栏上演。宋、元两代的说话艺人创作了大量故事，流传至今的题目乃至故事数以百计。必须指出的是，说话艺术与话本小说是两个既有区别又有联系的概念，说话艺术是一种在瓦舍勾栏表演的说唱艺术，而话本小说是一种案头阅读的文学作品。宋元说话艺人并非有意识地从事小说创作，而是在瓦舍勾栏讲唱故事。将说话艺人讲述的故事记录、整理、刻印出来，成为一种通俗读物，这是文人和书坊的功绩。由于长期以来，学术界相信话本是说话艺术的底本，以为说话艺人在勾栏讲述的故事与现存的话本小说是一样的，其实两者相差很大。话本不是说话艺术的底本，而是说话艺术的记录整理本。我举几个

---

① 孟元老：《东京梦华录》，中国商业出版社1982年版，第32页。

常见的例证，大家就明白了。在现存宋元平话中，存在大量的读音相同的错别字，如《五代史平话》中，"魏征"作"魏证"、"贞观"作"正观"、"头盔"作"头魁"。《三国志平话》中，"诸葛"作"朱葛"、"华容"作"滑荣"、"武当山"作"武荡山"，这种错误，显然是因为记录者文化水平不高，同音误记而成。在残本《红白蜘蛛》的末尾有"话本说彻，权做散场"，明显是说话艺人在讲述完故事之后宣布散场的告白，如同现在的文艺演出完毕之后，主持人宣布"演出到此结束，祝观众朋友晚安"一样，这种术语，应该是记录者将说话艺人最后的告白也一并记录下来，说话艺人的底本不可能有这种内容。这种术语还见于《清平山堂话本》中的多篇话本中。文人和书坊将说话艺人讲述的故事，记录、整理并刻印出来，变成供人阅读的文学作品，他们在将说唱文学改编成案头小说的过程中功不可没，可以说，没有文人的参与，说话艺术还只是瓦舍勾栏的说唱艺术，不可能成为白话小说。由于受当时刻书技术与成本的影响，书坊并没有完全按说话艺人讲述的故事原貌刻印，而是作了大量的删节，只是留下了一些故事梗概，大大降低了故事的文学价值。从宋元文人的记载来看，当时的说话艺术达到了很高的水准，罗烨《新编醉翁谈录》云："说国贼怀奸从佞，遣愚夫等辈生嗔；说忠臣负屈衔冤，铁心肠也须下泪；说鬼怪令羽士心寒胆战；论闺怨遣佳人绿惨红愁；说人头厮挺，令羽士快心；言两阵对圆，使雄夫壮志；谈吕相青云得路，遣才人着意群书；演霜林白日升天，教隐士如初学道；噇发迹话，使寒士发愤；讲负心底，令奸汉包羞。"① 说话人的表演达到了动人心魄、移人性情的地步，一方面是靠艺人高超的表演技巧，更主要的还是靠故事的人物与情节。但是现存宋元时期刊刻的话本，主要是宋元平话，显然达不到这种艺术效果，说明文人记录、整理的话本已非说话艺人所讲述的故事原貌。这些并非原貌的故事也是由说话艺人创作、文人和书坊主记录、删削而成的。

宋元说话艺人，从他们的生活环境、生存方式与职业特点来看，应该是一些有一定文化修养的市民，现在流传下来的一些艺人的名号，如尹常卖、酒李一郎、枣儿徐二郎、小张四郎、粥张二、故衣毛三、仓张三、色头陈彬、枣儿徐荣等，都带有鲜明的市井色彩。即便是张解元、戴书生、周进士、许贡士、陈进士、武书生、刘进士、穆书生、王贡士、陆进士，

---

① 罗烨：《新编醉翁谈录》，辽宁教育出版社1998年版，第4页。

并不意味着他们真是书生，中过进士。在宋代，文人的待遇是十分优越的，他们要是真的中过解元、进士，完全可以为官做宰，不用在市井中靠说话谋生。这些被称为书生、进士的艺人，大多是讲史艺人，说明他们文化水平比较高，能读史书、讲历史故事。据罗烨的《新编醉翁谈录》："夫小说者，虽为末学，尤务多闻。非庸常浅识之流，有博览该通之理。幼习《太平广记》，长攻历代史书。烟粉奇传，素蕴胸次之间；风月须知，只在唇吻之上。《夷坚志》无有不览，《琇莹集》所载皆通。动哨中哨，莫非《东山笑林》；引倬底倬，须还《绿窗新话》。论才词有欧、苏、黄、陈佳句；说古诗是李、杜、韩、柳篇章。"① 罗烨的说法，可能有点夸张，说话艺人需要有一定的文化修养，阅读和积累大量的故事和诗词，以备讲唱之用，应该是可信的。

宋元话本作者的特殊身份与创作方式，使其作品带有鲜明特色。由于说话艺人是在瓦舍勾栏讲唱故事，并以此谋生，他首先要考虑上座率，观众数量的多少决定他收钱的多少，甚至决定他是否能够从事这一行当，上座率不高，他便无法获得足够的收入养家糊口。因此说话艺人除了要不断提高自己的说话技艺，掌握更多的故事外，还需要考虑观众喜爱什么故事，题材的选择就成了每个说话艺人必须面对的问题。与其说是艺人在选择题材，还不如说是观众在选择题材。当时到勾栏观看演出的主要是城市市民，讲述发生在他们身边的故事顺理成章地受到观众的欢迎。虽然说话有"四家数"之说，真真盛行的还是讲史和小说两家，而小说更受观众的青睐，"最畏小说人，盖小说者能以一朝一代故事顷刻间提破。"② 更重要的恐怕还是小说篇幅短小，多取材于市井，反映现实及时，更符合市民观众的欣赏趣味。据胡士莹先生考证，现存宋代小说话本四十篇，元代小说话本十六篇，共计五十六篇。③ 程毅中先生辑录的《宋元小说家话本集》收录话本四十篇。两家多数篇目相同。在这些宋元话本中，反映市民的生活与情感的话本占有相当大的比重。《崔待诏生死冤家》就写碾玉匠崔宁与璩家裱褙铺的女儿秀秀生死不渝的爱情故事；《十五贯戏言成巧祸》写小商人刘贵因一句戏言引发的一起离奇冤案。《小夫人金钱赠年

---

① 罗烨：《新编醉翁谈录》，第3页。
② 耐得翁：《都城纪胜》，中国商业出版社1982年版，第11页。
③ 胡士莹：《话本小说概论》，中华书局1980年版，第234、298页。

少》、《闹樊楼多情周胜仙》、《曹伯明错勘赃记》、《错认尸》、《宋四公大闹禁魂张》、《汪信之一死救全家》等话本的主人公都是普通市民，还有一些话本，主人公虽不是市民，却有市民形象出现，这类话本数量更大，如此众多的市民形象出现在小说中，可以说是空前的，这与创作主体有直接的关系。

人都有好奇心，无论是文人读者还是市民观众。小说自它诞生之日起，奇闻异事就是热门话题，"六朝唐宋，凡小说以异名者甚众。"① 宋元说话艺人，为满足观众的好奇心理，讲述了大量充满奇异色彩的故事。罗烨在《新编醉翁谈录》中将灵怪列为小说八类之首，他说：小说"有灵怪、烟粉、传奇、公案，兼朴刀、捍棒、妖术、神仙"。列举的灵怪小说篇名有十六种之多，"说《杨元子》、《汀州记》、《崔智韬》、《李达道》、《红蜘蛛》、《铁瓮儿》、《水月仙》、《大槐王》、《妮子记》、《铁车记》、《葫芦儿》、《人虎传》、《太平钱》、《巴蕉扇》、《八怪国》、《无鬼论》，此乃是灵怪之门庭"。② 在现存宋元话本中，灵怪话本数量可观，有《西湖三塔记》、《洛阳三怪记》、《陈巡检梅岭失妻记》、《一窟鬼癞道人除怪》、《张古老种瓜娶文女》、《崔衙内白鹞招妖》、《计押番金鳗产祸》、《白娘子永镇雷峰塔》、《皂角林大王假形》、《郑节使立功伸臂弓》、《小水湾天狐诒书》、《勘皮靴单证二郎神》等。这类小说中的鬼怪不仅好色贪淫，而且妖气十足，杀人吃心肝，十分恐怖。罗烨《新编醉翁谈录》列举的公案小说有《石头孙立》、《姜女寻夫》、《忧小十》、《驴垛儿》、《大烧灯》等十六种。现存公案话本有《合同文字记》、《刎颈鸳鸯会》、《杨温拦路虎传》、《简帖和尚》、《曹伯明错勘赃记》、《错认尸》、《陈可常端阳仙化》、《十五贯戏言成巧祸》、《三现身包龙图断案》、《任孝子烈性为神》、《汪信之一死救全家》等。这类公案话本，大多写离奇的案件，而又以人命案居多。灵怪与公案，无疑是众多小说类型中最富有传奇色彩也最能满足人们好奇心的两类小说。

说话是一种说唱艺术，观众到勾栏观看演出，期待听到一个新颖生动的故事。根据说话艺术记录整理的话本小说，依然保留了这一特点，讲故事成为话本小说最突出的特征。从现存文献来看，说话艺术讲故事达到了

① 胡应麟：《少室山房笔丛》，上海书店出版社2001年版，第364页。
② 罗烨：《新编醉翁谈录》，第3页。

很高的水平，"说收拾寻常有百万套，谈话头动辄是数千回。"① "冷淡处提掇得有家数，热闹处敷衍得越久长。"② 北宋时期，霍四究专门说三分，尹常卖专讲五代史，说明当时三国、五代故事非常丰富复杂，远非《三国志平话》、《五代史平话》可比。由于受刻书条件所限，现存的元刊平话只是保留了故事梗概，即便如此，平话重故事的特点还是十分鲜明。说话艺术诉诸听觉，说话艺人要将故事讲得清楚，让观众听得明白，因而故事往往按时序讲述，单线发展，首尾完整，结局明确。据此而记录整理的平话依然保留了这一特点。《三国志平话》除开篇叙述司马仲相断狱和孙学究得天书外，全书以刘备、关羽、张飞、诸葛亮为中心，从桃园结义到秋风五丈原，按时间先后顺序，讲述了蜀川集团的兴亡过程，而整个过程又是由一个个故事连缀而成。其中的重要人物，出场要介绍其姓名、籍贯、家世、外貌等基本状况，重点要写他的主要功绩，最后一定会交代他的结局。人物从整体到个体，故事从开端到结局，都交代得清清楚楚。《三国志平话》重视讲故事，其他平话也是如此。

二

第二阶段是元末明初至明中叶时期，这一时期的创作方式是文人作家在艺人讲述的基础上，吸收史书、戏曲和民间故事的人物与情节，进行脱胎换骨地改编或重写，创作出了一大批优秀的白话小说，如章回小说《三国志演义》、《忠义水浒传》、《西游记》、《封神演义》、《新列国志》等，话本小说"三言"中也有一批作品是对说话艺术的精加工。这一时期白话小说的创作主体由文人和艺人两部分组成，与第一阶段相比，文人作家在创作活动中的作用越来越重要。如《三国志演义》的成书，宋元时期有不少说话艺人说三分，后来形成了《三国志平话》，元代杂剧作家也创作了不少"三国戏"，民间也流传着丰富多彩的三国故事，更有陈寿的史书《三国志》记载了大量的三国时期的人物与事件，罗贯中就是在前人作品的基础上，写出了章回小说《三国志演义》。其他早期章回小说大都有与《三国志演义》相同或相似的成书方式。

---

① 罗烨：《新编醉翁谈录》，第 3 页。
② 同上书，第 4 页。

这一时期的作家身份是文人，虽说早期白话小说的作家生平多不可考，就有据可查的几位早期白话小说家来看，他们的文人身份确切无疑。《三国志演义》、《隋唐两朝志传》等书的作者罗贯中，《录鬼簿续编》保存了他的一篇小传："罗贯中，太原人，号湖海散人。与人寡合，乐府隐语，极为清新。与余为忘年交，遭时多故，天各一方。至正甲辰复会，别来又六十余年，竟不知其所终。"他不仅写小说，还编戏曲，"乐府隐语，极为清新"，应该是一个下层文人。《新列国志》的作者冯梦龙，《苏州府志》有他的小传："冯梦龙，字犹龙，才情跌宕，诗文丽藻，尤明经学。崇祯时，以贡选寿宁知县。"既是小说家，又是诗人、经学家。当然，也有白话小说家具有文人兼书坊主的双重身份。

考察早期章回小说的创作状况，不难发现，这些文人作家在选择题材时，喜爱选取那些创作基础较好、已有脍炙人口的作品传世的题材进行再创作，那些生动的故事、鲜活的形象可以直接移植到章回小说中。施耐庵创作《忠义水浒传》，无疑看中了说话艺术与元杂剧中已经成型的李逵、宋江、青面兽、花和尚、武行者、"三十六大伙，七十二小伙"等人物形象和杨志卖刀、智取生辰纲、宋江杀惜、李逵负荆等故事情节。据孙楷第先生考证，在元代曾出现一本《水浒传词话》，为施耐庵百回本《水浒传》之祖本。① 这本《水浒传词话》为施耐庵创作《水浒传》提供了更为丰富的情节与人物，还提供了一种结构形式，即将众多的单个人物的故事纳入了一个宏大的结构当中。从题材性质的角度考察，早期章回小说基本上属于重大题材。历史演义不用说，无论是《三国志演义》，还是《新列国志》，抑或其他历史小说，都是写某个朝代或某个历史时期的政治、军事斗争。即便是英雄传奇、神魔小说，也多有史实的影子，如《水浒传》之于宋江起义，《西游记》之于玄奘上天竺取经，《封神演义》之于武王伐纣，这些史实也是历史上的重大事件。重大题材，从创作的角度看，会有更多的史书记载和前人作品可供借鉴，从阅读的角度看，又会吸引更多的读者关注。

文人作家利用前人作品中的人物与情节写小说，不可避免地将前代作品的思想观念一并因袭下来，前代作品并非出自一人之手，说话艺术的故事，经过无数艺人的讲述与修改，戏曲剧本，每个戏班的演出本也不尽相

① 孙楷第：《水浒传旧本考》，《沧州集》上册，中华书局1965年版。

同，民间传说情况更为复杂，不同时期、不同地域所流传的故事差异很大，更何况一旦刻印，都经过文人或书坊主的修改加工。所以，文人作家利用这些素材创作小说，不可能继承某个艺人或文人的思想，他所表现的思想观念属于历史积淀下来、为市民观众与读者所广泛接受的观念。《三国志演义》所肯定的刘备的仁慈爱民、诸葛亮的忠诚智慧、关羽英勇仗义，完全符合传统的儒家伦理观念。《水浒传》中所热情歌颂的仗义疏财、扶危济困的好汉和路见不平、拔刀相助的义士，既是市民读者心目中的救世英雄，也是历代史家所赞赏的侠义形象。我们不排除文人作家在创作中也会贩卖一点自己的私货，但这并不足以否认这些世代累积型作品，其重要思想观念来源于前人作品与历史积淀。

这一时期的小说家创作小说，借鉴前人的作品，会有主次之分，有的作品借鉴的内容更多一些，如《三国志演义》之于《三国志平话》、《忠义水浒传》之于《水浒传词话》、《西游记》之于《西游记平话》等，但并不等于仅限于某部作品，凡是作家认为有意义的人物和情节都可以为我所用。这种创作方式便形成了早期章回小说独特的结构形式，可称之为"缀玉式结构"，即全书的结构框架为众多故事的前后勾连，形成一个宏大的叙事结构。这在《忠义水浒传》和《西游记》中最为典型。《水浒传》前七十回基本上是单个或几个英雄传记的连缀，形成了一个个故事单元。《西游记》的主体是西天取经，唐僧师徒上西天取经便经历了九九八十一难，一难就是一个故事，曲折的故事可以用几回的篇幅来铺叙，而简单的故事则用一回甚至不到一回的篇幅就可以打发。这种结构形态固然与说话艺术有密切关系，讲史和其他复杂的故事，篇幅很长，说话艺人不可能在某个单位时间一次讲完，必须采用"欲知后事如何？且听下回分解"的方式，连续讲几天、十几天甚至几十天。一天一个故事或几天一个故事，自然形成了缀玉式的结构。另外，必须看到，早期章回小说并非说话艺术的记录本，除了因袭说话艺术的故事外，还广泛采纳了其他作品的情节。因而"缀玉式结构"也是早期小说家这种独特的创作方式导致的必然结果。前代不同作品中的人物和故事，具有相对的独立性，很难将它放在某个人物身上，而作家又不愿舍弃这些精彩内容，只能采用不同人物的独立故事前后勾连的结构方式将它纳入自己的小说之中。

三

　　第三阶段是明末至清中叶时期，这一时期文人作家完全摆脱了说话艺术、民间传说、史传和戏曲的束缚，独立创作白话小说。文人成为白话小说独立的创作主体。学术界通常将《金瓶梅词话》视为第一部文人独立创作的白话长篇小说，其实这一看法并不准确，《金瓶梅词话》的主人公西门庆、潘金莲都源于章回小说《水浒传》，小说的故事框架也源于《水浒传》中武松杀嫂的故事，书中还有不少情节因袭了话本小说和戏曲剧本。尽管如此，兰陵笑笑生在文人独立创作白话小说方面所作出的努力不能抹杀，与此前的章回小说相比，《金瓶梅词话》对前人作品的依赖程度大为降低，书中的绝大多数人物和情节是作者的独立创造。而且他为以后文人独立创作白话小说开辟了一条新途径。正是受兰陵笑笑生的影响和启发，明末清初的一批文人创作了一大批艳情小说和才子佳人小说，这批小说家创作成就虽说不高，却是他们完成了章回小说从世代累积到文人独创的转变。《儒林外史》、《红楼梦》的诞生，代表了文人独立创作白话小说的最高成就。

　　文人独立创作白话小说，他们不再从历代史书、民间传说以及前人的作品中去寻找素材，而是从自己的人生经历中取材，那些熟悉的人物，发生在身边的事件，让他们激动不已，不吐不快。曹雪芹创作《红楼梦》，开篇就有一段明确说明，要为半世亲睹亲闻的几个异样女子立传。他说："今风尘碌碌，一事无成，忽念及当日所有之女子，一一细考较去，觉其行止见识，皆出于我之上。何我堂堂须眉，诚不若彼裙钗哉？实愧则有余，悔又无益之大无可如何之日也！……虽我未学，下笔无文，又何妨用假语村言，敷演出一段故事来，亦可使闺阁昭传，复可悦世之目，破人愁闷，不亦宜乎？"① 我们虽然不能详考书中女子的真实身份及其与作者的关系，但经过胡适等人对曹雪芹家世与生平的考证，我们相信书中女子应该是有生活原型的，而且与曹雪芹关系密切。吴敬梓写《儒林外史》，书中人物很多都有生活原型，金和在《儒林外史跋》中指出："书中杜少卿乃先生自况，杜慎卿为青然先生。其生平所至敬服者，唯江宁府学教授吴

---

① 曹雪芹、高鹗：《红楼梦》，人民文学出版社1982年版，第1页。

蒙泉先生一人，故书中表为上上人物。其次则上元程绵庄、全椒冯萃中，
句容樊南仲，上元程文：皆先生至交。书中之庄征君者程绵庄，马纯上者
冯萃中，迟衡山者樊南仲，武正字者程文也。他如平少保之为年羹尧，凤
四老爹之为甘凤池，牛布衣之为朱草衣，权勿用之为是镜，萧云仙之姓
江，赵医生之姓宋，随岑庵之姓杨，杨执中之姓汤，汤总兵之姓杨，匡超
人之姓汪，荀玫之姓荀，严贡生之姓庄，高翰林之姓郭，余先生之姓金，
万中书之姓方，范进士之姓陶，娄公子之为浙江梁氏，或曰桐城张氏，韦
四老爹之姓韩，沈琼枝即随园老人所称扬州女子，《高青邱集》即当时戴
名世诗案中事：或象形谐声，或庾词隐语，全书载笔，言皆有物，绝无凿
空而谈者，若以雍乾间诸家文集细绎而参稽之，往往十得八九。"① 其中
一些人就是吴敬梓的朋友。由于作家将自己的亲人和朋友写进小说中，因
而不仅写得惟妙惟肖，栩栩如生，而且充满了感情，为自己笔下的人物或
欣喜，或悲痛，不能自已。

　　文人作家不仅将亲友写进小说中，甚至将自己直接写进小说中。在中
国小说史上，第一次将自己写入白话小说之中的，应该是冯梦龙的话本小
说《老门生三世报恩》，小说主人公鲜于同"八岁时曾举神童，十一岁游
庠，超增补廪"。到三十岁上，循资该出贡了，他不愿就贡途前程，一连
让了八遍贡。到五十七岁，鬓发都白了，还是一秀才。由于资料缺乏，我
们不知道冯梦龙何时进学，可方志有明确记载，冯梦龙正是五十七岁出
贡，此前一直是三年一科的老秀才，和鲜于同完全一样。鲜于同五十七岁
中举与冯梦龙五十七岁出贡不该是一种偶然的巧合。鲜于同对科场的看法
代表了冯梦龙的观点，他说："只是如今是个科目的世界，假如孔夫子不
得科第，谁说他胸中才学？若是三家村一个小孩子，粗粗里记得几篇烂熟
时文，遇了个盲试官，乱圈乱点，睡梦里偷得个进士到手，一般有人拜门
生，称老师，谭天说地，谁敢出个题目，将带纱帽的再考他一考么？不止
于此，做官里头，还有多少不平处，进士官就是个铜打铁铸的，撒漫做
去，没人敢说他不字；科贡官兢兢业业，捧了卵子过桥，上司还要寻趁
他。"② 小说写鲜于同五十七岁中举，六十一岁中进士，得选刑部主事，
后升台州知府、浙江巡抚。鲜于同的美满结局可以看作冯梦龙为自己设想

---

① 李汉秋：《儒林外史研究资料》，上海古籍出版社1984年版，第129页。
② 冯梦龙：《警世通言》，人民文学出版社1956年版，第257页。

的美好前景，只是他命运不济，最终没能实现。金和说《儒林外史》
中"杜少卿乃先生自况。"我们将杜少卿的故事与吴敬梓的生平事迹进
行对照：杜少卿袭有近万两家私，但不会当家，慷慨好施，家道衰落。
吴敬梓"袭父祖业有二万余金，素不习治生，性复豪上，遇贫即施，偕
文士辈往还，饮酒歌呼穷日夜，不数年而产尽矣。"① 杜少卿从家乡天
长县迁往南京，移居秦淮河畔。吴敬梓从家乡全椒移居南京，买宅秦淮
河畔。杜少卿装病辞了朝廷征辟，乡试也不应，科岁也不考，只做些自
己的事情。吴敬梓被推荐参加博学鸿词科考试，"竟不赴廷试"，自此
不应乡举。迟衡山提议捐资盖泰伯祠，杜少卿捐银三百两，并积极参与
泰伯祠大祭。金和《儒林外史跋》记载："先生（吴敬梓）又鸠同志诸
君，筑先贤祠于雨花山之麓，祀泰伯以下名贤凡二百三十余人，宇宙极
宏丽，工费甚巨，先生售所居屋以成之。"② 杜少卿著《诗说》，认为
"朱文公解经，自立一说……只依朱注，这是后人固陋。"③ 吴敬梓的
《诗说》，"不偏主汉宋门户。"④ 不难看出，杜少卿确实有作者吴敬梓的
影子。曹雪芹作《红楼梦》，一方面要为女子立传，另一方面也要为自
己半生的过失忏悔，他说："自欲将已往所赖天恩祖德，锦衣纨绔之时，
饫甘餍肥之日，背父兄教育之恩，负师友规谈之德，以至今日一技无
成、半生潦倒之罪，编述一集，以告天下人：我之罪固不免，然闺阁中
本自历历有人，万不可因我之不肖，自护己短，一并使其泯灭也。虽今
日之茅椽蓬牖，瓦灶绳床，其晨夕风露，阶柳庭花，亦未有妨我之襟怀
笔墨者。"⑤ 也就是说，曹雪芹还将自己写进了小说中，胡适在《红楼
梦考证》将曹雪芹的家世、生平与《红楼梦》的人物、情节进行对比，
提出了著名的"自叙传"说，认为"《红楼梦》是一部隐去真事的自
叙：里面的甄贾两宝玉，即是曹雪芹自己的化身；甄贾两府即是当日曹
家的影子。"⑥ 如果将"自叙传"严格限定在"化生"和"影子"的程
度，这一命题是成立的。

① 程晋芳：《文木先生传》，载李汉秋《儒林外史研究资料》，上海古籍出版社 1984 年
版，第 11 页。
② 李汉秋：《儒林外史研究资料》，上海古籍出版社 1984 年版，第 128 页。
③ 吴敬梓：《儒林外史》，人民文学出版社 1958 年版，第 334 页。
④ 章学诚：《丙辰箚记》，中华书局 1986 年版，第 93 页。
⑤ 曹雪芹、高鹗：《红楼梦》，第 1 页。
⑥ 胡适：《胡适文集》第 5 卷，人民文学出版社 1998 年版，第 325 页。

从事白话小说创作的作家，都是一些怀才不遇、穷愁潦倒的下层文人，不论他是科场失利，还是不愿出仕。严酷的生存环境使他们对社会现实有了清醒的认识。在小说中，他们一方面秉笔直书，对现实进行了无情的批判；另一方面，他们思考人的价值与出路，又找不到一个明确的答案，这使他们陷入了人生的迷茫与虚无。明清时期的文人，从小读四书五经，习八股文，长大后参加科举考试，走上仕途，几乎是当时文人博取功名、光宗耀祖的唯一出路。吴敬梓曾多次参加科举，从自己的亲身经历中，看清了八股取士的科举制度的本质，人到中年，他不再参加考试。在《儒林外史》第一回，作者借王冕之口指出："这个法（八股取士之法）却定的不好！将来读书人既有此一条荣身之路，把那文行出处都看得轻了。"① 并看星象说"一代文人有厄！"考科举、走仕途的人生道路为他所彻底否定，那么一个文人该如何实现自己的人生价值？为作者自况的杜少卿认为"走出去做不出什么事业"②，托病辞了朝廷的征辟，逍遥自在，做些自己的事。他和一些朋友捐资修建泰伯祠，春秋致祭，"借此大家习学礼乐，成就出些人才，也可以助一助政教。"③ 祭祀大典轰轰烈烈，盛况空前，其实于礼乐政教并无裨益，最后泰伯祠是破败不堪，荠菜丛生。当年主持祭祀大典的名士，"也有老了的，也有死了的，也有四散去了的，也有闭门不问世事的。"④ 被闲斋老人誉为"中流砥柱"的一群名士，并没有实现自己的人生理想就退出了历史舞台。有曹雪芹影子的贾宝玉厌恶读四书五经，不愿结交那些为官做宰的人，拒绝走仕途经济的传统道路，只愿在女孩儿堆里厮混，找不到一条安身立命的人生出路，最后只能只身出家，遁入空门。贾宝玉的人生结局体现出作家在人生问题上的无奈与迷茫。

文人作家从耳闻目睹的人物、亲身经历的事件中取材，而现实中人并非"好人完全是好、坏人完全是坏"⑤，金无足赤、人无完人才符合生活的真实，因此，文人作家独立创作白话小说，不再将笔下人物作善恶绝对化的处理，而是将他们写得和现实生活中人一样真实和复杂，很难给他们

---

① 吴敬梓：《儒林外史》，第11页。
② 同上书，第328页。
③ 同上书，第328页。
④ 同上书，第520页。
⑤ 鲁迅：《鲁迅全集》第9卷，人民文学出版社1981年版，第338页。

贴上好人或者坏人的标签。《红楼梦》中两位最漂亮的小姐，林黛玉聪明伶俐，才华横溢，多次诗会，她都力压群芳，夺得魁首。她率真任性，多愁善感，想哭就哭，说恼就恼，却又多疑和小性儿，甚至有些尖酸刻薄。薛宝钗品格端方，容貌丰美，行为豁达，随分从时，而且多才博识，聪明能干，却又虚伪做作，世故圆滑。从《红楼梦》诞生之日起，拥林和拥薛一直互不相让。《儒林外史》中的马二先生，吴敬梓是以其至交冯粹中为原型创作的，作家既写了他的庸俗迂拙，对八股的执迷不悟，让他失去了一切的人生乐趣和创造才能。又写了他的忠厚诚笃，他真心诚意地规劝匡超人习八股考科举，听说匡生父亲病重，并不富裕的马二先生还资助十两银子，让他回家奉养父母。与此相关的是，作为下层文人，他们过着普通人的生活，也不可能亲历什么惊天动地的大事，他们所熟悉的就是一些日常生活琐事。从个人的经历与见闻中取材，就得写这些普通人的平凡生活。《儒林外史》写文人的生活状况，匡超人吹牛撒谎，说自己刻了多少本书，是如何之畅销。牛浦郎冒名顶替，将他人的诗集据为己有。王仁王德见利忘义，为了一百两银子不顾骨肉亲情……读到这些情节，不禁让人哑然失笑，难怪清代文人发出这样的感慨：“慎勿读《儒林外史》，读竟乃觉日用酬酢之间，无往而非《儒林外史》。”①《红楼梦》所写的就是一个贵族家庭的日常生活，谈情说爱、饮酒赋诗、婚丧嫁娶、请客送礼、偷鸡摸狗、争风吃醋……即便是在今天，我们也时常可以看到诸如此类的事情。写普通人的平常事，白话小说的这种叙事风格的变化，前人早已发现，出现这种变化的根本原因就是文人作家独立创作白话小说的必然结果。

总之，从创作主体看，中国古代白话小说走过了艺人——艺人＋文人——文人的历史过程。不同的创作主体及其创作方式，对小说施加了不同的影响，形成了中国古代白话小说独特的演进轨迹与民族特色。当然，古代白话小说的发展并不是单线条的，明代仍旧有艺人讲述、文人记录整理的白话小说，清代仍旧有世代累积型作品，但这并不影响我们对白话小说基本走向的把握及不同阶段特征的描述。而且，影响白话小说发展的动因是多方面的，创作主体肯定是其中最主要的方面。

---

① 李汉秋：《儒林外史汇校汇评本》，上海古籍出版社 1999 年版，第 46 页。

（原载《河北学刊》2010 年第 5 期，中国人民大学复印报刊资料
《中国古代近代文学研究》2010 年第 12 期全文转载，中国人民大学复印
报刊资料《文学研究文摘》2011 年第 1 期、《高等学校文科学术文摘》
2010 年第 6 期摘要转载）

论《三国志演义》的儒家伦理思想

　　《三国志演义》是一部世代累积型长篇章回小说，从西晋陈寿的《三国志》到清初毛评本《三国志演义》，其故事经历了一千多年的演变过程，其思想倾向的形成，则是在南宋以后，这可以从尊蜀汉为三国之正统得以证明。明人《重刊杭州考证三国志传序》云："《三国志》一书，创自陈寿，厥后司马文正公修《通鉴》，以曹魏嗣汉为正统，以蜀、吴为僭国，是非颇谬。迨紫阳朱夫子出，作《通鉴纲目》，继《春秋》绝笔，始进蜀汉为正统，吴、魏为僭国，于人心正而大道明，则昭烈绍汉之意，始暴白于天下矣。"① 毛宗岗完全接受了明人的观点，他说："读《三国志》者，当知有正统、闰运、僭国之别。正统者何？蜀汉是也。僭国者何？吴、魏是也。闰运者何？晋是也。魏之不得为正统者何也？论地则以中原为主，论理则以刘氏为主，论地不若论理，故以正统予魏者，司马光《通鉴》之误也。以正统予蜀者，紫阳《纲目》之所以为正也。"② 两人都提到朱熹的《通鉴纲目》，他对三国故事思想倾向的影响极大。朱熹是宋明理学的代表人物，建构了庞大的理学体系，强化儒家"三纲五常"的伦理思想，成为元、明、清三代的官方哲学，其代表性著作《四书章句集注》则为科举考试的钦定标准。三国故事的讲述与三国戏的演出主要盛行于宋、元、明三朝，自然受到朱熹思想的影响。章回小说《三国志演义》就是在史书、戏曲和讲史话本的基础上写成的，作者罗贯中不仅借鉴了三国戏和讲史话本的精彩故事，同时也接受了故事中所蕴含的儒家伦理思想。

　　庸愚子作《〈三国志通俗演义〉序》，从孔夫子作《春秋》说起，

　　① 朱一玄等编：《三国演义资料汇编》，南开大学出版社 2012 年版，第 246 页。
　　② 陈曦钟等辑：《三国演义会评本》，北京大学出版社 1986 年版，第 4 页。

"吾夫子因获麟而作《春秋》。《春秋》者，鲁史也。孔子修之，至一字予者褒之，否者贬之。然一字之中，以见当时君臣父子之道，垂鉴后世，俾识某之善，某之恶，欲其劝惩警惧，不致有前车之覆。此孔子立万万世至公至正之大法，合天理，正彝伦，而乱臣贼子惧。"① 称赞《春秋》的社会功能。罗贯中作《三国志通俗演义》，也有相同的社会效应："惟昭烈汉室之胄，结义桃园，三顾茅庐，君臣契合，辅成大业，亦理所当然。其最尚者，孔明之忠，昭如日星，古今仰之，而关张之义，尤宜尚也。其他得失，彰彰可考，遗芳遗臭，在人贤与不贤，君子小人，义与利之间而已。"② 庸愚子所说的刘备之仁、孔明之忠、关张之义，实际上指出了《三国志演义》人物身上体现了儒家的伦常观念。

小说主要靠形象说话，它的思想观念往往是通过它精心塑造的正面人物所表现出来的。《三国志演义》"拥刘反曹"的思想倾向，学界尚有争论，这种争论主要反映在对曹操形象的评价上，而刘备集团的主要人物关羽、张飞、诸葛亮等是小说精心塑造的理想的正面人物，大家意见基本一致。而刘备集团的这些正面人物，几乎都是某种道德的化身。

小说开卷第一回便是刘、关、张桃园结义，提出了朋友相处的道德准则即义。义是什么？刘、关、张结义的誓词可以看作对义的通俗的诠释："念刘备、关羽、张飞，虽然异姓，既结为兄弟，则同心协力，救困扶危，上报国家，下安黎庶。不求同年同月同日生，只愿同年同月同日死。皇天后土，实鉴此心。背义忘恩，天人共戮！"③ 誓同生死，绝不背叛，是其义的核心。

刘备将兄弟之义看得高于一切。张飞因酗酒而丢了徐州，刘备的家眷也困在府中，张飞见到刘备，拔剑欲刎，刘备一把抱住，说了这样一番话："古人云：'兄弟如手足，妻子如衣服。'衣服破，尚可缝；手足断，安可续？吾三人桃园结义，不求同生，但求同死。今虽失了城池家小，安忍教兄弟中道而亡！"（第十五回）兄弟之义重于夫妻之情。后来为关羽报仇，绝不因为糜夫人、孙夫人的关系而原谅其兄弟糜芳和孙权。毛宗岗对此发过一番感慨："不以殉难而亡之糜夫人而赦其弟，岂肯以不告而归

---

① 朱一玄等编：《三国演义资料汇编》，第232页。
② 同上书，第233页。
③ 罗贯中：《三国演义》，人民文学出版社1973年版，第5页。

之孙夫人而恝其兄乎！凡人妻子之情，每足夺其兄弟之情；而爱兄弟之情，每不如其爱妻子之情。观于先主亦可以风矣。"① 毛宗岗对刘备的义是作为一种高尚的道德予以肯定的。

刘备的兄弟之义不仅重于夫妻之情，而且高于君臣关系，乃至于西蜀的利益。刘备在诸葛亮的帮助下，好不容易占据了益州，形成了与魏、吴鼎立之势。当时的形势是任何两方交战，都会消耗实力，只能有利于第三方。就是在这种形势下，东吴为取荆州，杀害了关羽，刘备不顾联吴抗魏的既定战略，决意要为关羽报仇。尤其是在张飞急于为兄长报仇，怒鞭末将范疆、张达，结果为范、张所害，首级献往东吴之后，刘备将二弟之仇均算在东吴身上，复仇之心更切。东吴杀害关羽之后，害怕西蜀兴师问罪，因而将首级献给曹魏，以此来转嫁灾难。曹魏也清楚东吴的用心，于是将关羽的首级以大臣之礼葬之。只等蜀、吴交战，坐收渔翁之利。诸葛亮非常清醒，他这样劝告刘备："方今吴欲令我伐魏，魏亦令我伐吴，各怀谲计，伺隙而乘。主上只宜按兵不动。且与关公发丧，待吴、魏不和，乘时而伐之可也。"（第七十八回）一向对诸葛亮言听计从的刘备，为了兄弟之义，执意要出兵。赵云晓之以公私之别："汉贼之仇，公也；兄弟之仇，私也。愿以天下为重。"（第八十一回）忠于献帝的皇叔也不顾汉朝的公仇，亲自率领七十五万大军伐吴复仇，结果被东吴名将陆逊火烧七百里营地，几近全军覆没，随后在忧愤中染病身亡，履行了他誓同生死的诺言。刘备伐吴显然是一次错误的行动，不仅葬送了七十万军队，而且成为西蜀由盛而衰的转折点，而小说并没有从西蜀得失的角度来谴责刘备，而是从伦理的角度充分肯定了刘备的义气。

关羽以义著称，被毛宗岗称为一绝。关羽降曹是有违结义初衷的，可小说在这件事上大做文章，使降曹一事不仅无损关羽之义，而且使之成为表现关羽重义如山的重要情节。关羽投降之前有三约："一者，吾与皇叔设誓，共扶汉室。吾今只降汉帝，不降曹操。二者，二嫂处请给皇叔俸禄养赡，一应上下人等，皆不许到门。三者，但知刘皇叔去向，不管千里万里，便当辞去。"（第二十五回）毛宗岗于三约有评："第一辨君臣之分。第二严男女之别。第三明兄弟之义。"② 关羽降后，曹操送绫锦及金银器

---

① 陈曦钟等辑：《三国演义会评本》，第 1104 页。
② 同上书，第 303 页。

皿，关羽转送二嫂收贮。曹操送美女十人，关羽令伏待二嫂。曹操送异锦战袍，关羽穿于衣底，用旧袍罩之。只有曹操以赤兔马相送，关羽才再拜称谢："吾知此马日行千里，今幸得之。若知兄长下落，可一日而见面矣。"曹操也不得不承认："真义士也。"（第二十五回）毛宗岗说："关羽受袍则内之，受马则拜之，一举一动，处处不忘兄长，何其恩义之笃耶！"① 后来关羽得知刘备在袁绍军中，立刻写书辞谢曹操，挂印封金，带着二嫂，过五关斩六将，前去与刘备聚会。

刘、关、张结义，并非无原则的生死与共，谁要是背信弃义，则是你死我活。张飞只知关羽降了曹操，不知其中详情，当关羽来古城相聚时，张飞是披挂持矛上马，直奔关羽，挥矛便搠。原因很简单："你背了兄长，降了曹操，封侯赐爵。今又来赚我，我今与你拼个你死我活！"（第二十八回）直到二嫂详述关羽经历的事情，张飞才哭拜关羽，认了兄长。

为了表现刘、关、张的义，小说还谴责了亲兄弟同室操戈的不义行为。袁绍之子袁谭、袁尚，为争夺继承权而闹内讧，均为曹操所败。曹操之子曹丕逼死弟弟曹熊，不容弟弟曹植。"本是同根生，相煎何太急！"毛宗岗评曰："玄德以异姓之兄，而痛悼其弟之亡；曹丕以同胞之兄，而急欲其弟之死。一则痛义弟之死，而不顾其养子之恩；一则欲亲弟之亡，而不顾其生母之爱。君子于此，有天伦之感焉。"② 确如毛氏所言，这些同胞兄弟与刘、关、张结义兄弟形成了鲜明对照。

"义"是儒家的传统道德观念，在《论语》、《孟子》等儒家经典中多次出现，其内涵也比较丰富复杂，其中重要的一点就是强调尊贤敬长。《中庸》云："义者，宜也，尊贤为大。"孟子曰："敬长，义也。"（《尽心上》）"义之实，从兄是也。"（《离娄上》）后来演化为朋友之间相处的道德标准，即所谓义友。《三国志演义》中刘、关、张结义，实际上体现了这种伦理观念。

刘备与关羽、张飞的结义，可以说是兄弟、朋友关系的楷模，刘备与诸葛亮的相知，则是君臣关系的典范。

刘备是《三国志演义》着力塑造的仁君的典型，小说通过各种人物之口盛赞刘备的仁德，"仁慈之主"、"仁义布于四海"之类的赞语俯拾

---

① 陈曦钟等辑：《三国演义会评本》，第303—304页。
② 同上书，第961页。

即是。

"仁"是儒家伦理学说的一个重要范畴,孔子曾作过多种解释。"樊迟问仁,子曰:爱人。"①"仲弓问仁,子曰:出门如见大宾,使民如承大祭。己所不欲,勿施于人。在邦无怨,在家无怨。"(《论语·颜渊篇第十二》)"子贡曰:如有博施于民而能济众,何如?可谓仁乎?子曰:何事于仁,必也圣乎?尧舜其犹病诸!夫仁者,己欲立而立人,己欲达而达人。能近取譬,可谓仁之方也已。"(《论语·雍也篇第六》)用儒家仁人的标准来衡量刘备,刘备堪称理想的仁君形象。

刘备几千人马,被曹操十万大军跟踪追击,不得不从新野转移樊城,从樊城逃往江陵,身边带着十几万新野百姓,一天只行十余里,情况十分危急。诸葛亮与众将领多次劝告刘备暂弃百姓,快速前进。刘备宁死不从:"举大业必以仁为本。今人归我,奈何弃之。"(第四十一回)结果被曹兵追上,杀得只剩百余骑逃生。可谓"爱人"。

刘备得到一匹"的卢"马,据说骑则妨主,原主人张武便为骑此马而亡。徐庶教刘备一种禳法:"公意中有仇怨之人,可将此马赐之,待妨过了此人,然后乘之,自然无事。"刘备闻言变色曰:"公初至此,不教吾以正道,便教作利己妨人之事,备不敢闻教!"(第三十五回)可谓"己所不欲,勿施于人"。

曹操为了得到刘备的谋士徐庶,派人将徐母赚到许昌,招徐归顺。徐庶乃天下奇才,又知刘备军中虚实。孙乾劝刘备苦留徐庶,让曹操斩其母,徐必定报仇攻操。刘备曰:"不可。使人杀其母而吾用其子,不仁也;留之不使去,以绝其子母之道,不义也。吾宁死不为不仁不义之事"。(第三十六回)可谓"己欲立而立人,己欲达而达人。"

小说为了表现刘备的仁慈,不惜以牺牲其真实性为代价。陶谦三让徐州,刘备三次推辞,在陶死之后才同意权领徐州之事。刘表病危托孤,让刘备入主荆州,刘备不愿夺同宗之地,婉言谢绝。刘备入西川,部下要除掉刘璋,让刘备取而代之,几次机会,均被刘备错过。后来兵临城下,刘璋出城投降,刘备出寨迎接,握手流涕,曰:"非吾不行仁义,奈势不得已也。"(第六十五回)全然不像一个雄心勃勃的政治家、军事家,倒像一个与世无争的隐士高人。鲁迅先生批评《三国志演义》"欲显刘备之长

---

① 《论语·颜渊篇第十二》,《论语译注》,中华书局1980年版,第131页。

厚而似伪",① 是完全正确的。

刘备对诸葛亮是以诚相待,言听计从。为了请诸葛亮出山,刘备礼贤下士,三顾茅庐,第三次到隆中,还"命卜者揲蓍,选择吉日,斋戒三日,薰沐更衣,再往卧龙岗谒孔明。"(第三十七回)毛宗岗于此有批:"斋戒薰沐,昭烈亦以敬神之道敬孔明。"② 诸葛亮出山后,"玄德待孔明如师,食则同桌,寝则同榻,终日共论天下之事。"(第三十八回)以致使结义兄弟为之忌妒。而刘备却说:"吾得孔明,犹鱼得水也。"

刘备临终之前,将西蜀大业托付给诸葛亮:"君才十倍曹丕,必能安邦定国,终定大事。若嗣子可辅则辅之,如其不才,君可自为成都之主。"(第八十五回)无论今人怎样揣测刘备当时的真实心理,小说本身还是认为这是刘备告知孔明的"心腹之言"。三顾茅庐与白帝托孤二事,使诸葛亮感激不尽,永志不忘。

君臣关系是一种相互关系。孔子曰:"君使臣以礼,臣事君以忠。"(《论语·八佾篇第三》)孟子曰:"君之视臣如手足,则臣视君如腹心,君之视臣如犬马,则臣视君如国人;君之视臣如土芥,则臣视君如寇仇。"③ 正因为刘备对诸葛亮以礼相待,诸葛亮对刘备则以忠回报。诸葛亮的隆中对策,为刘备制定了夺取荆、益,联吴抗曹的战略。并按照这一既定战略,参与指挥了赤壁大战,为刘备筹备了与魏、吴抗衡的实力,又夺取了根据地。彝陵战败,刘备病逝,诸葛亮竭力辅佐刘禅。五月渡泸,深入不毛。七擒孟获,平定南中,六出祁山,北伐中原。最后积劳成疾,死于渭南前线,"鞠躬尽瘁,死而后已。"临终之前,为后主做人事安排,雕木像吓退曹军,定锦囊计除掉魏延,何止"死而后已",真乃死而不已!

毛宗岗曾将诸葛亮与曹操、司马懿作过一番比较:"曹操、司马懿之为相,与诸葛武侯之为相,其总揽朝政相似也,其独握兵权相似也,其神机妙算,为众推服,又相似也。而或则篡,而或则忠者,一则有私,一则无私;一则为子孙计,一则不为子孙计故也。操之临终,必嘱曹丕;懿之临终,必嘱师、昭。而武侯不然,其行丞相事,则托之蒋琬、费祎矣;其

---

① 鲁迅:《中国小说史略》,《鲁迅全集》第九卷,人民文学出版社1981年版,第129页。
② 陈曦钟等辑:《三国演义会评本》,第470页。
③ 《孟子·离娄章句下》,《孟子译注》,中华书局1960年版,第186页。

行大将军事，则付之姜维矣。而诸葛瞻、诸葛尚，曾不与焉。"① 忠奸、公私在比较中一目了然。

儒家伦理道德是《三国志演义》臧否人物的主要标准，它所肯定的人物，就是道德的化身，它所否定的人物，则是反伦理的典型。董卓废帝专权，为小说所鄙弃，袁术无君称帝，为小说所不齿。曹操是小说塑造的第一反面角色，集不忠、不仁、不义于一身，在伦理方面无一可取之处。

曹操挟天子以令诸侯，名为汉相，实为汉贼。许田打围，曹操讨献帝的宝雕弓、金错箭射中一鹿，群臣高呼万岁，"曹操纵马直出，遮于天子之前，以迎受之"。（第二十回）毛宗岗云："曹操无君之罪，至许田射鹿而大章明较著矣。"② 曹操勒死董贵妃、杖杀伏皇后，更是肆无忌惮地欺凌君主，玩献帝于股掌之上，小说谴责奸臣的倾向非常鲜明。曹操临终将大权移交长子曹丕，曹丕索性废帝自立，追认曹操为太祖武皇帝。这并不是曹丕有多大的能耐，而是曹操生前的安排。

刘备曾经说过这样一段话："今与吾水火相敌者，曹操也。操以急，吾以宽；操以暴，吾以仁；操以谲，吾以忠。每与操相反，事乃可成。"（第六十回）这不妨看作小说对两个主要人物的评价，小说就是将曹操与刘备对照来刻画的。曹操不仅奸邪，而且残暴。早年为报杀父之仇，他大肆杀害徐州百姓。疑心父执吕伯奢要害他，他将吕家全部杀掉。曹操总揽朝廷军政大权后，仍用这种残暴的手段来维护其统治。为了解决兵多粮少的燃眉之急，曹操命令仓官王垕小斛发粮，士兵嗟怨，曹操借王垕之头安定军心。为了清除耿纪、韦晃的同党，曹操将出门救火的三百多人当作"助贼"者斩之。草菅人命，杀戮无辜，与儒家的仁政相去远矣。

曹操爱才，从他对许褚、徐庶、关羽、庞统的态度上，都可以看出这一点。小说的出发点并不是从爱才这一点上来肯定他，而是从他网罗人才的手段方面来谴责他的不义。对徐庶，是扣押其老母；对关羽，是用金钱、美女来收买。与刘备的生死与共、以诚相见形成强烈对比。曹操不仁不义，恩将仇报。陈宫于曹操有活命之恩，在董卓通缉曹操时，陈宫不仅不告发曹操，反而弃官随之而去。曹操杀吕伯奢后，陈宫断定曹为不义之人，本来可以杀曹，想到杀之不义，决定弃之。后来陈宫随了吕布，被曹

---

① 陈曦钟等辑：《三国演义会评本》，第 1271 页。
② 同上书，第 243 页。

操抓获杀害。毛宗岗批云："使操而有良心者，念其昔日活我之恩，则竟释之；释之而不降，则竟纵之；纵之而彼又来图我，而又获之，然后听其自杀。此则仁人君子之用心也，而操非其伦也。"① 曹操获关羽不杀与陈宫获曹操不杀情况类似，关羽在华容道上，不顾孔明处立下的军令状义释曹操。毛宗岗于此有评："曹操可以释陈宫而不释，关公可以杀曹操而不杀，是关公之仁异于曹操。"② 曹操的忘恩负义在与关羽的对比中更显突出。

站在今天的高度来看历史人物刘备、曹操，他们希望统一中国、建立霸业，在这一点上没有什么差别。就他们对历史的贡献而言，曹操多于刘备。从史料的记载来看，曹操的品德不及刘备。章回小说《三国志演义》对历史人物不作历史的评价，而作道德的评价，将刘备写成仁君，刘备集团的主要人物写成忠臣、义友，将曹操写成篡逆、残暴、忘恩负义的奸臣，歌颂仁、忠、义，谴责暴、奸、利己，体现出儒家伦理思想的深刻影响。

（本文原题《论伦理小说〈三国演义〉》，刊于《烟台大学学报》1992 年第 1 期，中国人民大学复印报刊资料《中国古代近代文学研究》1992 年第 3 期全文转载，收入本集作了修改）

---

① 陈曦钟等辑：《三国演义会评本》，第 239 页。
② 同上书，第 622 页。

《水浒》忠义思想的纵向考察

一

《水浒传》冠以"忠义"二字，是元末明初小说作者所为。明高儒的《百川书志》、晁瑮的《宝文堂目》均著录《忠义水浒传》。原郑振铎先生藏明嘉靖间刊残本题《忠义水浒传》，明容与堂刻本题《李卓吾先生批评忠义水浒传》，明袁无涯刻本题《李卓吾评忠义水浒全传》，上海图书馆20世纪70年代发现的两张《水浒》残页，中缝标明是《京本忠义传》。从明代早期著录和重要刻本来看，《水浒传》全名应为《忠义水浒传》，忠义思想是作者所要表现的重要思想。明末金圣叹在评改《水浒》时说："施耐庵传宋江，而题其书曰《水浒》。……而后世不知何等好乱之徒，乃谬加以忠义之目。"① 似乎"忠义"二字系后人所加，而他却没有提供任何证据。从书名中删去"忠义"二字而说原名曰《水浒》，和他将小说斩掉数十回而称贯华堂藏古本仅七十回一样，是金圣叹为反对《水浒》忠义说而伪造的。

忠义思想是儒家传统伦理思想，儒家创始人孔子便多次论及，不过他是将忠、义作为两个概念来使用的。他所说的忠有两层含义，一是"与人忠"之忠，指人与人之间应遵守的道德。"樊迟问仁。子曰：'居处恭，执事敬，与人忠。虽之夷狄，不可弃也。'"② "子张问政，子曰：'居之无倦，行之以忠。'"③ 二是"臣事君以忠"之忠，指臣对君应遵守的道德。"定公问：'君使臣，臣事君，如之何？'孔子对曰：'君使臣以礼，

---

① 金圣叹：《水浒传序二》，《水浒传会评本》（上），北京大学出版社1981年版，第6页。
② 杨伯峻译注：《论语译注》，中华书局1980年版，第140页。
③ 同上书，第129页。

臣事君以忠。'"① 第二层含义显然是从第一层衍生出来的，也可以包含在第一层中。在孔子看来，君臣关系是一种相互尊重、相互制约的关系。"所谓大臣者，以道事君，不可则止。"② "子路问事君。子曰：'勿欺也，而犯之。'"③ 臣应该为君服务，但要有一定的原则，不能绝对服从，如果君违背原则，臣可以犯颜直谏。

孟子也是主张忠君的，他说："人莫大焉亡亲戚君臣上下。"④ 他指责杨墨学派："杨氏为我，是无君也；墨氏兼爱，是无父也。无父无君，是禽兽也。"⑤ 但他在"民贵君轻"的民本思想支配下。并不赞成盲目忠君，而是更加强调君臣关系的相对性，他说："君之视臣如手足，则臣视君如腹心；君之视臣如犬马，则臣视君如国人；君之视臣如土芥，则臣视君如寇仇。"⑥

秦汉以后，原来比较宽泛的忠的概念演变成表示臣对君的道德的专用名词，君臣之间相互尊重的关系演变成绝对服从的关系。董仲舒的《春秋繁露》中便出现了"三纲"之说："循三纲五纪，通八端之理，忠信而博爱，敦厚而好礼，乃可为善。"⑦ 《白虎通》则对"三纲"作了具体解释："三纲者，何谓也？谓君臣、父子、夫妇也。……故君为臣纲，父为子纲，夫为妻纲。"⑧ 在君臣关系中，君处于主导地位，臣处于服从地位。这种臣服从君的思想，在南宋时期得到进一步强化。朱熹《孟子集注》引李侗语："舜之所以能使瞽瞍底豫者，尽事亲之道，其为子职，不见父母之非而已。昔罗仲素语此曰：只为天下无不是底父母。了翁闻而善之曰：惟如此而后天下之为父子者定。彼臣弑其君、子弑其父者，常始于见其有不是处耳。"⑨ 罗仲素提出"天下无不是底父母"，陈瓘（即了翁）据此推衍出，臣也不应见其君有不是处。据王夫之《读四书大全说》卷九载："天下无不是底父母，延平此语全从天性之爱发出……潜室套着说

---

① 杨伯峻译注：《论语译注》，第 30 页。
② 同上书，第 117 页。
③ 同上书，第 153 页。
④ 杨伯峻译注：《孟子译注》，中华书局 1960 年版，第 316 页。
⑤ 同上书，第 155 页。
⑥ 同上书，第 186 页。
⑦ 董仲舒撰，凌曙注：《春秋繁露·深察名号》，中华书局 1975 年版，第 370 页。
⑧ 转引自董仲舒撰，凌曙注《春秋繁露·深察名号》，第 370 页。
⑨ 朱熹注：《孟子章句集注》，北京市中国书店 1984 年影印本，第 59 页。

天下无不是底君，则于理一分殊之旨全不分明。"① 潜室即朱熹的弟子陈埴，他直接道出了"天下无不是底君"。君即真理，臣只能绝对服从。南宋时期还将这种君权思想视为"天理"："父子、君臣，天下之定理，无所逃于天地之间。"② "忠者，天理。"③ 秦汉以后，历代皇帝都将忠君思想作为维护自己统治的重要工具。

"义"在训诂学上有两个最基本的义项。《说文解字》云："義，己之威仪也。从我羊。臣铉等曰：此与善同意，故从羊，宜寄切。"④《辞源》释"义"从《说文》，亦列有两个基本义项："一，礼仪，容止。""二，宜，适宜。合理、适宜的事称义。"作为儒家伦理学说的一个重要概念，义是指人类行为的道德原则，一个人的行为是合理的、正义的，我们便称之为义。孟子说："仁，人之安宅也；义，人之正路也。旷安宅而弗居，舍正路而不由，哀哉！"⑤ 朱熹说："义者，天理之所宜也。凡事只看道理之所宜为，不顾己私。"⑥ 孟子和朱熹释"义"，强调"正路"和"道理"，就是指人类行为的正义性与合理性。这一道德原则，有几条最基本的要求：第一，强调精神需要，轻视物质利益，即所谓重义轻利。孔子提出"君子喻于义，小人喻于利"。⑦ 首次将义与利对立起来。孟子继承了孔子的思想，他这样答梁惠王问："王何必曰利？亦有仁义而已矣。王曰何以利吾国，大夫曰何以利吾家，士庶人曰何以利吾身，上下交征利，而国危矣！"⑧ 董仲舒也主张道德理想高于物质利益，他说："天之生人也，使之生义与利。利以养其体，义以养其心。心不得义不能乐，体不得利不能安。义者，心之养也；利者，体之养也。……夫人有义者，虽贫能自乐也；而人无义者，虽富莫能自存。吾以此实义之养生人，大于利而厚于财也。"⑨ 程颢也强调义利之辨："大凡出义则入利，出利则入义，天下之

---

①　王夫之：《读四书大全说》，中华书局 1975 年版，第 621 页。

②　程颢、程颐：《河南程氏遗书》卷第五，《二程集》上，中华书局 1981 年版，第 77 页。

③　《二程集》上，第 124 页。

④　许慎：《说文解字》，中华书局 1963 年版，第 267 页。

⑤　杨伯峻译注：《孟子译注》，第 172 页。

⑥　朱熹：《朱子语类》卷二十七，中华书局 1986 年版，第 702 页。

⑦　杨伯峻译注：《论语译注》，第 39 页。

⑧　杨伯峻译注：《孟子译注》，第 1 页。

⑨　董仲舒：《春秋繁露·身之养重于义》，《春秋繁露》卷九，第 321—322 页。

事，惟义利而已。"① 第二，强调尊重他人，包括贤人和兄长。《中庸》云："仁者，人也。亲亲为大。义者，宜也，尊贤为大。"② 孟子曰："亲亲，仁也。敬长，义也。无他，达之天下也。"③ "仁之实，事亲是也；义之实，从兄是也。"④ 后来的结义兄弟、朋友义气等均从这里衍生出来。第三，强调个人的道德修养，即所谓不为不义之事。孟子说："杀一无罪，非仁也，非其有而取之，非义也。"⑤ "人皆有所不忍，达之于其所忍，仁也；人皆有所不为，达之于其所为，义也。人能充无欲害人之心，而仁不可胜用也；人能充无穿踰之心，而义不可胜用也；人能充无受尔汝之实，无所往而不为义也。"⑥ 孟子这段话所说的"义"，有这么两层意思，一是不取不义之财；二是维护自己的人格尊严。董仲舒发挥了孟子的这一观点："《春秋》之所治，人与我也。所以治人与我者，仁与义也。以仁安人，以义正我。""仁者爱人，不在爱我，此其法也"。"义在正我，不在正人，此其法也。"⑦ 董仲舒明确提出了义在自身道德修养中的重要作用。

儒家代表人物非常重视义，孔子将义与利作为区别君子与小人的标准。孟子将义列为"仁义礼智"四德之一。汉代便将义视为五常，《白虎通·情性篇》云："五性者何？谓仁义礼智信也。……故人生而应八卦之体，得五气为常，仁义礼智信也。"⑧ 南宋理学家也将义看作"天理"，朱熹说："所谓天理，复是何物？仁义礼智，岂不是天理？"⑨

忠义思想经过历代儒学家的宣传，上升到"天理"的地位，并为历代皇帝所利用，成为统治思想。其含义也逐渐固定，逐渐简化，在学者笔下内涵丰富的忠义思想，在实际运用中变得简单、明了。忠就是指臣对君的道德准则，即忠君；义就是指兄弟朋友之间的道德准则，即义友。《水浒》作者的忠义观显然是从儒家那里拿来的，它的基本含义也是忠君义

① 《二程集》上，第 124 页。
② 《礼记正义》卷五十二，《十三经注疏》本。
③ 杨伯峻译注：《孟子译注》，第 307 页。
④ 同上书，第 183 页。
⑤ 同上书，第 316 页。
⑥ 同上书，第 337 页。
⑦ 董仲舒：《春秋繁露·仁义法》，《春秋繁露》卷八，第 306、310、311 页。
⑧ 班固等撰：《白虎通》，中华书局 1985 年版，第 209 页。
⑨ 朱熹：《答吴斗南》，《朱文公集》卷五十九，《四部丛刊》本。

友。阮小五唱过这样一首歌:"打鱼一世蓼儿洼,不种青苗不种麻。酷吏赃官都杀尽,忠心报答赵官家。"① 宋江曾多次声称:"纵使朝廷负我,我忠心不负宋朝。"他们所说的忠,就是对赵宋皇帝的忠。梁山泊一百单八将大都是结义兄弟,平生仗义疏财,最讲义气,被人称为义士。袁无涯刻本《忠义水浒全传》第五十五回有一首诗,是对《水浒》忠义观的最好诠释:"忠为君王恨贼臣,义连兄弟且藏身。不因忠义心如一,安得团圆百八人。"② 这首诗不见于容与堂本,可能是后人增补,但增补者对《水浒》忠义思想的理解是符合实际的。《出像评点忠义水浒全书发凡》作者也是这样理解《水浒》之忠义:"忠义者,事君处友之善物也。不忠不义,其人虽生已朽,而其言虽美弗传。此一百八人者,忠义之聚于山林者也。此百廿回者,忠义之见于笔墨者也。"③

二

《水浒传》的作者为了表现忠君思想,在招安、征辽、征方腊三大事件上大做文章。历史上宋江受招安一事,自马泰来先生发现李若水的《捕盗偶成》诗之后,学术界对此再无疑义。④ 但历史上宋江受招安是不得已而为之。据王偁《东都事略·张叔夜传》记载:"张叔夜……以徽猷阁待制出知海州。会剧贼宋江剽掠至海,趋海岸,劫巨舰十数。叔夜募死士千人,距十数里,大张旗帜,诱之使战。密伏壮士匿海旁,约候兵合,即焚其舟。舟即焚,贼大恐,无复斗志,伏兵乘之,江乃降。"⑤《宋史》记载大体相同。宋江是在舟焚兵败、走投无路的情况下被迫投降。而《水浒》作者认为招安是表现忠君思想的极好材料,对此事的处理煞费苦心。招安之前,作者便大肆渲染。宋江尚未落草之时,便嘱咐武松撺掇鲁达、杨志投降。上山之后,一有机会便讲招安。梁山泊英雄排座次,宋江趁着酒兴吟《满江红》词:"望天王降诏早招安,心方足。"每次活捉官

---

① 施耐庵、罗贯中:《水浒传》,人民文学出版社 1975 年版,第 241 页。

② 施耐庵、罗贯中:《水浒全传》,上海古籍出版社 1976 年版,第 694 页。

③ 《水浒传会评本》,北京大学出版社 1981 年版,第 31 页。

④ 参见马泰来《从李若水的〈捕盗偶成〉诗论历史上的宋江》,《中华文史论丛》1981 年第 1 辑。

⑤ 朱一玄等编:《水浒传资料汇编》,百花文艺出版社 1981 年版,第 3 页。

兵将领，宋江总是亲解其缚，以礼待之，然后便表暂居水泊、专等朝廷招安的忠心。甚至在捉到奸臣高俅时，也是对其纳头便拜，乞求怜悯，让朝廷招安。还先后两次走名妓李师师的后门，向宋徽宗转告宋江等待招安之意。终于在两赢童贯、三败高俅、梁山泊义军大获全胜的情况下，主动投降，非常体面地接受招安，实现了"尽忠"的心愿。

　　在描述征辽事件时，作者为了表现忠君思想，虚构了一个重要情节。辽兵在节节败退的情况下，也施展招安伎俩，派欧阳侍郎劝说宋江等人投降，并许高官厚禄，连军师吴用也有点动心，宋江说："军师差矣。若从大辽，此事切不可题。纵使宋朝负我，我忠心不负宋朝，久后纵无功赏，也得青史上留名。若背正顺逆，天不容恕。吾辈当尽忠报国，死而后已。"① 这一情节显然是用来与宋朝招安进行对照的。尽管宋朝奸臣专权，皇帝昏庸，宋江等人受招安之后，并未受到重用，而辽人是以高官厚禄来诱惑，宋江还是绝不背叛宋朝，以此来说明宋江受招安是出于忠君思想，而不是为了个人私利。

　　作者对征方腊事件的描写，与史实出入是很大的。据《东都事略·侯蒙传》记载，侯蒙曾上书陈制贼计："宋江以三十六人，横行河朔、京东，官军数万，无敢抗者，其材必过人。不若赦过招降，使讨方腊以自赎，或足以平东南之乱。"② 仅为一纸奏书，并未见实施的记载。据《宋史》记载：宣和三年四月，"忠州防御使辛兴宗擒方腊于青溪。"七月，"童贯等俘方腊以献。"③ 并无宋江征方腊事。徐梦莘《三朝北盟会编》记载宋江曾参与童贯指挥的征方腊行动，即使这一记载属实，宋江也不是征方腊的主力。《水浒》将征方腊一事全系于宋江名下，并且用长达十回的篇幅详尽展示了征剿的全过程，数十位梁山将领在作战时捐躯。作者这样处理就是为了让宋江以功赎罪，通过打别的"强盗"来抵消他反叛朝廷的不良影响，完成从"强盗"到忠臣的转化。征辽回京，朝廷加封宋江为保义郎，卢俊义为宣武郎，吴用等三十四员为正将军，朱武等七十二员为偏将军。征方腊回京，阵亡正将封为忠武郎，偏将封为义节郎。这些封号的变化，作者是有深意的。《水浒》通过后期的言行来挽回宋江等人

① 施耐庵、罗贯中：《水浒传》，第 1161 页。

② 朱一玄等编：《水浒传资料汇编》，第 3 页。

③ 同上书，第 33 页。

前期不忠的影响，书中并不是仅此一例。小说第三十九回写宋江在浔阳楼乘着酒兴题反诗，声称"他年若得报冤仇，血染浔阳江口。""他时若遂凌云志，敢笑黄巢不丈夫。"① 为此而下在死牢，差点丢了性命。诗中流露的反叛思想是有悖忠义的。于是小说第七十一回写梁山泊英雄排座次，宋江也是乘着酒兴，填《满江红》词："日月常悬忠烈胆，风尘障却奸邪目。望天王降诏早招安，心方足。"② 这首词不妨看作宋江题反诗的悔过书。两者的对照关系以及作者的创作意图，是不难理解的。

宋江的最后结局，作者甚至将他写成愚忠的形象。他服了朝廷赐的药酒，危在旦夕，首先想到的是李逵可能重新聚义，将他一世清名忠义之事坏了。于是将李逵招来，让他也服药酒，临死还在表白忠心："我为人一世，只主张忠义二字，不肯半点欺心。今日朝廷赐死无辜，宁可朝廷负我，我忠心不负朝廷。"③ 孝当竭力，忠则尽命。君要臣死，臣不能不死。将这些俗语加在宋江身上，没有一句不合适。宋江死后，才盖棺论定，皇帝亲书圣旨，敕封宋江为忠烈义济灵应侯。建祠堂，塑神像，敕赐殿宇牌额，御笔亲书："靖忠之庙。"

从小说对招安、征辽、征方腊三大事件的处理和对宋江形象的修正来看，作者要表现忠君思想的意图是非常明确的。应该说，作者也部分地达到了目的，李卓吾《忠义水浒传序》云："独宋公明者，身居水浒之中，心在朝廷之上，一意招安，专图报国；卒至于犯大难、成大功，服毒自缢，同死而不辞，则忠义之烈也。"④ 忠君思想至少得到了部分人的认可。

《水浒》作者在表现忠君主题的过程中，也遇到了不可逾越的障碍。宋江起义，北宋历史上实有其事，农民起义就是要推翻当朝皇帝，即《水浒》所说的"十恶不赦的勾当"，与忠君思想是水火不容的。作者以这一史实作题材，尽管吸收了大量前人的创作，虚构了不少情节，却不可能完全摆脱历史的影响。要将历史上的"强盗"写成小说中的忠臣，反差太大了。

《水浒传》的写定，采用了历代说话、笔记、杂剧创作的成果，那些

---

① 施耐庵、罗贯中：《水浒传》，第 531 页。
② 同上书，第 983 页。
③ 同上书，第 1382 页。
④ 李贽：《忠义水浒传序》，《焚书 续焚书》，中华书局 1975 年版，第 109 页。

生动的情节、鲜明的形象，给小说创作提供了极大的方便，至今我们仍然能从前代作品中找到《水浒》的本事。同时，我们应该看到，作家在利用这些作品时，也对这些作品产生了依赖性，或者说为这些已有的人物和情节所束缚。《水浒》的短篇小说连缀式的结构便是这种依赖性的痕迹。作者既要采用前代作品中的人物与情节，又要强加进前代作品中所并不存在的忠君思想，不可避免地要产生矛盾。与《水浒》同一题材的前代作品，流传下来的主要有两部分：一是《大宋宣和遗事》，二是元代水浒戏。从这些作品来看，并没有明显地表现忠君的内容。《大宋宣和遗事》，已具备《水浒》的基本框架，主要事件有杨志卖刀杀人落草；晁盖、吴加亮等人智取生辰纲；宋江杀阎婆惜上梁山泊，被推为首领；呼延绰等收捕宋江战败投降；张叔夜招降宋江等人。这些事件很难与忠君思想挂上钩，简单的投降不能被视为忠君。《遗事》也写了征方腊，但是童贯率人至浙征讨，王禀及辛兴宗、杨惟忠生擒方腊并其妻孥兄弟、伪相王侯。仅一笔提及张叔夜遣宋江平方腊有功，宋江并不是征方腊的主角。《遗事》中出现了"忠义"二字，玄女娘娘所赐天书有一行文字写道："天书付天罡院三十六员猛将，使呼保义宋江为帅，广行忠义，殄灭奸邪。"① 这里所说的"忠义"，不能看作忠君，因作品中并没有忠君事件的描述。"殄灭奸邪"便是"广行忠义"的具体行动，宋江等三十六人团圆之后，"各人统率强人，略州劫县，放火杀人，攻夺淮扬、京西、河北三路二十四州八十余县；劫掠子女玉帛，掳掠甚众。"② "义"的内容倒是表现得非常丰富，下文详述。在现存六种元代"水浒戏"中，没有一种是表现忠君思想的。《水浒》作者将这些并无忠君内容的素材写进小说中，便与他所要表现的忠君思想发生了冲突，连作者自己也意识到了这一点。第十八回写晁盖等人智取生辰纲事发，身为押司的宋江，冒着死罪给晁盖报信，对此作者有一首赞美诗："有仁有义宋公明，交结豪强秉志诚。一旦阴谋皆外泄，六人星火夜逃生。"③ 当晚都头朱仝、雷横来提晁盖，故意将其放走，作者又有一首诗："捕盗如何与盗通，只因仁义动其衷。都头已自开生路，观察焉能建大功。"④ 作者评宋江、朱仝、雷横私放晁盖，均用"仁

① 朱一玄等编：《水浒传资料汇编》，第47页。
② 同上。
③ 施耐庵、罗贯中：《水浒传》，第231页。
④ 同上书，第236页。

义"，而不用小说所要表现的主要思想"忠义"，显然作者是意识到了私放"强盗"与忠君思想是不相容的。金圣叹说："宋江而诚忠义，是必不放晁盖者也；宋江而放晁盖，是必不能忠义者也。"① 可谓一针见血。小说中悖逆忠君思想的事件不只是私放晁盖一件事，金圣叹列举了宋江不忠的十大罪状，略而言之，有落草为寇，包纳荒秽，浔阳题诗，网落将领，拒杀王师，私制违禁之物等。因而金圣叹认为："宋江有过人之才，是即诚然。若言其有忠义之心，心心图报朝廷，此实万万不然之事也。"② 我们不能因为金圣叹反对《水浒》忠义说动机反动而因人废言，他所列举的大量事实证明宋江并不忠君。不过他连"义"也一同否认则不符合小说实际。

《水浒》作者称赞梁山英雄"忠义双全"，而实际上小说所提供的材料说明，忠义不能两全，以义伤忠的事比比皆是。上文所述宋江私放晁盖，显然是义而不是忠的行为。还有，官军名将呼延灼被活捉上梁山，宋江重礼陪话，恳求呼延灼入伙，呼延灼说："非是呼延灼不忠于国，实慕兄长义气过人，不容呼延灼不依，愿随鞭镫。"③ 明确地将忠与义对立起来，呼延灼为了朋友义气而背叛了朝廷。

我们设想，如果《水浒传》的作者认识到农民起义与忠君思想的矛盾不可调和，认识到传统水浒题材容不下忠君的主题，认识到忠义不可能两全，不去刻意表现忠君思想，将不至于造成小说主题的矛盾和读者理解的混乱。当然，尽管作者给小说留下了一大遗憾，但由于作者基本忠实地描写了农民起义的全过程，忠君思想表现得并不成功，因而读者看到的主要还是官逼民反、乱自上作、江湖义气等内容。

三

《水浒传》的忠义思想应该包括忠和义两个方面，而学术界往往只注意到它忠君的一面，甚至将忠义当作偏义复词，把忠义与忠君画上等号，对义友的主题忽略不讲。实际上，在我看来，《水浒》对义的表现远比忠

---

① 金圣叹：《水浒传》第十七回回评，《水浒传会评本》上，第325页。
② 金圣叹：《水浒传》第五十七回回评，《水浒传会评本》下，第1053页。
③ 施耐庵、罗贯中：《水浒传》，第808页。

要成功。

《水浒》之义主要表现在梁山泊英雄身上，他们几乎无一不是义士，作者重点描写了他们身上的三个鲜明特点：第一，《水浒》英雄个个仗义疏财，扶危济困。每个英雄出场，均以义许之。第十四回晁盖首次露面，作者这样介绍："平生仗义疏财，专爱结识天下好汉。但有人来投奔他的，无论好歹，便留在庄上住。若要去时，又将银两赍助他起身。"① 宋江出场，小说写他"平生只好结识江湖上好汉：但有人来投奔他的，若高若低，无有不纳，便留在庄上馆谷，终日追陪，并无厌倦；若要起身，尽力资助。"② 其他梁山英雄，大多如此。粗心的李逵，甚至将身上的十两银子送给冒他黑旋风大名拦路打劫的李鬼，原因是相信李鬼打劫是因为无钱养活老母。第二，梁山英雄极富正义感，爱打抱不平，路见不平，拔刀相助，不少英雄为此而犯命案，被迫浪迹江湖直至上梁山。郑屠欺负金翠莲父女，鲁智深为搭救父女俩，三拳将郑屠打死。殷天锡强占柴皇城的花园，李逵原本是陪同柴进去处理此事，当他看到仗势欺人的殷天锡，一怒之下，将其一顿拳脚打死在地。以上两点，明人便以"桓文仗义"来称赞他们，天海藏《题水浒传叙》云："尽心于为国之谓忠，事宜在济民之谓义。……彼盖强者锄之，弱者扶之，富者削之，贫者周之，冤屈者起而伸之，囚困者斧而出之。原其心虽未必为仁者博施济众，按其行事之迹，可谓桓文仗义，并轨君子。"③ 第三，水浒英雄之义还表现在讲朋友义气，为朋友两肋插刀在所不惜。为救晁盖等人，宋江冒着死罪去报信；为救宋江，李逵孤身跳楼劫法场；为救时迁，宋江打祝家庄；为救卢俊义，宋江打北京城；为给晁盖报仇，宋江打曾头市。可以说前七十回，梁山泊的军事行动，均与结义兄弟的命运相关。众多兄弟的结义，《水浒传》称这为聚义，第十五回"公孙胜应七星聚义"，便是晁盖、吴用、公孙胜等人联合行动智取生辰纲。第四十回"白龙庙英雄小聚义"，是指张顺等九人，晁盖等十七人，加上宋江、戴宗、李逵三人，共二十九人入白龙庙聚会。第五十八回"三山聚义打青州"，就是指二龙山、桃花山、梁山的众多英雄联合攻打青州，最后同归水泊。众多英雄好汉，为了共同的

---

① 施耐庵、罗贯中：《水浒传》，第 174 页。

② 同上书，第 229 页。

③ 天海藏：《题水浒传叙》，朱一玄等编《水浒传资料汇编》，第 217 页。

利益联合起来，讨伐不义，抵抗官军，这也是一种正义的、合理的行为。《水浒传》所写的，从两个朋友结义到几个兄弟小聚义直至梁山泊英雄排座次，一百单八将大聚义，梁山事业的发展史，便是一部水浒英雄的聚义史。

　　《水浒传》如此丰富的义的内容，如此成功地表现了义的主题，主要受惠于同一题材的前代作品。《大宋宣和遗事》中便有大量的义友的形象、仗义的故事。杨志、李进义、林冲、王雄、花荣、柴进等十二人搬运花石，"结义为兄弟，誓有灾厄，各相救援。"后因杨志杀人犯罪，十二人便同往太行山落草为寇。晁盖、吴加亮、刘唐、秦明等八人劫了梁师宝为蔡太师上寿的金珠珍宝，事发，押司宋江星夜到石碣村报信，晁盖等人暮夜逃走，最后上了梁山。这些重要情节，后来都被《水浒传》的作者重新加工，写进了小说中。《遗事》写宋江等三十六人团圆之后，宋江题了四句诗："来时三十六，去后十八双。若还少一个，定是不还乡。"① 这既是宋江等三十六人的结义誓言，又可以看作《遗事》对所写水浒故事的主题的概括。元杂剧中有一部优秀的水浒戏，叫《李逵负荆》，写李逵误认为宋江抢了王林的女儿，大闹梁山泊，要杀了这位结义兄长，表现了李逵疾恶如仇的性格。《水浒传》的作者将这一故事写进了第七十三回。容与堂本于该回回评云："李大哥真是忠义汉子。他听得宋公明做出这件事来，就要杀他，那里再问仔细？"② 这里的"忠义"实际上就是"义"，与忠君无涉，评点者用以肯定李逵行为的正义性，即使是结义兄弟，如果他违反原则也决不宽恕。这类前人作品，无疑是《水浒传》写义的主要基础与优越条件。

　　《水浒传》写义，与题材本身有密切关系。《水浒》写的是英雄传奇，这些绿林好汉大多出自历代艺人、作家的虚构，虚构总是以生活为基础的，"世上先有《水浒传》一部，然后施耐庵、罗贯中借笔墨拈出；若夫姓某名某，不过劈空捏造，以实其事耳。"③ 我国古代很早便出现了侠客，司马迁《史记》还为游侠作传，并勾勒出其基本特征："今游侠，其行虽

---

① 朱一玄等编：《水浒传资料汇编》，第48页。

② 《水浒传会评本》上，第1282页。

③ 《〈水浒传〉一百回文字优劣》，明容与堂刻本《水浒传》卷首，《水浒传会评本》上，第26页。

不轨于正义，然其言必信，其行必果，已诺必诚，不爱其躯，赴士之厄困。"① 游侠"救人于厄，振人不赡，仁者有采；不既信，不倍言，义者有取焉。"② 汉以后，游侠不再为史家所重视，但并不等于生活中不再有侠客存在，历代野史及文学作品中关于侠客的描述从未中断。其特征亦未发生质变，唐李德裕《豪侠论》云："夫侠者，盖非常人也。虽以然诺许人，必以节义为本。义非侠不立，侠非义不成，难兼之矣。"③ 和司马迁一样，李德裕也强调侠之义气。历史上和现实中的游侠，浪迹江湖、赴人厄难，讲义气、守承诺，与水浒英雄性格相似。像鲁智深、李逵等人上梁山之前，我们说他们是游侠也未尚不可。社会上的侠义人物，为《水浒传》写义提供了大量的素材。

当然，《水浒传》在表现义的主题方面并非无可挑剔，作者在处理义与忠、孝的关系方面，也出现了自相矛盾的现象。最典型的例子是宋江药死李逵事件，宋江和李逵是情同手足的结义兄弟，当宋江饮了朝廷赐的毒药之后，他想到："我死不争，只有李逵见在润州都统制，他若闻知朝廷行此奸弊，必然再去哨聚山林，把我等一世清名忠义之事坏了。"④ 于是，他让李逵也服毒酒，中毒身亡。宋江为了自己的忠义清名，亲手将李逵毒死，哪还有半点兄弟情义，完全违背了义的精神。《水浒》第三十五回写宋江带领花荣、秦明等一行九人上梁山，途中遇到石勇寄来宋清的书信，谎称宋太公病故，宋江便扔下兄弟九人，独自回家奔丧去了，弄得花荣等人进退两难。宋江是孝义黑三郎，在孝与义发生冲突时，宋江是取孝而舍义。作者这样处理，维护了宋江作为孝子的形象，却损害了义士的性格。

（原载《湖北民族学院学报》2006 年第 5 期）

① 司马迁：《史记》卷一百二十四《游侠列传》，中华书局 1975 年版，第 3181 页。

② 司马迁：《史记》卷一百三十《太史公自序》，第 3318 页。

③ 李德裕：《豪侠论》，《李卫公会昌一品集》，中华书局 1985 年版，第 264 页。

④ 施耐庵、罗贯中：《水浒传》，第 1381 页。

从《水浒传》看封建专制 制度下的贪腐问题

　　《水浒传》是一部世代累积型长篇章回小说，所写宋江起义的本事发生在北宋末年，水浒故事经历了从南宋到明中叶数百年的演变，小说祖本系施耐庵、罗贯中创作于元末明初，修订、刊刻于明代中叶，现存最早的全本刻于明代万历年间。小说的创作集体经历过宋元和元明两次朝代更替，而这一时期正是中国封建专制制度逐渐走向衰亡的时期。《水浒传》不仅真实地反映了一次农民起义的全过程，而且深刻地揭示了农民起义的社会根源——封建专制制度下大小官吏令人触目惊心的贪腐问题，堪称一部深刻的反贪小说。

一　无官不贪的社会现实

　　封建专制制度的最突出的特点就是高度的中央集权，皇帝具有至高无上的权力，控制着整个官僚机构，掌握着文武百官的任免、奖惩、升贬大权，并通过官员来掌控军队和司法，维护自己的统治和特权。精明能干的皇帝往往能使政治比较清明，官吏相对廉洁；昏庸无能的皇帝则会大权旁落，吏治腐败。《水浒传》中的宋徽宗，就是一个典型的昏庸无能的皇帝，因他从小爱踢气球，竟然将一个陪自己踢球的流氓无赖高俅提拔为殿帅府太尉。高俅如此，其他官员可以推知。朝中形成了一个由蔡京、高俅、童贯、杨戬构成的四贼集团，"逞佞专权，屈害忠良。"[①] 就如鲁智深所说："只今满朝文武，俱是奸邪，蒙蔽圣聪，就比俺的直裰染做皂了，

　　① 《水浒传》，人民文学出版社 1975 年版，第 1378 页。

洗杀怎得干净。"① 四贼集团结党营私，官官相护。童贯受命率十万官兵出征梁山，结果被梁山义军杀得大败，"三停折了二停"，② 主要原因是童贯刚愎自用，长驱直入，中了义军的十面埋伏。童贯回到东京，与高俅、蔡京商量对策，蔡京以"天气炎热，军士不伏水土，权且罢战退兵"欺骗皇帝，袒护童贯。高俅率十三万水陆大军讨伐梁山，结果连败三阵，被活捉上山。童贯却对徽宗说，"高俅以戈船进征，亦中途抱病而返。"③ 为高俅隐瞒其投降梁山的真相。为了长期专权，他们嫉贤妒能，排斥异己，千方百计阻止皇帝招安宋江等人。在宋江等人接受招安之后，"四个贼臣设计，教枢密童贯启奏，将宋江等众要行陷害。"④ 最终是借方腊之手，将一百单八将大半处置。存活下来的主要将领，也被御酒毒死。

　　奸臣专权，必然贪腐成风。因为他们专权不是为了君国，而是为了私利。《水浒传》用大量的篇幅，细致地展示了北宋末年从朝廷大员到州县小吏无官不贪的社会现实。宿太尉奉敕到梁山泊招安，还收了宋江亲捧的一盘金珠。青州知府慕容彦达，是徽宗天子慕容贵妃的哥哥，皇亲国戚，靠裙带关系上位，"依托妹子的势力，在青州横行，残害良民，欺罔僚友，无所不为。"⑤ 无为军在闲通判黄文炳为了再次做官，闻知蔡九知府是当朝太师蔡京的儿子，时常登门拜谒，送礼行贿，指望他引荐出职。张团练的跟班和打手蒋忠，没有什么官职，却狗仗人势，强夺施恩的快活林，无非看中快活林一月能赚二三百两银子。

　　在封建专制制度下，官员不仅自己横征暴敛，而且一人得道，鸡犬升天，其家人、亲戚、朋友、侍从都倚仗权势，巧取豪夺。《水浒传》真实地描写了朝廷高官的家族式贪腐。蔡京贵为太师，利用手中的权力，安插自己的亲戚，形成了一个典型的家族式腐败网络。他的第九个儿子叫蔡得章，任江州太守。这蔡九知府在江州搜刮民脂民膏，蔡京生日，蔡九知府"安排两个信笼，打点了金珠宝贝玩好之物，上面都贴了封皮。"⑥ 送到东京太师府中。蔡京的女婿梁中书，任大名府留守。蔡京过生日，梁中书连

①　《水浒传》，第 984 页。
②　《水浒传》，第 1060 页。
③　《水浒传》，第 1115 页。
④　《水浒传》，第 1132 页。
⑤　《水浒传》，第 450 页。
⑥　《水浒传》，第 538 页。

续两年送去十万贯金珠宝贝玩器的厚礼。蔡京的门人、华州贺太守，"为官贪滥，非理害民。"①强夺画匠王义的女儿为妾，还将王义刺配。殿帅府太尉高俅比蔡京有过之而无不及，高俅的干儿子高衙内，几次三番调戏林冲的妻子，高俅不仅不加管教，反而设计陷害林冲，将其刺配沧州，欲置之死地而后快。高太尉的叔伯兄弟高廉任高唐州知府，倚仗哥哥势力，无所不为。高廉的妻弟殷天锡则在高唐州横行害人，为强占柴进的叔叔柴皇城的花园住宅，竟然将柴皇城活活打死。《水浒传》的作者绝非向壁虚构，中国历史上不乏蔡京、高俅式的人物。明代权臣严嵩累进吏部尚书、华盖殿大学士，"无他才略，惟一意媚上，窃权罔利。"②卖官鬻爵则为公开的秘密，据明人王宗茂《纠劾误国辅臣疏》记载："嵩挠吏部之权，则每选额要二十员名，州判三百两、通判五百两，天下名区，听其拣择。……嵩揽兵部之权，则每选亦额要十余员名，管事指挥三百两、都指挥七百两。"③严嵩窃政二十年，溺信恶子严世蕃，"朝市一委世蕃"，而世蕃"剽悍阴贼，席父宠，招权利无厌。""熟谙中外官饶瘠险易，责赂多寡，毫发不能匿。其治第京师，连三四坊，堰水为塘数十亩，罗珍禽奇树其中，日拥宾客纵倡乐，虽大僚或父执，虐之酒，不困不已。居母丧亦然。好古尊彝、奇器、书画，赵文华、鄢懋卿、胡宗宪之属，所到辄辇致之，或索之富人，必得然后已。"④据《世宗实录》记载，严家被籍没的财产多得惊人："金三万二千九百六十两有奇，银二百二万七千九十两有奇，玉杯盘等项八百五十七件，玉带二百余条，金厢璃瑁等带一百二十余条，金厢珠玉带绦环等项三十三条、件，金厢壶盘杯箸等项二千八十余件，龙卵壶五把，珍珠冠等项六十三顶、件，府第房屋六千六百余间，又五十七所，田地山塘二万七千三百余亩。"⑤（《世宗实录·四十四年八月》）沈德符在《万历野获编·宰相黩货》条中就举了秦桧和严嵩两例："古来宰相，如秦会之者，其子秦熺，固其妇翁王仲山之孙，而故相王珪之曾孙也，于秦氏何预？乃积镪侔帝室，至死后，四方珍异，犹集其门。且欲以熺嗣为宰相，抑何愚耶？世庙末年，严分宜纵其子世蕃受赂，以致

---

① 《水浒传》，第812页。
② 张廷玉等撰：《明史》卷三百八，中华书局1974年版，第7916页。
③ 陈子龙等：《明经世文编》（四），中华书局1962年版，第3118页。
④ 张廷玉等撰：《明史》卷三百八，中华书局1974年版，第7920页。
⑤ 《明实录》，中研院历史语言研究所1962年影印本，第8848页。

于败。"① 均为父子贪秽，家族式腐败。

在封建社会，地方官员掌握行政与司法大权，百姓饱受压榨和欺辱，却有冤无处伸，有仇不能报，《水浒传》深刻揭示了专制制度下让人绝望的司法腐败。林冲误入白虎堂，系高俅蓄意陷害。而且高俅还公然干预司法，定要开封府尹判林冲"手执利刃，故入节堂，杀害本官"的死罪。② 据当案孔目孙定说："谁不知高太尉当权，倚势豪强，更兼他府里无般不做，但有人小小触犯，便发来开封府，要杀便杀，要剐便剐，却不是他家官府。"③ 西门庆与潘金莲通奸，毒杀金莲亲夫武大郎，武松本来要通过官府为兄长报仇申冤，他找到参与捉奸的郓哥和入殓武大尸首的何九叔，还有武大被毒死的物证——酥黑骨头，到县府告发西门庆和潘金莲，谁知县吏与西门庆有首尾，"官人贪图贿赂"，④ 不予受理，逼得武松只能自己动手为兄长报仇，成为司法腐败的牺牲品。解珍、解宝兄弟靠打猎为生，辛苦多日打得一只老虎，滚落到毛太公后园里。毛太公父子不仅要霸占老虎，到官府领赏，还将解珍、解宝兄弟以"混赖大虫"、"抢掳财物"的罪名送到官府。六案孔目王正是毛太公的女婿，包节级收了毛太公的钱财，两人不问青红皂白，直接将解氏兄弟押入死囚牢。而监狱里也是一团漆黑，武松刚进牢房，十几个囚徒便告诉武松，若有人情的书信和使用的银两，及时送给差拨，否则要吃杀威棒。甚者还有盆吊和土布袋压杀等结果囚徒性命的酷刑。只因小管营施恩有求于打虎英雄，武松才逃过一劫。

封建专制制度必然产生贪腐。人都是有私欲的，从皇帝、大臣到普通百姓莫不如是。作为最高统治者的徽宗皇帝，后宫妃嫔粉黛数以千计，却要到妓院去会李师师。镇关西就是一杀猪卖肉的屠户，既不是官，也不是吏，一样贪财好色，先是强媒硬保要了金翠莲做妾，正妻不容，又追要子虚乌有的三千贯典身钱。郓哥是地地道道的贫民，武松向他询问哥哥被杀的案情，也得向他送礼。掌握公权力的官员，如果缺乏必要的监督与制约，必然会利用手中的权力中饱私囊，为所欲为。《水浒传》中，看似也有对官员的惩罚制度，陈太尉到梁山招安，李逵将诏书撕得粉碎，招安失

① 沈德符：《万历野获编》，中华书局1959年版，第210页。
② 《水浒传》，第109页。
③ 同上书，第109—110页。
④ 同上书，第358页。

败与蔡京、高俅从中作梗有关，徽宗不问青红皂白，却将上奏主张招安的御史大夫崔靖送大理寺问罪。而真正的结党营私、专权误国的四大奸臣，却没有得到应有的惩罚。宋徽宗得知童贯征伐梁山被宋江等人杀得片甲不留；高俅带兵出征被梁山将领活捉上山。事后隐瞒实情，犯欺君之罪，徽宗只是怒斥童贯，并无惩罚。蔡京、童贯等人陷害忠良，毒杀宋江、卢俊义，徽宗也只是责骂高俅、杨戬，不加其罪。更不用说蔡京、高俅等人培植亲信、攫取钱财的贪腐行为。即使皇帝严惩奸邪，也不可能改变官场腐败的现实。朱元璋严惩贪官，大开杀戒，其后仍旧贪污成风，甚至朝杀暮贪。雍正皇帝铁腕治贪，抄家追赃，抄得倾家荡产，而贪官仍旧层出不穷。缺乏实质性的监督和束缚官员的制度与法律，仅依靠皇帝的个人意志来惩治贪腐，只能像割韭菜一样，割了一茬又生一茬。

二　贪腐必然导致革命

官员贪腐，掠夺钱财，霸占妇女，受害者只能是无辜百姓和那些不愿意同流合污的下属。《水浒传》讲述了不少逼上梁山的故事，那些逼人者无一不是贪官污吏。林冲上梁山就是贪官高俅构陷所致。王望如受金圣叹的影响，对宋江起义甚为不满，而对林冲的行为很是理解，他说，林冲上梁山"实由高俅为儿夺妻，陆谦为主杀友，数穷理极，情有可原，较杀人放火走水浒者不同。"① 武松上梁山最初也是由不受理武大郎被杀案的贪腐知县引发的。王望如云："武二为兄报仇，朝家自有王法，何至白昼提刀，呼邻作证，既杀潘金莲，旋杀西门庆，而自取罪戾若此？盖县尹久为西门庆穿鼻，受赃枉法，恬不知怪，武松料仇不得报，又不可不报，故奋然以杀虎之手杀人，虽性命有所不恤也。"② 柴进上梁山是因为殷天锡抢占其叔叔柴皇城的花园住宅引发命案，高廉却将柴进投进死牢。解珍、解宝兄弟上梁山是被那些不为他伸张正义的贪官污吏所逼。晁盖、吴用等人上梁山，也与蔡京、梁中书搜刮民脂民膏有关。容与堂本李卓吾评曰："若不是蔡京那个老贼，缘何引得这般小贼出来？"③ 这些看似是偶发事

<hr>

① 《评论出像水浒传》第十回，王望如回评。《水浒传会评本》，北京大学出版社1981年版，第231页。
② 《评论出像水浒传》第二十五回，王望如回评。《水浒传会评本》，第508页。
③ 《李卓吾先生批评忠义水浒传》第十四回总评，《水浒传会评本》，第269页。

件，其实有其必然性。在封建专制制度下，贪官污吏为所欲为，善良的人们在一再忍让、忍无可忍、走投无路之时，只能奋起反抗，以求一丝生存的希望。当反抗的星星之火一旦成为燎原之势，农民革命便不可避免地发生，历史上的农民革命莫不如此，宋江起义不过是中国历史上无数次农民起义之一。陈忱在《水浒后传》中，借李应之口，历数蔡京、高俅等人罪状："蔡京若不受贿赂，梁中书也不寻十万贯金珠进献生辰纲，以致豪杰们道是不义之财，取之无碍，劫了去上梁山。高俅不纵侄儿强奸良家妇女，也不致把林武师逼上梁山泊。不因受了进润，批坏花石纲，杨统制也不上梁山泊。"① 陈忱将梁山起义与官员贪腐之间的因果关系说得清晰而在理。

　　在生产力尚不发达的封建社会，人民创造的财富是有限的，而官员的贪欲却永远无法满足。不仅贪官欲壑难填，还有贪官的家人、亲戚、朋友、跟班等也狗仗人势，获取利益。贪官污吏的巧取豪夺，势必导致社会财富集中在极少数人手中，而大批百姓连最基本的生存条件也得不到保障。方勺在《清溪寇轨》记载了北宋徽宗朝从皇帝到地方官吏恣纵害民的惨状："迨徽庙继统，蔡京父子欲固其位，乃倡丰亨豫大之说，以咨蛊惑。童贯遂开造作局于苏、杭，以制御器。又引吴人朱勔进花石媚上，上心既侈，岁加增焉。舳舻相衔于淮、汴，号花石纲。至截诸道粮饷纲，旁罗商舟，揭所贡暴其上。篙师柂工，倚势贪横，凌轹州县，道路以目。其尤重者，漕河勿能运，则取道于海，每遇风涛，则人船皆没，枉死无算。江南数十郡，深山幽谷，搜剔殆徧。……民预是役者，多鬻田宅子女以供其须，思乱者益众。"② 方腊首先是官府贪酷的受害者，继而利用这一形势聚众起事。"腊有漆园，造作局屡酷取之，腊怨而未敢发，会花石纲之扰，遂因民不忍，阴取贫乏游手之徒，赈恤结纳之。"方腊对追随者所言，当有鼓动之意，却也基本属实："今赋役繁重，官吏侵渔，农桑不足以供应，吾所赖为命者，漆楮竹木耳，又悉科取，无锱铢遗。夫天生烝民，树之司牧，本以养民也。乃暴虐如是，天人之心，能无愠乎？且声色、狗马、土木、祷祠、甲兵、花石靡费之外，岁赂西北二虏银绢以百万计，皆吾东南赤子膏血也。二虏得此益轻中国，岁岁侵扰不已，朝廷奉之不敢废，宰相以为安边之长策也。独吾民终岁勤动，妻子冻馁，求一日饱

---

① 陈忱：《水浒后传》，上海古籍出版社 1981 年版，第 247 页。
② 方勺：《清溪寇轨》，《水浒传资料汇编》，百花文艺出版社 1981 年版，第 8—9 页。

食不可得。""当轴者皆齷齪邪佞之徒，但知以声色、土木淫蛊上心耳。朝廷大政事，一切弗恤也。在外监司、牧守，亦皆贪鄙成风，不以地方为意，东南之民，苦于剥削久矣。近岁花石之扰，尤所弗堪。"① 方氏所载方腊起事的过程，绝非个案，完全符合封建社会农民起义的共同规律，宋江起义的背景则与方腊基本相同，《水浒传》则将这一规律作了形象化的揭示。金圣叹曾一针见血地指出："高俅无所不为，犹可限也；高俅之伯叔兄弟无所不为，胡可限也！高俅之伯叔兄弟无所不为，不可限也；高俅之伯叔兄弟，又有亲戚，又复无所不为，胡可限也！高俅之伯叔兄弟，又有亲戚，又复无所不为，不可限也；高俅伯叔兄弟之亲戚，又当各有其狐狗奔走之徒，又当各各无所不为，胡可限也！嗟乎！天下者朝廷之天下也，百姓者朝廷之赤子也。今也纵不可限之虎狼，张不可限之馋吻，夺不可限之几肉，填不可限之溪壑，而欲民之不畔，国之不亡，胡可得也。"② 金圣叹早已得出了官员贪腐必然导致革命的结论。

　　奸臣把持朝政，扶持亲信，贤能遭受排挤，得不到重用。吏治的腐败也会导致严重的后果。李贽《忠义水浒传序》云："《水浒传》者，发愤之所作也。盖自宋室不竞，冠屦倒施，大贤处下，不肖处上。""夫忠义何以归于《水浒》也？其故可知也。夫水浒之众何以一一皆忠义也？所以致之者可知也。今夫小德役大德，小贤役大贤，理也。若以小贤役人，而以大贤役于人，其肯甘心服役而不耻乎？是犹以小力缚人，而使大力者缚于人，其肯束手就缚而不辞乎？其势必至驱天下大力大贤而尽纳之水浒矣。"③ 被李贽誉为"忠义之烈"的宋江对宋朝忠心耿耿，于家大孝，为人仗义疏财，江湖上称他为及时雨。虽然只是郓城县的押司，却有远大志向，总想着有朝一日到朝廷为官。从他上梁山以至招安之后的作为来看，宋江确实有很强的组织协调能力、军事指挥能力，乃举世少有的帅才。就是这样一个文武双全的人才，不仅得不到朝廷的重用，反而被贪官押至法场斩首。王望如云："汉代州郡，有才著闻者，例得辟为功曹掾属，往往洊历以致公卿。宋江豪猾大侠，草泽无赖，生当盛时，必不郁郁居人下。拘以名位，縻以爵禄，自不至犯上作乱而为盗。"④ 王望如对宋江存有偏

---

①　方勺：《清溪寇轨》，《水浒传资料汇编》，第9—10页。

②　《第五才子书施耐庵水浒传》第五十一回夹批。《水浒传会评本》，第952页。

③　李贽：《焚书》，中华书局1975年版，第109页。

④　《王望如先生评论出像水浒传总论》，《水浒传会评本》，第36—37页。

见，但他对宋江怀才不遇而聚众起义的认识却颇有见地，奸臣专权，小人得志，嫉贤妒能，任人唯亲，大批贤能之士沉落底层，永无出头之日，这种腐败的用人制度导致一些遭受冷落的能人选择"要当官，杀人放火受招安"的危险路径。还有梁山军师吴用，小说曾用一首《临江仙》词来赞美他的才华："万卷经书曾读过，平生机巧心灵。六韬三略究来精。胸中藏战将，腹内隐雄兵。谋略敢欺诸葛亮，陈平岂敌才能。略施小计鬼神惊。字称吴学究，人号智多星。"① 吴用以谋略著称，可谓神机妙算，料事如神。不仅智取生辰纲是由他组织队伍，出谋划策，梁山的一些重要战事，也是他运筹帷幄，出奇制胜。招安后的征辽、征田虎、王庆、征方腊，宋江也离不开这位高参与军师。如果不上梁山，吴用的卓越才能根本得不到发挥的机会，只能终生在东溪村教村学。王望如云："措大居然宰相才，奈之何不用以说敌国投诚，而说强人入伙也？"② 难道内外交困的北宋王朝不缺人才？非也，是这种专制体制阻碍了优秀人才的晋升之路。王韬《水浒传序》云："试观一百八人中，谁是甘心为盗者？必至于途穷势迫，甚不得已，无可无何，乃至于此。盖于时，宋室不纲，政以贿成，君子在野，小人在位，赏善罚恶，倒持其柄。贤人才士，困踣流离，至无地以容其身。其上者隐遁以自全，其下者，遂至失身于盗贼。呜呼！谁使之然？当轴者固不得不任其咎。"③ 一语道出了梁山好汉聚义的制度原因。

三　革命解决不了贪腐问题

梁山好汉从个人反抗到集体起义，希望消灭贪官，清除奸邪，但并没有达到目的。林冲只是杀了差拨、陆谦、富安，并没有杀死真正的仇人高俅、高衙内。武松也没有杀掉包庇西门庆的贪官知县。即便是林冲、武松杀死高俅父子、贪官知县，还有大量的高俅、贪官，是杀不尽的。梁山义军要清除奸邪，而蔡京、高俅、童贯、杨戬等人继续把持朝政，他们所编织的贪腐网络不会缩小只会扩大。宋江及其所领导的起义军最终接受了招

① 《水浒传》，第 181 页。
② 《评论出像水浒传》第十四回，王望如回评。《水浒传会评本》，第 285 页。
③ 王韬：《水浒传序》，《水浒传资料汇编》，第 374 页。

安。招安之后，蔡京等人百般阻挠天子给宋江等人加官进爵，"四个贼臣设计，教枢密童贯启奏，将宋江等众要行陷害。"① 宋江等人无法在朝廷立足，先后离京征辽、征方腊，实际上是朝廷用战争消灭宋江义军的一种策略。征方腊阵亡五十九位将领，病故十一位将领，还有出家、退隐数人，最后只剩下二十七位将领回京。蔡京、高俅等人还不放心，又将宋江、卢俊义等人用毒药害死。一场以反对贪官、清除奸臣为主要目标的农民革命以失败告终。

宋江等人的失败是必然的。虽然《水浒传》"只反贪官，不反皇帝"（毛泽东语）②，但皇帝和贪官为制度利益共同体，皇帝给贪官职位与特权，贪官执行皇帝的旨意，并为之维护统治、谋取利益。燕南尚生云："凡做官的为非作歹，鱼肉乡民，这都是皇上暗地里给他的特权，所以任凭百姓们扣阍传御状，统是一点效力没有。为什么皇上给他这个特权呢？你想，每逢放一个缺，先得要被放的这个人，使些个七扣、六扣的官利账来，孝敬妃嫔，孝敬皇后，还有什么皇太后、老宫、太监。以外什么随封咧，随封随咧，统要买个水泄不漏，才能望成。这些钱那里去找呢？只有向百姓身上刮摸了。不是皇上给他这种特权，是谁给他的呢？"③ 他们只有巩固封建专制制度才能维护其特权与利益，当反贪的行动危及其利益即统治地位时，一定会动用国家机器残酷镇压。童贯、高俅带兵征讨梁山泊，均是奉旨出征，完全反映了皇帝的意志。只是在征讨失败时，才不得已采用招安的手段。无论是征讨还是招安，目的都是一致的，就是消灭异己力量，保护其既得利益。

即使宋江等人不接受招安，革命成功，也解决不了官吏的贪腐问题。只不过用一群贪官替代了另一群贪官。历史上的农民革命也有成功的先例，刘邦、朱元璋都是利用农民起义建立起一个新的封建专制政权的，其后皇室、官员照样大肆聚敛钱财，兼并土地。如果宋江起义成功，也只能如此。李逵就多次叫嚷："杀去东京，夺了鸟位，在那里快活！""晁盖哥哥便做大皇帝，宋江哥哥便做小皇帝。吴先生做个丞相，公孙道士便做个国师，我们都做将军。"④ 和宋朝的体制没有什么两样。吴沃尧在《说小

① 《水浒传》，第1132页。
② 《人民日报》1975年9月4日。
③ 燕南尚生：《水浒传命名释义》，《水浒传资料汇编》，第403页。
④ 《水浒传》，第574页。

说》中尖锐指出："《水浒传》者，一部贪官污吏传之别裁也。梁山泊一百八人，强半为在官人役，如都头也，教师也，里正也，书吏也，而一一归结于为盗，则著者之视在官人役之为何如可知矣。而如是等等之人，之所以归结于为盗者，无非官逼使然，则著者之视官为何如亦可知矣。"① 在吴沃尧看来，在官人役和官没有什么区别，宋江、晁盖和蔡京、高俅没有什么不同，都是贪官污吏，只是所处地位不同而已。生辰纲事发，吴用提议上梁山，晁盖担心梁山不肯收留，吴用说："我等有的是金银，送献些与他，便入了伙。"② 王望如于此评曰："嗟乎！求官做要使钱，求盗做亦要使钱，此又足以征时变矣。"③ 官府和梁山，都得用钱开路，一样贪财。晁盖、吴用等人劫生辰纲，这些人并非活不下去的穷人，有的反而有一定地位和财产。晁盖是东溪村保正，本乡富户。吴用是一秀才，东溪村的教书先生。生辰纲确属不义之财，但劫取不义之财不一定就是正义的行为，除非你能证明这些不义之财属于你所有。作为郓城县步兵都头的雷横，先捉后放刘唐，还收了晁盖的十两银子，让刘唐十分不满。武松为施恩打抱不平，也是先有施恩好肉好酒伺候。宋江上梁山之后第一次大规模的军事行动就是打祝家庄。祝家庄与梁山泊无冤无仇，只因与梁山毗邻，担心那里贼人来抢粮食，备有私人武装。杨雄、石秀、时迁等人在投奔梁山泊途中，偷吃了祝家店里报晓的公鸡，还放火烧了店子，时迁被庄客捉去。此事是非分明。因此当杨雄、石秀上梁山时，晁盖第一反应是要将两人斩了。宋江极力保下两人的性命，还借机出兵攻打祝家庄。宋江考虑的是梁山"人马数多，钱粮缺少"，"若打得此庄，倒有三五年粮食。"④ 宋江三打祝家庄，连同与祝家庄结盟的扈家庄一并攻破，将祝、扈两家尽数杀害，把两个庄里的粮食、马匹、钱财、牛羊全部运到山上。宋江等人为了梁山的利益，实质上就是集团的私利，杀人劫财，草菅人命，暴露其贪婪的本质。

《水浒传》的作者敏锐地看到并客观地描述了封建专制制度下无官不贪的社会现实，深刻地揭示出官吏贪腐必然导致农民革命的朴素真理，他们同情那些被压榨、被鱼肉的无辜百姓的遭遇，又清醒地认识到百姓的反

---

① 吴沃尧：《说小说》，《水浒传资料汇编》，第 424 页。

② 《水浒传》，第 233 页。

③ 《评论出像水浒传》第十七回，王望如回评。《水浒传会评本》，第 341 页。

④ 《水浒传》，第 661 页。

抗乃至革命都是徒劳的，不可能改变这种现状。他们发现了社会的痼疾，却找不到也不可能找到治疗这一痼疾的良方。他们没有自欺欺人地安排一个美满的结局，而是让反抗者一个个悲惨地死亡，而以四贼为代表的贪腐官员及其赖以生存的专制制度却毫发无损，现实就是这样残酷，令人沮丧，让人绝望，却不得不承认它是真实的存在。

（原载《明清小说研究》2016 年第 1 期）

中国古代历险记小说论纲

——以《西游记》为中心

中国古代小说类型的研究，自鲁迅先生在《中国小说史略》中作出讲史小说、神魔小说、人情小说、讽刺小说的划分与界说之后，基本上沿用鲁迅的小说类型概念。一方面，我们应该充分肯定鲁迅对小说类型研究的杰出贡献；另一方面，也应该承认，由于鲁迅在学术史上的地位与影响，客观上也限制了古代小说类型的研究。实际上，在 20 世纪初期，西方小说大量译介到中国的同时，也引进了不少小说类型概念。成之的《小说丛话》就列举了武事小说、写情小说、神怪小说、传奇小说、社会小说、历史小说、科学小说、冒险小说、侦探小说九种小说类型，① 其中至少有社会小说、科学小说、冒险小说、侦探小说四种概念是舶来品。而成之的分类明显借鉴了管达如的观点，管氏在《说小说》中从"性质上"将小说分为武力的、写情的、神怪的、社会的、历史的、科学的、侦探的、冒险的、军事的九种，② 两人只有一种概念不同。这一代小说理论家，认为"英雄、儿女、鬼神，为中国小说三大原素"。③ "其余子目虽多，皆可隶属于此三类中也。"④ 加之"以西例律我国小说"，⑤ 有些我国古代已经出现的小说类型，也被忽略了，如冒险小说，成之便

---

① 成之：《小说丛话》，陈平原、夏晓虹编《二十世纪中国小说理论资料》第一卷，北京大学出版社 1997 年版，第 451—455 页。

② 管达如：《说小说》，陈平原、夏晓虹编《二十世纪中国小说理论资料》第一卷，第 400 页。

③ 同上书，第 401 页。

④ 成之：《小说丛话》，陈平原、夏晓虹编《二十世纪中国小说理论资料》第一卷，第 455 页。

⑤ 定一：《小说丛话》，陈平原、夏晓虹编《二十世纪中国小说理论资料》第一卷，第 99 页。

云："此种小说，中国向来无之，西人则甚好读之。如《鲁滨孙漂流记》等，其适例也。此种小说，所以西有而中无者，自缘西人注意于航海，而中国人则否。"[①] 事实上，在中国古代小说史上，存在这样一类小说，其中心情节与主要内容是叙述一群人以惊人的毅力、非凡的本领，历经千难万险，战胜各种天灾人祸，最终完成某种神圣的使命。这类小说我们借用一个西方小说类型概念，称之为历险记小说。这类小说包括《西游记》、《西洋记》、《后西游记》、《镜花缘》、《续西游记》等。这些小说的确定，是依据小说的主要内容与结构，《西游记》就如它的题目所示，主要是写西天取经的过程，大闹天宫就如其后的取经缘起一样，是取经的必要准备与交代，只不过因为写得十分精彩而具有了独立的思想价值，但这并不足以影响其类型的划分。《镜花缘》严格地说，只有五十四回之前是地道的历险记小说，学术界几乎一致公认，正是这五十四回体现了整部小说的价值与特点，因此，笔者认为将它划入历险记小说是合适的。

一　古代历险记小说的发生与演变

中国古代历险记小说的发生与古代游记有密切关系。游记是历代文人喜爱的文体，文人墨客在游览名山大川、亭台楼阁、文物古迹之后，大多会留下文字，记载游历的经过、描写沿途的见闻，有的还就途中的人或事发表议论。这种文体，魏晋以降，连绵不绝，而又以唐宋为盛。有的文章借用这种文体，记叙想象的游历与场景，如陶渊明的《桃花源记》，如同短篇小说。对《西游记》的创作产生直接影响的《大唐西域记》，如果从文学体裁的角度看，不妨视为长篇游记。它详细记载了玄奘西行途中经历各国的地理位置、山川物产、风土人情、宗教信仰、文物古迹等，只不过玄奘旅游的时间更长、地点更多、见闻更广而已。游记对古代历险记小说的影响主要表现在两个方面：第一，以旅游者的游览过程为结构线索；第二，以旅游者的见闻与经历为主要内容。记行程、录见闻，游记的两大文体特征，均为历险记小说所借鉴。历险记小说的名称大多带一"记"字，

---

① 成之：《小说丛话》，陈平原、夏晓虹编《二十世纪中国小说理论资料》第一卷，第455页。

更是直接源于游记。

宋代说经话本《大唐三藏取经诗话》可视为历险记小说的雏形，该书记叙三藏法师与猴行者一行七人上西天取经，经过十几个国度，历尽各种磨难，取回经书。它不仅是章回小说《西游记》成书过程中的一个重要阶段，也具备了历险记小说的一些特点。不过作为一种说经话本，它叙事简略，情节粗陈梗概，较少具体描写，形象不够鲜明，缺乏小说作为案头阅读的文学作品所具有的审美价值。明中叶章回小说《西游记》的诞生，标志着中国历险记小说的成熟，作者在前人创作的基础上，以丰富的想象力和极大的创造力，奠定了我国历险记小说的基本特征与民族特色，成为古代历险记小说的典范，对后来的历险记小说产生了深远的影响，一大批续书与仿效之作的产生就是明证。

《西洋记》的创作明显受到《西游记》的影响，有些情节与人物带有模仿的痕迹，如途经女儿国，众军士误饮子母河水怀孕，几乎是照搬《西游记》中唐僧师徒过西梁女国在子母河受灾的故事。《西洋记》中的金角大仙、银角大仙乃袭用《西游记》中金角大王、银角大王。《西洋记》第二十一回转述了《西游记》中魏征梦斩泾河龙和唐太宗游地府的故事。但从历险记小说演变史的角度来看，《西洋记》又是一部富有创新意义的小说。综观古代历险记小说，大体又可分两类，一为跋山涉水型，包括《西游记》及其续书《后西游记》、《续西游记》等；二为漂洋过海型，包括《西洋记》、《镜花缘》等。《西洋记》显然是后一类小说的开山之作，颇受学界好评的《镜花缘》明显受到《西洋记》的影响，《西洋记》的创作，丰富了我国古代历险记小说的题材，理应得到足够的重视。

李汝珍《镜花缘》的出现，标志着中国古代历险记小说完成了从写神到写人的历史性的转变。中国早期的历险记小说与神话有千丝万缕的联系，《西游记》从小说题材的角度看，就是一部神话小说。书中的主要人物孙悟空具有七十二变、十万八千里筋斗云的超人本领，他在降妖除怪的过程中，可以随便使唤天宫地府的各位神佛。猪八戒原本是天河水神，天蓬元帅，只因蟠桃会上酗酒戏了仙娥，被罚下天界，投了猪胎。沙僧原本是卷帘大将，因蟠桃会上打破玻璃盏，被贬下界，落入流沙河。两位都为保护唐僧上西天取经有功，修成正果，重返天界。唐僧师徒的对手也不是凡人，黑松林的黄袍老怪是斗牛宫外二十八宿的奎木狼下界，平顶山的金角大王、银角大王原来是太上老君看金炉银炉的两个童子，乌鸡国的假国王是文殊菩萨的青毛狮子，小雷音寺的黄眉怪是弥勒佛的黄眉童儿，无底洞的老鼠精是托塔天王的干女儿。他们兴妖作怪，危害一方，也非人间的权奸恶霸可比。《西洋记》虽然因袭了《西游记》的部分内容，书中的重要人物也带有浓厚的神话色彩，三宝太监是虾蟆精转世，王尚书是白虎星下凡，大明国师金碧峰、大明国天师张天师均会法术，国师与天界、佛界的各位神仙也有交往。但《西洋记》所描写的国度的国民大多是人而非妖魔，船队与番国作战，虽有斗法、借神仙助阵等描写，但其主要战事还是两军对阵，将领出战，一刀一枪地厮杀，有如《三国》、《水浒》中的战争一般。小说《镜花缘》则大不相同，书中虽偶有遇水怪、山精的情节，但主要内容已不再写神仙妖魔，也没有征战杀伐之事。林之洋一行所经国度，有不少奇人异事、奇花异草、奇风异俗，但都发生在尘世而非天界，各国国民的思想行为已不带神话色彩，基本上是中国化的常人。

二　异域的想象与现实的幻化

中国古代历险记小说有意识展现异域风土人情，奇人异事。小说素材本身便带有传奇色彩。《西游记》取材于唐代玄奘西天取经的故事。玄奘从长安出发，沿丝绸之路西行至西亚往南，最后到达印度，往返历时十七年，行程逾万里，九死一生。取回佛经六百多部，可谓中印文化交流史上的一大壮举。《西洋记》取材于明代郑和下西洋的故事。三宝太监郑和经过充分的准备，先后七次率中华远洋船队出航，遍访东南亚、南亚各国，最远到达非洲东岸，要比哥伦布率西班牙船队横越大西洋、发现新大陆，达·伽马率葡萄牙船队绕航南非好望角抵达印度西海岸早大半个世纪。这种令人神往的长途跋涉，激发古代文人作家多少奇异的想象，让获知此事的人们产生不可遏止的好奇。沿途各国的百姓是如何生存繁衍？山川河流呈何种形态？这一切都和中国一样吗？古代历险记作家不能回避这些问题，读者也急切地想知道这一切。可惜这些作家并没有这种远行经历，甚至缺乏相关的人文地理知识，他们不可能准确地描绘各国的山川风物，也不可能真实地再现各国的风土人情。一方面，他们只能借助文献资料，根据前人的有关记载进行加工创作。玄奘取经，归国后曾奉诏口述见闻，由其门徒辩机辑成《大唐西域记》一书，书中记述了玄奘经历一百多个国家和地区的见闻，"皆存实录，匪敢雕华。"弟子慧立、彦悰著的《大唐大慈恩寺三藏法师传》也记录了玄奘取经的经历和见闻。《西游记》虽然主要人物与情节多属虚构，但并非全无事实依据，小说中所写的流沙河就是在玄奘经过的"八百里沙河"的大沙漠的基础上创作的。书中著名的火焰山也实有其山，只是没有发生三调芭蕉扇的故事。郑和下西洋，随从人员费信和马欢分别撰写了《星槎胜览》、《瀛涯胜览》，翔实记载了沿途各国的风土人情。这为罗懋登描述郑和沿途所见奇闻异事提供了极大的方便。《西洋记》第三十三、第三十四回写罗斛国习俗："大凡有事，夫决于妻。妇人智量，果胜于男子。……本国风俗，有妇人与中国人通奸者，盛酒筵待之，且赠以金宝，即与其夫同饮食，同寝卧，其夫恬不为怪，反说道：'我妻色美，得中国人爱。'借以宠光矣。"这一描述源于《瀛涯胜览》："其俗凡事皆是妇人主掌，其国王及下民若有谋议、刑罚、轻重、买卖一应巨细之事，皆决于妻。其妇人志量，果胜于男子。若有妻与中国人通奸者，则置酒饭同饮坐寝，其夫恬不为怪，乃曰：'我妻美，为中国人喜爱。'"①《西洋记》第五十九回写翠蓝屿的人不穿衣服："山下居民，都是些巢居穴处，不分男女，身上都没有寸纱，只是编辑些树叶儿遮着前后。……当原先释迦佛在那里经过，脱了袈裟下水里去洗澡，却就是那土人不是，把佛爷的袈裟偷将去了。佛爷没奈何，发下个誓愿，说道：'如有穿衣服者，即时烂其皮肉。'因此上传到如今，男妇都穿不得衣服。"关于此事，《星槎胜览》、《瀛涯胜览》均有记载，《瀛涯胜览》云："彼处之人巢居穴处，男女赤体，皆无寸丝。……人传云：'若有寸布在身，即生烂疮。'昔释迦佛过海，于此处登岸，脱衣入水澡浴。彼人盗藏其衣，被释迦咒讫，以此至今人不得穿衣。"②《西洋记》描写郑和所经国度之奇风异俗参阅《星槎胜览》、《瀛涯胜览》者还有很多，不一一列举。另一方面，小说家从古代神话、笔记、小说著作中找材料，将富有奇异色彩的完全中国化的神话传说搬到小说中来。《镜花缘》中不少异域风情的描写，实际上用的都是中国的神话传说。君子国最早见于《山海经》："君子国在其北。衣冠带剑，食兽，使二大虎在旁。其人礼让不争。"③ 李汝珍根据"其人礼让不争"虚构了君子国国民在市场交易中，卖方要付

---

① 马承钧：《瀛涯胜览校注》，中华书局 1955 年版，第 19 页。
② 同上书，第 34 页。
③ 袁珂校注：《山海经》，巴蜀书社 1993 年版，第 301 页。

好货收低价，而买主却坚持付高价取次货。《镜花缘》中所写的大人国、聂耳国、长臂国、小人国、穿胸国、黑齿国、白民国在中国古籍中均有记载。《镜花缘》中所写的一些奇奇怪怪的动植物不少也见于中国古籍记载。当康见《山海经》，果然见《夷坚续志》，药兽见《罗泌路史》，不孝鸟见东方朔《神异经》，木禾见《淮南子》，清肠稻见王嘉《拾遗记》，肉芝见《寰宇记》，蹑空草见《洞冥记》。由于这些国家以及动植物大多源于神话、志怪之书，并不为人们所习见，确实能给读者以殊方异域之感。

中国古代历险记在对异域的描写中，寄寓了作家对中国现实的讽喻。由于小说中的异域非实录而乃想象，这给小说家提供了极大的方便。《西游记》"讽刺揶揄则取当时事态"① 的特点非常明显。车迟国王宠信道士，重用虎力大仙、鹿力大仙、羊力大仙，拆庙毁佛，四处捉拿和尚服役，"莫说是和尚，就是剪髮、秃子、毛稀的，都也难逃。"比丘国国王被道士所献女妖迷惑，纵欲致病，命在旦夕，道士称有海外秘方，要用一千一百一十一个的心肝作药引子煎汤服药。书中这些道士祸国的描述，很容易让人想到明朝皇帝特别是嘉靖皇帝，宠信道士，炼丹服药，一些方士投其所好，献方药聚贵的丑恶现实。罗懋登《叙西洋记通俗演义》云："今日东事倥偬，何如西戎即序，不得比西戎即序，何可令王、郑二公见，当事者尚兴抚髀之思乎！"② 罗懋登生活在明代万历年间，当时东南沿海倭寇猖獗，朝廷对此无能为力，作者写《西洋记》就是要用郑和下西洋抚夷安国的壮举与今日东事倥偬的现实进行对比，让执政者有发愤中兴之志。《镜花缘》中的女儿国不同于传说中的国中无男，浴水则孕的国家，而是作者虚构的一个以女性为中心的社会，"男子反穿衣裙，作为妇人以治内事；女子反穿靴帽，作为男子以治外事。"③ 该国男人还要接受穿耳、缠足等生理摧残。所有这些描写无疑是对封建社会男尊女卑、男人主宰世界，并按照自己的需要制定各种法律制度压迫妇女的社会现实的无情揭露和绝妙讽刺。

---

① 鲁迅：《中国小说史略》第十七篇，人民文学出版社 1981 年版，第 162 页。
② 罗懋登：《叙西洋记通俗演义》，上海古籍出版社 1985 年版，第 19—20 页。
③ 李汝珍：《镜花缘》，人民文学出版社 1955 年版，第 229 页。

三　历险者群像与缀玉式结构

近代学者曾经这样比较中西小说的差异："且西人小说所言者举一人一事，而吾国小说所言者率数人数事，此吾国小说界之足以自豪者也。"①这样概述中西小说的整体差异，结论也许不能成立，如果限定在中西历险记小说的范围，这一论断还相当准确。中国古代历险记小说与西方同类小说写个人奋斗和孤军作战不同，往往写一个群体历险，依靠集体的力量战胜困难。《西洋记》写群体历险有史实的依据，郑和下西洋确实是一支有组织的庞大的远洋船队的集体行动。小说写三宝老爷、王尚书两位元帅在金碧峰、张天师的帮助下，率众前往西洋抚夷取宝，班师回朝。是在史实的基础上进行了虚构与加工。《西游记》写唐僧师徒四人的上西天取经则完全是小说家言，按照史实，玄奘是在唐朝禁止"出番"的时期，冒着风险，随着饥民混出长安，只身前往天竺的。《大唐三藏取经诗话》说是"僧行七人"，实际出场人物只增加了保护玄奘取经的白衣秀才猴行者，而这部说经话本正是《西游记》演变史上的一个重要阶段，古代历险记小说的雏形。《镜花缘》中两次出海远航，都是集体行动，第一次主要人物有唐敖、林之洋、多九公，唐敖"入仙山撒手弃凡尘"之后，第二次远航则是唐小山请林之洋带其出海寻父。在这个历险群体中，中心人物一般也就三四个，首领、超人和搭档必不可少。每个中心人物都有相应的职责，首领是这次历险任务的坚定的执行者，在群体中具有至高无上的权威，但在遇险时往往束手无策，因而首领只有符号意义，在小说中的地位并不重要。超人在历险群体中举足轻重，没有超人，就不可能历险。他足智多谋、武艺超群，法术无边，遇到险情总是由他出面排解。小说家实际上也是将他作为第一主人公来处理的，《西游记》开篇便是孙悟空大闹天宫的故事。《西洋记》中第一个出场的主要人物便是金碧峰。搭档与超人的关系既是伙伴，又是对手。作为伙伴，他帮助超人降妖除怪，走出困境。作为对手，他又嫉妒超人的能力与功绩，不时给伙伴添点麻烦。这种微妙的人物关系，为历险记小说平添了几分喜剧色彩。

① 天僇生：《中国历代小说史论》，陈平原、夏晓虹编《二十世纪中国小说理论资料》第一卷，第288页。

　　历险记小说主要内容是一群人的历险过程，这就决定了它用人物群体连缀一系列故事的结构方式。唐僧上西天取经便经历了九九八十一难，一难就是一个故事。郑和下西洋经过了三十九个国度，每个国度都有故事发生。而人物则贯穿始终，经过各种磨难，一次磨难就如国画的一次皴染，反复皴染就将人物描绘得更加传神。在早期章回小说从重故事到重人物的转化过程中，这种缀玉式的结构方式起到了重要作用。缀玉式结构收放自如，短则数回，长可无限，小说家可根据需要而定。而在结构框架之内，故事的先后顺序，大多可以灵活处理，天灾与人祸交错，文戏与武戏相济，大事与小事互补，小说家可按照情节发展的波澜和读者阅读心理巧妙安排。这种带有现代色彩的结构形态，是历险记小说的一大创造。这种结构方式与说话艺术有直接关系，《西游记》的结构既是古代历险记小说的结构标本，又对后来的历险记小说产生了直接的影响。作为早期章回小说，《西游记》经历过《大唐三藏取经诗话》、《西游记平话》等说话艺术发展阶段。这种内容丰富的说话故事，艺人不可能在某个单位时间一次讲完，必须采用"欲知后事如何？且听下回分解"的方式，连续讲几天、十几天甚至几十天。一天一个故事或几天一个故事，自然形成了缀玉式的结构方式。直到今天，仍然有小说家采用这种结构进行创作，由此可见缀玉式结构有其强大的生命力。

　　（原载《湖北大学学报》2006 年第 3 期，《学术月刊》2006 年第 9 期摘要转载）

从年龄的角度看孙悟空

　　孙悟空是一个神魔形象，很少有人关注他的年龄，何况孙悟空到森罗殿上强索生死簿，勾掉了猴类，本该享寿"三百四十二岁"[①]的孙猴子，这下连阎王也管不着了，再加上他还偷吃过蟠桃、金丹、仙酒，可以长生不老，年龄对于孙悟空来说似乎没有意义。但是，只要细读《西游记》就会发现，作家对孙悟空的年龄是相当重视的，对他不同年龄阶段的故事安排是颇具匠心的。

　　孙悟空有两个年龄，一个是作为神魔的年龄，《西游记》从第一回花果山风化石猴（即孙悟空出世）写起，到第一百回孙悟空修成正果结束，写了他五百四十几年的故事，如果加上石猴三百年的风化时间（第三回），则有八百多年。另一个是作为常人的年龄，除去被如来佛压在五行山下的五百余年和石猴风化的三百年，小说实际上只写了孙悟空四十多年的人生经历。其中被压之前有二十几年，孙悟空拜师学艺回花果山的时候，混世魔王说他"年不过三旬"（第二回），从五行山下出来保护唐僧上西天取经有十四年。唐僧取经回到长安，唐太宗接见师徒四人，唐僧告知太宗，上西天取经"经过了十四遍寒暑"（第一百回），从贞观十三年到贞观二十七年。这一事件与史实稍有出入，据《旧唐书》本传记载，玄奘"贞观初，随商人往游西域。玄奘既辩博出群，所在必为讲释论难，蕃人远近咸尊伏之。在西域十七年，经百余国，悉解其国之语，仍采其山川谣俗，土地所有，撰《西域记》十二卷。贞观十九年，归至京师。"[②]作家不会不知道玄奘取经的史实，大概是因为写神话故事，有意更改了历史。孙悟空在五行山下前后两个时间段相加，约四十几年，一个常人孙悟

---

　　① 《西游记》第三回，人民文学出版社 1980 年版，第 38 页。
　　② 刘昫等：《旧唐书·方伎传》，中华书局 1975 年版，第 5108 页。

空。五百多岁或八百多岁，和孙悟空的一副猴像、无父无母一样，只是神魔形象的需要，小说也并没有详尽叙述他五百多年的履历。

孙悟空一生做了两件大事，一件是大闹天宫，另一件是保护唐僧到西天取经。第一件事发生在青年阶段，第二件事发生在中年阶段。作家通过这两个故事，不仅完整地展示了孙悟空一生的功绩，而且寄寓了作家对人生问题的深沉思考。

孙悟空出世之后，在花果山和一群猴子度过了他无忧无虑的童年时光，孙悟空在水帘洞称王的经历，和人类的童年游戏类似。作者对其童年作了简要交代之后，紧接着便重点展示孙悟空人生的重要阶段——青少年时期。这一时期的孙悟空具有强烈的求知欲，四处拜师学艺，增长知识与本领。他忧虑将来年老血衰，要"学一个长生不老"之术，（第一回）云游四方，参访仙道，功夫不负有心人，用了"十数个年头"，终于在灵台方寸山斜月三星洞找到菩提祖师，"美猴王一见，倒身下拜，磕头不计其数，口中只道：'师父！师父！我弟子至心朝礼'！至心朝礼！'"（第一回）虔诚拜师，急切学艺，是此时孙悟空的唯一目的。此后六七年时间，每日"与众师兄学语言礼貌，讲经论道，习字焚香"，"闲时即扫地锄园，养花修树，寻柴燃火，挑水运浆。"听祖师开讲大道，"喜得他抓耳挠腮，眉花眼笑。忍不住手之舞之，足之蹈之。"（第二回）在菩提祖师门下十年，孙悟空学到了七十二般变化和十万八千里筋斗云。最后因为在大众面前卖弄变化之术，被祖师逐出师门，此时孙悟空已"离家有二十年矣"，（第二回）已是一个一身本事的二十多岁的大小伙子。

青年孙悟空血气方刚，精力充沛，又练就一身本事，敢想敢干，无所畏惧，甚至不计后果。与混世魔王的一场恶斗，孙悟空知道了兵器的重要。为了一件趁手的兵器，他大闹龙宫，取走了天河定底的神针铁。冥王派人来勾魂，孙悟空大闹地府，强索文簿，将猴类一笔勾销。此时的孙悟空自视甚高，根本不把龙王和冥王放在眼里，为所欲为。为此孙悟空得罪了东海龙王和地府冥王，二王先后到灵霄殿告状，这样孙悟空便成了玉皇大帝的眼中钉。在孙悟空的眼里，根本没有权威与神圣，玉帝派人来擒拿，被他打得夺路逃生，并向玉帝提出休兵的条件：封齐天大圣，"如若不依，时间就打上灵霄宝殿，教他龙床定坐不成！"（第四回）事实上就是威胁。玉帝对孙悟空无计可施，派人请如来佛救驾。孙悟空竟然向如来当面提出，要玉帝把天宫让出来，大圣道："他虽年劫修长，也不应久占此位。常言道：'皇帝轮流做，明年到我家。'只教他搬出去，将天宫让与我，便罢了；若还不让，定要搅攘，永不清平。"（第七回）还和如来打赌争胜，最后被如来压在五行山下。孙悟空为自己的年轻鲁莽付出了沉重的代价。

青年孙悟空爱惜自己的名声，渴望得到他人的认可与尊重，特别在意别人对自己的评价。孙悟空两次上天宫，又两次打出天门，都与他没有得到尊重有关。玉帝接受太白金星的建议，将孙悟空招安到天宫，封为弼马温，孙悟空高高兴兴到御马监上任，当他得知弼马温是一个未入流的末等小官，"只可与他看马"时，"不觉心头火起，咬牙大怒道：'这般藐视老孙！老孙在那花果山，称王称祖，怎么哄我来替他养马？养马者，乃后生小辈，下贱之役，岂是待我的？不做他！'"（第四回）花果山的美猴王，哪里受过这种羞辱，他取出金箍棒，打出南天门。孙悟空回到花果山，玉帝又派李天王和哪吒三太子带兵擒拿，因为斗不过孙悟空，玉帝再次玩起了招安的把戏，封孙悟空为齐天大圣，并起一座齐天大圣府，设仙吏左右伺候。又安排他代管蟠桃园，完全满足了孙悟空的愿望。后来王母娘娘设蟠桃大会，各宫各殿大小尊神都应邀赴宴，只是没有孙悟空的席位。齐天大圣只是一个虚名，天宫的神仙根本没有把他放在眼里。孙悟空明白就里，偷吃了玉液琼浆，葫芦金丹，搅乱了蟠桃大会，再次回到花果山。

青年孙悟空缺乏人生阅历与经验，对一些复杂的事情看不清楚，容易上当受骗。玉皇大帝第一次招安孙悟空，是为了"把他宣来上界，授他一个大小官职，与他籍名在箓，拘束此间。"（第三回）孙悟空根本就不知道背后的阴谋，高高兴兴地到御马监上任，直到孙悟空打出天门，也不知道玉帝有意拘束他。玉帝第二次招安孙悟空，是因为没有人能降伏孙悟空，玉帝只得接受太白金星的意见，加他个齐天大圣的空衔，"只不与他管事，不与他俸禄，且养在天壤之间，收他的邪心，使不生狂妄。"（第四回）而孙悟空受封之后，遂心满意，欢天喜地，再次上当受骗。本事超群的孙悟空最终被擒拿，也是没有经验，遭人暗算。

大闹天宫时期的孙悟空，其所作所为、所思所想体现出年轻人的心理特点和人格特征。

天不怕、地不怕的孙悟空，最终吃了太上老君的暗算，被金钢琢打中天灵，又遭二郎神的细犬咬了一口，跌倒被擒。刀枪不入的孙悟空，被太上老君放入八卦炉中，烧了七七四十九天，炼就了一双火眼金睛，炉门一开，纵身跳出丹炉。最后被如来佛压在五行山下，饥食铁丸，渴饮铜汁，长达五百余年。《西游记》写孙悟空压在五行山下的时间有明显的错误，小说中多次提到，孙悟空压在五行山下五百余年，但住在五行山下的猎户刘伯钦这样向唐僧介绍神猴："先年间曾闻得老人家说：'王莽篡汉之时，天降此山，下压着一个神猴，不怕寒暑，不吃饮食，自有土神监押，教他饥餐铁丸，渴饮铜汁；自昔到今，冻饿不死。'"（第十四回）王莽篡汉在公元9年，小说写唐僧上西天取经，出发于唐贞观十三年，即公元639年，这样算来，孙悟空在五行山下压了六百三十年，而不是五百余年。这应该是作家疏忽所致。不管是五百余年，还是六百三十年，对孙悟空来说都是一个漫长的煎熬过程。孟子曰："天将降大任于是人也，必先苦其心志，劳其筋骨，饿其体肤，空乏其身，行拂乱其所为，所以动心忍性，曾益其所不能。"①五百年的磨难，五百年的历练，即便是妖猴的孙悟空也该长大了，成熟了，能当大任了。

孙悟空保护唐僧取经之初，作者曾写到孙悟空的年龄，一位接待唐僧师徒的老者问悟空"你也有年纪了？"悟空反问老者"你今年几岁了？"当老者答道"我痴长一百三十岁"时，行者道："还是我重子重孙哩！我那生身的年纪，我不记得是几时；但只在这山脚下，已五百余年了。"（第十四回）此后还多次写到孙悟空炫耀自己的年龄，作者似乎有意识提醒读者，此时的孙悟空已不再是一个毛头小伙，而是一个有阅历、有经验的中年人。作为常人的孙悟空，此时应该是三十多岁，按当时的平均寿命和结婚年龄，他也应该是人到中年了。

人到中年的孙悟空，最大的改变是有了很强的使命感和责任心。青年孙悟空责任感是不强的，做水帘洞的千岁大王，本应保护众猴的安全，但他为了学习长生不老之术，云游二十年，让他的猴子猴孙们被混世魔王欺辱。做齐天大圣，玉帝派他代管蟠桃园，孙悟空监守自盗，将园里的熟桃全偷吃了，王母娘娘做蟠桃胜会，根本无桃可摘。自从唐僧将他从五行山下救出，孙悟空拜唐僧为师，并接受了保护师傅到西天取经的任务，此后孙悟空一直恪尽职守，兢兢业业，十几年如一日，克服了众多常人难以想象的困难。九九八十一难，对孙悟空来说并不是最难的，最难的还是糊涂师父的冤枉与惩罚，轻则念紧箍咒，痛得在地上打滚，重则赶出取经队

---

① 《孟子·告子下》，《孟子译注》，中华书局1960年版，第298页。

伍。白骨精想吃唐僧肉，先后变成送饭的农妇、寻找女儿的老妇人、寻找妻儿的老公公，唐僧、八戒都被她骗过，只有孙悟空一眼就看清了她的真面目，担着被严厉惩罚的风险，三次才将白骨精打死。救了唐僧的孙悟空，最后却被唐僧赶出了取经队伍。无论受到多大的委屈，一旦得知师父有难，马上回去搭救师父，保护师父上西天取经才是他一生最神圣的使命。小说最后写唐僧师徒取回真经，孙悟空"在途中炼魔降妖有功，全终全始"，加封斗战胜佛。（第一百回）

孙悟空的责任感在取经途中不断升华，不仅仅是保护师父，还要拯救沿途受苦受难的百姓，成为老百姓心目中的救世英雄。孙悟空三调芭蕉扇，固然是为了打通西去之路，也是为了让火焰山周围的百姓能种庄稼，生存下去。孙悟空用芭蕉扇扇了三下，火焰熄灭，微风习习，细雨霏霏，师徒过火焰山应该是非常凉爽舒适。孙悟空听说山火熄灭，只收的一年五谷，又会死灰复燃。为了断绝火根，孙悟空一连扇了四十九扇，完全是为了山下受难的百姓。孙悟空一路降妖除怪，直接的目的是保护师父上西天，但也有一些妖怪并不妨碍他们师徒西行，当孙悟空发现这些妖怪欺压百姓、残害生命，孙悟空路见不平，拔刀相助，为沿途百姓除害，完全是一个江湖好汉的形象。唐僧师徒四人过比丘国，看见家家门口放着鹅笼，里面装着小男孩，大者不满七岁，小者只有五岁。打听得知，原来三年前有一个道人，送给国王一个年轻貌美女子，国王昼夜贪欢，身体尪羸，命在旦夕。道人献上海外秘方，要用一千一百一十一个小儿的心肝做药引子。鹅笼里得到小儿就是备用的。此事与取经毫无关系，但孙悟空当即决定要救这一千多个儿童，他先将小儿摄出城外，藏匿山中，再陪师父去见国王。原来这道人是一个妖怪，听说小儿被冷风刮走，道人提出可用唐僧的心肝替代，此时才危害到取经大业，或者说是因为孙悟空救一千多个儿童的生命才引火烧身。孙悟空最终降伏妖怪，不仅仅是救了唐僧，更重要的是救了一千多无辜的儿童。

积累了丰富人生经验的孙悟空，不再像早年那样容易上当受骗，白骨精三次变化，只能骗过唐僧和猪八戒，逃不过孙悟空的火眼金睛。天竺国的假公主是一个妖邪，将真公主摄去抛在荒野，自己变做公主模样，抛绣球打中唐僧，要招为驸马。连国王、后妃都被妖邪蒙蔽。孙悟空一眼就看清的她的真面目，并降伏妖邪，让她现了原形。人到中年的孙悟空，遇事不再一味蛮干，经常是凭借智慧去解决问题，化险为夷。过灭法国，国王无端造罪，要杀一万个和尚，两年来已经杀了九千九百九十六个无名和尚，只等四个有名的和尚凑成一万。唐僧师徒四人，正合此数。按孙悟空年轻时候的脾气，他会挥舞金箍棒，打杀国王，为冤魂报仇，为师父开路。而此时的孙悟空异常冷静，他拔下左臂上的毫毛，变为无数个小行者，拔下右臂上的毫毛，变成无数个瞌睡虫，让皇宫内院，五府六部，各衙门大小官员宅内，人人稳睡。孙悟空又晃一晃金箍棒，变成千百口剃头刀，吩咐小行者各拿一把，将国王皇后、宫娥彩女、大小官员全部落发。此举不动一刀一棒，不仅救了师徒性命，还让国王皈依佛教，把灭法国变成了钦法国。

从青年到中年，年龄和阅历让孙悟空的性格发生了一些变化，但有一些东西没有丝毫的改变，被一以贯之地保留下来。这就是孙悟空持之以恒、坚韧不拔的毅力和百折不挠、永不言败的精神。青年时期，孙悟空虽然没有明确的人生目标，但在追求人生自由、维护人格尊严的过程中，从来没有退让和屈服。即便是被太上老君放在八卦炉中炼了四十九天，开炉跳出，孙悟空取出如意棒，"打得那九曜星闭门闭户，四天王无影无形。"（第七回）中年时期，孙悟空在取经途中，遇到任何凶恶、强大、狡猾的对手，受到任何的挫折和打击，绝不气馁，绝不妥协。小说多次写到孙悟空经过三次努力，最终获得成功的故事。三打白骨精、三调芭蕉扇，在车迟国降伏虎力大仙、鹿力大仙、羊力大仙三个妖道，在狮驼山，请如来、文殊、普贤收服狮王、象王、大鹏三个毒魔……这里的"三"不是实指，而是言其多，至今还有"一而再、再而三"、"事不过三"等成语和俗语表示多的意思。孙悟空经过三次努力成功、一连降伏三妖的故事，就是要凸显其锲而不舍的精神。

20世纪50年代，有学者用阶级斗争学说来分析《西游记》和孙悟空形象，张天翼认为："一边是神，神是高高在上的统治者，上自天界，下至地府，无不要俯首听命。一边是魔——偏偏要从那压在头上的统治势力下挣扎出来，直立起来，甚至于要造反。天兵天将们去收服，魔头们要反抗，就恶斗起来了。""胜利总是在统治阶级神的那一边。连孙悟空那样一个有本领的魔头，终于也投降了神，——叫'皈依正道'。他保唐僧到西天去取经，一路上和他过去的同类以至同伴作恶斗，立了功，结果连他自己也成了神，——叫作成了'正果'。"① 也有学者只同意张天翼对大闹天宫时期的孙悟空形象的分析，认为"孙悟空和天上世界的所谓神魔的斗争，分明是封建社会阶级斗争的升华。神的统治者，神的统治机构，不过是中国富有特征的封建统治者、封建统治机构的幻化，而孙悟空也恰恰是人的叛逆英雄的理想化。"却不同意张天翼对西天取经时期的孙悟空的看法，"从整个形象看来，他并不是悲剧的性格。相反的，却仍然是一个洋溢着战斗热情的英雄形象，渗透在这个英雄形象里的，并不是残害同伴的卑劣品质，而是那种为了既定事业奋斗到底的崇高而忠诚的精神。"② 虽然笔者不同意张天翼对孙悟空形象的分析，但是，如果从文章逻辑的统一性来看，张天翼的观点无疑更有道理，只要是承认孙悟空大闹天宫是反抗统治阶级，那么，孙悟空皈依佛门，保护唐僧上西天取经就是投降与叛变。这是用阶级斗争学说解读《西游记》的唯一结论，而这种结论并不符合作家的创作意图和历代读者的阅读理解。如果从小说写人生的角度来看，《西游记》完整叙述了孙悟空一生的经历和功绩，也真实地呈现了不同时期的性格特点，大闹天宫和西天取经故事中的孙悟空，其性格确实发生了一些变化，这些变化是年龄与阅历赋予他的合理的改变，也反映出作家对不同年龄阶段的人格特征的思考与认识。

（原载《文史知识》2010 年第 3 期）

---

① 张天翼：《西游记札记》，《人民文学》1954 年 2 月号。

② 李希凡：《西游记的主题和孙悟空的形象》，《论中国古典小说的艺术形象》，上海文艺出版社 1961 年版。

《金瓶梅》"独罪财色"新解

一

　　《金瓶梅》"独罪财色"是张竹坡在《竹坡闲话》中明确提出来的，他说："天下最真者，莫若伦常；最假者，莫若财色。然而伦常之中，如君臣、朋友、夫妇，可合而成；若夫父子、兄弟，如水同源，如木同本，流分枝引，莫不天成。乃竟有假父假子、假兄假弟之辈。噫！此而可假，孰不可假？将富贵，而假者可真；贫贱，而真者亦假。富贵，热也，热则无不真；贫贱，冷也，冷则无不假。不谓冷热二字，颠倒真假一至于此！然而冷热亦无定矣。今日冷而明日热，则今日真者假，而明日假者真矣。今日热而明日冷，则今日之真者，悉为明日之假者矣。悲夫！本以嗜欲故，遂迷财色，因财色故，遂成冷热，因冷热故，遂乱真假。因彼之假者，欲肆其趋承，使我之真者皆遭荼毒。所以此书独罪财色。"① 在第一回回评中，张竹坡再次指出："此书单重财色。"② 也就是说，《金瓶梅》的中心内容是财色问题。

　　《金瓶梅》"独罪财色"并不是张竹坡的独特发现，这一命题经历了一个演变过程。在词话本中，开篇有《四贪词》，咏酒色财气，财与色无疑是其中的重要内容。《色》词云："休爱绿鬓美朱颜，少贪红粉翠花钿。损身害命多娇态，倾国倾城色更鲜。　莫恋此，养丹田，人能寡欲寿长年。从今罢却闲风月，纸帐梅花独自眠。"③《财》词云："钱帛金珠笼内收，若非公道少贪求。亲朋道义因财失，父子怀情为利休。　急缩手，且

---

① 兰陵笑笑生著，张道深评：《金瓶梅》，齐鲁书社1987年版，第9页。
② 同上书，第1页。
③ 兰陵笑笑生：《金瓶梅词话》，人民文学出版社1985年版，第2页。

抽头。免使身心昼夜愁。儿孙自有儿孙福，莫与儿孙作远忧。"① 《四贪词》最早将小说与财色联系起来。而《金瓶梅词话》第一回，开篇词却"单说着情色二字"，② 作者对本书的内容做了这样的概述："一个好色的妇女，因与了破落户相通，日日追欢，朝朝迷恋，后不免尸横刀下，命染黄泉，永不得着绮穿罗，再不能施朱傅粉。静而思之，着甚来由。况这妇人，她死有甚事！贪她的断送了堂堂六尺之躯，爱她的丢了泼天哄产业。"③ 在词话中，作者将酒色财气一并作为讽刺对象，在谈到小说的内容时，则集中到情色上面。《四贪词》涉及财色问题，又明显地将财色本身视为祸水。"损身害命多娇态，倾国倾城色更鲜。""亲朋道义因财失，父子怀情为利休。"而对贪恋财色之主体缺乏应有的批判。欣欣子《金瓶梅词话序》对财色的态度与词话作者十分相似，《序》云："譬如房中之事，人皆好之，人皆恶之。人非尧舜圣贤，鲜有不为所耽。富贵善良，是以摇动人心，荡其素志。观其高堂大厦，云窗雾阁，何深沉也；金屏绣褥，何美丽也；鬈云斜軃，春酥满胸，何婵娟也；雄凤雌凰迭舞，何殷勤也……既其乐矣，然乐极必悲生。……陷命于刀剑，所不能逃也；阳有王法，幽有鬼神，所不能遁也。至于淫人妻子，妻子淫人，祸因恶积，福缘善庆，种种皆不出循环之机。"④ 欣欣子也只是一味告诫世人财色于人有害。

在崇祯本中，小说对财色本身的谴责得到了进一步的强化，修订者删去了《四贪词》，增加了三首诗，第一首诗云："豪华去后行人绝，箫筝不响歌喉咽。雄剑无威光彩沉，宝琴零落金星灭。"⑤ 张竹坡批曰："上解空去财。"第二首诗云："玉阶寂寞坠秋露，月照当时歌舞处。当时歌舞人不回，化为今日西陵灰。"⑥ 张竹坡批曰："下解空去色。"第三首诗云："二八佳人体似酥，腰间仗剑斩愚夫；虽然不见人头落，暗里教君骨髓枯。"⑦ 张竹坡称之为"色箴"。崇祯本的修改最重要的部分就是更换了开

---

① 兰陵笑笑生：《金瓶梅词话》，第 2 页。

② 同上书，第 1 页。

③ 同上书，第 3 页。

④ 同上书，第 2 页。

⑤ 兰陵笑笑生：《新刻绣像金瓶梅》，《李渔全集》第 7 卷，浙江古籍出版社 1992 年版，第 1 页。

⑥ 同上书，第 1 页。

⑦ 同上。

篇，崇祯本的开篇第一回和话本的入话非常相似，在三首诗之后是一大段议论，在这一大段文字中，修订者虽然也提到了酒色财气，但他明确地将财色作为中心内容："只这酒色财气四件中，惟有财色二者更为厉害。"① 也就是说，崇祯本的修订者认为，《金瓶梅》不是单罪情色，而是并罪财色。修订者还具体讨论了财色的危害，财的害处有二：一是"得势叠肩来，失势掉臂去。古今炎凉恶态，莫有甚于此者。"② 人无长富，财无长丰。人情冷暖是财主们逃不脱的折磨。二是"堆金积玉，是棺材内带不去的瓦砾泥沙；贯朽粟红，是皮囊里装不尽的臭汗粪土；高堂广厦，玉宇琼楼，是坟山上起不得的享堂；锦衣绣袄，狐服貂裘，是骷髅上裹不了的败絮。"③ 积财再多，人死灯灭，一切都是累赘。色的害处亦有二：一是"情浓事露，甚而斗狠杀伤，性命不保，妻孥难顾，事业成灰。"④ 好色可能带来杀身之祸。二是"妖姬艳女，献媚工妍，看得破的，却如交锋阵上，将军叱咤献威风；朱唇皓齿，掩袖回眸，懂得来的时，便是阎罗殿前，鬼判夜叉增恶态；罗袜一湾，金莲三寸，是砌坟时破土的锹锄；枕上绸缪，被中恩爱，是五殿下油锅中生活。"⑤ 好色纵欲，只能一步步走向死亡。

词话本的写定者和崇祯本的修订者对《金瓶梅》的认识有所不同，但对财色的基本态度比较一致：第一，认为财色本身存在罪恶，人是财色的牺牲品。第二，对贪财好色的人是耳提面命般地劝诫，而对这些人的恶德恶行缺乏应有的谴责与批判。这样"独罪财色"让财色成了贪财好色之人的替罪羊，而真正的罪魁祸首反而逍遥于道德法庭之外，成了同情的对象。

二

张竹坡提出《金瓶梅》"独罪财色"，明显受到前人尤其是崇祯本修订者的影响，但他对这一问题的认识又有所深化。张竹坡的"独罪财色"

---

① 兰陵笑笑生：《新刻绣像金瓶梅》，第 1 页。
② 同上书，第 2 页。
③ 同上。
④ 同上书，第 3 页。
⑤ 同上。

论有三大特点:第一,他将财色的罪恶最终归结到贪财好色的人身上,将批判的矛头直指人。张竹坡说得很清楚,"以嗜欲故,遂迷财色","独罪财色"并不是说财色本身存在什么罪过,而是人的贪欲作祟。在张竹坡的笔下,财色都是与具体的人联系在一起的。西门庆娶孟玉楼,取回了几千两银子的家产,张竹坡指出:"要知玉楼在西门庆家,则亦虽有如无之人,而西门庆必欲有之者,本意利其财而已。……而玉楼有钱,见西门庆既贪不义之色,且贪无耻之财,总之良心丧绝,为作者骂尽世人地也。"①西门庆娶妾敛财,张竹坡骂他"良心丧绝",无耻之尤。西门庆收取一千两银子的贿赂,将杀人凶手苗青放走,张竹坡于此事有评:"盖以前西门诸恶皆是贪色,而财字上的恶尚未十分。惟有苗青一事,则贪财之恶,与毒武大、死子虚等矣。"②所谓"贪财之恶"就是西门庆聚敛钱财的罪恶。张竹坡认为吴月娘贪财之恶不亚于西门庆,西门庆与李瓶儿合谋侵吞花子虚的家产,吴月娘只是帮凶,而张竹坡则认为她是主谋,他说:"食盒装银,墙头递物,主谋尽是月娘,转递又是月娘,又明言都送到月娘房里去了。则月娘为人,乃《金瓶梅》中第一绵里裹针柔奸之人。……西门利其色,月娘则乘机利其财矣。月娘之恶,又何可逭?"③月娘之恶,恶在"乘机利其财。"张竹坡将吴月娘视为谋财的主谋,多少有些偏见,他认为贪财是人的罪恶,而不是财的过错,这种认识是正确的。《金瓶梅》写了一群淫妇,其中之最莫过于潘金莲、王六儿,"《金瓶梅》说淫话,止是金莲与王六儿处多。"④张竹坡说得比较含蓄,恐怕不只是说淫话。小说为什么这样处理,张竹坡有精彩分析:"至于百般无耻,十分不堪,有桂姐、月儿不能出之于口者,皆自金莲、六儿口中出之。其难堪为何如?此作者深罪西门,见得如此狗彘,乃偏喜之,真不是人也。"⑤潘金莲、王六儿行同狗彘,不过是投西门庆所好,以此来谴责西门庆好色贪淫,真不是人。

第二,张竹坡注意到贪财与好色之间的联系,小说中人或依仗钱财掠取美色,或凭借美色换取钱财,"独罪财色"是将财色作为整体进行谴

① 兰陵笑笑生著,张道深评:《金瓶梅》,第109页。
② 同上书,第733页。
③ 同上书,第212页。
④ 同上书,第41页。
⑤ 同上。

责，不是单罪财或单罪色。张竹坡谈到《金瓶梅》写王六儿的用意："写王六儿者，专为财能致色一着做出来。……故知西门于六儿，借财图色，而王六儿亦借色求财。故西门死，必自王六儿家来，究竟财色两空。"① 西门庆与王六儿根本没有什么感情可言，各自带着自己的目的一起鬼混，西门庆依仗财富渔色，王六儿则凭借美色敛财，所以西门庆与王六儿完事之后，几乎每次都要送银子、衣服、首饰等钱财。"王六儿财中之色，看其与西门交合时，必云做买卖，骗丫头、房子，说和苗青。"② 张竹坡一针见血地指出，在《金瓶梅》的世界里，财与色的关系密不可分。《金瓶梅》第七十九回，张竹坡认为"此回乃一部大书之眼也"。③ "此回总结'财色'二字利害，故'二八佳人'一诗，放于西门泻精之时，而积财积善之言，放于西门一死之时。"④ 这一回写西门庆先后服药与王六儿、潘金莲厮混，最终纵欲暴病。在西门庆暴病之时，小说再次转录了"二八佳人体似酥"一诗。吴神仙确诊西门庆"病在膏肓"时，小说又有一首诗："醉饱行房恋女娥，精神血脉暗消磨。遗精溺血与白浊，灯尽油干肾水枯。当时只恨欢娱少，今日翻为疾病多。玉山自倒非人力，总是卢医怎奈何！"⑤ 西门庆临死时，又是嘱咐妻妾不要失散，又是嘱咐女婿收账讨债。西门庆断气身亡，小说不再题色，而是一首题财的诗："为人多积善，不可多积财。积善成好人，积财惹祸胎。石崇当日富，难免杀身灾。邓通饥饿死，钱山何用哉！今人非古比，心地不明白。只说积财好，反笑积善呆。多少有钱者，临了没棺材。"不知作者是否有意思在这一回中总结财色，张竹坡独具只眼地看出了财色之间的关系，在题财诗后，张竹坡有夹批："此数语，与'醉饱行房'一律相对。彼是结色，此是结财。"⑥ 痴人西门庆一生不择手段地聚敛钱财、霸占美色，但这些财色并没有让他健康幸福，反而让他加速走向死亡，一朝大限来临，一切归于空无。从财色的得来到失去，它于人的意义非常相似。一回之中，既结财，又结色，从某种意义上讲，结财就是结色，结色就是结财，财色一体，此时最为清

---

① 兰陵笑笑生著，张道深评：《金瓶梅》，第31页。
② 同上书，第29页。
③ 同上书，第1269页。
④ 同上。
⑤ 同上书，第1287页。
⑥ 同上书，第1290页。

楚。张竹坡对财色关系的认识，在财色于人生的意义上得到了证明。

第三，对财色轻重问题的认识，张竹坡认为财比色更厉害，也就是说《金瓶梅》"独罪财色"，罪财重于罪色。他说："甚矣！色可以动人，尤未如财之通行无阻，人人皆爱也。"① 第二回回评云："写得色字固是怕人，写得财字更是厉害，真追魂取影之笔也。"② 这些批语都明确说财比色更厉害。有一则批语需要稍加解释，第一回回评云："'二八佳人'一绝，色也。借色说人，则色的厉害比财更甚。"③ 这一批语似乎与张竹坡的一贯主张矛盾，其实不然，这则批语是就"二八佳人体似酥"一诗的发，而不是对全书主旨的概括。在张竹坡笔下，财色并提，总是财在色先，称财色而非色财，与词话本中称酒色财气，色在财先不同。小说第七回写西门庆谋娶孟玉楼，张竹坡在回评中指出："夫本意为西门贪财处，写出一玉楼来，则本意原不为色。故虽有美如此，而淡然置之。见得财的利害，比色更厉害些，是此书本意也。"④ 这里张竹坡明确指出，财比色厉害，是《金瓶梅》的本意。

三

应该说，《金瓶梅》写定者与修订者"独罪财色"的创作动机，在小说中基本得以实现。西门庆就是这种财色观念的形象图解。西门庆一生聚敛了大量财富，并凭借这些财富，无所顾忌地玩弄女色，"一己精神有限，天下色欲无穷"，西门庆最终纵欲身亡，以此说明财色的罪恶。西门庆死后，树倒猢狲散，别说外面包养的情妇和妓女，就连娶进家门的妻妾，也没有如他所愿守着他的灵牌度日，改嫁的改嫁，出逃的出逃。西门庆所积累的财富，也没有传给他的儿子，遗腹子孝哥被许在庙里，大量的钱财被姬妾、仆人私吞、偷走。世人看不透的财色，小说家通过西门庆的悲剧展示给读者，并以此警醒世人。

形象大于思想，几乎是中外小说史上一种规律性现象，特别是长篇小说，由于人物众多，情节丰富，如果作者严格遵守生活的逻辑，它的意义

---

① 兰陵笑笑生著，张道深评：《金瓶梅》，第 31 页。
② 同上书，第 41 页。
③ 同上书，第 1 页。
④ 同上书，第 109 页。

往往超出了作家的创作动机。《金瓶梅》就是如此。如上所述，《金瓶梅》很好地完成了劝诫的创作目的，但小说的意义，即使是在"独罪财色"方面，绝不仅仅局限于此。张竹坡关于《金瓶梅》的批评对我们解读这部小说是有启发意义的。《金瓶梅》客观上暴露了人在追逐财色的过程中各种令人发指的罪恶行径。人都是有欲望的，金钱和美色又是人最难遏制的欲望，人们在追逐财色，满足欲望的时候，一定要有一个道德和法律的底线，君子爱财，取之有道，说的就是这个意思。如果一个人私欲膨胀，无法无天，最终只能落得一个害人害己的下场。《金瓶梅》中的主要人物大多是金钱的俘虏、情欲的奴隶。西门庆在聚敛钱财方面可以说是罪恶滔天。他原本只是清河县中一个殷实人家，开生药铺的商人，在短短的六七年时间，聚敛了十几万两银子的财富，成为远近闻名的暴发户。从小说提供的情节来看，西门庆主要通过以下几种方式敛财：第一，娶妾取财。西门庆妻妾成群，还不停地娶妾，其中原因，除了好色，就是贪财。西门庆至少有两次娶妾发了大财，一次是取孟玉楼，孟玉楼是富商遗孀，年龄三十岁，大西门庆两岁，完全不合娶妾娶色的常理，西门庆看中的不是孟玉楼的美色，而是她的财产。媒人薛婆给西门庆提亲明显是投其所好："这位娘子，说起来你老人家也知道，就是南门外贩布杨家的正头娘子。手中有一分好钱。南京拔步床也有两张。四季衣服，插不下手去，也有四五只箱子。金镯银钏不消说，手里现银子也有上千两。好三梭布也有三二百筒。"[1] 算起来应该有几千两银子的财产，这在西门庆原始积累时期不是一个小数。西门庆不仅痛快答应娶这半老徐娘，而且为了得到这笔嫁妆煞费苦心，给杨家姑奶奶送了一份厚礼，西门庆从杨家搬嫁妆的时候，杨家姑奶奶做主放行。这次娶妾，西门庆家产翻倍。而孟玉楼进西门庆家，很快被打入冷宫。张竹坡看出了其中的奥妙："要知玉楼在西门庆家，则亦虽有如无之人，而西门庆必欲有之者，本意利其财而已。"[2] 西门庆娶李瓶儿获取的钱财更多。李瓶儿是西门庆的邻居、结拜兄弟花子虚的妻子，西门庆贪其美色，根本不顾兄弟情义，与李瓶儿勾搭成奸。更有甚者，西门庆趁花子虚吃官司之机，将花子虚的全部家产据为己有，包括六十锭大元宝计三千两，四箱柜蟒衣玉带、帽顶绦环等宫中珍宝，价值至少上万

---

① 兰陵笑笑生著，张道深评：《金瓶梅》，第 117 页。
② 同上书，第 109 页。

金，结果将花子虚活活气死，最终将李瓶儿娶进家中。第二，贪赃枉法。西门庆原本只是一个商人，因为经常给官吏送礼行贿，最后太师蔡京给了他一个山东提刑所理刑副千户官职，胸无点墨的西门庆成了朝廷命官。西门庆当官之后，审理的第一桩人命案就是苗青杀主案，苗青和两个船家合谋杀害了家主苗员外，西门庆非常清楚这是凌迟罪名，可他索要了一千两银子和一头肥猪的贿赂，把凶手放了。张竹坡于此事有评："惟有苗青一事，则贪财之恶，与毒武大、死子虚等矣。"① 第三，经商赚钱。西门庆最初只有一家生药铺，随着资本的增长，西门庆的生意也越做越大，除了生药铺外，他先后开张段子铺、绒线铺、绸绒铺、印子铺等。还放高利贷、做长途贩运。其中不少买卖属于非法经营活动，西门庆在接待巡盐蔡御史的酒席上，就得到了淮盐三万引的许诺，通过官场关系获得的这桩生意，西门庆赚了一大笔。西门庆在敛财手段上，无恶不作，罄竹难书，而在挥霍这些钱财的过程中有过之而无不及。西门庆是人欲横流的晚明时期的独特产物，他与传统的财主大不一样，传统的财主赚钱之后，买田盖房，传给子孙，西门庆确实也留下的一笔财产，但他赚钱主要是为了自己穷奢极欲，现世享乐。他的钱财主要用于以下几个方面：第一，纵情声色。吴月娘曾经劝西门庆少干几桩贪财好色的事情，西门庆答道："咱闻那佛祖西天，也止不过要黄金铺地；阴司十殿，也要些楮镪营求。咱只消尽这家私广为善事，就使强奸了姮娥，和奸了织女，拐了许飞琼，盗了西王母的女儿，也不减我泼天的富贵！"② 西门庆人生的全部意义就在于通过赚更多的钱，占有更多的美色。他绝不只是停留在口头上，据张竹坡统计，西门庆淫过的妇女有十九人之多，多数女人都是用金钱得到的。青楼女子不用说，梳笼李桂姐，一次就用了五十两银子，还要外加四套衣服。王六儿与妓女几乎没有两样，每次都在做买卖。"王六儿与西门庆交，纯以利者也。"③ 与贲四嫂苟且，"西门庆向袖中掏出五六两一包碎银子，又是两对金头簪儿，递与妇人"。④ 与宋蕙莲鬼混，"向袖中即掏出一二两银子，与她买果子吃。"⑤ 虽说每次所送钱财不算多，但长年累月这样送钱，

---

① 兰陵笑笑生著，张道深评：《金瓶梅》，第 733 页。
② 同上书，第 843 页。
③ 同上书，第 556 页。
④ 同上书，第 1234 页。
⑤ 同上书，第 396 页。

也是一笔不小的开支。第二，给官僚行贿。西门庆第一次给官府送钱是他
与潘金莲合谋杀害武大郎之后，武松回家为兄长报仇，西门庆先后两次给
官僚行贿，第一次没有写明具体金额，第二次是送了知县一副金银酒器，
五十两银子，上下吏典也使了许多钱，最后官府将武松刺配充军，西门庆
逃过一劫。西门庆行贿要看对象出手，杨戬被参，西门庆与亲家陈洪作为
亲党受到牵连，为了保命，西门庆派人到东京打点，先送蔡京的儿子、祥
和殿学士蔡攸"白米五百石"（白银五百两），由蔡攸介绍，又送五百两
金银给专管此事的右相李邦彦，一千两银子换回西门庆一条人命。西门庆
因祸得福，与蔡京搭上关系之后，西门庆经常给蔡京送生辰担，礼品十分
丰厚，其中蔡京赏官的一次应该是最重的："黄烘烘金壶玉盏，白晃晃减
鈑仙人；锦绣蟒衣，五彩夺目；南京纻缎，金碧交辉；汤羊美酒，尽贴封
皮；异果时新，高堆盘盒。"① 虽然没有具体的数量与价格，但无疑都是
相当精美贵重的礼物。从西门庆聚敛钱财的方式到挥霍钱财的去处，处处
显示出人性的丑恶。

　　《金瓶梅》中人好色贪淫，如果仅限于与妻妾、妓女（女人与丈夫）
纵欲无度，暴病身亡，只是戕害自己的生命，并不危害他人与社会，还不
能称之为罪恶。小说中的人物显然不是这样。西门庆看上的女人，不少是
有妇之夫，潘金莲是武大郎的老婆，李瓶儿是花子虚的老婆，王六儿是韩
国道的老婆，宋蕙莲是来旺的老婆，这些所谓的奸夫淫妇，根本没有任何
的道德约束，只有自己情欲的发泄。更有甚者，潘金莲和陈敬济，还上演
了一出丈母娘养女婿的丑剧，连最基本的伦常也不顾及。西门庆在渔色的
过程中，更是双手沾满鲜血，害死了几条人命。西门庆娶李瓶儿，气死花
子虚，起因还是好色，其后才是图财。西门庆娶潘金莲，与王婆、潘金莲
合谋杀害武大郎。西门庆的两房爱妾都是先奸后娶，害死亲夫。西门庆奸
占仆人来旺之妻宋蕙莲，更是令人发指。来旺应该是西门庆的心腹仆人，
为西门庆送礼行贿、做买卖挣钱立下来汗马功劳，因为妻子宋蕙莲有几分
姿色，被西门庆害得家破人亡。来旺被西门庆设计陷害，送到提刑院打得
皮开肉绽，最后递解徐州。良心未泯的宋蕙莲还在西门庆面前为丈夫求
情，对宋蕙莲有欲无情的西门庆，一直欺骗这个可怜的女人，宋蕙莲一旦
得知真相，自缢身亡。宋蕙莲的父亲宋仁认为女儿死得不明不白，不让火

① 兰陵笑笑生著，张道深评：《金瓶梅》，第452页。

化尸体，要到官府告状，西门庆写信给李知县，将宋仁拿到县里，打了二十大板，宋仁连气带病，不久死去。宋惠莲自缢之前当面骂西门庆："你原来就是个弄人的刽子手！把人活埋惯了，害死人还看出殡的！"① 西门庆在追逐女色的过程中，但凡对他有些许妨碍，就会想方设法将其除掉，不管是兄弟还是心腹，心狠手辣胜过刽子手。

总之，《金瓶梅》"独罪财色"的意义，并不限于写定者和修订者表白的那样，用财色于人的祸害来劝诫世人远离财色。小说通过真实而生动的形象，展示了特定时代贪财好色之徒的罪恶行径与丑恶嘴脸，它是时代的一面镜子，让读者看到那个社会丰富的生活与复杂的人性。

（原载《广州大学学报》2009 年第 1 期）

① 兰陵笑笑生著，张道深评：《金瓶梅》，第 400 页。

文人雅趣与大众审美的脱节

——从接受的角度看《儒林外史》

一

在章回小说《儒林外史》的传播与接受中，存在一种独特的现象，文人学者给予高度评价，而大众读者却反应平平，从清朝到当代，一以贯之。据吴敬梓的好友程晋芳记载，吴敬梓"仿唐人小说为《儒林外史》五十卷，穷极文士情态，人争传写之。"① 既然是"人争传写之"，这里的"人"显然是指文人。为卧闲草堂本《儒林外史》作序的闲斋老人说，《儒林外史》"有《水浒》、《金瓶梅》之笔之才，而非若《水浒》、《金瓶梅》之致为风俗人心之害也，则与其读《水浒》、《金瓶梅》，不若读《儒林外史》。"② 在闲斋老人看来，《儒林外史》的成就在《水浒传》、《金瓶梅》之上。惺园退士《儒林外史序》云："《儒林外史》一书，摹绘世故人情，真如铸鼎象物，魑魅魍魉，毕现尺幅；而复以数贤人砥柱中流，振兴世教。"③ 对《儒林外史》的人物描写推崇备至。"五四"以来，文人对《儒林外史》的喜爱与赞美，比清朝有过之而无不及。五四新文化运动的两位领袖人物鲁迅和胡适，不约而同地研究中国古代小说，都对《儒林外史》刮目相看。鲁迅说："迨吴敬梓《儒林外史》出，乃秉持公心，指摘时弊，机锋所向，尤在士林；其文又感而能谐，婉而多讽：于是说部中乃始有足称讽刺之书。"④ 在鲁迅看来，《儒林外史》乃中国小说史

---

① 程晋芳：《文木先生传》，《儒林外史资料汇编》，南开大学出版社 2012 年版，第 132 页。
② 闲斋老人：《儒林外史序》，《儒林外史汇校汇评本》，上海古籍出版社 1999 年版，第 688 页。
③ 惺园退士：《增订儒林外史序》，《儒林外史汇校汇评本》，第 692 页。
④ 鲁迅：《中国小说史略》，人民文学出版社 1981 年版，第 220 页。

上唯一一部堪称讽刺之书的小说。胡适说："我们安徽的第一个大文豪，不是方苞，不是刘大櫆，也不是姚鼐，是全椒县的吴敬梓……《儒林外史》这部书所以能不朽，全在他的见识高超，技术高明。"①　胡适认为，吴敬梓并不只是安徽的大文豪，《儒林外史》也并不只是安徽的杰作，"吾国第一流小说，古惟《水浒》、《西游》、《儒林外史》、《红楼梦》四部，今人惟李伯元、吴趼人两家，其他皆二流以下耳。"②　鲁迅、胡适等人的观点，几乎成为"五四"以来古代小说研究者的共识，现行的一些文学史、小说史都将《儒林外史》与古代小说名著《水浒传》、《红楼梦》等相提并论。

古今文人推崇备至的《儒林外史》，大众读者的反应却大相径庭。古代的普通读者（含市民与农夫）由于文化水平不高，他们对小说的好恶不见诸记载，其阅读情况，我们还是可以根据书坊的刊刻和重印版次作出合理推测。书坊刊刻白话小说主要是为了牟利，刻什么、印多少根据市场需求而定。通俗小说读者既有文人，也有市民与农夫，相对于市民和农夫而言，文人毕竟是少数，也就是说，通俗小说的读者多数还是市民与农夫。《儒林外史》的清代刊本（不含抄本和晚清的石印本）见诸记载且流传至今的只有七种，即卧闲草堂本、清江浦注礼阁本、艺古堂本、苏州群玉斋本、申报馆排印本、从好斋辑校本、齐省堂增订本。文人喜欢将《儒林外史》与《红楼梦》相提并论，且两书几乎作于同一时期。《红楼梦》的清代刊本（不含抄本和晚清的石印本）则有三十多种，为《儒林外史》同期刊本的数倍。这些刊本是程甲本、程乙本、东观阁本、本衙藏版本、抱青阁本、宝文堂本、善因楼本、三让堂本、同文堂本、纬文堂本、三元堂本、佛山连元阁本、翰选楼本、五云楼本、文元堂本、忠信堂本、经纶堂本、务本堂本、经元升记本、登秀堂本、藤花榭本、耘香阁本、凝翠草堂本、咸丰九年刊本、双清仙馆本、聚珍堂本、翰苑楼本、芸居楼本、卧云山馆本、广百宋斋铅印本、诵芬阁本。诚如解弢所言："文章令雅俗共赏，诚非易事，若《红楼梦》可为能尽其长，上至硕儒，不敢加以鄙词，下至负贩，亦不嫌其过高；至《儒林外史》，则俗人不能读

---

① 胡适：《吴敬梓传》，《胡适文集》第6卷，人民文学出版社1998年版，第70、71页。

② 胡适：《寄陈独秀答钱玄同》，《胡适文集》第6卷，第3、4页。

矣，故流传绝少。"① 现代读者对《儒林外史》的态度，也可以通过出版社整理出版该书的情况得以窥见。笔者于 2014 年 7 月 8 日在中国国家图书馆目录查询系统，分别输入"吴敬梓"、"儒林外史"，"曹雪芹"、"红楼梦"，进行著者和题名双重条件的检索，得到的结果是，吴敬梓的《儒林外史》313 条，曹雪芹的《红楼梦》1209 条。也就是说，中国国家图书馆收藏的《红楼梦》版本大约是《儒林外史》的 4 倍。中国国家图书馆应该是收藏中文图书最全的图书馆，如有遗漏，不同图书遗漏的概率大体相同。现代整理与改编《儒林外史》和《红楼梦》的情况，与清代刻印两书的情况基本相同。据此可以推知，大众读者对《儒林外史》的喜爱程度远不及《红楼梦》。

二

　　文学欣赏，尤其是小说阅读有一个鲜明的特点，读者喜爱阅读与自己生活环境、职业特点、人生经历相似的作品。小说题材与读者经历的相似性，不仅便于他们理解和接受小说的人物与情节，还可以让他们从中获得某些教育与启迪。唐代传奇，显然是文人尤其是士子喜爱的小说，其中便有大量的作品反映文人的人生经历与思想感情。《枕中记》、《南柯太守传》写文人对功名富贵的追逐及其最终的幻灭感。《霍小玉传》、《李娃传》写士子们在长安备考候选期间与青楼女子的爱情纠葛。宋代说话，受众主要是市民，因而讲述市井新闻的"小说"特别受欢迎，耐得翁在记载南宋说话四家数时，特别强调"最畏小说人，盖小说者能以一朝一代故事，顷刻间提破。"② 从叙事模式到故事题材继承了说话艺术的明代话本，其作者深知市民读者的兴趣所在，仍旧将反映市民的生活与情感作为小说的重要内容，因而也深受市民读者的喜爱。而吴敬梓的《儒林外史》，虽然采用了通俗小说的形式，其内容主要是文人的生活，自然受到文人的青睐而不为大众读者喜爱。

　　明清时期，文人生活的主要内容就是读书应试、吟诗作赋、著书立说，这是他们不同于其他职业的重要特征。《儒林外史》也真实地描写了

---

① 解弢：《小说话》，《儒林外史资料汇编》，第 472 页。
② 耐得翁：《都城纪胜》，中国商业出版社 1982 年版，第 11 页。

这一群体的生活现状，有周进、范进的暮年登第，有赵雪斋、支剑峰等人雅集赋诗。小说第十八回写老选家卫体善、随岑庵与刚入行的匡超人讨论八股文的法则：

> 卫先生估着眼道："前科没有文章！"匡超人忍不住，上前问道："请教先生，前科墨卷，到处都有刻本的，怎的没有文章？"……卫先生道："所以说没有文章者，是没有文章的法则。"匡超人道："文章既是中了，就是有法则了。难道中式之外，又另有个法则？"卫先生道："长兄，你原来不知。文章是代圣贤立言，有个一定的规矩，比不得那些杂览，可以随手乱做个，所以一篇文章，不但看出这本人的富贵福泽，并看出国运的盛衰。洪、永有洪、永的法则，成、弘有成、弘的法则，都是一脉流传，有个元灯。比如主考中出一榜人来，也有合法的，也有侥幸的，必定要经我们选家批了出来，这篇就是传文了。若是这一科无可入选，只叫做没有文章！"①

这些八股选家多是科场失意者，他们在多次下第、仕途无望的困境中，靠选评时文换几两银子来维持生计。滑稽的是，昔日败在八股文手下的可怜虫摇身一变，成了品评八股文的高手，引导八股文写作的名家。

八股文是清代文人的必修课，他们从小读四书五经，习八股时文，十几岁开始参加科举考试，无论是通过考试的侥幸者，还是屡战屡败的失意者，他们对八股文是再熟悉不过了，每个人对八股文写作都有切身体会。吴敬梓也多次参加科举考试，对八股文深恶痛绝，因而对八股选家的一套高深理论带有明显的鄙弃与嘲讽。文人读者无论是否认同卫体善的理论，这段描写都会调动他们早年拜师习八股的记忆与思索。大众读者对此完全隔膜，甚至不知所云。

小说第三十四回写众人听杜少卿解说《诗经》的场景：

> 杜少卿道："朱文公解经，自立一说，也是要后人与诸儒参看。而今丢了诸儒，只依朱注，这是后人固陋，与朱子不相干。小弟遍览诸儒之说，也有一二私见请教。即如《凯风》一篇，说七子之母想

---

① 吴敬梓：《儒林外史》，人民文学出版社1958年版，第184页。

再嫁，我心里不安。古人二十而嫁，养到第七个儿子，又长大了，那母亲也该有五十多岁，那有想嫁之礼！所谓'不安其室'者，不过因衣服饮食不称心，在家吵闹，七子所以自认不是。这话前人不曾说过。"迟衡山点头道："有理。"杜少卿道："《女曰鸡鸣》一篇，先生们说他怎么样好？"马二先生道："这是《郑风》，只是说他不淫，还有甚么别的说？"迟衡山道："便是，也还不能得其深味。"杜少卿道："非也。但凡士君子横了一个做官的念头在心里，便先要骄傲妻子，妻子想做夫人，想不到手，便事事不遂心，吵闹起来。你看这夫妇两个，绝无一点心想到功名富贵上去，弹琴饮酒，知命乐天。这便是三代以上修身齐家之君子。这个前人也不曾说过。"蘧𬴂夫道："这一说果然妙！"杜少卿道："据小弟看来，《溱洧》之诗，也只是夫妇同游，并非淫乱。"①

在这里，杜少卿解了三首诗，与时人不同，他不依朱注，只陈"私见"，且为"前人不曾说过"的话。清人早已指出，杜少卿乃作者自况，吴敬梓就是一位研究《诗经》的专家，著有《诗说》，杜少卿解诗其实代表了吴敬梓的观点。《诗经》乃清代文人熟读的儒家经典，最初读诗，主要为了科举，吴敬梓也不例外。随着年龄的增长、生活阅历的增加，加之博览群书，一些文人会对《诗经》有不同于朱熹的理解，甚至反感朱注的牵强与穿凿。文人读者读到杜少卿解诗，或许真如迟衡山一样，有"如饮醍醐"之感。虽说清代文人能读小说的大众读者，大多上过两年的私塾或村学，也许读过《诗经》，那仅仅是诵读而已，并未真正理解其意思，这种文字很难引发他们的兴趣。

《儒林外史》是一部讽刺小说，主要讽刺那些不择手段追求功名富贵的文人，吴敬梓对这些人非常熟悉，写得十分生动，让人过目不忘。蘧公孙从落难的王惠手中得到一部《高青邱集诗话》，"有一百多纸，就是青邱亲笔缮写，甚是精工。"当他得知"这本书多年藏之大内，数十年来，多少才人求见一面不能，天下并没有第二本。"蘧公孙便打起了歪主意："此书既是天下没有第二本，何不竟将他缮写成帙，添了我的名字，刊刻起来，做这一番大名？""主意已定，竟去刻了起来，把高季迪名字写在

---

① 吴敬梓：《儒林外史》，第334页。

上面，下面写'嘉兴蘧来旬駄夫氏补辑'。刻毕，刷印了几百部，遍送亲戚朋友。"① 蘧公孙借助高青邱的著作，成了远近闻名的"少年名士"。有了这次窃取文名的经验，蘧公孙竟然厚颜无耻地要在马二先生的书稿上署上自己的大名：

> 那日在文海楼，彼此会着，看见刻的墨卷目录摆在桌上，上写着"历科墨卷持运"，下面一行刻着"处州马静纯上氏评选"。蘧公孙笑着向他说道："请教先生，不知尊选上面可好添上小弟一个名字，与先生同选，以附骥尾？"马二先生正色道："这个是有个道理的。站封面亦非容易之事，就是小弟，全亏几十年考校的高，有些虚名，所以他们来请。难道先生这样大名还站不得封面？只是你我两个，只可独站，不可合站，其中有个缘故。"蘧公孙道："是何缘故？"马二先生道："这事不过是名利二者。小弟一不肯自己坏了名，自认做趋利。假若把你先生写在第二名，那些世俗人就疑惑刻资出自先生，小弟岂不是个利徒了？若把先生写在第一名，小弟这数十年虚名，岂不都是假的了？"②

清代文人读到这段文字，会有似曾相识的感觉。当代学者读到此处，也许还会有人心不古、今不如昔的感慨。马二先生拒绝的理由，说出了当时合署的真相，第一名选评，第二名出资。蘧公孙既不选评，又不出资，还影响马二先生的名誉，马二先生当然不乐意。

这些无耻的文人，一方面想方设法窃取文名，另一方面厚颜无耻地自我吹嘘。匡超人仿效马二先生选了几本八股文，便以天下第一选家自居，在船上偶遇牛布衣、冯琢庵，初次见面，便大肆吹嘘：

> 匡超人道："我的文名也够了。自从那年到杭州，至今五六年，考卷、墨卷、房书、行书、名家的稿子，还有《四书讲书》、《五经讲书》、《古文选本》——家里有个帐，共是九十五本。弟选的文章，每一回出，书店定要卖掉一万部，山东、山西、河南、陕西、北直的

---

① 吴敬梓：《儒林外史》，第 88 页。
② 同上书，第 137 页。

客人，都争着买，只愁买不到手；还有个拙稿是前年刻的，而今已经翻刻过三副板。不瞒二位先生说，此五省读书的人，家家隆重的是小弟，都在书案上，香火蜡烛，供着'先儒匡子之神位'。"牛布衣笑道："先生，你此言误矣！所谓'先儒'者，乃已经去世之儒者，今先生尚在，何得如此称呼？"匡超人红着脸道："不然！所谓'先儒'者，乃先生之谓也！"……冯琢庵又问道："操选政的还有一位马纯上，选手何如？"匡超人道："这也是弟的好友。这马纯兄理法有余，才气不足；所以他的选本也不甚行。选本总以行为主，若是不行，书店就要赔本；惟有小弟的选本，外国都有的！"①

看到这段描写，读者不禁哑然失笑，从古至今，总有一些文人喜欢自我吹嘘，匡超人的行为，并不罕见，只是程度不同而已。这些喜欢吹嘘的人，往往没有什么真才实学，最后总会露出破绽，当匡超人自称"先儒"的时候，终于露出了无知的马脚，他所说的出了多少本书、如何畅销，全是靠不住的谎言。匡超人对马二先生的评价，则显示出其忘恩负义的本性，当年匡超人身无分文、在大街上拆字的时候，是马二先生将他领回家，送他十两银子，叫他专心举业，马二先生是匡超人的恩人与业师，而今为了抬高自己，随意贬低恩师，真是无耻之尤。

这种古今文坛学界常见的人物及其言行，一经作者虚构想象，成为一种文学典型，具有超越时代的讽刺意义。文人读者会觉得人物非常真实、白描手法极为高明。难怪清代读者感叹："慎勿读《儒林外史》，读竟乃觉日用酬酢之间无往而非《儒林外史》。"② 而大众读者会感到非常隔膜，难以理解。小说中写卜家对牛浦郎及其朋友的反感乃至厌恶，形象地反映了市民与文人隔膜。牛浦郎娶了开米店的卜老爹的外孙女，还住在卜家。一个是所谓的名士，一个是开米店的商人。彼此对对方的职业与言行都不熟悉，甚至是厌恶。"这牛浦也就有几个念书的人和他相与，乘着人乱，也夹七夹八的来往。初时卜家也还觉得新色，后来见来的回数多了，一个生意人家，只见这些'之乎者也'的人来讲呆话，觉得可厌，非止一

---

① 吴敬梓：《儒林外史》，第204—205页。
② 《儒林外史汇校汇评本》，第46页。

日。"① 诚然，牛浦郎好逸恶劳、招摇撞骗，确实令人生厌，而卜家首先所厌恶的还不是这些，而是他们"之乎者也"讲呆话。清代的大众读者多是一些和卜诚、卜信一样的市民，他们对《儒林外史》中文人的生活、思想与言行，也一样不能理解和接受，因而很难提起他们的阅读兴趣。

吴敬梓是一位颇具思想家气质的小说家，他创作《儒林外史》不只是简单地讽刺那些追名逐利的文人与官吏，他还在思考和探索八股取士的科举制度下文人实现自身价值的出路。在吴敬梓生活的年代，文人的出路就是通过科举考试走上仕途，为官作宰，光宗耀祖，青史留名。作者在小说开篇便彻底否定了这种制度和出路，小说第一回借王冕之口说：八股取士"这个法却定的不好！将来读书人有此一条荣身之路，把那文行出处都看得轻了。"② 小说确实写了不少痴迷功名的文人怎样滑向腐化堕落的深渊，汤奉、王惠都是通过科举考试走上仕途的朝廷命官，只知道盘剥百姓、草菅人命。进士出身的范进，竟然不知大文豪苏轼为何人。秀才王德、王仁兄弟，拿了严致和的一百两银子，便冷漠地将骨肉亲情抛到脑后。严贡生为了霸占兄弟的财产，要将守寡的弟媳撵出家门。确如闲斋老人所说："其书以功名富贵为一篇之骨：有心艳功名富贵而媚人下人者；有倚仗功名富贵而骄人傲人者；有假托无意功名富贵自以为高，被人看破耻笑者；终乃以辞却功名富贵，品地最上一层为中流砥柱。"③ 否定了八股取士、功名富贵的传统人生，那么文人的出路何在？吴敬梓在小说第一回所塑造的文人楷模王冕，吟诗作画，孝敬慈母，不愿结交官府，躲避朝廷的征召，隐居并终老山中。王冕身处乱世，洁身自好，只能算是独善其身。中国传统文人，有着强烈的社会责任感，对于浊乱之世，不愿意袖手旁观。在吴敬梓的笔下，也有一些文化精英，希望通过自己的努力，改变目前这种污浊的社会现实。小说浓墨重彩地写了迟衡山、杜少卿等人捐修泰伯祠，祭祀吴泰伯。迟衡山认为："而今读书的朋友，只不过讲个举业，若会做两句诗赋，就算雅极的了，放着经史上礼、乐、兵、农的事，全然不问！"于是提议："我们这南京，古今第一个贤人是吴泰伯，却并不曾有个专祠。那文昌殿、关帝庙，到处都有。小弟意思要约些朋友，各

① 吴敬梓：《儒林外史》，第 218 页。
② 同上书，第 11 页。
③ 闲斋老人：《儒林外史序》，《儒林外史汇校汇评本》，第 687 页。

捐几何，盖一所泰伯祠，春秋两仲，用古礼古乐致祭；借此，大家习学礼乐，成就出些人才，也可以助一助政教。"① 读书人只讲举业，不重礼乐，修祠祭祀吴泰伯，可以引导文人习学礼乐，以助政教。吴敬梓开出的一剂医治社会毒瘤的药方，结果是无济于事。不仅习礼乐、助政教的目的没有达到，甚至连祠堂都倒了。当年祭祀的"虞博士那一辈人，也有老了的，也有死了的，也有四散去了的，也有闭门不问世事的。花坛酒社，都没有那些才俊之人；礼乐文章，也不见那些贤人讲究。论出处，不过得手的就是才能，失意的就是愚拙；论豪侠，不过有余的就会奢华，不足的就见萧索。凭你有李、杜的文章，颜、曾的品行，却是也没有一个人来问你。所以那些大户人家，冠、昏、丧、祭，乡绅堂里，坐着几个席头，无非讲的是些升、迁、调、降的官场；就是那贫贱儒生，又不过做的是些揣合逢迎的考校。"② 一切都是原样，没有任何改变，现实残酷得叫人沮丧而悲愤，吴敬梓想象的文人出路宣告失败。清代的文人读者也许和作者一样绝望，但并不影响他们对作者探索的沉思。文人的出路何在和大众读者没有任何关系，他们不会对这类问题发生兴趣。

三

　　章回小说起源于说话艺术，早期章回小说大多是根据话本和史书、戏曲等前人作品加工写定的。《三国志演义》是罗贯中根据讲史话本《三国志平话》、正史《三国志》以及三国戏、民间传说创作而成。《西游记》也是华阳洞天主人在话本《大唐三藏取经诗话》、《西游记平话》的基础上，参考野史、笔记、戏曲等作品最终写定。章回小说与说话艺术有着与生俱来的密切联系。说话就是讲故事，宋元时期最受观众喜爱的两种说话类型，小说就是讲市井新闻，讲史就是讲历史故事。在说话艺术的基础上逐步演变而来的章回小说仍旧保留了说话艺术的基本特征，故事成为其主要内容，小说家不仅要写故事，而且还要将故事写得有头有尾、曲折生动、富有传奇色彩。《水浒传》就写出了拳打镇关西、智取生辰纲、宋江杀惜、武松打虎等一个个脍炙人口的传奇故事。《西游记》中也有大闹天

---

① 吴敬梓：《儒林外史》，第 328 页。
② 同上书，第 520 页。

宫、三打白骨精、车迟国斗法、三调芭蕉扇等神奇而有趣的故事。每一个故事，人物的来龙去脉、情节的起承转合都要交代得清楚明白。孙悟空是《西游记》的中心人物，小说中的绝大多数故事都与孙悟空有关，于是小说第一回就交代他的来历——由石猴风化而成，在花果山做猴王。小说在写完大闹天宫和西天取经的系列故事后，交代孙悟空被如来召回天宫，加封斗战胜佛。即便是写众多绿林好汉的《水浒传》，重要人物出场，一样要交代他的家庭出生、从业经历、性格特点。宋江是《水浒传》的主人公，此人出场，小说便有一段介绍文字：

> 那押司姓宋名江，表字公明，排行第三，祖居郓城县宋家村人氏。为他面黑身矮，人都唤他做黑宋江；又且于家大孝，为人仗义疏财，人皆称他做孝义黑三郎。上有父亲在堂，母亲早丧。下有一个兄弟，唤做铁扇子宋清，自和他父亲宋太公在村中务农，守些田园过活。这宋江自在郓城县做押司。①

然后写宋江私放晁天王、怒杀阎婆惜、浔阳楼吟反诗、法场被劫上梁山、坐上第一把交椅、接受朝廷招安、奉诏破大辽、带兵征方腊，最后交代他的结局，被皇帝赐御酒毒死。这是章回小说的叙事传统，大众读者从它的前身说话艺术开始，就熟悉和接受了这种叙事方式，并形成了相应的欣赏习惯。虽说晚明以后，文人作家逐步摆脱对传统题材的依赖，从现实生活中取材，故事的传奇色彩有所淡化，但讲故事的传统并没有被舍弃。吴敬梓创作《儒林外史》，完全打破了章回小说的传统写法，没有贯穿全书的主要人物，也没有一个有头有尾的中心情节，基本上是一些文人逸闻趣事的连缀。周进是《儒林外史》中比较重要的人物，他一出场就是一个六十多岁的老童生，在大约两回的篇幅中，作者先后写了他在薛家集坐馆受辱、参观贡院撞号板、点学道选拔老童生等几件事。坐馆之前和钦点学道之后的事情，都没有交代。王玉辉给人印象深刻，此人第四十八回才出场，只知道他是一位六十多岁的老秀才，此前的经历基本未作交代，小说主要写他鼓励亲生女儿殉节一事，凸显其痴迷礼教丧失人性的"迂拙"性格。之后写他到南京访友未遇，回了家乡。其后的结局

---

① 施耐庵、罗贯中：《水浒传》，人民文学出版社1975年版，第229页。

也不清楚。《儒林外史》这种叙事风格和结构特点与大众读者从听说话以来形成的欣赏习惯完全脱节，加之题材与内容的隔膜，普通读者难以理解和接受。

《儒林外史》的这种叙事特点，文人读者并不陌生。任何文体的新变，都是在传统文体的基础上产生的。《儒林外史》截取人物的生活片段、淡化故事的传奇色彩的写法，明显受到史传、笔记等传统文体的影响。文人阅读，本来就不限于通俗小说，他们也读史书、读古文、读笔记，因而他们在阅读《儒林外史》时，只要变换欣赏角度，照样会发现其中的奥秘与趣味。

清代文人常将《儒林外史》与文言小说相提并论，程晋芳说，吴敬梓"仿唐人小说为《儒林外史》。"① 张祥和云："小说家如《儒林外史》，臧否人物，隐有所指，可与《聊斋》、《谐铎》并传。"② 唐人小说、《聊斋志异》、《谐铎》都是文言小说，包括笔记与传奇。一般来说，传奇篇幅较长，模仿史传写法，内容要概述传主一生的重要事迹。笔记则短小精悍，往往只记人物的某一件事，甚至是某一句话，很少涉及人物的一生。《儒林外史》与笔记的写法有很多相同之处，出场人物绝少叙述其一生经历，往往截取某个片段，甚至是某件轶事，写完之后，便让其退场。这些人物与事件，不少有生活原型，大多是作者所见所闻，也有一些事件借鉴了前代笔记。小说第十二回写张铁臂用猪头冒充人头骗娄家兄弟五百两银子的故事明显借鉴了冯翊的一则笔记：

> 进士崔涯、张祜下第后，多游江淮。常嗜酒，侮谑时辈。或乘其饮兴，即自称豪侠。……一夕，有非常人妆束甚武，腰剑手囊。囊中贮一物，流血殷于外。入门谓曰："此非张侠士居也？"曰："然。"揖客甚谨。既坐，客曰："有一仇人之恨，十年矣，今夜获之。"喜不能已，因指囊曰："此其首也。"问张曰："有酒店否？"命酒饮之。饮讫曰："去此三四里有一义士，予欲报之。若济此夕，则平生恩仇毕矣。闻公气义，能假予十万缗否？立欲酬之。是予愿毕，此后赴蹈汤火，誓无所惮。"张深喜其说，且不吝啬。即倾囊烛下，筹其缣素

① 程晋芳：《文木先生传》，《儒林外史资料汇编》，第132页。
② 张祥和：《关陇舆中偶忆编》，《儒林外史资料汇编》，第443页。

中品之物，量而与焉。客曰："快哉，无所恨也！"遂留囊首而去，
期以却回。既去，及期不至。五鼓绝声，杳无踪迹。又虑囊首彰露，
以为己累。客且不来，计无所出，乃遣家人开囊视之，乃豕首也。由
是豪侠之气顿衰矣。（出《桂苑丛谈》）①

张铁臂欺骗娄氏公子的一段话，几乎就是这则笔记的主要内容的
复述：

张铁臂道："二位老爷请坐，容我细禀：我生平一个恩人，一个
仇人。这仇人已衔恨十年，无从下手，今日得便，已被我取了他首级
在此。这革囊里面是血淋淋的一颗人头。但我那恩人已在这十里之
外，须五百两银子去报了他的大恩，自今以后，我的心事已了，便可
以舍身为知己者用了。我想可以措办此事，只有二位老爷，外此，那
能有此等胸襟？所以冒昧黑夜来求，如不蒙相救，即从此远遁，不能
再相见矣。"②

更重要的是，《儒林外史》写张铁臂骗钱的叙述方法与笔记小说如出
一辙，出场人物不作过多的交代与铺垫，记完此事便消失得无影无踪。小
说第三十八回写郭孝子深山遇虎也明显化用了钮琇的笔记小说《觚剩续
编》卷四《诒虎》的情节。吴敬梓在《儒林外史》中多次化用笔记小说
的情节，说明作家确实博览群书，大量阅读了前人的笔记小说，并从中汲
取养分，形成了《儒林外史》独特的叙事风格。难怪清代文人将它与唐
人小说、《聊斋志异》相提并论。文人读者阅读《儒林外史》，也不再是
听说话人讲一个有头有尾的传奇故事，而是像读笔记小说一样，欣赏一件
件富有意味的文人轶事。

古代笔记内容非常丰富庞杂，有一类笔记专门记载某一地域的山川风
物、岁时节令、风土人情、市井风貌，文人读者可以从中了解这一地域的
历史与文化。《儒林外史》中的文人，大多生活在江南名城，这种小说场
景的选择，与吴敬梓的生活经历有关，他三十三岁移家金陵，住在秦淮河

---

① 李昉等编：《太平广记》卷第二百三十八，中华书局1961年版，第1834—1835页。
② 吴敬梓：《儒林外史》，第130页。

畔，后半生主要生活在南京，对南京的历史文化、风土人情非常熟悉，充
满了感情。移家金陵之后，曾出游江淮间，住扬州最久。赴安庆参加博学
鸿词科考试，沿江曾游池州、芜湖等地。晚年再游扬州，客死他乡。小说
第二十四回，当鲍文卿在外游历多时，终于回到南京，吴敬梓有如自己回
到了第二故乡一般，不禁发出由衷的赞叹：

　　这南京乃是太祖皇帝建都的所在，里城门十三，外城门十八，穿
城四十里，沿城一转足有一百二十多里。城里几十条大街，几百条小
巷，都是人烟凑集，金粉楼台。城里一道河，东水关到西水关，足有
十里，便是秦淮河。水满的时候，画船箫鼓，昼夜不绝。城里城外，
琳宫梵宇，碧瓦朱甍，在六朝时，是四百八十寺；到如今，何止四千
八百寺！大街小巷，合共起来，大小酒楼有六七百座，茶社有一千余
处。不论你走到一个僻巷里面，总有一个地方悬着灯笼卖茶，插着时
鲜花朵，烹着上好的雨水。茶社里坐满了吃茶的人。到晚来，两边酒
楼上明角灯，每条街上足有数千盏，照耀如同白日，走路人并不带灯
笼。那秦淮到了有月色的时候，越是夜色已深，更有那细吹细唱的船
来，凄清委婉，动人心魄。两边河房里住家的女郎，穿了轻纱衣服，
头上簪了茉莉花，一齐卷起湘帘，凭栏静听。所以灯船鼓声一响，两
边帘卷窗开，河房里焚的龙涎、沉、速，香雾一齐喷出来，和河里的
月色烟光合成一片，望着如闻苑仙人，瑶宫仙女。还有那十六楼官
妓，新妆袨服，招接四方游客。真乃"朝朝寒食，夜夜元宵"！①

　　如此充满感情地叙写南京，还有第三十五回描写玄武湖、第四十一回
开篇描写秦淮河。这类描写，有如记载都市风物的笔记一般，文人读者无
论是否到过南京，读到这里，都不禁为南京的繁华与美景所倾倒，不会在
意是否有人物与故事。卧评云："书中如扬州、如西湖、如南京，皆名胜
之最，定当用特笔提出描写。作者用意，已囊括《荆楚岁时》、《东京梦
华》诸笔法，故令阅者读之，飘然神往，不知其何以移我情也。"②《荆楚
岁时记》、《东京梦华录》都是记叙地方风物的名著，吴敬梓对江南名城

①　吴敬梓：《儒林外史》，第242页。
②　《儒林外史汇校汇评本》，第309页。

的描写的确与这些名著有异曲同工之妙。卧评所举扬州、西湖，也并非空穴来风，小说第十四回，就有对西湖的描写与赞美，第二十七回的故事背景就发生在扬州，通过人物的对话，介绍了扬州的盐呆子和"六精"。习惯于欣赏故事的大众读者读到这类描写，可能毫无兴趣，甚至大失所望。

　　源于说话艺术的章回小说，在相当长的时间内，仍旧保留了模拟说话人讲故事的叙事模式。作家在讲述故事的同时，可以毫不掩饰地对其中的人物发表评论，作家的爱憎情感、人物的是非善恶一目了然。尽管《儒林外史》仍然遗存着"话说"、"欲知后事如何，且听下回分解"等说话艺术的术语，而其叙事方式已经发生了根本的转变。作家不再热心于模拟说话人讲故事，而是将人物和事件直接呈现在读者面前。作家的倾向、人物的善恶也不再用诗词和议论说出来，而是"直书其事，不加断语，其是非自见也。"①《儒林外史》是一部讽刺小说，作品中的一些精彩的人物和情节，多有类似于相声的包袱，当这些包袱抖开的时候，读者会露出会心的微笑，作家的倾向很自然地流露出来。对于这种小说艺术的理解需要一些历史文化知识的储备，否则很难领悟其妙处。小说第四回写汤知县向张静斋请教如何处理回民老师傅送来的五十斤牛肉，"张静斋道：'老世叔，这话断断使不得的了。你我做官的人，只知有皇上，那知有教亲？想起洪武年间，刘老先生……'汤知县道：'那个刘老先生？'静斋道：'讳基的了。他是洪武三年开科的进士，"天下有道"三句中的第五名。'范进插口道：'想是第三名？'静斋道：'是第五名。那墨卷是弟读过的。后来入了翰林。洪武私行到他家，就如"雪夜访普"的一般。恰好江南张王送了他一坛小菜，当面打开看，都是些瓜子金。洪武圣上恼了，说道：'他以为天下事都靠着你们书生！'到第二日，把刘老先生贬为青田县知县，又用毒药摆死了。这个如何了得！'知县见他说的口若悬河，又是本朝确切典故，不由得不信。"②刘基在元末中进士，为明朝的开国元勋，张静斋所说的刘基洪武三年中进士，因受贿被皇帝毒死，完全是一派胡言，范进、汤奉却信以为真。吴敬梓意在讽刺这些举人进士不学无术、信口开河。文人读者不难理解作家的意图与匠心，卧评曰："张静斋劝堆牛肉一段，偏偏说出刘老先生一则故事，席间宾主三人侃侃而谈，毫无愧

_____

①　《儒林外史汇校汇评本》，第60页。
②　吴敬梓：《儒林外史》，第47—48页。

怍，阅者不问而知此三人为极不通之品。"① 不了解刘基生平的大众读者，恐怕就很难理解这段文字的妙处所在。

小说第七回写山人陈礼装神弄鬼，扶乩算命，新科进士荀玫与王惠请他算一下升迁的事，于是有如下一段精彩的描写：

> 王员外慌忙丢了乩笔，下来拜了四拜，问道："不知大仙尊姓大名？"问罢，又去扶乩。那乩旋转如飞，写下一行道："吾乃伏魔大帝关圣帝君是也。"陈礼吓得在下面磕头如捣蒜，说道："今日二位老爷心诚，请得夫子降坛，这是轻易不得的事！总是二位老爷大福。须要十分诚敬，若有些须怠慢，山人就担戴不起！"二位也觉悚然，毛发皆竖；丢着乩笔，下来又拜了四拜，再上去扶。陈礼道："且住。沙盘小，恐怕夫子指示言语多，写不下，且拿一副纸笔来，待山人在旁记下同看。"于是拿了一副纸笔，递与陈礼在傍钞写，两位仍旧扶着。那乩运笔如飞，写道：
> "羡尔功名夏后，一枝高折鲜红。大江烟浪杳无踪，两日黄堂坐拥。　只道骅骝开道，原来天府夔龙。琴瑟琵琶路上逢，一盏醇醪心痛！"
> 写毕，又判出五个大字："调寄《西江月》"。②

陈礼谎称请到伏魔大帝关圣帝君，还写了一首《西江月》的判词。词这种文体起源于隋朝还是唐朝，学术界尚有不同意见。但生活在三国时期的关羽是绝对不可能填词。陈礼根本就不知道词体起源的常识，进士荀玫与王惠也不以为怪。文人读者读到此处会拍案叫绝，卧评云："写山人便活画出是那人的声口气息，荒荒唐唐，似真似假，称谓离奇，满口嚼舌。最可笑是关帝亦能作《西江月》词，略有识见者必不肯信，而王、荀二公乃至悚然毛发皆竖；写无识见的人，便能写出其人之骨髓也。"③而大众读者也很少有人知道词体起源于何时，没有这一文学史知识，也就不能完全理解作家的创作意图与小说的讽刺艺术。

---

① 《儒林外史汇校汇评本》，第 60 页。
② 吴敬梓：《儒林外史》，第 79 页。
③ 《儒林外史汇校汇评本》，第 101 页。

　　从世代累积到文人独创，随着创作主体与编创方式的转变，章回小说的题材来源、思想倾向和叙事艺术都随之发生了巨大的变化。明末清初文人独创的章回小说对世代累积型作品的模仿痕迹还十分明显，大众读者对它们的接受并不困难。《儒林外史》的诞生，标志着文人小说彻底摆脱了对世代累积型作品的依赖，这种大胆的探索与创新，带来了既有读者群的分化，文人学者好评如潮，大众读者反应冷淡。这种接受反差，看似奇特而偶然，仔细想来，应是小说发展史上符合规律的演变结果。需要指出的是，一部小说的创作成就与其普及的程度并不一定成正比，情况比较复杂，有的曲高和寡，有的低俗媚众，有的雅俗共赏，需要具体研究，作出准确的评价。《儒林外史》不受大众读者欢迎，并不影响它在小说史上的崇高地位。

　　（原载《文艺研究》2015 年第 2 期，《新华文摘》2015 年第 11 期摘要转载）

钗黛的人生角色与作者的创作倾向

《红楼梦》从诞生以来，读者和批评家对宝钗和黛玉的认识与评价便褒贬不一、分歧很大。据邹弢《三借庐笔谈》记载："许伯谦茂才绍源，论《红楼梦》，尊薛而抑林，谓黛玉尖酸，宝钗端重，直被作者瞒过。夫黛玉尖酸，固也，而天真烂漫，相见以天，宝玉岂有第二人知己哉？……己卯春，余与许伯谦论此书，一言不合，遂相龃龉，几挥老拳，而毓仙排解之。于是，两人誓不共谈红楼。"① 许邹之争并非个案，自清迄今，尊林拥薛，各不相让。与此同时，还有另外一种声音，认为曹雪芹对钗黛均倾注了全部情感，并无偏爱，即"钗黛合一论"，此说最早见于脂砚斋评点："钗、玉名虽两个，人却一身，此幻笔也。今书至三十八回时，已过三分之一有余，故写是回，使二人合二为一。请看黛玉逝后宝钗之文字，便知余言不谬矣。"② "黛玉、宝钗二人，一如姣花，一如纤柳，各极其妙。"③ 而以俞平伯的观点影响最大，他说："书中钗黛每每并提，若两峰对峙，双水分流，各极其妙莫能相下，必如此方极情场之盛，必如此方尽文章之妙。"④ 作为一部一百多回的大书，论者不难从中找到支撑自己观点的材料，而要准确理解黛玉和宝钗的性格特点及作家的创作倾向，可以从两个人物在书中所扮演的角色以及作者所寄托的人生思考的角度作一些新的探索。

《红楼梦》的中心情节与主要线索是宝黛钗的恋爱婚姻悲剧，这是两

---

① 邹弢：《三借庐笔谈》，朱一玄编《红楼梦研究资料》，南开大学出版社 2001 年版，第832—833 页。

② 《脂砚斋重评石头记》庚辰本第四十二回总评，朱一玄编《红楼梦资料汇编》，第459页。

③ 《脂砚斋重评石头记》甲戌本第五回侧批，朱一玄编《红楼梦资料汇编》，第151 页。

④ 《俞平伯论红楼梦》，上海古籍出版社 1988 年版，第 186 页。

出悲剧，一是宝玉与黛玉的恋爱悲剧，二是宝玉与宝钗的婚姻悲剧。小说中的女主人公黛玉和宝钗，是作家精心刻画的两个文学典型，充分体现了作家对恋爱婚姻问题的深刻思考。小说写黛玉，只写了她的恋爱，没有写她的婚姻，她是在恋人宝玉走进婚姻殿堂的时候，焚稿断痴情，离开了人世。写宝钗，主要写了她的婚姻和为婚姻所做的种种努力，没有写她的恋爱，她甚至知道宝玉深爱着黛玉，也不愿意放弃这桩婚事。作者是将黛玉作为一个理想的恋人来刻画的，从外貌、才华到性格、感情，她具备恋人所需要的一切特点，却不适合做一个管理家政、生儿育女的妻子。而宝钗是作者笔下一个现实的贤妻形象，从外貌、体质到能力、性格，完全符合一个封建大家庭的女主人的要求，却并不是青年男子理想的恋爱对象。

一

黛玉和宝玉第一次见面，就与他人不同，"黛玉一见，便吃一大惊，心下想道：'好生奇怪，倒像在那里见过一般，何等眼熟到如此！'"[①] "宝玉看罢，因笑道：'这个妹妹我曾见过的。'……'我看着面善，心里就算是旧相识，今日只作远别重逢，亦未不可。'"[②] 虽说当时宝黛只有六七岁，但在曹雪芹的笔下，这些人物明显早熟，其思想与行为已与少男少女相似。年轻男女在恋爱之前，一定会对自己将来的恋人有过无数次的想象，并形成了一个虚拟的形象，一旦某位和自己想象的恋人形象相似的异性出现的时候，便会有一种似曾相识的感觉，产生一见钟情的恋情。宝黛初次见面的感觉，其实就是这种微妙的恋爱心理的真实写照。

黛玉六岁进贾府，贾母将她安置在碧纱橱里，而宝玉则住在碧纱橱外，两人"日则同行同坐，夜则同息同止，真是言和意顺，略无参商。"[③]意在说明宝黛青梅竹马、两小无猜，他们的感情是在长期的生活、学习、成长的过程中自然萌生的。

黛玉与宝玉的矛盾是从宝钗进贾府之后开始的，这薛宝钗不仅"品格端方，容貌丰美，人多谓黛玉所不及"，而且"行为豁达，随分从时"，

---

① 《红楼梦》，人民文学出版社 1982 年版，第 49 页。

② 《红楼梦》，第 51 页。

③ 《红楼梦》，第 69 页。

"比黛玉大得下人之心"。① 而宝玉"视姊妹弟兄皆出一意，并无亲疏远近之别"，导致两人"有些不和起来"。② 这种不和，就是黛玉爱上宝玉之后的嫉妒心理。爱情都是排他的，黛玉希望宝玉只与她亲近，不愿意他与别的姐妹尤其是宝钗来往，而宝玉见了姐姐就忘了妹妹，因而黛玉经常为此生气。第二十六回写宝玉被贾政叫去，心中替他忧虑，想去找他问问，刚好看见宝钗进了宝玉的院子。黛玉叩门时，赶上晴雯与碧痕拌嘴，不愿开门。而里面传来宝玉、宝钗的笑语欢声，黛玉气得悲悲戚戚呜咽起来。王希廉指出："黛玉听见晴雯不肯开门已是气怔，又听见宝钗在里面说笑，其妒其恼真有不可言语形容者。"③ 陈其泰也于该回评道："黛玉心属宝玉，而深知宝钗之蠹。一腔愁绪，无处排遣，写来煞是可怜。"④ 第二十九回写贾母一行人到清虚观打醮，张道士送了一盘子贺物，贾母看见有个赤金点翠的麒麟，便问谁有这么一件，宝钗答道史湘云有，林黛玉冷笑道："他在别的上还有限，惟有这些人带的东西上越发留心。"⑤ 因为贾府上下盛传"金玉良缘"之说，宝玉衔玉而生，只有戴金的女子才能与他婚配。宝钗有一块金锁，黛玉对此耿耿于怀，于是便借讥刺宝钗。王希廉云："宝钗金锁已惹黛玉妒心，偏又弄出金麒麟及张道士说亲，黛玉安得不更妒？真是多心人偏遇刺心事。"⑥ 黛玉对宝钗的嫉妒，对宝玉的生气，其实都是黛玉深爱宝玉的一种特殊的表现形式。

　　古代的戏曲小说写爱情故事，常常是"郎才女貌，天然配合"。曹雪芹对这种才子佳人故事，大为不满，认为"才子佳人等书，则又千部共出一套，且其中终不能不涉于淫滥，以致满纸潘安、子建、西子、文君。"⑦ 理想的恋人，应该是才貌双全。一个女孩子，仅有沉鱼落雁、闭月羞花之貌，很难有长久的魅力。而黛玉不仅"秉绝代姿容，具稀世俊美"，⑧ "两弯似蹙非蹙罥烟眉，一双似喜非喜含情目。态生两靥之愁，娇袭一身之病。泪光点点，娇喘微微。闲静似姣花照水，行动似弱柳扶风。

① 《红楼梦》，第 69 页。
② 《红楼梦》，第 69、70 页。
③ 王希廉：《红楼梦回评》，朱一玄编《红楼梦资料汇编》，第 603 页。
④ 陈其泰：《红楼梦回评》，朱一玄编《红楼梦资料汇编》，第 726 页。
⑤ 《红楼梦》，第 412 页。
⑥ 王希廉：《红楼梦回评》，朱一玄编《红楼梦资料汇编》，第 605 页。
⑦ 《红楼梦》，第 5 页。
⑧ 《红楼梦》，第 372 页。

心较比干多一窍，病如西子胜三分。"① 而且聪明过人，诗才出众。她是大观园诗社的"潇湘妃子"，菊花诗会上，连题三首，题目新，立意更新，包揽三甲。曹雪芹更是将自己的呕心之作《葬花吟》系于黛玉名下，那细腻的情感、忧伤的格调、凄婉的风格与黛玉寄人篱下的身世、多愁善感的性格、花落人亡的命运天衣无缝地结合在一起，成为咏花怀人的千古绝唱。

　　恋爱是心灵的契合，志趣的相投，在宝玉所交往的一群女孩子中，只有黛玉与他心有灵犀，用黛玉的话说，就是"知己"，且互为知己，"你既为我之知己，自然我亦可为你之知己矣。"② 宝玉出生在一个贵族大家庭，无论他是否参加科举考试，都可以出仕做官，可宝玉就是不愿意接受家庭的安排，不愿读四书五经，不愿习八股时文，甚至不愿人们在他面前提科举为官之事。第三十二回，湘云劝宝玉"如今大了，你就不愿读书去考举人进士的，也该常常的会会这些为官做宰的人们，谈谈讲讲些仕途经济的学问，也好将来应酬世务"，宝玉听了，直接下逐客令："姑娘请别的姊妹屋里坐坐，我这里仔细污了你知经济学问的。"③ 宝钗也劝过一回，"他也不管人脸上过的去过不去，他就咳了一声，拿起脚来走了。"④只有黛玉从来不说这些混账话。

　　宝玉是贾母的掌上明珠，贾府的继承人，为宝玉择配不仅关系到宝玉是否能走正路的问题，还关系到贾府能否长期兴旺发达的大事，丝毫马虎不得。尽管贾母多次提到给宝玉定亲，只要女孩儿"模样性格儿"好就行，其实并不是那么简单。做宝玉的妻子，首先要身体健康，能生儿育女，传宗接代，为贾府延续香火。人类的婚姻，本来就有繁殖后代的功能。作为贵族大家庭的继承人，是否有后更为家族所重视。虽说按照当时的婚姻制度，正妻不能生子可以纳妾，但嫡出庶出还是大不一样，看看宝玉和贾环在家中的地位就能明白这一道理。黛玉从小体弱多病，"从会吃饮食时便吃药，到今日未断，请了多少名医修方配药，皆不见效。"⑤ 当黛玉认定宝玉是自己的知己时，所担忧的有两点：一是"父母早逝，虽

① 《红楼梦》，第51页。
② 同上书，第446页。
③ 同上书，第445页。
④ 同上。
⑤ 同上书，第40页。

有铭心刻骨之言，无人为我主张。"二是"近日每觉神思恍惚，病已渐成，医者更云气弱血亏，恐致劳怯之症。你我虽为知己，但恐自不能久待；你纵为我知己，奈我薄命何！"① 最担心的还是健康状况。黛玉最后早夭，与其爱情被扼杀有关，最根本的原因还是体质太差。黛玉的身体状况不符合旧时代妻子的要求。

宝玉的妻子，实际上就是贾府第三代的女主人，应该具备管理一个大家庭的能力。冷子兴演说荣国府，说"谁知这钟鸣鼎食之家，翰墨诗书之族，如今的儿孙，竟一代不如一代了！"② 指的是贾府的子孙们，贾府的子孙媳妇何尝不是如此。贾母精明强干，见多识广，曾是贾府鼎盛时期家政的主事人，八十岁了，在家中仍旧一言九鼎。两个儿媳，邢夫人禀性愚弱，婪取财货。王夫人虚伪残酷，善恶不分。两个孙媳，李纨心如死灰，不问家事。王熙凤媚上欺下，心狠手辣。因贾母在世，贾赦、贾政兄弟还没有分家，贾府的内政由王熙凤主持，王熙凤其实是贾赦的儿媳妇，也就是说，贾政一支还没有一个合适的管家人，这就使贾府对宝玉妻子的管家能力的要求更为迫切。孤芳自赏、弱不禁风的林黛玉显然不具备这种能力。

要管理一个主子奴才数百人的大家庭，人际关系是一门必修的功课，而黛玉在这方面出奇的笨拙，"孤高自许，目无下尘"。③ 第二十二回写贾母和众人看戏，有一个扮小旦的戏子，才十一岁，凤姐说"这孩子扮上活像一个人"。宝钗、宝玉都猜着了，一个不肯说，另一个不敢说，只有湘云心直口快："倒像林妹妹的模样儿。"④ 众人听了，都笑起来。这次彻底惹恼了黛玉，她不敢对凤姐、湘云当面发火，只能拿宝玉撒气："我原是给你们取笑的——拿我比戏子取笑。"⑤ 黛玉因此得罪了一批太太、小姐。第三十一回，黛玉当着宝玉、晴雯等人的面，"拍着袭人的肩，笑道：'好嫂子，你告诉我。必定是你两个拌了嘴了。告诉妹妹，替你们和劝和劝。'袭人推他道：'林姑娘你闹什么？我们一个丫头，姑娘只是混

---

① 《红楼梦》，第446页。
② 同上书，第27页。
③ 同上书，第69页。
④ 同上书，第304页。
⑤ 同上书，第305页。

说.'黛玉笑道:'你说你是丫头,我只拿你当嫂子待.'"① 宝玉曾与袭
人初试云雨情,黛玉竟然当着众丫鬟的面来揭袭人的短。袭人虽说只是一
个丫鬟,却是王夫人的心腹,得罪袭人,绝对不会在王夫人心中留下什么
好印象。薛姨妈叫周瑞家的给姑娘们送花,周瑞家的高高兴兴交给黛玉,
当黛玉得知是最后两支时,便冷笑道:"别人不挑剩下的也不给我。"② 一
句话就将周瑞家的得罪了。宝玉在薛姨妈房里吃酒,李嬷嬷上来拦阻,黛
玉怂恿宝玉"别理那老货",李嬷嬷叫黛玉"不要助着他",黛玉冷笑道:
"我为什么助他?我也不犯着劝他。你这妈妈太小心了,往常老太太又给
他酒吃,如今在薛姨妈这里多吃一口,料也不妨事。必定姨妈这里是外
人,不当在这里的也未可定。"李嬷嬷听了说,黛玉"说出一句话来,比
刀子还尖。"③ 张新之《红楼梦读法》云:"写黛玉处处口舌伤人,是极
不善处事、极不自爱之一人,致蹈杀机而不觉。"④ 一个连与贾府主子、
仆人关系都处理不好的人,遑论管理这个大家庭。贾府的家长们会看得更
清楚,正如王希廉所云:"写黛玉戋戋小器,必带叙宝玉落落大方;写宝
钗事事宽厚,必带叙黛玉处处猜忌。两相形容,贾母与王夫人等俱属意宝
钗,不言自显。"⑤

二

　　宝钗是宝玉的姨表姐,大宝玉两岁,因待选才人赞善、躲避其兄薛蟠
的人命官司,与母亲、哥哥一同进入贾府。此时宝钗十三四岁,接近谈婚
论嫁的年龄。宝钗容貌美丽,温柔端庄,也一度吸引多情公子的目光,宝
玉在旁看着宝钗雪白的一段酥臂,不觉动了羡慕之心,"再看看宝钗形
容,只见脸若银盆,眼似水杏,唇不点而红,眉不画而翠,比林黛玉另具
一种妩媚风流,不觉就呆了。"⑥ 而且宝钗身体健康,"先天结壮",虽然
也服冷香丸,这种药是用春夏秋冬四季的各种花蕊配成,并用雨露霜雪调

①　《红楼梦》,第433页。
②　同上书,第113页。
③　同上书,第129页。
④　张新之:《红楼梦读法》,朱一玄编《红楼梦资料汇编》,第702页。
⑤　王希廉:《红楼梦回评》,朱一玄编《红楼梦资料汇编》,第607页。
⑥　《红楼梦》,第401—402页。

匀，更多的是象征宝钗冷美人的性格，并不实指其存在严重的健康问题。即如脂批所云："以花为药，可是吃烟火人想得出者？诸公且不必问其事之有无，只据此新奇妙文悦我等心目，便当浮一大白。"① 宝玉与宝钗不能说毫无同龄异性间的欣赏与吸引，但因两人对人生道路等重大问题的认识不同，并没有产生真正的爱情。宝钗非常清楚，宝玉并不爱她，她在宝玉的房中亲耳听到"宝玉在梦中喊骂说：'和尚道士的话如何信得？什么是金玉姻缘，我偏说是木石姻缘！'"② 但她并不愿就此放弃，她清楚地知道，宝玉的婚姻并不由宝玉说了算，而是由家长决定，于是她极力讨好贾府有权势的人物，达到不分是非善恶的程度，很明显，她不是在追求爱情，而是在追求婚姻。不管后四十回是否曹雪芹所作，从前八十回的暗示和程本的情节都可以看出，宝钗最终成了宝玉的妻子。

宝钗具备宝玉妻子所需要的能力与特点。她精明过人，情商极高，善于处理各种人际关系，诚如脂批所云："宝卿待人接物不亲不疏，不远不近，可厌之人，亦未见冷淡之态，形诸声色；可喜之人，亦未见醴蜜之情，形诸声色。"③ 无论是长辈平辈，主子奴才，对她都是一片赞美之声。宝钗十五岁生日，贾母拿出二十两银子让凤姐置酒戏，贾母问宝钗爱听何戏，爱吃何物，"宝钗深知贾母年老人，喜热闹戏文，爱吃甜烂之食，便总依贾母往日素喜者说了出来。"④ 元春差人送来一个灯谜，命大家猜。宝钗一见就猜着了，并无甚新奇，"口中少不得称赞，只说难猜，故意寻思"。⑤ 像这种讨好贾府重要人物的行为，虽显虚伪世故，但并不伤害他人，还情有可原。宝钗安慰王夫人，就显得是非不分，冷酷无情。因宝玉与金钏开玩笑，王夫人打了金钏一个嘴巴子，还要将她撵出贾府，导致金钏投井自杀，连王夫人都有些于心不安，宝钗竟然说是金钏在井边憨玩，失脚掉下去的，"纵然有这样大气，也不过是个糊涂人，也不为可惜。"⑥ 一个年轻鲜活的生命，在宝钗眼里不过是几两银子的事。湘云要作东开诗社，手头又没有几串钱，宝钗便资助她设螃蟹宴。难怪湘云夸奖她："这

---

① 《脂砚斋重评石头记》甲戌本第7回夹批，朱一玄编《红楼梦资料汇编》，第181页。

② 《红楼梦》，第492页。

③ 《脂砚斋重评石头记》庚辰本第二十一回夹批，朱一玄编《红楼梦资料汇编》，第339页。

④ 《红楼梦》，第301页。

⑤ 同上书，第310页。

⑥ 同上书，第450页。

些姐姐们，再没一个比宝姐姐好的。可惜我们不是一个娘养的，我但凡有这么个亲姐姐，就是没了父母，也是没妨碍的。"① 甚至连她与宝玉婚姻的最大障碍黛玉，也说她好。第四十五回，写黛玉秋天旧病复发，倍感凄凉，宝钗前去探望，嘘寒问暖，无微不至，还建议黛玉吃燕窝冰糖粥，滋补阴气，并为之备办燕窝，让黛玉真心觉得宝钗是待自己最好的姐妹："你素日待人，固然是极好的，然我最是个多心的人，只当你心里藏奸。从前日你说看杂书不好，又劝我那些好话，竟大感激你。往日竟是我错了，实在误到如今。细细算来，我母亲去世的早，又无姊妹兄弟，我长了今年十五岁，竟没一个人像你前日的话教导我。"② 宝钗的为人处世，得到了贾府当权人物的一致认可。第三十五回，贾母、王夫人、凤姐、薛姨妈、宝钗等人先后来看宝玉，贾母一一品评家中的太太小姐，宝玉私心勾着贾母赞黛玉，不料贾母盛赞宝钗："提起姊妹，不是我当着姨太太的面奉承，千真万真，从我们家四个女孩儿算起，全不如宝丫头。"薛姨妈听说，忙笑道："这话是老太太说偏了。"王夫人一旁证实："老太太时常背地里和我说宝丫头好，这倒不是假话。"③ 在程本中，贾府商议宝玉的亲事，凤姐正式提出了金玉良缘，实际上代表了家长们共同的意愿。王熙凤一向以会察言观色、揣摩长辈的心事著称，凤姐的意见，没有任何人提出异议，贾母、邢王夫人全都笑了。

宝钗还具备理财管家的才能，因凤姐生病，王夫人让探春和李纨理家，又恐失于照管，特请宝钗协助照看。李纨"原是个厚道多恩无罚的"，④ 凡事得探春拿主意，而探春个性耿直，办事铁面无私，难免千虑一失。探春提出将大观园修理花木、打扫清洁诸事承包到人，"在园子里所有老妈子中，拣出几个老成本分能知园圃的事，派准他们收拾料理，也不必要他们交租纳税，只问他们一年可以孝敬些什么。"⑤ "使之以权，动之以利"。⑥ 宝钗一面点头赞许，支持探春兴利除弊的改革方案，一面提出建议，让其更为公平合理。探春想起年终算账归钱一事，宝钗建议不用

① 《红楼梦》，第443页。
② 同上书，第624页。
③ 同上书，第478页。
④ 同上书，第770页。
⑤ 同上书，第785页。
⑥ 同上书，第786页。

归账，将余钱散给园里的老妈妈们，无论管地不管地的婆子，都得些利息。对宝钗的意见，探春欣然接受，众婆子个个欢天喜地。戚序本于此回批云："探春看得透，拿得定，说得出，办得来，是有才干者，故赠以'敏'字。宝钗认的真，用的当，责的专，待的厚，是善知人者，故赠以'识'字。敏与识合，何事不济？"① 宝钗的聪明之处还在于，作为一个外来户，绝不越俎代庖，既维护探春的权威，又将自己的想法告知探春，完善其改革方案，还能收买人心。

　　尽管宝钗对宝玉不走正道并不满意，但不影响她愿意做宝玉的妻子，在封建婚姻制度中，爱情并不是婚姻的必要条件，而爱情与婚姻的分离则是司空见惯的事情。吴组缃指出："封建婚姻中的夫妇关系，一般是无所谓爱情之可言的，爱情不存在于正式夫妇关系中，封建婚姻中。在旧时代上层社会中，要获得爱情，总须在夫妇关系之外求之。"② 虔诚信奉封建礼教的薛宝钗，不会过多考虑她与宝玉之间是否有爱情，而是要尽到妻子的责任与义务。在与宝玉的交往中，她会经常管教宝玉。第八回，宝玉在薛姨妈家要吃冷酒，宝钗笑道："宝兄弟，亏你每日家杂学旁收的，难道就不知道酒性最热，要热吃下去，发散的就快；要冷吃下去，便凝结在内，以五脏去暖他，岂不受害？从此还不快不要吃那冷的了。"③ 宝玉在宝钗的管教下，改变了主意。宝玉挨打之后，宝钗第一个前去探望，手里托着一丸药，嘱咐袭人晚上用酒研开敷伤，责怪宝玉不听劝告："早听人一句话，也不至今日。"④ 真心觉得宝玉有错该打："到底宝兄弟素日不正，肯和那些人来往，老爷才生气。"认为宝玉用心用错了地方："你既这样用心，何不在外头大事上做功夫，老爷也喜欢了，也不能吃这样亏。"⑤ 宝钗的一番言行心理，完全符合封建社会一位贤妻的要求。与黛玉相比，就能清楚地看出两人与宝玉的情感、身份的差异。黛玉"两个眼睛肿的桃儿一般"，说明哭了许久，对宝玉只是抽抽噎噎说了一句话："你从此可都改了罢！"黛玉并非真的劝宝玉改过，而是心疼宝玉挨打，从宝玉的回答即可看出："你放心，别说这样话。就便为这些人死了，也

---

①　戚序本回后评，朱一玄编《红楼梦资料汇编》，第 487 页。
②　转引自傅承洲《聊斋志异讲稿述略》，《中国文化研究》2014 年第 3 期。
③　《红楼梦》，第 127 页。
④　同上书，第 461 页。
⑤　同上书，第 462 页。

是情愿的。"① 宝玉完全明白黛玉的心理。黛玉看宝玉，完全是真情的自然流露。王希廉云："宝钗劝宝玉说'早听人一句话，也不至有今日'，又说'你这样细心，何不在大事上做功夫？'理正而言直；黛玉劝宝玉只说'你从此可都改了吧！'言婉而情深。亦迥然各别。"② 宝钗和黛玉探望宝玉分别代表了贤妻与恋人的言行心理。在程本中，宝玉最终考中举人，与妻子宝钗的管教与影响有直接的关系。场期临近，宝玉仍旧沉溺于佛道诸典，宝钗苦劝宝玉"把心收一收，好好的用用功。但能博得一第，便是从此而止，也不枉天恩祖德了。"③ 宝玉竟然真的开始读语录名稿及应制诗之类，静静地用起功来。宝玉中举是否符合曹雪芹的原意姑且不论，宝钗管教宝玉则是其一以贯之的行为，前后完全一致。

<h2 style="text-align:center">三</h2>

　　曹雪芹写《红楼梦》，是"忽念及当日所有之女子，一一细考较去，觉其行止见识，皆出与我之上。"④ 因而要为这些"亲睹亲闻"的"几个异样女子"立传。按作者的说法，小说中的这些女子都有生活原型，且与作者关系密切。作者笔下的女性形象，从小姐到丫鬟，几乎都是悲剧人物，所谓"千红一窟"、"万艳同悲"是也。作者对她们的人生遭遇给予了深切的同情。对小说中的两位女主角黛玉和宝钗更是如此，作者将她们写得美貌如花，才华横溢。又将她们的结局安排得痛彻人心：一个恋爱失败，带着悲愤离开了人世；另一个尴尬地嫁给宝玉，不久丈夫就离家出走。现代学者对续书的结局安排颇有微词，悲剧结局应该符合曹雪芹的原意。

　　曹雪芹对人的复杂性又有着非常清醒的认识，在小说第二回中借贾雨村之口说道："天地生人，除大仁大恶两种，余者皆无大异。……清明灵秀，天地之正气，仁者之所秉也；残忍乖僻，天地之邪气，恶者之所秉也。今当运隆祚永之朝，太平无为之世，清明灵秀之气所秉者，上至朝廷，下及草野，比比皆是。所余之秀气，漫无所归，遂为甘露，为和风，洽然溉及四海。彼残忍乖僻之邪气，不能荡溢于光天化日之中，遂凝结充

---

①　《红楼梦》，第464页。

②　王希廉：《红楼梦回评》，朱一玄编《红楼梦资料汇编》，第609页。

③　《红楼梦》，第1614页。

④　《红楼梦》，第1页。

塞于深沟大壑之内，偶因风荡，或被云催，略有摇动感发之意，一丝半缕
误而泄出者，偶值灵秀之气适过，正不容邪，邪复妒正，两不相下，亦如
风水雷电，地中既遇，既不能消，又不能让，必至搏击掀发后始尽。故其
气亦必赋人，发泄一尽始散。使男女偶秉此气而生者，在上则不能成仁人
君子，下亦不能为大凶大恶。置之于万万人中，其聪俊灵秀之气，则在万
万人之上；其乖僻邪谬不近人情之态，又在万万人之下。若生于公侯富贵
之家，则为情痴情种；若生于诗书清贫之族，则为逸士高人；纵再偶生于
薄祚寒门，断不能为走卒健仆，甘遭庸人驱制驾驭，必为奇优名倡。"①
贾雨村与冷子兴历数甄贾宝玉、元迎探惜四姐妹、贾琏凤姐夫妇等小说中
的重要人物，且云"你我刚才所说的这几个人，都只怕是正邪两赋而来
一路之人"。② 宝钗与黛玉，亦非大仁大恶之人，也秉正邪两气而生。尽
管作者与人物原型十分熟悉，对她们充满了同情，但并不影响作者将她们
写成"正邪两赋"的复杂性格。黛玉天真烂漫，却尖酸刻薄；宝钗行为
豁达，却圆滑世故。也就是鲁迅所说的："《红楼梦》的价值，可是在中
国底小说中实在是不可多得的。其要点在敢于如实描写，并无讳饰，和从
前的小说叙好人完全是好，坏人完全是坏的，大不相同，所以其中所叙的
人物都是真的人物。总之自有《红楼梦》出来以后，传统的思想和写法
都打破了。"③ 红学史上，那些尊林、拥薛派，乃至"钗黛合一论"，将林
黛玉、薛宝钗说得完美无缺，既违背了曹雪芹的创作初衷，也不符合
《红楼梦》的客观效果。

　　作者从生活出发，真实地描写了宝钗与黛玉的性格，但并不等于作者
毫无主观倾向。贾宝玉是以曹雪芹为生活原型创作的，他的人生经历与思
想观念与作者多有相似之处。宝玉的很多观念都可以代表作者的思想。小
说第二回中，作者借冷子兴之口，转述了贾宝玉的话："女儿是水作的骨
肉，男人是泥作的骨肉。我见了女儿，我便清爽；见了男子，便觉浊臭逼
人。"④ 他所说的女儿专指未婚女孩，不包括已婚女子。不信请看第七十
七回，贾府抄检大观园，司棋成了牺牲品，当周瑞家的将司棋拉出园子的
时候，宝玉恨得直瞪眼，指着婆子骂道："奇怪，奇怪，怎么这些人只一

---

① 《红楼梦》，第29—30页。

② 《红楼梦》，第34页。

③ 《中国小说的历史的变迁》，《鲁迅全集》第9卷，人民文学出版社1981年版，第338页。

④ 《红楼梦》，第28—29页。

嫁了汉子，染了男人的气味，就这样混帐起来，比男人更可杀了！"守园门的婆子问他："这样说，凡女儿个个是好的了，女人个个是坏的了？"宝玉点头答道："不错！不错！"① 在第五十九回，宝玉将女性分为三等："女孩儿未出嫁，是颗无价之宝珠；出了嫁，不知怎么就变出许多的不好的毛病来，虽是颗珠子，却没有光彩宝色，是颗死珠了；再老了，更变的不是珠子，竟是鱼眼睛了。"② 在《红楼梦》中，已婚和未婚的女性是有差别的，女儿比女人要可爱得多。同为金陵十二钗，未婚的湘云，心直口快，才情超逸；探春，情趣高雅，办事练达；妙玉，心性高洁，气质如兰。已婚的王熙凤弄权敛财、心狠手辣；李纨，青春丧偶，竟如槁木死灰一般；秦可卿，从判词和脂批来看，有扒灰与养小叔子之嫌。描写仆人，小说的倾向性更为明显。未婚丫鬟晴雯，风流灵巧，天真烂漫；鸳鸯，自重自爱，心地善良；紫鹃，聪慧率真，果敢无私，和黛玉情同姐妹。而王善保家的，是邢夫人的心腹，仗势欺人，兴风作浪；林之孝家的，当面一套，背后一套；夏婆子心术不正，爱拨弄是非，一个个都是"没脸面的奴才"。曹雪芹对女性人物的处理，与宝玉的言论惊人的一致。小说的两个女主人公，黛玉先是宝玉的表妹，后来发展成恋人，直到焚稿断痴情，始终为女儿身，质本洁来还洁去，"是颗无价之宝珠"。而宝钗先是宝玉的表姐，后来成为其妻子，虽然宝钗嫁宝玉是后四十回中的情节，这一情节完全符合曹雪芹的原意，即前八十回中的诸多暗示。在一部小说中，人物性格有其统一性，未婚和已婚的宝钗，一以贯之的带有贤妻的性格特点。用宝玉的观点来看，宝钗就是一颗"没有光彩宝色"的"死珠"。

　　从接受的角度来看，林黛玉、薛宝钗这两个不朽的文学形象，每个读者都会有自己的喜好，就如王昆仑所说："如果林薛二人不是都具备着在人心上相当的重量而各有千秋，《红楼梦》这部大悲剧就不能成立了。注重现实生活的人们，你去喜欢薛宝钗吧！倾向性灵生活的人们，你去爱慕着林黛玉吧！人类中间永远存在着把握现实功利与追求艺术境界的两派；一个人自己也常可能陷在实际福利与意境憧憬的矛盾中；林薛两种典型，正是《红楼梦》作者根据这种客观的事实所创造出来的对立形象。"③ 从

---

①　《红楼梦》，第 1101 页。

②　同上书，第 833 页。

③　王昆仑：《红楼梦人物论》，生活·读书·新知三联书店 1983 年版，第 192 页。

见诸文字的记载来看，拥林派明显多于拥薛派，① 除作者的倾向之外，还与她们所扮演的人生角色有关，作为恋人形象的黛玉会拥有更多的粉丝。恋爱是浪漫的，婚姻是现实的；恋爱是感性的，婚姻是理性的；恋爱是个人的，婚姻是家族的；恋爱是短期的，婚姻是长久的；恋爱是花前月下，婚姻是柴米油盐；恋爱是卿卿我我，婚姻是生儿育女。黛玉带给读者的是对甜蜜爱情的回味或憧憬，宝钗带给读者的则是现实婚姻的困境与无奈。人的天性都是爱好自由、厌恶束缚的，黛玉的形象无疑更加符合人的天性。即便为此而众叛亲离、倾家荡产，多数人尤其是年轻人还是愿意谈一场轰轰烈烈、刻骨铭心的恋爱。这也是黛玉更受读者喜爱的重要原因。

（原载《红楼梦学刊》2015 年第 4 期）

---

① 参见陈熙中《钗黛合一的是与非》，《河南教育学院学报》2005 年第 4 期。

章回小说补书初探

一

补书一词，虽系笔者"杜撰"，却有文献与学理依据。在中国章回小说史上，有不少小说书名带有"补"字，如《西游补》、《红楼梦补》、《补红楼梦》、《增补红楼梦》、《红楼补梦》等，将这些小说统称为补书，顺理成章。一些小说作者与序者也承认写小说是为了补原书之阙，翠娱阁主人《禅真后史序》云："《后史》皆所以补《逸史》未备，所为继之而起也。"① 清溪道人先作《禅真逸史》，意犹未尽，"复辑《后史》一书，与前史源流相接"。② 犀脊山樵《红楼梦补序》云："王夫人意中疑黛玉与宝玉有私，而晴雯以妖媚惑主，乃黛玉临终有我身干净之言，晴雯临终有悔不当初之语，是私固无私，惑亦未惑，譬诸人臣，所谓忠而见疑，信而被谤也。归锄子有感于此，故为之雪其怨而补其阙，务令黛玉正位中宫，而晴雯左右辅弼，以一吐其胸中郁郁不平之气，斯真炼石补天之妙手也。"③ 犀脊山樵认为《红楼梦补》弥补了《红楼梦》的缺憾。"前书事事缺陷，此书事事圆满，快心悦目，孰有过于此者乎？"④ 纳山人《增补红楼梦序》云："余友娜嬛山樵先获此志，成《补红楼梦》一书，凡四十八卷，剞劂竣而予始见。卷中凡前此之妄为续貂者，亦弗尽屏，特取其近是者而纫补之。"⑤《增补红楼梦》"又尽补前书之所未及"，"玄之已玄，

---

① 翠娱阁主人：《禅真后史序》，《禅真后史》，《古本小说集成》第 2 辑，上海古籍出版社 1992 年影印本，第 8 页。

② 《禅真后史源流》，《禅真后史》，《古本小说集成》第 2 辑，第 3 页。

③ 犀脊山樵：《红楼梦补序》，《红楼梦补》，《古本小说集成》第 3 辑，第 3—4 页。

④ 同上书，第 4 页。

⑤ 丁锡根编：《中国历代小说序跋集》，人民文学出版社 1996 年版，第 1196 页。

补而又补，予以为娲皇之石不在怡红而在嫏嬛山樵也。"① 嫏嬛山樵先补前人续书之不足，又补己作之未及，一补再补，以致纳山人认为嫏嬛山樵手握女娲所炼之石，为补天之高手。上述小说及其同类作品，有一个共同特点，都是在某部章回小说的基础上增补而成，人物、情节与原书有千丝万缕的联系，说它是补书，不无道理。

也许有人会说，这些小说不是续书吗？答曰：有些是续书，有些不是。章回小说补书与续书是两个既有联系又有区别的概念。续书，从语义学上看，它是接着原书来写的意思。《说文解字》曰："续，连也。"② 续是连接的意思，某种物品断了，将它连接上。后来引申为接续、后续，认为物品不完整，在后面再续上一部分。这种用法，在书名中非常普遍，如隋朝姚最《续画品》，继谢赫《古画品录》而作。唐朝道宣《续高僧传》，继慧皎《高僧传》而作。其他如《续通志》、《续通典》、《续文献通考》，莫不如是。按照这一解释，有些被学术界称为续书的小说实际上并不准确，如《西游补》，它是插在《西游记》的中间，"三借芭蕉扇"之后，并不是接在全书末尾，称为续书，不伦不类，且极易造成误会。这些并不是续接在原书后面的章回小说则可以称为补书。《说文解字》云："补，完衣也。"③ 本义为修补衣服，引申为修补破败、残缺的事物。如补天、补阙、补过等。书名中亦多有带补字者，如《史谈补》，原有杨一奇编撰《史谈》五卷，陈简增补百余条，改题《史谈补》。《智囊补》，冯梦龙先编辑《智囊》，辑古今智慧谋略故事九百多则，后又增补两百多则，更名《智囊补》。《吴兴艺文补》，董斯张编辑《吴兴艺文志》，未完稿即病逝，后由其友人闵元衢、韩千秋增补而成。还有大量的书籍名称带有"补编"、"补遗"字样，如《全唐诗补编》、《全唐文补编》、《宋金元诗永补遗》等。这些书名中带有"补"字的书籍，都是因原书有残缺、遗漏等瑕疵，于是进行增补。章回小说补书也是这样，因原书有残缺、不足（至少是作者持这种观点），于是有作者进行增补，使之更加完整、圆满，这种增补可以在原书的后面，也可以在原书的中间，甚至是前面。补书比续书范围更广，续书可以叫作补书，为补书的一类，但补书不一定是

①　丁锡根编：《中国历代小说序跋集》，第1196页。
②　许慎：《说文解字》，中华书局1963年版，第272页。
③　同上书，第172页。

续书。

既然是补书，肯定在原书的基础上增加了一些人物和情节，还有一定的篇幅，这就和章回小说的修改本区别开来。有一些章回小说，尤其是早期的章回小说，书坊在新刻的时候，都会作一些修改，比如《西游记证道书》第九回增加了陈光蕊赴任受灾、唐玄奘出生的情节，只能算是对《西游记》的修改，不能称之为补书，书是有一定内容和篇幅要求的。崇祯本《新刻绣像金瓶梅》更换了《金瓶梅词话》的开篇，删除了《景阳冈武松打虎》的故事，增加了《西门庆热结十弟兄》的情节。这也是一部小说的局部修改，并没有形成一部补书。

二

章回小说补书按其增补的位置，可分为三类：第一类是书前弥补。补书作者认为原书人物和情节交代不清，读者阅读会感到莫名其妙，于是在书前增补一些情节，将原书人物和情节的来龙去脉交代清楚。这类补书，我们现在见到的只有一部《新平妖传》，《平妖传》原本二十回，张无咎《平妖传叙》云："余昔见武林旧刻本止二十回，首如暗中闻炮，突如其来；尾如饿时嚼蜡，全无滋味。且张鸾、蛋子和尚、胡永儿及任、吴、张等后来全无施设。而圣姑姑竟不知何如，突然而来，杳然而灭。"[1] 针对这些缺陷，冯梦龙增补了前十五回和第十七回，共十六回，补写了圣姑姑、瘸师、胡永儿的前世今生，改写了蛋子和尚的来历，弥补了原书的疏漏与缺陷，使之成为一部取代原书的神魔小说。第二类是中间插补。这类补书是在某部章回小说的中间增插一些人物和情节。如《西游补》，题下注明"入三调芭蕉扇之后"。主要情节为孙悟空被鲭鱼精所迷，进入幻境。写完孙悟空在鲭鱼世界的游历，大圣被虚空尊者唤醒，见师父身边坐着一个小和尚，知道是鲭鱼精变化，一棒将他打死。师徒四人重新团聚。孙悟空在青青世界过了几日，唐僧等人只是一场春睡，一个时辰。因为是神魔小说，写的又是一场幻境，扑朔迷离，时间也被作者幻化。《忠义水浒全传》征田虎、王庆二十回，也属于补书。冯梦龙根据简本中粗糙的

---

① 张无咎：《平妖传叙》，《古本小说丛刊》第三三辑，中华书局1991年影印本，第483—485页。

情节进行加工改写，成为从篇幅到风格都与原书大体相当的二十回故事，插入原书。由于写了发生在不同地点的两场战争，增补者又没有改动原书的时间，于是在时间上出现了疏漏。① 秦子忱的《续红楼梦》、归锄子的《红楼梦补》、花月痴人的《红楼幻梦》既不同于高鹗的续书，从八十回后接续，也不同于《后红楼梦》、《红楼复梦》、《红楼圆梦》等续书，从一百二十回写起，而是插入九十七回之后，对于一百二十回本《红楼梦》来说，这三部书就是插补。三位作者都选择从九十七回写起，显然是为了赶在黛死钗嫁之前。因为这几部小说，都是以林黛玉为主人公，不能让她就这么离开。秦子忱的《续红楼梦》是第一部从第九十七回写起的补书，叙黛玉死后魂归太虚幻境，先后与金钏、晴雯、元春、秦可卿等人见面。宝玉在甄士隐的帮助下也来到太虚幻境，又到酆都城向黛玉父母求婚。阴界的贾母等人同升太虚幻境，亲人团聚。由贾母主持，宝玉与黛玉举行婚礼。后来宝玉中了进士，点了翰林。贾府享尽荣华富贵。虽然小说场景主要在天界、冥界，被人戏称为"鬼红楼"，而其中的人物、情节与尘世基本没有什么区别。归锄子的《红楼梦补》和花月痴人的《红楼幻梦》明显受到秦子忱的《续红楼梦》的影响，所不同的是这两部小说让黛玉还魂，生活在人间。《红楼梦补》写黛玉气绝之时，一缕香魂离了躯壳，被金钏带到太虚幻境绛珠宫游历一番，又引回潇湘馆，还魂复活。作者于开篇写到："《红楼梦》一书，写宝、黛二人之情，真是钻心呕血，绘影镂空。还泪之说，林黛玉承睫方干，已不知赚了普天下之人多少眼泪！阅者为作者所愚，一至于此。余欲再叙数十回，使死者生之，离者合之，以释所憾。"② 小说主要内容叙宝玉中进士，授翰林院编修，奉旨完婚。黛玉理家，开源节流，贾府复兴。作者了却神瑛侍者与绛珠仙草之未了情缘之后，小说结尾写宝玉到太虚幻境，见到改过的金陵十二钗册子，抄录下来，回怡红院让姐妹们传阅，"黛玉道：'世界上哪里有什么太虚幻境，难道咱们这班人都从太虚幻境来的？统是他编造出来的，说谎言哄骗咱们的。'说着，便要撕毁。宝玉慌忙伸出手来，只听得院子里山崩的震响，众人赶出去瞧，道：'天上塌了一块大石下来。'宝玉惊醒，并无黛玉、

---

① 傅承洲：《冯梦龙与〈忠义水浒全传〉》，《明代文人与文学》，中华书局 2007 年版。
② 归锄子：《红楼梦补》第一回，《古本小说集成》第 3 辑，第 1 页。

宝钗诸姊妹及晴、袭、鹃、莺一个人在眼前，原来是红楼一梦。"① 一部四十八回的小说成了宝玉的红楼一梦。完全符合插补的要求。花月痴人的《红楼幻梦》几乎与《红楼梦补》一样，黛玉死后，入太虚幻境，被真人送回贾府还魂复生。宝玉考中进士，官至侍读学士。娶宝钗、黛玉为正室，又娶晴雯、紫鹃、袭人等人为妾。小说结尾写道："两人原为春宵漏永，两意绸缪，一觉美睡，不期梦入幻境，遇着仙姑，警示难从，忽然被推而醒。两人同坐起来，但觉香溢罗帏，风生绣榻，融融春气，日色横窗。细忆前事，还是红楼一梦。"② 中间插补在三种补书中最难，既要瞻前，又要顾后。如冯梦龙补"征田虎、王庆"的故事，宋江义军打了两场大仗，一百单八将一个也没有牺牲，因为他是补书，后面还有征方腊，如果有人阵亡，后面就没法出场了。第三类是书后续补。这类补书就是通常所说的续书，它从原书的结尾续写。如《红楼梦》的高鹗续书，③ 还有《水浒后传》、《后西游记》、《续金瓶梅》、《红楼圆梦》等。另外，百回本《水浒传》后三十回，也有人认为是续书。④ 后续之书，根据原书与作者的不同，又有不同的接续方式：有的续写原书尚在世的人物的故事，如《水浒后传》、《续西游记》，高鹗的《红楼梦》续书；有的续写原书人物死后转世的故事，如《禅真后史》、《红楼复梦》；有的续写原书人物后代的故事，如《三国志后传》、《说唐后传》、《小五义》；有的续写原书人物鬼魂的故事，如《续红楼梦》。当然，有的补书人物比较复杂，既有原书中人物在世的，也有转世的，如《续金瓶梅》。与前两类补书相比，这类补书从原书末尾续补，相对比较容易，作家只需瞻前，不必顾后。因此，这种补书写得最多。

　　章回小说补书按其存在方式可以分为两类，一类是与原书合为一体，如高鹗的《红楼梦》续书、冯梦龙的《新平妖传》前十六回、冯梦龙的《水浒全传》的"征田虎、王庆"的故事，这些补书都与原书一同刻印，甚至被一些读者视为原书的一部分。这类补书的作者仔细研读原书，揣摩原书的人物性格、叙事风格乃至作者的创作意图，尽可能做到补书与原书

---

① 归锄子：《红楼梦补》第四十八回，《古本小说集成》第 3 辑，第 2039—2040 页。

② 花月痴人：《红楼幻梦》第二十四回，《古本小说集成》第 1 辑，第 1184—1185 页。

③ 关于程本《红楼梦》后四十回是否为续书，何人所续，学术界尚有争议。本文从胡适说，见《红楼梦考证》，收入《胡适文集》第 5 卷，人民文学出版社 1998 年版。

④ 参见金圣叹《宋史目》批语，《金圣叹全集》第三卷，凤凰出版社 2008 年版，第 27 页。

的统一。高鹗根据曹雪芹原书第五回中的人物判词和前八十回中埋下的伏笔，补写了四十回续书，尽管绝大多数学者认为高鹗的续书不及曹雪芹的前八十回，同时也承认续书将一部残缺的小说补写完整，并将宝玉与黛玉的爱情写成了一出大悲剧，多数人物结局的安排基本符合曹雪芹的原意，其补写的成就不可抹杀。另一类是脱离原书独立存在。如《西游补》、《水浒后传》等。这类补书的作者主观上并没有将自己的作品与原作合二为一的动机，只是借原书中的人物和故事，写出自己对社会与人生的感悟。静啸斋主人的《西游补》尽管还是以孙悟空为主人公，却并不是写他降妖除怪，保护唐僧上西天取经，而是写他为鲭鱼精所迷，幻游青青世界的经过，表达了他对卖国投敌、科举取士等社会问题的看法，带有鲜明的时代特征。

三

为什么一些小说家热衷于为他人的小说作补书？主要有三个方面的原因：一是有些作家认为原书存在重大缺陷，需要弥补。如俞万春深受金圣叹的影响，认为施耐庵的《水浒传》"无一字不描写宋江的奸恶，其所以称他忠义者，正为口里忠义，心里强盗，愈形出大奸大恶也。"而罗贯中的《后水浒》"竟说宋江是真忠真义，从此天下后世做强盗的，无不看了宋江的样：心里强盗，口里忠义。杀人放火也叫忠义，打家劫舍也叫忠义，戕官拒捕、攻城陷邑也叫忠义。看官你想，这唤做甚么说话？真是邪说淫辞，坏人心术，贻害无穷。"于是撰写《结水浒》（即《荡寇志》），"提明真事，破他伪言，使天下后世深明盗贼忠义之辨，丝毫不容假借。"[①] 少海氏对《红楼梦》大为不满，认为"前书荣府，应以贾政为主，宝玉为佐，而书中写贾政似若赘瘤，乃《红楼梦》之大病"。"前书八十回后立意甚谬，收笔处更不成结局。"[②] 因而作《红楼复梦》，"此书本于《红楼梦》，而另立格局，与前书迥异。"[③] 花月痴人不满于《红楼梦》"欢洽之情太少，愁绪之情苦多。"[④] 于是撰写《红楼幻梦》，"幻作

① 俞万春：《结水浒全传》引言，《荡寇志》，人民文学出版社1981年版，第1页。
② 《红楼复梦凡例》，《红楼复梦》，《古本小说集成》第1辑，第2—3页。
③ 同上书，第1页。
④ 花月痴人：《红楼幻梦叙》，《红楼幻梦》，《古本小说集成》第1辑，第3页。

宝玉贵，黛玉华，晴雯生，妙玉存，湘莲回，三姐复，鸳鸯尚在，袭人未去，诸般乐事，畅快人心，使读者解颐喷饭，无少歉歔。"① 冯梦龙补《平妖传》、高鹗续《红楼梦》，也是因为原书或有疏漏，或有残缺。

二是一些作者借他人酒杯，浇自己块垒。施耐庵、罗贯中的《忠义水浒传》叙以宋江为首的梁山好汉从反抗官府到接受招安的全过程，借以表现其忠义思想。陈忱之《水浒后传》叙《水浒传》中征方腊幸存的三十多位梁山好汉再度起义，反抗贪官恶霸，抗击入侵金兵，最后到海岛建国，受宋朝皇帝赐封。雁宕山樵《水浒后传序》云："我知古宋遗民之心矣。穷愁潦倒，胸中块垒，无酒可浇，故借此残局而著成之也。"② 陈忱为明末清初人，自号古宋遗民，写小说叙北宋亡国，众将领抗金救驾，在海岛建立基业。其"胸中块垒"就是明朝遗民不愿臣服新朝，希望复兴故国的心理。蔡元放《评刻水浒后传叙》云："此传之续水泊残剩诸人，其人则犹是《前传》之人，而其事则全非《全传》之事，可同年而语矣！"③ 可谓陈忱的知音。丁耀亢的《续金瓶梅》主要内容写《金瓶梅》中在世和转世的主要人物的善恶报应，"以因果为正论，借《金瓶梅》为戏谈。"④ 书中也详细描写了北宋王朝的灭亡，金人惨绝人寰的烧杀掠抢，让刚刚经历过明清鼎革的明朝遗民很容易联想到清人征服明朝的战争。丁耀亢因此被告发入狱，书也被下令焚毁。联系丁耀亢胞弟、从侄因抗清守城而死，丁耀亢本人曾谒刘泽清陈抗清方略等史实来看，丁耀亢下狱、焚书并不冤枉。《续金瓶梅》确有作者的怨愤与寄托。关于《西游补》，天目山樵认为"是书虽借径《西游》，实自述平生阅历了悟之迹，不与原书同趣，何必为悟一子之诠解。"⑤

三是有些作家看到原书热销，想借原书推销自己的作品。逍遥子见"曹雪芹《红楼梦》一书，久已脍炙人口，每购抄本一部，须数十金。自铁岭高君梓成，一时风行，几于家置一集。"⑥ 于是作《后红楼梦》，叙黛玉还魂复生，林家兴旺发达，宝黛喜结良缘，宝玉考中进士，授庶吉士，

① 花月痴人：《红楼幻梦叙》，《红楼幻梦》，《古本小说集成》第 1 辑，第 7—8 页。

② 雁宕山樵：《水浒后传序》，丁锡根编《中国历代小说序跋集》，人民文学出版社 1996 年版，第 1510 页。

③ 蔡元放：《评刻水浒后传叙》，丁锡根编《中国历代小说序跋集》，第 1512 页。

④ 《续金瓶梅后集凡例》，《续金瓶梅》，齐鲁书社 2006 年版，第 4 页。

⑤ 天目山樵：《西游补序》，丁锡根编《中国历代小说序跋集》，第 1392 页。

⑥ 逍遥子：《后红楼梦序》，《后红楼梦》辑补，《古本小说集成》第 2 辑，第 3 页。

擢侍读学士。为了让其续作像《红楼梦》一样畅销，逍遥子竟然假托
《后红楼梦》系曹雪芹原稿，其序云："同人相传雪芹尚有《后红楼梦》
三十卷，遍访未能得，艺林深惜之。顷白云外史、散花居士竟访得原稿，
并无缺残。……爰以重价得之，与同人鸠工梓行，以公同好。譬如断碑得
原碑，缺谱得全谱，凡临池按拍家，共此赏心耳。"① 在《后红楼梦凡例》
中重申："书系曹雪芹原稿。每卷有雪芹手定及潇湘馆图章。全书并无残
缺。故以重价得之，照本付梓，间有须修饰处，亦未增减一字，欲全庐山
真面也。"② 篇首还伪造《曹太夫人寄曹雪芹先生家书》作为"原序"。
《后红楼梦》的思想倾向与《红楼梦》有天壤之别，绝不可能出自一人之
手，逍遥子谎称《后红楼梦》为曹雪芹所作，只不过借原书之影响来兜
售自己的作品，且手法十分拙劣。《续红楼梦》的作者秦子忱比逍遥子老
实，但借《红楼梦》来推销己作的动机却完全一致。他在《凡例》中指
出："兹续本开篇即从林黛玉死后写起，直入正文，并无曲折，虽觉突如
其来，然正见此本之所以为续也。虽名之曰《续红楼梦》第一回，读者
只作前书第一百二十一回观可耳。"③ 其用心显而易见。作者还一再强调
《续红楼梦》与原书相同："书中所用人名脚色，悉本前书内所有之人。
盖续者，续前书也，原不宜妄意增添。""书内诸人一切语言口吻，悉本
前书，概用习俗之方言。"④ 正如《海沤闲话》所言："《水浒》之后，有
《荡寇志》，其主人则《水浒》中人之还魂也；《红楼梦》之后，有《续
红楼》，其主人皆《红楼梦》中人还魂也。此等思想，可厌已甚。在作
者，不过欲借此以便于传尔，究竟传不传，岂在是？二书文字，《荡寇
志》尚可；《续红楼》甚恶。《荡寇志》今坊间尚可购得，《续红楼》则
稀见矣。于此，尤可见传与不传，自有道也。"⑤ 如果补书没有独立的文
学价值，著书者指望借原书传世，只能是一厢情愿，徒劳无益。

　　小说家作补书之动机如上所述，就某一位作者而言，补写小说的目的
并不像笔者所述那么单纯，高鹗续《红楼梦》，直接目的是补曹雪芹小说
之缺，未尝不是借《红楼梦》来推销自己的小说。俞万春作《荡寇志》，

---

①　逍遥子：《后红楼梦序》，《后红楼梦》辑补，《古本小说集成》第 2 辑，第 3—4 页。

②　《后红楼梦凡例》，《后红楼梦》辑补，《古本小说集成》第 2 辑，第 5 页。

③　《续红楼梦凡例》，《古本小说集成》第 2 辑，第 3—4 页。

④　同上书，第 1—2 页。

⑤　转引自孔令境编辑《中国小说史料》，上海古籍出版社 1982 年版，第 273 页。

一方面是要消除罗贯中续书中受招安、征方腊的影响，另一方面，也是看中《水浒传》"人人喜看，个个爱听"传播效果，续书可以借此流传，不然，他怎么会将自己的七十回小说回目序号直接标注为从第七十一回到一百四十回呢？

四

在中国章回小说史上，各类补书数以百计，而具有较高思想、艺术价值的作品寥寥无几。自清代以来，文人学者对这类小说大多不屑一顾。刘廷玑《在园杂志》云："作书命意，创始者倍极精神，后此纵佳，自有崖岸，不独不能加于其上，即求媲美并观，亦不可得；何况续以狗尾，自出下下耶。"① 陆绍明《月月小说发刊词》云："又有奇者，袭其名又袭其实，自为翻陈出新之作。如邱氏著《西游记》，而后人又著《后西游记》；元人著《西厢记》，而后人又著《西厢记》；曹氏著《红楼梦》，而后人又著《红楼梦》。画虎类狗，刻鹄成鹜，诚不足观也。"② 解弢《小说话》云："凡续编之书，概无佳作，如《红楼》、《水浒》、《聊斋》诸后续者是也。"③ 俞平伯在《红楼梦辨》开篇就提出"续书底不可能"，他说："从高鹗以下，百余年来，续《红楼梦》的人如此之多，但都是失败的。""我以为凡书都不能续，不但《红楼梦》不能续；凡续书的人都失败，不但高鹗诸人失败而已。"④ 前人大多针对续书而言，而这些评价基本适用于所有补书。

为什么补书"概无佳作"，甚至获"画虎类犬"、"狗尾续貂"之讥？在我看来，补书失败的最重要的原因是续补作者缺乏原作者的人生经历和情感体验。纵观古今中外杰出的小说家，之所以能写出感人至深的作品，无不与其独特的人生际遇有关。曹雪芹也不例外，他出生于一个世代显贵之家，小时候享受过锦衣玉食的生活，对贵族家庭的衣食住行、婚丧嫁娶、迎来送往、升官免职等大小事情都十分熟悉。因此，他能够细腻而逼

---

① 刘廷玑：《在园杂志》，中华书局 2005 年版，第 125 页。

② 陆绍明：《月月小说发刊词》，陈平原、夏晓红编《二十世纪中国小说理论资料》第一卷，北京大学出版社 1997 年版，第 198 页。

③ 解弢：《小说话》，朱一玄编《红楼梦资料汇编》，南开大学出版社 2001 年版，第 874 页。

④ 《俞平伯论红楼梦》，上海古籍出版社 1988 年版，第 88 页。

真地描摹贾府中老爷太太、少爷小姐、仆人丫鬟各色人等的生活状况。生活是作家创作的源泉，有生活不一定能写出好的小说，没有生活是绝对写不出优秀的作品。《脂砚斋重评石头记》甲戌本第三回有一条眉批："近闻一俗笑语云：一庄农人进京回家，众人问曰：'你进京去可见些个世面否？'庄人曰：'连皇帝老爷都见了。'众罕然问曰：'皇帝如何景况？'庄人曰：'皇帝左手拿一金元宝，右手拿一银元宝，马上稍（捎）着一口袋人参，行动人参不离口。一时要屙屎了，连擦屁股都用的是鹅黄缎子，所以京中掏茅厕的人都富贵无比。'试思凡稗官写富贵字眼者，悉皆庄农进京之一流也。盖此时彼实未身经目睹，所言皆在情理之外焉。"① 脂砚斋非常形象地道出生活与创作的密切关系。陈少海、秦子忱、沈懋德这些下层文人，他们没有亲历过贵族家庭的生活，不熟悉这些人物的言行举止，只能如庄农人想象皇帝的景况，不可能续写出一部能与《红楼梦》媲美的补书。即便是才华横溢的吴敬梓也写不出一部反映贵族家庭生活的小说。同样，没有经历过元末明初社会动荡的曹雪芹，也不可能写出一部成功的《水浒传》补书来。

曹雪芹人生际遇的特殊性在于，他还亲身经历了从世代显贵到革职抄家的家庭变故，体验了从贵族公子到罪人子弟的世态炎凉，不仅为官作宰的仕途被堵死，甚至连最基本的生存条件也得不到保障。就是在这种人生困境中，形成了他对社会与人生的深刻认识。因此，他在《红楼梦》中真实地再现了一个贵族家庭的衰败过程，饱含热泪写出了一群年轻人的悲剧命运。《红楼梦》补书的作者，没有体验过从天堂到地域的人生转折，没有目睹"几个异样女子"的人生悲剧，也就无法理解曹雪芹为什么要将一个钟鸣鼎食之家写成大厦将倾，给宝黛真挚而美好的爱情安排一个悲剧结局。于是在补书中，写宝玉考中进士，宝黛喜结良缘，黛玉治家有方，贾府重新发达。裕瑞《枣窗闲笔》云："作者自觉甚巧，殊不知雪芹原因托写其家事，感慨不胜，呕心始成此书，原非局外旁观人也。若局外人徒以他人甘苦浇己块垒，泛泛言之，必不恳切逼真，如其书者。"② 原书和补书作者，一个是局内人，另一个是旁观者，他们所观察和感悟到的不啻天壤之别，孰真孰假，一目了然。《水浒传》的作者施耐庵，我们虽

---

① 朱一玄编：《红楼梦资料汇编》，南开大学出版社 2001 年版，第 126 页。
② 裕瑞：《枣窗闲笔》，上海古籍出版社 1984 年影印本，第 182—183 页。

然不了解他的生平，但是从其小说中可以明确读出作者对社会问题的认识，贪官污吏、土豪恶霸的横征暴敛、草菅人命导致了百姓忍无可忍、揭竿而起，显然反映了下层百姓的心声。曾随父参与镇压农民起义的俞万春绝对不能容忍宋江等人反抗官府、摧城拔寨，还到朝廷做官，于是他虚构了退职的管营提辖陈希真、陈丽卿父女联合官府攻打梁山，擒杀一百单八将的故事。人生经历与思想观念，影响了作家的创作。

　　补书之难，还难在补书作者必须戴着镣铐跳舞。章回小说补书是根据原书的人物和情节来撰写的，作者必须揣摩原作的人物性格、生活环境、叙事特点，亦步亦趋地效法模仿，极大地限制了作家的创作自由。文学创作是一项创造性活动，需要无所束缚，独抒胸臆。而补书写作完全违背了文学创作的基本规律。樵余《水浒后传论略》云："《后传》有难于《前传》处，《前传》镂空画影，增减自如；《后传》按谱填词，高下不得。"① 樵余专论《水浒》及其续书，实际上道出了所有补书的难处。

　　章回小说补书，大多是补名著。名著中的人物栩栩如生，情节新颖生动，形成了独特的艺术风格。后人补写，由于思想认识、个人才情与原作者有较大差距，很难赶上原作的水准。高鹗续写《红楼梦》，不能说他不上心，他确实比其后的众多续书写得出色，但还是不能令人满意。解弢一针见血地指出："书非家传户诵者，亦无人肯作牛后，被续之书，概为荦荦名著，是以不易与之颉颃也。"② 本来补书就不容易，补名著更难。还有一些作者，撰写补书是为了颠覆原作，如俞万春、秦子忱、陈少海等人，其补书与原书完全接不上。章回小说补书，毕竟人物还是原书中的人物（即便是原书人物的鬼魂、转世、后代，也与原书关系密切），情节还是原书情节的发展，如果完全违背原书人物性格的发展逻辑，胡编乱造，肯定不能为读者所接受，只能以失败告终。

（原载《江海学刊》2014 年第 3 期）

---

① 樵余：《水浒后传论略》，《水浒后传》，《古本小说集成》第 4 辑，第 27 页。
② 解弢：《小说话》，朱一玄编《红楼梦资料汇编》，南开大学出版社 2001 年版，第 874 页。

卷 二

话 本 小 说 论

宋元小说话本志疑

宋元话本是中国小说发展的一个重要环节，鲁迅称之为"小说史上的一大变迁。"[①] 学术界一般认为现存宋元话本主要有两大类，即小说和讲史，而又以小说话本成就为高。现行的一些文学史、小说史都列有《宋元话本》的专章或专节，一些专题论著也对宋元话本作了较高的评价。这些论著所论述的主要是小说话本，经常被论者作为例证的有《快嘴李翠莲记》、《碾玉观音》、《志诚张主管》、《闹樊楼多情周胜仙》、《简帖和尚》、《错斩崔宁》、《宋四公大闹禁魂张》等篇目。而这些所谓的宋元小说话本实际上没有一种是靠得住的。

一

人们常说的宋元小说话本，主要出自《京本通俗小说》、《清平山堂话本》、《熊龙峰刊行小说四种》、《古今小说》、《警世通言》、《醒世恒言》等话本集。其中《京本通俗小说》已为马幼垣、马泰来、苏兴等学者证明为缪荃孙根据《警世通言》、《醒世恒言》所制作的伪本，[②] 铁证如山，可以从信，这里置之不论。其他几种本子，《清平山堂话本》刻于明嘉靖年间，《熊龙峰刊行小说四种》刻于明万历年间，《古今小说》刻于明泰昌、天启年间，《警世通言》刻于明天启四年，《醒世恒言》刻于明天启七年。所有这些集子，没有一种刻于宋元时期。

在明刊本中是否保存了宋元话本？这是我们所要讨论的主要问题。不

---

① 鲁迅：《中国小说的历史的变迁》，《鲁迅全集》第9卷，人民文学出版社1981年版，第319。

② 马幼垣、马泰来：《京本通俗小说各篇的年代及其真伪问题》，《中国小说史集稿》，台湾时报出版公司1983年版。

错，冯梦龙编的"三言"，确有几篇小说注明为"宋人小说"、"宋本"、"古本"等字样。即空观主人的《拍案惊奇序》也说："独龙子犹氏所辑《喻世》等诸言，颇存雅道，时著良规，一破今日陋习，而宋元旧种，亦被搜括殆尽。"① 从上述记载来看，"三言"中应该有宋元小说话本。问题是，冯梦龙所搜集的"宋本"、"古本"究竟是什么本子？它是否保持了宋元话本的原始面貌？

在讨论这一问题之前，我们得区分一下两个概念：说话艺术与话本小说。说话艺术是说话艺人在勾栏瓦舍表演的说唱艺术形式，话本小说则是供人案头阅读的文学作品。宋元时期，是说话艺术的繁荣时期，而不是话本小说的繁荣时期。孟元老的《东京梦华录》、周密的《武林旧事》所记录的名单均为说话艺人的姓名，而不是话本小说的作者。罗烨《醉翁谈录》所载的一些"小说"名称也是说话的题目，而非话本小说的名称，在这些题目之前，都有"说"、"言"、"论"等字眼。《醉翁谈录》中常为人们引用的一段，即"说国贼怀奸从佞，遣愚夫等辈生嗔；说忠臣负屈衔冤，铁心肠也须下泪。讲鬼怪令羽士心寒胆战；论闺怨遣佳人绿惨红愁。说人头厮挺，令羽士快心；言两阵对圆，使雄夫壮志"②，也是肯定说话艺术的高超技巧，而不是话本小说的感人力量。我们尚没有看到宋元人关于话本小说的评价文字。

既然宋元时期只有说话艺术的繁荣，而没有话本小说的流行，当时的书商也就不会大量刊印话本小说。作为说话艺人所用的底本的话本，只能靠艺人手抄，在艺人中流传。这恐怕就是今天没有宋元时期刻印的小说话本流传至今的主要原因。元代出现了一些平话刊本，可能是平话太长、手抄不便的缘故。从这些平话的内容来看，也只能是艺人用的讲史提纲，而非供阅读的文学作品，因为它尚不具备独立的欣赏价值。

明代早期搜集、刊印宋元小说话本的洪楩、熊龙峰、冯梦龙等人，他们所能搜集到的本子，只能是在说话艺人中流传的抄本，或者干脆是根据说话艺人的讲述整理的。冯梦龙在编"三言"时，有些篇目注明了来源，如《古今小说》第十五卷《史弘肇龙虎君臣会》结尾处说："这话本是京

---

① 凌濛初：《拍案惊奇序》，《拍案惊奇》，上海古籍出版社1982年版，第1页。
② 罗烨：《醉翁谈录》，古典文学出版社1956年版，第5页。

师老郎流传。"① 所谓"老郎"，就是说话老艺人，这一话本就是从说话艺人手中得到的。《醒世恒言》第十三卷《勘皮靴单证二郎神》，在叙述故事后说："原系京师老郎流传，至今编入野史。"② 说得很清楚，这篇小说，原是说话艺人口头讲述的故事，到冯梦龙才编成小说。而《史弘肇龙虎君臣会》正是人们所认定的宋人话本，《勘皮靴单证二郎神》则是人们认定的元人话本。从"三言"中仅有的两种注明来源的话本看，冯梦龙所得到的宋元旧本实际上就是说话艺人讲述的故事。我们可以推想，其他没有注明来源的所谓宋元旧本亦当如是，洪楩、熊龙峰也只能如此。

从说话艺人手中乃至口中得到的宋元话本，是否保持了宋元话本的原貌？答案是否定的。话本的流传方式是师传弟受，老艺人教给弟子的是一些故事梗概和具体的讲述技巧，一些具体细节主要靠说话人在表演中间临场发挥，为了讲得新颖和生动，以吸引更多的观众，他必须对原有的故事进行花样翻新，师徒讲述的同一种小说，肯定大不一样，即使同一艺人在不同时间所讲述的同一小说，也不会完全一样。心理学家曾经做过这样的试验：把几十个学生暂时请出教室，仅留一人，给他讲一个简短的故事，然后叫第二人进来，让第一人向第二人忠实地复述这一故事，再叫第三人进来，让第二人复述，如此下去，直到最后一人。结果发现，最后一人所听到的故事已与原故事有很大差异。在短时间内，强调忠实地复述的条件下，出现这样的结果，可以想象，经过几百年，无数艺人讲述且有意识翻新的宋元话本，到了明代人手中，能否还叫宋元话本，答案不是很清楚了吗？

二

现存这些所谓的宋元话本，不仅经过了无数说话艺人的讲述、加工，而且明人将它们搜集起来、编辑成册的时候，又根据自己的文艺观点作了大量的修改乃至重写。明中叶以后，随着通俗小说的勃兴，一些文人、书商大量搜集、编写、刊印各类小说，不少人把眼光放到小说话本上面，他们一方面从说话艺人手中找来整理，另一方面从他人的刻本中拿来改头换

① 冯梦龙：《古今小说》，人民文学出版社 1958 年版，第 254 页。
② 冯梦龙：《醒世恒言》，人民文学出版社 1956 年版，第 273 页。

面。这些小说话本，多为民间艺人所作，作者无考，谁都可以刊刻，谁都可以修改，无著作权可言。今天虽然没有原始的宋元小说话本，无法与明人整理本来进行比勘，就从明代不同时期所刊刻的小说话本的比较中，也可以看出明人对小说话本的修改情况。现存《清平山堂话本》二十九篇，有十一篇见于《古今小说》和《警世通言》，均作了较大的修改。《清平山堂话本》开篇第一种《柳耆卿诗酒玩江楼记》，冯梦龙收入《古今小说》，更名为《众名姬春风吊柳七》，并作了改写。原作写柳耆卿看上了歌妓周月仙，而周却恋着黄员外，不肯从柳。柳耆卿便利用县宰的地位，吩咐舟人在渡船上强奸了周月仙，设此毒计得到了周。冯梦龙认为这篇小说"鄙俚浅薄、齿牙弗馨。"① 在改作中，他将此情节移到富人刘二员外身上，并加上批语："此条与《玩江楼记》所载不同，《玩江楼记》谓柳县宰欲通周月仙，使舟人用计，殊伤雅致，当以此说为正。"② 还增加了柳耆卿出八千身价，为周月仙除乐籍，让她与黄秀才团圆的情节。小说的主要线索改为柳耆卿与谢玉英的恋爱故事。这种改写显然是为了维护"风流首领"（《众名姬春风吊柳七》）柳耆卿的形象。《清平山堂话本》卷三有《五戒禅师私红莲记》，写五戒禅师私淫少女红莲，破了色戒，好友明悟禅师咏诗劝省，五戒坐化辞世。明悟担心五戒来世灭佛谤僧，坠落苦轮，便圆寂追赶五戒而去。五戒转世为苏轼，明悟转世为佛印，仍为好友。苏轼不信佛法，因有佛印监着，因此省悟前因，敬佛礼僧，二人俱得善道。《古今小说》第三十卷即收此篇，题作《明悟禅师赶五戒》，主要人物和情节基本相同，但篇幅大为增加，不仅篇首加了一大段入话，中间还增添了佛印遇仁宗剃度出家等情节，后面详细地描述了苏轼被弹劾下狱，在狱中梦游孝光禅寺，重见红莲，顿悟前世破戒、今生受苦，方信佛法轮回之理。改作较原作故事清楚，描写细致，也反映了冯梦龙迂腐的果报劝善思想。从《清平山堂话本》与《古今小说》、《警世通言》重篇的比较中，我们可以看出，明人在整理小说话本的时候是毫无顾忌，随意修改。冯梦龙是这样，洪楩、熊龙峰也会这样，只不过我们没有更早的刻本与之对照罢了。

古代白话小说的发展，有这样两条线：一是宋元小说话本发展成明清

---

① 冯梦龙：《古今小说叙》，《冯梦龙全集》第二卷，江苏古籍出版社1993年版，第2页。
② 《冯梦龙全集》第二卷，第186页。

的短篇话本小说；二是宋元讲史话本（即平话）发展成明清长篇章回小说。在没有宋元小说话本刻本的情况下，我们可以通过宋元平话到章回小说的演变对宋元小说话本与明代话本小说的差异作一些合理的推测。现存元刊《全相平话五种》中有《三国志平话》和《武王伐纣平话》，是明代章回小说《三国志通俗演义》和《封神演义》的祖本，而它们的艺术价值不可同日而语。

《三国志平话》现存元代至治间建安虞氏刊本，是现存平话中比较优秀的一种，也是罗贯中创作《三国志通俗演义》的蓝本之一。很多重要的情节如"桃园结义"、"三战吕布"、"三顾孔明"、"赤壁鏖战"、"孔明斩马谡"等在《三国志平话》中均已出现，整个故事框架在《平话》中也基本成形。但《三国志通俗演义》在艺术上的成就，远非《三国志平话》所及。篇幅上，演义较之平话增加了近十倍，内容更加丰富，描述更加细致。我们就其中相同的情节作一下比较，就可以明白他们之间的差距。关羽刮骨疗毒，《平话》是这样叙述的：

> 关公天阴觉臂痛。对众官说："前者吴贼韩甫射吾一箭，其箭有毒。"交请华佗。华陀者，曹贼手中人，见曹不仁，来荆州见关公，请至，说其臂金疮有毒。华陀曰："立一柱，上钉一环，穿其臂，可愈此痛。"关公大笑曰："吾为大丈夫，岂怕此事！"令左右捧一金盘，关公袒其一臂，使华佗刮骨疗病，去尽毒物。关公面不改容，敷贴疮毕。①

同样的情节，《演义》描述委婉、详尽：

> 此时关公本是臂疼，恐慢军心，无可消遣，正与马良弈棋。平引佗入帐，拜见父亲，礼毕，赐坐。茶罢，佗请臂视之。公袒下衣袍，伸臂令陀看视。陀曰："此乃弩箭所伤，其中有乌头药毒，直透入骨，若不早治，此臂则无用矣。"公曰："有何物治之？"陀曰："只恐君侯惧耳。"公笑曰："吾视死如归，有何惧哉？"陀曰："当于静处立一标柱，上钉大环，请君侯将臂穿于环中，以绳系之，然后以被

①　《三国志平话》卷下，《宋元平话集》下，上海古籍出版社1990年版，第854页。

蒙其首，吾用尖利之器，割开皮肉，直至于骨，刮去药毒，用药敷之，以线缝其口，自然无事。但恐君侯惧耳！"公笑曰："如此容易，何用柱环。"令设酒席相待。

公饮数杯酒毕，一面与马良弈棋，伸臂令陀割之。陀取尖刀在手，令一小校，捧一大盆于臂下接血。陀曰："某便下手，君侯勿惊。"公曰："汝割，吾岂此世间之俗子耶？任汝医治。"陀下刀割开皮肉，直至于骨。骨上已青，陀用刀刮之有声，帐上帐下，见者皆掩面失色。

公饮酒食肉，谈笑弈棋。须臾血流盈盆，陀刮尽其毒，敷上药，以线缝之。

公大笑而与多官曰："此臂屈伸如故，并无痛矣。"陀曰："某为医一生，未曾见此，君侯真乃天神也。"①

两相比较，不难看出，《演义》除因袭了《平话》中的部分对话之外，还增补了不少细节，华佗的诊视、刮毒的过程、关羽的镇定神态，观者与华陀的反应等，写得绘声绘色。

"三顾茅庐"一段，差异更大，平话中只有寥寥几百字，文字粗糙。罗贯中扩大了五倍之多，成为一篇绝妙文章。限于篇幅，不做摘引。

《三国志平话》是元刊平话中的优秀之作，与章回小说的距离尚且如此之大，其他元刊平话与章回小说的差异更大。

据此，我们可以作一些合理的推测，宋元时期的小说话本与平话都属于宋元话本，它们在叙述故事、刻画人物方面的成就，应处于同一水准，而明代话本小说则与章回小说在小说艺术上基本处于同一高度。它们的主要差别在于宋元话本多叙述故事，且仅陈梗概，不注重人物性格的刻画，明代小说多描写，在故事之外，多了细节、对话乃至心理的描写，人物形象栩栩如生，个性鲜明。就如我们不能将《三国志演义》、《封神演义》认定为元代小说一样，我们也不能将明刊小说话本认定为宋元话本。

---

① 《三国志通俗演义》卷之十五，上海古籍出版社1980年版，第719—720页。

三

　　上面我们论证了明刊本中的宋元小说话本不是真正意义上的宋元话本，因此我们不能根据这些作品来分析宋元话本的思想与艺术，尤其是不能据此来分析宋元话本的细节描写、心理描写、肖像描写、语言艺术等，而事实上以前编写的小说史、文学史就是这样做的。试想，如果没有《柳耆卿诗酒玩江楼记》流传至今，冯梦龙改写时也不加评点和说明，我们根据《众名姬春风吊柳七》来分析宋元话本中柳永的形象，肯定会得出一些不符合实际的结论。而《柳耆卿诗酒玩江楼记》还不是宋元刻本。明代天启刻本与嘉靖刻本就出现如此大的差异，不同朝代的本子差异会更大。《柳耆卿诗酒玩江楼记》经过改写，谁敢保证其他明代刊刻的小说话本就没有加工改写过。

　　我们说不能根据明刊本来分析宋元话本的思想与艺术，并不是说这些话本毫无价值，不管是哪个朝代的作品，也不管是艺人创作还是文人改写，只要他写得好、改得好，就会获得读者的青睐。事实上，这些明刊宋元小说话本，至今仍然拥有广大的读者。即使从学术研究的角度来看，这些小说也有很高的文献价值，从现存的几十种明刊宋元小说话本，我们可以大体了解宋元小说话本题材的分布状况，得知婚恋题材与公案题材是宋元小说话本的主要内容。就某一篇作品而言，我们也可以据此了解这一故事产生的大致年代以及主要人物与故事梗概。往往就是这些宋元话本，明代不同时期都有改刻，我们据此可以了解这一故事的演变情况，还可以通过不同版本的比勘，分析改写者的创作思想。

　　（原载《云南民族大学学报》2004 年第 5 期，中国人民大学复印报刊资料《中国古代近代文学研究》2005 年第 1 期全文转载）

拟话本概念的理论缺失

　　拟话本是 20 世纪 50 年代以来学术界广泛使用的一个小说文体概念，它的定义与指称对象，60 年代编写的两种影响很大的《中国文学史》教材作过这样的解释："由于受到宋、元时期流行的讲述故事风气的影响，到了明代便出现了大量文人模拟这种故事形式而编写的作品，现在一般叫做'拟话本'。"① "话本在明代，因群众的爱好，书商的大量刊行，逐渐引起文人的注意。他们由对话本的编辑、加工，进而模拟话本写作，这就出现了主要供案头阅读的文人模拟的话本，通常称为拟话本。"② 拟话本就是明清时期文人模拟话本创作的白话短篇小说，这种解释实际上是学术界的一种普遍看法。我们仔细考察这一概念的产生与演变过程，发现拟话本是一个没有经过科学论证且不能说明明清文人创作的白话短篇小说的本质特征的概念。

一

　　拟话本这一概念最早是鲁迅先生在《中国小说史略》中提出来的，该书第十三篇的标题为"宋元之拟话本"，该篇论列了《青琐高议》、《大唐三藏法师取经记》、《大宋宣和遗事》等宋元作品。《青琐高议》"文辞虽拙俗，然尚非话本，而文题之下，已各系以七言……皆一题一解，甚类元人剧本结末之题目与正名，因疑汴京说话标题、体裁或亦如是，习俗浸润，乃及文章。"③《大唐三藏法师取经记》及《大宋宣和遗事》，"皆首

---

　　① 中国科学院文学研究所：《中国文学史》三，人民文学出版社 1962 年版，第 964 页。
　　② 游国恩等主编：《中国文学史》四，人民文学出版社 1963 年版，第 114 页。
　　③ 鲁迅：《中国小说史略》，《鲁迅全集》第九卷，人民文学出版社 1981 年版，第 119 页。

尾与诗相始终，中间以诗词为点缀，词句多俚，顾与话本又不同，近史而非口谈，似小说而无捏合。"① 因而将它们称为"拟话本"。鲁迅先生最初提出拟话本，并不是作为一个文体概念使用的，而是用以说明宋元时期的一些著作与话本的关系，"说话既盛行，则当时若干著作，自亦蒙话本之影响。"② 就和"明之拟宋市人小说"、"清之拟晋唐小说"一样，是对不同时期小说之间关系的一种描述，后人并没有将"拟宋市人小说"和"拟晋唐小说"作为文体概念使用。

明代文人创作的白话短篇小说，鲁迅称之为"拟宋市人小说"，《中国小说史略》第二十一篇标题为"明之拟宋市人小说及后来选本"，该篇论列了"三言"、《拍案惊奇》、《西湖二集》、《醉醒石》等白话短篇小说。他这样解释将这些白话短篇小说称为拟宋市人小说的理由，"惟至明末，则宋市人小说之流复起，或存旧文，或出新制，顿又广行世间，但旧名湮昧，不复称市人小说也。"③ 在相当长一段时间里，学术界并没有用"拟话本"和"拟宋市人小说"指称明清文人创作的白话短篇小说，马隅卿先生称"三言"、"二拍"为"白话短篇小说"。④ 郑振铎先生则将明清文人创作的白话短篇小说叫作"平话"。⑤ 最早用拟话本称明清文人创作的白话短篇小说是孙楷第先生，他在 1951 年撰写的《中国短篇白话小说的发展与艺术上的特点》一文中说："明末人作短篇小说，是学宋元话本的。因此。明末人作的短篇小说，从体裁上看，与现存的宋元话本相去甚微。但论造作的动机，则明末人作短篇小说，与宋元人编话本不同，宋元人编话本，是预备讲唱的。明末人作短篇小说，并不预备讲唱，而是供给人看。所以，鲁迅先生作《中国小说史略》，称明末人作的短篇小说为'拟话本'，不称话本，甚有道理。"⑥ 孙楷第先生用拟话本指称文人创作的白话短篇小说，并没有进行严密论证，只是说是鲁迅先生提出来的，而事实上鲁迅先生并没有将拟话本作为一个文体概念使用过，更没有用以指

① 鲁迅:《中国小说史略》,《鲁迅全集》第九卷, 第 119 页。
② 同上。
③ 同上书, 第 197 页。
④ 马廉:《关于白话短篇小说"三言"、"二拍"》,《马隅卿小说戏曲论集》, 中华书局 2006 年版。
⑤ 郑振铎:《明清二代的平话集》,《中国文学研究》, 人民文学出版社 2000 年版。
⑥ 原载 1951 年《文艺报》第四卷第三期。后收入《论中国短篇白话小说》一书, 棠棣出版社 1953 年版。又删节改题《中国短篇白话小说的发展》, 收入《沧州集》, 中华书局 1965 年版。

明清文人创作的白话短篇小说，我们不认为孙楷第先生是有意曲解鲁迅原意，这很可能是孙先生记忆失误所致。此后，人们以讹传讹，误认为这一概念经过鲁迅先生的科学论证，可以放心地使用。人民文学出版社整理出版的《警世通言·出版说明》云："所谓'话本'和'拟话本'，其实都是短篇小说。'话本'起源于宋代（特别是南宋）'说话人'（即说书人）所用的底本，更确切地说，是专说'小说'的'说话人'所用的底本。'拟话本'则是后代（主要是明代）文人摹拟'小说'话本的体制，继承'小说'话本的传统而写出来的作品。"① 范宁先生为《话本选》所作序言中说：元明时期，"出现了一些不能讲唱的小说，鲁迅先生曾称这种小说叫做拟话本。""宋元人编'话本'，目的是预备讲唱用的，但到后来有些人模仿话本的形式做起小说来，不预备讲唱用，只供人们阅读。这些'拟话本'有冯梦龙的《三言》、凌濛初的《二拍》、佚名的《石点头》、《醉醒石》、《照世杯》、《幻影》、《豆棚闲话》等。"② 从表述语言可以看出，范宁先生的解释明显源于孙楷第先生。直到现在，拟话本概念还经常出现在一些文学史、小说史的论著中，其内涵与外延没有发生任何变化。

二

拟话本概念没有经过科学论证，是否可以进行补充论证后继续使用呢？也就是说，拟话本是否具备存在和使用的依据和价值？回答是否定的。

作为文体概念的拟话本是建立在话本是说话艺人的底本的基础上的。现代学者经过深入研究发现，将话本解释为说话艺人的底本本身就不科学。

在现存文献中，"话本"一词，最早出现在南宋时期，灌圃耐得翁《都城纪胜》"瓦舍众伎"条载：

> 凡傀儡敷演烟粉灵怪故事、铁骑公案之类，其话本或如杂剧，或如崖词，大抵多虚少实，如巨灵神朱姬大仙之类是也。影戏，凡影戏

---

① 冯梦龙：《警世通言》，人民文学出版社1956年版。
② 范宁：《话本选》，人民文学出版社1959年版，第3、10页。

乃京师人初以素纸雕镂，后用彩色装皮为之，其话本与讲史书者颇同，大抵真假相半，公忠者雕以正貌，奸邪者与之丑貌，盖亦寓褒贬于市俗之眼戏也。①

到元代，"话本"出现在白话小说中，元刻本《新编红白蜘蛛小说》残叶结尾处有"话本说彻，权做散场。"②

明代嘉靖刊本《六十家小说》残本（即《清平山堂话本》）中，《简帖和尚》结尾有："话本说彻，且作散场。"《合同文字记》、《陈巡检梅岭失妻记》末尾有："话本说彻，权作散场。"明代文人创作的白话短篇小说中，大量出现"话本"一词，如："这段话本叫做'汪信之一死救全家'。"③　"今日说一段话本，正与王奉相反，唤做'两县令竞义婚孤女'"。④"如今待小子再宣一段话本，叫做'包龙图智赚合同文'。你道这话本出在哪里?"⑤"而今说一个做夫妻的被拆散了，死后精灵还归一处，到底不磨灭的话本。"⑥

从上述"话本"的使用来看，话本与白话短篇小说关系最为密切。

鲁迅先生在《中国小说史略》中将话本作为一个文体概念，用以指《新编五代史平话》和《京本通俗小说》中所收白话小说，该书第十二篇标题为"宋之话本"，并对话本作了这样的解释："说话之事，虽在说话人各运匠心，随事生发，而仍有底本作为凭据，是为话本。"⑦ 这一解释，为现代小说研究者所广泛接受，在 20 世纪 80 年代以前中国大陆学者编撰出版的各种文学史、小说史都把话本释为说话艺人或者说话艺术的底本。游国恩等先生主编的《中国文学史》云："话本原是说话艺人的底本，是随着民间说话伎艺发展起来的一种文学形式。"⑧ 胡士莹先生说："话本，在严格的科学的意义上说来，应该是，并且仅仅是说话艺人的底本。"⑨

① 灌圃耐得翁：《都城纪胜》，中国商业出版社 1982 年版，第 11 页。
② 程毅中：《宋元小说家话本集》，齐鲁书社 2000 年版，第 3 页。
③ 冯梦龙：《古今小说》第三十九卷，人民文学出版社 1958 年版，第 650 页。
④ 冯梦龙：《醒世恒言》卷一，人民文学出版社 1956 年版，第 3 页。
⑤ 凌濛初：《拍案惊奇》卷三十三，上海古籍出版社 1982 年版，第 583 页。
⑥ 凌濛初：《二刻拍案惊奇》卷之六，上海古籍出版社 1983 年版，第 124 页。
⑦ 鲁迅：《中国小说史略》，《鲁迅全集》第九卷，第 112 页。
⑧ 游国恩等主编：《中国文学史》三，第 144 页。
⑨ 胡士莹：《话本小说概论》，中华书局 1980 年版，第 155 页。

　　这些论著所论列的话本包括《新编五代史平话》、《全相平话五种》等讲史话本和《清平山堂话本》、"三言"等小说选集中保存的小说话本。

　　1965 年，日本学者增田涉发表了《论"话本"一词的定义》，对鲁迅先生关于话本的解释提出了异议，他说，话本一词，"从字面来看是'说话之本'或者是'说话人之本'的意思，这个是很容易被接受的解释，谁也不至于怀疑。但是再详细考察它的惯例用法时，我们发现'话本'有'故事'，但是却没有'说话（人）的底本'的意思。"他列举大量例证来证明，"'话本'一词根本没有'说话人的底本'的意思"。"在清平山堂的《简帖和尚》、《合同文字》、《陈巡检梅岭失妻记》等白话小说的末尾有：'话本说彻，且作散场。'（或者'话本说彻，权作散场。'）的话（另外，熊龙峰四种小说的《张生彩鸾灯传》末尾也有同样的话）。这儿用的'话本'一词，怎么说也跟'说话人的底本'之意有所不同。如把'话本说彻'解释为'据底本全部讲完'未免不通，如把'话本'解释为故事，这句话的意思就是'故事说到此为止'，这不但容易了解，而且可以接受。"① 增田涉的论文在海外学术界引起很大反响，在 20 世纪六七十年代，中国大陆学术界与海外很少交流，增田涉的论文直到 80 年代才被介绍到中国大陆，并引发学术界的讨论。这一问题与拟话本关系密切，"话本"一词是说话艺人的底本还是故事的意思？说话艺人是否有底本？

　　"话本"一词在古代文献中，尤其在白话小说中，应该是故事的意思。"话本说彻，权做散场。""话本说彻，且作散场。"只有作故事解才通畅。"今日说一段话本，正与王奉相反，唤做'两县令竞义婚孤女'"。② "如今待小子再宣一段话本，叫做'包龙图智赚合同文'。你道这话本出在哪里？"③ "而今说一个做夫妻的被拆散了，死后精灵还归一处，到底不磨灭的话本。"④ 这几处"话本"，前面都有"说"、"宣"等动词，就是讲的意思，只能是讲故事，而不能是讲底本。"从来说鬼神难欺，无如此一段话本，最为真实骇听。"⑤ "这个话本好听，看官容小子慢

　　① 增田涉：《论"话本"一词的定义》，《中国古典小说研究专集》（三），台湾经联出版事业公司 1981 年版，第 50—52 页。

　　② 冯梦龙：《醒世恒言》卷一，人民文学出版社 1956 年版，第 3 页。

　　③ 凌濛初：《拍案惊奇》卷三十三，第 583 页。

　　④ 凌濛初：《二刻拍案惊奇》卷之六，第 124 页。

　　⑤ 凌濛初：《拍案惊奇》卷十四，第 239 页。

慢敷衍。"① 这两处将"话本"与"听"搭配，也只能是听故事，而不会是听说话艺人的底本。灌圃耐得翁《都城纪胜》"瓦舍众伎"条所说的"话本"，联系上下文看，"其话本或如杂剧，或如崖词，大抵多虚少实"，"其话本与讲史书者颇同，大抵真假相半"，"大抵多虚少实"，"大抵真假相半"，显然是指傀儡戏、影戏所表演的故事。

　　说话艺人是否有底本？因人而异。王秋桂先生《论"话本"一词的定义校后记》云："近来的田野调查说书人之间有用所谓秘本者。秘本记载师承，故事主角的姓名字号，人物赞，武器的描述和其他包括对话的套语等；这些记载并没有什么连贯性。另有所谓脚本，只记载故事大纲、高潮或插科打诨处及韵文的套语等。这些记载和实际的演出相差很远。"② 周兆新先生《"话本"释义》云："说书艺人主要用口传心授的方法带徒弟。徒弟未说书之前必须听书，并且接受师傅的指点。不识字的徒弟无法作笔记，全凭脑子记忆。识字的徒弟在听书之后，把师傅所讲的内容扼要地记下来，作为秘本保存。师傅也往往把自己的秘本传给徒弟。如果我们认为说书艺人有底本，那么这种秘本就是底本。秘本的内容大致包括两部分，一是某一书目的故事梗概，二是常用的诗词赋赞或其它参考资料。"③ 宋元说话艺人也是如此，不识字的艺人和盲艺人不可能有底本，陆游《小舟游近村舍舟步归》诗云："斜阳古柳赵家庄，负鼓盲翁正作场。死后是非谁管得？满村听说蔡中郎。"④ 这位负鼓盲翁只能凭大脑记忆。徐梦莘《三朝北盟会编》卷一四九云："杜充守健康时，又秉义郎赵祥者，监水门。金人渡江，邵青聚众，而祥为青所得。青受招安，祥始得脱身归，乃依于内侍纲。纲善小说，上喜听之。纲思得新事编小说，乃令祥具说青自聚众以后踪迹，并其徒党忠诈及强弱战斗之将，本末甚详，编缀次序，侍上则说之。故上知青可用，而喜单德忠之忠义。"⑤ 这位内侍纲是先搜集素材编写小说，再根据小说为皇帝讲述，他所编写的小说可以称为底本。负鼓盲翁和内侍纲情况特殊，应该是少数，多数艺人只有记载故事梗概和诗词赋赞的秘本。

① 凌濛初：《拍案惊奇》卷二十七，第 466 页。
② 王秋桂：《论"话本"一词的定义校后记》，《中国古典小说研究专集》（三），第 65 页。
③ 周兆新：《"话本"释义》，《国学研究》第二卷，北京大学出版社 1994 年版。
④ 陆游：《剑南诗稿校注》卷三十三，上海古籍出版社 2005 年版，第 2193 页。
⑤ 徐梦莘：《三朝北盟会编》丙，台北大化书局 1979 年版，第 246 页。

既然话本不能释为说话艺人的底本，拟话本概念的根基也随之动摇。话本是故事的意思，拟话本即模拟故事，模拟故事仍旧是故事，拟话本概念便没有任何意义。说话艺人的底本只是记载故事梗概和诗词赋赞的秘本，没有阅读欣赏价值，文人作家写小说也就不可能模仿说话艺人的底本。

三

如果一定要说明清文人创作的白话短篇小说是对某种艺术形式的模拟，那也不是模拟说话艺人的底本，而是模拟说话艺术。

明清白话短篇小说最鲜明的文体特征就是有入话，入话包括开篇的诗词、议论和头回。关于入话的产生及其作用，郑振铎先生指出："我们就说书先生的实际情形一观看，便知他不能不预备好那末一套或短或长的'入话'，以为'开场之用'。一来是，借此以迁延正文开讲的时间，免得后至的听众，从中途听起，摸不着头脑；再者，'入话'多用诗词，也许实际上便是用来'弹唱'，以肃静场面，怡悦听众的。"[①] 所以，当明代文人与书坊开始记录整理艺人讲述的故事以供案头阅读时，大多将入话删除。以《清平山堂话本》为例，该书流传话本二十九篇，残七篇，全篇传世的共二十二篇，这些话本只有《简帖和尚》、《刎颈鸳鸯会》和残篇《李元吴江救朱蛇》有头回。《刎颈鸳鸯会》、《李元吴江救朱蛇》有议论。《花灯轿莲女成佛记》有很短的两句议论。其他话本均无议论和头回。如果说明清文人创作话本是模拟所谓说话艺人的底本，那么明清话本就应该和这些所谓说话艺人的底本一样，不写入话，尤其是议论和头回，而事实是明清文人创作的白话短篇小说大多有入话，包括议论和头回。"三言"、"二拍"、《石点头》都是如此。这说明明清文人创作话本，不是模拟所谓说话艺人的底本，而是模拟说话艺术，文人作家为了还原瓦舍勾栏说话的真实情境，大多编写了入话，尽管入话已经失去了它原有的功能。

说话是一种说唱艺术，表演方式是有说有唱，以说为主，说的部分用

---

① 郑振铎：《明清二代的平话集》，《中国文学研究》上，人民文学出版社2000年版，第332页。

散文，唱的部分用韵文。开篇和末尾的诗词，正话中描写环境与人物肖像的韵文，说话艺人作场时显然是要唱的。这种说唱结合的表演方式不仅可以丰富艺人的表现手段，活跃场上气氛，也符合观众的欣赏习惯，在一段或紧张、或惊险、或刺激的故事之后，来一段音乐演唱，舒缓紧张情绪。这种适应观众场上欣赏需求的演唱，在案头阅读的文学作品中已经失去意义，文人作家在写小说时完全可以不写韵文，而我们看到的文人创作的白话短篇小说，仍然有大量的诗词韵文，翻开"二拍"、《石点头》、《西湖二集》等文人创作的话本集，篇篇都有诗词韵文。这也是文人作家模仿说话艺术的有力的证据。

明清白话短篇小说的基本叙事模式就是作家扮演说话人向观众讲故事，这一特点，几乎不需要多加论证，随便翻开一部话本集，便可以找到作者以说话人的身份与拟想观众对话的段落。《拍案惊奇》卷之一："说话的，依你说来，不须能文善武，懒惰的也只消天掉下前程；不须经商立业，败坏的也只消天挣与家缘。却不把人间向上的心都冷了？看官有所不知，假如人家出了懒惰的人，也就是命中该贱；出了败坏的人，也就是命中该穷。"[1]《拍案惊奇》卷之十："说话的，你又差了。天下好人也有穷到底的，难道一个个为官不成？俗语说得好：'赊得不如现得。'何如把女儿嫁了一个富翁，且享此目前的快活？看官有所不知，就是会择婿的，也都要跟着命走。"[2]"说话的"与"看官"的虚拟对话，实际上就是模拟瓦舍勾栏说话艺人与观众的对话。

话本作家以说话人自居，向拟想听众讲述故事，他就必须遵守说话规则。说话人在瓦舍勾栏向观众讲述故事时一说即逝，观众不可能像读者阅读小说那样可以掩卷沉思，甚至翻回去重读。因此，说话人就得用通俗浅显的语言把故事讲得清楚明白，听众可能不懂的地方，说话人还要加以解释。作家创作话本小说时，对一些生疏的名物、制度、习俗和读者可能产生疑问的情节，亦如说话人一样，出面加以解释和说明。《拍案惊奇》卷之五写元宵节观灯，贵族人家捧着帷幕。这是什么东西？有何用处？读者可能不明白。作者解释道："看官，你道如何用着帷幕？盖因官宦人家女眷，恐怕街市人挨挨擦擦，不成体面，所以或用布匹等类，扯着长圈围

---

[1]　凌濛初：《拍案惊奇》卷之一，第 2 页。
[2]　凌濛初：《拍案惊奇》卷之十，第 161 页。

着，只要隔绝外边人，他在里头走的人，原自四边看得见的。晋时叫他做步障，故有紫丝步障、锦步障之称。这是大人家规范如此。"① 凌濛初解释"帷幕"，主要是为了方便市民读者阅读，而在讲述故事中穿插解释的方法，明显是源于说话艺术。

综上所述，明清白话短篇小说不是模拟所谓说话艺人底本的话本，而是模拟说话艺术，因此，明清时期文人创作的白话短篇小说也就不能称为拟话本。

四

作为文体概念的拟话本缺乏科学依据，理应弃用。弃用拟话本，我们用什么术语来指称明清文人创作的白话短篇小说？笔者提出一个新的概念：文人话本。而宋元时期说话艺人讲述、文人记录整理的白话短篇小说就可以称为艺人话本。

话本一词尽管在古人的笔下不是一个文体概念，但在具体的语言环境中，还是代指某一个故事，在《红白蜘蛛》中，"话本说彻，且作散场。"这里的话本就是指这篇小说所讲的故事。"如今待小子再宣一段话本，叫做'包龙图智赚合同文'。你道这话本出在哪里？"② 凌濛初说得很清楚，这里的话本指包龙图智赚合同文这个故事。也就是说，在古代的白话小说中，话本既可以指说话艺人讲述的故事，也可以指文人作家编写的故事。在话本的前面加上限定词，艺人话本用来指称说话艺人讲述、文人记录整理的故事，文人话本则用来指称文人模拟说话艺术创作的案头读物。这样既可表明两者之间的联系，即它们都是话本，又能说明两者之间的差异，作者身份与创作方式不同。

文人话本这一概念揭示了明清白话短篇小说的重要特性，即文人性。明清话本作家都是科场失意的下层文人，他们从小读四书五经，十几岁便开始参加科举考试，在科场屡战屡败之后，转而选择编刻话本作为谋生的手段之一。这种教育背景与人生经历，使他们受儒家思想影响甚深，满怀治国平天下的人生理想，即使不能走上仕途，一样关注国计民生，而他们

---

① 凌濛初：《二刻拍案惊奇》卷之五，第102页。
② 凌濛初：《拍案惊奇》卷三十三，第583页。

所生活的时代，国难当头，世风日下，官贪吏虐，民不聊生，这些具有深沉的忧患意识与强烈的社会责任感的文人作家，希望用他们的小说来警醒世人，改变现状。冯梦龙将自己编纂的三本话本小说集分别命名为"喻世明言"、"警世通言"、"醒世恒言"，就是要用文学唤醒沉醉的世人。席浪仙的《石点头》用生公说法、顽石点头的典故来说明自己的良苦用心。陆人龙的《型世言》书名三字就有两字与"三言"书名相同。薇园主人的《清夜钟》"将以鸣忠孝之铎，唤醒奸回；振贤哲之铃，惊回顽薄。"①酌元亭主人的《照世杯》命名意图也非常明确。笔炼阁主人撰《五色石》以补"天道之阙"。② 尽管这些文人作家略显迂腐，但他们对世道的关注、对现实的忧虑，表现出文人作家以天下为己任的社会责任感。

　　写自己熟悉的生活是文学创作的规律，文人作家模仿说话艺术编写小说的时候，更多的只能是形式上的模仿，而题材和内容却发生了很大变化。他们在小说中描写文人的生活，表现文人的思想感情。科举作为明清文人生活中的一件大事，被作家写进话本中，"三言"中唯一能断定出自冯梦龙之手的《老门生三世报恩》（《警世通言》第十八卷）便写了这一题材。冯梦龙作这篇小说的本意是要用鲜于同成功的事例来抨击贱老爱少的试官，小说中所暴露的问题，如官场上进士官与科贡官的不平等，考场上试官的有眼无珠，老秀才考科举的辛酸遭遇等，客观上是对科举制度的揭露与批判。《西湖二集》的作者周清源"怀才不遇，蹭蹬厄穷"，③ 他对科举制度的弊端认识非常深刻，在《巧妓佐夫成名》（《西湖二集》第二十卷）中，作者通过不学无术的吴尔知中进士的故事揭示了明代科场贿赂公行、有钱通神的黑暗现实。在明清话本中出现了众多的文人形象，他们满腹经纶、怀才不遇、蔑视权贵、桀骜不驯，小说家笔下的李白才华横溢、诗酒风流，到长安应试，被杨国忠、高力士当面侮辱，唐朝接到番使国书，只有李白能够翻译、回复，李白让杨国忠捧砚磨墨、高力士脱靴结袜。在文人与官吏的冲突中，文人成了赢家。"卢学诗酒傲公侯"，作者有意识将高雅脱俗、轻世傲物卢楠作为"公侯"的对立面来处理，贪婪鄙俗、附庸风雅的汪知县成了卢楠的陪衬人。这些形象不妨看作文人的

---

　① 薇园主人：《清夜钟序》，《京本通俗小说等五种》，江苏古籍出版社1991年版，第139页。
　② 笔炼阁主人：《五色石序》，《五色石》，江苏古籍出版社1993年版，第212页。
　③ 湖海士：《西湖二集序》，《西湖二集》，浙江文艺出版社1985年版，第12页。

自画像。

　　文人创作的话本在艺术形式上也渗透了文人的审美趣味与文化素养，话本的题目，从冯梦龙编纂"三言"开始，都用工整的对偶命名，有的两个题目一联，如"三言"、《石点头》、《欢喜冤家》、《西湖二集》、《无声戏》等话本集中的小说。有的则采用每篇小说一联的命题方式，如"二拍"、《型世言》、《醉醒石》、《娱目醒心编》等话本集中的小说。文人话本的语言已失去了艺人话本的朴实与自然，趋于典雅。明清文人从小习八股，读诗文，对骈俪文非常熟悉，这种阅读和写作习惯也影响到他们的话本创作。在李渔的话本中，经常可以读到近似骈文的语句，如《十二楼》第一篇话本《合影楼》正话开篇对人物的介绍，便有这样一段："广东韶州府曲江县有两个闲住的缙绅，一姓屠，一姓管。姓屠的由黄甲起家，官至观察之职；姓管的由乡贡起家，官至提举之职。……管提举古板执拘，是个道学先生；屠观察跌荡豪华，是个风流才子。……听过道学的，就怕讲风情；说惯风情的，又厌闻道学。"① 这段文字每两句的字数、结构相同，内容前后对照，和骈文相似，只是用白话，偶有词语相同。还有一些话本语言有如优美的散文一般，《灌园叟晚逢仙女》（《醒世恒言》第四卷）、《卢太学诗酒傲王侯》，都有大段的景物描写，语言典雅华美，和历代文人所写的山水游记没什么区别，作者完全陶醉在自己创造的诗一般的意境之中，似乎忘记了市民读者的欣赏趣味与阅读水平。

　　文人话本这一概念其实就是前人对明清时期文人创作的白话短篇小说进行描述的简称，胡士莹先生说明清白话短篇小说是"文人模拟话本形式的书面文学"。② 游国恩先生等主编的《中国文学史》称明清白话短篇小说为"供案头阅读的文人模拟的话本"。③ 文人话本不用解释，人们都会明白它的指称对象。

　　（原载《文艺研究》2008 年第 4 期，中国人民大学复印报刊资料《中国古代近代文学研究》2008 年第 7 期全文转载，《新华文摘》2008 年第 17 期、《中国社会科学文摘》2008 年第 9 期摘要转载）

---

① 李渔：《十二楼》，人民文学出版社 1986 年版，第 2、3 页。
② 胡士莹：《话本小说概论》，第 399 页。
③ 游国恩等主编：《中国文学史》四，第 114 页。

从话本选本看话本经典的形成

一 话本选本与话本经典的确认

话本是我国古代的一种小说文体，从宋代到清代，创作时间长达近千年，流传至今的话本集有 50 多种，单篇话本 700 多篇①。"五四"以来，随着小说观念的变化和白话文运动的兴起，话本受到现代学者的高度重视。而研究者对话本及话本小说家的评价主要根据自己的审美标准进行分析、判断和取舍，带有强烈的主观色彩，得出的结论出入较大。我们有没有什么方法对古代话本作家、作品作出相对客观、公正的定位与评价？我想到了话本选本。古今话本选本有 40 多种，每个选家肯定会有自己的选择标准，如果将每种选本所选话本进行统计，根据被选次数的多少，来判断话本小说及其作者的地位与影响，其结果肯定比单个研究者或选家要客观，定位也应该相对准确。

统计结果是否客观、公正，统计对象的确定至关重要。我们确定选本的标准是：第一，既然是选本，凡是有原创的话本集便不在统计之列，如冯梦龙的"三言"，既选有宋元旧篇，又有他本人的创作。古吴憨憨生的《飞英声》也是既有选编，又有创作。第二，至少是从两种以上的话本集中选目的选本才有意义，仅从一种话本集中选目的选本不在统计之列，如《续今古奇观》，全部出自《拍案惊奇》。第三，仅以某个朝代的话本集为选目范围的选本不在统计之列，如东亚图书馆编《宋人话本七种》，仅选宋代话本。第四，兼选其他文体如文言小说、戏曲的选本不在统计之列，如《小说传奇合刊》，既选话本，又选传奇。第五，从前人话本选本中选

---

① 范宁《话本选·序言》认为现存话本 400 多篇，陈崇仁等《中国话本小说精典·前言》因袭其说，不准确。

出的选本不在统计之列，如《西湖遗事》基本上从《西湖拾遗》中选出。
尚志堂本《人中画》从《今古奇观别本》中析出四篇单行。第六，选本
出版的时间，上起"三言"、"二拍"等优秀话本集产生之后的崇祯初年，
下迄 2005 年。根据上述标准，可列入统计范围的话本选本共计 24 种，其
中古代 13 种，现代 11 种。它们是：

选家	选本名称	书坊（出版社）	刊刻（出版）时间
抱翁老人	今古奇观	吴郡宝翰楼	明崇祯年间
佚名	觉世雅言	不详	明崇祯年间
托名即空观主人	别本二刻拍案惊奇	不详	清初
托名李笠翁	警世选言	贞祥堂	清初
龙钟道人	警世奇观	不详	清初
梦闲子	今古传奇	不详	清康熙十四年
佚名	今古奇观别本	尚志堂	清乾隆二十年
步月主人	再团圆	尚志堂	清乾隆二十年
陈树基	西湖拾遗	自愧轩	清乾隆五十六年
王寅	今古奇闻	东壁山房	清光绪十三年
香芝馆居士	二奇合传	守经堂	清咸丰十一年
梅庵道人	四巧说	不详	清代
佚名	海内奇谈	不详	不详
胡士莹	古代白话短篇小说选	中国青年出版社	1956 年
吴晓铃等	话本选	人民文学出版社	1959 年
中华书局上海编辑所	话本选注	中华书局上海编辑所	1960 年
上海古籍出版社	古代白话短篇小说选	上海古籍出版社	1979 年
萧欣桥	宋元明话本小说选	江西人民出版社	1980 年
何满子	古代白话短篇小说选集	上海古籍出版社	1983 年
萧欣桥	西湖古代白话小说选	浙江人民出版社	1984 年
杨贺松	古代白话短篇小说精华	人民文学出版社	1991 年
钟必琴等	中国古代白话短篇小说选	华语教学出版社	1992 年
陈崇仁	中国话本小说精典	山东大学出版社	1998 年
王定璋	宋元明清短篇白话小说选	太白文艺出版社	2005 年

　　上述 24 种话本选本共选单篇话本 200 多篇，被选 2 次以上的话本 97

篇。被选 6 次以上的话本 23 篇，列表如下：

被选率最高的 23 篇话本：

话本名称	被选次数	话本来源	作者（编者）
卖油郎独占花魁	14	三言	冯梦龙
金玉奴棒打薄情郎	14	三言	冯梦龙
十五贯戏言成巧祸（错斩崔宁）	12	三言	冯梦龙
杜十娘怒沉百宝箱	11	三言	冯梦龙
崔待诏生死冤家（碾玉观音）	11	三言	冯梦龙
白娘子永镇雷峰塔	10	三言	冯梦龙
沈小霞相会出师表	10	三言	冯梦龙
灌园叟晚逢仙女	9	三言	冯梦龙
乔太守乱点鸳鸯谱	9	三言	冯梦龙
快嘴李翠莲记	8	清平山堂话本	洪楩
蒋兴哥重会珍珠衫	8	三言	冯梦龙
钱秀才错占凤凰俦	8	三言	冯梦龙
滕大尹鬼断家私	8	三言	冯梦龙
转运汉遇巧洞庭红　波斯胡指破鼍龙壳	8	二拍	凌濛初
同窗友认假作真　女秀才移花接木	8	二拍	凌濛初
刘东山夸技顺城门　十八兄奇踪村酒肆	8	二拍	凌濛初
陈御史巧勘金钗钿	7	三言	冯梦龙
唐解元一笑姻缘	7	三言	冯梦龙
闹樊楼多情周胜仙	6	三言	冯梦龙
宋小官团圆破毡笠	6	三言	冯梦龙
玉堂春落难逢夫	6	三言	冯梦龙
顾阿秀喜舍檀那物　崔俊臣巧会芙蓉屏	6	二拍	凌濛初
钱多处白丁横带　运退时刺史当艄	6	二拍	凌濛初

由于 24 种选本所选话本多达 200 多篇，入选 1 次的话本就有 100 多篇，被 1 种选本所选没有统计意义。我们统计了被 2 种以上选本选中的 97 篇话本，这 97 篇话本出自 10 种话本集，列表如下：

被选 2 次以上话本篇数最多的话本集：

话本集名称	被选篇数	作者（编者）
三言	58	冯梦龙
二拍	22	凌濛初
西湖二集	8	周楫
清平山堂话本	2	洪楩
石点头	2	天然痴叟
熊龙峰刊行小说四种	1	熊龙峰
醉醒石	1	东鲁古狂生
十二楼	1	李渔
照世杯	1	酌元亭主人
西湖佳话	1	古吴墨浪子

　　需要说明的是，"三言"原为3种话本集的合称，"二拍"原本为2种话本集的合称，分别出自冯梦龙、凌濛初之手，为了便于统计作者的入选篇数，我们将"三言"、"二拍"作为2种话本集进行统计。《清平山堂话本》（原名《六十家小说》）和《熊龙峰刊行小说四种》是现存最早的话本丛刊，现存残本，多家出版社以话本集的形式印行，故按话本集统计。因作者不详，暂且系于编者和刊行者的名下。

　　统计结果显示，古今选本入选最高的23篇话本，选自"三言"达17篇之多，选自二拍的有5篇，1篇选自《清平山堂话本》。古今选本入选2次以上的话本，出自10种话本集，其中58篇出自"三言"，22篇出自"二拍"。

　　文学经典往往是在读者的阅读与学者的批评过程中逐渐形成的，是历史老人的无情汰选。话本选本既是文人选家审美观念的物化，又是话本读者文化消费的产物，尽管有不同历史时期各种意识形态的干扰，最终决定作品地位的还是它自身的艺术价值和历史的选择。根据三百多年间产生的24种话本选本的统计结果，我们大体可以得出以下结论：第一，古今话本选本入选率最高的23篇话本，堪称经典话本小说。第二，无论是从单篇话本的被选次数，还是从话本集的被选篇数来看，"三言"、"二拍"都堪称经典话本集，其作者冯梦龙、凌濛初堪称经典话本小说家。第三，古今选家选目较多的话本集《西湖二集》、《清平山堂话本》、《石点头》、《熊龙峰刊行小说四种》、《醉醒石》、《十二楼》、《照世杯》、《西湖佳话》

可称为优秀话本集。其作者周楫、天然痴叟、东鲁古狂生、李渔、酌元亭主人、古吴墨浪子则可称为优秀话本小说家。洪楩、熊龙峰为话本的选编者与刊刻者，不宜称为小说家。

二　话本选本与小说观念的嬗变

我们在对古代和现代话本选本进行分别统计的时候，发现了一个有趣的现象，古今选家对话本取舍存在较大差异，古代选本选目比较分散，被选话本达199篇之多，现代选本选目比较集中，只有133篇。古今被选率比较高的话本，也存在较大出入，请看列表：

古代选本中被选率最高的21篇话本：

话本篇名	被选次数	话本来源	作者（编者）
三孝廉让产立高名	5	三言	冯梦龙
蒋兴哥重会珍珠衫	4	三言	冯梦龙
卖油郎独占花魁	4	三言	冯梦龙
金玉奴棒打薄情郎	4	三言	冯梦龙
裴晋公义还原配	4	三言	冯梦龙
宋小官团圆破毡笠	4	三言	冯梦龙
乔太守乱点鸳鸯谱	4	三言	冯梦龙
苏小妹三难新郎	4	三言	冯梦龙
同窗友认假作真　女秀才移花接木	4	二拍	凌濛初
顾阿秀喜舍檀那物　崔俊臣巧会芙蓉屏	4	二拍	凌濛初
李克让竟达空函　刘元普双生贵子	4	二拍	凌濛初
陈御史巧勘金钗钿	3	三言	冯梦龙
唐解元一笑姻缘	3	三言	冯梦龙
两县令竞义婚孤女	3	三言	冯梦龙
沈小霞相会出师表	3	三言	冯梦龙
钱秀才错占凤凰俦	3	三言	冯梦龙
陈希夷四辞朝命	3	三言	冯梦龙
李谪仙醉草吓蛮书	3	三言	冯梦龙
转运汉遇巧洞庭红　波斯胡指破鼍龙壳	3	二拍	凌濛初
钱多处白丁横带　运退时刺史当艄	3	二拍	凌濛初
丹客半黍九还　富翁千金一笑	3	二拍	凌濛初

现代选本中被选率最高的 27 篇话本：

话本篇名	被选次数	话本来源	作者（编者）
崔待诏生死冤家（碾玉观音）	11	三言	冯梦龙
十五贯戏言成巧祸（错斩崔宁）	11	三言	冯梦龙
杜十娘怒沉百宝箱	10	三言	冯梦龙
白娘子永镇雷峰塔	10	三言	冯梦龙
卖油郎独占花魁	10	三言	冯梦龙
金玉奴棒打薄情郎	10	三言	冯梦龙
快嘴李翠莲记	8	清平山堂话本	洪楩
沈小霞相会出师表	7	三言	冯梦龙
灌园叟晚逢仙女	7	三言	冯梦龙
刘东山夸技顺城门　十八兄奇踪村酒肆	7	二拍	凌濛初
滕大尹鬼断家私	6	三言	冯梦龙
闹樊楼多情周胜仙	6	三言	冯梦龙
玉堂春落难逢夫	6	三言	冯梦龙
钱秀才错占凤凰俦	5	三言	冯梦龙
乔太守乱点鸳鸯谱	5	三言	冯梦龙
转运汉巧遇洞庭红　波斯胡指破鼍龙壳	5	二拍	凌濛初
神偷寄兴一枝梅　侠盗惯行三昧戏	5	二拍	凌濛初
简帖和尚	4	清平山堂话本	洪楩
蒋兴哥重会珍珠衫	4	三言	冯梦龙
唐解元一笑姻缘	4	三言	冯梦龙
陈御史巧勘金钗钿	4	三言	冯梦龙
小夫人金钱赠年少（志诚张主管）	4	三言	冯梦龙
木绵庵郑虎臣报冤	4	三言	冯梦龙
青楼市探人踪　红花场假鬼闹	4	二拍	凌濛初
同窗友认假作真　女秀才移花接木	4	二拍	凌濛初
叠居奇程客得救　三救厄海神显灵	4	二拍	凌濛初
侯官县烈女歼仇	4	石点头	天然痴叟

两表对比，发现古今选本的异同如下：

第一，古代选本入选较高的话本《三孝廉让产立高名》、《两县令竞义婚孤女》、《裴晋公义还原配》、《李克让竟达空函　刘元普双生贵子》、《丹客半黍九还　富翁千金一笑》，现代选本不选或少选。

第二，现代选本入选较高的话本《快嘴李翠莲记》、《崔待诏生死冤家》（碾玉观音）、《白娘子永镇雷峰塔》、《简帖和尚》、《闹樊楼多情周胜仙》、《杜十娘怒沉百宝箱》、《叠居奇程客得救　三救厄海神显灵》、《神偷寄兴一枝梅　侠盗惯行三昧戏》，古代选本不选或少选。

第三，古今选本入选率都比较高的话本有 10 篇：《卖油郎独占花魁》、《金玉奴棒打薄情郎》、《沈小霞相会出师表》、《蒋兴哥重会珍珠衫》、《陈御史巧勘金钗钿》、《钱秀才错占凤凰俦》、《乔太守乱点鸳鸯谱》、《唐解元一笑姻缘》、《转运汉巧遇洞庭红　波斯胡指破鼍龙壳》、《同窗友认假作真　女秀才移花接木》。

这种现象说明不同时代的选家选目标准不尽相同，对话本的认识存在差异。

《今古奇观》是流传至今的最早的完整选本，笑花主人在《今古奇观序》中提出："夫蜃楼海事，焰山火井，观非不奇；然非耳目经见之事，未免为疑冰之虫。故夫天下之真奇者，未有不出于庸常者也。仁义礼智，谓之常心；忠孝节烈，谓之常行；善恶果报，谓之常理；圣贤豪杰，谓之常人。然常心不多葆，常行不多修，常理不多显，常人不多见，则相与惊而道之，闻者或悲或叹，或喜或愕。其善者知劝，而不善者亦有所惭恶悚惕，以共成风化之美。"① 笑花主人概括了《今古奇观》所收话本的两大特征，一是庸常之奇，也就是他所说的"极摹人情世态之歧，备写悲欢离合之致。"② 二是风化之美，也就是他所说的"曲终奏雅，归于厚俗。"③ 笑花主人是否就是选编者抱翁老人，尚无确凿证据，但他的观点实际上代表了抱翁老人的选目标准，《今古奇观》所选 40 篇话本，绝大多数是明代话本，在这些明代话本中，大多数又取材于明代现实生活，属于"耳目经见之事"。选家的劝善目的也非常明确，《今古奇观》第一篇话本《三孝廉让产立高名》写许武兄弟三人在父母双亡之后，兄弟和顺，互让家产，赢得孝悌美名，也得到朝廷重用。话本的立意，入话中说得明

---

① 笑花主人：《今古奇观序》，《古本小说集成》第 5 辑，上海古籍出版社 1992 年版，第6—7 页。

② 同上书，第 4 页。

③ 同上。

白："随你不和顺的兄弟，听着在下讲这节故事，都要学好起来。"①《刘元普双生贵子》、《徐老仆义愤成家》也有明确的教化目的。庸常之奇与风化之美，在笑花主人的笔下，完全可以合二为一，所谓"仁义礼智，谓之常心；忠孝节烈，谓之常行；善恶果报，谓之常理；圣贤豪杰，谓之常人。"抱瓮老人编选《今古奇观》，也是追求二者的统一。抱瓮老人的选目标准，得到后世选家的认可与继承，古今话本选本被选率最高的23篇话本，有17篇入选《今古奇观》，没有入选的6篇话本，有5篇为宋元话本，这5篇话本是：《十五贯戏言成巧祸》（错斩崔宁）、《崔待诏生死冤家》（碾玉观音）、《快嘴李翠莲记》、《白娘子永镇雷峰塔》、《闹樊楼多情周胜仙》。古代话本选本被选率最高的21篇小说，竟有20篇入选《今古奇观》，被选次数排名第一的《三孝廉让产立高名》，就是《今古奇观》的第一篇。而且古代选家并不掩饰他们对《今古奇观》的推崇与仿效，《今古传奇》（该书目次署全称"新刻今古传奇"、书函题签和牌记作"古今传奇传"、序作"古今传奇"）、《今古奇闻》、《今古奇观别本》，这些书名明显模仿《今古奇观》。醉犀生《古今奇闻序》明确指出："今夏薄游海上，晤燕北耕余主人，以重编《古今奇闻》一书出示，体仿《今古奇观》。"②梦闲子编选《今古传奇》，和笑花主人、抱瓮老人一样，首先看中的是话本的"不奇而奇"，他在《古今传奇序》中说："吾观古今一大戏场，人则昧昧，必须台上角色演出来，始觉耳目一新。每逢模拟逼肖处，反为之咄咄称奇。岂知天地间无论忠孝伦理，本非奇行，即男女情缘，亦非奇遇。人人在戏场往来，并自家脚色分不清白，反认假为真，遇一常事，辄诧为奇。试看古今来，那有奇闻，或本无奇，而传之者动以为奇；或事本出奇，而闻之者反不以为奇。奇而不奇，不奇而奇，谁能于此处下一转语？"③梦闲子认为天地间本无奇事，忠孝伦理、男女情缘，都是常事，而文学家却能化平常为新奇，让观众读者啧啧称奇，奇源于常。因而梦闲子称《古今传奇》为一部"奇书"。这种观点与笑花主人基本一致。王寅选编《今古奇闻》，其选编动机与选目标准也基本相同，他在《今古奇闻自序》中说："其间可惊可愕、可敬可慕之事，千态万状，如

---

① 抱瓮老人编：《今古奇观》，人民文学出版社1957年版，第4页。
② 醉犀生：《古今奇闻序》，丁锡根《中国历代小说序跋集》中，人民文学出版社1996年版，第854页。
③ 梦闲子：《古今传奇序》，《古本小说集成》第5辑，第1—2页。

蛟龙变化，不可测识。能使悲者痛哭流涕，喜者眉飞色舞，无一迂拘尘腐烂调，且处处引人入于忠孝节义之路。既可醒世惊人，又可以惩恶劝善。嬉笑怒骂，皆属文章，而因果报应之理，亦隐于惊魂眩魄之中，俾阅者一新耳目。"①"醒世惊人"与"惩恶劝善"成为王寅选目的两条主要标准。

清代选家虽然认同抱瓮老人的两条选目标准，但在一部分选家的脑海里主次关系发生了微妙的变化。芸香馆居士《删定二奇合传叙》云："夫以道备于五伦，庸德庸言，无奇者也。忠臣孝子，义夫节妇，率于性而励于行，历艰难辛苦而百折不回，不自以为奇也。奇之者，众人也。"②该书选话本四十篇，主要选自《今古奇观》和"二拍"，多数话本更换了题目，显然是从劝惩的角度考虑的，第一回原题为"刘元普双生贵子"，芸香馆居士改为"刘刺史大德回天"，第三十七回原题为"宋金郎团圆破毡笠"，芸香馆居士改为"宋金郎贤阃矢坚贞"。不仅如此，选编者还在每篇话本的题目后面说明劝诫目的，如第一回"劝积德"，第三回"劝孝悌"，第九回"劝节烈"，第十回"戒负义"。在芸香馆居士看来，小说的教化功能要重于传奇效果。

无论古代选家是将劝惩还是传奇放在优先考虑的位置，他们选目兼顾劝惩和传奇两个方面应该是不争的事实。

现代话本选本主要产生于 20 世纪中后期，这一时期的学者与选家自觉地学习运用马克思主义文学理论研究古代话本小说，这种理论指导与关注角度也明显地反映在话本选本中。话本研究专家胡士莹先生编选了当代第一种话本选本《古代白话短篇小说选》，他在《序言》中全面阐释了对话本的评价暨选目标准，他说："宋、元、明短篇小说是市民的小说，它们从市民的立场、观点来反映生活中的各种矛盾。"首先是阶级矛盾，"如《灌园叟晚逢仙女》痛责了恶霸侵占土地的罪行。""《汪信之一死救全家》正面描写了一次有手工业工人参加的暴动，而且把领袖汪信之写成为豪侠英雄。"《错斩崔宁》等公案小说"都曾对统治机构的黑暗苛酷发出了强烈的怒火。"《沈小官一鸟害七命》、《错斩崔宁》、《碾玉观音》等"短篇小说沉痛地诉说人民在政治上受冤受害的情形，更揭露出人民贫穷痛苦的生活实况和悲惨的结局。"反映妇女问题和两性问题，"这是

---

① 王寅：《今古奇闻自序》，《古本小说集成》第 5 辑，第 3—5 页。
② 芸香馆居士：《删定二奇合传叙》，丁锡根《中国历代小说序跋集》中，第 849 页。

短篇小说最普遍的主题，是有巨大的反封建的积极意义的主题。"① 胡士莹先生的观点几乎代表了 20 世纪五六十年代学术界对话本的共同看法，范宁先生在《话本选·序言》中指出："那些优秀的作品中，不仅在形式上而且在内容上都和为统治阶级服务的歌功颂德的封建贵族文学相对立。它揭露了封建社会里面的种种罪恶和黑暗。""这些作品指责了昏官滑吏和豪富权贵，而且肯定地描写了市井小民。""春浓花艳佳人胆，月黑风寒壮士心"这两句诗"透露了话本文学内容两个重要方面。""春浓花艳佳人胆"，"正说明青年男女对于摧毁封建势力的迫切要求。""月黑风寒壮士心"，"体现了在残酷的掠夺下丧失了生产资料的无业游民迫切希求获得温饱的欲望。"② 这种评价的理论依据就是 50 年代从苏联引进的马克思主义文艺学和社会发展阶段论，文学是社会生活的反映，产生于宋元明清时期的话本小说必然反映了那一时期的社会生活。宋、元、明、清是中国封建社会的后期，存在阶级和阶级矛盾，主要矛盾是地主阶级和农民阶级的矛盾，而明清时期出现了新兴的市民阶层。话本小说则反映了这种矛盾与斗争。这种评价标准和分析方法在"文革"结束之后仍然普遍存在，章培恒、马美信先生在《古代白话小说选·前言》指出：话本小说"有不少反映了市民的生活、思想和感情，体现出他们这一阶层与封建制度的某些矛盾。由于市民阶层在封建社会里是与历史发展方向相一致的，最有前途的新兴的社会力量，作品的上述内容在当时也就明显具有进步意义。其中最主要的，有以下两个方面：对封建道德的冲击和对封建政治的批判。"③ 基于这样一种认识，现代选本选目比较集中，且有鲜明的时代特点，写市民生活的作品比较多，如《蒋兴哥重会珍珠衫》、《转运汉遇巧洞庭红波斯胡指破鼍龙壳》、《叠居奇程客得救　三救厄海神显灵》；写恋爱婚姻的作品比较多，如《快嘴李翠莲记》、《金玉奴棒打薄情郎》、《钱秀才错占凤凰俦》、《唐解元一笑姻缘》、《同窗友认假作真　女秀才移花接木》；写阶级冲突的作品比较多，如《崔待诏生死冤家》、《十五贯戏言成巧祸》、《灌园叟晚逢仙女》、《沈小霞相会出师表》；更不用说写市民阶层恋爱、婚姻的作品，如《崔待诏生死冤家》、《蒋兴哥重会珍珠衫》、《杜十

① 胡士莹：《古代白话短篇小说选·序言》，中国青年出版社 1956 年版，第 13—17 页。
② 范宁：《话本选·序言》，人民文学出版社 1959 年版，第 13—16 页。
③ 章培恒、马美信：《古代白话小说选·前言》，上海古籍出版社 1979 年版，第 3 页。

娘怒沉百宝箱》、《卖油郎独占花魁》，几乎成为规模稍大的选本必选之作。古今选家不同的小说观念和选目标准，导致了古今选本选目的差异。

同时，我们应当注意到，古今话本选本也有一致性，也就是说有相当数量的话本同时入选古今话本选本（见上表），而且，除《快嘴李翠莲记》、《崔待诏生死冤家》（碾玉观音）、《白娘子永镇雷峰塔》、《闹樊楼多情周胜仙》4篇宋元话本和明代话本《玉堂春落难逢夫》外，进入23篇经典话本之列的18篇明代话本，都是由古今选家共同选出的。这说明古今选家也有相同的选择标准，主要体现在对小说艺术的认识上。古今选家都注意到一些优秀的话本具有强烈的艺术感染力，王寅"偶得《今古奇闻新编》若干卷，暇日手披目览，觉其间可惊可愕，可敬可慕之事，千态万状，如蛟龙变化，不可测识。能使悲者痛哭流涕，喜者眉飞色舞。"① 管窥子称赞《今古奇观》"论其事则洞心骇目，人世罕闻；论其理则福善祸淫，毫厘不爽，庹至庸于至奇，是书有焉。"② 胡士莹先生也认为一些优秀的话本"创造了不少个性鲜明的艺术形象，从感情上激动了当代和后世千百万听众和读者。"③ 前面我们提到，古代选家注重话本的传奇性，这种"庸常之奇"包含人物与情节的新奇。这些"奇观"、"奇闻"、"奇谈"，虽说是现实生活中人、耳目经见之事，却又不同寻常，是一些奇人异事，闾里新闻。《转运汉遇巧洞庭红　波斯胡指破鼍龙壳》"说一个人，在实地立行，步步不着，极贫极苦的，却在渺渺茫茫做梦不到的去处，得了一主没头没脑钱财，变成巨富。从来希有，亘古新闻。"④《同窗友认假作真　女秀才移花接木》讲述的故事"委曲奇诧，最是好听"⑤。古人眼中的奇人异事，在现代学者的笔下成了个性化的人物和矛盾尖锐的情节，胡士莹先生说：话本小说"在冲突中塑造人物性格，并使之个性化地体现一定的社会力量的本质。""宋元明短篇小说接受了志怪、传奇等的影响，如后者有矛盾比较尖锐、情节比较完整的特点，短篇小说在现实性的基础上发展了这些特点。"⑥ 虽然古今选家看问题的角度

---

① 王寅：《今古奇闻自序》，《古本小说集成》第5辑，第3—4页。
② 管窥子：《今古奇观序》，丁锡根《中国历代小说序跋集》中，第795页。
③ 胡士莹：《古代白话短篇小说选·序言》，第19页。
④ 凌濛初：《拍案惊奇》，上海古籍出版社1982年版，第4页。
⑤ 凌濛初：《二刻拍案惊奇》，上海古籍出版社1982年版，第344页。
⑥ 胡士莹：《古代白话短篇小说选·序言》，第22、23页。

不尽相同，但他们阅读话本的艺术感受应该有相通之处，因此，一些优秀话本不可能逃脱古今选家的法眼。

三　话本选本与传播环境的影响

　　小说传播环境对话本选本的影响是不言而喻的，从话本选本刊刻或出版时间就可以看出，话本选本主要集中在明末清初、20 世纪 50 年代末 60 年代初和"文革"之后，这三个时期都是官府对文化的控制相对松弛的时期，文人学者可以比较自由地选编、书坊或出版社能够顺利地出版话本选本。清末民初、抗日战争和解放战争时期、"文革"时期，话本选本几乎是一片空白，这三个时期，要么是兵荒马乱，文人学者无闲编刻话本选本，读者也无暇阅读这类消闲读物；要么是文网甚严，根本不允许编印话本选本。

　　即使是编印出来的话本选本，也可以看到小说传播环境留下的痕迹。清朝统治者在康熙年间以武力征服江南之后，加紧推行文化专制政策，康熙四十年、四十八年，两次准奏禁"小说淫词"。这两次禁书效果并不理想，康熙五十三年再次谕礼部，"凡坊肆市卖一应小说淫词，在内交与八旗都统、都察院、顺天府，在外交与督抚，转行所属文武官弁，严查禁绝，将板与书，一并尽行销毁。如仍行造作刻印者，系官革职，军民杖一百，流三千里；市卖者杖一百，徒三年。该管官不行查出者，初次罚俸六个月，二次罚俸一年，三次降一级调用。"[1] 这次禁令，措施非常具体，处罚也十分严厉，不仅"造作刻印者"、"市卖者"要严惩，而且官员查处不力也要处罚。雍正二年，重申康熙五十三年禁令，增加"买看者杖一百"一条[2]。乾隆三年，再次重申康熙禁令，又增加"有开铺租赁者，照《市卖例》治罪。"[3] 此后，嘉庆七年、嘉庆十五年、嘉庆十八年、道光十四年、同治十年，先后下令查禁小说。清朝皇帝三令五申严禁淫词小说，地方政府不敢有丝毫怠慢，尤其是小说创作、刊刻极为繁盛的江浙一带，康熙年间江苏巡抚汤斌颁布严禁私刻淫邪小说告谕、道光二十四年浙

---

　　①　王利器：《元明清三代禁毁小说戏曲史料》，上海古籍出版社 1981 年版，第 27、28 页。

　　②　同上书，第 32 页。

　　③　同上书，第 41 页。

江巡抚梁某及其下属浙江学政吴某、杭州知府朱某、湖州知府罗某、仁和知县杨某严令禁毁淫词小说，并列禁毁小说书目一百二十种，话本集《贪欢报》、《载花船》、《一片情》、《弁而钗》、《石点头》、《拍案惊奇》、《十二楼》、《宜春香质》和话本选本《今古奇观》榜上有名。同治年间江南按察使周某禁苏州刊行淫书小说，列淫书小说 116 种，包括话本集《载花船》、《贪欢报》、《拍案惊奇》、《十二楼》、《一片情》、《弁而钗》、《石点头》、《宜春香质》、《今古奇观》。苏版书目大体据浙版书目抄录，稍有出入。同治七年，江苏巡抚丁日昌查禁淫词小说，应禁书目和续禁书目达 150 种之多，上述八种话本也在应禁之列。就是在这种高压态势之下，话本小说的创作逐步走向衰微，直至消亡①。话本选本在乾隆以后也日益减少。

　　清朝统治者禁毁小说，主要禁两类作品：一是所谓诲淫之作，认为这类小说污人耳目，伤风败俗。清朝从皇帝到州县地方官，均称小说为淫词、淫书。康熙皇帝认为"淫词小说，人所乐观，实能败坏风俗，蛊惑人心。"② 二是诲盗之作，认为这类小说尚武任侠，威胁清朝统治。丁日昌说：淫词小说，"原其著造之始，大率少年浮薄，以绮腻为风流，乡曲武豪，借放纵为任侠，而愚民鲜识，遂以犯上作乱之事，视为寻常。地方官漠不经心，方以为盗案奸情，纷歧叠出。殊不知忠孝廉节之事，千百人教之而未见为功，奸盗诈伪之书，一二人导之而立萌其祸，风俗与人心，相为表里。近来兵戈浩劫，未尚非此等逾闲荡检之说，默酿其殃。"③ 丁日昌将同治年间风起云涌的反清斗争与小说联系起来。清朝统治者禁毁诲淫诲盗之作，并不一概禁行宣扬忠孝节义之书，《大清律例》禁止搬做杂剧，"不许妆扮历代帝王后妃及先圣先贤忠臣烈士神像"，但"义夫节妇、孝子顺孙、劝人为善者，不在禁限。"④ 江苏巡抚汤斌在禁淫邪小说的同时，提出"若曰古书深奥，难以通俗，或请老诚纯谨之士，选取古今忠孝廉节，敦仁尚让实事，善恶感应，懔懔可畏者，编为醒世训俗之书，既可化导愚蒙，亦足检点身心，在所不禁。"⑤ 正是在这种小说传播环境下，

---

① 参见傅承洲《文人话本的衰微过程与原因》，《明代文人与文学》，中华书局 2007 年版。
② 王利器：《元明清三代禁毁小说戏曲史料》，第 25 页。
③ 同上书，第 142 页。
④ 同上书，第 18 页。
⑤ 同上书，第 100 页。

话本选家战战兢兢，生怕有违禁令带来灾祸，不选官府所称的海淫海盗之作，王寅选编《古今奇闻》，优秀爱情小说一篇未选，仅从说教意味甚浓的《娱目醒心编》中就选了15篇之多。即便要选爱情小说，也得进行删节，梦闲子选编《今古传奇》，选《蒋兴哥重会珍珠衫》，删除了薛婆给王三巧讲她十三岁在家与邻居小官人私通的事。选《卖油郎独占花魁》，删除了老鸨设计让金二员外给王美娘破身的一段描写。这种删节，显然是选家担心违反官府的条例，担上海淫的罪名。芸香馆居士选编《二奇合传》特别强调所选话本的劝诫功能，一方面是选家浓厚的教化思想所致，另一方面与当时小说传播环境不无关系。了解了古代话本选本产生的背景，也就不难理解一些带有浓厚的忠孝节义气息的话本篇目能被选家选中。

20世纪五六十年代，在以阶级斗争为纲的政治环境下，古代文学研究也受到这种政治气候的影响，学者们千方百计地从文学作品中寻找反映阶级斗争的内容，《水浒传》被解读成歌颂农民革命的小说，孙悟空也成了农民起义的领袖，《红楼梦》是用爱情掩盖政治，研究者统计贾府害死了多少条人命，剥削了农民多少粮食。话本研究也不例外，是否反映阶级矛盾，成为判断一篇话本好坏的重要标准。胡士莹说："我们可以看到，反映阶级矛盾的作品也有不少：如《灌园叟晚逢仙女》痛责了恶霸侵占土地的罪行；《拗相公》通过王安石的遭遇，表达了人民对北宋统治者的强烈愤怒；《汪信之一死救全家》正面地描写了一次手工业工人参加的暴动，而且把领袖汪信之写成为豪侠英雄。"①《古代白话短篇小说选》选话本10篇，被选家认为是反映阶级矛盾的话本至少有4篇，即《碾玉观音》、《错斩崔宁》、《汪信之一死救全家》、《灌园叟晚逢仙女》。胡士莹先生的这种解读方式，并非一家之言，代表了20世纪五六十年代的流行观点。这样也就不难理解，在现代话本选本中，《崔待诏生死冤家》（《碾玉观音》）、《十五贯戏言成巧祸》（《错斩崔宁》）、《简帖和尚》、《灌园叟晚逢仙女》、《杜十娘怒沉百宝箱》、《刘东山夸技顺城门　十八兄奇踪村酒肆》、《神偷寄兴一枝梅　侠盗惯行三昧戏》这些与阶级矛盾沾点边的话本，都会得到选家的青睐。

主流意识形态对话本选家和选本肯定产生了影响，但并不妨碍选家在

---

① 胡士莹：《古代白话短篇小说选·序言》，第14、15页。

这种特殊的传播环境中，巧妙地将一些优秀的话本推荐给读者，他们会依照自己的审美眼光确定选目，再根据其中的某些情节，按主流意识形态的要求，作一些多少有些牵强的解读。入选 23 篇经典话本的《灌园叟晚逢仙女》，作者写花痴秋先和衙内张委对花卉的不同态度以及相应结果，说明"惜花致福，损花折寿"① 的道理。萧欣桥先生认为："在封建社会，封建统治阶级与人民大众的矛盾比较普遍的表现为官僚地主、恶霸豪绅对于人民的欺压和人民的反抗。《灌园叟晚逢仙女》表现的就是这类主题。"②《十五贯戏言成巧祸》（《错斩崔宁》），作者的创作动机是用刘贵"酒后一时戏言，断送了堂堂六尺之躯，连累两三个人"③ 的故事，告诫人们避免戏言惹祸，"劝君出话须诚信，口舌从来是祸基。"④ 在当代选家的笔下，这篇话本变成了"对统治机构的黑暗苛酷喷发出强烈的怒火。"⑤《卢太学诗酒傲公侯》，话本的题目将其思想倾向表达得十分清楚，赞赏轻财傲物、超凡脱俗的才子卢柟，谴责贪婪鄙俗、挟私报复的知县汪岑。芝香馆居士将这篇话本选入《二奇合传》，更名为"卢太学疏狂取祸"，并说明其主旨在于"戒狂生"。其实这种解读并不准确，至少是不符合作家的创作意图，正是因为有了这种解读，这些优秀话本才堂而皇之地进入流行选本得以广泛传播。

（原载《文艺研究》2010 年第 1 期，中国人民大学复印报刊资料《中国古代近代文学研究》2010 年第 6 期全文转载）

---

① 冯梦龙：《醒世恒言》，人民文学出版社 1956 年版，第 82 页。
② 萧欣桥：《宋元明话本小说选·前言》，江西人民出版社 1980 年版，第 9 页。
③ 冯梦龙：《醒世恒言》，第 720 页。
④ 同上书，第 735 页。
⑤ 胡士莹：《古代白话短篇小说选·序言》，第 15 页。

文人话本与吴越文化

　　本文所说的文人话本是相对于艺人话本而言的，指明清时期文人作家创作的白话短篇小说。明清文人话本作家绝大多数是江浙人，冯梦龙、凌濛初、席浪仙、陆云龙、陆人龙、周清源、李渔、徐震、杜纲等都生活在江浙一带。还有一些作家，真实姓名无考，根据其所署别号，也可以判断出他们是江浙人，如《欢喜冤家》作者西湖渔隐主人，《天凑巧》作者西湖逸史，《载花船》作者西泠狂者，《宜春香质》、《弁而钗》作者醉西湖心月主人，《西湖佳话》作者古吴墨浪子，《鼓掌绝尘》作者古吴金木散人，《飞英声》作者古吴憨憨生等。文人话本也大多刻于江浙地区，主要是苏州和杭州，《古今小说》、《醒世恒言》、《拍案惊奇》、《二刻拍案惊奇》、《石点头》、《鼓掌绝尘》、《今古奇观》，刻于苏州。《型世言》、《西湖二集》、《欢喜冤家》，《无声戏》刻于杭州。文人话本形成了苏州、杭州两个创作、刻印中心。这一独特的文学现象引起我们对文人话本与吴越文化关系的思考。这里涉及两个方面的问题，一方面，文人话本为什么会在江浙地区兴盛？换句话说，吴越文化对文人话本的兴盛起到了什么作用？另一方面，文人话本是否承载了吴越文化的内容？如果回答是肯定的话，那么，文人话本承载了吴越文化的哪些内容？

一

　　江浙地区即古吴越地区地处长江下游，地势低平，气候温湿，土地肥沃，雨量充沛，适合各种农作物的生长，大约五千年前，吴越先民便在此耕作捕鱼，繁衍生息。魏晋时期，中原百姓为避战乱大批南下，给江南地区带来了先进的生产技术，促进了吴越地区的社会经济的发展，吴郡、会稽、余杭成为当时农业、商业的繁荣之地。隋炀帝时期开凿贯通南北的大运河，给南北经济文化的交流也带来了极大的方便，为以后江南经济的腾飞插上了翅膀。到唐代吴越地区已经成为全国的经济中心，中唐时期，朝廷的赋税与粮食供应主要"仰于东南"。① 工商业得到了较快发展，丝织业已成为吴越地区的重要产业。白居易在诗中盛赞吴越地区经济的繁荣与百姓的富裕："杭州丽且康，苏民富而庶。"② 南宋迁都临安，从战略上看，可能是一大失误，但对江南经济文化的发展起到了重要作用，这一时期，中国经济重心完成了从中原到江南的转移。杭州成为全国的第一大都市，政治、经济、文化中心，城市经济空前繁荣。明清时期，吴越地区是全国工商业最发达的地区，苏州、杭州、松江、嘉兴、湖州是江南经济最活跃的城市，丝织、棉纺、印染成为城市的支柱产业，这些产业的兴盛带动周边农村桑麻棉种植业扩大和城市商业贸易的发展，城市经济呈现出全面兴旺的景象。随着工商业的发展，市民队伍也不断壮大，在官府与作坊主的双重压榨下，不少工人为了经济利益奋起反抗，江浙一带发生过多次织工、矿工的暴动，充分显示了市民阶层的力量。这支空前庞大的市民队伍，除了做工生活、吃饭穿衣之外，还有文化娱乐等精神生活的需求，他们看戏、听书、唱小曲、玩游戏，读小说也是市民文化生活的重要组成部分。一些长期生活在这些城市又具有商业意识的下层文人将满足市民读书需求作为自己的谋生手段，他们编书、刻书、卖书，乐此不疲。因而带来了明清时期刻书事业的繁荣局面。明人胡应麟曾记载了明代的刻书情况："凡刻之地有三：吴也、越也、闽也。蜀本，宋最称善，近世甚稀。燕、粤、秦、楚，今皆有刻，类自可观，而不若三方之盛。"③ 三处即苏州、杭州和建阳。明代书市又集中在四个地方："今海内书，凡聚之地有四：燕市也，金陵也，阊阖也，临安也。……两都、吴、越，皆余足迹所历，其贾人世业者，往往识其姓名。"④ 胡应麟是个书迷，对当时的图书事业了如指掌。他说的刻书和卖书中心都有苏州和杭州。小说主要是书坊刻印，小说稿是书坊主自己或请人编撰，话本成为他们编印的重要内容。冯梦龙、凌濛初、李渔不仅是著名的话本小说家，也是著名的出版家，都曾开书坊，这绝不是一种偶然的现象。吴越地区发达的工商业经济，既培育

---

① 《新唐书》卷一六五，中华书局1975年版，第5076页。
② 白居易：《和元微之三月三十日四十韵》，《白居易集》，中华书局1979年版，第481页。
③ 胡应麟：《少室山房笔丛》卷四，上海书店出版社2001年版，第43页。
④ 同上书，第41页。

了大批通俗小说读者，也培养了小说家的商业意识。文人作家明确地将他们的读者定位为市井细民，冯梦龙说："大抵唐人选言，入于文心。宋人通俗，入于俚耳。天下之文心少而俚耳多，而小说之资于选言者少，而资于通俗者多。"①"村夫稚子，里妇估儿，以甲是乙非为喜怒，以前因后果为劝惩，以道听途说为学问，而通俗演义一种，遂足以佐经书史传之穷。"② 符合市民的阅读水平与欣赏趣味，才会有市场。文人话本就是在这种浓郁的商业氛围中，作为一种可以赚钱的商品生产出来的。

　　吴越地区经济的繁荣为教育的发展打下了坚实的基础，自唐代以来，历代地方官都重视教育，兴办了一批府学、县学，书院、私塾更为发达。古代的教育总是与科举联系在一起的，历代科举考试的结果就能说明教育的状况。中国自隋朝创建科举制度以来，到清朝末年，在近一千四百年中，共开进士科七百多次，吴越地区中科举的情况一直呈上升趋势，到明清时期达到极盛阶段，明清两代状元与进士主要出于吴越地区，以状元为例，明朝共取状元八十九名，浙江二十名，江苏十六名。清朝共取状元一百一十四名，江苏四十九名，浙江二十名，明清时期江浙两省中状元的人数占全国的一半以上。从状元、进士，到举人、秀才、童生，科举取士呈一种金字塔式的结构，塔尖越高，塔座就越大。明清时期吴越地区出这么多状元，说明参加科举考试的士子非常之多。中进士、举人的士子再多，与参加考试的士子相比毕竟是少数，还有大量的读书人在科举无望的情况下，为生计所迫，不得不转而从事其他行业，务农、经商、开作坊，读到一定程度的士子，就会去教私塾、做幕僚，明清时期，编书、刻书、卖诗文字画也是一种不错的选择。有的士子一边备考，一边挣钱养家。明清时期的话本作家基本上是科举不顺的文人，冯梦龙、凌濛初在出贡做官之前，就以卖文、编书、刻书为生。李渔在明末乡试落选，入清不愿与新朝合作，选择了著书卖文的生涯。周清源也是一位"怀才不遇，蹭蹬厄穷，而至愿为优伶，手琵琶以求知于世"③ 的落魄文人。吴越地区发达的教育，不仅为朝廷培养了一批官吏，也培养了一批未能考上举人、进士的作家。话本虽为通俗文学，用浅易的白话写成，但也必须是识字的人才能阅

---

① 冯梦龙：《古今小说叙》，《冯梦龙全集》第 2 卷，江苏古籍出版社 1993 年版，第 2 页。
② 冯梦龙：《警世通言叙》，《冯梦龙全集》第 3 卷，第 663 页。
③ 湖海士：《西湖二集序》，《西湖二集》，浙江文艺出版社 1985 年版，第 12 页。

读，吴越地区教育比较发达，普通市民也上过两年私塾，家长的动机无非是让孩子成年后无论是经商，还是开作坊，都能写会算，意外的收获却是为通俗文学培养了大批市民读者，也为文人话本在吴越的兴盛提供了可能。

话本小说源于说话艺术，而说话艺术的极盛期在南宋，在南宋人的笔记《西湖老人繁胜录》、《武林旧事》、《梦粱录》、《都城纪胜》等文献中，记载了一百多位说话艺人的姓名，有些优秀艺人得到皇帝的赏识，到御前表演。说话艺术有了四家数的分类，艺人自觉地根据自己的特长专讲某一类故事。说话技艺达到了动人心魄、移人性情的程度。南宋说话艺术的中心在首都临安，经济文化中心都有一个辐射圈，吴越地区都会受到影响。南宋的说话艺术，不仅对后世的说话产生了积极的影响，而且直接影响到后世文人话本的创作。现存最早的话本丛刊《六十家小说》刻于杭州绝非偶然，因为在杭州流传下来大量宋元明三代的艺人话本和文人拟作，为文人的搜集、整理与刻印提供了极大的方便。在搜集整理旧作不能满足市民读者的欣赏需求时，一些有创作才能与商业头脑的文人便开始独立创作话本，凌濛初就是这样写出"二拍"，他在《拍案惊奇序》中写道："独龙子犹氏所辑《喻世》等诸言，颇存雅道，时著良规，一破今时陋习，而宋元旧种，亦被搜括殆尽。肆中人见其行世颇捷，意余当别有秘本，图出而衡之，不知一二遗者，皆其沟中之断芜，略不足陈已。因取古今来杂碎事，可新听睹，佐诙谐者，演而畅之，得若干卷。"① 另外，南宋以来流传下来的艺人话本为文人创作提供了艺术范本，明清文人话本在体制与叙述模式上保留了说话艺术的痕迹，原本用于肃静场面与等候听众的入话，在文人话本中得以保留和强化，说话艺人唱的韵文，文人话本主要用于描写人物与环境，向拟想的听众讲故事，是文人话本的最基本的叙事模式。

二

生活在吴越地区的文人作家，他们在创作话本的时候，会自觉不自觉地写他们熟悉的题材与生活，吴越地区历史上的人物事件，民间的神话传

---

① 凌濛初:《拍案惊奇序》,《拍案惊奇》, 第 1 页。

说，身边的市井新闻，都是作家取材的范围。用现代传播学的观点看，读者总是希望了解发生在自己身边的故事，小说家又是将市民作为自己的拟想读者，二者的契合，使文人话本成为吴越文化独特载体。

吴越地区人杰地灵，自古以来多少英雄豪杰在这里征战杀伐，多少清官循吏在这里施政为民，多少文人雅士在这里赋诗作画。文人话本作家对家乡的历史非常熟悉，这些历史人物成为小说家取之不尽的创作素材，作家在创作中弘扬光辉灿烂的地域文化，字里行间洋溢着骄傲与自豪。在冯梦龙编撰的"三言"中就有不少小说写苏州的历史人物。况钟于宣德五年出知苏州府，为政"兴利除弊，不遗余力。锄豪强，植良善，民奉之若神。""正统六年，秩满当迁，部民二万余人，走诉巡按御史张文昌，乞再任。诏进正三品俸，仍视府事。明年十二月卒。吏民聚哭，为立祠。"① 这样一位深受苏州百姓爱戴的历史人物，如果将他的事迹写进小说，肯定会受苏州市民的欢迎。文人话本作家完全明白民众的这种心理，《警世通言》中就有一篇小说，叫作《况太守断死孩儿》，写况钟根据江上发现的一具小孩尸体查出恶人支助教唆得贵骗奸主母、利用小孩尸体敲诈邵氏，最终害死两条人命的恶性案件，虽然无法判断此案是否属实，但况青天在任苏州知府期间肯定办过很多类似的惩恶扬善的案件。唐寅是吴中才子，诗文书画，名动海内。弘治十一年乡试第一，得到程敏政的赏识，后来敏政总裁会试泄题，唐寅受到牵连，从此绝意功名，放浪形骸。《明史》本传云："吴中自枝山辈以放诞不羁为世所指目，而文才轻艳，倾动流辈，传说者增益而附丽之，往往出名教外。"② 《警世通言》中的《唐解元一笑姻缘》就写这样一个附丽于唐寅身上的传说故事，唐寅在苏州的一条游船上看中一位眉目秀艳、体态绰约的青衣小鬟，便乘船尾随到其主人家，装扮成穷书生到主人家做伴读、掌书记，得到主人的认可，将青衣小鬟许配唐寅为妻，这就是著名的唐伯虎点秋香的故事。或谓此事为陈玄超所为，但苏州人更愿意相信他发生在风流才子唐寅身上，小说、戏曲、苏州评弹，乃至电影、电视，从古代一直写到今天，这种事情完全符合市民心目中的唐寅的性格。杭州作家弘扬历史文化的创作意图更为明确，围绕西湖，就写了三种话本。湖海士《西湖二集序》云："况重以吴

---

① 张廷玉等：《明史》卷一百六十一，中华书局 1974 年版，第 4380、4381 页。
② 张廷玉等：《明史》卷二百八十六，第 7353 页。

越王之雄霸百年，宋朝之南渡百五十年，流风遗韵，古迹奇闻，史不胜书。而独未有译为俚语，以为劝世人者。"① 在序作者看来，杭州历史上众多的人物和事件，并不为普通市民所熟知，文人作家有责任做这种普及工作，让他们知道杭州的辉煌历史，并从中受到教育。《西湖二集》主要写与杭州西湖有关的人和事，多为历史题材，据前人考证，主要取材于田汝成的《西湖游览志》和《西湖游览志馀》，开篇《吴越王再世索江山》写五代吴越王钱镠的事，钱镠在军阀混战、天下大乱的唐末五代时期，割据吴越，定都杭州，保境安民，发展经济，对吴越地区尤其是杭州的发展是有功绩的。诚如王明清《玉照新志》所云："杭州在唐，繁雄不及姑苏。会稽三郡，因钱氏建国始盛。"② 因此杭州后来的地方官和百姓建祠纪念他。《西湖二集》作者开篇就写钱镠显然是了解杭州百姓的这种心理。墨浪子《西湖佳话序》云："因考之史传志集，征诸老师宿儒，取其迹之最著，事之最佳者而纪。如仙翁之药炉丹井，和靖之子鹤妻梅，白苏之文章，岳于之忠烈，钱镠之崛起，骆宋之联吟，辨才、圆泽、济颠、莲池之道行，小青、苏小之风流，俱彰彰于人耳目者，亟为之集焉。"③ 从艺术的角度看，《西湖佳话》并不是一部优秀的小说，却是一部有特点的小说，它将西湖的景点与历史人物联系起来，一个景点带出一个人物，而这些人物又与杭州西湖有千丝万缕的联系，一部文人话本就是一本杭州历史人物志。

话本小说有一个优良的传统，关注现实，立足市井。在说话艺术阶段，说话艺人就热衷于讲述市井新闻，南宋时期，"仁寿清暇，喜阅话本，命内珰日进一帙，当意，则以金钱厚酬。于是内珰辈广求先代奇迹及闾里新闻，倩人敷演进御，以怡天颜。"④ 这种传统一直为文人作家所继承。烟水散人《珍珠舶自序》云："至于小说家搜罗闾巷异闻，一切可惊可愕可欣可怖之事，罔不曲描细叙，点缀成帙，俾观者娱目，闻者快心，则与远客贩宝何异？"⑤ 上文已述，明清时期是中国历史上工商业最发达

---

① 湖海士：《西湖二集序》，《西湖二集》，第 12 页。
② 王明清：《玉照新志》卷五，中华书局 1985 年版，第 76 页。
③ 墨浪子：《西湖佳话序》，《中国历代小说序跋集》中，人民文学出版社 1996 年版，第 815 页。
④ 冯梦龙：《古今小说叙》，《冯梦龙全集》第 2 卷，第 2 页。
⑤ 烟水散人：《珍珠舶自序》，《中国历代小说序跋集》中，第 828 页。

的时期，在江浙一带出现了一些新的经济现象，这些生活在吴越地区的文人作家，敏锐地捕捉到了这种新事物，并将它写入小说中，真实地再现了江浙地区工商业的发展与工商业者的生活状况，使之具备了史料价值，不少史学家将文人话本作为研究明清时期工商业发展的重要文献。《醒世恒言》有一篇小说，题目为《施润泽滩阙遇友》，中心情节写施润泽拾金不昧，终得善报，无非是劝人行善。史学家却从中读出了江南小手工业者的发迹过程。施润泽原本是苏州府吴江县盛泽镇上一个家庭手工业者，几两银子的本钱，开一张绸机，养几筐蚕。不到十年，积累了几千金的家事，开起三四十张绸机，成为当地一个不小的作坊主。施润泽的发迹过程，反映出明清时期江南丝织业的繁荣局面与手工业者的经营与生存状况。《徐老仆义愤成家》是根据真人真事编写的，《明史》、《浙江通志》等史书都收有《阿寄传》，记载老仆人阿寄帮助寡妇主母发家致富的事，主要表彰仆人对主人的忠心与尽责，至于发家的过程，寥寥数语。"寡妇悉簪珥之属，得银一十二两，畀寄。寄则入山贩漆，期年而三其息。……又二十年，而致产数万金。"① 对阿寄如何做买卖赚数万金则语焉不详。话本虽然保留了阿寄忠心帮助主母的故事框架，但主要篇幅用于描述阿寄经商赚钱的过程。话本中的阿寄，虽然身份仍然是仆人，但性格完全是一个精明的商人。阿寄带着主人的十二两银子的本钱，到山中贩漆，为了节省时间和盘缠，他做牙行的公关工作，请牙行主人喝酒，比其他客商提前领到漆。为了赚到更多的利息，他将漆运到远处发卖。卖完漆后，及时了解当地货物的价格，苏州、兴化的大米都比杭州便宜，便贩大米返程。几趟下来，十二两变成了两千多两。作家用的是阿寄的原型，但在性格刻画中，明显地吸收了中晚明时期江南商人的特点，很难想象，如果没有吴越地区发达的商业经济，怎么会出现阿寄这一历史人物和徐老仆这一小说形象。《转运汉遇巧洞庭红》写一群苏州商人到海外经商，将中国的货物带到国外，就是三倍的利润，将国外的货物带回中国，也是如此。由于作家没有到国外经商的经验，小说中的一些细节经不住推敲，主要情节也纳入了富贵在天的说教之中，但作家确实敏锐地捕捉到了一种新的经济现象。

文人话本作家为吴越地区的市井细民写作，反映他们的生产和生活，必然要涉及吴越地区的风俗习惯、民俗事象，如婚嫁习俗、丧葬礼仪、民

---

① 《阿寄传》，转引自谭正璧《三言二拍资料》，上海古籍出版社1980年版。

间信仰、占卜算卦，话本中都有精细的描绘。阿英先生谈《西湖二集》时不禁感叹："《西湖二集》里也有不少的关于杭州风俗的记录。""若细加择录编排，那是有一篇《杭州风俗志》好写的。"① 该书确实有不少小说描写杭州风俗，《月下老错配本属前缘》写到杭州过年的习俗，"杭州风俗，元旦五更起来，接灶拜天，次拜家长，为椒柏之酒，以待亲戚邻里，扦柏枝于柿饼，以大桔承之，谓之百事大吉。""以见新年利市之意。""元旦清早先吃汤圆子，取其团圆之意。"还写到杭州的火葬，"杭州风俗，小户人家每每火葬。投骨于西湖断桥之下，白骨累累，深为可恨。"② 不仅杭州的话本有这种特点，苏州话本也是如此。《施润泽滩阙遇友》的作者对养蚕的情况非常熟悉，其中便写了养蚕的习俗，"那养蚕人家，最忌生人来冲。从蚕出至成茧之时，约有四十来日，家家紧闭门户，无人来往。任那天大事情，也不敢上门。"③ 这种禁忌是有一定科学道理的，不让外人进入蚕室可以避免外人将病菌带入蚕室。

　　在文人话本中，婚恋题材的作品占了相当大的比重，作家在小说中，对吴越地区的婚俗作了比较全面的展示。中国古代的婚俗各地有相同之处，如媒人提亲、下聘礼订婚、择吉日成亲，话本中都有描写。这里就话本中所写的吴越地区独特的婚俗作一点介绍。吴越婚俗中有冲喜的陋习，《乔太守乱点鸳鸯谱》就有描写。刘璞病重，本该治疗休息，刘妈妈相信冲喜之说，"大凡病人势凶，得喜事一冲就好了。"④ 一定要为儿子完婚。难能可贵的是，作者对这种陋习持否定态度，让冲喜的刘家受到了嘲弄。刘璞病重的消息被亲家知晓，亲家以子代女出嫁，刘家因儿子病重，让女儿代儿子拜堂，结果刘家娶媳妇不成，反把女儿嫁了。《徐茶酒乘闹劫新人》写吴越婚俗，女孩子出嫁之前要"整容开面"。"嘉定风俗，小户人家女人篦头剃脸，多用着男人。"⑤ 旧时吴越地区，未婚女子是不修面的，临出嫁之前才请人修脸。吴越地区结婚，不是男方去女方娶亲，而是女方送亲，也很是特别，《钱秀才错占凤凰俦》这样写道："原来江南地区娶

① 阿英：《西湖二集所反映的明代社会》，见《小说闲谈四种》，上海古籍出版社1985年版，第9、10页。

② 周清源：《西湖二集》，第306、310页。

③ 冯梦龙：《醒世恒言》，第378页。

④ 同上书，第163页。

⑤ 凌濛初：《二刻拍案惊奇》卷二十五，上海古籍出版社1983年版，第501页。

亲，不行古时亲迎之礼，都是女亲家和阿舅自送上门。女亲家谓之'送娘'，阿舅谓之'抱嫁'。"① 这些婚俗并不是作家有意加进去的，而是在小说情节发展过程中，涉及某种习俗，作者很自然地作出解释说明，却具备了独立的认识价值。

（原载《江苏行政学院学报》2005 年第 4 期）

---

① 冯梦龙：《醒世恒言》，第 148 页。

明代话本小说的勃兴及其原因

一

提到话本小说，人们首先想到的是"三言"、"二拍"，"三言"、"二拍"无疑是我国古代最优秀的话本小说集，它们都刻于晚明时期。但是单凭这一点尚不足以说明明代话本小说的繁荣状况。从流传至今的话本小说集来看，洪楩刻《六十家小说》（残本名《清平山堂话本》）在嘉靖年间，熊龙峰刊行小说（残本名《熊龙峰刊行小说四种》）在万历年间，万历以前，除这两种残本和几篇散见于其他集子中的单篇话本之外，没有更多的话本流传下来，这说明到明代嘉靖、万历年间，章回小说大量涌现的时候，话本小说尚没有形成繁荣局面。到天启、崇祯年间，情况便大不一样了，在短短的二十几年中，便出现了"三言"、"二拍"、《石点头》、《鼓掌绝尘》、《型世言》、《西湖二集》、《欢喜冤家》等二十余种话本小说集，这在话本小说发展史上是空前的。就其题材的广度、思想的深度和艺术的高度而言，也是绝后的。清代虽然有三十多种话本小说集流传下来，但已属强弩之末，不能与明代话本比肩。

明代话本小说的勃兴是以搜集整理宋元话本小说为起点的，两种早期刊刻的话本小说集，《清平山堂话本》存二十九篇小说，宋人作十一篇，元人作六篇，明人作十一篇。《熊龙峰刊行小说四种》，宋人作两篇，明人作两篇。[①] 宋元话本占绝大多数。关于"三言"中宋元话本与明代话本的篇数，因冯梦龙对搜集到的宋元话本作过较多的加工整理，加上史料不足，学术界意见不一。郑振铎先生认为：《古今小说》有宋代话本十二种，明代话本十四种。《警世通言》宋人作九种，宋元人作八种，明人作

---

① 参见胡士莹《话本小说概论》，中华书局 1980 年版。

十一种。《醒世恒言》有宋元话本六种，明人话本二十五种。余则时代不可考。总计宋元话本三十五种，明人话本五十种，难以考定年代的三十五种。① 胡士莹先生对"三言"所收小说年代考证颇详：宋人话本，《古今小说》有四种，《警世通言》十一种，《醒世恒言》二种；元人话本，《古今小说》四种，《醒世恒言》四种。"三言"共收宋元话本二十五种。明代话本，《古今小说》二十九种，《警世通言》二十一种，《警世恒言》三十三种。共计八十三种。② 徐朔方先生对"三言"中话本年代的认定，态度较为审慎，他说："《三言》所收的一百二十篇话本和文人拟作，据《醉翁谈录》、《京本通俗小说》以及《也是园书目》等书加以对照比较，并且考虑到作品本身的特点，大概有六分之一可以确定为宋元旧篇，大约六十篇作品难以精确地考查它们产生的年代，可以判明为明代作品的约有四十四种。"③ 三家意见虽有出入，但有两点却是一致的：第一，"三言"中宋元旧篇的比例远比它之前的《清平山堂话本》、《熊龙峰刊行小说四种》要小；第二，"三言"的最后一种《醒世恒言》，明人作品明显多于前两种。这说明从《六十家小说》到"三言"，明代作家已逐步完成了从搜集整理宋元话本到文人创作的历史性转变。凌濛初便说过，冯梦龙辑"三言"，"宋元旧种，亦被搜括殆尽。"④ 从"二拍"开始，明代话本小说均为作家创作集。只有大批作家自觉地从事话本小说创作的时候，话本小说的繁荣才成为可能。

　　明代话本小说作家主要集中在江浙一带，这是众所周知的事实。笔者在编制话本小说一览表时，进一步发现，明代话本小说作家的籍贯和刻印的书坊又集中在两个城市，即苏州和杭州。苏州小说家有冯梦龙、古吴金木散人、席浪仙。刻于苏州的话本小说集有《古今小说》、《醒世恒言》、《拍案惊奇》、《二刻拍案惊奇》、《石点头》、《鼓掌绝尘》、《今古奇观》。杭州小说家有陆人龙、周清源、西湖渔隐主人、薇园主人。刻于杭州的话本小说集有《六十家小说》、《型世言》、《西湖二集》、《欢喜冤家》。如果将作家籍贯与书坊双重因素综合起来看，明代优秀话本小说集基本上产生于苏杭。我们完全有理由将苏州和杭州称为明代话本小说创作的两个

---

① 参见郑振铎《明清二代的平话集》，《郑振铎文集》第五卷，人民文学出版社1988年版。
② 参见胡士莹《话本小说概论》，中华书局1980年版。
③ 徐朔方：《论三言中的明代作品》，《徐朔方集》第一卷，浙江古籍出版社1993年版。
④ 凌濛初：《拍案惊奇序》，《拍案惊奇》，上海古籍出版社1982年版，第1页。

中心。

关于这两个中心的创作，杭州作家因生平资料缺乏，有的连姓名也无考，对其是否形成了一个小说流派，下结论尚为时过早。苏州作家，笔者认为已形成了一个以冯梦龙为核心的小说流派——苏州作家群。这个群体主要成员有冯梦龙、凌濛初、席浪仙、抱瓮老人等。凌濛初虽然是乌程人，而乌程距苏州仅一湖之隔。他父亲曾任常州府同知，他本人曾任上海县丞，均在苏州附近。他的话本小说集《拍案惊奇》明尚友堂刊本封面题"即空观评阅《出像小说拍案惊奇》，金阊安少云梓行。"尚友堂是苏州书商安少云的书坊，"二拍"均刻于苏州。凌濛初创作"二拍"，直接受到冯梦龙的影响，他说："独龙子犹氏所辑《喻世》等诸言，颇存雅道，时著良规，一破今时陋习，而宋元旧种，亦被搜括殆尽。……因取古今来杂碎事，可新听睹、佐诙谐者，演而畅之，得若干卷。"① 至于凌濛初与冯梦龙是否有过交往，因缺乏材料，只能作一些推测。两人科举都不顺利，五十多岁才不得已而出贡，都只做过知县、通判之类的小官。都对小说、戏曲有浓厚的兴趣，留下了名作，且彼此都对对方的作品予以肯定和推崇。《今古奇观》系"三言"、"二拍"选本，吴郡宝翰楼原刊本内封有"墨憨斋手定"字样，可见冯梦龙对"二拍"的评价。两人都是明朝的忠臣，对闯王李自成恨之入骨，冯梦龙在明朝灭亡不久抑郁而逝，凌濛初在抵抗农民起义军时呕血而死。两人年龄相近，冯梦龙大凌濛初六岁，相距也不远。从年龄、生活经历、社会地位到思想、志趣如此相近的两位作家，如果他们有直接交往乃在情理之中。冯梦龙与席浪仙的交往有冯氏为席氏所作《石点头叙》为证，美国学者韩南甚至认为《醒世恒言》中一部分小说亦为席浪仙所作，② 因没有史料依据，尚难作为定论。关于席浪仙，我们只知道他写过《石点头》和散曲，是一位冯梦龙的追随者，其他生平事迹无考。

就是上述三位作家，创作了明代乃至整个话本小说史上最优秀的小说。他们有明确的创作主张，并自觉地以之指导创作实践，形成了鲜明的创作风格。冯梦龙将自己编纂的三部话本小说集分别命名为《喻世明言》、《警世通言》、《醒世恒言》，将其创作动机表白得再明确不过了。又

---

①　凌濛初：《拍案惊奇序》，《拍案惊奇》，第 1 页。
②　参见韩南《中国白话小说史》，浙江古籍出版社 1989 年版。

在《醒世恒言叙》中作了具体阐述："自昔浊乱之世，谓之天醉。天不自醉人醉之，则天不自醒人醒之。以醒天之权与人，而以醒人之权与言。言恒而人恒，人恒而天亦得其恒，万事太平之福，其可量乎！"① 他对晚明悖逆、淫荡、即聋从昧、与玩用器的现实痛心疾首，希望用小说来唤醒世人，令"怯者勇，淫者贞，薄者敦，顽钝者汗下。"② "说孝而孝，说忠而忠，说节义而节义，触性性通，导情情出。"③ 这种小说教化论并非冯梦龙一人的主张，席浪仙将他的小说集命名为《石点头》，用生公说法、顽石点头的典故来表现他写小说劝人为善的良苦用心。在这种理论主张指导下的创作有一种鲜明倾向：劝善惩恶，有益于世道人心。题材的选择、作品的立意、情节的构思，无不打上了这种烙印。小说的入话和结尾，往往都要发一通议论，道出作家的那一副菩萨心肠。这种创作倾向对同时和来的话本小说创作产生了深远的影响。

苏州作家群的另一创作主张是追求"庸常之奇"、"无奇之奇"。以奇为美是中国小说的美学传统，优秀的小说被誉为"奇书"，个性化的人物称为"奇人"，不落俗套的情节称为"奇事"。关于"奇"，明人有两种不同的理解，一种是"幻奇"。张无咎云："小说家以真为正，以幻为奇。然语有之：'画鬼易，画人难。'《西游》幻极矣，鬼而不人，第可资齿牙，不可动肝肺。"④《西游记》、《封神演义》之类描写鬼神的小说便是幻奇之作。另一种是"常奇"。凌濛初显然持这种看法。他说："今之人但知耳目之外，牛鬼蛇神之为奇，而不知耳目之内，日用起居，其为谲诡幻怪，非可以常理测者固多也。"⑤ 睡乡居士称凌濛初"其人奇，其文奇，其遇亦奇"。⑥ 对小说之奇的理解也与凌濛初相近："今小说之行世者，无虑百种，然而失真之病，起于好奇。知奇之为奇，而不知无奇之所以为奇。舍目前可纪之事，而驰骛于不论不议之乡，如画家之不图犬马，而图鬼魅者。"⑦ 睡乡居士对明代小说家好奇失真的批评，实际上隐含了对

---

① 冯梦龙：《醒世恒言叙》，《醒世恒言》，人民文学出版社1956年版，第895页。
② 冯梦龙：《古今小说叙》，《冯梦龙全集》第2卷，江苏古籍出版社1993年版，第3页。
③ 冯梦龙：《警世通言叙》，《冯梦龙全集》第3卷，第663页。
④ 张无咎：《批评北宋三遂新平妖传叙》，《中国历代小说论著选》上，江西人民出版社1985年版，第234页。
⑤ 凌濛初：《拍案惊奇序》，《拍案惊奇》，第1页。
⑥ 睡乡居士：《二刻拍案惊奇序》，《二刻拍案惊奇》，上海古籍出版社1983年版，第1页。
⑦ 同上。

"二拍"的评价。凌濛初就是要将小说创作从写牛鬼蛇神的歧途拉回到写日用起居的正道。"二拍"中现实题材大幅度增加，部分历史题材也仅借用了历史的外壳，里面填充的仍然是明代的现实内容。这正是作家创作主张付诸实践的必然结果。这一创作倾向并不是凌濛初一人独有的，冯梦龙的"三言"也是有意识追求常奇之作，在"三言"小说的入话中，常有这样的语句："做出一段奇奇怪怪的事迹"。[1] "变做十数回跷蹊作怪的小说"。[2] 抱瓮老人编选《今古奇观》四十篇，"三言"便占了二十九篇，这些小说基本上是取材于现实的明代话本，抱瓮老人誉之为"奇观"。笑花主人评"三言"："极摹人情世态之歧，备写悲欢离合之致，可谓钦异拔新，洞心骇目，而曲终奏雅，归于厚俗。"[3] 而他对幻奇之作颇有微词："夫蜃楼海市，焰山火井，观非不奇，然非耳目经见之事，未免为疑冰之虫。"[4] 而对常奇之作推崇不已："故夫天下之真奇，在未有不出于庸常者也。"[5] "三言"之奇，也就奇在庸常。苏州作家群的这种创作倾向为后来的话本小说家所效仿，成为话本小说创作的一大优良传统。

除苏州作家群所代表的两个创作倾向之外，明代话本小说还有一种娱乐倾向，这一方面杭州的作家比较典型。洪楩所编《六十家小说》分为六集，各集名称分别为《雨窗》、《长灯》、《随航》、《欹枕》、《解闲》、《醒梦》，集名虽异，意义相同，都是消遣娱乐，如果将各集的名称互换，或者将小说顺序打乱重新编排，也没有什么不合适。西湖渔隐主人的《欢喜冤家》，"游心于风月之乡"，专叙"非欢喜不成冤家，非冤家不成欢喜"[6] 的离奇的男女私情，这些故事不能说没有意义，而作者的主要动机恐怕还在于供人消遣。清代有位小说家，将自己的话本小说集命名为《娱目醒心编》，"娱目"和"醒心"实际上概括了小说的两大作用。普通读者阅读小说就是为了娱乐，作家可以借助这种娱目的形式来劝善，达到醒心的目的。就一些优秀的小说而言，应该是既可娱目又可醒心。我们

---

① 冯梦龙：《古今小说》第四十卷，《古今小说》，人民文学出版社 1958 年版，第 652 页。

② 冯梦龙：《警世通言》第十四卷，《警世通言》，人民文学出版社 1958 年版，第 193 页。

③ 笑花主人：《今古奇观序》，《中国历代小说论著选》上，江西人民出版社 1985 年版，第 263 页。

④ 同上书，第 263—264 页。

⑤ 同上书，第 264 页。

⑥ 西湖渔隐：《欢喜冤家序》，《中国历代小说序跋集》中，人民文学出版社 1996 年版，第 818、820 页。

将明代话本小说概括成两种创作倾向，是就作家动机和效果的主要方面来说的，并不是要将二者对立起来。

综上所述，明代话本小说创作，在短暂的二十几年中，形成了一个小说流派、两大创作中心、三种创作倾向，产生了一批优秀的小说和小说家，这既是明代话本小说的基本特点，又是明代话本小说勃兴的主要标志。

二

我国小说虽然源远流长，可长期以来被正统士大夫视为不登大雅之堂的"小道"、"野史"，尤其是宋元以来兴起的通俗小说。有明以来，随着章回小说《三国志演义》、《水浒传》的诞生，情况发生了变化，一些有识之士认识到通俗小说的价值，为之作序、评点直至改订、创作，将通俗小说推上了第一个高峰。

为提高小说的地位，明人常常将它与经史相提并论，强调它的社会教育作用。庸愚子便将史书与小说作了对比，他说，史书"欲昭往昔之盛衰，鉴君臣之善恶，载政事之得失，观人才之吉凶，知邦家之休戚。"小说"欲观者有所进益"，"若读到古人忠处，便思自己忠与不忠；孝处，便思自己孝与不孝。至于善恶可否，皆当如此，方是有益。"[①] 小说虽不像正史那样可作"资治通鉴"，可于世道人心有益无害。林瀚提出小说可为"正史之补"，可到底有些底气不足："后之君子能体予此意，以是编为正史之补，勿第以稗官野乘目之，是盖予之至愿也夫。"[②] 修髯子比较史书与小说之后，得出的结论是各有所长，"史氏所志，事详而文古，义微而旨深，非通儒夙学，展卷间，鲜不便思困睡。"而小说"不待研精覃思，知正统必当扶，窃位必当诛，忠孝节义必当师，奸贪谀佞必当去，是是非非，了然于心目之下，裨益风教，广且大焉。"[③] 小说的教化作用至少比史书更广泛。袁宏道直接将小说提到比经书更高的地位："少年工谐谑，颇溺《滑稽传》。后来读《水浒》，文字益奇变。《六经》非至文，

①　庸愚子：《三国志通俗演义序》，《中国历代小说论著选》上，第104—105页。
②　林瀚：《隋唐志传通俗演义序》，《中国历代小说论著选》上，第109页。
③　修髯子：《三国志通俗演义引》，《中国历代小说论著选》上，第111页。

马迁失组练，一雨快西风，听君酣舌战。"① 他对小说的推崇，已不再局限于教化，而是着眼于艺术，又向前迈进了一步。

明代异端思想家李卓吾则从文学发展的角度来肯定小说，他说："诗何必古选，文何必先秦？降而为六朝，变而为近体。又变而为传奇，变而为院本，为杂剧，为《西厢曲》，为《水浒传》……皆古今至文，不可得而时势先后论也。"② 他把《水浒传》与正史、诗文并论，提出"宇宙内有五大部文章，汉有司马子长《史记》，唐有杜子美诗，宋有苏子瞻集，元有施耐庵《水浒传》，明有李献吉集。"③ 他还亲手评点《水浒传》，开通俗小说评点之先河。在《忠义水浒传序》中强调《水浒传》和古之圣贤之作一样，是"发愤之所作也"。水浒英雄"皆大力大贤有忠有义之人"。④ 用"忠义"来评水浒英雄未必恰当，但在当时对提高小说的历史地位是有积极意义的。李贽在晚年可谓一呼百应，而在他被捕入狱之后其著作更是广泛流传。上面提及的袁宏道，还有为通俗文学做出杰出贡献的汤显祖、冯梦龙都直接受到李卓吾的影响。袁宏道在《东西汉通俗演义序》中还记载了一位客人读《水浒》的感受："予每检《十三经》或《二十一史》，一展卷即忽忽欲睡去，未有若《水浒》之明白晓畅，语语家常，使我捧玩不能释手者也。若无卓老揭出一段精神，则作者与读者，千古俱成梦境。"⑤ 由此可见李卓吾评《水浒传》影响之一斑。

小说在明代，虽然为一些正统文人所鄙视，而读小说者却大有人在，包括那些鄙视小说的人。胡应麟熟知这一奥秘："至于大雅君子，心知其妄，而口竞传之，且斥其非，而暮引用之，犹之淫声丽色，恶之而弗能弗好也。"⑥ 而一些进步文人如上面论及的李卓吾、汤显祖、袁宏道，还有陈继儒、李开先、谢肇淛等，都是晚期有影响的文人，他们不仅读小说，还评小说，大概能够改变部分文人对小说的偏见。而市井细民，他们读小说则出自真性情，文人对小说的褒扬，更能提高他们的兴致。"夫好者弥多，传者弥众；传者日众，则作者日繁"。⑦ 作者日繁，则作品日多。

① 袁宏道：《听朱生说水浒传》，《中国历代小说论著选》上，第 174 页。
② 李贽：《童心说》，《焚书　续焚书》，中华书局 1975 年版，第 99 页。
③ 周漫士：《金陵琐事》，中央书店 1935 年版，第 40 页。
④ 李贽：《忠义水浒传序》，《焚书　续焚书》，中华书局 1975 年版，第 109 页。
⑤ 袁宏道：《东西汉通俗演义序》，《中国历代小说论著选》上，第 176 页。
⑥ 胡应麟：《少室山房笔丛·九流绪论下》，中华书局 1958 年版，第 374 页。
⑦ 同上。

　　明人重小说及其对创作的影响，是针对整个通俗小说而言的，话本小说作为通俗小说文体之一种，而且是更贴近现实的一种，当然包括在里面。天许斋《古今小说题辞》云："小说如《三国志》、《水浒传》称巨观矣。其有一人一事，足资谈笑者，犹杂剧之于传奇，不可偏废也。"① 用杂剧和传奇来比话本小说和章回小说，意即它们只有篇幅长短之别，没有轻重之分。冯梦龙便将章回小说与话本一视同仁，他先改订、增补了《忠义水浒全传》和《新平妖传》，然后转向话本小说"三言"的编纂和评改，后来又回过头创作《新列国志》。话本小说继章回小说繁盛之后迅速勃兴是必然趋势。

　　明代话本小说的勃兴与小说的商品化有直接关系。明代是我国古代刻书事业空前繁荣的时期，王遵岩、唐荆川曾谈及："数十年读书人，能中一榜，必有一部刻稿；屠沽小儿，身衣饱暖，殁时必有一篇墓志。此等板籍幸不久即灭，假使尽存，则虽以大地为架子，亦贮不下矣。"② 明代刻书主要有官刻、私刻和坊刻，官刻和私刻主要刻印经史和诗文，而坊刻则是百花齐放，什么赚钱刻什么。明代书坊三处最盛，胡应麟云："凡刻之地有三：吴也，越也，闽也。蜀本，宋最称善，近世甚稀。燕、粤、秦、楚，今皆有刻，类自可观，而不若三方之盛。"③ 三处即苏州、杭州和建阳。明代书市又集中在四个地方："今海内书，凡聚之地有四：燕市也，金陵也，阊阖也，临安也。……两都、吴、越，皆余足迹所历，其贾人世者，往往识其姓名。"④ 胡应麟是个书迷，对当时的图书事业了如指掌。他说的刻书和卖书中心都有苏州和杭州。苏杭是明代著名的工商业城市，是新的生产关系萌芽最早的地区，历史学界对此有充分的研究。明代话本小说主要产生于苏杭，绝非偶然现象，它是作为众多的商品之一生产出来的。

　　书坊刻小说可以牟利，我们可以从小说的重印、再版情况中得到印证。《古今小说》有天许斋原刊本，衍庆堂《重刻增补古今小说》本；《警世通言》有金陵兼善堂本，衍庆堂《二刻增补警世通言》本，清三桂堂王振华刊本；《醒世恒言》有叶敬池原刊本，叶敬溪刊本，衍庆堂刊

---

① 《冯梦龙全集》第 2 卷，第 1 页。
② 叶德辉：《书林清话》卷七，中华书局 1957 年版，第 185—186 页。
③ 胡应麟：《少室山房笔丛·经籍会通四》，第 55 页。
④ 同上书，第 56—57 页。

本；《拍案惊奇》有尚友堂原刊本，覆尚友堂本，消闲居本，聚锦堂本，万元楼本，鳣飞堂本，文秀堂本，同文堂本，同人堂本等。这些刊本还只是流传下来的或能考知的，大量的失传刻本则无法统计。书坊一而再，再而三地重印、重刻，甚至改头换面地盗刻，又刻各种选本，主要目的就是卖钱。

　　书坊刻小说，首先得有小说稿，有的书商可以自己编，多数书坊得请人写。明代虽然没有健全的稿酬制度，可作家给书坊编小说也不能白干，这是可想而知的。尽管我们不能详考当时报酬的高低，书坊得向作家买稿则有据可查。天许斋《古今小说题辞》云："本斋购得古今名人演义一百二十种，先以三之一为初刻云。"① 一个"购"字把书坊和作者的关系说得非常明白。凌濛初创作《拍案惊奇》，也是书商见"三言""行世颇捷"，有利可图，便请他编撰。这位书商眼力不错，凌濛初的"二拍"果然畅销。"三言"、"二拍"虽好，市场毕竟有限，再好的小说也有饱和的时候。书坊要牟利，不得不购刻新的小说来满足读者的需要。话本小说便在这种商业刺激下不断创作出来。

　　金钱对小说创作的刺激作用，我们还可以从作家创作动机方面去理解。我们并不否认，一些有社会责任感的作家，他们创作话本小说具有"醒世"目的。也不否认，一些作家借小说这个酒杯，来浇自己心中的块垒。但通俗小说在明代毕竟是未为社会承认的文学体裁，我这里指它不像经史著作和诗文创作那样，可以给作者带来荣誉和地位。作者也压根儿没想到以此于青史留名。所以作家在小说集上一概不署真实姓名，有的署常见别号我们还能考知作者，更多的我们至今仍不知道作者是谁，也许永远是个谜。这些作家编小说的直接目的，就是卖给书坊，换些银两。小说的商品化极大地刺激了小说的创作，这不仅表现在晚明文人话本的创作量上，同时也反映在创作题材与技巧方面。为了拥有市场，作者创作千方百计地求新求奇，吸引尽可能多的读者。有些作者为此而不择手段，迎合读者的阴暗心里，性描写、好男风、卖人肉，诸如此类的小说也被金钱刺激出来。

　　话本小说源于说话艺术，说话艺术的源头，就现有材料可以追溯到隋唐时期乃至更早，至迟到唐代，说话艺术已经相当发达。元稹《酬白学

---

① 《冯梦龙全集》第 2 卷，第 1 页。

士代书一百韵》诗句"翰墨题名尽，光阴听话移"有自注："乐天每与余游从，无不书名屋壁，又尝于新昌宅说《一枝花话》，自寅至巳，犹未毕词也。"① 对这条材料有两种不同的理解：一是指元稹和白居易听艺人说《一枝花话》；② 二是指白居易给元稹讲"一枝花"的故事。③ 笔者认为后者可能性不大，好朋友相聚，并非艺人的白居易给元稹讲四五个小时的"一枝花"故事，而且是唐代流行故事，说者疲惫，听者乏味，很懂生活艺术的元白不会干这种傻事。"一枝花"是长安名妓李娃的别名，《一枝花话》讲郑元和与李娃的爱情故事，话本已佚。白行简有传奇小说《李娃传》传世，故事曲折生动，人物性格鲜明，在唐传奇中属翘楚之作。《李娃传》便是根据《一枝花话》创作的，据此不难想象唐代说话所达到的艺术高度。"自寅至巳，犹未毕词"，至少《一枝花话》的故事长度不亚于《李娃传》。

唐代寺院的俗讲更是盛极一时。所谓俗讲，就是僧人用讲故事的形式向世俗男女宣讲佛教教义，并聚敛财物。日本僧圆仁的《入唐求法巡视行记》、段成式的《酉阳杂俎》便记载了当时长安开讲的寺院和法师。敦煌石窟发现的一批通俗文学，包括通俗故事赋、词文、变文、讲经文或俗讲文，其中有相当一部分可视为话本小说。王古鲁先生在《通俗小说的来源》一文中指出："我想提一下敦煌石窟中间发现的唐人抄本，其中像《唐太宗入冥记》、《孝子董永传》、《秋胡》、《伍子胥故事》等，词句拙朴，完全通俗语体文字。如果拿来和过去说书艺人师徒间传授的秘抄本比较，可以看出极为相似，也许这就是唐代说话人遗传下来的底本，所以这些无疑地是中国通俗小说的元祖了。"④ 这些抄本，是否为说话人的底本，难下断语，但它们是中国通俗小说的元祖，已为学术界广泛接受。

两宋说话盛况空前，北宋的汴京、南宋的临安是当朝繁华的大都市，政治、经济、文化中心，不少艺人在京城作场。《东京梦华录》、《武林旧事》、《都城纪胜》、《西湖老人繁胜录》、《梦粱录》等书，分别记载了汴京和临安说话的瓦舍和艺人，其瓦舍之多，艺人之众，叫人惊讶不已。说话艺人已职业化，不少艺人终生以说话谋生。有的甚至有固定的瓦舍勾

---

① 元稹：《酬翰林白学士代书一百韵》，《元稹集》，中华书局1982年版，第116—117页。
② 如陈汝衡《说书史话》，《陈汝衡曲艺文选》，中国曲艺出版社1985年版。
③ 如胡士莹《话本小说概论》，中华书局1980年版。
④ 王古鲁：《通俗小说的来源》，《二刻拍案惊奇》附录，第790页。

栏，南宋临安"小张四郎一世只在北瓦占一座勾栏说话，不曾去别瓦作场，人叫小张四郎勾栏。"① 专业分工更加细致，艺人表演各有专长，北宋便有讲史、小说、说浑话之分。霍四究专门"说三分"，尹常卖则说五代史，讲史行当又有分工。南宋说话有四家数之说，究竟是哪四家，学术界众说纷纭，好在有三家大家意见一致，三家即小说、讲史、说经。另外一家我们这里暂且不去讨论。南宋说话和北宋相比有一重大变化：小说已超过讲史，成为最受欢迎的说话门类。南宋史料记载说话四家数，小说列第一家，记载说话艺人，说小说者远远多于讲史和说经。耐得翁《都城纪胜》解释完说话四家，明确指出："最畏小说人，盖小说者能以一朝一代故事顷刻间提破。"② 这对话本小说的创作极为有利。宋代说话具有极强的艺术感染力，《醉翁谈录·小说开辟》云："说国贼怀奸从佞，遣愚夫等辈生嗔；说忠臣负屈衔冤，铁心肠也须下泪；说鬼怪令羽士心寒胆战，论闺怨遣佳人绿惨红愁；说人头厮挺，令羽士快心；言两阵对圆，使雄夫壮志；谈吕相青云得路，遣才人着意群书；演霜林白日升天，教隐士如初学道；嗤发迹话，使寒士发愤；讲负心底，令奸汉包羞。"③ 说话人的表演达到了动人心魄、移人性情的地步，一方面是靠艺人高超的表演技巧，更主要的还是靠故事的人物与情节。

宋代说话，《醉翁谈录》著录小说名目一百零七种，《宝文堂书目》、《也是园书目》也著录宋人话本数十种。《清平山堂话本》、"三言"等话本小说集也收有数十种宋人话本，虽然这些话本小说经过明人的加工整理，但主要人物与故事情节应该是可靠的。这些话本与唐人话本不可同日而语，它标志着中国通俗小说的成熟。

元代是蒙古统治者入主中原，推行民族压迫政策，迫害说书艺人，加上元杂剧的兴盛，吸引了大量的市民观众，说话艺术远不及宋代之盛。作为一种艺术形式，它并没有消亡，流传至今的说话艺人姓名和改订过的话本小说便是明证。

说话艺术经历了元代数十年的低谷期，至明代再度辉煌。明代说书大抵有两类：一是只说不唱的平话；二是又说又唱、以唱为主的陶真、弹

---

① 《西湖老人繁胜录·瓦市》，中国商业出版社 1982 年版，第 16 页。
② 耐得翁：《都城纪胜》，中国商业出版社 1982 年版，第 11 页。
③ 罗烨：《醉翁谈录》，古典文学出版社 1956 年版，第 5 页。

词。明代说书有一个重要特点，因通俗小说的大量流行，说书艺人可以根据小说加以发挥，说书和小说成为两种相得益彰、互为补充的艺术形式。

纵观说话艺术和话本小说的发展史，笔者以为，话本小说在晚明勃兴，是这两种艺术形式自身演变的必然结果。近千年来无数艺人的辛勤探索和创作，积累了丰富的经验，留下了众多的题材，形成了完备的体制，创造了不少佳作。一旦各方面的条件成熟，如上面论及的文人的倡导，商业化的刺激，话本小说的兴盛则如瓜熟蒂落，水到渠成。明代作家从整理宋元旧篇开始，逐步转向独立创作的事实，也有力地支持了这一论点。

（原载《中国文学研究》1996 年第 1 期）

文人创作与明代话本的文人化

从说话伎艺到案头阅读的文学作品，话本小说经历了一个漫长的演变过程，它的成熟与兴盛，凝结了说话艺人与文人的心血。明中叶以前，作为勾栏瓦舍的一种表演艺术，主要是靠说话艺人的辛勤探索与天才创造。当然，这里并不排除部分文人的劳动，前代文人创作的文言小说与诗词，便为说话艺人所借鉴和化用，但这些文人最初创作并不带有为说话服务的目的。另外，市井文人书会才人则直接为说话艺人编写与记录整理故事，但他们的身份与我们所说的文人并不相同，《武林旧事》的作者周密便将"书会"列入"诸色伎艺人"中，他们仍然属于艺人。明中叶以后，以冯梦龙、凌濛初为代表的一批文人参与整理和创作话本小说，完全改变了话本小说的命运，带来了话本创作的繁荣局面。同时，文人会将他们的思想、生活、文化修养、审美情趣等渗透到话本小说中去。本文所要探讨的是，文人参与创作，给明代话本小说带来的最根本的变化。

一

文学创作首先遇到的是题材问题，作家总是爱写自己熟悉的人和事。由说话艺人创作的宋元话本，题材主要有两类：一类是市民题材，另一类是历史题材。而且以前一类写得最有特色，最能代表宋元话本的艺术成就，这与说话艺人的生活经历有密切关系。养娘璩秀秀与恋人碾玉匠崔宁私奔，付出了生命的代价。多情的周胜仙，爱上了开酒店的范二郎，生前不能如愿，死后也要圆一次爱情梦。小市民刘贵遇盗被害，由于昏官轻率断案，小娘子陈二姐与商人崔宁无辜被斩。这些人物虽然性格不同，遭遇各异，但他们和说话艺人一样，都是市井细民。

明代话本小说，题材发生了明显变化。一些文人作家，用话本的形式，来描写文人的生活，表现文人的思想感情。在明代文人生活中，大概没有什么比科举更叫人梦萦魂牵的了。明代重科举，比历代都甚，中举人进士，几乎是文人走上仕途的必由之路。话本小说作家较早地将这一题材写进小说。"三言"中唯一能断定出自冯梦龙之手的《老门生三世报恩》便写这一题材。老秀才鲜于同热衷科举，屡试不中，可他就是不愿出贡，一定要中个举人、进士。他对明代科举以及与之相关的官场有清醒的认识："只是如今是个科目的世界，假如孔夫子不得科第，谁说他胸中才学?"① 直到五十七岁，鲜于同时来运转，连连报捷。冯梦龙作这篇小说的本意是要用鲜于同成功的事例来抨击贱老爱少的试官，让老年登科者扬眉吐气。小说中所暴露的问题，如官场上进士官与科贡官的不平等，考场上试官的有眼无珠，老秀才考科举的辛酸遭遇等，客观上是对科举制度的揭露与批判。《钝秀才一朝交泰》堪称《老门生三世报恩》的姊妹篇，写了马德称考科举的不幸遭遇。老门生、钝秀才的悲喜剧在暴露科举对士子的精神折磨的同时，还留下了一个值得我们思考的问题：鲜于同、马德称最终侥幸成功，还有千千万万的士子皓首穷经、老死牖下，终身未捞到个举人、进士，白白地被科举耽误了对每个人都只有一次的生命。虽然作者并没有把问题提得这么明确，明代科举制度摧残人的事实确实如此。

《西湖二集》的作者周清源也是一个与举人、进士无缘的下层文人，其遭遇比冯梦龙、凌濛初更惨，"怀才不遇，蹭蹬厄穷，而至愿为优伶，手琵琶以求知于世，且愿生生世世为一目不识丁之人。"② 他对科举制度的认识也更深刻，在《巧妓佐夫成名》中，作者借名妓曹妙哥之口骂尽天下举人、进士："我自十三岁梳拢之后，今年二十五岁，共是十三个年头，经过了多少举人、进士、戴纱帽的官人，其中有得几个真正饱学秀才，大通文理之人?"③ 个中奥妙，曹妙哥也看了个透彻："当今贿赂公行，通同作弊，真个是有钱通神，只是有了'孔方兄'三字，天下通行，管甚有理没理，有才没才。"④ 曹妙哥看上了太学生吴尔知，而这吴尔知既无学问，又无钱财，只会赌博。曹妙奇便用她结交举人、进士学来的经

---

① 冯梦龙：《警世通言》，人民文学出版社 1956 年版，第 257 页。
② 湖海士：《西湖二集序》，周清源《西湖二集》，浙江文艺出版社 1985 年版，第 12 页。
③ 周清源：《西湖二集》，第 386 页。
④ 同上。

验，辅佐吴尔知中了进士，自己也做了进士夫人。吴尔知的成功，是对明代科举制度的绝妙讽刺，这在《聊斋志异》、《儒林外史》之前的小说中是罕见的。

那些在科场上屡遭失败的文人，则把发迹的希望寄托在皇帝的知遇之恩上。《俞仲举题诗遇上皇》就是这类士子心态的典型写照。成都贫士俞仲举千里迢迢赶到临安应试，可时运不济，名落孙山。后来连回家的盘缠也没有，无奈趁食杭州街头。一次在一家酒店喝醉了酒，无钱付账，在壁上写下一首词，准备自杀，结果被酒保发现救了。就是这首词给俞仲举带来了福音，太上皇看到这首词，大为赏识，差人招俞到宫中，荐给皇帝，封成都府太守，衣锦还乡。作者在篇末所作的一首诗则将下层文人发迹幻想和盘托出："昔年司马逢杨意，今日俞良际上皇。若使文章皆遇主，功名迟早又何妨。"① 他们念念不忘的就是"功名"二字。《巧书生金銮失对》在表现文人期盼发迹这一点上与《俞仲举题诗遇上皇》完全一致。它写"永嘉狂生"甄龙友聪明绝人，饱读儒书，口若悬河，笔如泉涌，科场上却连年失利。后来终因一诗一词，先后得到太上皇并皇帝的称许，得授翰林院编修之职。编写这类小说的作者，恐怕他们自己也不会相信在他们有生之年会得到皇帝或太上皇的赏识而飞黄腾达，从这个意义讲，俞仲举、甄龙友的发迹对明代文人来说，仅仅是一种精神晚餐。

文人不同于市民、农夫，他们是读书人。文人也不同于官吏，明代的官吏大多读过书，中过举人、进士，但很多官吏不配称文人，他们进入官场之后，学会了投机钻营，贪赃枉法，堕落成地道的政客。文人是社会的良心，是人类基本价值的维护者，有他们的良知、人格和个性。明代的一些文人话本，写出了文人特有的性格与精神。《卢太学诗酒傲公侯》中的卢楠，才高学广，但文福不齐，遂绝意功名，寄情诗酒。本县知县汪岑贪婪鄙俗，却要附庸风雅，有心结交卢楠。可这俗吏几次订期，几次失约，从早春直到晚秋。当知县第七次失约时，卢楠大怒，独自吃得烂醉，蓬头跣足，靠在桌上睡去。知县姗姗来迟，见状恼怒万分，竟然设计冤案，将卢楠关进死牢。十余年后才被陆知县审明释放。"卢学诗酒傲公侯"，作者是有意识将卢楠作为"公侯"的对立面来处理的，贪婪、鄙俗的汪知县成了卢楠的陪衬人，而高雅脱俗、轻世傲物的卢楠则是作者心目中的理

---

① 冯梦龙：《警世通言》第六卷，第82页。

想文人形象。虽然作者在篇尾也劝诫文人"莫学卢公以傲取祸",但更多的是对卢楠由衷的赞美:"命蹇英雄不自由,独将诗酒傲公侯。一丝不挂飘然去,赢得高名万古留。"①

唐代诗人李白,堪称文人楷模,他蔑视权贵,诗酒风流,被时人誉为"谪仙人"。明代下层文人借他一吐不平之气。小说家笔下的李白到长安应试,因不愿贿赂杨国忠、高力士,不仅试卷被批落,还被当面侮辱。后来唐朝接到番使国书,满朝文武,无一人认识。贺知章将才华横溢的李白推荐给朝廷,玄宗赐李白进士及第,宣李白入朝。李白将番书译出,宣读如流。又请玄宗令杨国忠捧砚磨墨、高力士脱靴结袜,李白醉草吓蛮书,令番国俯首称臣。卢楠还只是傲视知县,李白则使唤太师、太尉,在文人与官吏的冲突中,文人都成了赢家,这并不是封建时代的普遍现象,只能是文人作家理想的寄托。

爱情文学有如常开不败的月季花,各个时代,各种文体都有爱情题材的作品产生。明代话本小说中也有大量的爱情小说,有写市民的,也有写文人的。鲁迅先生说得好,贾府里的焦大绝不会爱上林妹妹。市民和文人,各有自己的爱情理想、恋爱方式。《洒雪堂巧结良缘》写书生魏鹏与小姐贾云华有指腹为婚之约,后来双方父亲去世,魏鹏带着母亲的书信到杭州拜见岳母,贾母不愿女儿远嫁,让魏鹏与云华以兄妹称呼。魏郎住在东厢房,通过丫鬟以诗词传情,成就好事。后来魏郎中了进士,选任江浙儒学副提举,再次求婚,贾母以其路遥仍不同意,云华抑郁而死。魏鹏义而不娶,最后云华借尸还魂,与魏鹏团圆。这篇小说是根据李昌祺的《贾云华还魂记》改写的,主要情节基本相同。事实上,像兄妹相称、诗词传情、借尸还魂等重要情节在更早的《西厢记》、《还魂记》等作品中已经出现,从李昌祺到周清源均不回避。明代话本写文人恋情大体上还是承袭唐宋传奇、元明戏曲的传统写法,没有多少创新。《莽儿郎惊散新莺燕　骀梅香认合玉蟾蜍》又是一个才子佳人的故事。郎才女貌,一见钟情,吟诗填词,私订终身,虽然经历了种种波折,最终还是大团圆结局。明代话本中的文人恋情小说已露出程式化的端倪,开启清初才子佳人小说之先河。

以上种种,均是文人写自己的生活,诉自己的衷肠,绘自己的宏图,

① 冯梦龙:《醒世恒言》第二十九卷,人民文学出版社 1956 年版,第 651 页。

这在明中叶以前的话本中是少见的。这是文人踏进话本小说园地之后留下有清晰的脚印。

二

文人对话本小说的改造是全方位的，话本体制的规范化则是文人对话本小说的重要贡献。

和其他文学作品一样，话本也有一个题目，从《清平山堂话本》、《熊龙峰刊行小说四种》以及文人书目记载来看，宋元话本的题目或以人物，或以事件随意命名，从三四字到七八字不等。从冯梦龙编撰"三言"开始，话本小说的题目大都经过认真斟酌，往往用工整的对偶命名，如"羊角哀舍命全交"，"吴保安弃家赎友"；"晏平仲二桃杀三士"，"沈小霞一鸟害七命"。两个题目一联的命题方式，不仅限于题目的对仗，还要考虑内容上的联系。《羊角哀舍命全交》与《吴保安弃家赎友》均为友谊题材，《钝秀才一朝交泰》与《老门生三世报恩》则都写科举题材，《钱秀才错占凤凰俦》、《乔太守乱点鸳鸯谱》都是爱情题材。这种命题方式，为后来的《石点头》、《欢喜冤家》、《西湖二集》等小说集的作者所沿用。凌濛初创作"二拍"则采用每篇小说用一联对偶命题，如"转运汉遇巧洞庭红，波斯胡指破鼍龙壳"、"姚滴珠避羞惹羞，郑月娥将错就错。"这种命题方式，保证了每篇小说的独立性，不必迁就另一篇小说的内容与风格。但也有其弱点，题目太长，不易记。姑苏抱瓮老人在《今古奇观》中选用"二拍"的小说时，就将它的题目或删掉一句，或重新改写，显得简短易记。当然，编者这样处理，也有与"三言"题目统一的意图。凌濛初的命题方式，为后来的《型世言》、《鼓掌绝尘》、《宜春香质》、《鸳鸯针》等小说集的作者所采用。无论是冯梦龙的两篇小说一联，还是凌濛初的每篇小说一联的对偶命题方式，都要比宋元话本的题目显得典雅与规范，渗透了文人的审美意识与文化素养。

入话是话本小说的文体特征之一，它由一首或数首诗词以及与正话相关的小故事（即头回）组成。关于它的产生及其作用，郑振铎先生说："'话本'即是说书先生的'底本'，我们就说书先生的实际情形一观看，便知他不能不预备好那么一套或短或长的'入话'，以为'开场之用'。一来是，借此以迁延正文开讲的时间，免得后至的听众，从中途听起，摸不着头脑；再者，'入话'多用诗词，也许实际上便是用来'弹唱'，以静肃场面，怡悦听众的。"① 在说话艺术中，入话是一种必要程序，是说正话之前的一种准备工作，因而它可长可短，灵活多变，随意性强，主要靠说话艺人临场需要而定。保存在《清平山堂话本》和《熊龙峰刊行小说四种》中的宋元话本，入话以诗词为主，少则一首，如《柳耆卿诗酒玩江楼记》、《简帖和尚》，多则数首乃至十几首，如《西湖三塔记》、《洛阳三怪记》。诗词或借用前人的作品，或艺人自己创作，其内容多与正话没有必然的逻辑联系。另有两篇小说即《简帖和尚》、《刎颈鸳鸯会》的入话有头回，《刎颈鸳鸯会》的头回与正话内容相近，而《简帖和尚》的头回与正话没有太大关系，仅在"错封书"与"错下书"的"错"字上联系起来。而这些诗词、头回在说话艺术中，用于拖延时间、肃静场面，则完全可以胜任。

入话作为说话艺术的遗迹，在书面文学中已经失去了它原有的功能，理应淘汰和删除，恰恰相反，明代文人参与话本小说的创作，入话却被强化，宋元话本，原来没有头回的，入选"三言"以后，大多补上了头回。《众名姬春风吊柳七》据《柳耆卿诗酒玩江楼记》改写，原本无头回，冯梦龙补了孟浩然错念一首诗，终身不用的故事作为头回。文人创作的话本小说，绝大多数有头回，如《拍案惊奇》有头回的共三十三篇，《二刻拍案惊奇》有头回的共三十四篇。在明人话本中，入话已经成为其文体的有机组成部分。

明代话本的入话与宋元话本的入话的最大区别，在于它教化功能的强化。生活在明末的文人小说家，总有一种社会责任感，他们创作小说是为了喻世、警世、醒世、型世，从一批小说的命名和序言，都不难看出这一点。作家在入话中大发议论，表白自己的创作动机，劝人戒恶行善。《古今小说》第一篇《蒋兴哥重会珍珠衫》，开篇一首《西江月》词后，接着便发议论："这首词，名为《西江月》，是劝人安分守己，随缘作乐，莫为酒、色、财、气四字，损却精神，亏了行止。求快活时非快活，得便宜处失便宜。说起那四字中，总到不得那色字厉害。……假如墙花路柳，偶然适兴，无损于事。若是生心设计，败俗伤风，只图自己一时欢乐，却不

---

① 郑振铎：《明清二代的平话集》，《郑振铎文集》第五卷，人民文学出版社1988年版，第332页。

顾他人的百年恩义，假如你有娇妻爱妾，别人调戏上了，你心下如何?"①
《拍案惊奇》第一篇《转运汉遇巧洞庭红　波斯胡指破鼍龙壳》开篇词
后，也是一大段"人生功名富贵，总有天数"的议论。尽管这些议论
并不高明，有些甚至令人生厌，文人作家醒世的善良动机却不能一笔
抹杀。

　　明话本入话与宋元话本入话另外一个不同点是头回问题。前面已经指
出，现存未经加工的宋元话本，仅有两篇入话有小故事，它与正话的关系
是在某一点上类似。明代文人创作的话本小说，不仅绝大多数有小故事，
有的还有两三个小故事，篇幅大大加长。头回与正话的关系也发展到多种
组合方式，除原有的相似的组合之外，还有相反的组合。《转运汉遇巧洞
庭红　波斯胡指破鼍龙壳》，正话写文若虚随朋友出海，贩卖一筐橘子，
拾回一个大乌龟壳，意外发财的故事。入话则写金维厚一生积得八锭白
银，准备分给儿子，结果银子夜里变成八个白衣大汉跑到了王家。两个故
事正好相反，而小说家所要表现的主题却一致："万事分已定，浮生空自
忙。""功名富贵，总有天数。"头回不再是正话的一点搭头，它已成为作
家用来表现主题的重要手段。

　　正话是话本小说的主题部分，叙述情节、塑造人物、描写环境主要是
靠正话来完成的，没有正话就没有话本小说。宋元话本的正话由散文和韵
文（包括骈体文）两部分组成。散文的作用是用来叙述故事。韵文的作
用有二：一是用来描写景物和场面；二是用来描写人物外貌与服饰。在说
话艺术中，散文与韵文的表演方式也不一样，散文靠讲述，韵文靠歌唱或
念白。《刎颈鸳鸯会》便有十首［商调　醋葫芦］小令插在故事中间，每
一首前有"奉劳歌伴，再和前声"。这说明宋元话本中的韵文在说话艺术
中是歌唱的，虽然宋元话本中仅此一篇有"歌伴"的说明，我们可以推
测，其他话本的韵文也有此类情况，只是在整理刊刻时删除了。《快嘴李
翠莲记》通篇主要由李翠莲的快板词似的韵文组成，这种体例决定了它
的表演方式不可能是讲述，而应是念诵。罗烨《醉翁谈录》在谈及说话
时云："曰得词，念得诗，说得话，使得砌。"②（"曰"，胡士莹先生认为
是"白"之误）"念"显然与"说"是有区别的。

---

　① 冯梦龙：《古今小说》，人民文学出版社1958年版，第1页。
　② 罗烨：《醉翁谈录》，古典文学出版社1957年版，第5页。

　　在说话艺术中，散文与韵文从功能到表演方式的严格分工，在文人创作的话本中已基本消失。尽管明代话本小说仍然保存了部分韵文，但与宋元话本相比却大为减少。举个例子，《陈巡检梅岭失妻记》被冯梦龙收入《古今小说》，改题为《陈从善梅岭失浑家》，原本韵文较多，冯氏作了大量删改，多达十四处，其中删除九处。可以说全篇的改定主要是韵文部分。像《快嘴李翠莲记》这类以韵文为主体的话本，不仅在明代文人小说中绝无仅有，而且这篇小说也没收入"三言"。

　　明代话本正话韵文的减少，并不是说小说中景物与场面，肖像与服饰的描写减少，而是这类描写一部分改用散文来完成。《卢太学诗酒傲公侯》是"三言"中最地道的书面文学之一，小说中多次描写卢楠啸园的四季景色，这在宋元话本中原本由诗词题咏的内容，这篇小说则用散文来描绘。如："一望菊花数百，霜英灿烂，枫叶万树，拥若丹霞，橙桔相亚，累累如金。池边芙蓉千百株，颜色或深或浅，绿水红葩，高下相映，鸳鸯凫鸭之类，戏狎其下。"① 这种段落，就像优美的散文一样，适宜于案头细细品味，如果拿到勾栏瓦舍去讲述，恐怕很难抓住市民听众。

　　话本小说体制的规范化与典雅化，是话本小说逐步摆脱说话艺术的阴影走向书面化的标志，也是文人创作观念与审美意识的体现。后来的一些文人作家更大胆地突破原有体制，借鉴章回小说的结构方式，用几回的篇幅连续叙述一个完整的故事。《鼓掌绝尘》共四十回，分为风、花、雪、月四集，每集十回，叙述一个故事，每回、每集均无头回。《鸳鸯针》共四卷，每卷四回写一个故事，它与《鼓掌绝尘》还有不同，每卷四回，在序号上也各自独立。这种体制上的革新，是话本小说进一步的书面化，是清初文人中篇小说的前身。

三

　　明代话本的文人化并不是一朝一夕完成的，也经历了一个相当长的历史阶段。由说话艺人创作的宋元话本，主要写市民生活，也有部分文人题材。这里以《清平山堂话本》为例，在这二十多篇小说中，以文人为主角的为六篇，即《柳耆卿诗酒玩江楼记》、《风月瑞仙亭》、《阴骘积善》、

---

　　① 冯梦龙：《醒世恒言》第二十九卷，第634页。

《羊角哀死战荆轲》、《死生交范张鸡黍》、《夔关姚卞吊诸葛》，而后面三篇小说一般认为是明人话本。① 三篇宋元话本中，两篇写爱情，一篇为劝善，都是市民所喜闻乐见的题材。在这些小说中，文人也带有鲜明的市民特征，是市民所理解的文人。《风月瑞仙亭》写司马相如与卓文君的故事，司马迁《史记》载其事。话本对史实作了两处重要改写。第一，司马相如与卓文君是为了羞辱卓王孙特地到临邛卖酒，目的是让卓王孙掏钱。而话本写司马相如与卓文君因家贫难以度日，夫妻俩便在家乡成都卖酒谋生，作者并没有将卖酒视为贱业。第二，卓王孙是因为司马相如与卓文君在家门口卖酒，不得已才分钱财给他们。话本写卓王孙听说司马相如蒙朝廷征召去了，便主动与之和解，而且还交代了其和解的心理。这些改写将人物从行为到心理市井化。当然，卓文君私奔与当垆卖酒本身便有市民所喜爱的大胆、泼辣的个性，这是话本改写的重要基础。

《柳耆卿诗酒玩江楼记》主要情节是柳永任余杭县宰，看上名妓周月仙。周因爱着黄员外而拒绝了柳。柳永得知月仙每晚赴约要用船过河，便密令舟人强奸月仙，从而使月仙顺从柳。这种卑劣的行径在市民看来只不过是文人学士的风流行为，于柳永并无损害。在冯梦龙眼里，《玩江楼记》"鄙俚浅薄，齿牙弗馨"。② 他所改作的《众名姬春风吊柳七》则将计赚月仙之事系于富人刘二员外，柳永不仅没有糟蹋月仙，反而出钱替月仙除了乐籍，使之与黄秀才结为夫妇。这才是文人所理解的"风流才子"。

明代文人参与话本小说是从搜集整理开始的，冯梦龙的"三言"便收入了一批优秀的写市民的宋元话本。明代文人最初创作话本小说的时候，由于受宋元话本的影响，同时也是为了满足市民读者的需要，他们也写了一批以市民为主人公的小说，如《蒋兴哥重会珍珠衫》、《卖油郎独占花魁》、《转运汉遇巧洞庭红　波斯胡指破鼍龙壳》等。因而，"三言"、"二拍"被称为市民文学。如果我们考察一下"三言"、"二拍"中文人题材的作品，就会觉得这一结论并不全面。与宋元话本相比，"三言"、"二拍"中文人题材的作品无论是总数，还是在书的比例，都明显增加。我们以"三言"中明人作品较多的《醒世恒言》为例。在这四十篇小说

① 参见胡士莹《话本小说概论》，中华书局 1980 年版。
② 冯梦龙：《古今小说叙》，《古今小说》，第 1 页。

中，以文人为主人公的小说共十一篇，以市民为主人公的十篇，其中有两篇可以断定为宋元话本，这两篇小说是《闹樊楼多情周胜仙》、《十五贯戏言成巧祸》。徐朔方先生指出："在《三言》所收的话本中，描写传统的才子佳人和封建文人、官僚、地主的作品甚至还更多一些，作品中所反映的市民的思想意识还是零星的不成体系的，常常为封建意识所淹没，这是由当时的社会条件所决定的。"① 笔者还想补充一点，"三言"、"二拍"中文人题材作品的增加，与文人作家的创作有直接关系。

即使是市民题材的作品，经过文人作家的过滤，也会打上文人作家的烙印。作家的教化思想在市民题材小说中表现得非常充分，前面谈入话的议论时，举的两个例子都是市民题材的作品。作品对市井人物臧否也是以作家的道德观念为尺度。施润泽拾金不昧受到赞许，桂富五忘恩负义遭到唾弃；陈大郎好色贪淫，客死他乡；卖油郎忠厚老实，独占花魁。这些观念并非文人作家所独有，你却不能否认是他们将这些观念带进话本小说之中。文人作家在写市井人物时，难免露出文人的优越感。举个例子，施润泽将拾到的银子还给失主后回家，妻子也认为他做得对。这时作者出来发议论："衣冠君子中，多有见利忘义的，不意愚夫愚妇，到有这等见识。"② 给人一种居高临下的感觉，典型的文人评价市民的口吻。作家在构思情节时，有时也将文人的行为强加在市民的身上。《宋小官团圆破毡笠》写一对市民夫妻的悲欢离合，宜春疑心钱员外就是丈夫宋金时，便吟诗试探："毡笠虽然破，经奴手自缝；因思戴笠者，无复旧时容。"宋金也会意答诗："仙凡已换骨，故乡人不识，虽则锦衣还，难忘旧毡笠。"③ 这不是市民在吟诗，而是作家写到宋金夫妻团圆的节骨眼上，不禁诗兴大发，以至于忘了他所描写的对象。

"三言"、"二拍"之后，明代话本小说文人题材剧增，市民题材锐减。请看两部小说。《西湖二集》三十四篇小说中，以文人为主角的有十篇，而以市民为主角的一篇也没有，涉及市民小说的也只有一篇，即《城隍辨冤断案》，写浙江按察使秉公断案的故事，其中有商人的案子。《鸳鸯针》共四篇小说，三篇写文人，其中又有两篇是文人科举的内容，

---

① 《论三言中的明代作品》，《徐朔方集》第一卷，浙江古籍出版社 1993 年版，第 884 页。
② 冯梦龙：《醒世恒言》第十八卷，第 356 页。
③ 冯梦龙：《警世通言》第二十二卷，第 335 页。

只有一篇写市民。至此明代话本小说文人化进程基本完成。

　　综上所述，话本小说的文人化大体经历了三个阶段：宋元时期，话本小说以市民题材为主，出现了少量文人题材的作品，文人形象也带有市民特点；"三言"、"二拍"创作时期，创作量上，文人题材与市民题材平分秋色，但市民已是文人笔下的市民；"三言"、"二拍"之后，话本小说则以文人题材为主，市民题材已不成气候。

　　文人对话本小说的参与，使一批宋元话本得到整理与保存，使话本小说体制规范化，也创作了一批优秀的作品，对话本小说的繁荣起到了积极作用。同时，文人作家将他们的封建教化思想、狭窄的生活天地、半文不白的语言带进了话本小说，使之失去了原有的大胆泼辣、生动质朴的本色，离开了它赖以生长的土壤——市井细民，导致了话本小说走向衰微。话本与文人的关系，有如韩信的命运一般，"成也何来败也何"。我们以前过分强调其"败"的一面，对其"成"的一面也应该充分肯定。

（原载《求是学刊》2001 年第 5 期）

清初话本的新变

　　我们所说的清初话本是指清代顺治年间创作的话本，清初小说家在不到二十年的时间里写出了二十多种话本集，其中影响较大的话本集有《鸳鸯针》、《醉醒石》、《清夜钟》、《无声戏》、《十二楼》、《照世杯》、《豆棚闲话》、《五色石》、《八洞天》、《珍珠舶》、《载花船》等。我们将以这些话本集为考察对象，以晚明话本为参照，联系明清鼎革的历史背景，探讨清初话本所发生的变化。

一

　　清初的话本作家，都是由明入清的文人，儒家传统的忠君爱国、夷夏之防观念在文人思想中根深蒂固，虽然这些作家绝大多数在明朝并没有考中科举、获得一官半职，但并不影响他们对明朝的忠诚与眷念，入清之后不再参加科举，走向仕途，而是选择了编写小说、砚田糊口的生存方式。李渔在明朝的时候，曾参加科举考试，未能中举，入清后便绝意仕进。李渔对新朝的态度在清初话本作家中应该是有代表性的。话本作家对鼎革的这种态度，在话本创作中反映出来。薇园主人的《清夜钟》是顺治初年的作品，开篇第一回《贞臣慷慨杀身　烈妇从容就义》中心情节是表彰汪编修夫妇在明朝覆灭时杀身殉国的壮举，小说中饱含对明朝灭亡的悲愤，在入话中，作者颂扬崇祯皇帝"真乃天生智、勇、胆、力、识都全，不落柔懦，亦非残忍。后来身衣布素，尽停织造，何等俭；时时平台召对，夜半批发本章，何等勤；京畿蝗旱，素衣步祷，何等敬天恤民；对阁下称先生，元旦下御座相揖，何等尊贤礼下。"① 而明朝灭亡都是那些昏

---

① 薇园主人：《清夜钟》，江苏古籍出版社1991年版，第2页。

庸无能、贪生怕死的大臣与将领造成的，尤其是对那些"全不晓得羞耻"，穿了吉服去迎贼、入朝朝贼求用的明朝大臣，作者恨不得食其肉、寝其皮。第四回《少卿痴肠惹祸　相国借题害人》写弘光朝审假太子王之明的故事。作者的立意值得深思，小说将错认并保护假太子的高梦箕写成了明朝的忠臣，高梦箕见家人从北边带来一个小哥，自称太子，"想起毅宗十七年在位并不曾荒淫失德，至身死社稷，血属流离，刚得这点骨肉到得南来，做臣子的怎不怜恤？"① 而马士英等朝廷重臣却借题发挥，想以此陷害忠良，杀尽异己。随着清兵南下，南明灭亡，有人死节，有人降清，弘光及假太子均被清人擒获。在清初，写弘光朝廷是很容易犯忌讳的，它与明朝情况完全不同，明朝是被李自成推翻的，而南明是被清人消灭的。因而这篇话本写得比较隐晦，作者通过假太子案将弘光王朝的灭亡及其原因展示出来，细心的读者不难看出作者的良苦用心。

　　还有些小说虽然没有直接写明清鼎革事变，却通过历史上的鼎革来影射现实，创作意图非常清楚。《豆棚闲话》第七则《首阳山叔齐变节》将商周鼎革之时饿死不食周粟的叔齐写成了背着兄长下山投降的小人，叔齐上山之后饥饿难耐，想到"与其身后享有空名，不若生前一杯热酒"，② 即使这点空名也是兄长伯夷的，后悔不该上山受罪，便偷偷下山向周朝投诚报效去了。艾衲居士这样唐突古人，在清初这一特殊时期，不难看出作者借古讽今的意图，明朝大大小小的官吏，纷纷向清朝摇尾乞怜，不就和叔齐一般么。叔齐下山一段描写讽刺现实的动机更加明显："见路上行人有骑骡马的，有乘小轿的，有挑行李的，意气扬扬，却是为何？仔细从旁打听，方知都是要往西方朝见新天子的。或是写了几款条陈去献策的，或是叙着先朝旧职求起用的，或是将着几篇歪文求征聘的，或是营求保举贤良方正的，纷纷奔走，络绎不绝。"③ 骂尽清初的无耻文人、官吏。鸳湖紫髯狂客评曰："若腐儒见说翻驳叔齐，便以为唐突西施矣。必须体贴他幻中之真，真中之幻。明明鼓励忠义，提醒流俗，如煞看虎豹如何能言，天神如何出现，岂不是痴人说梦！"④ 鸳湖紫髯狂客特别提醒读者体会作者的"幻中之真"，"鼓励忠义"的创作意图。

---

① 薇园主人：《清夜钟》，第44页。

② 艾衲居士：《豆棚闲话》，人民文学出版社1984年版，第70页。

③ 同上书，第72页。

④ 《豆棚闲话》第七则总评，《豆棚闲话》，第76页。

明清鼎革不仅打破了文人平静的生活，更重要的是颠覆了文人从小接受的儒家伦理观念。在明朝灭亡的时候，并没有多少忠臣殉国，在忠君与生命之间，绝大多数人选择了后者，包括清初话本作家在内。他们虽然可以不与清朝统治者合作，但却不能不剃发留辫，向清朝统治者表示臣服。这种屈辱的生活让敏感的作家们愤怒、痛苦、内疚，却又不能改变这一现实，除非放弃生命。这种痛苦的人生经历与无奈的社会现实使他们对传统的价值观念、神圣的宗教信仰、历史上的英雄豪杰都产生了困惑与怀疑，不再对其深信不疑、顶礼膜拜。《豆棚闲话》第十二则《陈斋长谈天说地》是一篇奇特的话本，全篇没有故事情节，就是这位姓陈名刚字无欲的斋长对一群人肆无忌惮地斥道骂佛，他说："老子乃是个贪生的小人，其所立之论尚虚、尚无、尚柔。……人生不过百年，老子贪生于百岁之外。又欲阳神不灭，以盗造化之气。故尚虚无者实欲贪其有也，尚柔者实欲胜其刚也。""佛氏亦贪寿之小人。其说尚空，一切人道世事皆弃而不理。……佛子惟知有己，把天下国家置之度外，以为苦海，而全不思议。自以为真空，而其实一些不能空，一味诱人贪欲，诱人妄求，违误人道之正。"[1] 并列举佛老邪说惑世诬民、蠹财乱伦的十大罪状予以控诉。明清两代，三教合流，从朝廷到民间举世信奉，艾衲居士借陈斋长之口，将世人虔诚信奉的释道二教的神坛打翻。历史上一直为人们赞美的人物也被作者变形丑化。宁愿烧死也不愿出山受封的介之推在作者笔下成了被悍妇绑缚不能动弹而烧死的冤魂。（第一则）饿死不食周粟的叔齐成了背叛兄长下山投降的小人。（第七则）为国分忧的美女西施在艾衲看来不过是一个以色惑人、无情无义的女子，"那吴王既待你如此恩情，只该从中调停那越王归国，两不相犯。一面扶持吴王兴些霸业，前不负越，后不负吴，这便真是千载奇杰女子。何苦先许身于范蠡，后又当做鹅酒送与吴王。弄得吴王不理朝政，今日游猎，明日采莲，费了百姓赀财，造台凿池，东征西讨，万民皆怨。兵入内地，觑便抽身，把那个共枕同衾、追欢买笑的知己抛在东洋大海。你道此心如何过得？"[2] 而忠君爱国的范蠡却成了"平日做官的时节，处处藏下些金银宝贝"的贪官，后来害怕西施泄露他的罪行，又将其推入湖中淹死，与西施泛舟五湖的范蠡变成了杀害西施的凶

---

[1] 艾衲居士：《豆棚闲话》，第 132—134 页。
[2] 同上书，第 17 页。

手。天空啸鹤云，狂士艾衲先生"莽将二十一史掀翻，另数芝麻帐目；学说十八尊因果，寻思橄榄甜头。那趱旧闻，便李代桃僵，不声冤屈；倒颠成案，虽董帽薛戴，好象生成"。① 在这种否定与颠覆之中，我们看到作者的悲愤与绝望的心境。

聪明而又世故的李渔在经历了明清鼎革之后，调整心态来适应新的环境，砚田糊口的生存方式并不能掩饰他内心深处的迷茫与无奈，在他的小说中，崇高、庄严、神圣似乎都不存在，一切都变得那样滑稽可笑，一切都可以戏谑、嘲弄。《连城璧》寅集《乞儿行好事　皇帝做媒人》入话中有这样的议论："自从闯贼破了京城，大行皇帝遇变之后，凡是有些血性的男子，除死难之外，都不肯从贼。家亡国破之时，兵荒马乱之际，料想不能丰衣足食，大半做了乞儿。""所以明朝末年的叫化子，都是些有气节、有操守的人。""直到清朝定鼎，大兵南下的时节，文武百官尽皆逃窜，独有叫化子里面死难的最多。"② 叫化子有节操，而朝廷命官却是软骨头，本身就很荒唐。作者在小说中刻画了一个轻财重义的叫化子"穷不怕"，这"穷不怕"一生的事业就是叫化来钱财接济穷人，"别人施我我施人，叫化之中行教化"。财主与穷人、乞讨与施舍、叫化与教化，这些看似矛盾的称呼与行为，却集中在一个人身上。曾经施舍一个元宝与"穷不怕"的嫖客，竟然是当朝皇帝，而救濒临饿死的"穷不怕"一命的妓女后来随皇帝入宫，拜了贵妃。作为明朝遗民，对明朝皇帝、贵妃理应尽君臣之礼，而李渔却将他们写成了嫖客与妓女，庄严变成了滑稽，皇帝与嫖客、贵妃与妓女完全可以二而一之。人类的情感应该是非常严肃的，尤其是父母与子女这种天然的血缘关系，李渔在《十二楼》中就写了一个买父买母的故事。财主尹小楼与妻子庞氏只有一个独生子，不料三四岁时失踪，年过半百想过继一个儿子，又担心招来一个贪财不孝之子，小楼到外地打扮成穷人，卖身为父，想通过这种方式找到一个孝顺的继子。还真有这样一位善良后生姚继用十六两银子买下他做养父。适值元兵南下，盗贼蜂起，许多土贼乘机打劫，抢掳女子卖钱，姚继的未婚妻也被抢走，姚继到一家出脱妇女的人行寻找妻子，乱兵将妇人盛在布袋中发卖，不让挑选，姚继买回一个五十多岁的老妇，只得认了母亲，在老妇的指点下，

---

① 《豆棚闲话叙》，《豆棚闲话》，第 143 页。
② 李渔：《连城璧》，《李渔全集》第 4 卷，浙江古籍出版社 1992 年版，第 288—289 页。

姚继终于买回了未婚妻。当姚继带着母亲、妻子回家与养父团聚时，原来养母就是养父的妻子，更巧的是姚继就是尹小楼夫妇当年失踪的儿子。儿子买回父母，且不说这种安排是否可信，作者确有将亲情戏谑化的倾向。

　　亲身经历了明末清初战乱的话本作家，对战争给百姓造成的深重灾难有着清醒的认识，在清初话本中，出现了一大批以战乱为背景的话本，由于众所周知的原因，小说家几乎都把战乱的制造者说成李自成，而小说的基本倾向就是展示百姓流离失所、家破人亡的悲惨遭遇，谴责流贼奸淫杀戮的罪恶行径。《十二楼》之《奉先楼》，故事发生在明末清初战乱时期，"彼时流寇猖獗，大江南北没有一寸安土。贼氛所到之处，遇着妇女就淫，见了孩子就杀。甚至有熬取孕妇之油为点灯搜物之具，缚婴儿于旗竿之首为射箭打弹之标的者。所以十家怀孕九家堕胎，不肯留在腹中驯致熬油之祸；十家生儿九家溺死，不肯养在世上预为射弹之媒。"① 舒秀才世代单传，夫妻在战乱中还是生下了儿子，为了宗祧，舒秀才要求妻子即使失节也要存孤。为了保护儿子，舒娘子先被闯贼掳去淫污，后来又被清朝一将军抢去做了夫人。舒秀才为了寻找妻儿，差点饿死在路旁，又被清兵抓去做了纤夫。《无声戏》第五回这样写道："明朝自流寇倡乱，闯贼乘机，以至沧桑鼎革，将近二十年，被掳的妇人车载斗量，不计其数。"② 这篇话本主要内容是写耿二娘在被流贼掳去十几天中，怎样凭借自己的机智保全贞节的故事，中间也穿插了大批妇女被劫去蹂躏的情节。这绝非小说家编故事，而是战乱之中百姓生活的真实写照。《珍珠舶》卷四所写谢宾又与杜仙珮的爱情故事并无多少新意，故事发生在明清鼎革之际，杜小姐的父亲杜公亮在京做官，李自成攻破北京前夕，杜公亮夫妇投缳自尽。谢宾又得知神京失陷后，冒死赶到京城寻找杜小姐的下落，听说杜小姐乱中遇害，停棺庵中，谢宾又在庵中逗留二载。后来在驿站墙壁上看到杜小姐的题诗，方知小姐没死，原来杜仙珮在城破之日自缢获救，侥幸躲过闯王的搜寻，后来被清朝严将军抢去做妾，谢宾又经过千辛万苦找到杜小姐，严将军开恩将杜小姐送还谢宾又。谢杜夫妻是团圆了，但他们忍受了多少屈辱，付出了多大的代价。而杜小姐的三个兄弟都在战乱中被杀，一家六口仅杜小姐一人活下来。同书卷五也是写战乱中的爱情故事，东方白

---

① 李渔：《十二楼》，《李渔全集》第4卷，第237—238页。
② 李渔：《无声戏》，《李渔全集》第4卷，第93页。

的岳父贾公在明朝中过进士选过官，因足疾告归林下，崇祯末年闯贼攻破县城，尸首沿街遍巷，不计其数，全县十多个乡绅均被抓获索要钱财，贾公不仅不出钱，反而痛骂刘统都，因而被羁押，不日绑出枭首。东方白带着老管家四处求人解救贾公，最后是管家代主受刑，才换得贾公生还。《豆棚闲话》第十一则一位老者讲述京城攻破之时，杀戮抢劫的情境，"还有那忍心的，将有孕妇人暗猜肚中男女，剖看作乐。亦有刳割人的心肺，整串熏干以备闲中下酒。更有极刑惨刻如活剥皮、凿眼珠、割鼻子、剁手腕、刖脚趾，锻炼人的法儿不知多少！"① 战争给百姓带来了灾难，也给小说家造成了心灵的创伤，编写话本成为他们发泄愤怒的重要途径。

二

与明代话本相比，清初话本的形式也发生了明显的变化，这种变化主要表现在两个方面，一是话本的连缀形式，二是话本的体制特征。先看第一方面，从曹溶的《宝文堂书目》著录的话本来看，在明代嘉靖以前，书坊刻印话本，均以别本单行，没有话本集，也就不存在连缀形式问题。现存最早的话本集是明代嘉靖年间钱塘洪楩刊行的《六十家小说》，原有六集，每集分上下卷，每卷五篇小说，共六十篇小说，现存二十九篇（含残篇七种）。六集的名称为：雨窗集、长灯集、随航集、欹枕集、解闲集、梦醒集。这些名称没有什么特别的含义，无非是说这些话本是闲暇时的消遣读物。每集所收话本并没有按某种标准进行分类，随意性很强，如果将各集所收话本重新编排，六集名称随意调换，不会出现任何问题。冯梦龙编撰"三言"首次考虑到话本之间的关联问题，每两篇话本的题目形成一联对仗，有一部分题目对仗的话本，在内容上也建立联系，如《古今小说》第七卷《羊角哀舍命全交》与第八卷《吴保安弃家赎友》，不仅题目对仗，而且内容也都是写古人的友谊。第二十九卷《月明和尚度柳翠》与第三十卷《明悟禅师赶五戒》，内容都是写佛教题材。《醒世恒言》第七卷《钱秀才错占凤凰俦》与第八卷《乔太守乱点鸳鸯谱》都是用喜剧手法写婚恋故事。第三十三卷《十五贯戏言成巧祸》与《一文钱小隙造奇冤》则都是公案题材。另外，与"三言"同时的话本集，有

① 艾衲居士：《豆棚闲话》，第 118 页。

的专收同一题材的作品，如明代盛行的公案小说《龙图公案》、《皇明诸司公案》、《百家公案》、《杜骗新书》等。还有《僧尼孽海》全是和尚尼姑的淫乱故事，《欢喜冤家》则是情爱故事。周清源的《西湖一集》（已佚）、《西湖二集》的出现，与上述话本集有所不同，它并不是某种题材的集合，西湖只是故事发生的场所，或者说人物活动的环境，而内容丰富多彩，有历史人物的文治武功，才子佳人的风流韵事，贪官污吏鱼肉百姓，神仙道士法术无边，但凡与西湖、杭州有关的人物事件、神话传说都是作者取材的范围，西湖成为连接各篇话本的一条重要线索。这种创作思路对清代话本集形式的影响更为直接。清初话本作家在话本连缀形式上作了进一步的探索。李渔的《十二楼》共十二篇小说，每篇话本都以楼命名，十二篇话本的名称分别为《合影楼》、《夺锦楼》、《三与楼》、《夏宜楼》、《归正楼》、《萃雅楼》、《拂云楼》、《十巹楼》、《鹤归楼》、《奉先楼》、《生我楼》、《闻过楼》。而题目就是话本中的一座楼的名称，每一个故事都与一座楼有关，楼则成了连接各篇话本的纽带，这种连缀方式，不仅要考虑前后两篇话本之间的关系，它还要考虑全书十二篇话本的联系。也与明代以某种题材或某一地域为纽带的话本集不同，它并不受题材或地域的限制，只要小说中出现一座楼，任何题材、发生在任何地点的故事都可以写。艾衲居士探索更有创造性，他所写的《豆棚闲话》共十二则，亦即十二篇话本，用一群人聚集在一个豆棚下面讲故事的形式，将十二篇话本连为一个整体，在话本的连缀形式上是一次重大突破。作者在每篇话本中，都要交代豆棚的变化，第一则种豆苗、搭豆棚，第二则是"新搭的豆棚虽有些根苗枝叶长将起来，那豆藤还没延得满"。[①]第三则"豆棚骤长，枝叶蓬松"。[②]一直到第十二则，"今时当秋杪，霜气逼人，豆梗亦将槁也"。"主人折去竹木竿子，抱蔓而归"。[③]从春天种豆苗、搭豆棚开篇，到秋天豆梗枯槁、拆去豆棚结束，十二篇话本，十一个故事（十二则无故事），用一个豆棚勾连起来，这种独特的连缀形式与外国小说《十日谈》、《一千零一夜》极其相似。

　　再看单篇话本的体制特征，清初话本的变化更加显著。明代早期话

---

①　艾衲居士：《豆棚闲话》，第 12 页。

②　同上书，第 22 页。

③　同上书，第 141 页。

本，已经形成了独特的体制，每篇话本大体由题目、入话、正话等几个部分组成，入话是话本最为鲜明的体制特征，一般包括诗词、议论、头回几个部分。早期话本不分回，也就是说一篇话本只有一回。《六十家小说》、熊龙峰刊行小说四种、"三言"、"二拍"都是如此。古吴金木散人编《鼓掌绝尘》，分风、花、雪、月四集，每集十回，共四十回，每集演一故事，每回有标题，一篇话本多达十回，相当于现在的中篇小说，这在话本中是很少见的，打破了一篇话本一回的体制。稍后，醉西湖心月主人编写的《宜春香质》亦分风、花、雪、月四集，每集五回，共二十回，每回有标题，每集演一故事。醉西湖心月主人编的另一本话本集《弁而钗》在形式上与《宜春香质》完全相同。清初话本在篇幅、分回分则方面更加灵活，李渔的《十二楼》十二篇话本，篇幅从一回到六回不等，第一篇《合影楼》三回，第二篇《夺锦楼》只有一回，最长的《拂云楼》共有六回。这种处理显然更符合小说创作的规律，有的故事复杂，人物较多，篇幅相应就长一些，有的话本情节相对简单，篇幅就短一些。不像明代话本，强求每篇回数相同，长短一致。酌元亭主人的《照世杯》分四卷，每卷演一故事，每卷分若干节，每节有标题，却不标序号，每卷的分节数量不等。卷一共七节，卷二为八节，而卷四共十节。长短自由，视需要而定。

　　分回分节，回数多少，这在清初话本形式上的变化还不是最重要的，最重要的是清初话本叙事模式上的创新。话本从说话艺术演变而来，它在叙事上的一个显著特征就是作者扮演说话人的角色向拟想的听众讲故事，清初的一些话本作家，不满足于这种千篇一律的叙事方式，进行了颇有价值的探索。《豆棚闲话》的叙事人的安排独具匠心，全书十二篇小说有一个背景交代者，但他并不是所有故事的讲述者，第一则《介子推火封妒妇》开篇由背景叙事人交代种豆秧，搭豆棚，众人在豆棚下面闲话，接着由一个老成人讲妒妇津的故事，是为头回，最后又换了一个老者讲述正话介子推火封妒妇。一篇话本，变换了三个叙事人。虽然全书的故事都是在同一个豆棚下讲述的，但作者并没有让所有的正话都由某一个人讲述，而是变换了好几个叙事人，第一则、第二则正话的叙事人是同一个老者，到第三则，因不见先前说故事的老者，于是换一个人讲故事，此人也只讲了两则。第五则没有特别交代何人讲述，背景叙述者与故事讲述者为同一人。到第六则，一个少年后生自告奋勇出来讲故事，他也连续讲了两则。

第八则"正经说过书的一个不在",众人请一个自称"瞎字不识"的少年说了一回。第九回也没有交代讲述人,应该就是豆棚主人,背景叙述者。第十则由一位不满苏州民风的人讲述一班苏州老白赏的故事。第十一回众人又请前日说书的老者(即第一、第二则的叙事人)讲当年离乱苦楚的故事。第十二则住在城里的陈斋长听说城外有人说故事,特来请教,老者请他赐教,陈斋长并不讲故事,而是谈天说地、斥道骂佛。老者担心豆棚酿祸,主人拆了豆棚,全书结束。叙事人的发现是西方叙事学的重要贡献,对现代小说的创作产生了深远影响,中国古代小说家并没有这种理论指导,很少在叙事角度上花样翻新,几乎无一例外的是作家模仿说话人给读者讲故事,这一叙事人独霸书场,不会有任何变化,艾衲居士终于突破了这一叙事模式,将话本小说的叙事艺术提到了一个新的高度,遗憾的是后继无人,此后的话本又回归传统。

　　头回是话本最鲜明的文体特征,它是说话艺术留下的遗迹,郑振铎先生指出:"我们就说书先生的实际情形一观看,便知他不能不预备好那末一套或短或长的'入话',以为'开场之用'。""借此以迁延正文开讲的时间,免得后至的听众,从中途听起,摸不着头脑。"① 因而明代书坊记录、整理艺人话本时,大多将头回略去,《清平山堂话本》就只有《简帖和尚》、《刎颈鸳鸯会》和《李元吴江救朱蛇》等三篇话本保留头回。明代文人开始创作话本的时候,仍旧模拟说话艺人讲故事,为了还原勾栏说话的真实情境,小说家大多编写头回,"三言"、"二拍"、《石点头》都是如此。明代末年,受章回小说的影响,有些话本作家突破一篇话本一回的体制,用几回甚至十回的篇幅写一个故事,开篇只写诗词与议论,不再写头回,如古吴金木散人的《鼓掌绝尘》共四篇话本,每篇十回,开篇都只有诗词与议论,没有头回。清初话本作家沿用了这种形式,烟水散人《珍珠舶》共六篇话本,每篇话本三回,和《鼓掌绝尘》开篇一样,没有头回。酌元亭主人《照世杯》四卷四篇话本,每卷又分若干节,开篇均无头回。有一些话本作家并不严格遵守这一惯例,无论是一回话本,还是多回话本,写不写头回完全根据自己的需要决定。李渔认为话本是"无声戏",应该尽快让主要人物出场,他说:"本传中有名脚色,不宜出之太迟。如生为一家,且为一家,生之父母随生而出,且之父母随且而出,

① 郑振铎:《明清二代的平话集》,《中国文学研究》,人民文学出版社2000年版,第332页。

以其一部之主，余皆客也。虽不定在一出二出，然不得出四五折之后。太迟则先有他脚色上场，观者反认为主，及见后来人，势必反认为客矣。"①因此他创作话本也是如此，为了尽早进入正话，无论是一回还是多回，不少话本都没有头回，如《谭楚玉戏里传情，刘藐姑曲终死节》就没有头回，这不是李渔的疏忽和懒惰，而是有意为之，他在入话结尾处写道："别一回小说，都要在本事之前另说一桩小事，做个引子；独有这回不同，不需为主邀宾，只消借母形子，就从粪土之中，说到灵芝上去，也觉得文法一新。"②《生我楼》也没有头回。古吴墨浪子的《西湖佳话》共十六篇话本，都不分回，没有一篇有头回。其中《雷峰怪迹》根据《白娘子永镇雷峰塔》改编，篇幅比原作小，改写最大的就是开篇的入话，几乎被改编者全部删去。前人写作话本，没有头回是偶尔为之，古吴墨浪子完全摒弃了头回，是一种有意识的选择，创造了开篇就讲述中心故事的话本新体制。从明代书坊整理话本略去头回，到明代文人创作话本编写头回，再到清代作家不写头回，这并不是简单地回到起点，而是作家对案头读物——小说的特征在认识上的深化，读者阅读话本，并不是真的到勾栏听说话，没有必要在开篇讲那么一个情节并不复杂，形象也不鲜明的故事梗概，尽快进入正话更符合读者的阅读心理与欣赏规律。

（原载《西北师大学报》2008 年第 3 期）

---

① 李渔：《闲情偶寄》卷二，《李渔全集》第 11 卷，第 62 页。

② 李渔：《连城璧》，《李渔全集》第 4 卷，第 252 页。

文人话本的衰微过程与原因

一

　　文人话本经过了短短几十年的繁荣之后，迅速走向衰亡。作为一种小说体裁，与诗歌、散文的众多文体相比，它在中国文学史上真可谓昙花一现，即使是与小说史上的其他体裁如笔记小说、传奇小说、章回小说相比，也是短命的。文人话本的衰微有一个过程，它在不同时期的创作数量，便清晰地显现出这一过程的轨迹。以"三言"为文人话本创作的开端，剔除众多的选本、重印本、复刻本，就现存的文人话本作为统计对象，列表如下：

	时期	数量	名称
明朝	天启（7 年）	4 种	《古今小说》、《警世通言》、《醒世恒言》、《拍案惊奇》
	崇祯（17 年）	12 种	《二刻拍案惊奇》、《鼓掌绝尘》、《石点头》、《西湖二集》、《型世言》、《欢喜冤家》、《宜春香质》、《弁而钗》、《别有香》、《壶中天》、《天凑巧》、《贪欣误》、
清朝	顺治（18 年）	15 种	《鸳鸯针》、《清夜钟》、《醉醒石》、《一片情》、《无声戏》、《十二楼》、《云仙笑》、《珍珠舶》、《载花船》、《十二笑》、《人中画》、《都是幻》、《笔梨园》、《照世杯》、《五更风》
	康熙（61 年）	6 种	《吕祖全传》、《跨天虹》、《豆棚闲话》、《西湖佳话》、《生绡剪》、《风流悟》
	雍正（13 年）	3 种	《二刻醒世恒言》、《雨花香》、《通天乐》

时期		数量	名称
清朝	乾隆（60 年）	2 种	《娱目醒心编》、《醒梦骈言》
	嘉庆（25 年）	0	
	道光（30 年）	0	
	咸丰（11 年）	0	
	同治（13 年）	0	
	光绪（34 年）	1 种	《跻春台》
	刻于清朝，年代不详	4 种	《五色石》、《八洞天》、《锦绣衣》、《警寤钟》

需要说明的是，有几种话本成书于南明时期，作者以明代遗民自居，我们在统计中仍将这些话本集计在清代顺治年间。文言话本与长篇公案不在统计之列。

从上表可以明显地看出，文人话本创作的黄金时期，在明代天启、崇祯和清代顺治大约四十年间，也就是人们常说的明末清初。从明末清初到清中叶，文人话本创作量成直线下滑趋势，清代康熙年间便已经衰微。

数量统计还不能说明全部问题，我们看看具体作家作品，情况就更清楚了。学术界公认的文人话本三大家冯梦龙、凌濛初、李渔和他们所创作的"三言"、"二拍"、《无声戏》、《十二楼》全部产生于明末清初，还有一些影响较大的话本，如《石点头》、《西湖二集》、《型世言》、《醉醒石》也作于这一时期。也就是说清代康熙以后，几乎没有什么优秀话本问世。

二

文人话本为什么会在清代康熙年间衰亡？这一问题引发我们的思考。文人话本的衰微时间与清朝统治者严厉禁毁"小说淫词"的时间惊人的一致。笔者曾指出，文人话本的创作主要集中在江浙地区。① 虽然清世祖于崇祯十七年（顺治元年）定都北京，但并没有马上控制全国，在南方，

---

① 参见傅承洲《明代话本小说的勃兴及其原因》，《中国文学研究》1996 年第 1 期。

先后有弘光、隆武、鲁王、桂王、唐王等南明政权相继或同时抵抗清兵南下，烽烟四起，直到顺治十八年郑成功入台湾，吴三桂拘永历帝，清朝统治者才真正控制江南。处于用武力征服江南时期的顺治皇帝，还无暇顾及对文化艺术的控制，虽然顺治九年也曾下令禁刻"琐语淫词"①，但对于江南各地来说恐怕只能是一纸空文。到康熙年间，江南平定之后，清朝统治者才加紧推行文化专制政策，康熙四十年、四十八年，两次准奏禁"小说淫词"。这两次禁书效果并不理想，"康熙五十三年，甲午，夏，四月，乙亥，谕礼部，朕惟治天下，以人心风俗为本，欲正人心，厚风俗，必崇尚经学，而严绝非圣之书，此不易之理也。近见坊间多卖小说淫词，荒唐俚鄙，殊非正理；不但诱惑愚民，即缙绅士子，未免游目而蛊心焉。所关于风俗者非细。应即通行严禁，其书作何销毁，市卖者作何问罪，着九卿詹事科道会议具奏。寻议，凡坊肆市卖小说淫词，在内交与八旗都统、都察院、顺天府，在外交与督抚，转行所属文武官弁，严查禁绝，将板与书，一并尽行销毁。如仍行造作刻印者，系官革职，军民杖一百，流三千里；市卖者杖一百，徒三年。该管官不行查出者，初次罚俸六个月，二次罚俸一年，三次降一级调用。从之。"② 这次禁令专门针对"小说淫词"，措施非常具体，处罚也十分严厉，不仅"造作刻印者"、"市卖者"要严惩，而且官员查处不力也要处罚。雍正二年，重申康熙五十三年禁令："凡坊肆市卖一应淫词小说，在内交与都察院等衙门，转行所属官弁严禁，务搜版书，尽行销毁；有仍行造作刻印者，系官革职，军民杖一百，流三千里；市卖者杖一百，徒三年，买看者杖一百。该管官弁，不行查出，按次数分别议处；仍不许借端出首讹诈。"③ 而且比康熙禁令更加严厉，买看者也要惩罚。乾隆三年，再次重申康熙禁令："凡坊肆市卖一应淫词小说，在内交八旗都统、察院、顺天府，在外交督抚等，转饬所属官，严行查禁，务将书板尽行销毁。有仍行造作刻印者，系官革职，军民杖一百，流三千里；市卖者杖一百，徒三年。该管官弁不行查出者，一次罚俸六个月，二次罚俸一年，三次降一级调用。盖淫词秽说，最为风俗人

---

① 魏晋锡：《学政全书》卷七《书坊禁例》。王利器：《元明清三代禁毁小说戏曲史料》，上海古籍出版社1981年版，第23页。

② 《大清圣祖仁皇帝实录》卷二百五十八。王利器：《元明清三代禁毁小说戏曲史料》，第27、28页。

③ 延煦等纂：《台规》卷二十五。王利器：《元明清三代禁毁小说戏曲史料》，第32页。

心之害，例禁綦严。但地方官奉行不力，致向存旧刻销毁不尽，甚至收买各种，叠架盈箱，列诸市肆，租赁与人观看。若不严行禁绝，不但旧板仍然刷印，且新版接踵刊行，实非拔本塞源之道。应再通行直省督抚，转饬该地方官，凡民间一应淫词小说，除造作刻印，《定例》已严，均照旧遵循外，其有收存旧本，限文到三月，悉令销毁。如过期不行销毁者，照《买看例》治罪。其有开铺租赁者，照《市卖例》治罪。该管官员任其收存租赁，明知故纵者，照《禁止邪教不能察缉例》，降二级调用。"① 与雍正禁令相比，又增加租赁小说罪。从康熙到乾隆，几乎是三令五申，多次下令查禁小说，而且一朝比一朝严厉，雍正、乾隆即位后就禁毁小说。清代话本的创作，顺治朝尚可，从康熙朝开始，一朝不如一朝，直至完全绝迹。这与清代各朝查禁小说的严厉程度完全一致，这绝不是偶然的巧合，只能是清朝统治者严厉禁毁小说，直接导致了文人话本创作的衰亡。在现存的几种清中叶话本中，就留下了朝廷禁令的痕迹，自怡轩主人《娱目醒心编序》云："稗史之行天下者，不知几何矣。或作诙奇诡谲之词，或为艳丽淫邪之说。其事未必尽真，其言未必尽雅。方展卷时，非不惊魂眩魄。然人心入于正难，入于邪易。虽其中亦有一二规劝之语，正如长卿作赋，劝百而讽一。流弊所及，每使少年英俊之士，非慕其豪放，即迷于艳情。人心风俗之坏，未必不由于此。可胜叹哉！"② 这种认识与朝廷的禁令如出一辙，由此可见清朝禁毁小说的影响。有学者指出："不可回避的事实是：就是在这一时期，当话本走上穷途末路，无可奈何地衰落时，长篇章回小说却因曹雪芹的《红楼梦》和吴敬梓的《儒林外史》出现而推向高峰，放射耀眼光芒。当然，这里面也有作家的生活阅历、思想水平、艺术功底、创作勇气等个人因素。但作为通俗小说的长篇章回、短篇话本两大分支，在同一历史时期，一支登上顶峰，一支坠入低谷，无论如何主要应是自身内部因素决定的。"③ 清代两种白话小说体裁的创作状况大相径庭有其自身内部原因，这种看法无疑是正确的。同时也应该看到，《儒林外史》、《红楼梦》与文人话本的创作有很大区别，吴敬梓与曹雪芹写小说没有急切的商业目的，他们几乎是用一生的时间与精力来写一部小

---

① 魏晋锡：《学政全书》卷七《书坊禁例》。王利器：《元明清三代禁毁小说戏曲史料》，第41、42页。

② 草亭老人编：《娱目醒心编》，上海古籍出版社1998年版，第1页。

③ 欧阳代发：《话本小说史》，武汉出版社1994年版，第458页。

说，曹雪芹甚至还没有完成，他们身前并没有刻印，《红楼梦》的首次刊刻在曹雪芹去世近三十年之后，《儒林外史》的刻印更是在吴敬梓去世近半个世纪之后，也就是说，吴敬梓、曹雪芹根本就没有通过写小说获得利益，他们只是想把自己对社会、对人生的认识写出来，至于小说是否刊刻、能否行销，不在小说家的考虑之中，那么朝廷查禁小说，严惩刻印者、市卖者、买看者，并不影响吴敬梓、曹雪芹的创作。而文人话本作家情况就不同了，他们编话本有明确的商业目的，小说写出来之后，或卖给书坊，或自己刻印，通过读者的买看来达到商业目的。朝廷严禁刻印、市卖、买看小说，书坊就不能再刻小说，作家也不能再写小说。因而，康熙、雍正、乾隆三朝禁毁小说，对文人话本的创作的打击是致命的。

三

清朝统治者禁毁小说，其目的主要是维护其统治地位，主要禁毁所谓诲淫诲盗之作，那些宣传封建道德忠孝节义的小说并不在其禁毁之列。文人话本原本就有劝善惩恶的传统，"三言"、"二拍"等优秀的话本集中也不乏说教的成分，其中的善恶观念，也包含了儒家伦理观念。冯梦龙就说过："六经、《语》、《孟》，谭者纷如，归于令人为忠臣、为孝子、为贤牧、为义夫、为节妇、为树德之士、为积善之家，如是而已矣"，"而通俗演义一种，遂足以佐经书史传之穷"，[1] 可以"为六经国史之辅"。[2] 但冯梦龙等晚明优秀的话本作家，并不刻意去宣扬忠孝节义观念，更多的是从生活出发发掘素材，创作小说，时常有与儒家伦理观念完全背离的思想出现。清中叶以后的话本作家，将话本变成了传播礼教的工具，劝诫说教变本加厉。自怡轩主人就认为《娱目醒心编》"考必典核，语必醇正。……能使悲者流涕，喜者起舞，无一迂拘尘腐之辞，而无不处处引人于忠孝节义之途，既可娱目，即以醒心，而因果报应之理，隐寓于惊魂眩魄之内。俾阅者渐入于圣贤之域而不自知，于人心风俗，不无有补焉。"[3]

---

① 冯梦龙：《警世通言叙》，《冯梦龙全集》，江苏古籍出版社1993年版，第663页。
② 冯梦龙：《醒世恒言叙》，《冯梦龙全集》，第2页。
③ 自怡轩主人：《娱目醒心编序》，《娱目醒心编》，第1页。

《通天乐自序》云：“世人俱各有性天之乐，原不因外境之顺逆移也。然人虽各有天乐，鲜得受享者，皆为私欲所蔽。予不揣愚昧，乃将明达语事，漫用俚言纪述数种，某某因在天理，即受许多快乐之福，某某因天理为私欲所蔽，即罹许多忧愁困苦之殃。各赘浅说，著书曰‘通天乐’。”①这些序作者或为友人话本“引人于忠孝节义之途”而高兴，或为自己的小说劝人“存天理，灭人欲”而得意，殊不知这正是清中叶文人话本为读者所唾弃的重要原因。现存几种清中叶话本确实热衷于宣传封建礼教，《娱目醒心编》开篇就是表彰孝子的故事，孝子叫曹士元，其父曹子文外出经商，死在四川，死亡的具体时间、地点不详，曹士元带着父执资助的二十两银子，只身前往四川，寻访父亲遗骨，历时数年，九死一生，终于找回遗骨。第二篇写孝妇的故事，唐长姑嫁给马必昌为妻，且生一子，不料疫气大行，丈夫、儿子染病身亡，马家世代单传，眼看就要断了香火，为了接续宗嗣，唐长姑说服父母，将年仅十九岁的妹妹幼姑嫁给年近七十的公公马元美为妻，幼姑三年连生三子，马家子孙繁盛。郑振铎先生在谈到《娱目醒心编》就说过：“在这时，淫靡的作风是早已过去的了，随了正学的提倡的结果，连小说中也非谈忠说孝不可了。……《娱目醒心编》凡十六卷，包括话本十六篇，几乎没有一篇不是劝忠说孝的腐语，正可与同时代夏纶的《世光堂传奇六种》成为绝妙的映照。”②就连清代中后期刊刻的话本选本，也贴上了忠孝节义的标签。芝香馆居士根据《拍案惊奇》与《今古奇观》选编的《二奇合传》，专选劝诫色彩较浓的小说，芝香馆居士在《删定二奇合传叙》中指出：“夫以道备于五伦，庸德庸言，无奇者也。忠臣孝子，义夫节妇，率于性而励于行，历艰难辛苦而百折不回，不自以为奇也。奇之者，众人也。鬼神妙万物而为言，其有关于人心风俗者，或泄其奇以歆动鼓舞之，事奇而理不奇也。是书之所以奇者，谓于人伦日用间，寓劝惩之义，或自阽危顿挫时，彰灵异之迹。既可飞眉而舞色，亦足怵目而刿心，不奇而奇也，奇而不奇也，斯天下之至奇也。”③话本之奇，就在于“于人伦日用间，寓劝惩之义”，编者还在回目下逐一

　　① 石成金：《通天乐自序》，转引自《中国古代小说书目》（白话卷），山西教育出版社2004年版，第383—384页。

　　② 郑振铎：《明清二代的平话集》，《中国文学研究》上，人民文学出版社2000年版，第416页。

　　③ 芝香馆居士：《删定二奇合传叙》，丁锡根《中国历代小说序跋集》，第849—850页。

加注"劝积德"、"劝孝悌"、"劝阴德"、"劝节孝"、"劝节烈"、"劝修持"、"劝敬老"、"劝安命"、"劝守分"、"劝节义"、"戒狂生"、"戒逞势"、"戒争产"、"戒负义"、"戒矜夸"、"戒轻薄"、"戒巧诈"、"戒夜游"、"戒邪僻"、"戒贪淫"、"戒暴怒"、"戒冶游"等，明确每篇话本劝诚主旨，这种选编和解读与清中叶的话本创作倾向完全一致，所以，郑振铎先生说："《二奇合传》是一部出现于以平话为纯粹的劝戒之工具的一个时代中的选本。"①

四

清代小说《赛花铃》封页有这样一段文字："近今小说家不下数十种，□皆效颦剽窃，文不雅驯，非失之荒诞，即失之鄙俗，使观者索然无味，奚足充骚人之游笈，娱雅士之闲着者载！兹编出自白云道人手笔，本坊复请烟水散人删补校阅，描情穷景，□情逼真，□小说中之翘楚也。识者鉴诸。"②全篇内容显然是书坊的商业广告，但作者非常熟悉当时的通俗小说的创作状况，对小说家的批评可谓一针见血，完全适用于文人话本的创作。清中叶话本的"效颦剽窃"主要表现在两个方面：第一，话本作家不是从生活中发现鲜活生动的人物与故事，而是一味地模仿甚至照搬前代小说的形象与情节，缺乏创新精神与才能，使话本失去了独创性与生命力。《娱目醒心编》卷十一《诈平民恃官灭法　置美妾藉妓营生》中盖有之做知县敲诈百姓，害死无辜后治罪免官，获释后买六个粉头开妓院，主要人物的贪婪、残暴的性格及人生经历均抄袭《石点头》中名篇《贪婪汉六院卖风流》。卷十二《骤荣华顿忘凤誓　变异类始悔前非》写胡君宠、薛兰芬夫妇忘恩负义，发迹后不仅对有恩于己的陈秀英一家视同陌路，甚至连为进京选官借秀英的百两黄金也昧心不还，结果应了胡君宠负恩变狗的凤誓，一家三口变犬。这一故事明显是剽窃《警世通言》中的名篇《桂员外途穷忏悔》。草亭老人剽窃有方，他只用原作的立意、人物的性格及最精彩的情节，而将原作中的人名乃至人物的生活环境、身份等都改掉，即使是在今天要告他侵犯著作权，取证都有一定困难。卷十三第

① 郑振铎：《明清二代的平话集》，《中国文学研究》上，第421—422页。
② 《赛花铃》，《古本小说集成》第1辑，上海古籍出版社影印本。

一回用《醒世恒言》第二卷《三孝廉让产立高名》，卷十四第一回用《古今小说》第八卷《吴保安弃家赎友》，多少带有入话性质，且为历史题材，人物姓名才没有更换。现存最后一种文人话本《跻春台》中，就有多篇话本因袭前人，《错姻缘》中的中心情节胡培德代人娶亲，因下雨受阻，只得在女方家成亲，结果弄假成真，明显是剽窃《醒世恒言》中的名篇《钱秀才错占凤凰俦》。《南乡井》中胡陆氏与胡黑牛母子合谋骗杀鲍紫英的故事则是抄袭《拍案惊奇》中的《东廊僧怠招魔　黑衣盗奸杀身》的情节，只是更改姓名而已。《比目鱼》主要人物与情节基本照搬李渔《连城璧》中的《谭楚玉戏里传情　刘藐姑曲终守节》，只是将原作中谭楚玉与刘藐姑生死不渝的爱情故事改写成表彰谭楚玉孝亲、刘藐姑守节的庸俗之作。不错，明代文人开始介入话本的时候，确实进行过艺人话本的搜集、整理和修订工作，这是文人创作初期的一个必经的阶段，对于完善与保存艺人话本做出了重要贡献。而且这些文人在搜集、整理艺人话本的同时，也从现实生活取材，写出很多优秀的作品。在明人早已完成了从整理到独创的转折之后，清中叶的话本作家又因袭明人的话本，只能是一种无能的表现。还有一本《醒梦骈言》，共十二篇话本，全部按蒲松龄的名著《聊斋志异》中的小说改编，冯梦龙、凌濛初编撰"三言"、"二拍"，也有不少话本根据文言小说改编，但他们在改编中不乏创新，在话本中增添了大量的现实生活的内容，将一些影响不大的文言小说改成了话本名篇，这位蒲崖主人恰恰相反，把蒲松龄的名篇改成了无人知晓的话本，只是将文言小说作了白话改写，至多做了一件普及工作。第二，一些文人与书商改头换面地重编、刻印话本选本。康熙十二年之后编印的《警世奇观》，全书十八帙，选冯梦龙"三言"八篇，选凌濛初《拍案惊奇》两篇，选李渔《无声戏》一篇，选《西湖佳话》一篇，根据"三言""二拍"入话改编的两篇。康熙十四年编刊的《今古传奇》，共十四卷，六篇选自"三言"，两篇选自《拍案惊奇》，三篇选自《石点头》，两篇选自《欢喜冤家》。乾隆年间刊刻的《西湖拾遗》，收四十四篇小说，有二十八篇出自《西湖二集》，十五篇出自《西湖佳话》，一篇出自《醒世恒言》。咸丰刊本《西湖遗事》十六卷，竟有十五篇采自《西湖二集》，一篇出自《西湖佳话》。《二奇合传》将《拍案惊奇》与《今古奇观》"合而辑之，故曰二奇"。《续今古奇观》三十回，除一回选自《娱目醒心编》外，其余则收《今古奇观》未选的《拍案惊奇》二十九篇小说。这里我们不是说文人、书贾不能编印话本选本，但是，一旦选本多于创作集，甚至只有选本刊刻的时候，这种情况就不正常了，说明这一文体的创作已经进入末日，话本作家的创作力已经衰竭。

五

通俗小说的创作与刻印，主要是靠市场来支撑的，它不同于经书史传，有官府买单，也不同于诗文别集，可以为作者带来文名。因而通俗小说的生存与发展，离不开读者。文人话本源于说话艺术，它与市井细民有千丝万缕的联系，说话艺术的观众主要是市民，话本小说的读者也主要是市民。冯梦龙等晚明话本小说家就非常清楚这一点，他们创作话本就是给市民阅读欣赏的。冯梦龙云："经书著其理，史传述其事，其揆一也。理著而世不皆切磋之彦，事述而世不皆博雅之儒。于是乎村夫稚子，里妇估儿，以甲是乙非为喜怒，以前因后果为劝惩，以道听途说为学问，而通俗演义一种，遂足以佐经书史传之穷。"① "大抵唐人选言，入于文心；宋人通俗，谐于俚耳。天下文心少而里耳多，则小说之资于选言者少，而资于通俗者多"②。非常明确地根据市民的欣赏水平和兴趣来编写小说，在"三言"、"二拍"等优秀话本集中，可以看到大量描写市民生活的内容，"三言"中以市民为主人公的话本将近一半，很多名篇如《蒋兴哥重会珍珠衫》、《卖油郎独占花魁》、《杜十娘怒沉百宝箱》、《宋小官团圆破毡笠》、《施润泽滩阙遇友》等都以表现市民的思想感情著称，蒋兴哥、杜十娘、秦重、宋金、施润泽等都是光彩照人的市民形象。这样的小说才会受到市民读者的欢迎，才会有市场。明末清初的一些优秀话本集，之所以能够一版再版，多次刻印，主要是因为广大市民读者喜爱。有了市场，作者与书坊才能够从中获利，这样才能刺激话本的创作与刻印。清代中叶以后的话本，完全脱离了市民读者，只是在文人生活圈子里打转转，以清中叶话本集《娱目醒心编》为例，全书十六篇小说，只有一篇以市民为主人公，即卷十四写一苏州名优唐六生的故事，另有两篇（卷一、卷六）有市民出场，并非小说的主要人物，其他小说都是写官吏、乡绅、文人的

---

① 冯梦龙：《警世通言叙》，《冯梦龙全集》第3卷，江苏古籍出版社1993年版，第663页。
② 冯梦龙：《古今小说叙》，《冯梦龙全集》第2卷，第2页。

故事。这种小说，市民不感兴趣，对文人缺乏吸引力。这样一来，书坊没有了利润，作者没有了"润笔"，话本的创作自然难以延续下去。

（原载《东南大学学报》2007 年第 2 期，《新华文摘》2007 年第 13 期摘要转载）

卷 三

古代小说家考论

《金瓶梅》文人集体创作说

关于《金瓶梅》的成书，学术界有两种对立的观点，一种意见认为《金瓶梅》是第一部文人作家独立创作的长篇章回小说，鲁迅先生在北大讲小说史时显然将它视为文人所作，只是"作者不知何人"。①《金瓶梅词话》发现不久，郑振铎先生发表了《谈金瓶梅词话》，对其作者及时代作过推测，"我们只要读《金瓶梅》一过，便知其必出于山东人之手。"②吴晗先生虽然驳斥了《金瓶梅》是嘉靖年间的小说，认为"《金瓶梅》非王世贞所作"。③还是承认《金瓶梅》为万历十年至万历三十年之间某个文人所作。这种观点为多数学者所接受，并被作为定论写进了多种通行的《中国文学史》教科书，不少学者努力找出这位文人作家，先后提出了数十位候选人，影响较大人选有王世贞、李开先、屠隆等。另一种意见认为《金瓶梅》是许多艺人集体创作的平话小说。20 世纪 50 年代，潘开沛先生提出，《金瓶梅》"不是哪一位大名士、大文学家独自在书斋里创作出来的，而是在同一时间或不同时间里的许多艺人集体创作出来的，是一部集体的创作，只不过最后经过了文人的润色和加工而已。"④此后，徐朔方、刘辉等先生又作了补充论证。文人独创说的主要证据有，明代文人大多相信是某个文人创作的，《金瓶梅》的出现很突兀，让当时的文人惊讶不已，小说的语言和风格比较统一，情节结构浑然一体。艺人集体创作说的主要证据有，现存最早的版本为《金瓶梅词话》，词话就是说书人编的演唱本，书中可以看出说话的特点。书中讹误、错乱、重复、破绽俯拾即是。元明两代的章回小说大多是在艺人流传的基础上再由文人写定的，

---

① 鲁迅：《中国小说史略》，《鲁迅全集》第 9 卷，人民文学出版社 1981 年版，第 179 页。

② 郑振铎：《谈金瓶梅词话》，《文学》第 1 卷第 1 期，1933 年 7 月。

③ 吴晗：《金瓶梅的著作时代及其社会背景》，《文学季刊》创刊号，1934 年 1 月。

④ 潘开沛：《金瓶梅的产生和作者》，《光明日报》1954 年 8 月 29 日。

《金瓶梅》也不例外。两种观点都提供了于自己有利的证据，同时又都有解释不了的问题，如果说《金瓶梅》是文人独创，那么，为什么书中会有那么多的时间的错乱、情节的重复、事件的矛盾？如果说《金瓶梅》是艺人集体创作、世代累积型作品，那么，为什么在小说《金瓶梅》出现之前，没有任何关于《金瓶梅》演唱的记载呢？上述两个问题，双方论者都不能就对方的质疑作出令人满意的答复。这说明《金瓶梅》的成书与作者问题还没有很好地解决，有必要做进一步的探讨。

在讨论《金瓶梅》的成书与作者之前，首先必须明确，《新刻绣像批评金瓶梅》即崇祯本才是《金瓶梅》的定本。它更换开篇，变动情节，修改回目，调整韵文，提升了小说的文学性，使之成为最适合读者阅读的本子，流行二百多年（第一奇书本实际上就是崇祯本的评点本），几乎让词话本失传。我们讨论《金瓶梅》的作者，应该以崇祯本为对象。

从现有的材料来看，《金瓶梅》既不是某个文人作家的独立创作，也不是许多艺人的集体创作，而是由嘉靖末年至崇祯初年六七十年间一批文人集体创作的。其创作过程分四个阶段。

第一阶段是明代嘉靖末年，某个下层文人根据《水浒传》中武松杀嫂的故事，写出了《金瓶梅》的原本。明代万历年间的文人谈到《金瓶梅》都认为该书为嘉靖年间文人所作。屠本畯云："相传嘉靖时，有人为陆都督炳诬奏，朝廷籍其家。其人沉冤，托之《金瓶梅》。"[1] 谢肇淛云："《金瓶梅》一书，不著作者名代。相传永陵中有金吾戚里凭怙奢汰，淫纵无度，而其门客病之，采摭日逐行事，汇以成编，而托之西门庆也。"[2] 沈德符云："闻此为嘉靖大名士手笔，指斥时事。"[3] 直到20世纪30年代，郑振铎、吴晗撰文提出异议，论证该书作于万历年间，尤其是吴晗先生从《金瓶梅词话》中找出不少内证，如太仆寺马价银、佛教的盛行和小令、太监、皇庄、皇木等，证明这些史实发生在万历年间而非嘉靖年间，进而判断《金瓶梅词话》成书于明代万历年间，[4] 这一结论为不少学者所接受。吴晗先生证明《金瓶梅》成书于万历年间，用的是万历末年

<hr />

[1]　屠本畯：《山林经济籍》，朱一玄编《金瓶梅资料汇编》，南开大学出版社2002年版，第82页。

[2]　谢肇淛：《金瓶梅跋》，朱一玄编《金瓶梅资料汇编》，第179页。

[3]　沈德符：《万历野获编》卷二十五，中华书局1959年版，第652页。

[4]　吴晗：《金瓶梅的著作时代及其社会背景》，《文学季刊》创刊号，1934年1月。

刊刻的《金瓶梅词话》中的材料，而最早谈到《金瓶梅》为嘉靖文人所作，说的是《金瓶梅》的抄本。用刻本中的内证来证明抄本的年代显然是没有说服力的。再说，万历文人肯定比现代学者更加熟悉本朝制度、风俗和事件，如果他们看到的《金瓶梅》抄本所写的均为万历朝的事情而非嘉靖朝的事情，那么，他们为什么还相信该书为嘉靖年间的小说呢？如果他们明知《金瓶梅》为本朝人所作，完全没有必要把它说成前人的作品。显然他们看到的《金瓶梅》抄本与传世的万历年间刊刻的《金瓶梅词话》有很大的不同。吴晗先生对明人关于《金瓶梅》为嘉靖年间文人所作的记载，没有给予必要的解释。我们没有理由怀疑万历文人记载的真实性。我认为，《金瓶梅》最早应该作于嘉靖末年，用《水浒传》中武松杀嫂的故事演义而成，很可能和《西游补》增插《西游记》的性质差不多，为某个下层文人所作，并在下层文人中传抄，当时并没有引起著名文人的关注。全书大约六十回，不是现在词话本的一百回。最早记载《金瓶梅》抄本的袁宏道，得到《金瓶梅》的前段，袁中道说为"此书之半"，[①] 谢肇淛得到两个抄本，"于袁中郎得其十三，于丘诸城得其十五"，[②] 认为袁宏道所得到的抄本只有全书的十分之三，如果按后来的全书一百回计，袁宏道只得到抄本三十回左右，三十回为"此书之半"，那么这个抄本全本只有六十回左右。这个本子肯定没有现存词话本中的第五十三回至第五十七回，沈德符《万历野获编》载："然原本实少五十三回至五十七回，遍觅不得，有陋儒补以入刻，无论肤浅鄙俚，时作吴语，即前后血脉，亦绝不贯串，一见知其赝作矣。"[③] 著名语言学家朱德熙先生从语言学的角度证明这五回确实与其他各回不同，为他人补作。[④]

　　第二阶段是万历二十四年到万历四十三年间。万历二十年前后，《金瓶梅》原本传到上层文人与官吏手中，就现有资料来看，在《金瓶梅》刻印之前，收藏和借阅《金瓶梅》抄本的共有十七人，他们是董其昌、袁宏道、袁中道、刘承禧、徐文贞、冯梦龙、马仲良、沈德符、王世贞、王宇泰、王百谷、谢肇淛、文吉士、薛冈、丘志充、沈伯远、屠本畯。我们仔细考察这些传抄者和收藏者的具体情况，发现藏有全本的刘承禧、徐

　①　袁中道：《游居柿录》，朱一玄编《金瓶梅资料汇编》，第 79 页。
　②　谢肇淛：《金瓶梅跋》，朱一玄编《金瓶梅资料汇编》，第 179 页。
　③　沈德符：《万历野获编》卷二十五，中华书局 1959 年版，第 652 页。
　④　朱德熙：《汉语方言里的两种反复问句》，《中国语文》1985 年第 1 期。

文贞、王世贞，收藏者本人都没有记载，也没有其他人目验，更没有人传抄。刘承禧、徐文贞藏有全本，见沈德符《万历野获编》："今惟刘延白承禧家有全本，盖从其妻家徐文贞录得者。"沈德符是听袁宏道所说，袁宏道从何处得知就没有记载了，也没有其他文献佐证。王世贞藏有全本有两人记载，一是谢肇淛，其《金瓶梅跋》云："此书向无镂版，抄写流传，参差散失。唯弇州家藏者最为完好。"二是屠本畯，其《山林经济籍》云："王大司寇凤洲先生家藏全书，今已失散。"两人的记载明显有矛盾，显然都是道听途说。当时是否真的有所谓的全本传世，根本就靠不住。其他人传抄或借阅的都不是全本，传抄的线索有这么五条：

其一，董其昌——袁宏道——袁中道——沈德符——冯梦龙、马仲良（袁宏道《与董思白书》云："《金瓶梅》从何处得来？伏枕略观，云霞满纸，胜于枚生《七发》多矣。后段在何处？抄竟当于何处倒换？幸一的示。"① 袁中道《游居柿录》载："往晤董太史思白，共说诸小说之佳者，思白曰：'近有一小说，名《金瓶梅》，极佳。'予私识之。后从中郎真州，见此书之半，大约模写儿女情态具备，乃从《水浒传》潘金莲演出一支"。沈德符《万历野获编》："又三年，小修上公车，已携有其书，因借抄挈归。吴友冯犹龙见之惊喜，怂恿书坊以重价购刻。马仲良时榷吴关，亦劝予应梓人之求，可以疗饥。"）

袁宏道——谢肇淛（谢肇淛《金瓶梅跋》云："此书向无镂版，抄写流传，参差散失。唯弇州家藏者最为完好。余于袁中郎得其十三，于丘诸城得其十五，稍为厘正，而阙所未备，以俟他日。"）

沈德符——沈伯远——李日华（李日华《味水轩日记》："五日，伯远携其伯景倩所藏《金瓶梅》小说来，大抵市诨之极秽者，而锋焰远逊《水浒传》。"②）

其二，丘志充——谢肇淛（谢肇淛《金瓶梅跋》云："此书向无镂版，抄写流传，参差散失。唯弇州家藏者最为完好。余于袁中郎得其十三，于丘诸城得其十五，稍为厘正，而阙所未备，以俟他日。"）

其三，王宇泰——屠本畯（屠本畯《山林经济籍》云："王大司寇凤洲先生家藏全书，今已失散。往年予过金坛，王太史宇泰出此，云以重赀

---

① 袁宏道：《与董思白书》，朱一玄编《金瓶梅资料汇编》，第157页。
② 李日华：《味水轩日记》，朱一玄编《金瓶梅资料汇编》，第181页。

购抄本二帙。予读之，语句宛似罗贯中笔。复从王征君百谷家又见抄本二帙，恨不得睹其全。"）

其四，王百谷——屠本畯（同上）

其五，文吉士——薛冈（薛冈《天爵堂笔馀》："往在都门，友人关西文吉士以抄本不全《金瓶梅》见示。"①）

上述传抄的五条线索中，以董其昌的抄本流传最广，其他线索传抄有限。流传区域主要在江浙一带，这与后来的刻本出现的地区一致。传抄时间在万历二十四年到万历四十三年间，请看每个文人见到《金瓶梅》抄本的时间。袁宏道看到《金瓶梅》在万历二十四年（1596）。董其昌看到《金瓶梅》应在万历二十四年之前。袁中道见到《金瓶梅》在万历二十五年（1597）到二十六年间，袁中道"从中郎真州"即在此时。谢肇淛见到《金瓶梅》在万历三十四年（1606）之前，袁宏道《与谢在杭书》云："《金瓶梅》料已成诵，何久不见还也？"② 此信写于万历三十四年。沈德符见到《金瓶梅》为万历三十八年（1610），袁中道"上公车"在万历三十八年，沈德符从袁中道借抄此书。马仲良见到《金瓶梅》在万历四十一年（1613），据《吴县志·职官表》，马仲良"榷吴关"于是年。李日华见到《金瓶梅》在万历四十三年（1615），李日华日记中有具体的时间记载。《金瓶梅词话》刊刻在万历四十五年（1617），东吴弄珠客《金瓶梅序》作于是年。排比了明代文人见到《金瓶梅》抄本的时间，我们再来看他们见到的《金瓶梅》的回数。袁宏道只说他看到《金瓶梅》的前段，袁中道认为是"此书之半"，谢肇淛见到两个抄本之后，认为袁宏道的抄本只有十分之三，如果全书为一百回，袁宏道只有三十回。丘志充则藏有十分之五，为五十回，而谢肇淛抄到了《金瓶梅》的十分之八，为八十回，沈德符则得到了抄本的九十五回，少第五十三回至第五十七回。最后刻本问世，为一百回。考察万历文人得到《金瓶梅》抄本的时间和回数，我们发现一个有趣的现象：得到抄本的时间越早，则回数越少，得到抄本的时间越晚，则回数越多，这不是一种偶然的现象，应该是明代文人在传抄的过程中，传抄者在不断增补加工，因而篇幅不断增加。在这些文人中，谢肇淛明确地说，自己对抄本作过加工，"稍为厘正"，

---

① 薛冈：《天爵堂笔馀》，朱一玄编《金瓶梅资料汇编》，第158页。
② 袁宏道：《与谢在杭书》，朱一玄编《金瓶梅资料汇编》，第157页。

他得到袁宏道抄本三十回，丘志充抄本五十回，不可能正好接榫，中间可能缺几回，或者是重合几回，两个抄本甚至可能还有人物和情节的不同，谢肇淛只有做增删加工，语言润色，才能使之成为一个统一的抄本。谢肇淛在《金瓶梅》的成书过程中，起过较大作用。刘辉先生指出《金瓶梅词话》"前八十回和后二十回是两种不同的抄本。""首先是文字风格不同，前八十回活泼、老辣，后二十回则工整、文雅。""其次，从时间上说，后二十回的抄本较为晚出，不少情节与前八十回多有雷同。""在重要情节上前后又不免发生抵牾，最突出的是周秀竟然不认识陈经济。""再次，后二十回应该是在南方流传的一个抄本。作者对山东地理位置非常不熟，现在读来，已成笑柄。"① 这种情况的出现，说明前八十回与后二十回出自不同的文人之手。谢肇淛得到八十回抄本，缺二十回，这八十回有大约三十回抄自袁宏道，说明当时袁宏道还没有抄到后段，按人之常情，谢肇淛抄到八十回之后，也会投桃报李将八十回借给袁宏道。沈德符从袁中道处抄到九十五回，所缺的是第五十三回至第五十七回，说明此时《金瓶梅》后二十回已经补齐，这位增补者应该是谢肇淛、袁宏道、袁中道中的一人，谢肇淛的可能性最大。

　　第三阶段是万历四十五年，吴中文人将《金瓶梅》抄本增补五回，已达一百回，并略作修订，刊刻出版，这就是《金瓶梅词话》初刻本。这个初刻本只有东吴弄珠客序，无欣欣子序和廿公跋，对这个问题，刘辉先生的论述很充分，他说："首先，今人所见《新刻金瓶梅词话》，开卷就是欣欣子序，其次是廿公跋，最后才是东吴弄珠客序。而欣欣子序落笔第一句：'窃谓兰陵笑笑生，作《金瓶梅传》，寄寓于时俗，盖有谓也。'如果沈德符所见就是这个刻本，那么，对于这位作者笑笑生，绝不会一句不提，反倒另出'闻此为嘉靖间大学士手笔'一说，这是无论如何也说不通的。其次，再看薛冈的记载：'简端序语有云：读《金瓶梅》而生怜悯心者，菩萨也；生畏惧心者，君子也；生欢喜心者，小人也；生效法心者，禽兽也。序隐姓名，不知何人所作，盖确论也。'所引序文内容恰是弄珠客序。亦可证薛冈所见《金瓶梅》的最早刻本，'简端'并没有欣欣子序，甚至也没有廿公跋。再次，正因为有原刻在先，所以特别标明为

---

① 刘辉：《金瓶梅成书与版本研究》，辽宁人民出版社1986年版，第3—5页。

'新刻'，列于每卷之首。"① 这种《金瓶梅词话》初刻本极有可能是东吴弄珠客增补修订的。《金瓶梅词话》中仍然保留了文人传抄增补和不同抄本拼凑的痕迹。书中存在大量情节重复、时间错乱、前后矛盾的例证，如第十九回和第五十二回潘金莲与陈经济扑蝶调情一段基本相同，第四十八回写的是政和七年（1117）的事，官哥不满周岁，而小说第三十回却清楚地写着官哥出生于宣和四年（1122），这就出现了岁月倒流的奇迹。第九十七回，陈经济到周守备家，与春梅假称姑表兄妹，周守备竟然不认识陈经济。这种例子还有很多，这是在不同时间，不同地区，不同文人在传抄、补写过程中留下的疏漏。另外，《金瓶梅词话》中有不少文人传抄、阅读该书时所作的诗歌与评点，也被误抄、误刻进正文中，全书末尾有一首诗："闲阅遗书思惘然，谁知天道有循环。西门豪横难存嗣，经济颠狂定被歼。楼月善良终有寿，瓶梅淫佚早归泉。可怪金莲遭恶报，遗臭千年作话传。"这完全是一个文人读完《金瓶梅》后作的一首诗，"闲阅遗书"四个字，将诗作者的身份说得非常明白，小说的传抄者或整理者却将它作为小说的结尾诗嵌入小说中。词话本中还有将批语误刊入正文中，如第二十八回，潘金莲丢了一只鞋子，春梅押着秋菊四处寻找，"寻了一遍回来，春梅骂道：'奴才，你媒人婆迷了路，没得说了。王妈妈卖了磨，推不的了。'秋菊道：'好，省恐人家不知道。什么人偷了娘的这只鞋了？我没曾见娘穿进屋里来，敢是你昨日开花园门，放了那个拾了娘的鞋去了？'""好，省恐人家不知道。"明显是批语，嵌入正文，根本不通，删去批语，文句就顺畅了。这些诗歌、批语嵌入正文，不一定是东吴弄珠客所为，很可能是文人传抄时误抄，因为文人抄书，尤其是抄这种闲书，有时是请人抄写，这些抄书人文化水平不是很高，误抄在所难免。

　　第四阶段是崇祯初年，又有文人对词话本作评改，成为《金瓶梅》的定本，这就是《新刻绣像批评金瓶梅》，《金瓶梅》的创作才最后完成。崇祯本与词话本最大区别在于全书的开篇，词话本开篇第一回为《景阳岗武松打虎　潘金莲嫌夫卖风情》，基本上是照搬《水浒传》；而崇祯本第一回为《西门庆热结十兄弟　武二郎冷遇亲哥嫂》，两首诗开篇，紧接着便发了一篇关于贪财好色害死人的高论，财的害处有二：一是"得势叠肩来，失势掉臂去。古今炎凉恶态，莫有甚于此者。"人无长富，财无

---

① 刘辉：《金瓶梅成书与版本研究》，第67—68页。

长丰。人情冷暖是财主们逃不脱的折磨。二是"堆金积玉，是棺材内带不去的瓦砾泥沙；贯朽粟红，是皮囊里装不尽的臭汗粪土；高堂广厦，玉宇琼楼，是坟山上起不得的享堂；锦衣绣袄，狐服貂裘，是骷髅上裹不了的败絮。"积财再多，人死灯灭，一切都是累赘。张竹坡于此处有评："看破后的财，七十九回已后之财也。"说明后面的情节发展与改写者的认识是吻合的。色的害处亦有二：一是"情浓事露，甚而斗狠杀伤，性命不保，妻孥难顾，事业成灰。"好色可能带来杀身之祸。二是"妖姬艳女，献媚工妍，看得破的，却如交锋阵上，将军叱咤献威风；朱唇皓齿，掩袖回眸，懂得来的时，便是阎罗殿前，鬼判夜叉增恶态；罗袜一湾，金莲三寸，是砌坟时破土的锹锄；枕上绸缪，被中恩爱，是五殿下油锅中生活。"好色纵欲，只能一步步走向死亡。崇祯本开篇一段文字，与话本的入话完全相同，表明了改写者对《金瓶梅》主旨的认识，一部《金瓶梅》就是通过西门庆贪财好色最后落得个家破人亡的下场来思考人生，特别是财富和美色于人生的意义。张竹坡在入话之后有一句批语："以上一部大书总纲。"评得非常精当。入话之后，让西门庆登场，确立了西门庆第一主人公的地位，进一步摆脱了《水浒传》附属物的地位。另外，崇祯本改写了回目，使之对仗工整，删除了词话本中的大量词曲，更换了词话本中的方言词汇，修改了一些不合理的情节，大大地提高了小说的文学价值，使之更适合普通读者阅读，因而在崇祯本问世之后，清代以后两百多年，无论是评点还是翻刻，都是以崇祯本为底本，词话本几乎销声匿迹，直到1931年才重新现世，历史已对崇祯本作出了公正的评价。

《金瓶梅》的创作状况和当代"文革"后期手抄本文学很有些相似，"文革"中读过手抄本的人都会有这种经验，同一书名的不同抄本，内容会有较大出入，肯定是传抄者增补、改写所致。《金瓶梅》不是某一个文人所作，也不是说唱艺人的集体创作，它是嘉靖末年至崇祯初年众多文人的集体创作，其中四个文人贡献最大，即嘉靖末年某文人、谢肇淛、东吴弄珠客、崇祯初年某文人。

（原载《明清小说研究》2005年第1期）

冯梦龙与《忠义水浒全传》

　　《水浒传》中征田虎、王庆的故事，最早见于简本系统。法国巴黎国家图书馆所藏明刊本《新刊京本全像插增田虎王庆忠义水浒全传》以"插增田虎王庆"来标榜身价，很可能是第一次出现田王二事。日本内阁文库所藏明余氏双峰堂刊本《京本增补校正全像忠义水浒志传评林》，也有征田虎、王庆的故事，据孙楷第先生考察，该本与"插增本"虽有不同，但"增田虎王庆亦同，则其内容文字，殆至为接近。"孙先生认为，"插增本"为原本，"评林本"为重刊本，即从"插增本"出。① 将简本《水浒》中的征田虎、王庆的故事进行加工、改写，补进繁本《水浒》，最早见于明袁无涯刊本《李卓吾批评忠义水浒全传》。这一工作究竟是谁做的，学术界已有三种意见：第一，胡适之先生认为，"百二十回本的改作者，大概就是作序的楚人杨定见。"② 第二，聂绀弩先生认为是李贽，他说："李卓吾对《水浒》所做的工作，几乎全部被埋没了，其一是批点，其二是把入回诗词移入正文或删去，其三是移置阎婆事，其四是增加田、王部分二十回。"③ 第三，王利器先生则认为是袁无涯，他说："这个'新镌'本（指袁刊本《忠义水浒全传》）和李评原本颇有出入：首先，添演了田、王二传，又给二传加了眉批、行间批和总评，并且还'别出心裁'，来了一套'出像'，同时又采纳了许自昌的意见，加入《癸辛杂志》、《宣和遗事》，又假李贽之名写了一个《发凡》，说明对'旧本'即

---

① 孙楷第：《日本东京所见小说书目》，人民文学出版社 1958 年版，第 99 页。
② 胡适：《百二十回本〈忠义水浒传〉序》，《胡适论中国古典小说》，长江文艺出版社 1987 年版，第 276 页。
③ 聂绀弩：《论〈水浒〉的版本斗争》，《中国古典小说论集》，上海古籍出版社 1981 年版，第 111 页。

'李氏藏本'的加工及其他。所有这些，都是出自袁无涯之手。"① 三种意见，各有从者，迄今尚无定论。据笔者研究，袁刊本《忠义水浒全传》中征田虎、王庆二十回，是著名通俗小说家冯梦龙根据简本《水浒》中的人物和情节进行加工、改写，而后增补进去的。

一

据明人许自昌《樗斋漫录》记载：李卓吾"愤世疾时，亦好此书（指《水浒传》），章为之批，句为之点……李有门人，携至吴中，吴士人袁无涯、冯犹龙等，酷嗜李氏之学，奉为蓍蔡，见而爱之，相与校对再三，删削讹谬，附以余所示《杂志》、《遗事》，精书妙刻，费凡不资，开卷琅然，心目沁爽，即此刻也。"② 如果《樗斋漫录》的记载可信的话，那么冯梦龙就参与了李卓吾评本《水浒传》的整理出版工作。

我认为，《樗斋漫录》的记载是可靠的。李卓吾确实评点过《水浒传》，他在《与焦弱侯书》中写道："《水浒传》批点得甚快活人。"③ 他还作有《忠义水浒传序》，收入《焚书》中，当为评点《水浒》而作。与李卓吾交往甚密的袁中道，曾亲眼见到他评点《水浒》，袁在《游居柿录》中记载："记万历壬辰夏中，李龙湖居武昌朱邸，予往访之，正命僧常志抄写此书（指《水浒传》），逐字批点。"④ 我们没有理由怀疑李卓吾、袁中道著作的真实性。

袁刊本《忠义水浒全传》有杨定见的《小引》，所述该书的刊刻经过与《樗斋漫录》的记载基本相符。《小引》云："吾之事卓吾先生也，貌之承而心之委，无非卓吾先生者；非先生之言弗言，非先生之阅弗阅。……自吾游吴，访陈无异使君，而得袁无涯氏。揖未竟，辄首问先生，私淑之诚，溢于眉宇，其胸中殆如有卓吾者。嗣是数述从语，语辄及卓老，求卓老遗言甚力，求卓老所批阅之遗书又甚力，无涯氏岂狂耶癖耶？吾探吾行笥，而卓吾先生所批定《忠义水浒传》及《杨升庵集》二

① 王利器：《〈水浒〉李卓吾评本的真伪问题》，《耐雪堂集》，中国社会科学出版社1986年版，第265—266页。
② 朱一玄、刘毓忱：《水浒传资料汇编》，百花文艺出版社1981年版，第216—217页。
③ 李贽：《续焚书》卷一，中华书局1975年版，第34页。
④ 袁中道：《珂雪斋集》下，上海古籍出版社1989年版，第1315页。

书与俱，挈以付之。无涯氏欣然如获至宝，愿公诸世。"① 杨定见字凤里，湖北麻城人，是李卓吾在麻城时期所收的弟子，即《樗斋漫录》所说的李贽门人。他与李贽关系非常密切，在《焚书》、《续焚书》中，收有李贽给杨定见的信达七封之多（其中有一封重复），在李贽的诗文中，也多次提到杨定见。李贽将自己的著作交杨定见保存是完全有可能的。《小引》中所说的陈无异，是杨定见的同乡，于万历三十六年至三十八年任吴县令，与冯梦龙、袁无涯相友善。冯梦龙著《麟经指月》，首有麻城人梅之焕的《叙麟经指月》，《叙》云："吾友陈无异令吴，独津津推毂冯生犹龙也。"② 可见他们关系不错。需要说明的是，为什么杨定见的《小引》没有提及冯梦龙？原因很简单，杨定见拜访陈无异时，只遇到袁无涯，并没有见到冯梦龙，而且杨定见也不知道，袁无涯事后会邀冯梦龙来整理李卓吾评本《水浒传》。杨定见《小引》提供的李评本《水浒》出版过程较《樗斋漫录》稍详。在万历三十六年至三十八年之间，杨定见到苏州拜访同乡陈无异，遇袁无涯，应袁的要求，杨定见将随身携带的李贽遗稿《水浒》评点本，交袁无涯刊行，这就是现存的一百二十回本《忠义水浒全传》。

袁刊本《忠义水浒全传》附有《宋鉴》、《宣和遗事》、《水浒忠义一百八人籍贯出身》等，均为以前的刻本所没有的，这和《樗斋漫录》的记载基本一致。

《樗斋漫录》的作者许自昌系江苏吴县人，与袁无涯、冯梦龙同时生活在苏州。又是一位剧作家，作有传奇《水浒记》，谱宋江、阎婆惜事，取材于小说《水浒传》。他应该熟悉当时苏州著名出版家袁无涯和小说家、剧作家冯梦龙，也应该熟悉小说《水浒传》的出版情况，他的记载应该是有根据的。

从上述四个方面看，我认为《樗斋漫录》的记载属实，也就是说，冯梦龙参与了李评本《水浒传》的整理出版工作。

二

《樗斋漫录》说"吴士人袁无涯、冯犹龙等，酷嗜李氏之学，奉为著

蔡，见而爱之（指李评本《水浒传》），相与校对再三，删削讹谬"，"精书妙刻"①。这段文字记载有些含糊不清，似乎校对、删削、刊刻均为两人一同完成的。据其他文献记载，李卓吾评本《忠义水浒全传》的刊刻者是袁无涯。杨定见《忠义水浒全书小引》说得明白："无涯欣然如获至宝，愿公诸世。"袁中道《游居柿录》也有记载："袁无涯来，以新刻卓吾批点《水浒传》见遗。"② 杨定见提供书稿，袁无涯刊刻，如果袁无涯或杨定见又进行校删，那就没有必要请冯梦龙参与其事了。合乎情理的理解应该是，整理书稿的工作主要是由冯梦龙完成的。

冯梦龙是当时著名的通俗文学家，早年便创作了传奇《双雄记》和散曲多套。对通俗小说也有浓厚的兴趣，他增补了章回小说《北宋三遂平妖传》，创作了《新列国志》，编纂了话本小说集"三言"。这些工作虽然都在整理《忠义水浒全传》之后，但可证明冯梦龙具有这方面的兴趣与能力。而且他阅读和搜集通俗小说早就开始了，绿天馆主人（冯梦龙）在《古今小说叙》中说："茂苑野史氏，家藏古今通俗小说甚富，因贾人之请，抽其可以嘉惠里耳者，凡四十种，畀为一刻。"③ 日本学者盐谷温早就考出，"茂苑野史"是冯梦龙的别号。④ 冯梦龙自称"家藏古今通俗小说甚富"，搜集绝非一日之功。就在整理《忠义水浒全传》的前后，冯梦龙见到朋友沈德符转抄的《金瓶梅》，曾"怂恿书坊以重价购刻"⑤。冯梦龙对《水浒传》也评价甚高，他将《水浒》与《三国》、《西游》、《金瓶梅》并称为"四大奇书"。李渔《三国志演义序》云："尝闻吴郡冯子犹赏称宇内四大奇书，曰《三国》、《水浒》、《西游》及《金瓶梅》四种，余亦喜其赏称近是。"⑥ 冯梦龙在其他著作中也常提及《水浒》。《太平广记钞》卷六九《柳毅》条有评："比之人，则《水浒传》之李大哥，快绝！快绝！"⑦ 从冯梦龙与通俗小说的关系来看，他完全有可能整理《水浒传》。

冯梦龙非常敬佩李卓吾，确如许自昌所说，"酷嗜李氏之学，奉为著

① 朱一玄、刘毓忱：《水浒传资料汇编》，第 217 页。

② 袁中道：《珂雪斋集》下，上海古籍出版社 1989 年版，第 1315 页。

③ 《冯梦龙全集》第 2 卷，第 3 页。

④ 参见盐谷温《关于明代小说三言》，《中国文学研究译丛》，中北书局 1930 年版。

⑤ 沈德符：《万历野获编》卷二十五，中华书局 1959 年版，第 652 页。

⑥ 《李渔全集》第 5 卷，浙江古籍出版社 1992 年版，第 1 页。

⑦ 《冯梦龙全集》第 9 卷，第 1433 页。

蔡。"在《古今谭概》、《情史》、《智囊》等书中，冯梦龙大量引用了李贽的言论。对很多问题的看法，冯梦龙与李贽极为相似。李贽最为惊世骇俗的思想莫过于对孔子及其六经的蔑视和否定。他说："夫六经、《语》、《孟》，非其史官过为褒崇之词，则其臣子极为赞美之语。又不然，则其迂阔门徒，懵懂弟子，记忆师说，有头无尾，得后遗前，随其所见，笔之于书。"① 被历代统治阶级奉为经典的《论语》、《孟子》、六经，绝非万世之至论，实"乃道学之口实，假人之渊薮也"②。被尊为圣人的孔子，李卓吾也坚决反对以其言论作为判断是非的标准，"夫天生一人，自有一人之用，不待取给于孔子而后足也"③。汉唐宋三代，"中间千百余年而独无是非者，岂其人无是非哉，咸以孔子之是非为是非，故未尝有是非耳。"④ 在冯梦龙的著作中，也有对孔子及其六经的嘲讽和否定。他在《广笑府序》中写道："又笑那孔子这老头儿，你絮叨叨说什么道学文章，也平白地把好些活人都弄死。"提出了孔子道学杀人的主张，其激进程度不亚于李贽。在《太平广记钞》卷二六《刘献之》条后，冯梦龙有评："假使往圣不作六经，千载又谁知其少乎？"将六经现为可有可无的典籍。

李卓吾在《答以女人学道为见短书》中系统阐述他对妇女问题的看法。他说："谓人有男女则可，谓见有男女岂可乎？谓见有长短则可，谓男子之见尽长，女人之见尽短，又岂可乎？"⑤ 并对历史上有作为的女性，给予了极高的评价。李贽对妇女的婚姻问题也有自己的见解，他对卓文君私奔司马相如一事，这样评价："使当其时，卓氏如孟光，必请于王孙，吾知王孙必不听也。嗟夫，斗筲小人，何足计事，徒失佳偶，空负良缘，不如早自抉择，忍小耻而就大计。"⑥ 实际上就是提倡妇女改嫁、婚姻自主。冯梦龙的妇女观，有两点与李卓吾相同，一是肯定妇女的才智，揭露所谓"女子无才便是德"的荒谬。他说："语有之：'男子有德便是才，妇人无才便是德。'其然，岂其然乎？……无才而可以为德，则天下之懵妇女毋乃皆德类也乎？"⑦ 在《智囊》中，专辑《闺智部》一卷，表彰古

① 李贽：《童心说》，《焚书》卷三，中华书局1975年版，第99页。
② 同上。
③ 李贽：《答耿中丞》，《焚书》卷一，第16页。
④ 李贽：《藏书世纪列传总目前论》，《藏书》，中华书局1959年版，第7页。
⑤ 李贽：《焚书》卷二，第59页。
⑥ 李贽：《藏书》卷三七，第626页。
⑦ 冯梦龙：《智囊》卷二五，《冯梦龙全集》第10卷，第594页。

今才女。《闺智部·贤哲》总评曰："谚云:'妇智胜男。'即不胜,亦无不及。"二是赞美文君私奔相如的婚姻自主行为。他说:"相如不遇文君,则绿绮之弦可废;文君不遇相如,两颊芙蓉,后世亦谁复有传者。是妇是夫,千秋为偶,风流放诞,岂足病乎!"① "以卓文君为善择偶","以孔子之是非为不足据"②,是李卓吾受迫害的两大罪状,就在这两个方面,冯梦龙完全接受了李贽的观点。

李贽最根本的文学主张是"童心说"。他说:"夫童心者,真心也。若以童心为不可,是以真心为不可也。夫童心者,绝假纯真,最初一念之本心也。……天下之至文,未有不出于童心焉者也。"③ 在李卓吾看来,世上最优秀的文学作品,都是作家真情实感的表露。用"童心"来衡量明代的诗文创作,以前、后七子为代表的复古主义显然是违背创作规律的,针对这种倾向,李贽提出:"诗何必古选,文何必先秦。降而为六朝,变而为近体;又变而为传奇,变而为院本,为杂剧,为《西厢》曲,为《水浒传》,为今之举子业,皆古今至文,不可得而时势先后论也。"④ 从文学发展的角度对复古派的"文必秦汉,诗必盛唐"的理论提出了有力批评。冯梦龙认为文学是作家性情的表露,他说:"文之善达性情者,无如诗,三百篇之可以兴人者,惟其发于中情,自然而然故也。"⑤ 曲子词、散曲、杂剧、传奇的产生,"固亦性情之所必至矣"⑥。冯梦龙所说的"性情",主要是指情感,他也常用"中情"、"至情"、"真情"。与李卓吾一样,冯梦龙也是主张文学要表达真情实感。对明代复古主义思潮,冯梦龙深表不满。复古派推崇中唐以前的诗歌,尤其是盛唐之诗,冯梦龙却针锋相对地说:"自唐人用以取士,而诗人于套;六朝用以见才,而诗人于艰。"⑦ 有意识和复古派唱反调。对受复古派影响、缺乏真情实感的明代诗文,冯梦龙提出了严厉批评:"近代之最滥者,诗文是已。性不必近,学未有窥。犬吠驴鸣,贻笑寒山之石;病谵梦呓,争投苦海之箝。"⑧

---

① 冯梦龙:《情史》卷四,《冯梦龙全集》第 7 卷,第 121 页。
② 《神宗万历实录》卷三六九。
③ 李贽:《童心说》,《焚书》卷三,第 98 页。
④ 同上书,第 99 页。
⑤ 冯梦龙:《太霞新奏序》,《冯梦龙全集》第 14 卷,第 1 页。
⑥ 冯梦龙:《步雪新声序》,卢前编《饮虹移所刻曲》。
⑦ 冯梦龙:《太霞新奏序》,《冯梦龙全集》第 14 卷,第 1 页。
⑧ 冯梦龙:《曲律序》,《中国古典戏曲论著集成》四,中国戏剧出版社 1959 年版,第 47 页。

　　总之，冯梦龙多方面受到李卓吾的影响。像这样一位李贽崇拜者，如果有人请他整理李贽遗著，他一定会乐意接受。

　　冯梦龙是袁无涯的好朋友，他们在青年时期便交往密切。冯梦龙所编《太霞新奏》卷五收有自己的散曲《送友访伎》。其序云："王冬生，名姝也，与余友无涯氏一见成契，将有久要，而终迫于家累，比再访，已鬻为越中苏小矣。无涯氏固多情种，察其家侯姓，并其门巷识之，刻日治装，将访之六桥花柳中。词以送之。"① 冯梦龙早年也曾出入青楼，后来因失名妓侯慧卿，再也不上妓院了。失慧卿后，冯梦龙作散曲《怨离词》（为侯慧卿），曲后附有他的朋友董斯张的评语："子犹自失慧卿，遂绝青楼之好。"② 从散曲的内容看，此事发生在冯梦龙三十岁左右（即万历三十一前后）。冯梦龙作《送友访伎》时，显然尚未绝青楼之好。由此可见，冯梦龙和袁无涯的交往在青年时代便开始了。袁无涯深知这位朋友在通俗小说方面的兴趣与能力，也知道他对李卓吾的崇敬之心，当袁无涯从杨定见手中得到李卓吾评点的《忠义水浒全传》后，要请人加工整理的时候，首先想到的应该是好朋友冯梦龙。

三

　　冯梦龙整理李卓吾评本《忠义水浒全传》的具体情况，现有资料可以证明的是，他增补了征田虎、王庆二十回。

　　在讨论这一问题之前，先得谈谈学术界尚有争论的一个问题，即繁本《水浒》中征田虎、王庆二十回是否为袁刊本《忠义水浒全传》所增补？笔者的意见是肯定的。

　　《忠义水浒全传》留下了不少增补平田虎、王庆故事的痕迹。前人已经指出："征辽与征田虎、王庆三次战争都没有损失一个水浒英雄，只有征方腊一役损失过三分之二。这可见征方腊一段成立在先，后人插入的部分若有阵亡的英雄，便须大大地改动原本了。为了免除麻烦起见，插入的三大段只好保全一百另八人，一个不叫阵亡。"③ 这一结论可以证明征田

---

　①　《冯梦龙全集》第 14 卷，第 60 页。
　②　冯梦龙：《太霞新奏》卷七，《冯梦龙全集》第 14 卷，第 116 页。
　③　胡适：《百二十回本忠义水浒传序》，《胡适论中国古典小说》，第 260 页。

虎、王庆的故事是《忠义水浒全传》增补的，因为在繁本系统中，征田虎、王庆的故事最早见于《忠义水浒全传》，且与简本系统的田、王二事大不相同。

笔者将《忠义水浒全传》中征辽、征田虎、征王庆、征方腊四次战役，按小说提供的时间作了编年：

宣和四年冬月　宋江征辽成功，辽主耶律辉上表投降，大宋皇帝降诏准降。（第八十九回）

宣和四年腊月末　宋江征田虎得盖州。第九十三回有"此时腊月将终"，"明日是宣和五年的元旦"。

宣和五年二月初八　公孙胜破田虎国师乔道清妖术。（第九十六回）

宣和五年二月末　田虎女将琼英飞石子连伤王英、扈三娘、林冲、李逵、解珍数将。第九十八回有"此时是二月将终天气"。

宣和五年三月下旬　鲁智深落井出来。第九十九回有"如今已是三月下旬"。

宣和五年四月　宋江征田虎获胜，皇帝降诏令宋江等平王庆。（第一百一回）

宣和五年八月初　宋江征王庆在宛州料理军务。第一百五回有"此时已是八月初旬"。

宣和五年八月中旬　宋江破山南州城。第一百六回有"此时正是八月中旬望前天气"。

宣和五年腊月末　宋江活捉王庆，到东京献俘。第一百十回有"时下又值正旦节（即正月初一）相近"。

宣和六年正月十五　燕青与李逵入城观灯，到桑家瓦子听评话《三国志》。（第一百十四回）

宣和五年九月　宋江、卢俊义征方腊回京，上表请功。（第一百十九回）

宋江活捉王庆进东京献俘是在宣和六年春节前后，然后奉敕下江南征方腊，获胜回东京，时间反倒回去，到了宣和五年九月，不能不说是一个大漏洞。我们将《忠义水浒全传》与百回本《水浒传》作了比较，原来百回本是宋江于宣和四年冬月征辽成功，随后进京，已近宣和五年正旦节，上元节后奉敕下江南征方腊，宣和五年九月征方腊回东京，时间上没有错误。《忠义水浒全传》将征辽、征方腊的时间未作任何改动，硬将征田虎、王庆的故事增插进去，便出现了时间倒转的错误。这是《忠义水浒全传》增补田、王二事的铁证。

《忠义水浒全传》在一百十回之后，梁山好汉概述他们招安后的功绩时，总是讲征辽与征方腊，而不提征田虎、王庆。第一百十三回，宋江将攻苏州，方腊坚守不出，宋江令水军将领李俊等人从水上探路，在太湖上被江湖好汉费保等人捉住。李俊通报姓名："我三个是梁山泊宋公明手下副将。我是混江龙李俊。这两个兄弟，一个是出洞蛟童威，一个是翻江蜃童猛。今来受了朝廷招安，新破辽国，班师回京，又奉敕命，来收方腊。"①（着重号为引者所加）李俊叙说非常清楚，破辽回京，紧接着便去征方腊，不曾征田虎、王庆。第一百十七回，朝廷差童枢密赏赐宋军，打听伤亡情况。宋江垂泪禀道："往年跟随赵枢相，北征辽虏，兵将全胜，端的不曾折了一个将校。自从奉敕来征方腊，未离京师，首先去了公孙胜，驾前又留下数人，进兵渡得江东，但到一处，必折损数人。"② 也只言征辽与征方腊。这些都是《忠义水浒全传》增补田、王二事，后面又照搬百回本所留下的疏漏。

要证明征田虎、王庆的故事为冯梦龙所补，就必须从这二十回中找到出自冯梦龙手笔的证据来。笔者发现，冯梦龙增补的四十回本《北宋三遂平妖传》中，主人公王则的出身经历与《忠义水浒全传》中王庆的出身经历基本相同，试作对照：

《忠义水浒全传》第一百一回

那王庆原来是东京开封府的一个副排军。他父亲王砉，是东京大富户……他听信了一个风水先生，看中一块阴地，当出大贵之子。这块地就是王砉亲戚人家葬过的，王砉与风水先生设计陷害。王砉出尖，把那家告纸谎状，官司累年，家产荡尽，那家敌王砉不过，离了东京，远方居住。……王砉夺了那块坟地葬过父母，妻子怀孕弥月。王砉梦虎入室，蹲踞堂西，忽被狮兽突入，将虎衔去。王砉觉来，老

---

① 《水浒全传》，上海古籍出版社1984年版，第1319页。
② 同上书，第1362页。

婆便产王庆。

那王庆从小浮浪，到十六七岁，生得身雄力大，不去读书，专好斗鸡走马，使枪抡棒。……王庆赌的是钱儿，宿的是娼儿，吃的是酒儿……过了六七年，把个家产费得罄尽，单靠着一身本事，在本府充做个副排军。一有钱钞在手，三兄四弟，终日大酒大肉价同吃；若是有些不如意时节，拽出拳头便打。所以众人又惧怕他，又喜欢他。

《北宋三遂平妖传》第三十一回

众人看时，却是个有情有分的人，姓王名则，现做本衙排军的人……这王则的父亲，原是本州一个大富户。因信了风水先生的说话，看中了一块阴地，当出大贵之子孙。这块地就是近邻人家葬过的，王大户欺他家贫，挪放些债负，故意好几年不算，累积无偿，逼要了他的地。掘起尸棺，把自家爹娘灵柩葬在上面，自葬过之后，妈妈刘氏一连怀八遍胎……那王则是第五胎生的。临产这一夜，王大户梦见唐朝武则天娘娘特来他家借住……醒来时，恰好妈妈生下孩儿。

（王则）到十五六岁，长得身雄力大，不去读书，专好斗鸡走马，使枪抡棒。……还有一件，从小好的是女色，若见了个标致妇人，宁可使百来两银子，一定要刮到手。其他娼家窑户，自不必说。……过了十来年，把个家业费得罄尽。房子田地，也都卖来花费了。单靠着一身本事，在本州充做个排军头儿。……一有钱钞在手，三兄四弟，终日大酒大肉价同吃。若是有些不如意时节，拽出拳头就打。所以众人又畏惧他，又喜欢他。

（着重号为引者所加）

通过对照，不难看出，王庆与王则出身经历、从小的性格基本相同，而且不少叙述语言也一样，但又并非完全照抄，两人的籍贯、官职、费尽家产的时间等不同，其父强占坟地的手段也有异，王则的介绍文字较王庆稍详。这种情况说明，这两段文字是同一个人在不同时期根据同一故事原型创作的。

著名史学家罗尔纲先生曾用二十回本《三遂平妖传》与容与堂百回本《忠义水浒传》对勘，发现《三遂平妖传》赞词二十一篇，就有十三篇插入《水浒传》前七十回中，从而得出结论，《水浒传》作者为元末罗

贯中,《水浒传》原本为七十回。① 笔者不否认罗贯中可能是《水浒传》
的作者或作者之一,而罗先生的《水浒传》原本七十回说却遭到了一些
学者有力的责难。这个问题不可能在这里展开讨论。笔者想说明的是,笔
者所发现的王则与王庆出身经历相同,与罗先生发现的《三遂平妖传》
与《忠义水浒传》赞词相同的情况不一样。笔者所用的本子,《平妖传》
系冯梦龙增补的四十回本,王则出身经历一段为二十回本所无,属于冯梦
龙增补的内容。《水浒传》用的是袁无涯刊刻的百二十回本,田、王二事
为百回本所无,王庆出身经历一段也为简本《水浒》所无,系袁刊本增
补。据此,王则、王庆出身经历一段不可能出自原作者罗贯中之手,只能
出自增补者之手。这位增补者就是冯梦龙。这是笔者提出冯梦龙加工、增
补《忠义水浒全传》征田虎、王庆二十回的主要内证。

　　笔者还注意到,《忠义水浒全传》中征田虎、王庆部分,常将一些地
名与上古尤其是春秋时期的事件联系起来。如第九十回(系为增补田、
王故事而修改部分):"原来这座山叫做大伾山,上古大禹圣人导河,曾
到此处。《书》经上说道:'至于大伾。'便是这个证见。"② 第九十八回:
"他(指琼英)本宗姓仇,父名甲,祖居汾阳府介休县,地名绵上。那绵
上,即春秋时晋文公求介之推不获,以绵上为之田,就是这个绵上。"③
一般来说,小说中出现古地名,往往注明今地名,很少往上溯。征田虎、
王庆部分出现这种情况,与增补者冯梦龙有关。为了考科举,冯梦龙从小
就攻读四书五经,尤其是《春秋》。其弟冯梦熊曰:"余兄犹龙,幼治
《春秋》,胸中武库,不减征南,居恒研精覃思。曰:吾志在《春秋》,墙
壁户牖皆置刀笔者二十余年而始惬。"④ 冯梦龙先后著有《四书指月》、
《麟经指月》、《春秋衡库》等书,是当时有影响的治《春秋》的专家,
曾应邀赴湖北麻城讲《春秋》,还收了不少门生。因而他对上古尤其是春
秋时期的历史、地理非常熟悉,当他增补小说,遇到与春秋有关的地名,
便信笔将它们联系起来。增补《水浒传》如此,改订其他小说也是如此,
增改《北宋三遂平妖传》,开篇便是春秋故事,创作《新列国志》,更是

---

　　① 罗尔纲:《从罗贯中〈三遂平妖传〉看〈水浒传〉著者和原本问题》,《水浒传原本与著
者研究》,江苏古籍出版社 1992 年版。

　　② 《水浒全传》,第 1095 页。

　　③ 同上书,第 1160 页。

　　④ 冯梦熊:《麟经指月序》,《麟经指月》,明泰昌刻本。

得力于他对春秋历史、地理的谙熟。

增补征田虎、王庆二十回，是冯梦龙的一大贡献，他为我们提供了一种最完备的《水浒》本子。与前七十回相比，这二十回还存在一定的差距。如果我们换一个参照物，将这二十回与简本《水浒》的田、王故事做些比较，就会发现，这二十回不仅改正了简本的许多疏漏与错误，而且描写更加细腻，情节更加丰富，主要人物的性格更加鲜明，文学价值大为提高。关于这一点，胡适之先生的《百二十回本〈忠义本浒传〉序》论述颇详，兹不赘述。

既然《忠义水浒全传》征田虎、王庆二十回为冯梦龙所补，那么这二十回的评点决非李卓吾原评，亦当出自冯梦龙之手。整理小说而加评点，是冯梦龙的一种习惯，"三言"如此，《古今谭概》、《情史》、《太平广记钞》也都如此。

四

回过头来，我们再看看其他几种意见。胡适之先生的"杨定见说"，主要根据是卷首有杨定见的《忠义水浒全传小引》，但《小引》只说他向袁无涯提供了李卓吾批定的《忠义水浒全传》，并没有说他曾作加工整理，更没有说增补。胡适之先生提出的内证是，旧本王庆的故事说王庆据秦州，称"秦王"，书中地名皆在陕西、甘肃省。《忠义水浒全传》把王庆活动区域改在河南西南、湖北全境及江西的建昌一带，王庆改称"楚王"。因杨定见是湖北人，他知道河南、湖北、江西一带的地理，故把王庆故事原来的地理完全改变了。一般来说，湖北人熟悉河南、湖北、江西一带的地理，但并不排除，不是湖北人，也可能熟悉河南、湖北、江西一带的地理。冯梦龙是长洲人，但他曾应邀到湖北麻城讲学，住的时间还不短，结交了不少湖北朋友，如陈无异、梅之焕、李长庚、丘长儒等，均为当时社会名流，还收了大量湖北门人。他也会熟悉河南、湖北、江西一带的地理。胡适之先生提供的两条证据，都是经不住推敲的。

聂绀弩先生的"李卓吾说"，是在论述容与堂本是伪李卓吾评本时提出来的，并未提供证据，在聂绀弩先生看来，既然容与堂本为伪李评本，袁刊本为真李评本，那么，袁刊本的评点、增补、修改均出自李卓吾之手。这在逻辑上是成立的。但聂先生就没有想到，这个真李评本在李贽身后付梓，会有人作加工、增补。还有，李卓吾是一位思想家、批评家，从来没有写过小说，他会在晚年评点《水浒》的时候，增补整整二十回征田虎、王庆的故事？

王利器先生的"袁无涯说"，是三种意见中唯一作过较详论证的。论据有两条，一是袁无涯是袁中郎门人，必具有一定的写作水平，自己又开张书林，自编自刻，自是意料中事。二是我们前面所引许自昌《樗斋漫录》的记载。第一条证据实际上是推测之词，有一定写作水平，开张书林就一定增补《水浒传》恐怕难以得出这样的必然结论。第二条证据我们在前面已作出了解释，不再重复。上述三种意见，均未提供铁证。我所提出的"冯梦龙说"，内证、外证俱在，请读者鉴别。

（原载《明清小说研究》1992 年第 3、4 期合刊）

冯梦龙的历史小说理论与创作

一

可能是因为余邵鱼有《列国志传》在前，而冯梦龙的小说又命名为《新列国志》，人们一直认为冯氏小说是在余氏小说基础上改订、增补而成。人民文学出版社《东周列国志》《出版说明》云："明末吴门冯梦龙曾经依据史传，对《列国志传》做了一番改订的工作，删去了若干当时民间流传的，如'秦哀公临潼斗宝'之类的故事，并'重加辑演'，成为'一百八回'的《新列国志》。"① 袁行霈先生主编的《中国文学史》亦云："明末冯梦龙将它（指《列国志传》）增补改写成《新列国志》，由二十八万字扩展到七十余万字。"② 其他著述中类似的说法还很多。但只要将两部小说稍加比较，就可看出事实并非如此。

余氏《列国志传》共八卷二百二十六则，不分回，每节随事立题。全书二十多万字。冯梦龙的《新列国志》一百零八回，七十多万字，篇幅与容量是前书的好几倍。

余氏《列国志传》写商周春秋列国故事，从妲己驿堂被魅起到秦并六国止，时间跨度长达八百年。写西周部分共三十四则，约占全书二百二十六则的七分之一。而冯氏的《新列国志》集中写春秋战国时期五百多年的历史，西周部分很少涉及，因而清人蔡元放评点本索性更名为"东周列国志"。

冯梦龙创作《新列国志》就是不满意余氏的《列国志传》，他在《凡

① 冯梦龙、蔡元放：《东周列国志》，人民文学出版社1979年版，第1页。
② 袁行霈主编：《中国文学史》第四卷，高等教育出版社1999年版，第35页。

例》中指出："旧志事多疏漏，全不贯串，兼以率意杜撰，不顾是非。"①并列举了自造姓名、颠倒时间、不谙古制、窜入传说等缺点。增补改订是要有基础的，冯梦龙对《列国志传》如此不满，绝不会用它作底本来增订。冯梦龙不是在余氏小说的基础上改订，而是根据史书重新编写。他在《凡例》中对创作状况说得非常明白："兹编以《左》、《国》、《史记》为主，参与《孔子家语》、《公羊》、《穀梁》、晋《乘》、楚《梼杌》、《管子》、《晏子》、《韩非子》、《孙武子》、《燕丹子》、《越绝书》、《吴越春秋》、《吕氏春秋》、《韩诗外传》，刘向《说苑》、贾太傅《新语》等书"，"一案史传，次第敷演"。② 完全抛开了《列国志传》。

我们将两种小说进行对勘，甚至找不到相对应的章节，只能就部分相同的素材进行比较，兹举一例，平王迁都洛阳是周朝的一件大事，《列国志传》与《新列国志》都有描述，《列国志传》见卷之八：

> 是时京师自被犬戎丧乱之后，宫殿焚毁，仓库空虚，边境烽火连年不息，平王与群臣议曰："镐京迫近西戎，又且宫殿荒凉，朕欲迁都于成周，卿等何如？"群臣皆以镐京逼近西戎，累被犬戎之害，况昔日成王营成周于洛邑，故以洛为天下之中，王者所居之地，迁都是也。独有大宗伯周公华谏曰："不可，洛阳虽天下之中，四面受敌，乃用武之地，故有德易兴，无德易亡。今观镐京左有殽函，右有陇蜀，披山带河，沃野千里，四塞以为固，所谓金城千里天府之国，天下之势，莫过于此，今若一旦弃之而东迁，臣切以为不可也。"平王不听，即日命收拾东迁洛阳。

《新列国志》见于第三回：

> 却说犬戎自到镐京扰乱一番，识熟了中国的道路，虽则被诸侯驱逐出城，其锋未曾挫折，又自谓劳而无功，心怀怨恨，遂大起戎兵，侵占周疆，岐丰之地，半为戎有。渐渐逼近镐京，连月烽火不绝。又宫阙自焚烧之后，十不存五，颓墙败栋，光景甚是凄凉。平王一来府

---

① 《冯梦龙全集》第5卷，江苏古籍出版社1993年版，第1页。
② 同上。

库空虚，无力建造宫室，二来怕犬戎早晚入寇，遂萌迁都洛邑之念。一日朝罢，谓群臣曰："昔王祖成王既定镐京，又营洛邑，此何意也？"群臣齐声奏曰："洛邑为天下之中，四方入贡，道里适均。所以成王命召公相宅，周公兴筑，号曰东都。宫室制度与镐京同。每朝会之年，天子行幸东都，接见诸侯，此乃便民之政也。"平王曰："今犬戎逼近镐京，祸且不测。朕欲迁都岩洛，何如？"太宰咺奏曰："今宫阙焚毁，营建不易，劳命伤财，百姓嗟怨。西戎乘隙而起，何以御之？迁都于洛，实为至便。"两班文武俱以犬戎为虑，齐声曰："太宰之言是也。"惟司徒卫武公低头长叹。平王曰："老司徒何独无言？"武公乃奏曰："老臣年逾九十，蒙吾王不弃老耄，备位六卿。若知而不言，是不忠于君也；若违众而言，是不和于友也。然宁得罪于友，不敢得罪于君。夫镐京左有殽函，右有陇蜀，披山带河，沃野千里，天下形胜，莫过于此。洛邑虽天下之中，其势平衍，四面受敌之地。所以先王虽并建两都，然宅西京以振天下之要，留东都以备一时之巡。吾王若弃镐京而迁洛，恐王室自是衰弱矣！"平王曰："犬戎侵夺岐丰，势甚猖獗。且宫阙残毁，无以壮观。朕之东迁，实非得已。"武公奏曰："犬戎豺狼之性，不当引入卧闼。申公借兵失策，开门揖盗，使其焚烧宫阙，戮及先王，此不共之仇也。王今励志自强，节用爱民，练兵训武，效先王北伐南征，俘彼戎主，以献七庙，庶可湔雪前耻。若隐忍避仇，弃此适彼，我退一尺，敌进一尺，恐蚕食之忧，不止于岐丰而已。昔尧舜在位，茅茨土阶；禹居卑宫，不以为陋。京师壮观，岂在宫室？唯吾王熟思之！"……正商议间，国舅申公遣人赍告急表文来到。平王展开看之，大意谓：犬戎侵扰不已，将有亡国之祸。伏乞我王怜念瓜葛，发兵救援。平王曰："舅氏自顾不暇，安能顾朕？东迁之事，朕今决矣！"乃命太史择日东行。

上述两段引文，都是写平王迁都之事，冯梦龙与余邵鱼的处理完全不同，冯氏小说详尽描写了周朝君臣围绕东迁产生的激烈争论，有具体描写。余氏小说粗陈梗概，基本没有具体描写。冯氏小说篇幅相当于余氏小说的四倍，与整部小说的字数差异大体一致。从具体叙述中，完全看不出《新列国志》据《列国志传》增补、改写的痕迹来。其他相同题材的处理基本类似。

　　认为冯梦龙《新列国志》是增补改订《列国志传》而成，书商叶敬池起过误导作用，他在《新列国志》刻本扉页有一段广告："罗贯中小说高手，故《三国志》与《水浒》并称二绝。《列国》、《两汉》仅当具臣。墨憨斋向纂《新平妖传》及《明言》、《通言》、《恒言》诸刻，脍炙人口。今复订补二书，本坊恳请先镌《列国》，次当及《两汉》。与凡刻迥别，识者辨之。"①　叶敬池一方面说该书与"凡刻迥别"，另一方面又说是"订补"，本身就存在矛盾。冯梦龙自己却没有用"订补"一词，而是用"敷演"，敷演为铺叙的意思，与"演义"相同，即根据史书来创作小说。可观道人《新列国志叙》则用"辑演"，他说："墨憨氏重加辑演，为一百八回。"②　"辑演"就是收集、演义的意思，指冯梦龙收集了春秋战国时期的大量史料，并将它们写成小说。

　　因此，我们要指出，冯梦龙不是增补、改订《新列国志》，而是重写、创作《新列国志》，他对《新列国志》拥有全部著作权。

二

　　关于历史小说创作，明代作家、批评家有两种完全对立的意见。一种意见认为，历史小说创作应该严守史实，不允许虚构。修髯子在《三国志通俗演义引》中提出历史小说要"羽翼信史而不违"。③　另一种意见认为历史小说创作在主要人物和事件符合史实的前提下，应该允许作家虚构。谢肇淛在《五杂俎》中提出了历史小说须"虚实相半"的观点，他说："凡小说及杂剧戏文，须是虚实相半，方为游戏三昧之笔。亦要情景造极而止，不必问其有无也。"④　冯梦龙明显属于前者。在《新列国志·凡例》中，冯梦龙对《列国志传》提出了批评："旧志事多疏漏，全不贯串，兼以率意杜撰，不顾是非。"⑤　他重写《新列国志》，"凡列国大故，一一备载，令始终成败，头绪井如，联络成章。"⑥　不再有重要事件

---

①　《新列国志》一，《古本小说集成》第 2 辑，上海古籍出版社 1991 年影印本。

②　可观道人：《新列国志叙》，《中国历代小说论著选》上册，江西人民出版社 1982 年版，第 239 页。

③　修髯子：《三国志通俗演义引》，《中国历代小说论著选》上册，第 111 页。

④　谢肇淛：《五杂俎》，上海书店出版社 2009 年版，第 313 页。

⑤　《冯梦龙全集》第 5 卷，第 1 页。

⑥　同上。

的疏漏。细考姓名、时间、事件、制度、地名等，避免错误。不再采用秦
哀公临潼斗宝等民间传说。其创作态度之严谨，完全不亚于一位史学家，
他"以《左》、《国》、《史记》为主，参与《孔子家语》、《公羊》、《穀
梁》、晋《乘》、楚《梼杌》、《管子》、《晏子》、《韩非子》、《孙武子》、
《燕丹子》、《越绝书》、《吴越春秋》、《吕氏春秋》、《韩诗外传》、刘向
《说苑》、贾太傅《新语》等"，① 据史写作。冯梦龙是一位经学家，以治
《春秋》著称，也可以说是一位春秋史专家，对春秋、战国时期的历史非
常熟悉，这给他严守史实创作《新列国志》提供了方便。不过，冯梦龙
重写《新列国志》到底与治史不同，主要表现在两个方面：一是在史实
上有所取舍。"宣王至周亡，计年五百余岁。始而东迁，继而五霸，又继
而十二国、七国，中间兴衰事迹，累牍不尽。一百八回，所纂有限，但取
血脉联贯，难保搜录无遗。"② 二是细节描写方面有所增加，也就是可观
道人所说的"敷演不无增添，形容不无润色"。③ 冯梦龙这样增改《新列
国志》，无疑影响了小说的文学价值。鲁迅先生曾这样评价包括《东周列
国志》在内的讲史小说："大抵效《三国志演义》而不及，虽其上者，亦
复拘牵史实，袭用陈言，故既拙于措辞，又惮于叙事。蔡奡《东周列国
志读法》云：'若说是正经书，却毕竟是小说样子。……但要说他是小
说，他却件件从经传上来。'本以美之，而讲史之病亦在此。"④《东周列
国志》实则《新列国志》之评点本，蔡元放删改甚少。鲁迅先生对《东
周列国志》等小说的评价，实则道出了《新列国志》的缺点。

　　冯梦龙这样创作历史小说，表现出他对历史题材文学创作的基本看
法，这种看法有其两面性。一方面，他要求写历史题材的作家要有广博的
历史知识，乃至对所写的历史要有深入的研究。这种要求是合理的，也是
正确的。另一方面，他要求写历史题材的作家要恪守史实，不能任意虚构
和创造，只能在严守历史的基础上，对人物和事件有所取舍，对史实的描
述可以详略，完全是用历史真实要求历史题材创作。这种要求无疑是过于
拘泥、保守和苛刻。历史小说毕竟不同于历史，它们属于文学，应该允许
作家在史实的基础上有所虚构和创造。他们不同于一般的故事文学的特

---

① 《冯梦龙全集》第 5 卷，第 1 页。
② 同上书，第 2 页。
③ 可观道人：《新列国志叙》，《中国历代小说论著选》上册，第 239 页。
④ 鲁迅：《中国小说史略》，《鲁迅全集》第 9 卷，人民文学出版社 1981 年版，第 148 页。

点，在于它们要表现历史的本质真实，而不在于简单地复述历史故事。

我们这样认识冯梦龙的历史小说观，将会遇到一道难题。"三言"中也有不少取材于历史的话本小说，为什么冯梦龙未按史实加以改订？我认为，"三言"中的这类小说，与其说取材于历史，不如说取材于传说，这些小说大多是说话艺人和文人根据民间传说编成的。冯梦龙实际上是将这些小说当作一般的故事小说来看待的，他著名的"真赝说"就是在《警世通言叙》中提出来的。他说："野史尽真乎？曰：不必也，尽赝乎？曰：不必也。然则去其赝而存其真乎？曰：不必也。"① 在这里，冯梦龙探讨文学创作中生活真实与艺术虚构的关系。作为文学作品，其中的人物和事件，不必是现实生活中真实的存在，应该允许虚构，可以"赝"。但是虚构也应该有生活的基础，不必回避生活中的真人真事。所以在文学作品中有真有赝，真赝并存，不必"去其赝"而仅"存其真"。怎样进行艺术虚构？冯梦龙提出："人不必有其事，事不必丽其人。"② 要塑造某一人物，即使他没有做某件事，如果需要，这件事也可以加在他身上。某一事件，确为某人所为，出于创作的考虑，也可以将这件事搬到其他人身上。《警世通言》中便有取材于历史传说的小说。冯梦龙评点"三言"，也没有用历史小说来要求它们，《羊角哀舍命全交》取材于他最熟悉的春秋故事，冯梦龙从中挑出了两处与史不符处。一是小说写伯桃冻死于岐阳梁山，冯氏批道："按《广典》记载，左伯桃死处在陕西西安府郃阳县，梁山则在乾州歧山之界。"③ 二是小说的主要情节角哀战荆轲出于虚构。他说："《传》但云角哀至楚为上大夫，以卿礼葬伯桃，角哀自杀以殉，未闻有战荆轲之事。且角哀死在荆轲、高渐离之前，作者盖愤荆轲误太子丹之事，且借角哀以愧之耳。"④ 对于小说中两处与史不符处，冯梦龙不仅没有责备，也没有按史书更改，反而表示理解。冯梦龙曾增补《平妖传》，《平妖传》取材于北宋贝州王则、永儿夫妇起义的历史事件，可冯梦龙补得极为虚幻怪诞，正如张无咎所说："备人鬼之态，兼真幻之长。"⑤《水浒传》也取材于北宋宋江起义的史实，而故事多为传说与虚

---

① 《冯梦龙全集》第 3 卷，第 663 页。

② 同上。

③ 《冯梦龙全集》第 2 卷，第 119 页。

④ 同上。

⑤ 张无咎：《批评北宋三遂平妖传叙》，《中国历代小说论著选》上册，第 234 页。

构，冯梦龙对此书评价甚高，称之为"四大奇书"之一，且参与整理李卓吾的《水浒传》评点本。可见冯梦龙也是将上述小说当作一般的故事小说来看待的。

也许有人会感到疑惑，冯梦龙对故事小说和历史小说的要求差异如此之大，两者是否存在矛盾。实际上，所谓矛盾，完全是我们现代人的感觉，在当时，并无人对此提出疑义，倒是比冯梦龙稍后的李渔，对这一问题的看法便与冯氏大体相同，他在《闲情偶寄》中，便将两者放在一起比较论述："若纪目前之事，无所考究，则非特事迹可以幻生，并其人之姓名，亦可凭空捏造，是谓虚则虚到底也。若用往事出题，以一古人出名，则满场脚色，皆用古人，捏一姓名不得；其人所行之事，又必本于载籍，班班可考，创一事实不得。"① 了解了李渔的虚实观，则对冯梦龙关于故事小说与历史小说的不同看法大可不必疑惑，在今天人们看来似乎矛盾的现象，在古人那里却能得到很好的统一。

冯梦龙关于历史小说创作要严守史实的主张，虽然不是他的首创，但在他之前，还没有人把这一问题谈得如此深入、透彻。而且，冯梦龙不是说说而已，还将其理论付诸实践，创作了历史小说《新列国志》。

<h1 style="text-align:center">三</h1>

我国古代史学家写史的目的之一就是为统治者提供一面历史的镜子，所谓"资治通鉴"。古代历史小说作家，尤其是严守史实的作家，他们写小说是"为正史之补"，也要总结历史的经验教训，评价历史人物与历史事件。冯梦龙写《新列国志》，这种动机就非常明确，他说："史官论谓幽厉，必有东迁；有东迁，必有春秋战国。虽则天运使然，然历览往迹，总之得贤者胜，失贤者败；自强者兴，自怠者亡。胜败兴亡之分，不得不归咎于人事也。"② 作者在刻画人物、构思情节中，充分地体现了这种思想。周幽王暴戾寡恩，狎昵群小，沉溺声色，宠幸褒姒，废嫡立庶，烽火戏诸侯，结果带来杀身之祸，也成为周朝衰落的罪人。齐桓公重用管仲，锐意革新，推行了一整套富国强兵的政策，终于成就霸业。吴王夫差任用

---

① 《李渔全集》第8卷，浙江古籍出版社1992年版，第16页。
② 冯梦龙：《新列国志·引首》，《冯梦龙全集》第5卷，第2页。

奸佞，杀害忠良，耽于声色，不理政事，最后国破身亡。而越王勾践战败之后，忍辱负重，卧薪尝胆，终于东山再起，复仇雪恨。荒淫、残暴，必定亡国亡身，勤政、自强才能成就大业，这就是冯梦龙总结的历史经验。

《新列国志》特别强调人才的重要性，得人才者得天下，一些贤明的君主往往求贤若渴，千方百计争夺人才，不拘一格使用人才。管仲是从鲁国用囚车押回齐国的，且与齐桓公有一箭之仇，当得知管仲为治国能臣时，桓公不计私仇，择吉日出郊迎之，虚心请教。管仲为桓公提出了一整套爱民安民、富国强兵、内政外交的施政措施。齐桓公斋戒三日，告于太庙，拜管仲为相，且真诚相待，用人不疑，"国有大政，先告仲父，次及寡人。有所施行，一凭仲父裁决。"① 管仲竭尽全力，辅佐桓公，以报知遇之恩，帮助桓公成就霸业。百里奚怀才不遇，穷困乞食于铚，饲牛于宛，晚年为楚王牧马于南海。秦穆公闻百里奚之贤，设计用五张羊皮将其赎回。百里奚又为秦王推荐蹇叔。秦穆公拜二叟为相，任以国政。二相立法教民，兴利除害，秦国从此大治。"贤君择人而佐，贤臣择主而辅。"明君贤相，鱼水相依，则国家兴盛，百姓安乐。《新列国志》中体现出来的思想内蕴与价值观念，并没有太多的新奇、过人之处，无非是传统儒家伦理思想，不仅是《新列国志》，我国早期章回小说大多如此。

《新列国志》最难处理的问题在结构方面，历时五百多年，涉及数十个诸侯国，人物与事件更是不计其数，又不是分门别类地去写史，而是将这些发生在不同时间、地点的人物与事件组织在一部上下勾连、前后照应的通俗小说之中，其难度可想而知。冯梦龙不能说对这一问题处理得尽善尽美，也确有其独到之处。第一，他是按时间顺序来写，纪年统一用周王的年号，无论发生在哪个诸侯国的事件，有了这一基本顺序，所写的人物与事件，便有了大致定位。第二，突出重点，有详有略。冯梦龙重点叙述春秋五霸争雄，战国七雄争霸，又以前者为主，大约用了全书五分之四的篇幅。其他小国按时序穿插其间、简略交代。第三，在写某一国的人物与事件时，兼顾同时发生在其他诸侯国的重要事件，避免使这一章回完全封闭与独立。第四，注重情节的巧妙过渡与转换，作者常常用往来多国的人物或涉及多国的事件作为过渡的桥梁，尽可能将转换放在某一回中间，避免在章回的首尾过渡。冯梦龙便是通过这些方法，将东周数百年发生的重

---

① 《冯梦龙全集》第 5 卷，第 142 页。

大历史事件有条不紊地叙述出来。当然也应该承认，作者为了追求史实的
完备，枝蔓情节还嫌过多，如果作者愿意更多地舍弃，人物与事件更集中
一些，叙事效果肯定会更好。

　　《新列国志》在艺术上的不足，一般认为是冯梦龙过于拘泥史实，
较少虚构想象。这确实是《新列国志》的弱点。还有一点人们却很少
提及，《新列国志》所叙史实长达五百多年，涉及几十个诸侯国，这么
长时间，这么多国家，不可能有贯穿全书的人物与事件，很难集中笔墨
刻画几个中心人物，详写几个主要事件。这与《三国演义》就大不相
同，《三国》只写了从汉灵帝中平元年（184）至晋武帝太康元年（280）
共计九十七年的历史，刘备、关羽、张飞、诸葛亮、曹操这些中心人物占
了小说的大部分篇幅，因而它能刻画出高度典型化的文学形象。蔡元放在
《东周列国志读法》中已经看出了《新列国志》的这一问题，他说："一
切演义小说之书，任是大部，其中有名人物纵是极多，不过十数百数，事
迹不过数十百件，从无如《列国志》中人物事迹之至多极广者，盖其上
下五百余年，侯国数十百处，其势不得不多，非比他书，出于撮凑。子弟
读此一部，便抵读他本稗官数十部也。"① 蔡元放是从书中所记人物事件
之多来向读者推荐此书，殊不知这正是《新列国志》作为小说的主要缺
点。即使是让罗贯中来写这一段历史，也不可能写得如《三国》那样
出色。

　　受《三国演义》的影响，明清时期形成了历史演义的创作热潮，上
自盘古开天地，下至清朝灭亡，几乎每个朝代都有演义，有些朝代还不止
一种。正如可观道人在《新列国志叙》中所说："自罗贯中氏《三国志》
（指《三国志通俗演义》）一书，以国史演为通俗演义，汪洋百余回，为
世所尚。嗣是效颦日众，因而有《夏书》、《商书》、《列国》、《两汉》、
《唐书》、《残唐》、《南北宋》诸刻，其浩翰几与正史分签并架。"② 从可
观道人之后的情况来看，历史演义的数量远远超过正史，据不完全统计，
总量在八十种左右。这些历史演义，根据作者对史实的不同处理，大体可
以分为两类，一类是严守史实的，这类小说有《新列国志》、《西汉通俗
演义》（甄伟）、《东西晋演义》（杨尔曾）、《大宋中兴通俗演义》（熊大

---

① 蔡元放：《东周列国志读法》，《中国历代小说论著选》上册，第415—416页。
② 可观道人：《新列国志叙》，《中国历代小说论著选》上册，第239页。

木）等。另一类是"虚实相半"的，这类小说有《三国演义》、《东汉十二帝通俗演义》（谢诏）、《隋史遗文》（袁于令）、《隋唐演义》等。如果说罗贯中的《三国演义》是"虚实相半"的历史演义的范例，那么，冯梦龙的《新列国志》则是严守史实的历史演义的代表性作品。它为后来此类小说的创作提供了可资借鉴的艺术经验。我们总是将《新列国志》与《三国演义》比较，认为它人物形象不鲜明，如果我们换一个参照系，将它与其他历史演义相比，不能不承认它仍然是一部优秀的作品，而且它还是据史演义类小说的成功范例。

（原载《江苏社会科学》2004 年第 3 期，中国人民大学复印报刊资料《中国古代近代文学研究》2004 年第 9 期摘要转载）

《情史》二题

一　《情史》辑评者考辨

　　《情史》是晚明刊刻的一部重要的文言小说选评本。全书二十四卷，选评小说八百多篇。明刊本首有"吴人龙子犹"和"江南詹詹外史"二序，题署"江南詹詹外史评辑"。早在三十年代，容肇祖先生在《明冯梦龙的生平及其著述》一文中，据同治《苏州府志》卷一三六《艺文》著录，考定辑评者为冯梦龙，且加案语云：

　　　　《情史》与《智囊》及《谭概》为一类的书籍，而《情史》独不自署姓名，且不署"龙子犹"的假名，只用"龙子犹"之名作序，称作者为"詹詹外史氏"，大约以中间有近于秽亵之点，恐来谤议，故遂如此。我初看龙子犹的序，及书中体例与《智囊》相近似，已疑为冯梦龙作，及看《苏州府志》艺文中所载，更觉证实。①

　　其后学者多从其说，《情史》的评点成为研究冯梦龙的思想及晚明文学思潮的重要文献。但也有人提出不同意见。胡士莹先生在《话本小说概论》中指出：

　　　　按《情史》龙子犹（冯梦龙别署）序云："又尝欲择取古今情事之美者，各著小传……而落魄奔走，砚田荒芜，乃为詹詹外史氏所先，亦快事也。"可证《情史》非冯梦龙所编。又《情史》卷十三《冯爱生》条有"龙子犹爱生传"云云，卷二十二《万生》条有

---

①　容肇祖：《明冯梦龙的生平及其著述》，《岭南学报》第二卷第二期。

"龙子犹万生传"云云，编者引用冯氏作品，亦可作为旁证。①

　　林辰先生在《〈情史〉似非冯梦龙编述》一文中也否定了冯梦龙对《情史》的著作权。他说："详审内证，可知冯氏之与《情史》既不同于未署名那位评者，也不同于情史氏；可知吴人龙子犹为《情史》作序时所说的'乃为詹詹外史氏所先'那番话，信不诬也——实非故弄玄虚另以别号行世。"② 还有一些持类似看法的文章不一一列举。

　　否定冯梦龙辑评《情史》的主要证据有三：第一，龙子犹的《情史序》是以一位《情史》辑评者朋友的身份写作；第二，《情史》中引用了冯梦龙的作品；第三，著录《情史》的《苏州府志》是清代同治年间修的，距冯梦龙时代久远。这大概是否定冯梦龙辑评《情史》的学者对这条材料只字不提的原因。看来，《情史》辑评者的问题并没有解决，有必要作进一步的探讨。

　　笔者一直留心这一问题，近期发现一条新材料对解决这一问题非常重要。《千顷堂书目》卷十二《小说类》著录：

　　　　冯梦龙　《智囊》二十卷，又《古今谈概》三十四卷，又《情史》二十四卷。

　　《千顷堂书目》作者黄虞稷，字俞邰，泉州晋江人，生于明崇祯二年（1629），卒于清康熙三十年（1691），是清代著名藏书家。《清史稿》、《清史列传》均有传。其父黄居中（1562—1644），字明立，明季为南京国子监监丞，甲申之变后绝食而死。居中喜藏书，所居千顷斋藏书数万卷，并根据藏书著《千顷斋藏书目录》六卷。虞稷受其父影响，博览群书，学识渊博，亦喜藏书。康熙中，左都御使徐元文荐修《明史》，召入史馆，分纂列传及艺文志，著有《明史艺文志稿》，张廷玉的《明史》《艺文志》即据此书删削而成。所著《千顷堂书目》是在其父《千顷斋藏书目录》六卷的基础上编纂的，所录有明一代之书最为详备。因黄居中《千顷斋藏书目录》失传，现在不能确考千顷堂哪些藏书是黄居中购藏并

　　①　胡士莹：《话本小说概论》，中华书局1980年版，第538页。
　　②　林辰：《明末清初小说述录》，春风文艺出版社1988年版，第165页。

著录，哪些藏书是黄虞稷购藏与增补。但千顷堂所藏冯梦龙的著作，大体可以肯定为黄居中购藏。《千顷堂书目》共著录冯梦龙著作四种，除前引小说三种外，卷二《春秋类》还著录："冯梦龙《春秋衡库》三十卷，前后附录二卷。"这四种著作，除《情史》外，其他几种刊刻年代比较清楚，《春秋衡库》刻于天启五年，《智囊》刻于天启六年，《古今谭概》刻于泰昌元年之前。而黄居中则与冯梦龙为同时代人，居中大冯梦龙十二岁，早冯梦龙两年去世。当著名文人冯梦龙的著作行世时，酷爱藏书的黄居中一定会积极购藏。这恐怕是《千顷堂书目》著录冯梦龙著作多种的原因。还有证明千顷堂所藏冯梦龙著作为黄居中购藏的旁证，在居中去世后，冯梦龙又编刻了《甲申纪事》、《中兴实录》、《中兴伟略》等三种著作，千顷堂均未购藏。我们考证千顷堂所藏冯梦龙著作为黄居中购藏，意在说明，与冯梦龙同时代的人，对冯氏著作的著录应该是可信的。

据此，我认为，《情史》辑评者为冯梦龙，江南詹詹外史为冯梦龙的又一别号。

《情史》除全书署"江南詹詹外史"外，在各卷卷末总评和一部分小说篇末评点又有署名，这些署名分三种情况：第一，大部分是冯梦龙自署别号。各卷卷末总评署"情史氏"或"情主人"，显然是冯梦龙辑评《情史》而用的别号。小说篇末所署"情史氏"、"外史氏"、"子犹"、"子犹氏"，亦为冯梦龙别署。第二，一部分小说篇末评点摘引或转录前人著作，冯梦龙一一注明作者。如杨维桢、弇州山人（即王世贞）、李和尚（即李贽）、钱简栖（即钱希言）、王百谷、长卿氏（即屠隆）。第三，还有一些署名，可能是前人，也可能是冯梦龙的朋友，因知名度不高，难以确考。如房千里、姚叔祥、柳先生。后两种署名可以肯定不是冯梦龙，这类评点在书中不多。另有一别号"戋戋居士"（亦略署"居士"）极可能为冯梦龙。因"戋戋居士"与"詹詹外史"署名相近，"詹詹"出自《庄子·齐物论》："大言炎炎，小言詹詹。""詹詹"为多言、喋喋不休的意思。"戋戋"出自《易·贲》："贲于丘园，束帛戋戋。""戋戋"为众多的意思。"詹詹"与"戋戋"意思相近。

前述否定冯梦龙对《情史》著作权的两条证据，实际上是站不住脚的。冯梦龙以《情史》辑评者朋友的身份作序，其实是冯梦龙乃至明清时期文人在小说戏曲创作中掩饰自己真实身份的惯常做法。冯梦龙在《古今小说叙》中说："茂苑野史氏，家藏古今通俗小说甚富，因贾人之

请，抽其嘉惠里耳者，凡四十种，畀为一刻。余顾而乐之，因索笔而弁其
首。"① 似乎《古今小说》不是冯梦龙编纂。日本学者盐谷温早就考出，
"茂苑野史"就是冯梦龙的别号，② "三言"为冯梦龙编纂，晚明文人、
书坊均有记载。谁也不会因为这篇序而否定冯氏对《古今小说》的著作
权。《警世通言叙》的做法如出一辙，叙云："陇西君海内畸士，与余相
遇于栖霞山房，倾盖莫逆，各叙旅况。因出其新刻数卷佐酒。且曰：尚未
成书。子盍先为我命名。余阅之，大抵如僧家因果说法度世之语，譬如村
醪市脯，所济者众，遂名之曰'警世通言'而从臾其成。"③ 陇西君就是
冯梦龙，台湾学者胡万川、大陆学者陆树仑均有翔实的考证。冯梦龙以
《情史》辑评者朋友身份写序，不仅不能否定冯氏对《情史》的著作权，
反而可以作为冯梦龙辑评《情史》的旁证。

《情史》中引用冯梦龙的作品，也不能证明《情史》的辑评者不是冯
梦龙。冯梦龙选编、评点的散曲集《太霞新奏》，不仅收入冯梦龙的散曲
二十九篇，还有署名"墨憨斋"、"墨憨斋主人"、"墨憨子"的评点数
条。《发凡》中还有这样的说明："北曲，凡第二曲谓之幺篇，南曲谓之
前腔。墨憨斋改刻传奇定本，用其一、其二、三、四，今从之。"④ 冯梦
龙在某部著作中选录、引用自己的其他著作，是常有的事，不能成为否定
其著作权的证据。

陆树仑先生在《三言序的作者问题》一文中，指出"三言"中小说
与《情史》中小说故事相同者，有不少评语也相同。⑤ 如：

《古今小说》第二十八卷《李秀卿义结黄贞女》，有眉批云："确是真
正女道学，可敬，可敬。"

《情史》卷二《王善聪》则批云："善聪真正女道学。"

《警世通言》第二十三卷《乐小舍拼死觅偶》有两条眉批："一对多
情种，非得潮神撮合，且为情死矣。""全是潮王弄奇。"

《情史》卷七《乐和》则，其后评和侧批云："一对多情，若非得潮
神撮合，且为情死矣。""全是潮王弄奇。"

---

① 《冯梦龙全集》第 2 卷，江苏古籍出版社 1993 年版，第 2 页。
② 盐谷温：《关于明代小说三言》，《中国文学研究译丛》，中北书局 1930 年版。
③ 《冯梦龙全集》第 3 卷，第 664 页。
④ 《冯梦龙全集》第 14 卷，第 3 页。
⑤ 陆树仑：《三言序的作者问题》，《中华文史论丛》1985 年第 4 期。

《醒世恒言》第二十八卷《吴衙内邻舟赴约》眉批云："若是一偷而去，各自开船，太平无话，二人良缘终阻，行止俱亏。风息再开，天所以玉成美事也。"

《情史》卷三《江情》后评与上述眉批只有一字之差，"风息"改为"风便"。

这些相同和相似的评语，只能出自一人之手，这人便是冯梦龙。台湾学者胡万川先生也做过类似的工作。

因有这些评语可以证明《情史》的评点确为冯梦龙所作，于是有的研究者只承认《情史》小说篇末的评点（转录他人评语且署名者除外）是冯梦龙作，而编者与卷末总评作者不是冯梦龙，将编者与评者分离开来。① 这种观点首先与全书的署名不符，《情史》署"江南詹詹外史评辑"，即评点与编辑系一人所为，你承认评点是冯梦龙，就必须承认编者也是冯梦龙。其次，书中有不少评点可以证明评者就是编者。如卷十四《刘翠翠》篇末评："事载瞿宗吉《剪灯新话》。后尚有翠翠家旧仆，以商贩过道场山，遇翠翠夫妇，寄书于父母。父买舟来访，徒见二坟，夜复梦翠翠云。似涉小说家套数，今删去。"内容是说明为什么要删除后来的情节，完全是编者的口吻。卷二十一《潘妪》篇末评："武曌妇而帝，老而淫，亦人妖也，已入《情秽类》矣。"这条评语是用来说明武曌本来也应该编入《情妖类》，因前面已将她编入《情秽类》，避免重复，不再编入该卷，特此说明。查卷十七《情秽类》，武曌事确已编入该卷，题《唐高宗武后》。这种评语是编者向读者说明对某篇小说取舍的原因。

这里，顺便对《情史》的辑评时间作一点辨正。徐朔方先生的《冯梦龙年谱》将《情史》辑评时间系于天启元年之后，似嫌太泛。有人说它成书于万历年间，② 则完全错误。《情史》的辑评时间应在崇祯初年。

《情史》卷二《吴江钱生》则附记："小说有《错占凤凰俦》。颜生名俊，钱生名青，高翁名赞，媒为尤辰。……沈伯明为作传奇。"《错占凤凰俦》即话本小说《钱秀才错占凤凰俦》，见冯梦龙编纂的话本集《醒世恒言》。沈伯明即明末清初戏曲家沈自晋，字伯明，号鞠通生，吴江人，冯梦龙的朋友。冯氏云"沈伯明为作传奇"是指沈自晋将《钱秀才

---

① 张丹飞：《冯梦龙非〈情史〉编者考》，《新疆师范大学学报》1996 年第 1 期。
② 同上。

错占凤凰俦》改编为传奇《望湖亭》。《情史》卷二《崑山民》则附记："小说载此事。病者为刘璞，其妹已许字裴九之子裴政矣。璞所聘孙氏，其弟孙润，亦已聘徐雅之女。而润已少俊，代姊冲喜，遂与刘妹有私。及经官，官乃使孙刘为配，而以孙所聘徐氏偿裴。事更奇。"这里所说的小说即话本《乔太守乱点鸳鸯谱》，亦见《醒世恒言》。《钱秀才错占凤凰俦》与《乔太守乱点鸳鸯谱》编在《醒世恒言》第七、第八卷，两篇话本风格相近，题材相同，作者不详。题目是一联工整的对偶，可以肯定为冯梦龙所拟。《醒世恒言》刊于天启七年，《情史》编于《醒世恒言》之后，最早只能在崇祯初年。冯梦龙于崇祯三年出贡，随后任丹徒县训导，崇祯七年升任寿宁知县。崇祯三年之后，冯梦龙似无暇评辑小说，《情史》成书当在崇祯元年至三年之间。

二　"情教"新解

冯梦龙在《情史序》中明确提出了"立情教"的主张，他说："我欲立情教，教诲诸众生。子有情于父，臣有情于君。推之种种相，俱作如是观。"[1] 人们研究冯梦龙的思想，常常取"情教"二字加以阐释，将"教"解释为教育、教化。如方胜《论冯梦龙的"情教"观》一文就这样解释"情教"："何谓情教？简单说，情教就是冯梦龙的教化论。"[2]《冯梦龙论》一书的解释大同小异："用文艺等各种手段宣传情，推行社会教育，这就是情教观的内容。"[3] 其实，这里的"教"是宗教的意思，冯梦龙"立情教"，就是要创立一种与佛教、道教一样的宗教。联系上下文看，冯梦龙表达的意思非常明白。他说："尝戏言：我死后不能忘情世人，必当作佛度世，其佛号当云'多情欢喜如来'。有人称赞名号，信心奉持，即有无数喜神前后拥护，虽遇仇敌冤家，悉变欢喜，无有嗔恶妒嫉种种恶念。"[4] 他完全搬用了佛教的术语与形式，自封"多情欢喜如来"，做情教教主。主情则是情教教义，让世人虔诚信奉。序末作《情偈》，偈则是佛经中的唱词。《情偈》最后两句"愿得有情人，一齐来演法"，"演

①　《冯梦龙全集》第7卷，第1页。
②　《文学遗产》1985年第5期。
③　游友基：《冯梦龙论》，西南师范大学出版社1996年版，第22页。
④　龙子犹：《情史序》，《冯梦龙全集》第7卷，第1页。

法"也是佛教术语。法，佛教泛指宇宙的本原、道理、法术。"演法"就是宣传佛教教义。冯梦龙借来指宣讲情。他自称"戏言"，一则情与佛教是不相容的，冯梦龙与佛教开了个不小的玩笑；二则冯梦龙不可能真的创立情教，并做教主。

从冯梦龙对情的理解来看，他提出的"情教"还真有一点宗教的意味。情在冯梦龙的笔下有三层含义。第一，情首先是指男女之情，即爱情。他说："六经皆以情教也，《易》尊夫妇，《诗》首《关雎》，《书》序嫔虞之文，《礼》谨聘奔之别，《春秋》于姬姜之际详然言之，岂非以情始于男女。"① 所编《情史》，均选爱情小说，可见爱情在冯梦龙情教中占有重要地位。

对于爱情，冯梦龙提倡痴情，《情史》中辑录了大量的情痴的故事，列《情痴类》。这些情痴痴到唯爱是从，不计利害，乃至置生死于度外。如《尾生》："尾生与女子期于梁，女子不来，水至不去，抱梁柱而死。"② 冯梦龙称之为"此万世情痴之祖。"不少情痴，为情而生，为情而死，对此，冯梦龙提出了这样一种看法："人，生死于情者也；情，不生死于人者也。人生，而情能死之；人死，而情又能生之。"（《情史》卷十）就人与情的相互作用而言，情对人的影响比人对情的影响更大，情能使人生，使人死，而人却不能支配情的生死。这种观点显然受到汤显祖的影响。有一情痴洛阳王某与妓女唐玉簪交狎。周府郡王闻玉簪之名，将她召至府中。王某为见玉簪，竟然净身（自阉）进入周府。对此，冯梦龙加了一段评点："相爱本以为欢也，既净身矣，安用见为？噫！是乃所以为情也。夫情近于淫，而淫实非情。今纵欲之夫，获新而置旧；妒色之妇，因婢而虐夫，情安在乎！惟淫心未除故耳。"（《情史》卷七）在冯梦龙看来，情与欲是有联系的，但欲并不等于情，好色纵欲之徒绝不会是有情人，超越欲的情才是一种纯真的情。

与倡导痴情相联系，冯梦龙谴责负心薄幸、食方背盟的行为。《情史》中有《情报类》，均收负心获恶报的故事。周廷章始乱终弃，王娇鸾告之县令，愤而自缢，县令严惩周氏。冯梦龙于篇末批云："负心之人，不有人诛，必有鬼谴。惟不谴于鬼而诛于人，尤见人情之公耳。"（《情

---

① 詹詹外史：《情史序》，《冯梦龙全集》第7卷，第3页。
② 冯梦龙：《情史》卷七，《冯梦龙全集》第7卷，第226页。

史》卷十六）该篇又改编为话本小说，收在"三言"中。《莺莺》（即
《莺莺传》）中，张生负莺莺，而元稹称"时人多许张为善补过者。"冯梦
龙对此极为不满，他说："传云时人以张为善补过者，夫此何过也？而如
是补乎？如是而为善补过，则天下负心薄幸，食言背盟之徒，皆可云善补
过矣！女子钟情之深，无如崔者。乱而终之，犹可救过之半。妖不自我，
何畏乎尤物？微之与李十郎一也，特崔不能为小玉耳！"（《情史》卷十）
冯梦龙同意《莺莺传》为元稹自叙传的说法，认为元稹与李益一样也是
负心汉，只是莺莺没有像霍小玉那样采取激烈的报复行动。

　　对负心行为的批评，在冯梦龙的笔下不分男女，男负女要批评，女负
男也一样。《情报类》第一篇《荥阳郑生》即白行简的《李娃传》，冯梦
龙发了一通与众不同的议论："世览《李娃传》者，无不多娃之义。夫娃
何义乎？方其坠鞭流盼，惟恐生之不来。及夫下榻延欢，惟恐生之不固。
乃至金尽局设，与姥朋奸，反惟恐生之不去。天下有义焉如此者哉！幸生
忍羞耐苦，或一旦死于邸，死于凶肆，死于箠楚之下，死于风雪之中，娃
意中已无郑生矣！肯为下一滴泪耶？"（《情史》卷十六）在对李娃的指责
中我们隐约地感到冯梦龙失慧卿的切肤之痛。

　　第二，情又指人类的各种情感，包括君臣、父子、兄弟、朋友之情。
他说："凡民之所必开者，圣人亦因而导之，俾勿作于凉，于是流注于君
臣、父子、兄弟、朋友之间而汪然有余乎！"① 各类情感的理想状况就是
儒家伦理标准。在谈到通俗小说的时候，冯梦龙说过这样一番话："六
经、《语》、《孟》，谭者纷如，归于令人为忠臣、为孝子、为贤牧、为良
友、为义夫、为节妇、为树德之士、为积善之家，如是而已矣。""而通
俗演义一种，遂是以佐经书史传之穷。"② 冯梦龙出身书香门第，从小接
受传统教育，读"四书"、"五经"，成年后一直研读经学，习八股，考科
举，受儒家伦理思想的潜移默化的影响在情理之中。

　　在晚明进步作家的思想中，情与理是对立的，不可调和的。汤显祖就
认为"理有者情必无，情有者理必无"。他创作《牡丹亭》就是要以情反
理。在冯梦龙的思想中，有明显的情理融合的倾向，他既要提倡情，又要
维护封建伦理。他说："自来忠孝节烈之事，从道理上做者必勉强，从至

<hr>

① 詹詹外史：《情史序》，《冯梦龙全集》第 7 卷，第 3 页。
② 冯梦龙：《警世通言叙》，《冯梦龙全集》第 3 卷，第 663 页。

情上出者必真切。夫妇其最近者也，无情之夫，必不能为义夫；无情之妇，必不能为节妇。世儒但知理为情之范，孰知情为理之维乎。"（《情史》卷一）在冯氏看来，情理不是对立的，完全可以统一，统一的状态就是出自至情的忠孝节义。

　　冯梦龙的思想又与传统的儒家伦理观念不同，他对妇女的贞节的看法便是一例。用传统的贞节观看，妓女绝不可能被称为贞节之妇，而冯梦龙在《情贞类》中却收了不少妓女。他说："张小三，高娃，虽妓，固处子也，特不幸而堕落于市门。然门如市，心如冰矣。杨娟以下，所谓露水司眷属也，乃情之所钟，死生以之。不从一而死，能从一而终，丑以晚盖，即品曰贞，何忝乎！"（《情史》卷一）冯梦龙认为，妓女的遭遇是值得同情的，倚门卖笑并不是她们的过错，大多数妓女是身不由己。行为上，她们是以色侍人，而情感上，却是一片空白。最后择人从良，从一而终，同样是贞节之妇。

　　冯梦龙并不一味地提倡守节，对寡妇改嫁持相当宽容、人道的看法。在《惠士玄妻》后，冯氏有一篇附记："或言贞妇不必死者，固也。顾死岂不贞者所能办耶？昔有妇以贞节被旌，寿八十余，临殁，召其子至前，嘱曰：'吾今日知免矣。倘家门不幸，有少而寡者，必速嫁，毋守。节妇非容易事也。'因出左手示之，掌心有大疤，乃少时中夜心动，以手拍案自忍，误触烛钉，贯其掌。家人从未知之。然则趁情热时，结此一段好局，不宜善乎！"（《情史》卷一）这一故事，客观上暴露了守节的残酷，冯梦龙的倾向也表达得非常清楚。冯梦龙甚至称赞卓文君私奔，她说："相如不遇文君，则绿绮之弦可废；文君不遇相如，两颊芙蓉，后世亦谁复有传者。是妇是夫，千秋佳偶，风流放诞，岂足病乎！"（《情史》卷四）

　　第三，情又是指天地万物生成的本源和联系的纽带。冯梦龙说："天地若无情，不生一切物。一切物无情，不能环相生。生生而不灭，由情不灭故。""万物如散钱，一情为线索。散钱就索穿，天涯成眷属。"（龙子犹《情史序》）他是尽可能地将情泛化，让它无所不包。正是这种思想，才使情教具有了宗教的特征。冯梦龙的这种观点，源于他对人与物关系的认识。他说："万物生于情，死于情，人于万物中处一焉，特以能言，能衣冠揖让，遂为之长，其实觉性与物无异。"（《情史》卷二十三）物通人性，人与人之间有情，物与物之间、物与人之间也有情。因而他所辑

《情通类》，尽是物有人情的传说故事。从科学的角度看，动植物是没有情感的，所具有的不过是生存繁衍的本能。冯梦龙列举的"羊跪乳为孝，鹿断肠为慈，蜂立君臣，雁喻朋友，犬马报主，鸡知时，鹊知风，蚁知水，啄木能符篆"，(《情史》卷二十三) 大抵如此。文学不是科学，宗教更不是科学，作家完全可以根据自己的理解、想象去解释万事万物。

冯梦龙主张万物有情的观点，其动机是要劝世人做有情人。他将人与物进行比较，认为"其精灵有胜于人者，情之不相让可知也。"进而棒喝世人："故人而无情，虽曰生人，吾直谓之死矣。"(《情史》卷二十三)

主情是晚明人性解放思潮的重要特征，李卓吾、汤显祖、袁宏道都提出过类似的主张，冯梦龙以情立教，将情提到了前所未有的高度，他要世人像信仰宗教那样虔诚地相信情，这样世道人心将会彻底改观，"无情化有，私情化公，庶乡国天下，蔼然以情相与，于浇俗冀有更焉。"(龙子犹《情史序》) 冯梦龙甚至认为情教比佛教、儒教功效更大、更明显。他说："佛亦何慈悲，圣亦何仁义。倒却情种子，天地亦混沌。"(龙子犹《情史序》) 佛教是与情不相容的，更是在他的抨击之列。"异端之学，欲人鳏旷以求清净，其究不至无君父不止，情之功效亦可知已。"(詹詹外史《情史序》) 在冯梦龙看来，情是解决世间一切问题的灵丹妙药，只要有了情，世界将会变成一个井然有序的人间天堂。这恐怕只能是冯梦龙宗教式的梦想。

(本文第一部分原载《中央民族大学学报》2001 年第 3 期，第二部分原载《明清小说研究》2003 年第 1 期)

凌濛初的尚奇观与二拍之奇

一

凌濛初将他的两本话本小说集命名为"拍案惊奇"和"二刻拍案惊奇",据《二刻拍案惊奇小引》记载,他写完第一种话本集后,"同侪过从者索阅一篇竟,必拍案曰:'奇哉所闻乎!'"① 这可以看作他对话本集命名的解释。在《拍案惊奇序》中,凌濛初又对奇作了具体阐释:"语有之:'少所见,多所怪。'今之人但知耳目之外,牛鬼蛇神之为奇,而不知耳目之内日用起居,其为谲诡幻怪,非可以常理测者固多也。"② 由此可见,尚奇是凌濛初小说理论的核心内容。

话本小说在入话和结尾处,小说家可以就小说的人物、故事、立意等直接发表议论,联系这些议论,我们可以比较全面地理解凌濛初笔下奇的基本含义。在凌濛初的笔下,奇有新鲜、稀有、少见的意思。"二拍"中的故事,凌濛初都称为奇事,而在小说中,他有时用奇事、异事、奇怪,有时用"新闻"、"稀有"、"罕见"等。《拍案惊奇》卷之一入话:"而今说一个人,在实地上行,步步不着,极贫极苦的,却在渺渺茫茫、做梦不到的去处,得了一主没头没脑钱财,变成巨富。从来希有,亘古新闻。"③卷之二入话:"今日再说一个容貌厮象,弄出好些奸巧希奇的一场官司来。"④《拍案惊奇》卷之五结尾:"这话传出去,个个奇骇,道是新闻。"⑤ 卷之六入话:"而今还有一个正经的妇人,中了尼姑毒计,到底不

---

① 凌濛初:《二刻拍案惊奇小引》,《二刻拍案惊奇》,上海古籍出版社1983年版,第1页。
② 凌濛初:《拍案惊奇序》,《拍案惊奇》,上海古籍出版社1982年版,第1页。
③ 凌濛初:《拍案惊奇》,第4页。
④ 同上书,第29页。
⑤ 同上书,第90页。

甘，与夫同心合计，弄得尼姑死无葬身之地。果是快心，罕闻罕见。"①
此类议论，不胜枚举。可见，凌濛初所说的奇就是新奇、罕见的事物。新
奇、罕见并不等于子虚乌有，恰恰相反，凌濛初坚决反对小说写牛鬼蛇
神、荒诞不经之事。他在《拍案惊奇凡例》指出："事类多近人情日用，
不甚及鬼怪虚诞。正以画犬马难，画鬼魅易，不欲为其易而不足征耳。亦
有一二涉于神鬼幽冥，要是切近可信，与一味驾空说谎，必无是事者不
同。"② 在戏曲评论中，凌濛初也提出了完全相同的观点，他说："旧戏无
扭捏巧造之弊，稍有牵强，略附鬼神作用而已，故都大雅可观。今世愈造
愈奇，假托寓言，明明看破无论，即真实一事，翻弄作乌有子虚。总之，
人情所不近，人理所必无，世法既不自通，鬼谋亦所不料，兼以照管不
来，动犯驳议，演者手忙脚乱，观者眼暗头昏，大可笑也。"③ 凌濛初所
倡导的奇不是耳目之外的牛鬼蛇神，而是耳目之内日用起居中真实存在而
又稀有、少见的新闻事件。

　　用奇来评价小说乃至文学并非凌濛初的创造，六朝时期批评家就常用
奇来评价诗文和小说，而凌濛初奇在日用起居中的观点在小说批评史上极
富理论价值和创新意义。历代小说家和小说理论家对奇的认识大体经过了
三个阶段，六朝时期，志怪小说盛行，"凡小说以异名者甚众"。④ 如《神
异记》、《述异记》、《异苑》等，这一时期，奇异往往与神仙鬼怪联系在
一起，文人一方面承认这些小说具有奇异的特征，另一方面强调这些并非
虚言。葛洪《神仙传自序》认为此传"深妙奇异"，又强调"宁子入火而
陵烟，马皇见迎于护龙，方回变化于云母，赤将茹葩以随风"⑤ 等神仙得
道之事真实可信。萧绮称赞"王子年乃搜撰异同，而殊怪比举，纪事存
朴，爱广向奇，宪章稽古之文，绮综编杂之部，《山海经》所不载，夏鼎
未之或存，乃集而纪矣。"⑥ 也是将《拾遗记》当纪实来看待的。郭璞为
了使"逸文不坠于世，奇言不绝于今"而注《山海经》，在序中反复论证
《山海经》并不可怪："世之所谓异，未知其所以异，世之所谓不异，未

<hr />

① 凌濛初：《拍案惊奇》，第 99 页。
② 凌濛初：《拍案惊奇凡例》，第 3 页。
③ 凌濛初：《谭曲杂札》，《中国古典戏曲论著集成》（四），中国戏剧出版社 1959 年版，
第 258 页。
④ 胡应麟：《少室山房笔丛》，上海书店出版社 2001 年版，第 364 页。
⑤ 葛洪：《神仙传自序》，《中国历代小说论著选》上编，江西人民出版社 1985 年版，第 14 页。
⑥ 萧绮：《拾遗记序》，《中国历代小说论著选》上编，第 29 页。

知其所以不异。何者？物不自异，待我而后异，异果在我，非物异也。……夫玩所习见，而奇所希闻，此人情之常蔽也。今略举所以明者，阳火出于冰水，阴鼠生于炎山，而俗之论者，莫之或怪，及谈《山海经》所载而咸怪之，是不怪所可怪，而怪所不可怪也。"① 他承认《山海经》是"奇言"，这种"奇"只是因为它不常见，并不认为它是幻想。唐宋时期，随着传奇的兴盛，人们对奇的认识也发生了变化。小说家常用异来"语其世事之特异者"②，如《卓异记》、《摭异记》、《博异记》等。李翱《卓异记序》云："皇唐帝功，瑰特奇伟，前古无可比伦。及臣下盛事，超绝殊常，挥昔而照今。"③ 他所说的"瑰特奇伟"、"超绝殊常"之事，就是唐代朝廷盛事，而非神仙鬼怪之事。甚至文人的恋情也可以称为奇事，洪迈《容斋随笔》引《唐人说荟·例言》："唐人小说，小小情事，凄婉欲绝，洵有神遇而不自知者，与诗律可称一代之奇。"④ 这种认识一直延续到明代。明人徐如翰《云合奇踪序》："天地间有奇人始有奇事，有奇事乃有奇文。夫所谓奇者，非奇衺奇怪诡奇僻之奇，正惟奇正相生足为英雄吐气豪杰壮谭，非若惊世骇俗咋指而不可方物者。""遂忘其丑拙，僭弁简端，因以告后之好奇者，不必搜奇剔怪，即君臣会合间而奇踪即在于是。然则高皇帝千古奇造，英烈诸公振世奇猷，非文长奇笔奇思，又恶能阐发其快如是乎哉。"⑤ 但他们所说的奇还是限于帝王将相、才子佳人之"超绝殊常"者。凌濛初则将眼光投向市井、投向民间，在日用起居中发现奇，对奇的认识发生了革命性的变化。而且影响了周围的一批文人，曾为凌濛初《二刻拍案惊奇》作序的睡乡居士称赞凌濛初"其人奇，其文奇，其遇亦奇"，其对奇的认识与凌濛初完全一致："今小说之行世者，无虑百种，然而失真之病，起于好奇。知奇之为奇，而不知无奇之所以为奇。舍目前可纪之事，而驰骛于不论不议之乡。如画家之不图犬马，而图鬼魅者，曰：吾以骇听而止耳。夫刘越石清啸吹笳，尚能使群胡流涕解围而去。今举物态人情，恣其点染，而不能使人欲歌欲泣于其间，

---

① 郭璞：《注山海经叙》，《中国历代小说论著选》上编，第7页。
② 李浚：《摭异记序》，转引自《中国历代小说论著选》上编，第56页。
③ 李翱：《卓异记序》，《中国历代小说论著选》上编，第55页。
④ 洪迈：《容斋随笔》，《中国历代小说论著选》上编，第64页。
⑤ 徐如翰：《云合奇踪序》，《中国历代小说论著选》上编，第211页。

此其奇与非奇，固不待智者而人后知也。"① 抱瓮老人编《今古奇观》，选凌濛初"二拍"小说十一篇，书名则明显受"二拍"命名的启发。笑花主人《今古奇观序》中对奇的理解，也与凌濛初相同："夫蜃楼海市，焰山火井，观非不奇，然非耳目经见之事，未免为疑冰之虫。故夫天下之真奇，在未免不出于庸常者也。"②

凌濛初对奇的全新认识，有其个人的原因，更主要的是时代赋予他的创造精神。话本在晚明时期的勃兴，与市民的参与有密切的关系，从冯梦龙开始，文人作家在创作话本的时候，总是充分考虑市民读者的审美需求，讲述发生在他们身边的故事，表现他们的思想情感。冯梦龙在《警世通言叙》指出："经书著其理，史传述其事，其揆一也。理著世不皆切磋之彦，事述世不皆博雅之儒。于是乎村夫稚子，里妇估儿，以甲是乙非为喜怒，以前因后果为劝惩，以道听途说为学问，而通俗演义一种，遂足以佐经书史传之穷。"③ 甲是乙非、前因后果、道听途说，就是那些耳目之内的市井新闻，实际上，从"三言"开始，话本创作已经形成了从日用起居、现实生活中取材，写普通人的喜怒哀乐的创作倾向。凌濛初结合自己的创作体会，总结话本的创作经验，提出了奇在"耳目之内日用起居"中的观点。

凌濛初对奇的认识，明显受到李贽的影响。李贽《复耿侗老书》云："世人厌平常而喜新奇，不知言天下之至新奇莫过于平常也。日月常，而千古常新；布帛菽粟常，而寒能暖、饥能饱，又何其奇也！是新奇正在于平常。世人不察，反于平常之外觅新奇，是岂得谓之新奇乎？"④ 在这封信中李贽提出了"新奇正在于平常"的哲学观点，凌濛初将这一观点移植到小说理论中，对小说之奇的认识有了重大突破。

二

凌濛初的尚奇观是他在创作"二拍"的过程中形成的，他对奇的认识主要围绕"二拍"而发。从"二拍"的命名也可以看出凌濛初认为

---

① 睡乡居士：《二刻拍案惊奇序》，《二刻拍案惊奇》第 1 页。
② 笑花主人：《今古奇观序》，《中国历代小说论著选》上编，第 263—264 页。
③ 冯梦龙：《警世通言叙》，《冯梦龙全集》第 3 卷，江苏古籍出版社 1993 年版，第 663 页。
④ 李贽：《焚书》卷二，《焚书　续焚书》，中华书局 1975 年版，第 60 页。

"二拍"是一部奇书,这两种话本集很好地体现了他的尚奇观。

上文已经指出,凌濛初所说的奇就是新奇的意思,而这种新奇存在于"耳目之内日用起居"之中。具体考察这两种小说集,笔者以为,"二拍"的新奇之处主要表现在三个方面,首先是题材方面。"二拍"确如凌濛初在《拍案惊奇凡例》中所说:"事类多近人情日用,不甚及鬼怪虚诞。正以画犬马难,画鬼神易,不欲为其易而不足征耳。亦有一二涉于神鬼幽冥,要是切近可信,与一味驾空说谎,必无是事者不同。"书中少量的鬼神内容在全部七十八篇小说中所占比例甚小,绝大多数小说取材于现实生活。这些来源于日用起居的题材,前人并不是没有写过,但是"二拍"对一些题材进行了新的开掘。我们以商贾题材为例加以说明。在"二拍"之前,写商贾题材要数"三言"最为丰富,如《施润泽滩阙遇友》写施润泽养蚕织绸,卖绸赚钱,几年下来,施家由一张绸机发展到三四十张绸机,成为富冠一镇的作坊主。但这篇小说的重点并不是写施润泽经商赚钱的过程,而是写他为人厚道,拾金不昧,善有善报,发家致富。《卖油郎独占花魁》写小商人秦重忠厚老实,挑担卖油,后来开了油铺,挣起巨大的家业。这篇小说的重点也是写秦重怎样凭借自己的忠厚老实、知情识趣赢得花魁娘子的爱情的过程。《徐老仆义愤成家》虽然写了阿寄用十二两银子做本钱,外出贩漆贩米,帮主母挣了几千两银子的故事,但主要篇幅还是写仆人阿寄对主人的忠诚。也就是说,"三言"商贾题材小说主要还不是写商人对金钱的狂热追逐、经商挣钱的手段与过程等职业特点,很难称之为地道的商贾小说。这样说,丝毫没有贬低"三言"的意思,它比此前的小说对商人的描写都要充分,达到了历史的高度。稍后的"二拍"对商贾题材的描写,确实扩展到前人所很少涉足的领域。《叠居奇程客得助 三救厄海神显灵》写商人程宰先用十两银子,买下黄柏、大黄两味中药各千来斤,不久疫疠流行,两味中药卖了五百多两银子。又用五百两银子买下五百匹受潮的彩缎,不到一月,宁王造反,辽兵南下征讨,军中换戎装旗帜,程客赚了三倍的价钱。后来又用千金买了六千匹白布,次年武宗驾崩,天下戴孝,又赚了三四千两。十两银子的本钱,几年时间挣了六七万两的利息。程宰经商的手段就是人弃我取,囤积居奇,贱买贵卖,赚取暴利。这种经营方式有背传统的道德观念,确实是古今中外商人获取暴利的常用手段。凌濛初对此作了完全肯定的评价。程宰的形象虽然有《辽阳海神传》做基础,凌濛初显然融入了晚明商人的特征,使之具有了全新的意义。《转运汉遇巧洞庭红　波斯胡指破鼍龙壳》更是新奇，它写了文若虚与张大、李二一拨商人做海外贸易的故事。张大等人长期往返于中国与吉零国之间，"元来这边中国货物，拿到那边，一倍就有三倍价。换了那边货物，带到中国，也是如此。一往一回，却不便有八九倍利息？"① 初次出海的文若虚用朋友送的一两银子买了一竹篓红橘，贩到吉零国赚了几百两银子，岂只三倍价钱。《泾林续记》关于本事的记载非常简略，且称闽广通番商人为"奸商"。凌濛初不仅肯定了这些商人冒死出海挣钱的胆略与勇气，还仔细描写了买卖双方讲价还钱的微妙心理与言行，文若虚最初是一个银钱一个橘子，看到买主众多，就势拿班涨价，两个银钱一个，最后涨到三个银钱一个。从小说对吉零国货币的叙述来看，凌濛初显然缺乏国外生活的经验与常识，小说对文若虚出售红橘过程的描写其实就是晚明时期市井之中司空见惯的经商场景的再现。写海外贸易，写经商场面，写商人一本万利、一夜暴富的梦想，在"二拍"以前，中国小说史上的确罕见。

其次是情节的新奇。李渔在《闲情偶寄》卷一中曾专门谈到新奇问题："古人呼剧本为传奇者，因其事甚奇特，未经人见而传之，是以得名，可见非奇不传。新即奇之别名也，若此等情节业已见之戏场，则千人共见，万人共见，绝无奇矣，焉用传之？是以填词之家，务解传奇二字，欲为此剧，先问古今院本中曾有此等情节与否，如其未有，则急急传之，否则枉费辛苦，徒作效颦之妇。"② 源于讲故事的话本小说，情节的新奇更加重要，凌濛初深谙此理，创作话本尤其注重情节的创新。爱情小说在文学史上可谓汗牛充栋，要在情节上出新难度很大，凌濛初知难而进，在"二拍"写了不少爱情故事，有些故事情节新颖别致。《同窗友认假作真女秀才移花接木》如果只是写文俊卿女扮男妆，到学堂读书，考中秀才，"也只是蜀中做惯的事"，不足为奇；如果只是写文俊卿与杜子中的恋爱婚姻，也不过是文学史上写滥了的才子佳人故事。这篇小说奇就奇在文俊卿女扮男妆与杜子中、魏撰之同窗多年，杜、魏二人毫不知情，而文俊卿却自己做主在两位同窗中挑一个嫁人，一向在恋爱婚姻中处于被动地位（被追求、被选择）的女性，变成了挑选男人的主动者，真是闻所未闻。

---

① 凌濛初：《拍案惊奇》卷之一，第 8 页。
② 李渔：《闲情偶寄》卷一，《李渔全集》第 11 卷，浙江古籍出版社 1992 年版，第 9 页。

不仅如此，文俊卿在女扮男妆赴京救父的途中，被成都景小姐看中，景小姐托人作伐，后来被文俊卿移花接木，将景小姐嫁给了魏撰之。又是一个凰求凤的故事。当凌濛初写完两个相互关联的爱情故事后，也不禁感叹："这是蜀多才女，有如此奇奇怪怪的妙话。卓文君成都当垆，黄崇嘏相府掌记，又平平了。"① 谭正璧先生的《三言二拍资料》对"三言""二拍"小说本事作了深入的考证与广泛的辑录，没有发现与这篇小说相同的故事。前面谈到的《转运汉遇巧洞庭红　波斯胡指破鼍龙壳》，写文若虚在海岛上发现一个鼍龙壳，运回福建，卖了五万两银子。这应该是根据传说故事改编的。鼍龙，据《辞海》解释，就是扬子鳄，为我国特产，分布在安徽、江苏、浙江、江西一带，穴居池沼底部。它不会生存于海岛，也不会蜕一个龟壳，更不会在肋节处长二十四颗夜明珠。凌濛初通过对这个故事的加工和改写，用以表现明代商人一夜暴富的渴求，非常的真实与新颖。

再次是观念的新奇。凌濛初出身于书香门第，其祖、父均中过进士做过官。凌濛初从小接受传统教育，读四书五经，准备科举考试，十八岁便考取秀才，也就是说，凌濛初接受的是宋明理学家的思想，令人惊讶的是，"二拍"中流露的一些观念却与宋明理学大相径庭。作为一个攻读理学多年的士子，对理学大家朱熹理应毕恭毕敬、顶礼膜拜，但在《硬勘案大儒争闲气　甘受刑侠女著芳名》中，凌濛初写朱熹听说唐仲友说自己"不识字"，朱熹便利用职权，取了唐仲友的印信，参奏唐仲友与妓女通奸，并将妓女严蕊收监，严刑逼供。朱熹奏劾唐仲友事，宋人有不同记载，凌濛初采信《齐东野语》卷十七《朱唐交奏本末》的说法，并且虚构一些细节，将朱熹写成了一个心胸狭小，挟私报复，偏执成性，心狠手辣的小人，而且作者有意识将朱熹与妓女进行对照，言其人品远在妓女之下。这种思想观念岂止是新奇，在崇尚理学的明代，简直是惊世骇俗。《满少卿饥附饱扬　焦文姬生仇死报》写一个负心汉遭报应的故事，并不新鲜，入话中一段议论让人称奇。"天下事有好些不平的所在。假如男人死了，女人再嫁，便道是失了节，玷了名，污了身子，是个行不得的事，万口訾议。及至男人家丧了妻子，却又凭他续弦再娶，置妾买婢，做出若干的勾当，把死的丢在脑后，不提起了，并没人道他薄幸负心，做一场话

①　凌濛初：《二刻拍案惊奇》卷十七，第365页。

说。就是生前房室之中，女人少有外情，便是老大的丑事，人世羞言；及至男人家撇了妻子，贪淫好色，宿娼养妓，无所不为，总有议论不是的，不为十分大害。所以女子愈加可怜，男子愈加放肆。这些也是伏不得女娘们心里的所在。"① 在这段议论中，凌濛初提出了男女在婚姻方面不平等的问题，男人死了妻子，可以续弦再娶，女人死了丈夫，要是改嫁，就是失了名节。男人可以一夫多妻，置妾买婢，女人只能从一而终。男人可以好色贪淫，嫖娼养妓，女人要是有外情，就是老大丑事，将被休弃。凌濛初的议论具有很强的现实针对性，他所提到的这些现象在明代乃至整个封建社会普遍存在，享有各种特权的男人们视之为理所当然，凌濛初站在女性的立场，对歧视女性的婚姻制度、贞节观念提出了质疑，为女人鸣不平。当然凌濛初并不是说男人不能续弦，女人可以有外情，可以一妻多夫，而是从男女平等的角度立论，完全可以成立。这种观念，在男尊女卑思想根深蒂固的明代，不能不叫人拍案惊奇！"二拍"观念的新奇，除了小说的议论与情节所体现的凌濛初的思想观念外，还有小说所描写的人物的观念。《酒下酒赵尼媪迷花　机中机贾秀才报怨》中，贾秀才与巫娘子夫妻恩爱，巫娘子在庵里遭人暗算，受到侮辱，回家将此事告诉丈夫，贾秀才并没有因此责怪妻子，而是同心合计，报仇雪恨。贾秀才对"失身"妻子的态度，反映了晚明时期贞节观念的淡化，当巫娘子要自尽时，贾秀才说："此非娘子自肯失身。这是所遭不幸，娘子立志自明。"② 妻子"失身"，并没有影响夫妻感情，相反，"那巫娘子见贾秀才干事决断，贾秀才见巫娘子立志坚贞，越相敬重。"③ 以前，学术界有一种流行的观点，认为《蒋兴哥重会珍珠衫》"反映了封建贞节观念在市民阶层中逐渐失去它的作用"，这种解读并不符合作品实际，如果说王三巧初次失身于陈大郎是受人陷害，可以原谅，那么她以后的行为，则完全是对爱情婚姻的背叛，没有让蒋兴哥原谅的理由，事实上，蒋兴哥得知此事后，马上休了她。最后的所谓破镜重圆，却是"妻还作妾亦堪羞"。妾在封建社会是男人们可以买卖、赠送的玩物，没有所谓的贞节要求，商人、贵族公子可以买妓女做妾，蒋兴哥接受王三巧做妾，并不能说明贞节观念的淡化。贾秀

---

① 凌濛初：《二刻拍案惊奇》卷十一，第 225 页。
② 凌濛初：《拍案惊奇》卷之六，第 107 页。
③ 同上书，第 112 页。

才的行为才比较典型地反映出这一社会现象。明代徽州是一个出商人的地方，经商的人多，导致人们对商人与商业的看法也随之发生了变化。《叠居奇程客得助　三救厄海神显灵》介绍徽州经商的观念与习俗，"却是徽州风俗，以商贾为第一等生业，科第反在次着"。"徽人因是专重那做商的，所以凡是商人归家，外而宗族朋友，内而妻妾家属，只看你所得归来的利息多少为重轻。得利多的尽皆爱敬趋奉；得利少的，尽皆轻薄鄙笑。犹如读书求名的中与不中归来的光景一般。"① 在徽州，已不再是"万般皆下品，唯有读书高"了，经商赚钱也是一件荣耀的事情。这种观念带有鲜明的时代特点，也非常新奇。

（原载《北方论丛》2006 年第 6 期）

---

① 凌濛初：《二刻拍案惊奇》卷三十七，第 680—681 页。

《西游补》作者与原本考辨

一

众口一词，《西游补》作者为董说。但现存《西游补》的最早刊本——明崇祯年间嶷如居士序本①却署"静啸斋主人"，卷首《西游补答问》亦署"静啸斋主人识"。排除先人为主思想的影响，来考证《西游补》的作者，应该先弄清静啸斋主人是何人。

台湾学者曾永义先生说："《西游补》卷首有静啸斋主人之'答问'，其第二则云：'问：《西游》旧本，妖魔百万，不过欲剖唐僧而俎其肉，子补西游，而鲭鱼犹迷大圣，何也？'明为作者口吻，故'静啸斋主人'，当为董说之别号。"②静啸斋主人为《西游补》作者，有署名为证，不必赘述。曾说静啸斋主人为董说，是先肯定《西游补》作者为董说，然后反推而来的。这样考证作者，显然是不科学的。

我们发现，静啸斋主人不是董说，而是董说的父亲董斯张。静啸斋是董斯张的室名。他的著作多以静啸斋命名。如《静啸斋集》，朱彝尊《静志居诗话》记载："董斯张，字遐周，乌程人，国子监生，有《静啸斋集》。"冯梦龙《太霞新奏》卷十云："遐周绝世聪明，其所著《广博物志》、《静啸斋集》，俱为文人珍诵，惜词不多作。"还有《静啸斋存草》、《静啸斋遗文》，清汪曰桢《南浔镇志》、近人周庆云《南浔志》均有著录。以室名作书名，为古人通例。静啸斋又是董斯张的别号。《太霞新奏》卷七收有冯梦龙的散曲《怨离词·为侯慧卿》，曲后有附评："静啸

---

① 孙楷第先生的《中国通俗小说书目》谓明崇祯刊本"首癸丑孟冬天目山樵序"，误。天目山樵为晚清张文虎别号，张序系后来刊本所加。

② 曾永义：《董说的"鲭鱼世界"》，刘世德编《中国古代小说研究》，上海古籍出版社1983年版。

斋评云：子犹自失慧卿，遂绝青楼之好，有《怨离诗》三十首，同社和者甚多，总名《郁陶集》。如此曲，直是至情迫出，无一相思套语。至今读之，犹可令人下泪。"《太霞新奏》成书于天启五年，董说时年六岁，不可能去评冯梦龙的散曲。这里的静啸斋当为董斯张无疑。董斯张是冯梦龙的好朋友，冯梦龙曾作散曲《为董遐周赠薛彦升》；董斯张曾参阅冯梦龙的经学著作《麟经指月》。也只有好朋友，才会知道冯梦龙的私事。冯梦龙在这里直接用静啸斋作为董斯张的别号，古人室名别号并不分得那样清楚，混用十分普通。沈自晋说："前辈诸贤不暇论，新词家诸名笔如临川、云间、会稽诸家，古所未有，真似宝光陆离，奇彩腾跃。及吾苏同调，如剑啸、墨憨以下，皆表表一时。"① 剑啸阁、墨憨斋分别为袁于令、冯梦龙的室名，这里却当别号用。在室名的后面加上"主人"作为别号，更是司空见惯。冯梦龙又叫墨憨斋主人，汤显祖叫玉茗堂主人，董斯张署静啸斋主人，只不过采用了当时人们常用的署名方法。

既然静啸斋是董斯张的室名，静啸斋主人是董斯张的别号，那么《西游补》的作者只能是董斯张，而不可能是董说。在我们这个重孝道的礼仪之邦里，儿子应该避父亲的名讳，而不可能用父亲的别号，古今也没有子用父号的先例。更何况是在为正统文人所不齿的小说上署名。

有材料可证，董斯张确实写过小说。董斯张死后，他的好友归安闵元衢曾作《祭董遐周文》，祭文写道："兄之家事，洊以文名，兄尤早振黉序，使无文园之病，将荷宗伯、给谏两公之绪而益光大之。假使伏生之年，其所著诗文以迄稗官，未知与用修、元美孰多，而乃月犯少微，偏应吴中也。可胜悼哉！"② "稗官"即小说。现存文献著录董斯张著作共十几种，却无一可称"稗官"。原因很清楚，古人轻视小说，未予著录。明人冯梦龙、凌濛初所著"三言"、"二拍"，在正史、方志中，亦无著录。此处"稗官"当指董斯张所作《西游补》，因为我们尚未发现董斯张作有其他小说。闵元衢是董斯张的好友，董斯张生前，闵氏曾参与其著述活动，《行笈日涉录》云："叔高祖遐周先生，晚与同郡闵康侯、子京兄弟共纂《吴兴备志》，成于天启中而先生即世，草稿粗具，几于失次，族叔迎年

---

① 沈自晋：《重定南词全谱凡例》，《南词新谱》，中国书店1985年影印本。
② 见周庆云《南浔志》卷四六。

先生为之整齐而手录之，可谓贤矣。"① 康侯为闵元衢字。董斯张死后，闵氏又参与整理刊行其遗著。《行笈日涉录》又云："《吴兴艺文志》六十三卷，遐周先生汇编。自六十四卷以下韩圣开续成，六十五、六卷即录遐周先生文与诗之关涉吴兴者。六十七卷至七十卷闵康侯又为之补遗，始自汉献帝诏，至遐周先生诗余终焉。"② 闵元衢应见过董斯张的全部著作，祭文所述亦当属实。

　　从董斯张的生活经历和性格爱好来看，他比董说更具备写《西游补》的条件。董斯张，字遐周，乌程人。生于万历十四年，卒于崇祯元年，终年四十三岁。卒年有董斯张之孙董裘夏《遐周先生言行略》的记载："先生晚病足，杜门著述，体清羸，自为《瘦居士传》行世，辑《吴兴备志》未竟，崇祯戊辰八月廿四日卒，前一日犹兀兀点笔也，年仅四十有三。"③ 生年是我们推算的。董斯张生活在晚明最昏庸的万历、泰昌，天启年间，于腐败的政治感受最深。他出生于一个世代显贵的家庭，祖父董份官至礼部尚书，父亲董道醇为南京给事中，长兄董嗣成为礼部员外郎，三兄董嗣昭为礼部观政。一家三代四进士，均为京官。"世贵显，豪富冠东南"。④可到董斯张时，董家政治上失势，家庭衰落。董份因"奏言天神无两格之礼，请罢一切秘祷，需次撰席，忌者间之，夺职为民。"临终时，遗嘱"毋书吾故官，以白布三尺题曰耐辱主人足矣"。⑤ 可谓含愤而死，死不瞑目。时万历二十三年。董道醇先父而卒。董嗣成万历二十年为争国本，触怒昏庸的神宗皇帝，"坐以出位妄言罪削籍去"。⑥"愤懑构痼疾，顷之祖亡，哀毁亦卒，年三十六。"⑦ 董斯张晚年还作诗纪念这位长兄，题为《亡兄伯念仪部壬辰以争国本被放三十二载矣，兹得尚宝卿之赠，感泪交集，成长句二章》。董嗣昭，"年二十一，举乙未进士，礼部观政，仅五十日殁于京邸。"⑧ 乙未即万历二十三年。这一年，可以说是董家的一个转折点，一家祖孙三人，卒于同一年，小的年仅二十八岁。董家有如从天

① 转引自汪曰桢《南浔镇志》卷二九。
② 汪曰桢：《南浔镇志》卷二九。
③ 转引自汪曰桢《南浔镇志》卷三五。
④ 汪曰桢：《南浔镇志》卷一二。
⑤ 光绪《乌程县志》卷一四。
⑥ 周庆云：《南浔志》卷一八。
⑦ 汪曰桢：《南浔镇志》卷一二。
⑧ 同上。

堂一下子跌到地狱。这年董斯张十岁，目睹了家庭里发生的一切，其家庭变迁、生活经历和后来的小说家曹雪芹很有些相似。家庭的失势给董斯张前程的影响是可想而知的，祖、父、兄是三代四进士，可董斯张连个举人也考不中，长期贫病交加，在读书、著书中排遣自己内心的愤懑。这种生活经历和情感体验，为他创作《西游补》打下了坚实的基础。他在《西游补》中，借用神魔小说的形式，"讥弹明季世风"，① 把讽刺矛头直接指向荒淫无耻的皇帝、唯唯诺诺的大臣、丑态百出的考生以及残害考生的科举制度。这与他在独特的生活经历中所形成的愤世思想是完全一致的。家庭发生变故时，董说尚未出世，没有这种生活经历。《西游补》刊于崇祯十四年，时年董说二十二岁，实则二十一周岁。而《西游补》的创作应在崇祯十四年之前。董说如此年轻，涉世未深，对明代社会不可能有如《西游补》那样清楚的了解和深刻的认识。即使认为《西游补》为董说所作的人，也为此感到疑惑，说此书写于清朝。崇祯年间，董说正忙于科举，无暇作此闲书。虽说他后来焚应制文，弃诸生，绝意科第，那是明亡以后的事，与民族情感有关。在此之前，他一直在兢兢业业地准备考试，一个正忙于科举的人又写讽刺科举的小说，似难统一。像吴敬梓也写过讽刺科举制度的小说，但那是在绝意科第之后所为。

董斯张爱好通俗文学，曾写过散曲，《太霞新奏》卷十收有他的套曲《赠王小史》。他又与著名通俗文学家冯梦龙关系密切，不会少读通俗小说。《南浔志》卷四十九收有董斯张的长篇叙事诗《旌志诗》，该诗有人物，有情节，很有一点小说的味道。而《西游补》则是"诗歌、文辞、时文、尺牍、平话、盲词、佛偈、戏曲无不具体。"② 当为董斯张这样的熟悉各种文体的人所作。而董说在二十五岁之前尚未作过诗，他说："我少未尝为诗，为古文辞。"③《南浔镇志》说得更具体，董说"少未尝作诗，酉戌以后始为诗。""酉戌"，或为乙酉、丙戌之省称，或为丙戌之误。董说《丰草庵诗集》有编年，最早的诗作于丙戌年。据《自序》云："甲申、乙酉诗歌一编，误以为应制文，俱焚焉。"即使甲申始为诗，董说已二十五岁，在《西游补》成书之后。笔者不相信，一个未尝作过诗

① 鲁迅：《中国小说史略》第十八篇，《鲁迅全集》第9卷，人民文学出版社1981年版。
② 《续西游补杂记》，《西游补》，上海古籍出版社1983年版。
③ 《丰草庵诗集自序》，清刊本。

的人，能写出开篇就是诗的《西游补》，更不用说作词曲了。

　　使人们相信《西游补》为董说所作的主要根据是刘复发现的董说诗《漫兴十首》之四，该诗出自《丰草庵诗集》卷二，作于庚寅年。诗云："西游曾补虞初笔，万镜楼空及第归。"自注曰："余十年前曾补西游，有万镜楼一则。"这一条材料似乎与《西游补》的署名相矛盾，实则可以解通。我认为董说所说的补西游，当指他整理、修订《西游补》而言。《西游补》刊于崇祯十四年，董斯张卒于崇祯元年。董斯张生前贫穷，一些著作无钱付梓，都是他死后由朋友和董说整理刊行的，有些著作尚未完稿，也是别人续完的，前面提及的《吴兴备志》就是如此。《吴兴艺文补》"首题乌程董斯张遐周汇编，闵元衢康侯参辑，韩千秋圣开增定。有崇祯六年吴兴郡守陈以诚序，崇祯壬申朱国祯、韩敬二序。又有西吴韩昌箕仲甫纪事一篇。不肖孤董说刻。"[1]《吴兴艺文补》就刻于崇祯六年之后，由他人增订，董说刊行。崇祯六年，董说年仅十四岁，《吴兴艺文补》的刊刻时间不可能太早，或许与《西游补》的刊刻时间接近。《西游补》的成书、刊刻情况当与《吴兴艺文补》类似，董斯张生前写成《西游补》，或未完稿，没有付梓。死后董说长大成人，将它整理、增补刊行，并署上董斯张的别号。

二

　　《西游补》卷首为嶷如居士序，序后有静啸斋主人《西游补答问》，应为作者所作，最后一问是："古本《西游》，凡诸妖魔，或牛首虎尾，或豺声狼视，今《西游补》十五回所记鲭鱼模样，婉变近人，何也？"非常明确地告诉我们，董斯张所作《西游补》原本为十五回。这绝不是误刻，崇祯本《西游补》回目也是十五回。现将回目抄录如下：

　　　　第一回　牡丹红鲭鱼吐气　　送冤文猴圣留连
　　　　第二回　西方路幻出新唐　　绿玉殿风华天子
　　　　第三回　桃花钱诏颁玄奘　　凿天斧惊动心猿
　　　　第四回　一窦开时迷万镜　　物形现处我形亡

----

① 汪曰桢：《南浔镇志》卷二九。

与小说正文对照，正文多出第十一回"节卦宫门看帐目　愁峰顶上抖毫毛"。回目中的第十一回顺延至第十二回，以后各回依此类推。这一问题对我们研究《西游补》的作者有重要意义。假设如前人所言，《西游补》为董说所作，他自己写了十六回《西游补》，却将回目拟为十五回，并在《西游补答问》中也记成十五回，这发生在一个二十一岁的年轻人身上，显然是不可能的。合理的解释只能是，董斯张创作了十五回《西游补》，生前因贫困未能刻印，董说成年后，整理其父遗稿，将《西游补》作了一番增补、改订，交书坊刻印，而对《西游补答问》与回目未作仔细订正，这就出现了《西游补答问》、回目与正文回数不一致的情况。

董斯张《西游补》原本为十五回，应该是没有正文中的第十一回，除了回目中缺此一回这一铁证之外，从小说的结构与内容也可以得到证实。

正文第十一回是"节卦宫门看帐目　愁峰顶上抖毫毛"，写孙悟空来到节卦宫，宫门前斜墙上贴着一张纸，是建造节卦宫的木匠、石匠、杂匠、工匠总帐。孙悟空看了一会儿，看得眼倦，因宫殿太多，悟空从身上拔下一把毫毛，变做无数毫毛行者，吩咐他们观看。自己闲步来到愁峰顶，遇见一个小童，获得一封书札，是管十三宫总作头沈敬南写给王四老官的，内容为宫中缺了物件，小月王殿下大怒，要差王四老官逐宫查点。于是沈敬南致信王四老官请他关照。这一回的内容完全游离于全书的结构之外。《西游补》写孙悟空化斋，为鲭鱼精所迷，来到新唐国，闻说秦始皇有驱山铎，欲借用以助西行取经，进入青青世界，坠入万镜楼中，来到古人世界，想秦始皇也在里面，于是变作一女子，将错就错成了虞美人，与楚伯王项羽周旋，后来打听到秦始皇不在古人世界，原来元造天尊见他矇瞳得紧，将他派到矇瞳世界去了。从古人世界到矇瞳世界，中间隔着一个未来世界。悟空又进入未来世界，当了半日阎罗天子，审判宋朝奸臣秦桧，拜岳飞为第三个师父。而后被人推出未来世界。上述内容写到全书的第十回。《西游补》中的驱山铎有《西游记》中的芭蕉扇的影子，是孙悟空追寻的目标，也是小说的结构线索。孙悟空从未来世界出来之后，紧接着应该到矇瞳世界，继续寻找驱山铎。而正文第十一回却写节卦宫的帐目与物件丢失，中断了情节的发展，显得十分突兀。应非原作者手笔，而系后人增插。

　　静啸斋主人《西游补答问》就小说的主要内容、孙悟空经历的主要地点如古人世界、未来世界、青青世界等一一提问作答，具体内容完全按小说章回顺序。第五问内容是大圣在古人世界为虞美人，在未来世界为阎罗天子。第六问内容是大圣在青青世界，见唐僧是将军。只字不提节卦宫一事。可见董斯张原本未写节卦宫一回。

　　董斯张《西游补》原本为十五回，这十五回应该没有崇祯本十六回中的第十一回，这一问题已经清楚。董说所做的工作是不是仅仅增补了第十一回呢？或者说是不是将崇祯本十六回删去第十一回就成了董斯张的原本呢？问题并没有这么简单。董说除增补了第十一回外，还对十回以后的章回作过调整与修订。静啸斋主人《西游补答问》第七问为"十三回'关雎殿唐僧堕泪　拨琵琶季女弹词'，大有凄风苦雨之致。"检崇祯本十六回正文，这一回在第十二回。如果董斯张《西游补》原本十五回为崇祯本十六回删去第十一回，那么"关雎殿唐僧堕泪　拨琵琶季女弹词"一回应该成为第十一回才是，而静啸斋主人《西游补答问》明确无误地告诉我们这一回为原本的第十三回，可见，董说将第十回以后的章回作过调整。董斯张《西游补》原本在第十三回"关雎殿唐僧堕泪　拨琵琶季女弹词"之前，应该还有两回。笔者认为这两回应该是崇祯本正文的第十三回"绿竹洞相逢古老　芦花畔细访秦皇"与第十四回"唐相公应诏出兵　翠绳娘池边碎玉"。静啸斋主人《西游补答问》说第十三回为"关雎殿唐僧堕泪　拨琵琶季女弹词"，那么，第十三回就不可能是"绿竹洞

相逢古老　芦花畔细访秦皇"，道理很简单，一部小说中不可能有两个第
十三回。前面已经指出，《西游补》中的驱山铎是孙悟空的追寻目标，也
是小说的结构线索，孙悟空到古人世界，进未来世界，都是为了寻访秦始
皇借驱山铎，孙悟空从未来世界出来之后，接下来应该是到瞢瞳世界，了
结驱山铎一案。崇祯本正文第十三回写悟空遇到一老翁，打听去瞢瞳世界
的道路，并说明自己到瞢瞳世界的目的是要找秦始皇借驱山铎，而老翁正
是秦始皇的故人，告诉悟空秦始皇的驱山铎已被汉高祖借去，驱山铎的故
事到此结束。这一回与第十回紧密关联，应该紧随其后，为原本的第十一
回。原本第十二回应为"唐相公应诏出兵　翠绳娘池边碎玉"。静啸斋主
人《西游补答问》第六问："大圣在青青世界，见唐僧是将军，何也？
曰：不须着论，只看'杀青大将军，长老将军'此九字。"该内容见于崇
祯本《西游补》正文第十四回，写唐僧接到新唐皇帝诏书，受封杀青大
将军。按《西游补答问》顺序，这一回在第十三回之前，应为董斯张原
本第十二回。崇祯本正文第十五回写孙行者做破垒先锋将助杀青大将军唐
僧与波罗密王交战，唐僧军队战败，五色旌旗大乱。此回内容在《西游
补答问》中排在第十三回之后，应为第十四回。正文第十六回写孙悟空
被虚空主人唤醒，回到唐僧身边，杀死鲭鱼精，是全书的大结局，为原本
第十五回。这样，董斯张《西游补》原本十五回的顺序为：

第一回　牡丹红鲭鱼吐气　送冤文猴圣留连
第二回　西方路幻出新唐　绿玉殿风华天子
第三回　桃花钺诏颁玄奘　凿天斧惊动心猿
第四回　一窦开时迷万镜　物形现处我形亡
第五回　镂青镜心猿入古　绿珠楼行者攒眉
第六回　半面泪痕真美死　一句蘋香楚将愁
第七回　秦楚之际四声鼓　真假美人一镜中
第八回　一入未来除六贼　半日阎罗决正邪
第九回　秦桧百身难自赎　大圣一心皈穆王
第十回　万镜台行者重归　葛藟宫悟空自救
第十一回　绿竹洞相逢古老　芦花畔细访秦皇
第十二回　唐相公应诏出兵　翠绳娘池边碎玉
第十三回　关雎殿唐僧堕泪　拨琵琶季女弹词

第十四回　三更月玄奘点将　五色旗大圣神摇
第十五回　虚空尊者呼猿梦　猴圣归来日半山

（本文由两篇短文合并而成，第一部分原题《〈西游补〉作者董斯张考》，刊于《文学遗产》1989年第3期。第二部分原题《董斯张〈西游补〉原本十五回考》，刊于《文献》2006年第1期）

李渔的人生哲学与话本创作

　　李渔是一个享乐主义者，他在《闲情偶寄·颐养部》明确宣称"行乐第一"，他说："造物生人一场，为时不满百岁。彼夭折之辈无论矣，姑就永年者道之，即使三万六千日尽是追欢取乐时，亦非无限光阴，终有报罢之日。况此百年以内，有无数忧愁困苦、疾病颠连、名缰利锁、惊风骇浪，阻人燕游，使徒有百岁之虚名，并无一岁二岁享生人应有之福之实际乎！……兹论养生之法，而以行乐先之；劝人行乐，而以死亡怵之。"①人生不满百年，死神随时可能来临，应该及时行乐。从《闲情偶寄》的记载来看，李渔并不只是口头说说，而且身体力行，美味佳肴、服饰居室、女色玩器、园林花草，凡人生的各种享受，从物质到精神，无不精益求精。李渔的这种人生哲学，对他的文学创作尤其是话本创作产生了重要影响。《无声戏》与《十二楼》中的人物，或为李渔的替身，或为李渔手中的牵线木偶，其思想和行为都深深地烙上了李渔的痕迹。

一

　　李渔认为，人生最大的乐趣是性爱，"行乐之地，首数房中"。②好色乃人之天性，"'食色性也。''不知子都之姣者，无目者也。'古之大贤择言而发，其所以不拂人情，而数为是论者，以性所原有，不能强之使无耳。人有美妻美妾而我好之，是谓拂人之性，好之不惟损德，且以杀身。我有美妻美妾而我好之，是还吾性中所有，圣人复起，亦得我心之同然，非失德也。孔子云：'素富贵，行乎富贵。'人处得为之地，不买一二姬

---

　　① 《李渔全集》第 11 卷，浙江古籍出版社 1992 年版，第 308 页。

　　② 同上书，第 338 页。

妾自娱，是素富贵而行乎贫贱矣。王道本乎人情，焉用此矫清矫俭者为哉？"① 正是在这种思想支配下，李渔一生广置姬妾，有姓氏可考者，除正妻徐氏之外，在金华时纳姬曹氏，后来又有为其子的姬妾纪氏、汪氏，游秦纳乔姬、王姬以及以二人为主组建的家班，至少应有五六人。游华山时，有家姬四人随游。李渔诗文中还出现过一黄姬。游越期间买婢，《粤游家报之四》云："客中买婢，是吾之常。汝等虑我岑寂，业已嘱之于初，必不嗔之于后。"② 李渔身边最多的时候，应该有十几个女人。李渔将自己的这种人生哲学与生活方式搬到其婚恋小说之中，他笔下的人物，大多妻妾成群，享尽艳福。《连城璧》申集《寡妇设计赘新郎　众美齐心夺才子》中的吕哉生是一个美男子，第一次娶了一个又麻又黑还痴蠢的妻子，李渔让这位小姐不到一年就暴病而死。后来是三个名妓都要嫁给他做妾，还担心吕哉生娶妒妇为妻，容不下她们，三位名妓便自作主张为吕哉生聘下一位娇媚贤惠的乔小姐为妻。又有一位年轻漂亮的寡妇曹婉淑相中了吕哉生，要招赘吕哉生。最后是一位才子拥有五位佳人。《合影楼》本来是一个新颖的爱情故事，珍生和玉娟通过池水中的倒影看见对方，产生爱慕之情，开始受到家长的阻挠，最终成为夫妇。在李渔看来，这种结果对珍生来说还是太寂寞，于是又添一个媒人的养女锦云，硬是凑成了一夫二妻的结局。《夺锦楼》写钱小江与妻子边氏生有一对双胞胎女儿，由于夫妻不和，分别做主给两个女儿许下了赵、钱、孙、李四个婆家，已经是四男二女，李渔偏要改成一夫二妻。赵、钱、孙、李四家为娶亲争执不下，由官府公断。断案的刑尊看见了二女美貌如花，四男奇形怪状，愿替二女别寻佳婿，用考试的方式从未婚生童中选两位才貌双全的男子。真是无巧不成书，选中的两名童生，文章出自一人之手，刑尊做主，将两位佳人许配给一个才子。《夏宜楼》写风流才子瞿吉人用千里镜追求大家闺秀詹娴娴的故事，好不容易有一桩一夫一妻的恋爱婚姻，李渔似乎觉得美中不足，于是又写詹小姐有一群丫鬟，夏天脱衣下水采莲，被瞿吉人用千里镜窥见，婚后"吉人瞒着小姐与他背后调情，说着下身的事，一毫不错。那些女伴都替他上个徽号，叫做贼眼官人。既已出乖露丑，少

---

① 《李渔全集》第 11 卷，第 108 页。
② 《李渔全集》第 1 卷，第 187 页。

不得把灵犀一点托付与他。吉人既占花王，又受尽了群芳众艳。"①

　　人生往往会有很多的缺憾，作家写小说，经常将自己难以实现的梦想通过笔下的人物去完成。李渔拥有众多妻妾，并非个个都是国色天香。他说："予一介寒生，终身落魄，非止国色难亲，天香未遇，即强颜陋质之妇，能见几人？"② 那些享尽艳福的才子，不妨看作李渔的替身，通过这些人物来弥补自己人生的缺憾。他在谈戏曲创作时说："予生忧患之中，处落魄之境，自幼至长，自长至老，总无一刻舒眉，惟于制曲填词之顷，非但郁藉以舒，愠为之解，且尝僭作两间最乐之人，觉富贵荣华，其受用不过如此，未有真境之为所欲为，能出幻境纵横之上者。我欲做官，则顷刻之间便臻荣贵；我欲致仕，则转盼之际又入山林；我欲作人间才子，即为杜甫、李白之后身；我欲娶绝代佳人，即作王嫱、西施之元配；我欲成仙作佛，则西天蓬岛即在砚池笔架之前；我欲尽孝输忠，则君治亲年，可跻尧、舜、彭篯之上。"③ 李渔编剧，可以"作王嫱、西施之元配"，写小说，也可以做乔小姐、詹娴娴之夫君。

　　李渔的性爱观念，绝对是男人中心，他用天地来喻男女，"天也者，用地之物也，犹男为一家之主，司出纳吐茹之权者也。地也者，听天之物也，犹女备一人之用，执饮食寝处之者也。"④ 李渔讲性爱，主要讲男人如何御女行乐，借女色养身而不受其害。考虑的是男人的利益，很少关心女人的权利。李渔创作的婚恋小说，很少称得上真正意义上的爱情小说，绝大多数只能说是婚姻小说。这些作品，一个基本的出发点就是要求女人无条件地顺从男人，满足男人的需求，即便这个女人如花似玉，聪明伶俐，即便所嫁丈夫容貌丑陋，不学无术，也应该死心塌地伺候终身。《无声戏》第一回《丑郎君怕娇偏得艳》中的阙里侯，不仅"五官四肢都带些毛病"，而且一身秽气，却一连娶了三房娇妻。第一房邹氏绝世聪明，"垂髫的时节，与兄弟同学读书，别人读一行，他读得四五行，先生讲一句，他悟到十来句。等到将次及笄，不便从师的时节，他已青出于蓝，也

---

① 李渔：《十二楼》，人民文学出版社 1986 年版，第 78 页。
② 《李渔全集》第 11 卷，第 108 页。
③ 同上书，第 47 页。
④ 同上书，第 339 页。

用先生不着了。"① 第二房何氏"年方二八，容貌赛过西施。"② 第三房吴氏更是才貌双全，"阙家娶过的那两位小姐，有其才者无其貌，有其貌者无其才。"③ 三个女人因各种原因，阴差阳错做了阙里侯的妻妾，虽然她们不满意这桩婚姻，也做过抗争，最后还得服从命运的安排。李渔写这篇小说，是要奉劝世上的佳人，"说我的才虽绝高，不过像邹小姐罢了；貌虽极美，不过像何小姐罢了；就作两样俱全，也不过像吴氏罢了。他们一般也嫁着那样丈夫，一般也过了那些日子，不曾见飞得上天，钻得入地。"④ 才貌不及这些佳人的女子，就更应该服服帖帖地伺候丈夫。反过来，如果男人对所娶的妻子不满意，那就可以理直气壮地休妻再娶，丝毫不用委屈自己。《十卺楼》中的秀才姚戬第一次娶了温州城内第一美貌佳人屠家次女，却是一位石女，姚家仗势将此女退回，换幼女过来，幼女不仅容貌不及次女，还有小遗病，姚家又将幼女退回，换来长女，长女面容与次女相同，却在婚前已有五个月的私孕，姚家又将长女休弃。姚戬一连做了九次新郎，不曾有一番着实。而可怜的屠家次女，"被人推来攘去，没有一家肯要，直从温州卖到杭城，换了一二十次售主。"⑤ 姚戬第十次结婚，又将此女娶回，此女的毛病后来竟然好了。在李渔的笔下，女人和男人的地位是完全不平等的，也许这是他所生活的时代的真实状况，问题在于李渔的态度，认为这种不平等是天经地义、理所当然的。

一夫多妻的婚姻制度，很容易产生家庭矛盾，在恋爱婚姻关系中，嫉妒本是一种正常的情感，封建统治者为了维护男人的特权，将妒列入七出之条。李渔妻妾成群，深知其中甘苦。"世人不善处之，往往启妒酿争，翻为祸人之具。"⑥ 看来李渔是以善处之人自居，但对"启妒酿争"的现实也不满意，治妒成为李渔小说的重要主题。在《妒妻守有夫之寡　懦夫还不死之魂》中，表彰了一位善于治妒的费隐公，此人不仅将家中大小妻室二十多房管理得服服帖帖，而且登坛说法，方圆数百里，没有一个妒妇不被男子驯服的。费隐公隔壁有个妒妇淳于氏，年过四十无子，不容

① 李渔：《无声戏》，人民文学出版社 1989 年版，第 4 页。
② 同上书，第 8 页。
③ 同上书，第 14 页。
④ 同上书，第 25 页。
⑤ 李渔：《十二楼》，第 168 页。
⑥ 《李渔全集》第 11 卷，第 338 页。

丈夫穆子大娶妾，费隐公亲自出面治妒，帮助穆子大纳两房姬妾，共生九子。这篇小说在《连城壁》中篇幅最长，看来李渔在处理妻妾矛盾中经验丰富，有话可说。正妻吃醋，李渔还算手下留情，只是羞辱一番，仍旧让他夫妻和好。要是姬妾争风，李渔毫不客气，直接将她打入冷宫。《移妻换妾鬼神奇》写韩一卿有一妻一妾，正妻杨氏，偏房陈氏，陈氏为了做大，给杨氏下毒药，又设计盗窃、奸情离间杨氏和丈夫的关系，最终招致神明的惩治，长了一身癞疮，一世不能与丈夫同床。"可见世间的醋，不但不该吃，也尽不必吃。"①

李渔认为，性爱之于人，最易沉溺，"溺之过度，因以伤身，精耗血枯，命随之绝。"② 燕尔新婚，更加危险，"乐莫乐于新相知，但观此一夕之为欢，可抵寻常之数夕，即知此一夕之所耗，亦可抵寻常之数夕。能保此夕不受燕尔之伤，始可以道新婚之乐。不则开荒辟昧，既以身任奇劳，献媚要功，又复躬承异瘁。终身不二色者，何难作背城一战；后宫多嬖侍者，岂能为不败孤军？危哉！危哉！"③ 不见可欲，摒绝情欲，于人也有害处，"人心私爱，必有所钟。常有君不得之于臣，父不得之于子，而极疏极远极不足爱之人，反为精神所注，性命以之者，即是钟情之物也。或是娇妻美妾，或为狎客娈童，或系至亲密友，思之弗得，或得而弗亲，皆可以致疾。……此数类之中，惟色为甚，少年之疾，强半犯此。"④ 根据这种认识，李渔创作了一篇小说，叫《鹤归楼》，说宋朝有两个才子，一个叫段玉初，另一个叫郁子昌，分别娶了两位绝色佳人，一个叫绕翠，另一个叫围珠。郁子昌心性风流，把婚姻一事看得极重，他说："人生在世，事事可以忘情，只有妻妾之乐、枕席之欢，这是名教中的乐地，比别样嗜好不同，断断忘情不得。"⑤ 而段玉初惜福安穷，"衣服不可太华，饮食不可太侈，宫室不可太美，处处留些余地，以资冥福。……至于夫妻艳乐之情，衽席绸缪之谊，也不宜浓艳太过。十分乐事，只好受用七分，还要留下三分，预为离别之计。"⑥ 不久两人奉命出使金国交纳岁币，郁子

---

① 李渔：《无声戏》，第 177 页。
② 《李渔全集》第 11 卷，第 338 页。
③ 同上书，第 342 页。
④ 同上书，第 350 页。
⑤ 李渔：《十二楼》，第 173 页。
⑥ 同上书，第 178 页。

昌对妻子围珠十分眷恋，而段玉初对妻子绕翠极其冷漠。两人入金，八年后才得以回家。此时，郁子昌未满三十，早已须鬓皓然，妻子围珠已死三年之久。而段玉初容颜未改，妻子绕翠面貌胜似当年。对于这种结局，李渔这样解释："生离的夫妇，只为一念不死，生出无限熬煎。日间希冀相逢，把美食鲜衣认做糠秕桎梏；夜里思量会合，把锦衾绣褥当了芒刺针毡。只因度日如年，以致未衰先老。甚至有未曾出户，先订归期，到后来一死一生，遂成永诀，这都是生离中常有之事。倒不若死了一个，没得思量，孀居的索性孀居，独处的甘心独处，竟像垂死的头陀不思量还俗，那蒲团上面就有许多乐境出来，与不曾出家的时节纤毫无异。"①

二

李渔的人生享乐，美色之外，就是居室。他的《闲情偶寄》，卷一、卷二谈曲词，卷三谈声容，卷四谈居室，居室紧随声容之后，可见它在李渔心目中的位置。李渔对居室颇有研究，他曾不无自信地说："生平有两绝技，自不能用，而人亦不能用之，殊可惜也。人问：绝技维何？予曰：一则辨审音乐，一则置造园亭。性嗜填词，每多撰著，海内共见之矣。设处得为之地，自选优伶，使歌自撰之词曲，口授而躬试之，无论新裁之曲，可使迥异时腔，即旧日传奇，一概删其腐习而益以新格，为往时作者别开生面，此一技也。一则创造园亭，因地制宜，不拘成见，一榱一桷，必令出自己裁，使经其地、入其室者，如读湖上笠翁之书，虽乏高才，颇饶别致，岂非圣明之世，文物之邦，一点缀太平之具哉？"② 李渔自叹无用武之地，似乎过于谦虚，辨审音乐，编刻传奇，组家班演戏，闻名遐迩，自有公论，暂且置之不论。就是置造园亭，也不止一次，李渔一生大兴土木，修建别业，至少有三次：第一次是顺治五年在家乡兰溪设计营建的伊山别业，从李渔《伊山别业成寄同社五首》、《伊园十便》、《伊园十二宜》等诗作来看，伊山别业有山有水、有亭有廊，植树种花，可垂钓灌园，胜似世外桃源。第二次是移家江宁后，李渔于康熙八年建芥子园，李渔《芥子园杂联序》云："此予金陵别业也。地止一丘，故名芥子，状

---

① 李渔：《十二楼》，第 180 页。
② 《李渔全集》第 11 卷，第 156—157 页。

其微也。往来诸公，见其稍具丘壑，谓取'芥子纳须弥'之义，其然岂其然乎！"① 芥子园虽然占地面积不大，"不及三亩"，没法与伊山别业相比，一样有丹崖碧水，茂林修竹，荷池月榭，还有家班演出的歌台，供五十人居住，房子也不会少。第三次是李渔晚年移家杭州，又建层园，《次韵和张壶阳观察题层园十首序》记载了买山营建层园的经过："予自金陵归湖上，买山而隐，字曰层园。因其由麓至巅，不知历几十级也。乃荒山虽得，庐舍全无，戊午之春，始修颓屋数椽。"② 层园地理位置优越，位于吴山半山腰，面对西子湖，背靠钱塘江，李渔曾撰门联："东坡凭几唤，西子对门居。"

李渔写过一篇小说，叫《三与楼》，他把自己置造园亭的绝技与雅好移植到了一个人物身上，此人名叫虞素臣，是一个喜读诗书、不求闻达的高士，绝意功名，寄情诗酒，"他一生一世没有别的嗜好，只喜欢构造园亭，一年到头，没有一日不兴工作。所造之屋定要穷精极雅，不类寻常。"③ 虞素臣用几年的工夫，精心构造了一座园亭，厅房台榭、亭阁池沼一应俱全，姑且不论，其中一座书楼，是他一生得意之作，上下三层，每层一匾，最下一层雕栏曲槛，竹座花裀，是待人接物之处，匾题"与人为徒"。中间一层净几明窗，牙签玉轴，是读书临帖之所，匾题"与古为徒"。最上一层名香一炉、《黄庭》一卷，匾题"与天为徒"。三层总题一匾："三与楼"。这位虞素臣与作者李渔有诸多相同之处，绝意功名，寄情诗酒与李渔的人生选择相同，喜欢盖楼，穷极精雅，与李渔的兴趣相同，李渔一生也多次卖楼，有《卖楼》诗为证，只是没有失而复得。孙楷第先生指出："文中虞素臣，即是笠翁自寓。"④

李渔认为，居室应该新奇雅致，忌讳富丽堂皇。他说："土木之事，最忌奢靡，匪特庶民之家，当崇俭朴，即王公大人，亦当以此为尚。盖居室之制，贵精不贵丽，贵新奇大雅，不贵纤巧烂漫。凡人止好富丽者，非好富丽，因其不能创异标新，舍富丽无所见长，只得以此塞责。"⑤ 李渔笔下高雅脱俗的正面形象，其居室完全是按照李渔的美学理想安排的，

①　《李渔全集》第 1 卷，第 241 页。
②　同上书，第 246 页。
③　李渔：《十二楼》，第 40 页。
④　孙楷第：《李笠翁与十二楼》，《沧州后集》，中华书局 1985 年版，第 193 页。
⑤　《李渔全集》第 11 卷，第 157 页。

《闻过楼》中的顾呆叟为人恬淡寡营，三十多岁便弃绝功名，到去城四十余里的荆溪之南，"结了几间茅屋，买了几亩薄田，自为终老之地。"① 本来还要 "屋旁栽竹，池内种鱼，构书屋于住宅之旁，蓄蹇驴于黄犊之外，有许多山林经济要设施布置出来"，② 不料被友人设计迁往近城。友人为顾呆叟所构新居，一样高雅别致："柴关紧密，竹径迂徐。篱开新种之花，地扫旋收之叶。数椽茅屋，外观最朴而内实精工，不竟是农家结构；一带梅窗，远视极粗而近多美丽，有似乎墨客经营。若非陶处士之新居，定是林山人之别业。"③ 这位顾呆叟，就是明清鼎革之际避乱山中的李笠翁的化身。他在小说开篇明确告诉读者，"予生半百之年，也曾在深山之中做过十年宰相，所以极谙居乡之乐。"④ 并引述了他在乡居避乱之际所作十余首诗。顾呆叟的两处住所，也有李渔伊山别业的影子。屋旁栽竹，因为李渔 "性嗜花竹"，"竹能令俗人之舍，不转盼而成高士之庐"。⑤ 池内种鱼，"因予号笠翁，顾名思义，而为把钓之形。予思既执纶竿，必当坐之矶上，有石不可无水，有水不可无山，有山有水，不可无笠翁息钓归休之地。"⑥ 梅窗则是李渔平生得意之作，"予又尝取枯木数茎，置作天然之牖，名曰梅窗，生平制作之佳，当以此为第一。"⑦

　　李渔已经明确意识到人物身份、性格与居住环境的关系，他笔下的高人雅士，如虞素臣、顾呆叟，其园亭居室，亦如其性格志趣一般，高雅脱俗。而悭吝、鄙陋的土财主、暴发户，或无才无识，或一味炫富，其居室也就俗不可耐。他讽刺达官贵人盖楼造园，"兴造一事，则必肖人之堂以为堂，窥人之户以立户，稍有不合，不以为得，而反以为耻。……以构造园亭之胜事，上之不能自出手眼，如标新创异之文人；下之至不能换尾移头，学套腐为新之庸笔，尚嚣嚣以鸣得意，何其自处之卑哉！"⑧ 虞素臣精心建造的园亭，明堂大厅，绣户玲珑，回廊曲折，花竹满园。在唐玉川父子的眼里，"起得小巧，不像个大门大面。回廊曲折，走路的耽搁工

① 李渔：《十二楼》，第 235 页。
② 同上书，第 238 页。
③ 同上书，第 240 页。
④ 同上书，第 231 页。
⑤ 《李渔全集》第 11 卷，第 301 页。
⑥ 同上书，第 171 页。
⑦ 同上书，第 172 页。
⑧ 同上书，第 156 页。

夫；绣户玲珑，防贼时全无把柄。明堂大似厅屋，地气太泄，无怪乎不聚钱财；花竹多似桑麻，游玩者来，少不得常赔酒食。这样房子只好改做庵堂寺院，若要做内宅住家小，其实用他不着。"① 虽说有买主故意憎嫌，压低售价的动机，有眼无珠，看不出园亭的别致也是事实。唐氏父子买园之后，做了一番改造，"经他一番做造，自然失去本来，指望点铁成金，不想变金成铁。"② 主人与园亭，一雅俱雅，一俗俱俗。环境成为衬托人物的重要手段。在李渔的话本中，虽说对园亭的描写还不是十分充分，远远没有达到曹雪芹《红楼梦》中潇湘馆、蘅芜苑的程度，但这种意识与努力还是十分可贵的。

　　李渔对居室园林有深入的研究，对园亭的结构非常熟悉，在话本中，李渔利用这种特长，为人物设置独特的居住环境，为故事的发生提供一个新颖别致而又真实可信的场所。《合影楼》中，一对连襟——管提举和屠观察原本住一处宅院，因性格不合，岳父岳母死后，"就把一宅分为两院，凡是界限之处，都筑了高墙，使彼此不能相见。独是后园之中有两座水阁，一座面西的，是屠观察所得，一座面东的，是管提举所得，中间隔着池水。"又"在水底下立了石柱，水面上架了石板，也砌起一带墙垣，分了彼此。"③ 小说的主人公屠观察之子珍生与管提举之女玉娟就生活在这种壁垒森严的一宅两院之中，年轻人的激情却是这一堵墙垣阻隔不断的，夏天，珍生和玉娟不谋而合，都到水阁纳凉，清风徐来，水波不兴，把两座楼台的影子，明明白白倒竖在水中，才子佳人通过这一池清水见面了，珍生对着影子倾吐爱慕之情，又用荷叶做了邮筒，传递情诗。恋人的真情，最终拆去了墙垣，依旧把两院并为一宅，水阁做了藏娇的金屋。这篇爱情小说的独特之处，主要是由这座园亭决定的。

　　古人居室，多有联匾，李渔对联匾有两个基本观点：第一，他认为，"堂联斋匾，非有成规。……锢习繁多，不能尽革，姑取斋头已设者，略陈数则，以例其余。非欲举世则而效之，但望同调者各出新裁，其聪明什佰于我。"④ 联匾应该因地制宜，各出新裁。第二，他认为联匾应该"有所取义"，他说："凡予所为者，不徒取异标新，要皆有所取义。凡人操

---

① 李渔：《十二楼》，第 41 页。
② 同上书，第 43 页。
③ 同上书，第 3 页。
④ 《李渔全集》第 11 卷，第 188 页。

觚握管，必先择地而后书之，如古人种蕉代纸，刻竹留题，册上挥毫，卷头染翰，剪桐作诏，选石题诗，是之数者，皆书家固有之物，不过取而予之，非有蛇足于其间也。若不计可否而混用之，则将来牛鬼蛇神无一不备，予其作俑之人乎！"[①] 李渔对联匾的思考，影响到他的话本创作，他将十二篇话本小说分别用十二条匾额命名，总名《十二楼》。十二条匾额不能说每一条都是别出心裁，有所取义，大部分匾额达到了李渔所提出两条标准，且在小说中发挥了各自的作用。有的匾额强化了主人的个性，如前面提到了小说《三与楼》，虞素臣所盖的三层书楼，每层一个匾式，分别为"与人为徒"、"与古为徒"、"与天为徒"，总题一匾曰"三与楼"，完全符合虞素臣诗酒风流的名士风格。有的匾额概括了小说的主旨，如《归正楼》写拐子贝去戎改邪归正的故事，他用骗来的钱买了一座园亭，右边的房子改做庵堂，给他帮助赎身的妓女出家修行。左边的房子改做道院，自己做了道士。楼上有个旧匾，题着"归止楼"三字，因原主是个仕宦，解组归来，不想复出，故题匾示意。贝去戎买下之后，燕子衔泥添了一画，变做"归正楼"，正合贝去戎改邪归正之意。有的匾额指出了小说的中心情节，如"合影楼"一匾源于珍生和玉娟隔墙对影作诗唱和，诗题不离一个"影"字，于是汇成一帙，题曰"合影编"，结婚之后，促成他们婚事的两座水阁，做了藏娇金屋，题曰"合影楼"。就整部话本集而言，每篇小说中有一座楼，每座楼又有一个匾额，李渔用一种独特的方式将十二篇小说连缀起来，形成一个整体，创造了一种新颖别致的话本小说集的编排方式。

三

　　李渔一生追求享乐，广置姬妾，多次盖楼，还有其他各种享受，必须有金钱作基础。可李渔谈过戏曲、美色、居室、园林、饮食、养生，却没有专门谈过金钱，并不是他有意回避这一话题，而是金钱并非"闲情"，不符合"偶寄"的标准。只要细检他的尺牍、诗文，不难梳理出他对金钱的看法和态度。李渔并不讳言金钱，绝不会称之为"阿堵物"，反而说得十分坦然。李渔是一位著名的小说家、剧作家，其作品十分畅销，因而

---

① 《李渔全集》第 11 卷，第 188—189 页。

有书坊盗刻他的著作，李渔告到官府，追究责任，成为中国最早维护自己作品版权的作家之一。他在《与赵声伯文学》中云："弟之移家秣陵也，只因拙刻作祟，翻版者多"，"幸弟风闻最早，力肯苏松道孙公出示禁止，始寝其谋。乃吴门之议才熄，而家报倏至，谓杭州翻刻已竣"，"弟以他事滞今闻，不获亲往问罪，只命小婿谒当事求正厥辜"。① 直到晚年，李渔还在为作品被盗版而警告当事人，"至于倚富恃强，翻刻湖上笠翁之书者，六合以内，不知凡几。我耕彼食，情何以堪！誓当决一死战，布告当事！"② 在给友人的书信中，李渔多次谈到自己打抽丰的收入状况，如《与龚芝麓大宗伯》云："渔终年托钵，所遇皆穷，惟西秦一游，差强人意，八闽次之。外此则皆往吸清风、归餐明月而已。"③《答顾赤方》云："弟客楚江半载，得金甚少，得句颇多。"④ 晚年李渔多次写信给朋友，请求资助。《与诸暨明府刘梦锡》云："倘蒙念其凄凉，而复悯其劳顿，则绨袍之赐，不妨遣盛使颁来。"⑤《上都门故人述旧状书》云："但求一二有心人，顺风一呼，各助以力，则湖上笠翁尚不即死。"⑥ 李渔出生于一个商人家庭，父亲李如松和伯父李如椿都是经营中草药的商人，李渔从小受到家庭环境的熏染，养成了良好的商业意识与经营能力。李渔四十岁时从家乡兰溪移居杭州，开始了"卖赋以糊其口"创作生涯。明清之际，小说戏曲具有广阔的市场，《三国演义》、《水浒传》、《西游记》、"三言"、"二拍"等通俗小说一版再版，看戏成为明代以来最主要的娱乐活动。而李渔自信自己具有小说戏曲创作方面的天赋，到杭州之后，很快就选择创作戏曲和通俗小说作为谋生的手段，先后创作了传奇《怜香伴》、《风筝误》、《意中缘》、《玉搔头》、《奈何天》、《蜃中楼》、《比目鱼》，小说《无声戏》、《肉蒲团》、《十二楼》，成为远近闻名的畅销书作家，戏班和书坊纷纷请李渔编写戏曲和小说。李渔五十二岁时移家江宁，索性沉浮商海，成为一位文化商人。江宁是当时的刻书中心之一，李渔曾有过与书坊合作的经验，对刻书并不陌生，更重要的是他的作品十分畅销。有

---

① 《李渔全集》第 1 卷，第 167—168 页。
② 《李渔全集》第 11 卷，第 229 页。
③ 《李渔全集》第 1 卷，第 163 页。
④ 同上书，第 210 页。
⑤ 同上书，第 218 页。
⑥ 同上书，第 226 页。

了这些有利条件，李渔到江宁之后，也开书坊刻书，初名翼圣堂，后更名芥子园。所刻书籍有不少是畅销读物，一版再版。由于家庭人口多，开销大，入不敷出，李渔又另辟生财之道，他将家政、书坊交给女儿淑昭和女婿沈因伯打理，自己组建戏班四处巡回演出，出入达官贵人之家，时间长达五六年之久。李渔凭一人之力，挣钱养活五十口之家，收入相当可观。李渔虽然出入达官贵人之门，但挣钱却有自己的人格尊严与道德底线，他在《答周子》中说："弟虽贫甚贱甚，然枉尺直寻之事，断不敢为。"①虽然当时的一些文人对他打抽丰颇有微词，那是人们用传统文人的操守来要求一个文化商人，不是李渔的过错。李渔的金钱观念影响到他的话本创作，他笔下的正面人物，都是靠忠厚起家，凭仁慈发迹。《改八字苦尽甘来》中的蒋成在理刑厅做皂隶，为人忠厚仁慈，行杖下不了手，拿人好行方便，不仅趁不到钱，还多次挨板子。后来请一个算命先生改了八字，时来运转，受到刑厅赏识，不仅挣到数千金家事，还选了主簿，升了经历。李渔在入话中虽然发了一通死生有命、富贵在天的议论，而蒋成发家的故事还是告诉大家"修身所以立命"的道理，蒋成之所以发迹，"只为他在衙门中，做了许多好事，感动天心"。②俗话说："君子爱财，取之有道。"不义之财，则分文也不能取。《失千金福因祸至》写小商人秦世良向财主杨百万借了五百两银子漂洋闯海，结果遇海盗打劫。又借了五百两银子，先用三百两往湖广贩米，被同行的老汉将银子拐去。再取二百两银子贩米，被结拜兄弟秦世芳误以为是自己的银子取走。天下竟有这等怪事，秦世良所遇到的海盗、拐子和结拜兄弟，都是仗义之人。海盗原本也是漂洋商人，因货船沉入海中，不得已打劫做本钱，后来做了朝鲜国王的驸马，将秦世良当年的货物，按货价十倍还给原主。拐子是一个义仆，用三百两银子救主，主人后来做了知县，秦世良受了知县五六千金之惠。结拜兄弟秦世芳用二百两银子做本钱，赚了三万两银子的利息，当秦世芳确认是自己错取了秦世良的银子时，要连本带利送还，秦世良只同意对半均分。不论是误会所致，还是不得已而为之，只要不是自己的钱财，都应该及时归还，否则会有恶报。秦世芳将钱财送还秦世芳后，家中就遭到上百强盗抢劫，秦世芳如果不是发一念善心，家产将一无所有。

---

① 《李渔全集》第 1 卷，第 180 页。
② 李渔：《无声戏》，第 54—55 页。

李渔一生为钱忙碌，为钱发愁，但他挣钱的目的非常明确，就是享乐，绝不当守财奴。他在《上都门故人述旧状书》中说：亲友"皆怪予不识艰难，肆意挥霍，有昔日之豪举，宜乎有今日之落魄。"① 他在信中辩解："昔日之豪举，非自为之，人为之也。"李渔曾经"肆意挥霍"乃不争的事实。确有歌姬数人，出于知己所赠，"客中买婢，是吾之常。"②白纸黑字，写得清清楚楚。《闲情偶寄·种植部》载："记丙午之春，先以度岁无资，衣囊质尽，迨水仙开时，则为强弩之末，索一钱不得矣。欲购无资，家人曰：'请已之。一年不看此花，亦非怪事。'予曰：'汝欲夺吾命乎？宁短一岁之寿，勿减一岁之花。且予自他乡冒雪而归，就水仙也，不看水仙，是何异于不返金陵，仍在他乡卒岁乎？'家人不能止，听予质簪珥购之。"③ 已靠典当过节的李渔，为了一盆水仙花，又将妻妾的首饰当了。享受比金钱重要，从李渔当簪珥购水仙花一事看得再清楚不过了。李渔笔下的人物大多会享受生活，娶妻纳妾，盖楼买房，如前所述，此处不赘。守财在李渔的小说中是被否定的。《变女为男菩萨巧》写了这样一桩奇事：施达卿靠烧盐起家做了财主，后来发本钱给别人烧，自己坐收其利，但利心太重，烧出盐来，自己得七分，灶户只得三分。年近六十，尚无子嗣。后来广行善事，烧盐的利息倒过来，灶户得七分，自己只得三分，以前的陈账，一概免除。出钱接济穷人，捐资修桥筑路，结果通房果真怀孕。自通房有了身孕，施达卿便不再施舍，后来通房生出个不男不女的石女。施达卿又发仓赈济灾民，请医生救治病人，石女变成了男儿。这篇小说有一个明显的缺陷，观念操纵情节的痕迹太重，从中还是可以看出，作者想以此告诫世人：为人不能贪婪，赚钱不要刻薄，钱财不一定能传给儿孙，有钱就该多做善事，于人于己都有好处。仗义疏财，扶困救危，在其小说中会得到表彰和赞美；吝啬贪婪，损人利己，会遭到鄙视乃至谴责。《三与楼》中虞素臣的结义朋友，拥有巨万家产，仗义轻财，看到虞素臣卖了园亭，要捐资为他赎回，虞素臣为人狷介，决然不从，友人将二十锭元宝藏在三与楼下，二十年后终于为虞素臣之子赎回园亭。对虞素臣的这位朋友，小说中称赞他为高人侠客，藏金赠友为盛德之事。而

---

① 《李渔全集》第 1 卷，第 225 页。
② 同上书，第 187 页。
③ 《李渔全集》第 11 卷，第 286 页。

刻薄鄙啬，以极低的价格谋取他人园亭的唐玉川父子，不仅生前遭人唾骂，死后其后人入狱吃官司，园亭归还原主。李渔明确反对"素富贵而行乎贫贱"，有钱就应该享乐，同时也反对赌博嫖娼，挥霍钱财。《鬼输钱活人还赌债》写王竺生被人诱骗去赌博，将父亲辛苦挣来的田地、房子全部输光，还将父母活活气死。小说结尾，作者写道："奉劝世人，三十六行的生意，桩桩做得，只除了这项钱财，不趁也好。"① 《人宿妓穷鬼诉嫖冤》写篦头的待诏王四看了一出新戏《占花魁》，也想做卖油郎，他看上妓女雪娘，和老鸨约定一百二十两财礼娶雪娘为妻，王四前后做了六七年的生意，才交完了财礼钱，结果老鸨和雪娘说一百二十两银子还不够嫖资。李渔好色，只好美妻美妾，并不主张将金钱送给老鸨，他在小说中耳提面命："这段事情，是穷汉子喜风流的榜样，奉劝世间的嫖客，及早回头，不可被戏文小说引偏了心，把血汗钱被他骗去。"② 嫖妓赌博是挥霍，纳妾盖房是享乐，挥霍与享乐，在李渔的观念中有清晰的界限。

（原载《河北学刊》2012 年第 2 期，中国人民大学复印报刊资料《中国古代近代文学研究》2012 年第 6 期全文转载）

---

① 李渔：《无声戏》，第 147 页。
② 同上书，第 125 页。

李渔的无声戏理论与话本的戏剧化特征

　　中国古代小说与戏剧有千丝万缕的联系，元杂剧中的名剧《西厢记》、《梧桐雨》、《倩女离魂》等都与唐代小说有关。明代话本中不少名篇被改编成戏剧，《蒋兴哥重会珍珠衫》被改编成传奇《珍珠衫》、《远帆楼》和杂剧《会香衫》，《老门生三世报恩》被改编为传奇《三报恩》，《杜十娘怒沉百宝箱》也被改编成传奇《百宝箱》。就是在这种前提下，李渔提出他的无声戏理论，他将自己创作的第一种话本集命名为"无声戏"，表明他对话本的最基本的认识，话本是无声的戏剧。他在《十二楼·拂云楼》第四回写道："各洗尊眸，看演这出无声戏。"① 就是说，《拂云楼》是一出无声戏。他在话本中，经常将小说中的人物与戏剧中的角色对应，如《无声戏》第二回："那官府未审之先，也在后堂与幕宾串过一次戏了出来的。此时只看两家造化，造化高的，合着后堂的生旦，自然赢了；造化低的；合着后堂的净丑，自然输了。"② 既然话本是无声戏，那么，李渔对戏剧剧本的认识同样适用于他的话本，在李渔缺乏系统的小说理论的条件下，用他的戏剧理论观照其话本创作，不失为一条有效的途径。

一

　　李渔论戏剧非常重视结构，"填词首重音律，而予独先结构。"③ 他所说的结构与我们今天的结构概念有一些出入，但核心意思是相通的。李渔

---

① 李渔：《十二楼》，人民文学出版社 1986 年版，第 148 页。
② 李渔：《无声戏》人民文学出版社 1989 年版，第 28 页。
③ 李渔：《闲情偶寄》卷一，《李渔全集》第 11 卷，浙江古籍出版社 1992 年版，第 4 页。

认为戏剧结构应该集中紧凑，他说："古人作文，一篇定有一篇之主脑。主脑非他，即作者立言之本意也。传奇亦然。一本戏中，有无数人名，究竟俱属陪宾，原其初心，止为一人而设。即此一人之身，自始至终，离合悲欢，中具无限情由，无穷关目，究竟俱属衍文，原其初心，又止为一事而设。此一人一事，即作传奇之主脑也。"① 传奇就应该集中笔墨写一人一事，人物不能太多，头绪不能太杂。"头绪繁多，传奇之大病也。《荆》、《刘》、《拜》、《杀》之得传于后，止为一线到底，并无旁见侧出之情。三尺童子观演此剧，皆能了了于心，便便于口，以其始终无二事，贯串只一人也。后来作者不讲根源，单筹枝节，谓多一人可谓一人之事。事多则关目亦多，令观场者如入山阴道中，人人应接不暇。"② 李渔的话本也具有结构集中紧凑的特点，人物不多，重点写一两个人，相当于传奇中的生旦，情节也不复杂，集中写一件事。《合影楼》写珍生与玉娟隔着墙垣对着水中倒影谈恋爱的故事，用话本中的一句话概括，就是"做出一本风流戏来。"杜浚《十二楼·合影楼》总评云："'影儿里情郎；画儿中爱宠'，此传奇野史中两个绝好题目。作画中爱宠者，不止十部传奇，百回野史，迩来遂成恶套，观者厌之。独有影儿里情郎，自关汉卿出题之后，几五百年，并无一人交卷。不期今日始读异书，但恨出题者不得一见；若得一见，必于《西厢》之外又增一部填词，不但相思害得稀奇，团圆做得热闹，即捏臂之关目，比传书递柬者更好看十倍也。"③ 此评一是说这篇话本情节新奇，二是说这篇话本具有戏剧的特点，便于改编传奇。传奇的角色小说中都已安排好了："《合影编》的诗稿，已做了一部传奇，目下就要团圆快了。只是正旦之外又添了一脚小旦。"④ 小说中是一夫二妻同时完婚，因此出现正旦、小旦之说。《谭楚玉戏里传情　刘藐姑曲终死节》中心人物就是题目显示的两人，李渔曾据此改编传奇《比目鱼》，剧中生旦就分别扮演谭楚玉和刘藐姑，话本还有一出戏中戏，谭楚玉和刘藐姑演《荆钗记》，谭、刘就扮生、旦。话本的中心情节就是戏里传情。

　　结构要集中紧凑，除了"立主脑"外，李渔还提出了"密针线"的

---

① 李渔：《闲情偶寄》卷一，《李渔全集》第 11 卷，第 8 页。
② 同上书，第 12 页。
③ 李渔：《十二楼》，第 20 页。
④ 同上书，第 16 页。

主张，他说："编戏有如缝衣，其初则以完全者剪碎，其后又以剪碎者凑成。剪碎易，凑成难，凑成之工，全在针线紧密。一节偶疏，全篇之破绽出矣。每编一折，必须前顾数折，后顾数折。顾前者，欲其照映，顾后者，便于埋伏。照映埋伏，不止照映一人、埋伏一事，凡是此剧中有名之人、关涉之事，与前此后此所说之话，节节俱要想到，宁使想到而不用，勿使有用而忽之。"① 剧中的人物与情节要前后勾连，互相照应，成为一个有机的整体。传奇如此，话本也是如此。《失千金福因祸至》写财主杨百万靠放债为生，他放债的依据，一不看你是否诚信，二不看你家产多少，只看相貌如何。两个借贷者面貌身材，就像一个印版印出来的，秦世芳家有千金，还想借五百两本钱，杨百万认为他家产留不住，一两银子也不借。秦世良家事萧条，要借五两银子，杨百万认为他是个财主的相貌，先后借给他一千两本钱。杨百万看相是否准确，秦世芳是否会败落，秦世良是否会发家，小说在这里已经埋下了伏笔。秦世良先用五百两做本钱漂洋做生意，结果在海上被劫。再带三百两银子到湖广贩米，住店被盗。又取二百两去湖广，这次巧遇秦世芳，两人结为兄弟，可在取货兑银子的时候，秦世芳的二百两银子不见了，主人家误认秦世良偷了银子，这次不仅亏了本钱，还受到侮辱。愤而回家处馆度日。秦世芳用秦世良的二百两银子做本钱，赚了三万两的利息。这种结果似乎与杨百万的相面大相径庭，这只是李渔话本千徊百转的叙事技巧而已，秦世芳回家发现自己的二百两本钱放在家里，诚实的世芳一定要将三万两的货物全部交还世良，两人争执不下，最后由杨百万判为对半均分。新知县到任，差人请秦世良相会，后来两人成为至交。秦世良受了知县五六千金之惠。原来偷秦世良三百两银子的人是知县的老仆，为了搭救主子而行窃，知县结交秦世良是为了补还前债。秦世芳到朝鲜卖绸缎，见到驸马，这驸马原是当年海上劫货的强盗，要按货物十倍的价返还秦世良。话本在写知县告知秦世良结交原因处，睡乡祭酒评曰："看他针线。"事实上，小说并不只是一处照应，凡是前面出现的人物与事件，后面几乎一一有交代。秦世良三次经商，最后都有结果。杨百万的相面，后面一一灵验。秦世芳因为一件官司原先的家产几近费尽，后来靠秦世良的二百两本钱挣来的利润，要不是他及时交还秦世良，早被强盗抢去。只因他行了善事，脸上生出许多阴骘纹来，才发

---

① 李渔：《闲情偶寄》卷一，《李渔全集》第 11 卷，第 10 页。

财致富。

李渔认为，戏曲开篇要简洁，重要人物要及时出场，尽快入戏。他说："本传中有名脚色，不宜出之太迟。如生为一家，旦为一家，生之父母随生而出，旦之父母随旦而出，以其一部之主，余皆客也。虽不定在一出二出，然不得出四五折之后。太迟则先有他脚色上场，观者反认为主，及见后来人，势必反认为客矣。即净丑脚色之关乎全部者，亦不宜出之太迟。善观场者，止于前数出所记，记其人姓名；十出以后，皆是枝外生枝，节中长节，如遇行路之人，非止不问姓字，并形体面目皆可不必认矣。"① 话本一般有头回，这是说话艺术留下的遗迹，在文人话本中还得到一定程度的强化，它对正话的立意有补充作用。头回太长就会喧宾夺主，影响读者尽快进入正话故事。因此，李渔话本的头回都比较短，有部分话本就没有头回，就是为了让主要人物尽快出场，读者能及时进入主要故事。《谭楚玉戏里传情　刘藐姑曲终死节》就没有头回，李渔在入话结尾处写到："别一回小说，都要在本事之前另说一件小事，做个引子；独有这回不同，不需为主邀宾，只消借母形子，就从粪土之中，说到灵芝上去，也觉得文法一新。"②《生我楼》也没有头回。《改八字苦尽甘来》虽有头回，篇幅不到二百字，非常简洁。

好的戏剧结尾，可以让观众回味无穷。"全本收场，名为大收煞。此折之难，在无包括之痕，而有团圆之趣。如一部之内，要紧脚色共有五人，其先东西南北各自分开，至此必须会合。此理谁不知之？但其会合之故，须要自然而然，水到渠成，非由车辐。最忌无因而至，突如其来，与勉强生情，拉成一处，令观者识其有心如此，与恕其无可奈何者，皆非此道中绝技，因有包括之痕也。骨肉团聚，不过欢笑一场，以此收锣罢鼓，有何趣味？水穷山尽之处，偏宜突起波澜，或先惊而后喜，或始疑而终信，或喜极信极而反致惊疑，务使一折之中，七情俱备，始为到底不懈之笔，愈远愈大之才，所谓有团圆之趣者也。予训儿辈尝云：'场中作文，有倒骗主司入彀之法：开卷之初，当以奇句夺目，使之一见而惊，不敢弃去，此一法也；终篇之际，当以媚语摄魂，使之执卷留连，若难遽别，此一法也。'收场一出，即勾魂摄魄之具，使人看过数日，而犹觉声音在

---

① 李渔：《闲情偶寄》卷二，《李渔全集》第 11 卷，第 62 页。
② 李渔：《连城璧》，《李渔全集》第 4 卷，第 252 页。

耳、情形在目者，全亏此出撒娇，作'临去秋波那一转'也。"① 戏曲绝
大多数是团圆结局，李渔传奇更是如此。但团圆要自然，真实可信。同时
要有新意，给观众留下难忘的印象。李渔也将这种技巧运用到话本创作之
中，《谭楚玉戏里传情，刘藐姑曲终死节》这样结尾："后来都活到九十
多岁，才终天年。只可惜没有儿子，因藐姑的容貌过于娇媚，所以不甚宜
男；谭楚玉有笃于夫妇之情，不忍娶妾故也。"② 小说结尾一般是儿孙满
堂，可这篇话本跳出窠臼，说谭楚玉夫妇没生儿子，出人意料，因此杜浚
于此处加上眉批："煞处更妙，脱尽小说蹊径。"③

二

人们常说，文学是语言的艺术，优秀的文学家都是杰出的语言大师。
李渔认为，戏曲语言贵浅易，"曲文之词采，与诗文之词采非但不同，且
要判然相反。何也？诗文之词采，贵典雅而贱粗俗，宜蕴藉而忌分明。词
曲不然，话则本之街谈巷议，事则取其直说明言。凡读传奇而有令人费
解，或初阅不见其佳，深思而后得其意之所在者，便非绝妙好词，不问而
知为今曲，非元典也。元人非不读书，而所制之曲，绝无一毫书本气，以
其有书而不用，非当用而无书也，后人之曲则满纸皆书矣。元人非不深
心，而所填之词，皆觉过于浅近，以其深而出之以浅，非借浅以文其不深
也，后人之词则心口皆深矣。"④ 戏剧是舞台艺术，演出是连贯性的，演
员不可能中途停顿，更不可能重复表演，它必须让观众一眼就能看懂，无
论是曲词还是宾白，都应该通俗易懂。不仅如此，"传奇不比文章，文章
做与读书人看，故不怪其深，戏文做与读书人与不读书人同看，又与不读
书之妇人小儿同看，故贵浅不贵深。使文章之设，亦为与读书人、不读书
人及妇人小儿同看，则古来圣贤所作之经传，亦只浅而不深，如今世之为
小说矣。"⑤ 读书人看戏，不读书人也看戏，而且不读书人看戏的更多，
那么，戏曲语言更应该浅近，让不读书人也能看懂。话本与传奇有所不

---

① 李渔：《闲情偶寄》卷二，《李渔全集》第 11 卷，第 63 页。
② 李渔：《连城璧》，《李渔全集》第 4 卷，第 279 页。
③ 同上。
④ 李渔：《闲情偶寄》卷一，《李渔全集》第 11 卷，第 17 页。
⑤ 同上书，第 24 页。

同，必须读书识字的人才能阅读，但它的读者群主要还是市民，他们识字不多，满篇的典故与生僻字句，他们也读不懂，因此也要通俗易懂，"今世之为小说"，"只浅而不深"。李渔运用白话的能力在古代小说戏曲家中是少见的。他常常从市井口语中提炼小说语言，既通俗易懂，又形象生动。《改八字苦尽甘来》写一个淳朴善良理刑厅皂隶蒋成，因为好行方便，常常自己挨打，同行这样笑话他："不是撑船手，休来弄竹篙。衙门里的钱，这等好趁！要进衙门，先要吃一服洗心汤，把良心洗去；还要烧一分告天纸，把天理告辞，然后吃得这碗饭。你动不动要行方便，这方便二字，是毛坑的别名，别人泻干净，自己受腌臜。你若有做毛坑的度量，只管去行方便，不然这两个字请收拾起。"①市井中的谚语、比喻都被李渔写进小说，把衙门里面的暗无天日和蒋成与环境的格格不入写得入木三分，市民读者不仅好懂，而且倍感亲切。《变女为儿菩萨巧》有这样一段文字，几乎通篇都是浅俗的比喻："达卿虽不能肆意取乐，每到经期之后，也奉了钦差，走去下几次种。却也古怪，那些通房在别人家就像雌鸡、母鸭一般，不消家主同衾共枕，只是说话走路之间，得空偷偷摸摸，就有了胎；走到他家，就是阉过了的猪，揭过了的狗，任你翻来覆去，横困也没有，竖困也没有，秋生冬熟之田，变做春夏不毛之地，达卿心上甚是忧煎。"②杜浚眉批："极平常、极村俗的话，一出其口，便有许多奇趣出来，真点铁手也。"③"平常"、"村俗"就是说它通俗浅易，而"奇趣"则是说它富有文学意味。

　　通俗要有一个度，否则就会流于庸俗，李渔坚决反对用庸俗的语言迎合观众，在《闲情偶寄》中李渔指出："观文中花面插科，动及淫邪之事，有房中道不出口之话，公然道之戏场者。无论雅人塞耳，正士低头，惟恐恶声之污听，且防男女同观，共闻亵语，未必不开窥窃之门，郑声宜放，正为此也。不知科诨之设，止为发笑，人间戏语尽多，何必专谈欲事？即谈欲事，亦有'善戏谑兮，不为虐兮'之法，何必以口代笔，画出一幅春意图，始为善谈欲事者哉？人问：善谈欲事，当用何法，请言一二以概之。予曰：如说口头俗语，人尽知之者，则说半句，留半句，或说

---

① 李渔：《无声戏》，第48页。
② 同上书，第152页。
③ 同上。

一句，留一句，令人自思。则欲事不挂齿颊，而与说出相同，此一法也。如讲最亵之话虑人触耳者，则借他事喻之，言虽在此，意实在彼，人尽了解，则欲事未入耳中，实与听见无异，此又一法也。得此二法，则无处不可类推矣。"① 素轩云：　"稗官为传奇蓝本。传奇有生、旦，不能无净、丑。故文中科诨处，不过借笔成趣。观者勿疑其有所指刺也；若疑其有所指刺，则作者尝设大誓于天矣。"② 李渔在话本中也用这种方法来写欲事。《丑郎君怕娇偏得艳》写阙里侯与邹小姐新婚之夜一段，几乎全用比喻："邹小姐是赋过摽梅的女子，也肯脱套，不消得新郎死拖硬扯，顺手带带也就上床。虽然是将开之蕊，不怕蜂钻，究竟是未放之花，难禁蝶采。摧残之际，定有一番狼藉，女人家这种磨难，与小孩子出痘一般，少不得有一次的，这也不消细说。"③ 杜浚眉批："极戏谑的话，说来又不伤风雅，所以为妙。"④ 《人宿妓穷鬼诉嫖经》也用同样的方法："某公子风流之兴，虽然极高，只是本领不济。每与妇人交感，不是望门流涕，就是遇敌倒戈，自有生以来，不曾得一次颠鸾倒凤之乐。相处的名妓虽多，考校之期，都是草草完篇，不交白卷而已。"⑤ 杜浚曾评《贞女守节来异谤　朋侪相谑致奇冤》："极村的话说得极文，极俗的话说得极雅。"⑥ 其实概括了李渔话本语言的共同特点。

戏曲是代言体，人物的性格，故事的发展，只能通过剧中人物的曲词和宾白来完成，因此，戏曲对人物的语言要求极高。"言者，心之声也，欲代此一人立言，先宜代此一人立心，若非梦往神游，何谓设身处地？无论立心端正者，我当设身处地，代生端正之想；即遇立心邪辟者，我亦当舍经从权，暂为邪辟之思。务使心曲隐微，随口唾出，说一人，肖一人，勿使雷同，弗使浮泛，若《水浒传》之叙事，吴道子之写生，斯称此道中之绝技。果能若此，即欲不传，其可得乎？"⑦ 与戏剧相比，小说作者可运用的手段要多一些，自由度也要大一些，除人物语言之外，不少的创作意图可以通过叙述人的语言来完成。人物的内心世界，戏剧只能通过人

① 李渔：《闲情偶寄》卷二，《李渔全集》第 11 卷，第 56 页。
② 《合锦回文传》第二卷总评，《李渔全集》第 4 卷，第 326 页。
③ 李渔：《无声戏》，第 5 页。
④ 同上。
⑤ 同上书，第 114 页。
⑥ 李渔：《连城璧》，《李渔全集》第 4 卷，第 403 页。
⑦ 李渔：《闲情偶寄》卷二，《李渔全集》第 11 卷，第 47 页。

物的旁白来揭示，小说则可以直接描写。无论是写语言，还是写心理，都必须符合人物的身份、性格、处境，这一点小说、戏剧又是相通的。李渔话本对人物语言、心理的描写，也是设身处地，务求肖似。《萃雅楼》写权奸严世蕃为了得到一个漂亮男童权汝修，竟然指使一太监将其阉割的故事。李渔为了写出严世蕃的残忍与自私，确实做到了设身处地。严世蕃用尽各种手段，权汝修就是不从，于是严世蕃思量道："我这样一位显者，心腹满朝，何求不得？就是千金小姐，绝世佳人，我要娶他，也不敢回个不字，何况百姓里面一个孤身无靠的龙阳！我要亲热他，他偏要冷落我，虽是光棍不好，预先勾搭住他，所以不肯改适，却也气愤不过。少不得生个法子，弄他进来。只是一件，这样标致后生放在家里，使妻妾们看见，未免动心，就不做出事来，也要彼此相形，愈加见得我老丑。除非得个两全之法，止受其益，不受其损，然后招他进来，实是长便。"① 严世蕃是相国之子，朝廷高官，一个小小的男童，还敢不从，自然非常生气，一定要把他弄到手，而且对此毫不怀疑。这种心理完全符合他的身份。严世蕃满室妻妾，把一个年轻貌美的男童放在家里，实在是放心不下。这又是严世蕃满脑子男盗女娼的龌龊心理的真实反映。于是他心生一计，让沙太监给权汝修净身。这种描写，确实是"舍经从权，暂为邪辟之思"。李渔说："极粗极俗之语，未尝不入填词，但宜从脚色起见。如在花面口中，则惟恐不粗不俗，一涉生旦之曲，便宜斟酌其词。无论生为衣冠仕宦，旦为小姐夫人，出言吐词当有隽雅春容之度。即使生为仆从，旦作梅香，亦须择言而发，不与净丑同声。以生旦有生旦之体，净丑有净丑之腔故也。"② 根据人物身份与个性来设计其语言与心理，是李渔一贯的艺术追求。

三

李渔的戏剧理论与创作有一个鲜明的特点，就是重喜剧轻悲剧，《笠翁传奇十种》绝大多数是喜剧，他在名剧《风筝误》结尾写道："传奇原为消愁设，费尽杖头歌一阕；何事将钱买哭声？反令变喜成悲咽。惟我填

---

① 李渔：《十二楼》，第 115 页。
② 李渔：《闲情偶寄》卷一，《李渔全集》第 11 卷，第 22 页。

词不卖愁，一夫不笑是吾忧；举世尽成弥勒佛，度人秃笔始堪投。"① 将
他爱写喜剧及其原因说得非常清楚。事实上李渔并不只是在戏剧创作中崇
尚喜剧，包璿在《李先生〈一家言全集〉叙》中指出："笠翁游历遍天
下，其所著书数十种，大多寓道德于诙谐，藏经术于滑稽，极人情之变，
亦极文情之变。不知者以为此不过诙谐滑稽之书，其知者则谓李子之诙谐
非诙谐也，李子之滑稽非滑稽也。当世之人尽聋聩矣，吾欲与之庄语道德
固不可，既欲与之庄语经术复不可，则不得不出之以诙谐滑稽焉。"② 李
渔的大多数著作都有诙谐滑稽的特点，当然包括李渔的话本在内。如果从
话本的主体风格来判断，李渔的话本大部分也是喜剧性的。《丑郎君怕娇
偏得艳》立意并不可取，无非是劝有才有貌的女子，即使是嫁了个愚丑
丈夫，也要认命。小说对喜剧手法的运用，喜剧情境的创造，可谓精彩绝
伦。阙里侯不仅愚蠢至极，而且丑得出奇，五官四肢都带些毛病，还浑身
恶臭。而他连娶三房妻子，邹小姐风度嫣然，聪明绝世。何小姐年方二
八，貌赛西施。而吴氏则才貌双全。李渔明白："两物相形，好丑愈
见。"③ 李渔用夸张的手法将阙里侯的愚丑与三位小姐的才貌描绘到极点，
使之形成强烈的反差，达到滑稽可笑的程度。不仅如此，作者还写三位小
姐见到阙里侯的尊容之后，千方百计地躲避他，吴氏还企图摆脱他，最终
鬼使神差地只能回到他身边，以此来讽戒不愿认命的美貌女子，也带有喜
剧色彩。杜浚总评云："这回小说救得人活，又笑得人死，作者竟操生杀
大权。"④ "笑得人死"显然是针对小说的喜剧性特点而发。

　　李渔编喜剧常用误会、巧合的手法来构思情节，制造喜剧效果，《风
筝误》将这一喜剧技巧发挥得淋漓尽致。才子韩世勋英俊潇洒，因父母
双亡，家境贫寒，靠父亲的好友戚补臣抚养，陪戚子友先读书。詹列侯蓄
二妾梅氏、柳氏，梅氏生女爱娟，貌丑才劣。柳氏生女淑娟，聪慧端庄。
戚生清明节放风筝，线断坠落柳氏院中，淑娟见风筝上韩生所题感怀诗，
和诗其上。韩生见诗后爱慕不已，另做一风筝，再题诗一首，故令坠落詹
府，却入爱娟之手。爱娟误以为是戚生所作，约戚生幽会。韩生假冒戚生
之名赴约，见爱娟貌丑言俗，惊而逃归。后来戚生与爱娟结婚，韩生聘淑

---

① 李渔：《风筝误》，《李渔全集》第 2 卷，第 203 页。
② 李渔：《笠翁一家言文集》卷首，《李渔全集》第一卷。
③ 李渔：《无声戏》，第 9 页。
④ 同上书，第 26 页。

娟为妻。爱娟以为约见的就是戚生，韩生则以为见到的就是淑娟，由此产生一系列的喜剧性冲突，拒婚悔约，惊丑诧美，令人喷饭。《风筝误》几乎成为用误会、巧合手法创造喜剧的标本，难怪朴斋主人认为"从来杂剧未有如此好看者，无怪甫经脱稿，即传遍域中。"① 在话本中，李渔也常用误会、巧合的手法来写喜剧性的故事，《美男子避祸反生疑》写书生蒋瑜与商人赵玉吾比邻而居，赵家尚未完婚的儿媳妇何氏聪明标致，何氏的卧室与蒋瑜的书房一墙之隔，何氏的玉扇坠被老鼠衔到蒋家，赵家据此认为儿媳妇与蒋瑜有奸情，将蒋瑜告到官府，并为儿子另娶蒋瑜的未婚妻。后来知府发现老鼠洞才真相大白，官府判何氏与蒋瑜结婚。这个故事明显受到《十五贯》的影响。主要情节由误会与巧合构成，这里有赵玉吾夫妇、官府对蒋瑜、何氏的误会，还有蒋瑜对何氏的误会，何氏对蒋瑜的误会。赵玉吾夫妇为防范何氏将她的卧室换到前面，而蒋瑜为避嫌也将书房移到前面，虽属巧合，却合情理。误会与巧合成就了一桩美满姻缘。《生我楼》写湖广陨阳府财主尹厚，原有一独生子，三四岁时失踪，年过半百，他想立嗣，又担心别人图他家产，于是远离家乡，破衣旧帽，插上草标，愿意卖身作父，身价十两。还真有一个后生商人姚继愿意买他，姚继自幼失去父母，靠贩布为生，一人孤苦伶仃，希望有个养父教诲。就在此时，不料遇上战乱，尹厚将实情告诉姚继，让他随自己回家。途中姚继下船去看未婚妻，未婚妻却被乱军抢走。有人在一码头卖妇女，姚继想找回妻子。乱兵不让查看，所有抢来的妇女都装在布袋里面，论斤买卖。姚继被迫买回一个，却是一个五十多岁的老妇，善良的后生将她认作母亲。老妇感激姚继，指点他买回一绝世佳人，这女子正是姚继的心上人。老妇带姚继夫妇回家，这老妇不是别人，正是尹厚的妻子。还有更巧的，尹厚夫妇正是姚继的亲生父母。巧合成为这篇小说完成喜剧结局的重要手段。在李渔的一些喜剧性的话本中，存在一种不良倾向，为追求喜剧效果，作者不管情感的庄严与神圣，也不管背景的冷峻与严酷，只是一味地戏谑和嘲弄，失去了喜剧的美学价值与作者的社会责任。

（原载《深圳大学学报》2009 年第 1 期，中国人民大学复印报刊资料《舞台艺术》2009 年第 3 期全文转载）

---

① 《风筝误》第二十九出眉批，《李渔全集》第 2 卷，第 191 页。

卷 四

小说研究学者论

鲁迅与胡适的古代小说研究异同论

　　五四新文化运动的两位主将鲁迅和胡适，不约而同地研究中国古代小说，且都取得了杰出的成就。鲁迅第一次在中国大学讲坛上讲授中国小说史课程，并撰写了第一部成熟的中国小说史即《中国小说史略》，确定了中国小说史的研究格局，影响了古代小说研究数十年。胡适考证《红楼梦》、《水浒传》、《西游记》、《醒世姻缘传》等书的作者、版本和题材演变，为《三国志演义》、《镜花缘》、《儿女英雄传》、《三侠五义》等小说作序，编写《吴敬梓年谱》。创立了新红学，解决了多部章回小说的作者与版本问题，提出了一系列影响深远的学术观点。鲁迅和胡适的古代小说研究，不仅极大地提高了古代小说研究的学术质量，而且扩大了古代小说研究的影响。两位先贤研究古代小说，既有相同的学术背景与学术眼光，又有不同的研究动机与研究重点，将两位学者的古代小说研究进行对照比较，可以更为清楚地看出他们各自的学术贡献与研究个性。

一

　　鲁迅和胡适都出生于清朝末年，且都是官宦之家，从小接受的是传统的私塾教育，熟读四书五经，为的是长大以后参加科举考试。在读经之余，都有一个相同的兴趣，爱读古代小说，对古代的别集与史书也有广泛的涉猎。这为他们后来的古代小说研究打下了坚实的基础。鲁迅于清光绪七年（1881）出生在一个日趋衰落的官僚家庭，祖父中过进士选过官，父亲只是一个秀才。鲁迅七岁进私塾读书，十三岁入三味书屋跟寿镜吾先生受业，读《易经》、《诗经》、《书经》、《礼记》、《左传》、《尔雅》、

《周礼》、《仪礼》。"在十六岁以前，四书五经都已读完。"① 除了读经之外，鲁迅对诗文也有广泛的涉猎，"诗歌方面他所喜爱的，楚辞之外是陶诗，唐朝有李长吉、温飞卿和李义山，李杜元白他也不菲薄，只是并不是他所尊重的。文章则陶渊明之前有嵇康，有些地志如《洛阳珈蓝记》与《水经注》，文章也写得极好，一般六朝文他也喜欢，这可以一册简要的选本《六朝文絜》作为代表。"② 鲁迅小时候有一个特殊的爱好，"豫才从小喜欢书画，——这并不是书家画师的墨宝，乃是普通的一册一册的线装书与画本。最初买不起书，只好借了绣像小说来看。"③ 因爱好书画而读绣像小说，为此而读了大量的章回小说和文言小说，"家中原有两箱藏书，却多是经史及举业用的'正经书'，也有一些小说，如《聊斋志异》、《夜谭随录》，以至《三国演义》、《绿野仙踪》、《天雨花》、《白蛇传》（似名为《义妖传》）等，其余想看的须得自己来买添了。我记得这里边有《酉阳杂俎》（木版）、《容斋随笔》（石印）、《辍耕录》（木版）、《池北偶谈》（石印）、《六朝事迹类编》（木版）、《二酉堂丛书》（同）、《金石存》（石印）、《徐霞客游记》（铅印）等书。"④

　　鲁迅早年的私塾教育与阅读兴趣，对他后来的古代小说研究的影响是显而易见的，周作人早就指出："他对唐宋文一向看不起，可是很喜欢那一代的杂著，小时候受《唐代丛书》的影响，后来转《太平广记》，发心辑录唐以前的古小说，成为《钩沉》巨著，又辑唐代传奇文，书虽先出，实在乃是《钩沉》之续，不过改辑本为选本罢了。这方面的努力即是研究小说史的准备，北京大学请他教书，只是一阵东风，催他成功就是了。"⑤ 鲁迅的小说研究分两个阶段，一是古小说的辑佚与选编，二是小说史的编写。辑佚与选编是典型的传统学术的路数。撰写《中国小说史略》，也受到传统学术的深刻影响，该书开篇并不是直接借用西人关于小说的现成定义，而是从史家对于小说之著录及论述来考察小说的范围与类别，主要采用了《汉书·艺文志》、《隋书·经籍志》、《新唐书·艺文志》、《少室山房笔丛》和《四库全书总目提要》关于小说的著录、分类

---

① 周作人：《鲁迅的青年时代》，河北教育出版社2002年版，第42页。
② 同上书，第44页。
③ 同上书，第116页。
④ 同上书，第117页。
⑤ 同上书，第63页。

与界定，运用的是传统目录学的理论与方法。对《汉书》《艺文志》所载小说存佚与年代的考证，则用的是传统的史学研究方法。关于唐传奇的论述，则得益于他的《唐宋传奇集》选辑。《中国小说史略》中所重点论述的唐传奇《古镜传》、《补江总白猿传》、《游仙窟》、《枕中记》、《东城老父传》、《李娃传》、《三梦记》、《莺莺传》、《南柯太守传》、《谢小娥传》、《庐江马媪》、《柳毅传》、《霍小玉传》、《柳氏传》、《虬髯客传》，除《游仙窟》外，几乎全部见于《唐宋传奇集》。《唐宋传奇集》之所以未收《游仙窟》，"以张矛尘方图版行"。① 《唐宋传奇集》虽出版于1927年，晚于《中国小说史略》，根据周作人的回忆，该书的编辑早于小说史撰写。1912年，鲁迅即从沈亚之的《沈下贤文集》中录出《湘中怨辞》、《异梦录》、《秦梦记》三篇传奇。② 也可印证周作人的说法。关于汉魏六朝小说的论述，则得益于他的《古小说钩沉》。

胡适生于光绪十七年（1891），小鲁迅十岁。其父胡传虽为秀才出身，却官至台东知州。胡适从小聪明，五岁便进私塾读书，因进学堂之前已经认得近千字，不须念《三字经》、《千字文》、《百家姓》、《神童诗》等识字读物，直接念其父编的四言韵文《学为人诗》、《原学》和《律诗六钞》，后来又念了《孝经》、《小学》、《论语》、《孟子》、《大学》、《诗经》、《书经》、《易经》、《礼记》。基本上还是按照考科举的要求念书的。胡适九岁的时候，在其四叔家捡到一本被老鼠咬坏的破书《第五才子》，"这一本破书忽然为我开辟了一个新天地，忽然在我的儿童生活史上打开了一个新鲜的世界！"③ 一口气读完《水浒传》残本后，后来又找到《三国演义》和《水浒传》全本。"从此以后，我到处去借小说看。"④ 在三哥的书架上寻得三部小说：《红楼梦》、《儒林外史》、《聊斋志异》。在胡适十四岁离开家乡的时候，已经读完了三十多部小说，包括弹词、传奇和笔记。如《夜雨秋灯录》、《夜谈随笔》、《兰苕馆外史》、《寄园寄所寄》、《虞初新志》、《薛仁贵征东》、《薛丁山征西》、《五虎平西》、《粉妆楼》等。十一岁时，就开始读《资治通鉴》，"不久便很喜欢这一类的历史

① 鲁迅：《〈唐宋传奇集〉序例》，《中国小说史略》附录，中华书局2010年版，第277页。
② 《鲁迅生平著译简表》，《鲁迅全集》第十八卷，人民文学出版社2005年版，第10页。
③ 胡适：《四十自述》，《胡适研究资料》，知识产权出版社2010年版，第55—56页。
④ 同上书，第56页。

书"。①

　　胡适早年博览群书，对其后来的学术研究的影响是不言而喻的，他撰写《中国哲学史大纲》、《白话文学史》得益于早年的阅读与记诵，他的古代小说研究也和其早年的兴趣与阅读关系密切。胡适研究古代小说，虽然只限于明清白话小说，但在考证章回小说的题材演变时，则需要丰富的历代文学与历史知识的储备。他考证水浒题材的演变，先考北宋末年宋江起义的史实，再考宋元时期民间"宋江故事"的流传，又考元代"水浒戏"的创作状况。章回小说《水浒传》产生之前的水浒故事，基本上被胡适梳理清楚。作《西游记考证》比考证水浒故事的演变更为复杂，首先考述玄奘其人及其上印度取经的经历，接着考述南宋说话艺术中的取经故事，然后插入一节考证孙悟空形象的来历，最后回过头来考述元明戏曲中的取经故事。章回小说《西游记》的主要人物孙悟空和唐僧的来历与取经故事的源流，清晰地呈现出来。

　　胡适早年阅读古代小说的时候，好些小说的时代、作者、成书、版本等基本问题都不清楚，或者不准确。胡适研究古代小说，首先要将这些问题弄清楚。他在作《〈红楼梦〉考证》时说："我们只须根据可靠的版本与可靠的材料，考定这书的著者究竟是谁，著者的事迹家世，著者的时代，这书曾有何种不同的本子，这些本子的来历如何。这些问题乃是《红楼梦》考证的正当范围。"② 这段议论是针对《红楼梦》索隐派而发，实际上适用于胡适的所有小说考证。他所运用的研究方法，就是传统的史学考证方法，只不过古人运用这一方法研究经学、史学、诸子学、诗文，而胡适将它引进不登大雅之堂的白话小说研究领域。胡适的经典论文《〈红楼梦〉考证》，就用考证学的方法，考出了《红楼梦》的著者是曹雪芹以及曹氏的生活年代、家世和生平概况，曹雪芹只写出了前八十回，后四十回系高鹗所续以及高鹗的生平事迹。胡适研究《儒林外史》，则根据吴敬梓的《文木山房集》及其朋友的别集、《全椒县志》等，编撰了第一部《吴敬梓年谱》，其研究方法和著书体例都源于传统学术。胡适耗时最长的一篇论文《〈醒世姻缘传〉考证》，提出了这部小说的作者是蒲松龄，虽然这一结论并没有为学术界广泛接受，但胡适的态度是很严谨的，

---

　　① 胡适：《四十自述》，《胡适研究资料》，第 65 页。
　　② 胡适：《〈红楼梦〉考证》，《胡适文集》第 6 卷，人民文学出版社 1998 年版，第 305 页。

有内证，也有外证，这也是传统的考证方法。

二

晚清洋务运动的兴起，催生出一批新式学堂，鲁迅和胡适并没有坚持走科举的老路，而是进新式学堂接受西式教育，后来又出国留学，接受西方的学术训练与文学观念。在西方文学中，小说一直处于中心地位。新小说报社编辑在《中国唯一之文学报〈新小说〉》一文中指出："泰西论文学者必以小说首屈一指，岂不以此种文体曲折透达，淋漓尽致，描人群之情状，批天地之奥，有非寻常文家所能及者耶！"① 在我国的传统观念中，小说尤其是白话小说，一直不为文人学者所重视。《〈新小说〉第一号》云："小说为文学之最上乘，近世学于域外者，多能言之。但我中国此风未盛，大雅君子犹吐弃不屑厝意。"② 和很多中国学者一样，鲁迅和胡适很快发现，古代小说的研究远远落后于其他文体的研究。

1898 年，鲁迅十八岁，科举制度尚未废除，他实际上已经放弃了科举考试，进入南京水师学堂，次年转入江南陆师学堂附设矿路学堂，其间他开始读严复译《天演论》、林译《茶花女遗事》。1902 年，鲁迅公派日本留学，先在东京弘文学院学习日语，两年后考入仙台医学专门学校学医，后来弃医从文。在仙台，外语学的是德文，退学后住在东京，"平常就只逛旧书店，买德文书来自己阅读，可是这三年里却充分获得了外国文学的知识，作好将来作文艺运动的准备了。"③ "鲁迅在东京各旧书店尽力寻找这类资料，发现旧德文杂志上说什么译本刊行，便托相识书商向'丸善书店'往欧洲定购。这样他买到了不少译本，一九零九年印行的两册《域外小说集》里他所译的原本，便都是这样一点一滴的收集来的。他在旧书店上花十元左右的大价，买到一大本德文《世界文学史》，后来又定购了一部三册的札倍尔著的同名字的书，给予他许多帮助。"④ 大量阅读西方文学作品，和周作人翻译了《域外小说集》，介绍欧美（主要是

① 陈平原、夏晓虹编：《二十世纪中国小说理论资料》（第一卷），北京大学出版社 1997 年版，第 58 页。

② 同上书，第 56 页。

③ 周作人：《鲁迅的青年时代》，第 46 页。

④ 同上书，第 47 页。

东欧和俄罗斯）的短篇小说，为河南留学生办的《河南》杂志写稿，介绍西方的文学与学术，最重要的一篇就是《摩罗诗力说》。对西方文学的阅读、翻译和评论，对西方学术的研究与译介，使鲁迅对中国小说研究现状有了清楚的认识，他在《中国小说史略序言》中说："中国之小说自来无史；有之，则先见于外国人所作之中国文学史中，而后中国人所作者中亦有之，然其量皆不及全书之什一，故于小说仍不详。"① 正是基于这种认识，鲁迅才会花那么多的时间和精力去研究古代小说，才会毫不迟疑地接受北京大学讲授中国小说史的邀请，才会有《中国小说史略》的问世。

鲁迅的小说史著作体例，无疑是学习西人的，中国古代没有小说史，只有小说评点和序跋。贯穿其中的小说史观更是直接接受了西人的进化论思想。鲁迅在讲到唐代传奇时，开篇就说："小说亦如诗歌，至唐代而一变，虽尚不离于搜奇记逸，然叙述宛转，文辞华艳，与六朝之粗陈梗概者较，演进之迹甚明，而尤显者乃在是时则始有意为小说。"② 他将唐代传奇与六朝小说比较，一为"叙述宛转"，另一为"粗陈梗概"，堪称小说史上的一大变迁。鲁迅在《中国小说的历史的变迁》中指出："许多历史家说，人类的历史是进化的，那么，中国当然不会在例外。但看中国进化的情形，却有两种很特别的现象：一种是新的来了好久之后而旧的又回复过来，即是反复；一种是新的来了好久之后而旧的并不废去，即是羼杂。然而就并不进化么？那也不然，只是比较的慢，使我们性急的人，有一日三秋之感罢了。文艺，文艺之一的小说，自然也如此。"③ 鲁迅高明之处在于，他并不是将小说史的演进作线性描述，注意到它的"反复"与"羼杂"。他讲明清的讲史小说，"大抵效《三国志演义》而不及，虽其上者，亦复拘牵史实，袭用陈言，故既拙于措辞，又颇惮于叙事。"④ 也就是说，讲史小说在《三国演义》之后，艺术上并没有进一步的发展。

1905 年，清朝废除了科举制度，这年胡适十四岁，他离开家乡到上海读书，开始接触西学，读了严复翻译的《天演论》及《群己权界论》等书，受"物竞天择，适者生存"的影响，以"适之"为表字。1910

① 鲁迅：《中国小说史略》，《鲁迅全集》第 9 卷，人民文学出版社 1981 年版，第 4 页。
② 同上书，第 70 页。
③ 鲁迅：《中国小说的历史的变迁》，《鲁迅全集》第 9 卷，第 301 页。
④ 鲁迅：《中国小说史略》，《鲁迅全集》第 9 卷，第 148 页。

年，二十岁的胡适考取美国退还庚子赔款留学美国官费生，入康奈尔大学读农科，两年后，转入文学院，修哲学、经济和文学。在康奈尔，胡适除了必修英文外，还选修了德文和法文。"我那两年的德语训练，也是我对歌德、雪莱、海涅和勒新诸大家的诗歌亦稍有涉猎。因而我对文学的兴趣——尤其是对英国文学的兴趣，使我继续选读必修课以外的文学课程。"① 并翻译过部分欧美的诗歌与小说。1915 年，胡适转学到哥伦比亚大学哲学系，师从实验主义哲学大师杜威教授。在系统学习西方的文学与文学理论之后，胡适发现，中国尚没有一本真正意义上的小说史，它在《致钱玄同书》中说："'研究中国小说的起源，流派，变迁等等'，这事业还没有人做过，所以没有书可看。我看新出的《小说考证》一类的书全无用处。将来我很想做一部《中国小说史》，用科学的方法去研究他。我曾经拟过几条办法，可惜没有试办的工夫。"② 后来看到鲁迅的小说史，才放弃了这一想法。

　　放弃撰写中国小说史，并没有影响他研究古代小说。虽然他将研究重点放在明清章回小说上，但对整个白话小说发展史还是有比较清晰的认识，他说，"白话小说起于宋代，传至元代，还不曾脱离幼稚的时期。到了明朝，小说方面才到了成人时期；《水浒传》、《金瓶梅》、《西游记》都出于这个时代。"③ 其中的小说史观也是西人的进化论。他在撰写《白话文学史》时，进化论思想体现得更为完整与充分。他说："国语文学的进化，在中国近代文学史上，是最重要的中心部分。换句话说，这一千多年中国文学史是古文文学的末路史，是白话文学的发达史。"④ "历史进化有两种：一种是完全自然的演化；一种是顺着自然的趋势，加上人力的督促。前者可以叫做演进，后者可以叫做革命。"⑤ 胡适也注意到文学进化的"反复"与"羼杂"现象："这一千多年以来，元曲出来了，又渐渐退回去，变成贵族的昆曲；《水浒传》与《西游记》出来了，人们仍旧做他们的骈文古文；《儒林外史》与《红楼梦》出来了，人们仍旧做他们的骈文古文；甚至于《官场现形记》与《二十年目睹之怪现状》出来了，人

① 胡适：《胡适的自传》，《胡适研究资料》，第 146 页。
② 胡适：《致钱玄同书》，《胡适文集》第 6 卷，第 5 页。
③ 胡适：《五十年来中国之文学》，《胡适文集》第 4 卷，第 386 页。
④ 胡适：《白话文学史》，《胡适文集》第 4 卷，第 22 页。
⑤ 同上书，第 23 页。

们还仍旧做他们的骈文古文！"胡适把原因归结为"只有自然的演进，没有有意的革命。"① 胡适在考证古代小说母题演变时，也渗透了进化论的思想。他考述完李宸妃的故事后，得出了一个古代传说演变的普遍性的结论："我们看这一个故事在九百年中变迁沿革的历史，可以得一个很好的教训。传说的生长，就同滚雪球一样，越滚越大，最初只有一个简单的故事作个中心的'母题'（motif），你添一枝，他添一叶，便像个样子了。后来经过众口的传说，经过平话家的敷衍，经过戏曲家的剪裁结构，经过小说家的修饰，这个故事便一天一天的改变面目：内容更丰富了，情节更精细圆满了，曲折更多了，人物更有生气了。"② 应该说，这一结论基本符合实际状况。

在研究中国小说时，胡适经常借用西方小说的标准来衡量中国小说，与西方小说特点相似，或者模仿西方小说的作品，往往受到胡适的肯定，他说，"《九命奇冤》受了西洋小说的影响，这是无可疑的。开卷第一回便写凌家强盗攻打梁家，放火杀人。这一段事本应该在第十六回，著者却从十六回直提到第一回去，使我们先看了这件烧杀八命的大案，然后从头叙述案子的前因后果。这种倒装的叙述，一定是西洋小说的影响。但这还是小节；最大的影响是在布局的谨严与统一。"③ 他历数古代小说名著《三国演义》、《水浒传》、《金瓶梅》、《儒林外史》、《红楼梦》，其布局与结构几乎没有成功的，只有《九命奇冤》"用西洋侦探小说的布局来做一个总结构。繁文一概削尽，枝叶一齐扫光，只剩这一个大命案的起落因果做一个中心题目。有了这个统一的结构，又没有勉强的穿插，故看的人的兴趣自始至终不致厌倦。故《九命奇冤》在技术一方面要算最完备的一部小说。"④ 胡适的结论，中国学者恐怕难以接受，其评价标准还是非常清楚的。

三

鲁迅和胡适研究古代小说，源于不同的契机。1920 年 8 月，鲁迅受

---

① 胡适：《白话文学史》，《胡适文集》第 4 卷，第 23 页。
② 胡适：《〈三侠五义〉序》，《胡适文集》第 6 卷，第 212 页。
③ 胡适：《五十年来中国之文学》，《胡适文集》第 4 卷，第 380—381 页。
④ 同上书，第 381—382 页。

聘于北京大学国文系，讲授中国小说史。看似一件偶然的事情，其实有其必然性。据周作人回忆："豫才因为古小说逸文的搜集，后来才能有《小说史略》的著作，说起缘由来很有意思。豫才对于古小说虽然已有十几年的用力（其动机当然还在小时候所读的书里），但因为不求名声，不喜夸示，平常很少有人知道。那时我在北京大学中国文学系里当'票友'，马幼渔君正做主任，有一年叫我讲两小时的小说史，我冒失的答应了，回来同豫才说起，或者由他去教更为适宜，他说去试试也好，于是我去找马君换了什么别的功课，请豫才教小说史，后来把讲义印了出来，即是那一部书。"① 这是第一次在中国的大学课堂讲授古代小说史，没有现存的教材，鲁迅只能自己编讲义。1921 年 1 月，鲁迅又开始在北京高等师范学校国文系讲授中国小说史课程。几轮课讲完，鲁迅编出了完整的中国小说史讲义，后经修订，先后于 1923 年、1924 年由北京大学新潮社分上下册出版。

　　讲授中国小说史课程，编写中国小说史讲义，必须理清中国小说的起源与发展及其规律，论述中国小说的文体与类型，评介具有代表性的作家与作品。在《中国小说史略》中，鲁迅开篇便为小说正名，讨论小说的概念，确定本书的研究对象与范围。第二篇则探讨中国小说的起源，即神话传说与小说之关系。其后的二十六篇按时序论述中国小说的主要文体、类型与重要作家、作品。按小说类型来论述中国小说的发展演变，是鲁迅《中国小说史略》的一大特色和重要贡献。讲六朝小说，他分"鬼神志怪书"和"记人间事"两类，分析两类小说各自产生的原因、重要作家及其创作特点。在《中国小说的历史的变迁》中则用了更为简洁的"志怪"与"志人"概念，这一对概念为学界所广泛使用。讲章回小说，鲁迅精心设计了"讲史"、"神魔小说"、"人情小说"、"讽刺小说"、"狭邪小说"、"侠义小说"、"公案"、"谴责小说"等类型概念，每种类型均以代表性作品为例来阐释其特点，如明代人情小说，重点讲了《金瓶梅》和才子佳人小说，清代谴责小说则重点讲了《官场现形记》、《二十年目睹之怪现状》、《老残游记》和《孽海花》四部小说。就一部小说而言，既介绍小说的作者、版本和题材演变，也论述小说的内容、艺术和影响。作为一部小说通史，作者完全可以有自己的思考与选择，但必须清晰描述小

---

① 周作人：《关于鲁迅》，《鲁迅的青年时代》附录，第 121 页。

说的演变轨迹，全面展示其创作成就。鲁迅在《中国小说史略》中很好地处理了二者的关系，从时代来看，他既研究明清小说，也研究明以前的小说。从语言来看，他既研究白话小说，也研究文言小说。但从篇幅分配和艺术评价来看，明清小说、白话小说在他的小说史中占据着更为重要的位置。

胡适研究古代小说，与他的文学革命的主张有关。1915 年，在美国留学的胡适开始思考文学革命的问题，1916 年，撰写了《文学改良刍议》，次年发表在《新青年》上，其核心内容就是倡导文学创作采用白话文。在与论敌的争辩中，胡适逐渐形成自己的文学史观，认为"一部中国文学史只是一部文字形式（工具）新陈代谢的历史，只是'活文学'随时起来替代了'死文学'的历史。文学的生命全靠能用一个时代的活的工具，来表现一个时代的情感与思想。工具僵化了，必须另换新的，活的，这就是'文学革命'。"① "白话是活文字，古文是半死的文字。"② 胡适撰写《白话文学史》，研究白话小说，其实就是为"文学革命"的主张提供历史的支撑。他在《白话文学史》中说："我为什么要讲白话文学史呢？" "我要大家知道白话文学不是这三四年来几个人凭空捏造出来的；我要大家知道白话文学是有历史的，是有很长又很光荣的历史的。"③

据汪原放回忆，他为亚东图书馆标点古典小说，直接受到胡适的影响，1916 年，他在同学许怡荪处看到胡适的《藏晖室劄记》，"我看得不肯放手，他干脆借给我带回去细看。记得其中有《论白话》、《论标点符号》等，我非常赞成，还录了一些放在手头。"④ "从 1917 年 12 月初到第二年 1 月中，在胡适之兄处住了一个多月。……有一天晚上，适之兄看见我在看英文的《希腊史》，他翻翻说：'我看不如读读《莎氏乐府本事》。'又要我和他侄儿思聪看看《水浒传》、《红楼梦》等小说。"⑤ 正因为有这段胡适的指点与阅读的经历，到 1920 年，汪原放才有了标点《水浒传》、《红楼梦》、《儒林外史》和《西游记》的计划，并马上付诸实施，很快便标点出《水浒传》。胡适又给予了热情支持，将自己撰写的三

① 胡适：《逼上梁山——文学革命的开始》，《胡适研究资料》，第 107 页。
② 同上书，第 104 页。
③ 胡适：《白话文学史》，《胡适文集》第 4 卷，第 20 页。
④ 汪原放：《回忆亚东图书馆》，学林出版社 1983 年版，第 59 页。
⑤ 同上书，第 59—60 页。

万字的《水浒传考证》寄给汪原放作为代序首发，并在文章开篇写道：
"我的朋友汪原放用新式标点符号把《水浒传》重新点读一遍，由上海亚东图书馆排印出版。这是用新标点来翻印旧书的第一次。我可预料汪君这部书将来一定要成为新式标点符号的实用教科书，他在教育上的效能一定比教育部颁行的新式标点符号原案还要大得多。"① 亚东版《水浒传》出版取得了极大成功，随后亚东图书馆又出版了新式标点本章回小说《儒林外史》（1920 年）、《红楼梦》（1921 年）、《西游记》（1921 年）、《三国演义》（1922 年）、《镜花缘》（1923 年）、《水浒续集》（1924 年）、《儿女英雄传》（1925 年）、《老残游记》（1925 年）、《海上花》（1926 年）、《三侠五义》（俞平伯标点，1925 年）、《官场现形记》（汪协如标点，1927 年）、《醒世姻缘传》（汪乃刚标点，1932 年）和话本小说《宋人话本七种》（汪乃刚标点，1928 年）、《今古奇观》（汪乃刚标点，1933 年）、《十二楼》（汪协如标点，1948 年）等，共计 16 种，其中前 10 种由汪原放标点。胡适为前 14 种小说写了序言、引论或考证。胡适的这些古代小说论文，既是对亚东图书馆的支持，更是对白话文运动的推动。

　　正因为这种研究目的与契机，胡适的研究对象全是白话小说，因为它们属于"活文学"，没有一种是文言小说，因为它们是"半死的文学"。胡适对中国古代小说总体评价不高，为了推动白话文运动，他对白话小说毫不吝啬其赞美之词。他说："这五百年之中，流行最广，势力最大，影响最深的书，并不是四书五经，也不是性理的语录，乃是'言之无文行之最远'的《水浒》、《三国》、《西游》、《红楼》。这些小说的流行便是白话的传播；多卖得一部小说，便添得一个白话教员。"② 在作《〈水浒传〉考证》时，也不忘对《水浒传》夸奖一番，"我想《水浒传》是一部奇书，在中国文学史占的地位比《左传》、《史记》还要重要的多；这部书很当得起一个阎若璩来替他做一番考证的工夫，很当得起一个王念孙来替他做一番训诂的工夫。"③ 在胡适的心里，这些白话小说在文学史上是否真的如此重要，还得存疑，但为了推广白话文，他必须称赞白话小说。

---

① 胡适：《〈水浒传〉考证》，《胡适文集》第 6 卷，第 6 页。
② 胡适：《五十年来中国之文学》，《胡适文集》第 4 卷，第 386 页。
③ 胡适：《水浒传考证》，《胡适文集》第 6 卷，第 11 页。

胡适晚年在回顾自己的学术人生时，毫不掩饰当年研究白话小说的目的，"我们推崇这些名著的方式，就是对它们做一种合乎科学方法的批判与研究。我们要对这些名著作严格的版本校勘，和批判性的历史探讨——也就是搜寻它们不同的版本，以便于校订出最好的本子来。如果可能的话，我们更要找出这些名著作者的历史背景和传记资料来。这种工作是给予这些小说名著现代学术荣誉的方式；认定它们也是一项学术研究的主题，与传统的经学、史学平起平坐。"① 胡适研究和称赞白话小说，就是一种现实的需要。

四

鲁迅是一位著名的小说家，他在撰写《中国小说史略》之前，已经创作和发表了短篇小说《狂人日记》（1918 年）、《孔乙己》（1919 年）、《药》（1919 年）、《明天》（1919 年）、《一件小事》（1919 年）、《风波》（1920 年）、《头发的故事》（1920 年）等。在研究、讲授中国小说史的同时，即 1921 年至 1924 年间，鲁迅又写出了小说《阿 Q 正传》（1921—1922 年）、《故乡》（1922 年）、《白光》（1922 年）、《端午节》（1922 年）、《兔和猫》（1922 年）、《鸭的喜剧》（1922 年）、《社戏》（1922 年）、《不周山》（1922 年）、《祝福》（1924 年）、《在酒楼上》（1924 年）、《幸福的家庭》（1924 年）、《肥皂》（1924 年）。鲁迅讲授中国小说史的时期，正是他小说创作的高峰时期。这种创作经验，对他研究古代小说起到了重要作用。鲁迅的小说以深刻冷峻见长，曹聚仁认为："鲁迅曾经学过医的，洞悉解剖的原理，常将这技术应用到文学上来。他解剖的对象不是人类的肉体，而是人类的心灵。他不管我们如何痛楚，如何想躲闪，只冷静地以一个熟练的手势举起他那把锋利无比的解剖刀，对准我们灵魂深处的创痕，掩藏最力的弱点，直刺进去，掏出血淋淋的病的症结，摆在显微镜下让大家观察。"② 周作人也曾分析《阿 Q 正传》的"冷嘲"："《阿 Q 正传》里的讽刺在中国历代文学中最为少见，因为它多是'反语'，便是所谓冷的讽刺——'冷嘲'。中国近代小说只有《镜花缘》与

---

① 胡适：《胡适的自传》，《胡适研究资料》，第 233 页。
② 曹聚仁：《鲁迅评传》，东方出版中心 1999 年版，第 213 页。

《儒林外史》的一小部分略略有点相近，《官场现形记》与《二十年目睹之怪现状》等多是热骂，性质很不相同，虽然这些也是属于讽刺小说范围之内的。"① 鲁迅的小说创作风格直接影响到他对古代小说的评价，他推崇"冷嘲"的《儒林外史》："迨吴敬梓《儒林外史》出，乃秉持公心指摘时弊，机锋所向，尤在士林；其文又戚而能谐，婉而多讽，于是说部中乃始有足称讽刺之书。"② 而对"热骂"的谴责小说则有所不满："其在小说，则揭发伏藏，显其弊恶，而于时政，严加纠弹，或更扩充，并及风俗。虽命意在于匡世，似与讽刺小说同伦，而辞气浮躁，笔无藏锋，甚且过甚其辞，以合时人嗜好，则其度量技术之相去亦远矣，故别谓之谴责小说。"③ 在《中国小说的历史的变迁》中，尽管鲁迅将《儒林外史》和《官场现形记》、《二十年目睹之怪现状》一同归入"讽刺派"，但认为"《儒林外史》是讽刺，而那两种都近于谩骂。"④

鲁迅对人性的丰富性与复杂性有着清醒的认识，他笔下的典型人物如阿Q、孔乙己、祥林嫂等，均呈现出多面的性格特征，很难简单地用好人、坏人去指称。鲁迅评价古代小说人物，特别看重人物的真实性与复杂性，他对《红楼梦》的人物刻画给予了高度评价："至于说到《红楼梦》的价值，可是在中国底小说中实在是不可多得的。其要点在敢于如实描写，并无讳饰，和从前的小说叙好人完全是好，坏人完全是坏的，大不相同，所以其中所叙的人物都是真的人物。总之自有《红楼梦》出来以后，传统的思想和写法都打破了。"⑤ 而对《三国演义》中人物的类型化描写给予批评，"至于写人，亦颇有失，以致欲显刘备之长厚而似伪，状诸葛之多智而近妖。"⑥ 在《中国小说的历史的变迁》的演讲中说得更为明白，《三国演义》的缺点之一是"描写过实。写好的人，简直一点坏处都没有；而写不好的人，又是一点好处都没有。其实这在事实上算不对的，因为一个人不能事事全好，也不能事事全坏。"⑦

鲁迅创作小说非常重视结构，尝试过种种结构方式，篇幅稍长的小

---

① 周作人：《关于〈阿Q正传〉》，《鲁迅的青年时代》附录，第 111 页。
② 鲁迅：《中国小说史略》，《鲁迅全集》第 9 卷，第 220 页。
③ 同上书，第 282 页。
④ 鲁迅：《中国小说的历史的变迁》，《鲁迅全集》第 9 卷，第 335 页。
⑤ 同上书，338 页。
⑥ 鲁迅：《中国小说史略》，《鲁迅全集》第 9 卷，第 129 页。
⑦ 鲁迅：《中国小说的历史的变迁》，《鲁迅全集》第 9 卷，第 323 页。

说，常常采用截取人物的几个生活片断来突现人物等个性，如《阿 Q 正传》、《孔乙己》。鲁迅评价古代小说很容易发现其结构特点，他说《儒林外史》"惟全书无主干，仅驱使各种人物，行列而来，事与其来俱起，亦与其去俱讫，虽云长篇，颇同短制。"① 他论《官场现形记》和《二十年目睹之怪现状》，说"这两部书都用片断凑成，没有什么线索和主角，是同《儒林外史》差不多的，但艺术的手段，却差得远了。"② "用片断凑成"，也是鲁迅常用的结构方式，只不过鲁迅的小说都有"线索和主角"。

胡适也写过小说，在中国公学念书时，写过一篇章回小说《真如岛》（未完）。1919 年写过短篇小说《一个问题》。胡适认为《西游记》"第八十一难（九十九回）未免太寒伧了，应该大大的改作，才衬得住一部大书。"③ 1934 年改作了《〈西游记〉的第八十一难》。胡适对小说创作兴趣不大，也没有下过功夫，所作小说并不成功。他在古代小说作者、版本、题材演变的考证方面取得了巨大的成就，对古代小说的思想价值也提出了很精彩的观点，而对小说艺术的把握与评价，很难得到学术界的认同。他评价历史小说《三国演义》的特点："这部书现行本（毛本）虽是最后的修正本，却仍旧只可算是一部很有势力的通俗历史讲义，不能算是一部有文学价值的书。""《三国演义》拘泥历史的故事太严，而想象力太少，创造力太薄弱。""《三国演义》的作者、修改者、最后写定者，都是平凡的陋儒，不是有天才的文学家，也不是高超的思想家。""《三国演义》最不会剪裁，他的本领在于搜罗一切竹头木屑，破烂铜铁，不肯遗漏一点。因为不肯剪裁，故此书不成为文学的作品。"④《〈三国志演义〉序》基本否定了《三国演义》的艺术价值。他研究了一辈子《红楼梦》，却没有发现《红楼梦》的艺术的精美，他说："我写了几万字的考证，差不多没有说一句赞颂《红楼梦》的文学价值的话。——大陆上中共清算我，也曾指出我止说了一句：'《红楼梦》只是老老实实的描写这一个"坐吃山空"，"树倒猢狲散"的自然趋势，因为如此，所以《红楼梦》是一部自然主义的杰作。'此外，我没有说一句从文学观点赞美《红楼梦》的话。老实说来，我这句话已过分赞美《红楼梦》了。""我平心静气的看法是：雪芹

① 鲁迅：《中国小说史略》，《鲁迅全集》第 9 卷，第 221 页。
② 鲁迅：《中国小说的历史的变迁》，《鲁迅全集》第 9 卷，第 335 页。
③ 胡适：《〈西游记〉的第八十一难》，《胡适文集》第 1 卷，第 523 页。
④ 胡适：《〈三国志演义〉序》，《胡适文集》第 6 卷，第 85—86 页。

是个有天才而没有机会得着修养训练的文人，——他的家庭环境，社会环境，往来朋友，中国文学的背景等等，都没有能够给他一个可以得着文学的修养训练的机会，更没有能够给他一点思考或发展思想的机会。在那个贫乏的思想背景里，《红楼梦》的见解当然不会高到那儿去，《红楼梦》的文学造诣当然也不会高明到那儿去。""我常说，《红楼梦》在思想见地上比不上《儒林外史》，在文学技术上比不上《海上花》，也比不上《儒林外史》，——也可以说，还比不上《老残游记》。"① 他在《答苏雪林书》中表达了同样的看法。在胡适的眼里，《红楼梦》大概只能算中国小说史上的二流小说了。对照鲁迅关于《红楼梦》的评价，就可以发现，两人的艺术感悟力相差之大。在古代小说中，胡适对《儒林外史》评价最高："《儒林外史》这部书所以能不朽，全在他的见识高超，技术高明。这部书'楔子'一回，借王冕的口气，批评明朝科举用八股文的制度道：'将来读书人既有此一条荣身之路，把那文行出处都看得轻了。'这是全书的宗旨。"② 但全文并没有说出《儒林外史》技术如何高明，只论了其见识的高超。在《〈老残游记〉序》中，胡适曾对该书的"文学技术"做过专门分析："《老残游记》在中国文学史上的最大贡献却不在于作者的思想，而在于作者描写风景人物的能力。古来作小说的人在描写人物的方面还有很肯用气力的；但描写风景的能力在旧小说里简直没有。""《老残游记》最擅长的是描写的技术；无论写人写景，作者都不肯用套语滥调，总想熔铸新词，作实地的描写。在这一点上，这部书可算是前无古人了。"③ "描写风景"、"熔铸新词"，这样分析《老残游记》的文学技术，实在算不上高明。

五

　　鲁迅和胡适这两位新文化运动的主将，古代小说研究的大家，最终因政治倾向不同而分道扬镳，此是后话。两位先贤在20世纪20年代研究古代小说的时候，有过密切合作。鲁迅1920年秋季开始在北京大学讲授中

---

① 胡适：《与高阳书》，《胡适文集》第5卷，第429—430页。
② 胡适：《吴敬梓传》，《胡适文集》第6卷，第71页。
③ 胡适：《〈老残游记〉序》，《胡适文集》第6卷，第240—241页。

国小说史课程，并编写讲义，1924 年出版《中国小说史略》下册，也就是说，鲁迅的小说史撰写、增补、修改于 1920 年至 1924 年。此时，胡适撰写并发表了《〈水浒传〉考证》（1920 年）、《〈红楼梦〉考证》（1921年）、《〈水浒传〉后考》（1921 年）、《〈三国演义〉序》（1922 年）、《吴敬梓年谱》（1922 年）、《〈西游记〉考证》（1923 年）、《〈镜花缘〉引论》（1923 年）、《〈水浒续集两种〉序》（1923 年），胡适最重要的章回小说研究成果大多诞生于这一时期。可以说，鲁迅的《中国小说史略》撰写和胡适的章回小说考证几乎是同步进行的。在研究过程中，两位先贤互相提供资料、互赠论著、互引对方的观点，交流十分频繁。胡适写作《〈西游记〉考证》的时候，鲁迅将自己发现的有关作者的材料送给胡适，胡适在文章中说："现承周豫才先生把他搜得的许多材料抄给我，转录于下……"① 这些材料包括天启《淮安府志·人物志》中的吴承恩小传，同书《艺文志》中著录吴承恩著述目录，其中有《西游记》这一条关键材料，焦循《剧说》卷五引阮葵生《茶余客话》考证吴射阳撰《西游记通俗演义》的一段文字等。证明《西游记》作者为吴承恩的几条重要材料都是鲁迅提供的，可以说，《西游记》的作者为吴承恩，是两位学者合作的成果。同一篇论文中，胡适还引述了鲁迅提出的孙行者受巫枝祁故事的影响。鲁迅的《中国小说史略》上册出版后，曾赠送胡适，胡适读后，给鲁迅写信，鲁迅很快回信："适之先生：今日到大学去，收到手教。《小说史略》竟承通读一遍（颇有误字，拟于下卷时再订正），惭愧之至。论断太少，诚如所言；玄同说亦如此。我自省太易流于感情之伦，所以力避此事，其实正是一个缺点；但于明清小说，则论断似乎较上卷稍多，此稿已成，极想于阳历二月末印成之。"② 在这封信中，还给胡适提供了在《明诗综》中所发现的陈忱的小传。1923 年，鲁迅还写信给胡适，建议亚东图书馆重印《三侠五义》、《西游补》、《海上花列传》等小说。后来亚东图书馆确实标点重印了《三侠五义》和《海上花列传》，胡适都曾作序。1924 年，鲁迅还曾向胡适提供齐某转卖一百二十回本《水浒传》的信息，1929 年，胡适作《〈水浒传〉新考》，说"民国十二年左右，我知道了三四部百二十回本《忠义水浒全传》出现，涵芬楼得了一部，我自

---

① 胡适：《〈西游记〉考证》，《胡适文集》第 6 卷，第 137 页。
② 鲁迅：《致胡适》，《中国小说史略》附录，第 295 页。

已得了一部，还有别人收着这本子的。"① 胡适所得当是鲁迅推荐、齐某转卖的《水浒传》。

　　鲁迅的《中国小说史略》大量引述了胡适的研究结论。他在论述《水浒传》的版本时，完全采纳了胡适关于金圣叹删削《水浒》的观点，至于删削的原因，鲁迅引述的胡适的论述："至于刊落之由，什九常因世变，胡适（《文存》三）说，'圣叹生在流贼遍天下的时代，眼见张献忠李自成一班强盗流毒全国，故他觉得强盗是不能提倡的，是应该口诛笔伐的。'"② 鲁迅叙述吴敬梓的生平，也用了胡适《吴敬梓年谱》的考证成果，书中注明"详见新标点本《儒林外史》卷首。"鲁迅关于《红楼梦》作者和版本问题的论述，完全接受了胡适的《〈红楼梦〉考证》的观点，引袁枚《随园诗话》确认《红楼梦》的作者为曹雪芹，"迨胡适作考证，乃较然彰明，知曹雪芹实生于荣华，终于苓落，半生经历，绝似'石头'，著书西郊，未就而没。"③ "《红楼梦》乃作者自叙"。④ "其《石头记》尚未就，今所传者止八十回（详见《胡适文选》）。"⑤ 引《船山诗草》认为后四十回为高鹗所续。在评索隐派关于《红楼梦》为纳兰成德家事说时，鲁迅写道："胡适作《〈红楼梦〉考证》，已历正其失。最有力者，一为姜宸英有《祭纳兰成德文》，相契之深，非妙玉于宝玉可比；一为成德死时年三十一，时明珠方贵盛也。"⑥ 鲁迅叙述李汝珍的生平时，也参考了胡适的《〈镜花缘〉引论》，在叙述完李汝珍的生平与著述后，鲁迅特别注明："以上详见新标点本《镜花缘》卷首胡适《引论》。"⑦ 关于《镜花缘》的主旨，鲁迅也引用了胡适的观点："书中关于女子之论亦多，故胡适以为'是一部讨论妇女问题的小说，他对于这个问题的答案，是男女应该受平等的待遇，平等的教育，平等的选举制度'（详见本书《引论》四）。"⑧

　　鲁迅的《中国小说史略》出版后，胡适给予了高度评价，他在《白

---

①　胡适：《〈水浒传〉新考》，《胡适文集》第 6 卷，第 318 页。

②　鲁迅：《中国小说史略》，《鲁迅全集》第 9 卷，第 147 页。

③　同上书，第 236 页。

④　同上书，第 235 页。

⑤　同上书，第 236 页。

⑥　同上书，第 235 页。

⑦　同上书，第 249 页。

⑧　同上书，第 251 页。

话文学史·自序》中说："在小说的史料方面，我自己也颇有一点点贡献。但最大的成绩自然是鲁迅先生的《中国小说史略》；这是一部开山的创作，搜集甚勤，取材甚精，断制也甚谨严，可以替我们研究文学史的人节省无数精力。"① 在此后的章回小说研究中，胡适大量引述《中国小说史略》中的观点与材料。1922 年，胡适为亚东图书馆标点本《三国演义》作序时，鲁迅的《中国小说史略》尚未出版，胡适只看过《小说史讲义》稿本，比勘鲁迅的讲义和胡适的序言，就可以发现，序中关于《三国演义》成书过程和罗贯中的生平、著述的考述，胡适都参考了鲁迅的讲义。胡适并不隐瞒这一事实，他在篇末注明："作此序时，曾参用周豫才先生的《小说史讲义》稿本，不及一一注出，特记于此。"② 1929 年，胡适作《〈水浒传〉新考》，特别指出："十年前（民国九年七月）我开始做《〈水浒传〉考证》的时候，我只有金圣叹的七十一回本和坊间通行而学者轻视的《征四寇》。那时候，我虽然参考了不少的旁证，我的许多结论都只可算是一些很大胆的假设，因为那时的证据太少了。"③ "六七年来，修正我的主张的，有鲁迅先生、李玄伯先生、俞平伯先生。"④ 并详尽引述了鲁迅关于《水浒传》四种重要版本的考证结论，认为"鲁迅先生之说，很细密，我很佩服，故值得详细征引。"⑤ 1927 年，胡适作《〈官场现形记〉序》，关于作者李宝嘉的生平和小说创作状况，完全根据鲁迅的《中国小说史略》而来，还订正了一处误排。叙述完作者生平，胡适云："以上记的，大体根据鲁迅的《中国小说史略》，页三二七——八。鲁迅先生自注，他的记载是根据周桂笙《新庵笔记》三，及李祖杰致胡适书。我现在客中，李先生原书不在我身边，故不及参校。《小说史略》初版记李氏死于光绪三十三年三月，年四十，而下注西历为'一八六七——一九〇六'。一九〇六为光绪三十二年丙午，我疑此系印时误排为三十三年。今既不及参校，姑且改为丙午，俟将来用李先生原书订正。"⑥ 在这篇序言中，胡适对鲁迅提出的"谴责小说"类型给予了高度评价，他说：

①　胡适：《白话文学史》，《胡适文集》第 4 卷，第 15 页。
②　胡适：《〈三国志演义〉序》，《胡适文集》第 6 卷，第 87 页。
③　胡适：《〈水浒传〉新考》，《胡适文集》第 6 卷，第 317 页。
④　同上书，第 321 页。
⑤　同上书，第 323 页。
⑥　胡适：《〈官场现形记〉序》，《胡适文集》第 6 卷，第 288 页。

"鲁迅先生在《中国小说史略》里另标出'谴责小说'的名目，把《官场现形记》、《二十年目睹之怪形状》、《老残游记》、《孽海花》等书都归入这一类。他这种区别是很有见地的。"① 并引述鲁迅关于谴责小说和《儒林外史》的评价，分析鲁迅将谴责小说与《儒林外史》区别开来的原因："鲁迅先生这样推重《儒林外史》，故不愿把近代的谴责小说同《儒林外史》并列。这种主张是我很赞成的。"② 认为"鲁迅先生批评《官场现形记》的话也很公平"。③ 胡适为亚东图书馆标点本《海上花列传》作序，照例引用了鲁迅的观点："鲁迅先生称赞《海上花列传》'平淡而近自然'。这是文学史上很不容易做到的境界。"④ 文中也指出鲁迅所引韩子云写小说诽谤赵朴斋的传闻不可信，认为这种传闻"不但很污蔑作者的人格，并且伤害《海上花》的价值"，要"替作者辩诬"。⑤ 基于上述事实，我们有理由认为，鲁迅和胡适在古代小说研究方面的成功，除了他们生活的时代、个人的知识结构与天赋等因素外，两人之间的相互交流、帮助和启发也是重要的原因之一。

作为中国现代史上的两位伟人，鲁迅和胡适的成就是多方面的，学术研究只是其中之一。仅就学术而言，古代小说研究无疑是他们最有建树的领域。每一个学者都会有自己的学术个性，鲁迅和胡适也不例外，其个性的形成原因肯定是多方面的，也是非常复杂的，本文所述，只是从比较的角度来看他们各自的特点，并非全面探讨他们的学术成就与风格，即便是比较他们的异同，也只是就主要方面立论，不可能面面俱到，这是需要向读者说明的。

（原载《河北学刊》2015 年第 6 期，《中国社会科学文摘》2016 年第 2 期转载）

---

① 胡适：《〈官场现形记〉序》，《胡适文集》第 6 卷，第 297 页。
② 同上书，第 298 页。
③ 同上。
④ 胡适：《〈海上花列传〉序》，《胡适文集》第 6 卷，第 283 页。
⑤ 同上书，第 267 页。

吴组缃的古代小说研究

——以遗作、讲义为中心

一

　　吴组缃不仅是著名的小说家，也是著名的古代小说研究专家。他在《三国演义》、《水浒传》、《西游记》、《儒林外史》、《红楼梦》等小说名著的研究方面都发表过重要论文，尤其是《论贾宝玉典型形象》、《谈红楼梦里几个陪衬人物的安排》、《儒林外史的思想与艺术》等几篇论文，堪称学术经典，这些论文大多收进他的论文集《说稗集》和《中国小说研究论集》中。在《说稗集》出版不久，马振方便发表了《说〈说稗集〉》，首次对吴组缃的古代小说研究的特点与成就作了评述，认为吴组缃从事古典小说研究有两个特别的条件，"一是很早就开始掌握和运用马克思主义的理论、方法；二是擅长小说创作。两者对他的古典小说研究起到了十分重要的作用，构成《说稗集》的鲜明特色。"① 1994 年，吴组缃去世，周先慎撰写了《吴组缃先生的古典小说研究》，对吴组缃的古代小说研究进行了全面的论述，提出吴组缃"以一个小说作家特有的眼光、素养和经验，尤其以他对人生热忱而执着的态度，对人和社会生活的切身的体察与认识，深广的人生阅历，以及对艺术敏锐的感受力，在中国古典小说的研究上形成了鲜明独特的风格。"② 2008 年，北京大学中文系举办了"纪念吴组缃先生诞辰 100 周年学术研讨会"，与会学者提交了一批探讨吴组缃古代小说研究的论文，这些论文比以前的研究又有细化和深化，程毅中的《论述吴组缃先生的中国小说史学术思想》以吴组缃的论文

---

　　① 马振方：《说〈说稗集〉》，《北京大学学报》1989 年第 5 期。
　　② 周先慎：《吴组缃先生的古典小说研究》，《文学遗产》1995 年第 1 期。

《我国古代小说的发展及其规律》为基础，结合其他论文，对吴组缃的中国小说史思想作了归纳与展开。周先慎的《重温吴组缃先生论〈三国演义〉》和石昌渝的《吴组缃先生的〈红楼梦〉研究》分别就吴组缃研究《三国演义》和《红楼梦》的主要观点作了评述。刘勇强的《吴组缃文学研究的学术个性》观照范围涵盖了吴组缃的现代文学研究、古代小说研究和文学史研究，由此归纳出吴组缃文学研究的个性。① 上述研究，对吴组缃的古代小说研究的成就与风格作了深入细致的探讨，但这些论文基本上是以吴组缃生前发表的论文为立论依据的，事实上吴组缃对古代小说的研究并不限于已发表的十几篇论文，他的学生马振方在《说〈说稗集〉》中指出："吴先生在课堂上讲授过的对我国古典小说的许多精辟见解和心得体会还没有写进这个集子，将在新著中和读者见面。"② 遗憾的是，由于当时吴组缃年事已高，这些"精辟见解"还没有写出来就与世长辞，除了当年听课的学生外，他人对这些研究并不知晓。

　　从 20 世纪 50 年代开始，吴组缃便在北京大学中文系讲授中国古代文学方面的课程，先后主讲过宋元文学史、明清文学史的基础课和中国小说史、《聊斋志异》、《红楼梦》的专题课，并编写了讲义。这些讲义，只有宋元文学史，由沈天佑整理、增补，于 1989 年由北京大学出版社出版。明清文学史本来也列入北京大学出版社的出版计划，因讲义大多遗失，未能整理出来。2011 年，我在整理沈天佑师的文稿时，发现了一批吴组缃 20 世纪五六十年代撰写的讲义，这批讲义分别用活页纸和笔记本（只有一种笔记本装订完好，其他均为散页）撰写，部分讲义章节注明了撰写时间，还有一些讲义编了序号。根据讲义的用纸、编写时间和序号，大体上可以辨认有以下几种讲义：1. 1955 年秋季讲授《红楼梦》专题课的讲义。2. 1957 年秋季讲授《聊斋志异》专题课的讲义。3. 1960 年秋季讲授明清文学史的部分讲义，存《明代文学概说》、《三国演义的主题思想与艺术》和《儒林外史》三章。4. 1961 年春季讲授中国小说史的讲义及 1962 年春季讲授中国小说史的补充讲义。这两种讲义写在一个笔记本上，1962 年补写了《水浒传的人物描写》、《三国演义的艺术描写》、《聊斋志

　　①　上述论文均收入《嫩黄之忆——吴组缃先生诞辰一百周年纪念文集》，北京大学出版社 2012 年版。
　　②　马振方：《说〈说稗集〉》，《北京大学学报》1989 年第 5 期。

异选讲》三节。5. 1961 年秋季讲授中国小说史的讲义，存《明代拟话本》、《聊斋志异》、《儒林外史》三章；6. 另有三张活页纸的《西游记》的讲义，没有注明课程名称和备课时间。这些讲义，只有《红楼梦》和《聊斋志异》专题课的讲义比较完整，其他课程的讲义多有遗失，比如明清文学史肯定要讲戏曲与诗文，现存讲义中未见相关内容。根据个人的授课经验，一门课，第一次讲，肯定要写详尽的讲义，以后再讲，可以用以前的讲义，只需作一些修改和补充，不一定重写。吴组缃的讲义可能也存在类似的情况，1961 年春季的中国小说史讲义，就没有《儒林外史》和《红楼梦》的内容，《聊斋志异》也比较简略，因为在此之前，他讲过《聊斋志异》和《红楼梦》的专题课和明清文学史的基础课，完全有可能用以前的讲义。在这批讲义中，还夹有一篇研究《金瓶梅》的论文，用方格稿纸誊写，与讲义明显不同。这批讲义，多数章节已经整理成论文发表，笔者仔细对照过《红楼梦》专题课讲义与《论贾宝玉典型形象》一文，虽然讲义列了十个专题，只有两个专题写得比较详尽，其他专题只有一些提纲，最详尽的一个专题《红楼梦主要中心人物贾宝玉的典型形象》与论文内容基本相同。也有论文写于讲义之前，如《〈儒林外史〉的思想与艺术》一文发表于 1954 年，至少是写于现存讲义之前。还有一些讲义没有整理成论文发表，最重要的要数《聊斋志异》专题课的讲义。论《金瓶梅》的论文很可能是根据讲义整理而成，生前没有发表。笔者谨对这些重要的手稿作简要介绍和评述，在此基础上，对吴组缃的古代小说研究的特点与成就作进一步的探讨。

二

《论金瓶梅》是吴组缃已经定稿没有发表的一篇论文，论文用 16 开对折 600 字红色方格稿纸誊写，誊清后又有修改，共 26 页，一万五千多字。稿纸下方印有"京电 65.11"字样，应为稿纸印刷单位的简称和印刷时间，"京电"是北京市电车公司印刷厂的简称，吴组缃另一篇讲稿所用的 400 字稿纸，下方就印有"北京市电车公司印刷厂印刷 65.1"。如果这一判断无误的话，吴先生的这篇论文写于 1965 年年底或 1966 年年初，这就不难理解这篇论文定稿后没有发表的原因，因不久"文化大革命"爆发，学术刊物不能发表研究《金瓶梅》的论文。

在这篇论文中，吴组缃首先论述了《金瓶梅》在章回小说发展史上的重要地位，提出来了两个第一：

> 《金瓶梅》的出现，在我国古代小说的发展上是一桩应该重视的大事，因为它是第一部文人作者创作的长篇小说，它是第一部取用家庭社会日常生活，描写平凡的市井人物，以揭露黑暗腐败的现实社会和政治的作品。

《金瓶梅》是第一部文人作者创作的长篇小说，并不是吴组缃的发现，但吴组缃进一步提出了关于作者的一种假设："当时山东有不少通俗文艺作家，如散曲作家冯惟敏（1511？—1580？）、戏曲作家李开先（1501—1568）等，设想像冯惟敏这样的文人是《金瓶梅》的作者是有可能的。"第二个第一，则是吴组缃的创见。此前，吴晗曾提出："《金瓶梅》是一部现实主义小说，它所写的是万历中年的社会情形。它抓住社会的一角，以批判的笔法，暴露当时新兴的结合官僚势力的商人阶级的丑恶生活。"[1] 郑振铎认为："她（指《金瓶梅》）是一部很伟大的写实小说，赤裸裸的毫无忌惮的表现着中国社会的病态，表现着'世纪末'的最荒唐的一个堕落的社会景象。"[2] 吴组缃明确指出了《金瓶梅》是第一部用家庭日常生活的题材揭露黑暗腐败的社会与政治，无疑比前人抓得更加准确。论文紧接着用大量的篇幅对《金瓶梅》的主题思想进行了深入的挖掘，吴组缃说：

> 《金瓶梅》是一部揭露明中叶后社会政治黑暗与腐败的书。从众多等色的平凡市井人物日常生活活动的深入细致的描写刻画中，提出了我国封建社会发展中面临转变的历史时期具有重大意义的症结问题，亦即有关我国封建社会后期所以停滞不进或发展迟缓的主要问题。从这个意义说，它是比《红楼梦》早一个半世纪、明中叶后当时的一部政治历史小说，绝不能仅把它看做一部"淫书"或"秽书"。

---

[1]　吴晗：《金瓶梅的著作时代及其社会背景》，《文学季刊》创刊号，1934 年 1 月。
[2]　郑振铎：《谈金瓶梅词话》，《文学》第 1 卷第 1 期，1933 年 7 月。

通过分析典型形象来探讨小说的思想意义，是吴组缃研究古代小说的常用方法。吴组缃认为，西门庆是《金瓶梅》中的主要人物，"怎样认识作者给我们塑造的西门庆这一个典型人物，是理解此书主题思想的要害问题。"论文对西门庆是这样定性的："西门庆是个官僚、富商又兼地主的封建统治代表人物。这样一种'三位一体'的统治阶级代表人物是我国封建社会后期商品经济高度发展、资本主义因素在许多地区开始萌芽，封建阶级和封建制度濒于腐朽没落，因而力图垂死挣扎时期的特种产物。"这种市侩"利用可能有的特权以及一切不法手段谋取眼前实利暴利"，"财富集中在这种腐朽反动的封建统治势力手里，绝对不会成为有利于发展经济裨益民生的生产性资本；恰恰相反，它只会助长他们所掌握的封建特权，更加疯狂地干坏事，破坏工农业生产，打击正当的商业经营"。这些财富，"最显眼的还是消耗在他们奢侈和糜烂的生活享用上面"。"在这个腐朽反动的封建势力统治下的社会里，绝大多数人显然是境遇极为悲惨的被压迫者。"吴组缃用大量的明代史料与小说情节对照，在论述西门庆利用不法手段与特权谋取财富时，便引述了严世蕃所列举的当时全国积赀五十万的十七家富豪、积赀一百万的五家富豪的名单，这二十二家，"除七家看来是商人，其他十五家都是王室、贵族、太监、大官和土司。"在论述西门庆的奢靡享乐时，引述了何良俊《四友斋丛说》的记载，"今寻常燕会，动辄必用十肴，且水陆毕陈，或觅远方珍品，求以相胜。"某家请一客，"肴品计百余样"，又某家请客"用银水火炉、金滴嗉。是日客有二十人，每客皆金台盘一副，是双螭虎大金杯，每副约有十五六两。"这些史料充分证明《金瓶梅》所描述的人物与情节是明代中后期社会生活的真实写照。于是吴组缃得出结论：

> 全书暴露的是我国封建社会后期面临变革之际具有重大意义的症结问题，亦当时社会发展中的一个主要问题：即随着商品经济的高度发达和资本主义因素开始萌芽，封建阶级——官僚、地主同市侩结为三位一体，形成极端腐朽反动的统治势力，紧紧压在城乡人民头上，贪赃枉法，为所欲为，掠夺社会财富，吸尽人民膏血，摧残农、工、手工业生产和商业经营，从而穷奢极欲，腐蚀人心，严重桎梏着社会的前进与发展。

论文最后考察了作者创作《金瓶梅》的根本立场与态度。吴组缃认为："书中的描写，在读者的眼前只见一片令人窒息的如磐夜气和森严的黑暗；虽然在被压迫层中也算有一些微不足道的反抗，从侧面也透露了一点似有若无的斗争，但总的看来，在这个现实世界里，简直看不到任何与黑暗统治相对峙的积极因素和有希望的力量。"作者为什么这样处理？"原来作者暴露现实黑暗，并非从变革的要求出发，或向往什么新的前景，而只是要拿西门庆作个反面典型，对封建统治阶级提出警告。"从这篇论文所提出和解决的一系列问题来看，至今仍然有重要的学术价值，还原到它所写作的时代，无疑是"文革"以前少有是几篇精彩论文之一。

三

吴组缃生前曾多次讲授《聊斋志异》专题课，逝世之后，他的学生撰写纪念文章，好几位提到吴组缃当年讲《聊斋志异》的风采。北京大学中文系 54 级学生张畁羿在《难忘的专题课——纪念吴组缃先生》一文中专门回忆了吴组缃讲《聊斋志异》专题课的情境：

> 我们 54 级汉语文专业的同学读到大学三年级的时候，赶上了好点儿：系（中文）里开始设置专业专题课。专题课《文心雕龙》、《红楼梦》、《聊斋志异》、《鲁迅》等都由校内外名家，如何其芳、吴组缃、陈涌等先生讲授，很受同学们欢迎，但我印象最为鲜明深刻的却是吴组缃教授开设的《聊斋志异》专题课。
>
> 他对《聊斋志异》版本考订之精当，对蒲松龄家世和交游考证之周详，对蒲松龄思想脉络分析之透彻，对《聊斋志异》思想艺术、历史地位评价之独具卓识，对国内外出版研究《聊斋志异》状况之熟悉，真是令人叫绝。[①]

笔者发现的吴组缃讲《聊斋志异》专题课的讲义，可以证实这些回

---

　　① 张畁羿：《难忘的专题课——纪念吴组缃先生》，《吴组缃先生纪念集》，北京大学出版社 1995 年版，第 83—84 页。

忆所言不虚。讲义题为《聊斋志异讲稿》（下文简称《讲稿》），题后注明时间："1957.9.25"，应该是首次备课时间。在讲义开头有一节关于课程的说明，其中有这样一段话："我向来未讲过此课，对此课准备得也不够充分，谈不到有什么深入的研究，更不明白同学们的阅读情况，这就需要好好地计划和斟酌，并要求同学们随时的帮助。"说明这是吴组缃为第一次讲《聊斋志异》专题课所写的讲义，时间是1957年秋季。该讲义用活页纸正反两面书写，共29张，作者用红蜡笔按张标注了序号，实际共58页，每页39行，每行40多字，共9万多字。最后一页明显没有结束，说明讲义后面可能有遗失。《讲稿》共有五部分：（一）绪论。（二）《聊斋》故事（题材）的来源。（三）蒲松龄的生平及思想。（四）选读示例。（五）《聊斋志异》的思想性与艺术描写。限于篇幅，这里只能就《讲稿》中最精彩的内容——关于蒲松龄人生际遇与其思想和创作关系的论述，关于《聊斋志异》中人物形象的思想内涵与艺术创新的解读，作简要评述。

《蒲松龄的生平及思想》是这本讲义中最有理论深度的一章。在蒲松龄的生平研究中，贡献最大的要数胡适与路大荒。胡适在《辨伪举例——蒲松龄的生年考》[①]一文中，根据蒲松龄的《降辰哭母》诗和《述刘氏行实》文考证出蒲松龄出生于康熙十三年，享年七十六岁，订正了张元《柳泉蒲先生墓表》所载"享年八十有六"的错误。路大荒广泛搜集蒲松龄的著作，编辑出版了《聊斋全集》，并编撰了《柳泉蒲先生年谱》[②]，对蒲松龄一生主要事迹与交游作了考述，对部分诗文作了编年。关于蒲松龄的思想的研究，学术界起步较晚，在1957年以前，比较集中的话题是讨论蒲松龄是否具有民族思想，蒲松龄及其《聊斋志异》是否具有人民性。吴组缃对前人研究蒲松龄的论著非常熟悉，关于蒲松龄的生卒年，《讲稿》采用了胡适的观点。对蒲松龄生平的叙述，也参考了路大荒的《年谱》。对学术界关于蒲松龄思想的讨论，吴组缃也发表了自己的意见。他不赞成蒲松龄有民族思想的观点，他说：

> 这时正是明末清初之际，尖锐激烈的阶级矛盾，没有安顿下来，

---

① 《胡适论学近著》第一集卷三，上海商务印书馆1937年版。
② 载路大荒、赵苕狂编《聊斋全集》卷首，上海世界书局1936年版。

又加上如火如荼的民族矛盾，农民起义此仆彼起，反抗清朝刚建立的政权，而地主阶级却从其自身利益出发，甘愿做满清统治者的顺民，对农民起义加以血腥的镇压。所谓民族矛盾，实质上也是阶级矛盾。对于农民的反抗，地主阶级和外族统治者，其阶级利益是一致的。蒲家此时正是上升的地主，对农民的造反，更为仇视，更为敏感。决不因为民族之间的矛盾，而放弃与农民敌对的立场。

吴组缃肯定蒲松龄及其《聊斋志异》的思想具有人民性，"由于他的热衷功名，想往上爬，他的思想有极其庸俗的一面；由于他始终功名困顿，始终身处贫贱，一生过着冷淡生活，因此他的思想同时又有颇为光辉的一面。这光辉的一面，就是他的内心与人民百姓紧密连接在一起而产生的。"

前人已经注意到蒲松龄在《聊斋志异》中批判科举制度与其考科举的痛苦经历有关，但对此理解并不一致。何满子认为，"蒲松龄对科举制度残害下的知识分子的痛苦，理解得最为真切。他自己受过创伤，他所接触的大多数知识分子，也都是被科举制度折磨得精神恍惚、如痴如狂的可怜的生物。""他不是死抱住功名不舍的人，他虽然也按着那时代给知识分子安排好的道路去赶考应试，但碰了几次壁，认清了科举制度的底蕴以后，就意兴索然了。他中年以后的应试，与其说是贪恋功名，无宁说是为了习俗所羁，如他自己所说的'犹守旧辙恋鸡肋'的食之无味之举而已。"[1] 吴组缃不这么看，他认为"蒲则迫于客观处境，又自信具备主观条件，他是一心要往上爬，一生没有淡却猎取功名之念的。他大概每科必考，每考必以全力；虽然屡考屡败，但同时又屡败屡考，从没放弃热衷功名的念头。"吴组缃提供了大量的材料证明蒲松龄始终热衷功名，并没有意兴索然。蒲松龄一面执着地参加科举考试，一面写小说批判科举制度，这该如何解释？任访秋认为，"蒲松龄的思想是非常庞杂的，不成体系的，因而中间往往存在着极大的矛盾。……由于自己科场失意，一生潦倒，故对八股取士制度深恶痛绝，但在内心中，又不能忘情于功名富贵，因而对某些由此而位至显达的人，不禁又流露出艳羡之情。"[2] 吴组缃也

①　何满子：《蒲松龄和〈聊斋志异〉》，上海出版公司1955年版，第78、80页。
②　任访秋：《〈聊斋志异〉的思想与艺术》，《新建设》1954年第11期。

不同意这种观点，认为蒲松龄参加科举考试和在作品中揭露科举的罪恶并不矛盾，他没有否定科举制度，只是讽刺主持科举考试的人。"他之攻击个人——主考者的做法不对，办事的人岂有此理。他是为把科举制度弄糟了而感愤激，他不但没有对科举制度怀疑，反倒是站在维护和办好科举制度的立场上来作指责、发义愤的。蒲在作品中反复攻击科举，但所挖苦和嘲笑的，也只是主考官个人，认为他们没有眼睛，不识好文，不识真才，主观上只是发牢骚，也并没有攻击科举制度本身（但客观实际上是攻击了制度）。有人认为他一方面反对科举，一方面又以考中功名来报答所认为的好人，说这亦是他作品中思想矛盾，其实仔细研究，他的这种思想是统一的，并不矛盾。"应该说，吴组缃对蒲松龄思想与行为的把握更加准确。

《聊斋志异》中有不少描写男女青年自由恋爱的作品，学术界基本持肯定态度。分析这类小说产生的原因与意义，大多从时代背景的角度进行挖掘，封建婚姻制度剥夺了男女青年婚恋的权利，而蒲松龄热情赞美了这种反封建的爱情。吴组缃则另辟蹊径，从蒲松龄独特的人生经历来解释这类作品产生的直接原因。蒲松龄从三十一岁到七十岁，一直在外做幕宾和塾师，生活孤寂无聊。他的小说和诗文大多写于这一时期，其中爱情题材的作品寄托了作者的爱情理想。吴组缃说：

> 蒲生活于达官缙绅的社会环境中，所能有的只是封建婚姻关系的夫妇之情。他之对于自由活泼的异性之美，对于志趣相同、彼此相知的爱情之乐，他亦是有此要求的。对于以才情自负而身处贫贱寂寞中的蒲氏来说，在他青年时代，此点恐怕在他的精神生活中占据了重要的地位而不能满足的。作品中对于爱情的体会，对多情青年男女的形象之描摹刻画，无不委婉动人，深切入微，正可证明此种情怀。

中外文学理论家早已指出，文学创作就是作家运用虚构和想象来弥补人生的缺憾。吴组缃认为，青年蒲松龄大量创作爱情题材的作品，是其感情生活得不到满足所致。

《讲稿》对《聊斋志异》中的不少名篇作过精彩的分析，特别重视小说人物的创新意义。《张鸿渐》中的施舜华，吴组缃认为她是一个崭新的女性形象，非常欣赏她在感情面前大方、自信、真诚、直率的个性。舜华出场，"我们并不知道她是狐仙，她是作为现实的女子出场的，张在暗处微窥之，原来是个二十岁左右的美丽女子，她十分精明，一眼看到草荐，就盘问，老妪只好老实告诉出来，不敢隐瞒。这个年轻美貌女子立刻发脾气，与老妪刚才所料想顾虑的完全符合。发了脾气之后，见到了张，她却如此敬重风雅士，于是又责备老妪慢待了客人。立刻以酒浆和锦茵来招待这个落难的书生。张此时私问老妪，才补叙出来，原来太翁夫人俱早谢世，止遗三女，这是大姑娘。确是当家作主的大姊的气派。跟着即推扉而入，即榻上抚慰慌张失措的客人，说'无须，无须'，并近榻坐，提出以门户相托的话，虽有点腼腆，但多么大方、爽朗，开门见山，不似世俗女子的忸怩作态，张张皇地回说家中已有妻，她即笑着夸赞他的诚笃，十分自信，亦十分自负，不容对方再啰嗦，即干脆地说：'既不嫌憎，明日当烦媒妁。'这完全是个思想意识获得解放的女子，在三百年前，完全是个未来的崭新的女性形象。"这种未来的崭新的女性形象，与封建婚姻制度是对立的。施舜华"听张说想念家中的妻子，即不高兴，说夫妇之情，'自分于君为笃，君守此念彼，是相对绸缪者，皆妄也。'她要求的是真心专一的爱情，张的一番自以为言之成理的解释，实际是肯定封建社会一夫多妻的婚姻制度是合理的，不成问题，而舜华笑着说的'妾有偏心：于妾，愿君之不忘；于人，愿君之忘之。'实即反映了她的思想要求——即真心专一的爱情，这是与封建婚姻制度（一夫多妻）不相容的。从这样内心要求出发，她经过幻化试探，证实了张的心之所属，即不能容忍。但内心并不是没有斗争，其始还曲为解说以自慰，以为'犹幸未忘恩义，差足自赎。'但对恩义的感激，究不是她所要求的专一真心的爱情，所以过了三四日，便觉'终无意味'，才决心送张回家去，成全他们。"蒲松龄的高明之处在于不仅写出了施舜华真诚专一的爱情理想，而且写出了一个女性真实而丰富的人性。而吴组缃敏锐地发现并揭示出这一形象的内心世界与性格特征。

吴组缃认为《霍女》的思想和艺术水平，远远超过了《婴宁》，主要就是创造了霍女这一独特形象。他说："《霍女》中写一富而吝的朱大兴，平日一毛不拔，吝啬无比，但性喜渔色，色所在，冗费不惜。霍女来找他，和他同居了二年，□求无厌，要吃最珍贵的东西，要穿要用最贵重的东西，还要常常嫌日子无味，要请戏子来唱戏。如此数年，朱供应不支，渐趋破产。此时霍女便不辞而别。她跑到邻村一个世胄何氏家，何是个大少爷，爱其美，十分宠爱她，朱知道了，与何氏打官司。最后霍女又到贫士黄生家，黄贫苦无□，女救之，黄最初拒绝。霍女为之苦做苦干，操作家务，帮助他成家立业，以最大的真诚与心力贡献给他，与之过共苦共难的夫妇生活。她告诉黄说：'妾平生于吝者则破之，与邪者则诳之。'霍女是□□侠义式的人物，她完全突破了封建社会以男性为中心的片面的贞操观念，完全出于自己的主动选择，最初像个荡妇，实际却如此□疾□富贵，而倾心钟情于一个贫贱的书生。作者不因三易其夫而使其光彩动人的性格丝毫减色，这在当时社会中可谓大胆与难能可贵的创作。"吴组缃特别欣赏霍女破吝济贫的侠义品格和蔑视封建贞操观念的大胆行为，因为她突破了封建礼教和制度的藩篱，具有未来女性的性格特征。

吴组缃不同意将人物简单地分为好人和坏人，他说：

> 据说世上有两种人，一种是好人，一种是坏人。我个人以为，第一，好坏不是绝对的，要看你从什么观点去看，在什么立场去评量；第二，世上决没有完全的好人，也没有完全的坏人；第三，不可只看表面，要考察其所以如此之故。①

他分析《聊斋志异》的人物，也持这种观点，认为王桂庵的性格具有两面性，"在这里里，对于主人翁大名世家子王桂庵这个人物，自始至终抓住了其性格中的两个方面：一方面是世家子弟的纨绔、轻薄的习性；一方面是他的多情的性格。因为他是世家子弟，轻薄是他的阶级属性，他生长的那家庭里，习染于那社会里，他是会有这种阶级烙印的；另一面，毕竟他是个青年，又多情、深于情，对于所钟爱的女子，能够严肃地、深挚地去爱她。作者对此有敏锐感觉，有很高的认识能力，因此他处理的极为恰当而深刻。全篇通过种种生动逼真、引人入胜的情节描写，抓紧不放松地表露了王性格的这两面，而带着温婉的同情，批判其恶劣的一面，肯定其多情的一面。"不仅指出王桂庵性格的复杂性，而且分析了形成其复杂性格的家庭与社会原因。

---

① 吴组缃：《如何创作小说中的人物》，《中国小说研究论集》，北京大学出版社1998年版，第415页。

四

　　吴组缃研究古代小说的论文和讲义，大多写于 1954 年到"文革"前夕这十余年间。当时的学术环境并不理想，政治运动对学术研究的冲击很大。翻检同一时期的论文，不难发现，由于受左倾思潮的影响，大量论文在分析作家和作品时存在简单化、教条化的倾向，其学术结论很难经得住时间的检验，而吴组缃的论文却没有因为时间的推移而降低其学术价值。当时盛行的文学原理讲文学是社会生活的反映，因而一些论文只讲小说与社会生活的关系，甚至将小说当成了研究社会生活的材料。吴组缃对此保持着清醒的认识，对这种做法提出了严肃批评：

　　　　有些《红楼梦》研究者往往抛开人物形象，从书中摘取一些枝节的事项和节目，来论断作品反映了怎样的思想，提出了怎样的问题。还有不少这样的例子，比如列举大观园里一顿酒饭花了多少银子，乌庄头送来多少地租，诸如此类，以证明贾家的奢侈，如何剥削农民，和说明了什么性质的历史或经济问题，等等。若是一部《红楼梦》只提供了这样一些干瘪的事实和数字，那它有什么价值？[①]

　　吴组缃也讲反映论，与众不同的是，他强调作家的重要作用。他说：

　　　　我们讲反映论要讲两面。文学都是社会生活的反映，这是客观的一面；还有作者怎么处理，这是主观的一面。这两面都不能抹杀。[②]

　　吴组缃在《红楼梦研究》讲义中将作家的思想与作品的倾向作了明晰的阐释："作品的思想倾向性，就是作者对他所处理的生活现实所持的看法和态度的表露。作者对于生活现实的看法，就表现为作品的思想性；作者对于生活现实的态度，就表现为作品的倾向性。"他这样概括《红楼梦》的思想倾向："《红楼梦》所写的生活现实正反映了这样两种力量的

　　① 吴组缃：《论贾宝玉典型形象》，《中国小说研究论集》，第 206 页。
　　② 吴组缃：《答美国进修生彭佳玲问》，《中国小说研究论集》，第 432 页。

矛盾斗争：一方面是衰朽不堪、趋向最后崩溃但又居于统治地位的封建主义制度；一方面是处于萌芽状态的初步民主主义思想。这是表现在封建统治阶级内部的、当时中国社会发展过程中的具有重大意义的矛盾。书中对于封建主义秩序丧天害理、泯灭人性以及种种丑恶庸俗的特征本质的生活现象，给予严苛的、无情的暴露和鞭挞；对于封建主义秩序所不容，而衰朽力量一时还不能控制的，以贾宝玉为中心的纯洁真挚的人与人的关系和高尚美好的内心精神，则给以热情洋溢的歌颂和宣扬。"按照吴组缃的观点，这一结论，既是小说的思想倾向，也是作家的思想倾向。

吴组缃研究小说，总是将作品—作家—生活三者结合起来考察，研究《儒林外史》，首先考察作者吴敬梓的生平与思想，特别强调吴敬梓从名门望族到贫困不堪的人生经历对其思想与创作的影响，接着考察清代思想家从顾炎武、黄宗羲到戴震与吴敬梓思想的共同之点，然后从小说出发，概括出《儒林外史》的思想倾向，"《儒林外史》攻击和揭露清朝封建统治下的政治与社会，主要还是就士大夫阶层入手，即以士子们对功名富贵的问题作为中心的。"[1] 研究《聊斋志异》几乎采用了同样的研究策略。这种研究显然比那种只考察作品反映了什么样的生活的研究范式更加科学，更加深刻，也更有说服力。

吴组缃强调学者也要有生活知识和历史知识，"搞古代小说，一定要具备深厚的生活知识。这方面我认为我们的研究界做得很不够。不光作家要有生活知识，评论家更需要有生活知识。我常常看到评论文章中闹笑话，就是因为评论者缺乏生活知识，进入不了作品。搞古代小说，还需要很丰富的历史知识，只看二十四史、《资治通鉴》不行，还要多看野史、笔记小说，那是有血有肉的历史。"[2] 他批评老朋友茅盾的小说《春蚕》"很不真实，甚至有点架空和无中生有。"[3] 老通宝借债养蚕，企图大捞一把，好似投机商人，"这种作风不合一般蚕农思想的常理，与老通宝整个一套保守思想既不相称，也不相容，所以说是架空的，不真实的。"[4] 这种认识就源于他对农民和农村生活的熟悉。研究古代小说，不光要有生活知识，还要有历史知识。《红楼梦》写薛家进京，首要目的是为宝钗候选

①　吴组缃：《〈儒林外史〉的思想与艺术》，《中国小说研究论集》，第167页。
②　吴组缃：《历史的回顾与反思》，《中国小说研究论集》，第92页。
③　吴组缃：《〈谈春蚕〉》，《中国小说研究论集》，第350页。
④　《〈谈春蚕〉》，《中国小说研究论集》，第351页。

才人赞善。看似不经意的一笔，吴组缃认为这是作者有意贬薛家，"在封建时代，一般善良的父母都不肯把自己女儿往深宫里送，牺牲女儿的终身幸福来谋求富贵。《聊斋志异》中的《窦氏》、《刘夫人》以及川戏《拉郎配》都写了这方面的情形，为了逃避选入深宫，硬把十一二岁的幼女往外送。薛家却不是这样。"① 这一发现，就得益于历史知识。吴组缃不同意薛宝钗是封建淑女的说法，认为她是一个实利主义者。其中一个重要证据就是薛家进京住进贾府之后就不走了，"薛家在京中有很多房子，本来，完全可以住到自己家里去，俗语说，'探亲不如访友，访友不如住店'，自己家里有漂亮的房子，为什么非要跑到贾家去住？而且简直是赖着不走！"② 薛家刚进贾府住在梨香院，后来迁到东北角另一个小院子，将梨香院让给戏子住，薛家也不生气。为什么会这样？原来薛家是皇商，富而不贵，薛蟠闹出人命案，迫切需要政治势力的支持和庇护。贾家贵为国公府，贾宝玉是这个国公府最有希望的继承人，薛宝钗实际上是看上了宝二奶奶的位置。运用生活知识、历史知识来解读作品、分析人物，没有什么高深的理论，也不引经据典，其结论却经得起推敲，为学术界广泛接受。

探讨吴组缃的古代小说研究，很容易发现他的小说创作对其小说研究的影响，这只是问题的一个方面，吴组缃的小说创作与小说研究的关系，应该是先研读与借鉴古代小说进行小说创作，然后凭借其小说创作经验来研究小说。据吴组缃回忆，他上高小的时候，就翻看过一些古代小说，在芜湖上中学时，就买了一部亚东本《红楼梦》。那时候"课堂上读书作文还是文言为主。这样，我们自然而然拜亚东本白话小说为师，阅读中用心钻研、琢磨。一部《红楼梦》不止教会我们把白话文跟日常口语挂上了钩，而且更进一步，开导我们慢慢懂得在日常生活中体察人们说话的神态、语气和意味。"③ 吴组缃中学阶段便开始创作并发表小说，20 世纪 30 年代初，就读于清华大学的吴组缃，创作了一系列反映农村生活的短篇小说，得到茅盾等人的激赏，40 年代初又创作了长篇小说《鸭嘴涝》。从 50 年代开始专门研究古代小说。从读小说、写小说到研究小说，吴组缃

①　吴组缃：《贾宝玉的性格特点和他的恋爱婚姻悲剧》，《中国小说研究论集》，第 277 页。
②　《贾宝玉的性格特点和他的恋爱婚姻悲剧》，《中国小说研究论集》，第 278 页。
③　吴组缃：《漫谈〈红楼梦〉亚东本、传抄本、续书》，《中国小说研究论集》，第 287—288 页。

独特的经历使他对古代小说，尤其是小说名著烂熟于心，对古代小说的特征与价值的认识多有独到的见解。

吴组缃论小说，有如小说家谈自己的创作一般，将作家的创作意图、人物描写、情节安排说得入木三分，洞中肯綮。吴组缃认为，写小说，中心工作就是描写人物，他说：

> 什么是写小说的中心？我个人以为就是描写人物。因为时代与社会的中心就是人。没有人，就无所谓时代与社会；没有写出人物，严格的说，也就不成其为小说。①

他分析古代小说，往往从人物入手，来挖掘其社会意义与审美价值。他认为，"现实主义艺术无不以从生活中塑造真实的人物形象为能事，无不以塑造具有丰富深刻的现实内容和巨大艺术感染力量的人物形象为能事。作品中写的场面、情节和无论什么事物与琐细节目，离开了人物形象的塑造，就失去了意义。作品的思想主题，社会和历史的特征内容，也总是从人物形象表现和反映出来的。"② 基于这种认识，吴组缃研究小说，总是抓住小说的中心人物，《论贾宝玉典型形象》用三万多字的篇幅，对贾宝玉性格的形成、贾宝玉性格的发展、贾宝玉性格的主要特征、贾宝玉性格的矛盾和限制、作者的处理态度和了解等问题作了深入细致的分析，并由此归纳出这一形象乃至这部小说蕴含的深刻的社会意义。

吴组缃研究古代小说，最令人佩服的是谈小说的布局，即人物与情节的安排。这得益于他的创作经验。他说：

> 写小说，在有了内容之后，下笔之前，得先布局。像画画，先勾个底子；像造房子，先打个蓝图，这时候，首先面临的就是人物的安排问题。比如，把哪些人物摆在主要的、中心的地位，把哪些人物摆在次要的、从属的地位；怎样裁度增减去留、调配先后重轻，使能鲜明而又深厚地显示内在的特征和意义；从而充分地、有力地并且引人入胜地表达出思想内容来；凡是这些，都应该按照题材和主题的具体

---

① 吴组缃：《如何创作小说中的人物》，《中国小说研究论集》，第 410 页。
② 吴组缃：《论贾宝玉典型形象》，《中国小说研究论集》，第 206 页。

情况，从全局着眼，作一番精打细算。①

　　吴组缃在分析人物形象的时候，总是要先明确人物在小说中的地位，《论贾宝玉典型形象》开篇便提出，《红楼梦》的中心事件是"贾宝玉和林黛玉、薛宝钗的恋爱、婚姻的悲剧。"② "整个《红楼梦》悲剧都是以这三个人物为中心。而贾宝玉在三个中心人物中又居于主要的地位，并且全书所有各类人物都是围绕着他作为一个完整的典型社会生活环境而展开的。"③ 他分析短篇小说《张鸿渐》，也采用了这种方法，"全篇为我们塑造了三个人物形象：张鸿渐、张妻方氏和狐施舜华。作品侧面写那斗争，正面所写的，就是张、方、施三个人物之间的关系问题。作者把那些矛盾的对方，作为反面人物，置于侧面；而将此三人，作为正面人物，着重、正面写他们。但张、方、施三个主要人物，张又居于中心，是篇中的主人公。因为全篇是把他居于主位，笔头是跟着他走，他到那里，就写到那里；他不在那里，就不写那里。"这种研究的价值不仅仅是在说明人物在小说中的地位，同时也是在探讨人物的安排。作家写小说，每个人物的出场都有其用意，即便是一些陪衬人物。像《红楼梦》中的甄士隐、贾雨村、冷子兴、刘姥姥，都是小说中很不起眼的人物，在吴组缃看来，都是作家经过深思熟虑而精心安排的。安排贾雨村的用意，"重要的一点，是为了布局贾、林、薛三个中心人物的会合。"④ 小说先写他帮林如海将女儿林黛玉带到贾府，紧接着写他审理薛蟠的人命官司，于是薛宝钗随母亲和哥哥住进贾家。在写贾雨村"送"黛玉与宝钗进贾府的过程中，就手介绍了贾、林、薛三家的家世和境况。这个人物贯穿全书，还是"仕途经济道路上为主人公贾宝玉的性格和发展始终作映衬的一个反面人物。"⑤大热天到贾家要见宝玉，惹得宝玉不高兴。为讨好贾赦迫害石呆子。这样一个陪衬人物，作家将他的作用发挥到了极致。吴组缃曾用打台球来比喻人物安排："有一种打台球的高手，打出一杆球，击中一个目标，同时碰动了旁边的一个或两个球，而后从台沿上反击回来，又连碰一大串，使得

---

①　吴组缃：《谈〈红楼梦〉里几个陪衬人物的安排》，《中国小说研究论集》，第 253 页。
②　吴组缃：《论贾宝玉典型形象》，《中国小说研究论集》，第 205 页。
③　《论贾宝玉典型形象》，《中国小说研究论集》，第 207 页。
④　吴组缃：《谈〈红楼梦〉里几个陪衬人物的安排》，《中国小说研究论集》，第 255 页。
⑤　《谈〈红楼梦〉里几个陪衬人物的安排》，《中国小说研究论集》，第 258 页。

满台的球都动；一杆打出去，可以得很高的分数。"① 优秀的小说家，就如打台球的高手，一个边缘人物，就关联小说中众多的人物和情节。

吴组缃读小说，经常能发现一些看似普通的情节，其实蕴含着作家的匠心。抄检大观园，探春打了王善保家的一个耳光，打得很重，声音很响。主子打奴才，这在贵族家庭里司空见惯的事儿，吴组缃认为这一情节具有重要的意义和丰富的内容，它集中地有力地揭示了复杂的深刻的现实矛盾，包括庶出和嫡出的矛盾，王夫人和邢夫人妯娌之间的矛盾，主子和奴才的矛盾，封建统治势力与处于被损害被牺牲的地位的姑娘之间的矛盾。还"突出地、集中地表现了探春的性格和王善保家的的性格以及她们所处的具体社会环境的复杂的特征。"②

吴组缃的古代小说论文和讲义，绝大多数是研究具体作品，主要是小说名著，包括他的小说史讲义，也是讲几部小说名著。但他并不是孤立讨论某部作品，而是将它放在整个小说发展史上来考察它的价值与地位。吴组缃讲《聊斋志异》，首先介绍了古代小说的起源与演变，从古代的神话传说、六朝的志怪志人讲到唐朝的传奇文，一一举例说明其特点，目的是论述《聊斋志异》对历代文言小说的继承与发展。他在《讲稿》中写道：

> 总之，由远古神话传说，发展至六朝，而一度大盛。在六朝，无论志怪、志人，都是出于传闻实有之事，加以如实的记录，文字朴实，形制简短。至唐，则发展表现才思和文采的传奇文，始有有意为艺术创作的小说。《聊斋》所接受的文学传统，主要是此一体系的东西，所采用的文学形式，主要是此一系统的形式，其精神，主要是此一系统的精神。它在文学发展史上，所以了不起，所以可贵，却不仅因其接受了此一传统，而在乎它有所独创。

吴组缃将《聊斋志异》与前代文言小说进行比较，认为它有明显的不同和巨大的创造："《聊斋》在接受传统的基础上，有巨大的创造。第一，它把传奇与志怪志人，把唐以前的古代小说和唐以来的传奇文，两者

---

①　《谈〈红楼梦〉里几个陪衬人物的安排》，《中国小说研究论集》，第261页。
②　吴组缃：《关于向优秀古典作品学习技巧的问题》，《中国小说研究论集》，第4页。

结合起来，汇同起来，一方面志怪，同时又传奇。……其中有许多长篇的，其故事之曲折，文词之铺陈，有唐传奇的特点，但其情节之怪异、故事之诡诞，则是志怪的特色。""第二，其篇幅短的，显是古志怪的样子，但却有意味，不那么简朴无华，或客观记录。……或写一事，讽刺现实，攻击社会；或有所寄托，其中富有意义，给人教训，表达出一种道理，如寓言。"吴组缃论《金瓶梅》，提出"它是第一部取用家庭社会日常生活，描写平凡的市井人物，以揭露黑暗腐败的现实社会和政治的作品。"也是将《金瓶梅》放在整个白话小说发展史上进行考察所得出的科学结论。

吴组缃的古代小说研究，最为学界推崇的是他的《红楼梦》和《儒林外史》的论文，随着这批手稿的发现，他的《聊斋志异》和《金瓶梅》的研究，也会得到学界的高度重视。今后《聊斋志异》和《金瓶梅》研究史的梳理，吴组缃都将是绕不过的一家。

（原载《文学遗产》2014 年第 3 期）

吴组缃《聊斋志异讲稿》述要

吴组缃在《三国演义》、《水浒传》、《西游记》、《金瓶梅》、《儒林外史》、《红楼梦》等小说名著的研究方面都发表过重要论文，尤其是《论贾宝玉典型形象》、《谈红楼梦里几个陪衬人物的安排》、《儒林外史的思想与艺术》等几篇论文，堪称学术经典。笔者发现并整理的吴组缃的遗作《论金瓶梅》，也是"文革"以前撰写的少有的几篇研究《金瓶梅》的精彩论文之一。① 在吴组缃的古代小说研究中，《聊斋志异》应该是重头戏。吴组缃逝世之后，他的学生撰写回忆文章，好几位提到吴组缃当年讲《聊斋志异》的风采。北京大学中文系 54 级学生张暴羿在《难忘的专题课——纪念吴组缃先生》一文中专门回忆了吴组缃讲《聊斋志异》专题课的情境：

> 我们 54 级汉语文专业的同学读到大学三年级的时候，赶上了好点儿：系（中文）里开始设置专业专题课。专题课《文心雕龙》、《红楼梦》、《聊斋志异》、《鲁迅》等都由校内外名家，如何其芳、吴组缃、陈涌等先生讲授，很受同学们欢迎，但我印象最为鲜明深刻的却是吴组缃教授开设的《聊斋志异》专题课。
>
> 他对《聊斋志异》版本考订之精当，对蒲松龄家世和交游考证之周详，对蒲松龄思想脉络分析之透彻，对《聊斋志异》思想艺术、历史地位评价之独具卓识，对国内外出版研究《聊斋志异》状况之熟悉，真是令人叫绝。
>
> 我印象最深的《聊斋》作品分析莫过于《聊斋》卷十一《张鸿渐》。它写的是青年名士张鸿渐与妻子、情人（狐仙）悲欢离合的故

---

① 吴组缃：《论金瓶梅》，《北京大学学报》2011 年第 5 期。

事。吴先生讲课时紧紧抓住小说开头秀才们反对贪官失败、反遭政治诬陷与迫害的事件，重点进行剖析。①

吴先生的研究生张菊玲在《永念恩师——追忆吴先生与中国小说史研究》一文中也有追记：

> 《聊斋志异》中众多的花妖狐魅故事，吴先生都有过透辟的分析。但是，我最难忘的是吴先生讲《王桂庵》。……记得吴先生曾经用一大节课的时间来分析这篇佳作。至今还仿佛听到先生朗诵"门前一株马缨花"那句优美的诗句。②

遗憾的是，关于《聊斋志异》，吴组缃生前只发表过一组《颂蒲绝句（二十七首）》③和一篇赏析文章——《〈张鸿渐〉赏析》。④以诗论稗只能概括基本观点，没有论证过程。《〈张鸿渐〉赏析》是袁行霈主编《历代名篇赏析集成》时向吴组缃借《聊斋志异》讲义整理的，这4张讲义装在一个旧信封里，信封上注明"袁行霈还来手稿"。由于这篇文章没有在报刊上发表，就连吴组缃生前身后出版的几种研究小说的论文集《说稗集》（1987年）、《中国小说研究论集》（1998年）、《吴组缃文选》（2010年）均未收入，没有引起学术界的关注。因此，除了当年听课的学生外，其他人不太了解吴组缃的《聊斋志异》研究状况。笔者在整理业师沈天佑先生的文稿时，发现了吴组缃讲《聊斋志异》专题课的讲义，题为《聊斋志异讲稿》（下文简称《讲稿》），题后注明时间："1957.9.25"，应该是首次备课时间。在讲义开头有一节关于讲课的说明，标题为《先说几句关于本课教学方面的问题》，其中有这样一段话："我向来未讲过此课，对此课准备得也不够充分，谈不到有什么深入的研究，更不明白同学们的阅读情况，这就需要好好地计划和斟酌，并要求同学们随时的帮

---

① 张舁羿：《难忘的专题课——纪念吴组缃先生》，《吴组缃先生纪念集》，北京大学出版社1995年版，第83—84页。

② 张菊玲：《永念恩师——追忆吴先生与中国小说史研究》，《吴组缃先生纪念集》，第167页。

③ 参见吴组缃《说稗集》，北京大学出版社1987年版。

④ 参见袁行霈主编《历代名篇赏析集成》（下），中国文联出版公司1988年版。

助。"说明这是吴组缃为第一次讲《聊斋志异》专题课所写的讲义，时间是 1957 年秋季。该讲义用活页纸正反两面书写，共 29 张，作者用红蜡笔按张标注了序号，实际共 58 页，每页 39 行，每行 40 多字，共 9 万多字。最后一页明显没有结束，说明讲义后面可能有遗失。由于讲义字写得很小，又经过多次修改，加上时隔五十多年，纸张发黄，墨迹褪色，不易辨认。作为讲义，有些地方写得非常详尽，有些地方写得比较简略。全文整理，已经非常困难。这里就讲义中比较重要且容易辨认的内容，作简要介绍，以便学术界了解吴组缃关于《聊斋志异》研究的主要观点。

一

吴组缃对《聊斋志异》非常重视，评价很高。一部小说开一门专题课，讲一学期，只有两部小说，即《聊斋志异》和《红楼梦》。吴组缃多次讲授《中国小说史》专题课，《聊斋志异》也是最重要的内容。20 世纪 80 年代，吴组缃最后一次讲授"中国古代小说发展史论"专题课，现存一纸该课程讲授的主要内容和课时安排，《三国演义》、《水浒传》各讲两周，《西游记》、《金瓶梅》、《儒林外史》各讲一周，而《聊斋志异》与《红楼梦》各讲三周，可见吴组缃对《聊斋志异》的重视程度。在《先说几句关于本课教学方面的问题》一节中，吴组缃写道：

"《志异》是我们中国文学史第三段中一部伟大的作品集。它包括短篇作品四百三十多篇，连同拾遗、遗稿和逸编（皆是编时删去的），大约有 450 多篇。其中绝大部分都是短篇小说，具有奇异情节的、超现实的故事的、以神话传说为题材的短篇小说，约有三百多篇；同时也有许多记事、素描、特写，有讽刺文，有寓言，有的只数行，有的几十字、一二百字，保持了古代笔记小说的本来面目和体制。这样一部结集，内容方面非常丰富，思想、艺术上在中国文言小说中，可算得到最充分的发展，获得最高的成就，在社会上的影响之大、之深，在中国文言小说中，也是首屈一指，无与伦比的。因此，它在中国文学史上，应该居于了不起的重要地位。"

在《先说几句关于本课教学方面的问题》中，吴组缃有一个讲课计划，共讲六个问题："1.《聊斋》故事题材的来源。2. 作者的生平及思想。3.《聊斋志异》的思想性。4.《聊斋志异》的艺术描写。5. 结语。

6. 选读示例。"而《讲稿》正文只有五个问题："一、绪论。""二、《聊斋》故事（题材）的来源。""三、蒲松龄的生平及思想。"四、选读示例。五、《聊斋志异》的思想性与艺术描写。前三个问题有标题，后两个问题没有标题，系笔者根据《讲稿》内容与讲课计划拟订。将计划与正文对照，可见实际讲课对计划做了调整：《选读示例》提到概括分析之前，《聊斋志异》的思想性与艺术描写糅在一起讲。为什么做这种调整，吴组缃在写完《张鸿渐》的分析后，有一段《赘说关于本课讲授的话》：

"①将内容的分析，自思想至艺术，至描写手法及表现上的特点糅和在一起讲。②以后则概括起来讲。③一篇篇具体地讲，则所讲的太少，不足以概全；若是概括起来总的讲，则文体上、语言行文表达上、艺术上及具体思想上许多特点，都不能接触到。有此两难，故决定先就一两篇作具体的分析，以示例。而后分别层次，作全面概括的分析与讲述。故讲此篇，请耐心勿躁，细致与烦琐，本不易区别。④四百多篇，不能一一讲得全面而深入。讲了全面，又讲范例。尤其重要的是就文学史的要求来看此篇，故故事来源□重要求，意要予同学比较深印象，引起注意。作品思想主要即作者思想之反映，作品一篇篇思想显得复杂，弄不清。故着重讲生平思想，使同学读作品，可有一总的钥匙。⑤反对嚼饭哺儿，主要自己读。此是专题讲授之课，而非专门化课。考查，即请同学自读自分析一篇。我的课堂讲授提供了必要的参考资料及见解。"

《选读示例》讲了一篇《张鸿渐》，一是为了全面深入分析作品"文体上、语言行文表达上、艺术上及具体思想上许多特点"。二是为了给学生示例，因为课程考查，"请同学自读自分析一篇"。另外，正文没有结语，很可能是遗失了。

二

《讲稿》第一部分《绪论》，首先介绍了古代小说的起源与演变，从古代的神话传说、六朝的志怪志人讲到唐朝的传奇文，一一举例说明其特点，目的是论述《聊斋志异》对历代文言小说的继承与发展。在讲完文言小说的演变历程之后，吴组缃在《讲稿》中写道：

"总之，由远古神话传说，发展至六朝，而一度大盛。在六朝，无论志怪、志人，都是出于传闻实有之事，加以如实的记录，文字朴实，形制简短。至唐，则发展表现才思和文采的传奇文，始有有意为艺术创作的小说。《聊斋》所接受的文学传统，主要是此一体系的东西，所采用的文学形式，主要是此一系统的形式，其精神，主要是此一系统的精神。它在文学发展史上，所以了不起，所以可贵，却不仅因其接受了此一传统，而在乎它有所独创。"

吴组缃将《聊斋志异》与前代文言小说进行比较，认为它有明显的不同和巨大的创造：

"六朝隋唐之后，志怪和传奇，都代有著作，却都一味模拟，不能推陈出新，缺乏新鲜独创的东西。宋元明都不断地有传奇与志怪的作品出现，自形式体制至内容，都没有什么独特的创新的贡献，在文化上，在精神生活上，没有增添什么新东西。《聊斋》则不然，《聊斋》在接受传统的基础上，有巨大的创造。第一，它把传奇与志怪志人，把唐以前的古代小说和唐以来的传奇文，两者结合起来，汇同起来，一方面志怪，同时又传奇。《聊斋》中的狐鬼，又可怕，又可爱。引起人的好奇恐怖之心，又以震撼人心的爱情描写来感染人、吸引人。其中有许多长篇的，其故事之曲折，文词之铺陈，有唐传奇的特点，但其情节之怪异、故事之诡诞，则是志怪的特色……第二，其篇幅短的，显是古志怪的样子，但却有意味，不那么简朴无华，或客观记录。（前代文言短篇记事）除了事之本身外，看不出什么意思和味道。而《聊斋》的短篇记事，却总有其主旨或思想。或写一事，讽刺现实，攻击社会；或有所寄托，其中富有意义，给人教训，表达出一种道理，如寓言……试取一则几句几行的《聊斋》，与一篇六朝短书来比较一下，即见其间的显著区别。孰为艺术作品，孰为简率的记载，可以看得清清楚楚。"

然后，吴组缃着重阐述了《聊斋志异》的独创主要在于它的"现实因素"，《讲稿》写道：

"《聊斋》的主要的独创性何在呢？即对其作品之价值起决定作用的因素何在呢？是在它的内容的现实性。由上面所说，《聊斋》取志怪与传奇这一古代小说系统的文学形式，无疑得到最高的发展和成就，就是说，文言小说发展至《聊斋》，获得前所未有的高度成就，为过去志怪与传奇远不能及。这种艺术上的成就，绝不是文学形式及传统技法所决定的，而是当时社会现实和作者自己的思想感情所决定。即是说，《聊斋》的艺术成就，所以远远超过过去这一系统的作品，主要在于它紧密地联系了当时的社会现实，反映了当时的生活面貌，表达了当时使人引起共鸣的进步思想感情，提出了人民所共有的内心要求。"

这种"现实性"具体表现在三个方面："1. 对当时现实社会真实深刻的暴露；2. 对当时人民共有的难以言说的内心痛苦和生活理想，有动人心弦的反映；3. 在故事的构成和人物的描写上，糅合了作者自己对现实生活的深刻体验与观察。"

三

《讲稿》第二部分《〈聊斋〉故事（题材）的来源》，从两个方面讲授《聊斋志异》的故事来源：一方面是受到书面文学——六朝志怪和唐传奇的影响；另一方面是采集当时民间流传的神话传说。

在讲志怪、传奇的影响之前，大概是担心学生将《聊斋志异》故事与前代相同的故事画等号，忽略蒲松龄的创新，特别强调相同的故事可以表达不同的思想感情：

"故事也是一种艺术形式，相同的或相类似的故事，可以有不同的内容。故事的类别或故事的梗概相同，但不同的作者有不同的态度去处理它，用不同的方法去具体描写它，因此就可以注入不同的思想感情，可以反映不同的生活，可以给人不同的艺术感受，可以收到不同的艺术效果，为不同的目的而服务。"

然后按故事类别讲解《聊斋志异》受到前人作品的启发。

第一类是写梦的故事："刘宋临川刘义庆著《幽明录》，其书已佚，鲁迅辑佚，得 266 条，其中有《焦湖庙祝》一条，说庙祝有一柏枕，枕后有一小裂孔。县民汤林做买卖的，到庙祝祈福，庙祝令汤到裂孔里，里面朱门宫室，见到赵太尉，给他娶了亲，育子六人，官做到黄门郎，汤在枕中不思归，后来犯了错误，庙祝就叫他出了枕，在枕内过了多少年，实至俄忽之间。这故事不过三四行，一百二十字左右，写得极其简短，意思也很朴陋，甚至连梦也未提及，是庙祝硬叫汤进枕出枕。而且只是如实的记录其故事，并无明显的寄托或言外之意。到了唐代，传奇文中有两篇极其警策、发人深省写梦之文，一是沈既济《枕中记》，二是李公佐的《南柯太守传》。这是两篇极有名的文章。《枕中记》完全采用《焦湖庙祝》的故事梗概，但时代背景及人物都换了唐代的现实的。……在《聊斋中，卷五有一篇《续黄粱》，乃显然取《枕中记》的故事，卷八有《莲花公主》，乃显是受《南柯太守传》的启发，惟所写乃蜂子国。当然又有新的、现实的内容与社会意义。""另有关于奇梦的故事。六朝小说中，有许多托梦的情节故事。这等故事，到唐代而大有发展。唐传奇中有许多关于奇梦的故事，如沈亚之的《异梦录》、《秦梦记》等。其中最突出的是白行简的《三梦记》。……《聊斋》故事中，写梦的情节多不胜举，如《狐梦》、《王桂庵》、《彭海秋》等，但与《三梦记》中第一梦最相像的是《凤阳士人》。"

第二类是"关于离魂的故事，《聊斋》中有多篇，如《阿宝》、《寄生》、《促织》等篇。这也是有来历的。唐传奇中有一篇陈玄祐的《离魂记》。""陈玄祐所写此故事，刘义庆《幽明录》中也有一则。"

第三类是"鬼魂的活动、幽婚和再生复活的故事及情节，六朝小说中有大量的记载。"《讲稿》举了荀氏《灵鬼志》"嵇中散神情高迈"条、《搜神记》、《甄异传》、《列异记》、《幽明录》、《录异传》、《宣验记》和《冥祥记》中的类似的故事，唐传奇中的《庐江冯媪传》、《李章武传》等。"此种情节是《聊斋》故事基本结构和组成成分的，如《公孙九娘》、《湘裙》、《伍秋月》、《薛慰娘》、《宦娘》、《莲香》、《连琐》、《聂小倩》、《梅女》、《林四娘》、《鲁公女》，不胜枚举。"

第四类是狐鬼故事。"《聊斋》故事以狐鬼故事著名，说到狐狸成精，大禹治水，有涂山氏相助之传说，在汉魏六朝志怪中，有不少记载。"并举《列异传》、《玄中记》、《幽明录》中的狐鬼故事。"唐传奇中王度《古镜记》和沈既济的《任氏传》都写到狐化美妇与人恋爱的故事。《太平广记》关于狐的故事有九卷之多。"

第五类是"各种禽兽鱼鸟以及百物用具的变化，汉、六朝志怪中各类皆有。虎、牛、鼠、龟、鸡、鸭、獭、蛇、笤帚、履、枕皆为魅。有时往往人亦化为虎。"并举《述异记》中宣城太守化虎的故事和《列异传》中鲁少千驱蛇为魅的故事。"此类故事在唐传奇文中，有王度《古镜记》中所述，有《东阳夜怪录》、牛僧孺《玄怪录》。""《聊斋》中除狐鬼而外，各种精魅的故事，占了极大的比重，但是这些精魅并不都是可怕的，当然也有许多可怕可嫌的，如《五通》、《申氏》、《衢州三怪》、《海公子》。但更多的是极有人情和非常美丽可爱的，如《竹青》、《阿纤》、《三仙》、《花姑子》、《西湖主》、《阿英》、《绿衣女》、《素秋》、《白秋练》、《黄英》、《葛巾》、《香玉》。化虎的则有《向杲》、《苗生》等。总之，他们都人性化了。"

第六类是神人仙女的故事。"唐以前小说中，写神仙及仙女，有意境极美的。"《搜神后记》、《幽明录》、《搜神记》都有仙女故事。"此类神人仙女的故事，在《聊斋》中有《云萝公主》、《神女》、《锦瑟》、《翩翩》、《嫦娥》等。《聊斋》中有一种专写海外仙山福地的——《仙人岛》、《粉蝶》、《安期岛》，如唐传奇中的《王榭传》；写龙宫水□的《织成》、《西湖主》、《罗刹海市》，略如唐传奇的《柳毅传》；写劳苦人民得美人仙女的，如《蕙芳》、《房文淑》、《褚遂良》、《绩女》等。此在六朝小说中已有很多，如《董永妻》、上述刘晨阮肇等遇仙女，亦皆穷苦的劳动者。"《搜神后记》中有《白水素女》。

第七类是"关于人事的，《聊斋》写妒妇悍妇甚突出。如《马介甫》、《江城》、《段氏》等。此在六朝小说，专有一书，曰《妒记》，专门写妒妇悍妇的故事。有许多已成为笑话一类。"并讲解了谢安妻刘夫人的故事。

讲完上述七类小说的来源，吴组缃说：

"《聊斋》故事，有其很古的来源，这些古老的故事，世世代代在民间传播、创造、变化着，它们和历代的人民的生活有着血肉联系，世世代代人民的思想感情与之密切结合着，它们本是从封建时代人民的生活、从人民的思想感情的现实土壤中产生的，它们的种子又还是落在人民的生活和思想感情的现实土壤里面，继续从人民的生活和思想情感里吸收养料，不断地得到发展、繁殖和变异，世代相传，一直没有停息。因此，那些故事的本身，原是人民现实生活的血肉所构成，而经过几千年的流传与取舍、增删、变化，得以不断地发展，其种子愈老，其根愈深，枝叶愈茂，开的花愈香，结的果愈甜，人民愈是喜见乐闻。"

关于《聊斋志异》采集当时民间流传的故事的情况，吴组缃说：

"《聊斋》故事，主要绝不是仅从先代书面作品中采取撷拾而来，而是从当时现实生活中，即民间的口口相传、正在流传的故事中搜得而来。在他的诗文集中，有两句诗可以概括他写作《聊斋》故事的来源和写作的动机和精神。《得家书感赋》云：'漫向风尘试壮游，天涯浪迹一孤舟。新闻总入狐鬼史，斗酒难消垒块愁。'……这意思，在他《自序》中也明白地说了：'才非干宝，雅爱搜神；情类黄州，喜人谈鬼。闻则命笔，遂

以成编。久之，四方同人又以邮筒相寄，因而物以好聚，所积益夥。'都
说明他的故事如何搜集而来。我们根据确切的材料，《聊斋》的故事，多
半像古代的志传一样，乃是搜集当时的神话传说——即在日常生活中所传
闻的真人真事。作者一秉汉魏六朝志怪作者的传统精神，拿他们当真人真
事来写，以取信于人。"

"我将《聊斋》四百三十多篇作品，粗略地核查了一下，其中有大半
数可以证明是写的当时的真人真事，这些奇异故事梗概本身的现实性是不
容忽视的。这种作为史实搜集的传统精神，他是坚持了的。其结果，使其
所取本身，即如上言，乃如方由山野或园圃中摘取而来的含香带露的新鲜
花果，色泽鲜艳，芬芳扑鼻。他的故事之所从来，一种是乡里的传闻，一
种是写明了出于他的亲戚故旧的，一种写明了出于当时的知名之士的。这
三种，占了全书的大半数，其余没有写明的想必是属于四方之人，以邮筒
相寄的。"

《讲稿》分五类介绍《聊斋志异》中的大部分作品确为当时流传的故
事和发生的事件：

"①是篇中的人物，证明是当时确有其人，或有其事的。"作品有
《金和尚》、《武孝廉》、《喷水》、《狐梦》、《花神》、《刘姓》、《狐嫁女》、
《泥鬼》、《董公子》、《一员官》、《新郑讼》、《钱流》、《太原狱》、《折
狱》、《诗谳》、《于中丞》、《元少先生》、《老龙船户》、《焦螟》、《杨大
洪》、《郭安》、《李司鉴》、《杜小雷》、《白于玉》、《紫花和尚》、《捉
狐》、《古瓶》。

"②同一故事，见于当时他书记载者。"作品有《邵士梅》、《大力将
军》、《林四娘》、《放蝶》、《豢蛇》、《蛇人》、《陆判》、《阳武侯》、《鼃
石》、《张贡士》、《采薇翁》、《五羖大夫》、《蒋太史》、《香玉》。

"③传者实有其人，有资料可考者。"作品有《香莲》、《鸲鹆》、《蛙
曲》、《木雕美人》、《义鼠》、《山魈》、《三生》、《龙肉》、《侯静山》、
《咬鬼》、《刘亮采》、《李生》、《江城》、《新郎》、《诸城某甲》、《祝翁》、
《彭二挣》、《狂生》、《萧七》。

"④背景一本史实，信而可征者。"作品有《公孙九娘》、《仇大娘》、
《野狗》、《宅妖》、《小二》、《白莲教》、《邢子仪》、《采薇翁》、《崔猛》、
《庚娘》、《李伯言》、《盗户》、《三朝元老》、《库将军》、《张诚》、《保
住》、《离乱三则》、《天宫》、《人妖》、《林四娘》、《王成》、《促织》、

《辛十四娘》。

"⑤乡里见闻，及亲身、亲友的故事。""篇中作者自己的亲身经历见闻者"，作品有《跳神》、《上化》、《偷桃》、《花神》、《水灾》、《地震》、《夏雨》。"自称其亲友故事及见闻者"，作品有《考城隍》、《狐梦》、《梦别》、《赌符》、《李八缸》、《捉狐》。"写本村本邑故事者"，作品有《口技》、《农人》、《狼三则》、《牧竖》、《毛狐》、《戏缢》、《劳山道士》、《王六郎》、《王大》、《泥书生》、《骂鸭》、《古瓶》、《泥鬼》、《单道士》、《梦别》、《孙生》、《牛飞》、《刘姓》、《鹰虎神》、《郭生》、《农妇》、《郭安》、《耳中人》、《斫蟒》、《野狗》、《狐入瓶》、《于江》《灵官》、《山市》、《邑人》、《折狱》、《某乙》。

每篇小说都列出相关材料加以证明。笔者粗略统计，上述五类小说共120多篇。

在讲完《聊斋志异》小说的两种来源之后，吴组缃得出这样的结论：

"以上引证甚多，费了很多时间，只为说明这样论点：《聊斋》故事情节有其悠久历史，这些具有悠久历史的故事及情节，不断发展，不断变化，繁衍不绝。作者写作故事，固然也受书面文学的影响，即由书面接受过去的传统，但更主要的并非从书面模仿其故事，而是秉其精神，采集当代民间流传的神话传说，来作为他艺术加工的题材。这是当时文学创作的指导思想。虽然作者将志怪与传奇两者结合起来，即在以史家的精神采集故事，而以传奇文的精神来从事艺术创作，即已突破了单纯史实记载的六朝小说的原始方法，而实际在从事于艺术创作。但作者仍以史家或古代稗官的精神要求自己，要把文章做得有事实依据，写得信而有征。这宛如今日写真人真事一样，这方法，是会取得很好的艺术效果的。"

四

《讲稿》第三部分《蒲松龄的生平及思想》，① 除了介绍蒲松龄的家世、生卒年、科举、做幕宾、坐馆、婚姻、家庭等基本史实外，吴组缃特别注意论述蒲松龄的生平与其思想形成、创作特色之关系。

关于蒲松龄的家世，《讲稿》写道："蒲松龄的祖上，世代都是地主，

---

① 《蒲松龄的生平及思想》一章，笔者已整理发表，见《文学遗产》2014 年第 3 期。

高祖、曾祖都是读书的，功名不大，多是廪生、庠生之类。他的祖父生
汭，是个庸庸碌碌的人。"父亲"蒲槃从小读书，很用功，但到二十多
岁，连秀才也没有考上，就中途改行，去做生意。……功名虽不得意，但
生意做得不坏，几年工夫，就赚了钱，在乡里称为富家。但是蒲槃究是读
书的底子，一面做买卖，一面还不忘读书。这怕是因为做商人是社会所轻
视的，他迫于家计，又逢明末乱世，所以放弃了（读书），去经商，但心
里不甘，还是要读书。因此，他就和一般买卖人不同，他颇有文化，懂得
经史，有些学问。但是有钱，就自然有了田，他的社会地位提高了，地主
的立场也就更为坚定不移了。""蒲槃亲自教子侄读书。自己不能得功名，
一心想子侄飞黄腾达，增光耀祖。这是像这等小地主必然含有的思想。蒲
松龄受其父亲的直接教育，直到十二岁，顺治八年（1651），蒲槃死了为
止。蒲槃对于蒲松龄的思想影响，是必须充分估计，不可忽视的。"吴组
缃有选择地介绍蒲松龄的家世，是为了解释他为何热衷科举：

"蒲松龄对于科举功名非常热衷，这有家庭传统的原因，有当时社会
制度、风气的原因，也有他自己的具体境遇的原因。他的家庭及先代，世
世都是小地主，都读书，但功名都不发达，看来都只到中秀才为止，没有
中个举人的。中国的封建社会，是以家族主义为中心的，一个人的社会地
位，主要决定于他的家族的声望和地位。崇祖先如神明，为儿孙作牛马。
上赖祖德，下庇儿孙。就是家族主义的具体表现。所谓增光耀祖，亦属此
意。一个家族，经济上已为地主，但政治上、功名上老是爬不上去，这在
封建社会里，是件很苦痛、无法忍受、无法罢休的事。因为这不只是面
子、体面的问题，而是实际利益、社会势力的取得的问题，是受人欺侮、
压迫，还是欺侮人、压迫人的问题，是被别人骑着，还是骑在别人头上的
问题。蒲氏的家族，世世代代有此一要求，有通过他祖父和父亲直接、具
体地教育给他，感染给他。他聪明，有才学，具备了足够的条件，家族都
对他寄予了希望，他自己亦有自信，跃跃欲试。蒲松龄热衷功名科举，可
以说是先天地深入骨髓的，这一点，与一个普通百姓不同，普通百姓在功
名富贵圈外，根本不存在此想的；也和一个旧家或真正望族家庭子弟不
同，他们已享有过功名富贵的福泽，败落了下来，成为过来人，就不都积
极去争，而变得消极，就是看不起功名富贵了。……因为考科举、取功
名，是当时读书人的唯一一条出路，舍此，无路可走。不管它如何无聊、
可笑，还是难于撇开，总要走一下的。个人的主观，总是难以抗拒客观社

会制度和社会风气的势力的。……蒲则迫于客观处境，又自信具备主观条件，他是一心要往上爬，一生没有淡却猎取功名之念的。他大概每科必考，每考必以全力；虽然屡考屡败，但同时又屡败屡考，从没放弃热衷功名的念头。"

蒲松龄就是在考科举的过程中，认识到科举的罪恶，吴组缃说：

"蒲松龄自少年时代即有文名，他所接触的士大夫不少，人家飞黄腾达，富贵荣华，并没有什么比他高明的地方，有些达官贵人和学道宗师的不学无术，愚昧无知，更是他所熟知，而认为可笑的。但不管自己如何条件优越，不管自己如火如荼发奋努力，却一直没有考上去。这除了使他更深入、更坚定地信持宿命论而外，也使他在丰富的、累次的实际体验中，认识到科举的罪恶，对科举产生深切的憎恨和反感。这在作品中有很多的反映，我在此举他六十九岁时（康熙四十七年戊子，1708）在济南所赋《历下吟》，痛心疾首地揭露了当时科场的黑暗与考生的可怜相，和当时科举制度的腐败与罪恶。"

"但作者仍只是看做是个别的现象，他之攻击个人——主考者的做法不对，办事的人岂有此理。他是为把科举制度弄糟了而感愤激，他不但没有对科举制度怀疑，反倒是站在维护和办好科举制度的立场上来作指责、发义愤的。蒲在作品中反复攻击科举，但所挖苦和嘲笑的，也只是主考官个人，认为他们没有眼睛，不识好文，不识真才，主观上只是发牢骚，也并没有攻击科举制度本身（但客观实际上是攻击了制度）。"

吴组缃介绍完蒲松龄在孙蕙家作幕宾和在毕际有家坐馆的史实，然后分析这种生活对其思想与创作的影响：

"在外作幕宾及在本县作塾师，前者时间短，后者时间长，这是蒲一生主要的生活和工作，对其创作有密切关系，起着重大的作用。在此生活中，他一面应考功名科举，一面酝酿着与从事着创作。唯其屡试屡败的感触愈深刻，对生活的体验愈丰富，而他要求寄托情怀、抒发苦闷的心也愈切挚。《志异》中作品，都是他在这种时期酝酿和写作的。我们现在具体说一说蒲氏南游作幕宾和在像毕家这样缙绅家教馆，这种生活和工作对他的精神思想上的影响。总的来说，无论作幕宾，或坐馆，他的东家都是达官富贵之家，其势位炙手可热，生活豪华阔绰，而自己却在贫贱之中，这是一面；他的东家都是奴仆婢妾成群，家人骨肉团聚，而自己却是寒斋独坐，心灵之寂寞孤凄，益觉无聊，这又是一方面。在这历历比照的苦闷生活中，一则他的热衷功名之心更切，一则其怀才不遇、悲愤感慨之怀更深。于是精神上的出路在日常生活中有这样几条：一是寄情自然，对山川风物，楼亭台榭，花鸟虫鱼，有深厚的兴致和细致的体会与观察；一是体会人情世态，所往还者上皆达官名流，下至奴仆、乡间农夫贩卒，生活环境中的人和事，传闻与故事，他亦从自己的心情境遇，得到深切的体验；一是耽于幻想，生活于梦境之中，以自取安慰，这是以书与生活为材料的。"

这种分析实际上是为后面阐释《聊斋志异》的创作动机、思想倾向与取材特点做准备的。

《聊斋志异》中有不少小说写书生与花妖狐媚的爱情故事，这些作品与蒲松龄早年孤寂的坐馆生活有关。吴组缃说：

"诗文集中还有不少描写妇女情绪及关于男女爱情的诗词作品，这多数是他青年（四十岁前）时代写的。我们下面要说到，蒲与刘氏夫妇关系极好，对其夫人极为满意，两人白头偕老。若由我们今日看，蒲对爱情应无何不满足之点。其实不当如此看，因为封建婚姻中的夫妇关系，一般是无所谓爱情之可言的，爱情不存在于正式夫妇关系中，封建婚姻中。在旧时代上层社会中，要获得爱情，总须在夫妇关系之外求之。此是事实，应予注意，其理亦不难理解。蒲生活于达官缙绅的社会环境中，所能有的只是封建婚姻关系的夫妇之情。他之对于自由活泼的异性之美，对于志趣相同、彼此相知的爱情之乐，他亦是有此要求的。对于以才情自负而身处贫贱寂寞中的蒲氏来说，在他青年时代，此点恐怕在他的精神生活中占据了重要的地位而不能满足的。作品中对于爱情的体会，对多情青年男女的形象之描摹刻画，无不委婉动人，深切入微，正可证明此种情怀。很有趣的事，是作品中许多诗词韵语，亦见于其诗词集中。"

"现在说一说蒲松龄的婚姻及夫妇家庭问题，这是他生活的另一重要之一面，与其思想密切有关者，蒲氏自作原配《刘孺人行实》一文，为我们提供了许多可贵的资料。……蒲松龄对于原配刘夫人的夫妇感情是非常深切厚挚的。他如何感激同情她，如何尊敬她的善良品德和勇于担当、坚强忍耐的性格，都可以从此文的描叙中看出来。这不是普通的诔墓的文章，而是有血有肉真情流露的描叙，说的是日常生活中的琐事，不但见出刘夫人的为人，也见出蒲在夫妇关系及家庭生活一方面的态度与人品，所以能够使我们感动，使我们觉得亲切，不因为那是二百多年前的人和事，对我们的思想感情就觉得隔膜，不起共鸣了。"

这种分析叫人很容易想到张鸿渐的妻子方氏的形象，吴组缃在分析《张鸿渐》时也特别提醒学生"可联系前述生平来看"。

关于蒲松龄生平与思想的关系，《讲稿》这样写道：

"综上以看蒲松龄的生平，由于他的出身环境和生活环境，他一生热衷功名，但一生功名不得意；一生想往上爬，但一生处于贫贱，用他自己的话来说：'于热场中作冷淡生活。'（《答陈翰林书》）由于他的热衷功名，想往上爬，他的思想有极其庸俗的一面；由于他始终功名困顿，始终身处贫贱，一生过着冷淡生活，因此他的思想同时又有颇为光辉的一面。这光辉的一面，就是他的内心与人民百姓紧密连接在一起而产生的。并且，因为他的一生生活处于贫贱，始终未爬上去，所以这光辉的一面，就成为他思想的主要的一面。这给予他穷愁的生活以巨大的积极的力量。他虽一辈子倒霉，牢骚满腹，但他对生活、对人生、对世事，一贯抱着积极的态度，抱着希望，追求理想，并且尽他思想水平所能达到的，所能认识到的，竭尽力量，要为人民百姓做些有益的事情。"

五

《讲稿》第四部分是《选读示例》，讲了一篇小说，就是《张鸿渐》。《聊斋志异》四百多篇小说，为什么单讲这篇作品？吴组缃有一段解释：

"我以为《张鸿渐》不是《聊斋》中最好的，却是代表性最强的一篇。因为全书一些重要的主题，这篇中都触及了，或者都包括了，或者都关联到了。《聊斋》中主要的题材，所提的重要的社会问题及政治问题，所反映的时代社会现实的重要问题，及其所表现的思想感情、生活体验，及表现上的、结构上以及描写上的一些特色，此篇都可作一典型。从这篇引申开去，连及他篇，是一个比较适宜的讲法。"

对于这篇小说的主要内容，吴组缃说：

"这篇的内容，总的来说，就是拿一个政治斗争作为背景，来写夫妇关系和男女爱情的问题。或说，通过一个政治斗争来写男女关系问题。篇中从侧面写一个政治斗争，从正面写封建社会中夫妇关系问题。"

关于这篇小说的主要人物和结构特点，《讲稿》写道：

"全篇为我们塑造了三个人物形象：张鸿渐、张妻方氏和狐施舜华。

作品侧面写那斗争，正面所写的，就是张、方、施三个人物之间的关系问题。作者把那些矛盾的对方，作为反面人物，置于侧面；而将此三人，作为正面人物，着重、正面写他们。但张、方、施三个主要人物，张又居于中心，是篇中的主人公。因为全篇是把他居于主位，笔头是跟着他走，他到哪里，就写到哪里；他不在哪里，就不写哪里。"

然后着重分析三个主要人物。"先说张鸿渐，作者寄予他很高的爱护与同情，在当时黑暗政治与贪暴官僚的压迫下，当其他同学仗义执言，引发斗争，约他创词、共事，他见义勇为地□慨参加。听了其妻方氏的一番道理，感到了更大的恐怖，他即刻逃亡他省。他是一个有正义感，有热血、良心的人。作者对他的同情和爱护，即从这里出发的。"

在逃亡途中，张鸿渐遇到了施舜华。吴组缃仔细分析了张鸿渐的矛盾心理及性格特征："张的内心在张与方（应为方与施）之间，入于矛盾之境。这种内心的矛盾，也充分表现了张的品质与性格：他若是'得新忘故'（这在当时世俗的男子，是普遍的），心里不会再怀念妻子，也就没有矛盾；他若是无视女子的人格，何况舜华'终非同类'，即无所谓恩义难忘，也就没有矛盾。但张在此矛盾中，并非没有倾向，妻的力量，对他还是更为巨大的。他不是没想到家中案情未结，迫害与祸难并未解除，但他不计自己的安全，情不能禁地难在舜华这个温柔之乡、安乐之家安住下去，一心只想到患难中的家里的妻子。这种心情一直存在着，但难于向舜华开口。到心情难安之时，他也决不瞒着舜华私逃，那是有负恩义的，所以他只好向舜华开口。他说得很老实，很诚朴，没有花招，也不绕弯子。"

"下文写了张一次假回家夫妇相见，两次写了真的久别重见，具体描写中，都见出张的儿女情长，英雄气短：即对夫妇恩义，看得比政治斗争更为重要，更为悬心。先叙儿女情长，非常缠绵悱恻，对政治斗争，对被难的战友，也不是不关心悬念，但显然置于夫妇关系之次。只在叙了家庭的温情之后，才问及讼狱，问讼案所结。这正是作者思想的反映。这可以不谈。可注意的是张并非懦弱之人。他的接受妻的劝告，他的逃亡在外，都不完全是为了自己。到了同村的恶少某甲狎逼其妻，他即'忿火中烧，把刀直出，剁甲中颅……又连剁之。'此与慨允共事的热血性格是统一的。归来未久即出命案，此时方氏叫他速逃，请自任其辜，张决不同意，别事听妻的话，此则十分决绝：'丈夫死则死，焉肯辱妻累子以求活耶！

卿无顾虑，但令此子勿断书香，目即瞑矣。''天明，赴县自首。'他的这些行为：杀甲、自首，都是未经仔细考虑和思想斗争的，性格内心的自然流露，见出他绝不是那等软弱犹疑的人，绝不是那等胆小怕死的没出息的人。杀甲、自首，这是和他答允参加对官府的斗争之行为性格是统一的，同表现了为有热血、有正义感的人。只是思想上有问题罢了：即在夫妇恩义上，他是个有很高品质的人，有热血的刚正勇敢的书生。他一直怀念着舜华的恩义，在舜华前显得软弱，不知怎么才好；但更一心感激妻子的恩义，第二次由太原逃亡中回家，见妻子担当了一切家庭撑持门户的事，并且抚儿成人，赴都大比，即对妻感激得涕下，说：'卿心血殆尽矣。'他虽仍念着舜华，但对妻的感激与敬爱，则始终坚定。从未动摇过的。此皆有作者自己的思想感情在，故能动人（可联系前述生平来看）。"

对张鸿渐的这种情感倾向，吴组缃给予了充分肯定："在封建社会中，这样对女子的态度，这样对妻子的态度，这样严肃不苟，诚笃无欺的书生，不只是个具有很高尚的品德的人，而且也是个思想先进的人。因为不尊重女子的人格，奴役与玩弄女子，本是封建制度的特点与本质。作者以很高热情塑造这样一个人物，单就对妇女及夫妇关系这方面说，是当时先进的思想感情。"

对于张妻方氏的分析，《讲稿》比较简略。"在夫妇关系上，作者把思想领导权赋予了张妻方氏，文中写方氏美而贤，在具体描写中，也还是贤，即性格的美，因为文中并无一笔写起容貌姿态。文中写方氏的性格用笔很少，比起来，也都是用侧笔写的。但着笔无多，却暗示得很丰富，给人印象很深刻，见出作者塑造人物的本领。她的美而贤，主要是以深挚的心热爱丈夫，为丈夫分担忧患，不止有主见，而且在患难中能站得稳，担得起，真所谓相夫教子，撑持门户，竭尽了自己的力量。""篇中的方氏形象，在封建社会中令人肃然起敬，作者塑此形象，笔墨如此之简，而透入如此之深，其中当然有他自身的生活体验和切身的热烈感情寄寓其中，这是很明显的。"

关于施舜华，吴组缃认为："篇中写舜华，是比较用力的，除了那些法术，她实在宛如一个现世的人。""《聊斋》中无数超现实的美女出场，都写得有气氛，有情致，予人丰富的感觉与难忘的印象。而用笔极省，极简。……（舜华出场），我们并不知道她是狐仙，她是作为现实的女子出场的，张在暗处微窥之，原来是个二十岁左右的美丽女子，她十分精明，一眼看到草荐，就盘问，老妪只好老实告诉出来，不敢隐瞒。这个年轻美貌女子立刻发脾气，与老妪刚才所料想顾虑的完全符合。发了脾气之后，见到了张，她却如此敬重风雅士，于是又责备老妪慢待了客人。立刻以酒浆和锦茵来招待这个落难的书生。张此时私问老妪，才补叙出来，原来太翁夫人俱早谢世，止遗三女，这是大姑娘。确是当家作主的大姊的气派。跟着即推扉而入，即榻上抚慰慌张失措的客人，说'无须，无须'，并近榻坐，提出以门户相托的话，虽有点腼腆，但多么大方、爽朗，开门见山，不似世俗女子的忸怩作态，张张皇地回说家中已有妻，她即笑着夸赞他的诚笃，十分自信，亦十分自负，不容对方再啰嗦，即干脆地说：'既不嫌憎，明日当烦媒妁。'这完全是个思想意识获得解放的女子，在三百年前，完全是个未来的崭新的女性形象。"

"舜华对张，在同居生活中，虽要掩藏自己的原形，但一旦被窥破，露出了破绽，就坦白告诉张，我是狐仙，'如必见怪，即请别。'听张说想念家中的妻子，即不高兴，说夫妇之情，'自分于君为笃，君守此念彼，是相对绸缪者，皆妄也。'她要求的是真心专一的爱情，张的一番自以为言之成理的解释，实际是肯定封建社会一夫多妻的婚姻制度是合理的，不成问题，而舜华笑着说的'妾有偏心：于妾，愿君之不忘；于人，愿君之忘之'，实即反映了她的思想要求——即真心专一的爱情，这是与封建婚姻制度（一夫多妻）不相容的。从这样内心要求出发，她经过幻化试探，证实了张的心之所属，即不能容忍。但内心并不是没有斗争，其始还曲为解说以自慰，以为'犹幸未忘恩义，差足自赎。'但对恩义的感激，终究不是她所要求的专一真心的爱情，所以过了三四日，便觉'终无意味'，才决心送张回家去，成全他们。这有两点可说：1. 先还是对张依恋，为之曲解以自慰，过二三日才下决心，见出她有丰富的、真实的人性与人情味，要不然，说丢手就丢手，而没有内心斗争，则此新的女性形象即成为缺乏血肉与真实感，也难动人，也即鲁迅所说的'诞而不情'了。《聊斋》许多新型的属于未来的女性形象，都有此种特点。鲁迅所说'花妖狐媚，多具人情，和蔼可亲，忘其异类'者在此。2. 若是证实了张心之所属，与自己所要求的不合，而还马马虎虎，在自慰自解中勉强维持下去，那就成苟且与无聊，也就降低了舜华的形象，不成其为新型女性形象，故事也就大大减色。因之之故，舜华一经下定决心，用竹夫人送张回家，就显得非常决绝，绝不拖泥带水，落地之后，女曰：'从此别矣！'

张还要找她叮嘱几句，而'女去已渺'，她的这种爽朗不羁的性格，前面与张初见求婚与自告是狐仙，即已表现得很明确，此不过是同一性格的发展，或在不同情境中同一性格的表现。"

六

《讲稿》第五部分《聊斋志异》的思想性与艺术描写，先按主题分析了两类作品，一类是暴露与抨击官府的，主要讲了《小二》；另一类是抨击科举制度的，主要讲了《贾奉雉》。关于后者，分析比较深入："这篇的主旨，在写贾这一有信念、有才学、狷介不苟、具有良好品质的书生如何经历了矛盾斗争，而走上否定功名科举、否定现实社会，终于弃世以登仙籍的过程。此篇可注意的，不是作者所表露的用以否定现实的道家思想。而在他提出了许多在当时具有重大意义的关于社会与人生的问题。1. 取得功名和良好品质的矛盾。2. 要否定现实，但现实情缘或人伦关系则难以舍弃，作者持佛道思想都是表面的，无可奈何的一种苦闷的征象。其实质，他是热爱人生，热爱现实世界的。但现实世界又有其不可容忍之点，作者说不出，实是社会制度之本质。3. 人要保持其好品质，则无法获得功名富贵。然现实的人，在贫贱之中，其人伦骨肉关系，亦殊不美妙，要合乎生活要求，仍只有取得功名富贵。4. 然而功名富贵又与人的好品格德行相悖，一不能容于权要，二不能容于世俗。如此，只好无可奈何地于神仙中求解脱。作者这种思想上的苦闷是有代表意义的，它特征地反映了一个当时的具有敏锐感觉，而又思想进步的知识分子的精神内心。他深刻地感到和看到现实社会的病灶，感到那深刻的无可解决的矛盾，并且有力地把一些具有重大意义的问题提了出来。"尤其关于获取功名富贵与保持良好品质的矛盾的揭示，非常精彩。

然后，吴组缃分门别类地分析各种人物形象。先讲男性人物。《讲稿》写道："作者塑造了许多男性人物。他所宣扬赞美的男性人物，都是具有反世俗的、良好品质的人物。他们都聪明正直、勤劳朴实、诚笃耿介、孤□不苟、风流洒脱、慷慨好义、纯厚深挚。"举例分析了《水莽草》、《王六郎》和《雷曹》。"王六郎是个水鬼，与渔人许姓者建立了真挚、深刻友谊，王与许一人一鬼之间的那种友谊关系是很感人的，也是具有很好的针砭世俗的现实意义的。""这种传说，是民间盛行，为人所熟知的，作者采用之，创造这样两个义重如山的人物形象，在当时人欲横流，只讲势力、不讲情义的黑暗时代的窳败社会里，用这样一些活生生、富有感染力的正面艺术形象来批判世俗社会，作者的热情和用心，都是叫我们肃然起敬的。"

"《聊斋志异》还以很高的热情、很高的赞美来描写痴情男子。痴，就是对于一个人或一种东西的极其强烈专一的、深挚的爱，这种爱的狂热，是不计利害、刻骨铭心、忘去自我、不顾性命的。这当然是过分的、偏激的感情，但在只有个人利害关系，只有互相利用的虚伪的关系中，尤其一些男子都是利欲熏心的庸俗腐败的社会里，这种偏激感情，无疑是可爱的，应该推崇的。具有这种感情、这种感情的产生和对于这种感情的提倡和宣扬，都有反对世俗的意义。"并列举了《石清虚》中的邢云飞、《书痴》中的郎玉柱、《黄英》中的马子才，《阿宝》中的孙子楚和《阿绣》中的刘子固等痴男形象进行分析论证。

"与多情痴情相反的，是那种利欲熏心的世俗男子，他们多是轻薄寡情、玩弄与作践女性，甚至忘恩负义，冷酷自私。这是封建社会中体现了制度的本质特征的男子。作者塑造了无数这样的反面形象，予以严厉的批判和嘲笑。这种人物，总是出身于上层社会，富家或世家。"《窦氏》中的南三复，《武孝廉》中的石某，《阿霞》中的景星皆属此类形象。

"可注意的是有一种情形：一个男子，他不简单地是个好人，或坏人。他的性格不单纯，很复杂。这在封建社会，这种人是极多的，而且不能说他是坏人，有些好处，或在某一方面有好处，即应肯定其主要的一面。作者在处理和创造这种人物典型时，显出了他的认识能力与爱憎感情，是一个很高的现实主义艺术家。我们在此举一篇《王桂庵》来读一读，在这篇里，对于主人翁大名世家子王桂庵这个人物，自始至终抓住了其性格中的两个方面：一方面是世家子弟的纨绔、轻薄的习性；另一方面是他的多情的性格。因为他是世家子弟，轻薄是他的阶级属性，他生长的那家庭里，习染于那社会里，他是会有这种阶级烙印的；另外，毕竟他是个青年，又多情、深于情，对于所钟爱的女子，能够严肃地、深挚地去爱她。作者对此有敏锐感觉，有很高的认识能力，因此他处理得极为恰当而深刻。全篇通过种种生动逼真、引人入胜的情节描写，抓紧不放松地表露了王性格的这两面，而带着温婉的同情，批判其恶劣的一面，肯定其多情的一面。"

在分析完上述四类男性人物之后，吴组缃说："《聊斋》中的作品，一贯采取这样的观点：即在官府与百姓之间，一贯同情百姓，而抨击官府；在富豪与贫苦的人之间，则一贯暴露富豪的暴行和恶德，而同情贫苦无告的人的痛苦处境。在对这种人物和事件的处理态度上，作者的爱憎之情是很强烈的，这一点极可注意。而且所有暴露与同情，抨击与表扬，决不是出于空洞的、主观的、没有事实根据的好恶之情，决不是如此，而是具体对其暴行与恶德、善行与美德进行刻画描写，通过具体的刻画描写，很有分寸的表露其褒贬与爱憎：这种实事求是，根据客观事物的性质及程度有分析地来拿定处理态度，这正是使自己的褒贬爱憎，符合于客观真实的性质。这是说，处理的态度，乃由对客观事物的认识而来，这正是现实主义的要义。"

再讲女性人物，也是分类讲解。吴组缃说："《聊斋》中为我们创作了丰富多彩的女性形象，这些数以百计的女子，一般都是正面的，她们一般都有情有义，可敬可爱，作者以高度的热情和思想来处理她们，塑造她们。那一个一个各不相同的性格，不只生动突出，也不只五彩缤纷，色□鲜明，而且往往光辉耀人眼目，震人心胸，富有社会内容和现实意义。使我们读过之后，可以把故事忘了，把情节忘了，但那印象总是深入脑中，久久的感染着我们，吸引着我们，使我们深思，使我们得到情绪起落，从而与那个所在的人物环境和社会背景联系起来，就会获得很好的启发与教育。"并举例分析了《珊瑚》中的珊瑚，《邵女》中的邵女，《湘裙》中的湘裙，《仇大娘》中的仇大娘，《青梅》中的青梅等女性形象。

"《聊斋》中塑造了许多巾帼英雄式的女性，像《张鸿渐》中的张妻方氏也可属此类，但各不相同。像仇大娘、庚娘、小翠、辛十四娘、侠女、商三官、颜氏等，或者见义勇为，表现了坚毅不拔的精神；或者聪敏多能，在危急关头凛然不屈；或者具有卓识高才，勇于担当；或者深谋远虑，出奇制胜；或者报仇雪恨，又勇敢，又坚忍，又机智，又壮烈；或者才学过于男子，虽在封建秩序的桎梏之下，也不能淹没她的才能。这都是令人肃然起敬的封建社会中顶天立地的女性人物。"这类女性形象，吴组缃选取了三个典型重点分析，即小翠、辛十四娘和凤仙。"小翠为秉母亲的意旨，向王家报恩。王家的儿子王元丰，绝痴，乡党无与为婚者。小翠美丽、善谑。她在王家做媳妇，日常做种种顽皮，开种种玩笑，一片活泼天真，但就在这些天真的玩笑中，隐藏了她的种种机智与谋划，与势豪家的谋害相斗争，以保全夫家。""丈夫元丰，原是个痴子，后来被她医治好的，元丰并不是像父母那样庸俗，他对小翠十分钟情。所以终于又和小翠邂逅重圆，但小翠不肯回王家。公婆虽然对小翠认了错，要求回家住，小翠峻辞不可。小翠为王家考虑得无微不至：为王家宗嗣着想，为翁姑须有媳妇伺候着想，尤其为公子爱自己，使自己走后，公子可免痛苦着想：她预先有了谋划，使自己所化的形貌，即与要娶的钟太史之女相同，娶了钟家小姐过来，言貌举止与小翠无毫发之异。小翠从此一去不返，而公子对新人如觐故好，没有痛苦。"

吴组缃讲得最多的也是评价最高的女性人物还是《聊斋志异》中的狐鬼形象。"比这种更有意义的，是那些自由活泼的女性。在黑暗的封建时代，这种女性性格的出现，会使读者如在三九严冬中看见了新鲜美丽的花朵，如在一片死寂荒凉的沙漠中见到淙淙鸣唱着跳跃着的泉水，心胸会为之大快，精神会为之一爽。《聊斋》故事中，许多狐鬼尤其是狐所化的女子，具有这种自由活泼、不受拘检的性格。作者非常喜欢描写这样的女性形象和这种女性所构成的活泼有风趣的场面。《狐谐》中与书生万福同居的狐女，对来访者出口成章，诙谐百出，妙趣横生，本来那些书生存心来戏弄她的，结果被她大大嘲弄了一番。《小谢》中的两个鬼魂乔秋容和阮小谢与性格倜傥不羁、不拘形迹，但实则正派、对男女关系毫不苟且的鳏居的贫苦书生陶望三的自由纯洁的关系和生活活动，作者描写得很有趣味，为当时现实生活中所不可能有的。""所写二女的天真活泼的性格和跟陶生的自由纯洁的关系，特别给人以深刻的很好的印象。这些狐鬼因为不是生活在现实社会中，因之也不受现实社会礼教的束缚，她们的性格是非常天真自由，活泼可喜的。这样自由纯洁的男女关系，在当时社会中不可能有，却是为人们所想望的，大约一些穷苦的，在寂寞枯燥生活中的书生，最喜欢作此种的幻想。就此种幻想的本身说，和当时生活在严酷的封建统治下人民的心，自然也是相通的。"

"值得特别注意的是《婴宁》一篇。婴宁是个狐的女儿，而在鬼的坟墓中抚养长大。她就没有受过封建社会中一般女子所受的礼教的生活教育，根本不懂得当时现实社会中的人情与规矩。对这样的人物性格的形成，见出作者是以非常可惊的现实主义精神来理解的，以非常可惊的现实主义方法来处理的。作者把这个一片天真无瑕的女子的生长居住之地，特意安排在一个离现实村镇三十余里之遥的南山中。""这样天真纯洁的女性性格，和封建社会的秩序是相互对立、相互排斥、不能相容的。作者的道德标准与美学原则，显然于此突破了封建主义范畴。"

"其实，作者的思想水平和艺术水平，远不止达到《婴宁》等篇达到的（高度）。""《霍女》中写一富而吝的朱大兴，平日一毛不拔，吝啬无比，但性喜渔色，色所在，冗费不惜。霍女来找他，和他同居了二年，□求无厌，要吃最珍贵的东西，要穿、要用最贵重的东西，还常常嫌日子无味，要请戏子来唱戏。如此数年，朱供应不支，渐趋破产。此时霍女便不辞而别。她跑到邻村一个世胄何氏家，何是个大少爷，爱其美，十分宠爱她，朱知道了，与何氏打官司。最后霍女又到贫士黄生家，黄贫苦无偶，女救之，黄最初拒绝。霍女为之苦做苦干，操作家务，帮助他成家立业，以最大的真诚与心力贡献给他，与之过共苦共难的夫妇生活。她告诉黄说：'妾平生于吝者则破之，与邪者则诳之。'霍女是一种侠义式的人物，她完全突破了封建社会以男性为中心的片面的贞操观念，完全出于自己的主动选择，最初像个荡妇，实际却如此地疾恶富贵，而倾心钟情于一个贫贱的书生。作者不因三易其夫而使其光彩动人的性格丝毫减色，这在当时社会中可谓大胆与难能可贵的创作。"

"《聊斋》中还塑造了许多温柔善良而受着残酷的迫害与压迫的女子。作者把这样类型的女子拿来与黑暗罪恶的环境现实对比着，置于矛盾的两面，在当时是有最广泛、最尖锐的现实意义的。林四娘和公孙九娘，作者以浓厚的诗的笔墨描写了她们内心的哀怨、处境的阴惨和悲伤的身世遭遇，在那诗意的抒情笔调中，含着对矛盾的对方的极大的愤怒和忿懑。"

"《聊斋》中除写狐鬼而外，还描写了许多有各种动物及植物所化的女子。黄英、葛巾、香玉都是花，花姑子是麞，白秋练是鱼，竹青是鸦，阿纤是鼠，素秋是蠹鱼。可注意的是她们都富有人情，那性格究是一个现实的人，并且各有其个性。不但可爱，而且可敬。而同时在其个性中，又仍含有其本性的特点，而且那本性的特点写得非常鲜明、丰富。"

上面笔者根据《讲稿》对吴组缃关于《聊斋志异》的主要观点作了介绍，从中不难看出，吴组缃研究《聊斋》，确实是下了很大工夫，他对于《聊斋》小说题材来源的考证，对于蒲松龄人生际遇与其思想和创作关系的论述，对《聊斋》小说人物的分析，都有不少发现与创见，即使是在今天，仍然有重要的学术价值。如果还原到他撰写《讲稿》和讲授

《聊斋》专题课的时期——1957 年秋季，正是"反右派"的时期，除了其学术意义外，还可以看出吴组缃的勇气和胆识，他关于蒲松龄早年孤寂的坐馆生活影响其爱情小说创作的观点、关于封建时代爱情须在夫妇关系之外求之的看法、肯定张鸿渐在与两个女性的感情纠葛中的矛盾心理与情感倾向、认为霍女三易其夫无损其光彩动人的性格，这些新颖独到的见解在当时都是离经叛道的，在课堂上讲授是有很大风险的。据吴组缃晚年回忆："反右以后，文学史就更难讲了。一九五八年有人指责我'放毒'，把学生引向古代，课也就自然讲不下去了。"① 这一事件发生在吴组缃讲完《聊斋志异》专题课不久，恐怕不是巧合，很可能与讲《聊斋》有关。

（原载《中国文化研究》2014 年秋之卷）

---

①　吴组缃：《宋元文学史稿·前言》，北京大学出版社 1989 年版，第 3 页。

沈天佑的《红楼梦》与
古代小说研究述评

　　沈天佑先生是著名红学家、文学史家。1931 年出生于上海崇明，1958 年毕业于北京大学中文系，随即留校任教，从事中国古代文学的教学与研究工作，历任讲师、副教授、教授。曾兼任中国红楼梦学会常务理事、《红楼梦学刊》编委、中国金瓶梅学会理事、中国水浒学会理事等学术职务。2010 年因病逝世，享年 80 岁。

　　诚如先生所说，早年参加的两次大型的研究项目对先生的学术研究影响甚大。一次是 1960 年至 1963 年，参加了游国恩等先生主编的《中国文学史》的编撰工作，撰写了部分小说戏曲的章节，并参与了宋元明清文学史初稿的修改和定稿工作。① 其影响首先体现在学术选题方面。先生的学术研究主要集中在两个领域：一是明清小说的研究，尤其是《金瓶梅》与《红楼梦》的研究，著有《金瓶梅红楼梦纵横谈》（北京大学出版社 1990 年版）、《历代小说选》（与吴组缃等合著，中国青年出版社 1982 年版）。先生一生发表了五十多篇论文，绝大多数为小说论文。二是文学史的撰写，著有《宋元文学史稿》（与吴组缃合著，北京大学出版社 1989 年版）、《中国文学史》（游国恩等主编，为主要撰稿人，人民文学出版社 1963 年第一版、2002 年第二版）。更重要的是学术研究方法的影响。吴组缃先生说："沈天佑同志在北大教书多年，他对这两部书的研究大都是关于思想艺术方面的，走的就是鉴赏派的路子。"② 吴先生虽说是评价《金瓶梅红楼梦纵横谈》一书，完全可以用

---

　　① 《金瓶梅红楼梦纵横谈·后记》，北京大学出版社 1990 年版。
　　② 吴组缃：《金瓶梅红楼梦纵横谈·序》，北京大学出版社 1990 年版。

来概括沈先生的学术研究风格。这种研究风格的形成与文学史的编写有直接关系。

　　先生的小说研究以小说人物分析见长，撰写过《水浒传》、《金瓶梅》、《聊斋志异》、《红楼梦》等小说的人物分析论文，这在他的论文中占有相当大的比重。先生认为："典型人物形象的塑造，是文学创作，特别是叙事性作品（包括小说）的一个核心问题。对于一部长篇小说来说，它的价值如何，能否经得住时间的考验，而具有长久的艺术生命力，很大程度上取决于它能否塑造出一批具有高度典型意义的人物形象去揭示社会生活中具有重大意义的本质问题，从而深刻地反映出某个特定时代的独特风貌。"① 这就不难理解先生为何在人物分析方面下这么大的工夫。

　　先生对古代小说人物塑造有一个宏观的把握："综观我国古典小说人物的塑造，大致上是经历了一个由人物形象的不够典型到典型、由类型化典型到性格化典型这样一个逐步发展和成熟的过程。"② 因而他在研究小说人物时，总是将人物放在整个小说史的人物链上进行比较，以确立它的创新意义与价值。先生在论述《水浒传》在小说艺术典型化方面的贡献时，便将《水浒》人物与《三国演义》中的人物进行比较，强调《水浒》写出了人物性格的丰富性和复杂性，写出了人物性格的发展变化。在论述《红楼梦》的人物时，常常将他们与《金瓶梅》的人物进行比较，以凸显两部名著在人物塑造方面的特点与联系。

　　先生特别推崇那些高度性格化的典型，认为这样的典型人物"如现实中的真人那么复杂，不是能用三言两语说清楚的，更不能以简单的'好'和'坏'所能概括的。这些形象，内涵特别丰富深刻，具有多侧面、多层次的特征，已不再是过去的'扁平型'人物，而是具有立体感的浑圆型人物，显出格外的逼真和传神"。③ 他选择《金瓶梅》和《红楼梦》中的人物为主要研究对象与此不无关系。先生曾多次引述鲁迅关于《红楼梦》人物的经典论断："至于说到《红楼梦》的价值，可是在中国底小说中，实在是不可多得的。其要点在敢于如实描写，并无讳饰，和从前的小说叙好人完全是好，坏人完全是坏的，大不相同，所以其中所叙的

---

① 《中国文学史上一个别开生面的反面典型——西门庆》，《金瓶梅红楼梦纵横谈》。
② 《谈〈水浒传〉在我国小说艺术典型化方面的贡献》，《文学遗产》1985 年第 1 期。
③ 《谈〈红楼梦〉杰出的艺术成就》，《中华文化讲座丛书》第一集，北京大学出版社 1994年版。

人物，都是真的人物。"① 他认为，《红楼梦》在人物刻画方面的创造性成就，在王熙凤身上体现得最为明显。"曹雪芹通过'毒设想思局'、'弄权铁槛寺'和'害死尤二姐'等描写，将王熙凤的凶狠、贪婪、狡诈等特点作了入木三分的刻画，使人们不得不对她产生出又气又恨的感情。可是小说又在众多场合渲染她出众的美丽：'恍若神妃仙子'的同时，强调她非同一般的聪明和才干。……王熙凤也并不是一味的凶狠、刻薄，犹如个凶神恶煞那样。在日常生活里，不少场合她显得平易近人、谈笑风生，有时甚至还很通情达理，特别对那些年轻的弟妹们，她总是以'大嫂子'的身份给予多方关心和体贴，对他们提出的种种要求，总是尽力予以满足，从而得到了他们的赞赏、信赖。……总之，王熙凤性格中的聪明、非凡的才干、诙谐机智、风趣逗人和贪婪、阴险、凶狠、泼辣等竟水乳交融地融合一起，浑然一体，从而使形象显得特别的丰厚，富有立体感，含蕴十分深刻丰富，经得起再三咀嚼，给人回味无穷。"② 即便是像西门庆这种大家公认的恶棍，先生也看到他的复杂性，认为"在现实生活里，人的性格总是错综复杂的。所谓好人坏人往往都不是那么泾渭分明、简单易认的。好人不是绝对的好，坏人也不是绝对的坏。西门庆这个血肉饱满的艺术形象也是如此。作为一个社会上有影响、有权势的市侩、恶棍，他固然有不择手段地聚敛钱财和不顾死活地玩弄妇女的恶行。但他也不是处处令人讨厌，有时他也很通情达理，体贴他人之艰难；有时为资助朋友，还慷慨解囊，表现出很讲义气，从而博得了人们的赞赏。"③ 对《金瓶梅》在人物刻画方面的贡献给予了充分的肯定。

小说主题研究，一直是先生关注的重要课题。20世纪80年代，学术界围绕几部古代小说名著的主题展开了热烈讨论，产生了极大的意见分歧，因而有学者对小说主题研究的科学性与必要性提出了怀疑。先生认为："对古代小说名著主题思想的深入研究不是可有可无，而是至关重要；不是十分的'玄乎'，而是通过深入的探讨完全可以认识。主题思想研究上的每一重要进展，都会直接推动着作品其他方面研究的深入展开。"④ 早在"文革"结束不久，先生就撰写过两篇重要论文，针对"文

---

① 鲁迅：《中国小说的历史的变迁》，《鲁迅全集》第9卷，人民文学出版社1981年版。

② 《王熙凤形象随想》，原载《红楼梦学刊》1991年第4期。

③ 《中国文学史上一个别开生面的反面典型——西门庆》，《金瓶梅红楼梦纵横谈》。

④ 《〈红楼梦〉主题思想的剖析》，《金瓶梅红楼梦纵横谈》。

革"中出现的关于《红楼梦》主题的几种流行的提法，提出了严肃的批评："在《红楼梦》研究评论工作中，'四人帮'也是惯于搞他们假左真右那一套，其表现之一，就是以强调'阶级斗争'为名，否认作品中关于爱情婚姻悲剧描写的社会意义，错误地把它和小说的反封建的主题思想对立起来。"认为"《红楼梦》作为一部伟大的古典小说，它深刻的思想意义在于：通过以贾府为代表的四大家族由盛而衰过程的描写，真实而深刻地表现了封建末世尖锐的阶级斗争和封建统治阶级内部错综复杂的矛盾，揭示了封建制度必然灭亡的历史趋势。"而"《红楼梦》中的爱情婚姻悲剧，实质上是个社会悲剧、政治悲剧。通过这个悲剧，深刻地揭示了封建末世重大的社会矛盾。这个爱情婚姻悲剧比起泛泛地描写阶级矛盾，不知要深刻多少！《红楼梦》这部古典巨著的一个鲜明特色，正在于小说以这个爱情悲剧为它的中心结构，写出了以贾府为首的四大家族的必然灭亡，为气息奄奄的封建制度敲响了丧钟！"① 随后，先生又撰文对"'文化大革命'以来，在《红楼梦》研究中流行着一种说法，即《红楼梦》第四回是小说的总纲，是正确阅读和理解全书的一把钥匙"提出批评。认为"《红楼梦》的思想特色，它所包含的深刻意义主要不在于它描写了社会上的阶级压迫和斗争的情况及与此有关的几十条人命等等；而是在于：它以贾宝玉、林黛玉、薛宝钗这一恋爱婚姻悲剧为中心事件，写出了贾府这个具有典型意义的封建贵族家庭逐渐衰败的过程，通过这一衰败过程的描写，广泛地暴露了封建末世社会上的种种腐败和罪恶以及存在着的不可克服的内在矛盾，从而深刻地揭示出了封建制度必然走向灭亡的历史命运。"细心的读者不难发现，先生将"以贾府为代表的四大家族由盛而衰过程"改成了"贾府这个具有典型意义的封建贵族家庭逐渐衰败的过程"，这一提法无疑更加符合作品的实际。② 应该承认，这种认识还带有明显的时代痕迹，但在"文革"结束之初，对于红学研究的拨乱反正、肃清"文革"影响无疑是有意义的。

难能可贵的是，随着研究的深入，先生也在不断地修正和完善自己的学术观点，80年代后期，先生基本上放弃了自己十年前发表的看法，认为"'以贾府为代表的封建家族衰亡史说'和'爱情婚姻悲剧说'都概括

---

① 《〈红楼梦〉的主题思想和恋爱婚姻的悲剧》，《光明日报》1978年9月19日。
② 《〈红楼梦〉第四回和总纲》，《北京大学学报》1980年第1期。

不了小说的主题思想"，"应该从小说艺术形象所包含的思想意义和作者
所获得的生活体验的结合上去全面地把握《红楼梦》的主题思想"，提出
"《红楼梦》作者，倾注了自己全部感情、呕心沥血地写出了他所倾慕的
一批青年女子的——被摧残、被毁灭，形成了'千红一窟（哭），万艳同
杯（悲）'的大悲剧。""《红楼梦》主题思想的深刻性在于写出了社会上
新生力量惨遭镇压的同时，还揭示了旧的社会势力的无可挽回地在趋于崩
溃，从而深刻地表现出了封建末世的本质特征。"① 晚年，先生在为北京
大学中国传统文化研究中心和中央电视台合作拍摄的电视片所撰写的讲稿
中，对于《红楼梦》主题的认识又有所调整，他说："小说的一个突出成
就是它十分出色地描写了一个震撼人心的大悲剧。这个大悲剧既是社会的
悲剧，又是时代的、人生的大悲剧。它的内容非常之丰富，涉及的面十分
广泛。其中既有贾府这个具有典型意义的官僚贵族家庭的败落，更有众多
可亲可爱的青年女子的惨遭不幸。在众多青年女子的悲剧里，贾宝玉和林
黛玉、薛宝钗之间的恋爱婚姻悲剧又占有着一个特殊重要的地位。小说不
仅写出了这个悲剧发生、发展的复杂的现实内容，而且揭示出了形成这一
悲剧的全面深刻的社会根源。"② 这种看法无疑更加全面与稳健，也显得
更为平和。

　　先生研究古代小说艺术，特别重视小说的艺术创新。他在论述《金
瓶梅》的艺术成就时，就谈到"它在传统的小说艺术的基础上作了许多
新的开拓。"并将《金瓶梅》与早期章回小说《三国演义》、《水浒传》、
《西游记》进行比较，认为"《金瓶梅》在描写手法上，克服了以往长篇
小说普遍存在着的某种粗线条的倾向，趋于深入细腻。在小说大胆而细微
的日常生活描写中，生动而又形象地表现出现实社会里的种种人情世态，
散发出一股浓烈的市井生活气息。"在艺术结构上，"它是以暴发户西门
庆一家为中心，并以整个社会为背景，作了辐射式的多方面的展开，呈现
出错综复杂而又摇曳多姿的形态。""《金瓶梅》所刻画的人物不是历史上
的帝王将相和英雄豪杰，更不是神仙妖魔；而是市井社会里各式各样的
'俗人'，包括那些泼皮无赖、帮闲蔑片这类社会渣滓。这些市井'俗人'

① 《〈红楼梦〉主题思想的剖析》，《金瓶梅红楼梦纵横谈》。
② 《漫谈〈红楼梦〉》，原载《中华文明之光》第三辑，北京大学出版社 1999 年版。

的思想感情、举止行为、音容笑貌被描画得那样活灵活现，使人难于忘怀。"① 充分肯定了《金瓶梅》在小说艺术上的拓新及其对《红楼梦》的深远影响。

先生对《红楼梦》的艺术更为关注，多次谈到《红楼梦》杰出的艺术成就。与研究《红楼梦》的主题不同，不是修正自己的观点，而是有意识地从不同的角度去认识《红楼梦》的艺术价值。先生最早谈《红楼梦》的艺术是在《〈红楼梦〉——中国文学第一奇书》一文中，将《红楼梦》的艺术概括为三个方面："作品以它反映生活所特有的丰富性、真实性和深刻性，使《红楼梦》成了一个辉煌的艺术宝库。""作者运用了一切富有成效的艺术手法，精雕细刻地塑造了大批活灵活现的'真的人物'，从而赋予了作品以巨大的艺术魅力。""作者善于通过精心提炼的典型化手法赋予平淡无奇的日常生活以深刻的内涵，并在日常生活所组成的生活流中不时掀起大的波澜，使故事情节起伏不定、引人入胜。"② 先生在《〈红楼梦〉的艺术启示》一文中，从"广阔与深刻"、"真实与鲜活"、"偶然与必然"、"诗情与哲理"四个方面，全面而细致地论述了《红楼梦》的艺术特色，③ 虽与前文有部分观点相同，而后两点则是新的看法。

先生论《红楼梦》的艺术，最精彩的论文应该是《谈刘姥姥三进荣国府》，先生从小说对一个小人物刘姥姥的描写，来挖掘作家的艺术匠心。"作者通过刘姥姥一进荣国府，主要是突出这个国公府的威严和势派。"刘姥姥二进荣国府，"重点在于全面、深入地揭示出这个贵族之家的奢靡和挥霍无度，表现出它在走向没落时的回光返照"。"到了刘姥姥三进荣国府时，其情景和上面两次形成了鲜明的对照，这个显赫一时的国公府已陷于绝境，到处是一派凄凉败落的景象。"于是得出令人信服的结论："总之，通过刘姥姥三进荣国府的描写，不仅为我们塑造了一个有血有肉、独具特色的乡村穷苦婆子的动人形象；而且以她这个置身于世俗荣华富贵之外一个局外人的眼光，清晰地揭示出了这个国公府由盛而衰的发展过程。"④

---

① 《〈金瓶梅〉及其价值》，《金瓶梅红楼梦纵横谈》。
② 《〈红楼梦〉——中国文学第一奇书》，《金瓶梅红楼梦纵横谈》。
③ 《〈红楼梦〉的艺术启示》，《红楼梦学刊》1993 年第 2 期。
④ 《谈刘姥姥三进荣国府》，《金瓶梅红楼梦纵横谈》。

　　应该指出，先生的学术成就，并不限于古代小说研究，在文学史、宋代诗词、小说名著改编等方面，也有贡献，这里不一一评述。

（原载《红楼梦学刊》2011 年第 5 期）

后　记

　　本书是我研究古代小说与小说家的一个选集，共分四卷，卷一除第一篇《从创作主体看古代白话小说的嬗变》探讨白话小说（重点是章回小说）的演变轨迹之外，其余九篇论文都是专论章回小说的。治古代小说多年，没有出版过研究章回小说的专著，所以本集中选论章回小说的篇目稍多一些。卷二八篇论文研究话本小说，主要讨论某一时期话本小说的创作特点。我在话本小说方面花的时间相对多一点，先后出版过《明清文人话本研究》（人民文学出版社2009年版）、《李渔话本研究》（凤凰出版社2013年版），有兴趣的朋友可以参阅。卷三八篇论文重点研究古代小说家的思想观念及其对创作的影响，也有几篇论文考证小说的创作者、增补者和评点者。卷四四篇论文涉及古代小说研究史的问题，分别评述四位学者的学术贡献与研究个性。2010年8月，业师沈天佑教授逝世，在师母郑老师的帮助下，我将先师的文集《沈天佑文存》（中国社会科学出版社2013年版）整理出版，拙作《沈天佑的〈红楼梦〉与古代小说研究述评》就是为天佑师的文集写的《编后记》。2011年，我在整理天佑师的文集时，发现了著名作家、北京大学教授吴组缃先生的一批遗作和讲义，其中的《论金瓶梅》和《聊斋志异讲稿》很有学术价值，且未曾发表过，我陆续将吴先生的两篇遗作整理出来，部分章节已在《北京大学学报》、《文学遗产》等刊物发表，在学术界反响强烈，完整内容人民文学出版社即将出版。评述吴组缃先生小说研究的两篇稿子，就是在整理吴先生遗作时的一些思考。这三十篇论文多数是最近十几年写的，也选了几篇早年的习作。这些论文大多在学术期刊发表过，有十几篇论文还被一些刊物转载过，这次结集都在篇末注明了发表和转载期刊的名称及时间，在此对发表和转载拙作的编辑表示感谢。这些论文发表在不同时间、不同期刊，各刊对论文的格式要求不尽一致，这次结集在格式上进行了统一，删除中英文摘要、关键词、作者简介等内容，注释统一改为脚注，以便读者阅读。本集中有两篇论文作了修改：《论〈三国志演义〉的儒家伦理思想》一文有观点和内容的改动，《〈西游补〉作者与原本考辨》由两篇短文合并而成，删除了后一篇文章中对前一篇文章的介绍内容。其余论文除了注释的增改与字词的订正外，内容未作修改。

　　编自选集实际上是对自己的学术生涯的一次回顾与小结，如果从1985 年考入北京大学中文系攻读硕士学位算起，迄今已有整整三十年，而真正用于学术研究的时间很有限。硕士三年和博士三年，可以全身心地投入读书写作，我的两本专著《冯梦龙文学研究》（中国社会科学出版社2013 年版）和《明清文人话本研究》就是这几年打下的基础，我的硕士论文做冯梦龙，博士论文研究话本小说。其他时间几乎都是以教学为主，研究只能利用周末和假期来做，翻阅几本书的《后记》，几乎都是在长假期间写的，这本书也不例外，这绝不是巧合。我的六本学术著作、七十多篇论文，绝大部分是最近十几年出版和发表的，不排除多年积累的因素，也与这十多年工作相对单纯有关。1996 年博士刚毕业，一个人抚养孩子，生活压力极大，相当多的时间忙于生计。2000 年至 2003 年，被同事们生拉硬拽出来做了一届学院的管理工作，我是一个心无二用的人，又耽误了不少研究时间。所以，我的论著大多写于 2004 年以后。现在已经到了做减法的年龄，但愿今后的工作能更单纯一些，除了上课、指导研究生、读书、写作外，能有更多的时间到紫竹院公园走路。

　　本书为中央民族大学中国古代小说研究学术团队建设项目成果之一。

傅承洲于 2015 年 7 月酷暑